FOLIO POLICIER

FAGES

Caryl Férey

Saga maorie

Haka

Utu

ÉDITION AUGMENTÉE
D'UN CHAPITRE INÉDIT

Gallimard

Caryl Férey, né en 1967, écrivain, voyageur et scénariste, s'est imposé comme l'un des meilleurs espoirs du thriller français avec la publication de *Haka* et *Utu* (prix Sang d'Encre 2005 de la ville de Vienne, prix Michel Lebrun 2005 de la ville du Mans et prix SNCF du Polar 2005), consacrés aux Maoris de Nouvelle-Zélande. Cette révélation s'est confirmée en 2008 avec *Zulu,* Grand Prix de littérature policière 2008 et Grand Prix des lectrices de *Elle* Policier 2009. Rocker dans l'âme, Caryl Férey est également le père littéraire de Mc Cash, un flic borgne sans prénom croisé dans *Plutôt crever* et dans *La jambe gauche de Joe Strummer.*

Prologue

Patty avait rencontré Joe Talua onze ans plus tôt à la sortie d'un bar, où le Maori jurait ses grands dieux qu'il ne boirait plus. Joe avait gardé cette sale habitude de ne jamais tenir ses promesses plus que ça, mais enfin, l'entreprise de travaux publics léguée dernièrement par son père marchait toute seule et Joe lui avait fait trois beaux gaillards, partis au rugby avec leur grand-père… C'était un dimanche d'été en Nouvelle-Zélande, l'averse de tout à l'heure faisait place à une éclaircie féroce qui aveuglait les surfaces. Joe buvait une bière sur la terrasse de la maison sur pilotis qu'ils venaient d'acheter à la sortie d'Auckland, l'eau de pluie gouttait encore des frondaisons : Patty jetait les cannettes dans la poubelle métallique de la cuisine quand un souffle passa sur sa nuque.

Elle sursauta, eut un bref cri de stupeur, mais un doigt sur sa bouche la coupa net. Patty ne se demanda pas comment il était entré, par où, si Joe l'avait entendu : l'homme la fixait de ses yeux jaunes, fiévreux.

— Joe Talua, dit-il.

Ce n'était pas une question. Patty recula contre le frigo. Sa tête disait non mais sa bouche n'articulait pas un son. Un ange noir l'avait prise dans ses anneaux.

— Qui… qui êtes-vous ? bredouilla-t-elle.

Patty sentit ses jambes se dérober sous elle quand elle vit Joe dans l'embrasure de la porte : le poing du Maori fila droit vers la tête d'Osborne, avant de brusquement dévier et de percuter le frigo. Joe n'eut le temps de rien : l'homme l'avait pris à la gorge et lui serrait la glotte, si fort que la douleur le fit vaciller. Dans l'élan, il bouscula sa femme, dont la tête cogna contre le mur. Le Maori avait bu, il n'était plus aussi rapide et l'intrus semblait doté d'une force prodigieuse.

Patty dévisagea l'agresseur, un *pakeha* au costume sombre qui paraissait beaucoup plus grand que son mètre quatre-vingts. Son visage était d'une beauté inquiétante, son rictus proche de la haine : il allait étrangler son mari, sous ses yeux.

— Lâchez mon mari ! geignit-elle. Vous entendez ?! Lâchez-le, vous allez le tuer !

Mais Paul Osborne n'entendait pas : il jeta le Maori devant lui et, du nez, désigna la porte entrouverte qui donnait sur le bush.

— Dehors, dit-il.

Le Maori se tenait la gorge, les yeux rougis, il fusilla l'homme mais retint sa contre-attaque. Patty frissonna : il avait une arme sous sa veste noire. Un revolver.

— Qu'est-ce que vous allez faire ?! s'emporta-t-elle. Laissez-le ! Laissez-le, pour l'amour de Dieu !

Joe resta un instant suspendu au visage terrifié de sa femme, elle qui perdait pied sous ses yeux :

— Vous entendez ? hurla-t-elle au bord de la crise de nerfs. Laissez-nous tranquilles !

D'un violent coup de coude, Osborne lui brisa deux côtes. Patty s'immobilisa soudain, le souffle coupé.

Joe serra les poings :

— Sale fils de p…

Osborne avait dégainé un calibre .38, qu'il pointa sur son ventre, le doigt crispé sur la queue de détente :

— Dehors, je te dis.

Joe Talua vit sa femme qui psalmodiait contre le mur de la cuisine, exsangue, et la peur lui mordit les cuisses. L'été avait pris un coup de serpe et la sueur coulait toute seule de son cuir chevelu : le Maori fit un pas, puis deux, vers le jardin en friche qui annonçait la jungle alentour. Le soleil les suivit de loin, derrière les branchages.

— Vous voulez quoi ? dit Joe qui s'était ressaisi. La voiture ?

— Avance.

La végétation resserrait les rangs sous les épineux et les fougères géantes des *ponga* qui ceinturaient la maison. Au-delà, des dizaines d'hectares de bush inextricable où ne vivaient plus qu'opossums et insectes… Ils étaient seuls dans la forêt, même le sentier avait disparu.

— Arrête-toi, dit enfin la voix dans son dos.

Joe obéit sans plus songer à s'échapper : l'autre était plus jeune, plus rapide, son doigt toujours crispé sur la queue de détente :

— Qui êtes-vous ? répéta le Maori.

— Recule.

Joe se retint aux branches, un feuillu aux fleurs immaculées dont l'odeur subtile ne lui parvenait plus. Osborne leva le .38 qui pendait au bout de sa main et visa son sexe :

— Écarte les jambes, dit-il d'une voix blanche.

L'atmosphère avait rétréci sous les frondaisons. Joe Talua se sentit fléchir.

— Quoi ? ! Mais… mais putain, s'insurgea-t-il, qu'est-ce que j'ai fait ? !

— Red Hill. Avec Dooley et sa bande…

Collé à l'arbre, Joe chercha nerveusement dans le fourbi de sa mémoire, trouva enfin la clé :

— Red Hill, oui…

— Tu te souviens…

— C'était il y a longtemps ! s'esclaffa Joe, perdu dans ses réminiscences. Y a plus de dix ans !… J'étais jeune !

— Elle aussi.

Le coup de feu claqua dans l'air étouffant. Joe lâcha un cri sur le tapis de mousse : une fleur tomba à ses pieds, fusillée.

Le Maori trembla de toute sa masse. Ce type était cinglé, fou à lier.

— J'ai une femme, plaida-t-il. Des enfants !

Pas lui.

Jamais.

— Écarte !

Le Maori tenait à peine debout. Osborne tira entre ses jambes flageolantes. La balle passa si près qu'elle roussit la toile du pantalon. Une autre fleur tomba morte sur le champ de mousse, Joe était pétrifié mais Osborne tira de nouveau : le troisième projectile pulvérisa la fleur près de sa joue.

— Arrêtez. Je vous en prie…

La quatrième balle siffla juste au-dessus de son front.

Joe pleurait sans larmes quand une fleur s'accrocha brièvement à ses cheveux… Il s'affala d'un bloc, les deux genoux à terre et baissa la tête, misérable. Osborne ne bougea pas : le Maori pataugeait dans son bain de peurs, et l'odeur de merde qui s'épanchait de son froc voilait le parfum des fleurs…

— Pour toi ce sera cinquante mille, dit Osborne entre ses dents. Cash.

*

— Qu'est-ce qui se passe, Osborne ?

Fitzgerald l'avait convoqué dans le capharnaüm qui lui servait de bureau. Jack Fitzgerald, son seul ami.

— Ça dépend de quoi on parle, répondit-il.

— Te fous pas de ma gueule : on a retrouvé un gars à moitié mort du côté de Takapuna il y a deux nuits. Bo Dooley, tu connais ? siffla-t-il en lui jetant une photo à la figure.

Son style.

Osborne jeta à peine un coup d'œil au cliché numérique — c'est vrai qu'il n'était pas beau à voir… Il se contenta d'une moue dubitative mais le Maori, chef de la police criminelle d'Auckland, ne décolérait pas.

— C'est le cinquième type qu'on retrouve dans cet état en l'espace d'un an, et le cinquième qui ne porte pas plainte, insinua-t-il. Andy Moore, Derek Flemming, Peter Affaloa, tu ne connais pas non plus ? Non ? Bizarre, parce qu'un de mes indics m'a dit que c'est toi qui les avais tabassés.

— Ah oui ?

— C'est tout ce que tu as à dire ?

— Ton indic a trop d'imagination.

— Impossible : c'est un abruti de première.

Paul ne cilla pas. Fitzgerald savait qu'il mentait. L'amitié n'avait rien à voir là-dedans. Comme son protégé continuait de se taire, il se pencha vers lui :

— Je préfère te prévenir, Osborne : si tu rackettes des malfrats dans le but de te remplir les poches, tu auras affaire à moi. Personnellement, précisa-t-il.

Comme d'habitude, le Maori avait tout compris. Mais Osborne ne pouvait rien lui avouer. Il ne restait plus qu'un nom sur sa liste noire : Jim Faloon, tombé six mois plus tôt pour homicide et qui purgeait sa peine au pénitencier du district. Il ne sortirait pas avant cinq ou dix ans.

— Ne t'en fais pas, répondit Osborne. Je me fous complètement de l'argent…

Fitzgerald soupira depuis son coin de bureau.

— Fais gaffe à toi, dit-il pour clore l'entrevue. On a tous des comptes à régler mais si tu essaies de me doubler, si tu fais des trucs dans mon dos pour je ne sais qui, je te jure que je te vide mon chargeur dans la gueule…

Paul rigola — il avait l'air sérieux.

*

Elle n'était pas là mais il pouvait sentir son pouls au bout de ses doigts, il brûlait comme autant de petits soleils… Réchauffer la matière, combler les manques, les fissures, pour elle, Osborne était capable de tout…

Une lumière filtrait de la maison, celle du salon. Osborne n'avait pas de montre mais il devait être dix heures du soir. Il écrasa sa cigarette sur le trottoir et quitta la pénombre du lampadaire cassé. Le quartier de Red Hill était toujours aussi laid, avec ses rues mornes et ses fils électriques qui pendouillaient du ciel. Paul avança vers la maison du lotissement, le cœur battant…

Le film du soir s'achevait. Glenn se tenait avachi devant l'écran, silencieux, et Susan Witkaire était fatiguée. Le travail à la croissanterie, ses horaires flexibles, les heures supplémentaires mal payées, elle pouvait s'y faire, mais la déchéance de l'homme qu'elle aimait, non. Son chômage se prolongeait, trois ans maintenant que Glenn n'avait pas gagné un dollar de ses mains, et depuis quelques semaines elle sentait qu'il avait décroché : il ne cherchait plus rien, buvait en cachette, mentait ou refusait de parler, et c'est à peine s'il entretenait le jardin. Elle se sentait seule. Seule et délaissée au bout du lit, dernière victime d'une série d'événements qui les tenait enchaînés…

Susan fumait dehors, en attendant la fin d'un film

passé mille fois à la télé, quand une silhouette apparut sur le bout de jardin. Osborne… Paul Osborne.

La femme se tourna d'instinct vers la lumière du salon.

— N'ayez pas peur, dit-il. Je veux juste de ses nouvelles…

— Je… je n'ai rien à vous dire, Paul. Partez.

Leur ancien voisin la fixait de ses grands yeux dorés, magnétiques.

— J'ai… j'ai quelque chose pour elle, dit-il. Pour vous…

Susan secoua la tête — bon Dieu, il ne voyait pas que leur fille avait fui, qu'elle était partie loin, à l'autre bout de la terre ?! Non, Paul Osborne ne voyait pas : condamné à inventer les distances, il vivait en aveugle.

Il sortit une enveloppe de sa veste noire :

— Tenez, dit-il. Prenez ça… Comme dédommagement…

Il ouvrit la grosse enveloppe, il y avait des dollars à l'intérieur, des milliers de dollars en grosses coupures qu'il lui tendait, pathétique…

— Nous ne voulons pas de cet argent, répondit Susan.

— Vous lui donnerez…

— Non… Non… Je vous en prie, reprit-elle en jetant un œil inquiet vers la maison. Partez… Elle ne reviendra pas, souffla sa mère, pas pour vous…

Osborne avait reflué, la gorge serrée, mais Susan se trompait : elle était revenue, un jeudi, après des années d'absence. Et sa vie s'était écroulée.

*

Jack Fitzgerald avait refusé la démission d'Osborne mais cette tête de pioche était partie sans crier gare. Averti en catastrophe, le Maori avait dû foncer à l'aéroport pour le retenir. Peine perdue. Paul était au bar, un aller simple pour Sydney et le regard triste pour tout bagage. Il essayait pourtant de sourire :

— Laisse tomber, Jack. Je me fiche de la police, de ce que tu peux penser, de ce qui arrivera…

— Tu ne peux pas partir, comme ça…

— Je te laisse le petit frère, dit-il. Tu verras qu'il n'est pas si mal…

John Osborne, son demi-frère. Un quart de ses compétences. Ce n'était de toute façon pas la question. Jack le dévisagea. Quelque chose l'avait atteint au cœur, quelque chose dont Osborne n'avait jamais parlé…

— Il y a forcément quelque chose que je peux faire, dit-il.

— M'oublier, répondit Paul sans animosité.

— Je croyais qu'on était amis.

— Justement.

Mais son sourire las ne valait pas tripette. Osborne se leva, paya les verres et serra le Maori en guise d'adieu. C'était l'heure de l'embarquement.

Jack Fitzgerald fit une chose qu'il devait regretter toute sa vie : il le laissa filer…

Si Osborne était resté, c'est sûr, les choses se seraient passées différemment. Mais Paul était parti sur un coup de tête, de ceux qu'on s'inflige soi-même, laissant Fitzgerald seul, orphelin d'un monde qui ne voulait pas d'eux…

HAKA

Édition revue

À Tom Hunt, Kieren Barry
& Francesca King,
gens de Nouvelle-Zélande.

J'ai bien reçu
Tous les messages
Ils disent qu'ils ont compris
Qu'il n'y a plus le choix
Que l'esprit qui souffle
Guidera leurs pas
Qu'arrive le dernier temps où
Nous pourrons parler
Alors soyons désinvoltes
N'ayons l'air de rien…
Quand la pluie de sagesse
Pourrit sur les trottoirs
Notre mère la Terre
Étonne-moi

TOSTAKY

PREMIÈRE PARTIE

EXTRAIRE LE DARD D'UNE GUÊPE EN VOL

1

Naturellement. C'était forcément une chose vomie mille fois qui lui tordait le ventre. Et chaque matin, Jack Fitzgerald pouvait mesurer l'ampleur du chaos ; une partie d'infini qu'aucun stratagème mathématique ne comblerait jamais. Il l'avait juré.

Sa famille avait disparu. Depuis, Jack allait se réfugier dans la chambre isolée au fond du couloir, celle de la gamine. Il n'en ressortait qu'à l'aube, moribond, sans larmes, à moitié fou. Outre les photos, exposées aux murs par dizaines, il avait réuni là dossiers, ordinateurs, cartes d'état-major, témoignages divers et autres rapports de police liés à leur disparition. De cette histoire, Jack connaissait tout mais ne savait rien. Avec le temps, la chambre de la petite était devenue son bureau parallèle, une sorte de cimetière sans tombe : tant qu'on n'aurait pas retrouvé les corps, il resterait son propre fossoyeur — et accessoirement capitaine de la police d'Auckland.

Ce petit manège durait depuis bientôt vingt-cinq ans. Fitzgerald en avait aujourd'hui quarante-cinq et sombrait peu à peu vers le Pandémonium de son seul imaginaire. Car ce qui le poussait à se réfugier dans le bureau secret relevait plus du comportement psychotique que du rite obsessionnel. Dans le langage psychiatrique, la fonction était précise : il entretenait son délire.

D'après les experts, c'était la seule façon de guérir.
D'après lui, c'était la seule raison de vivre.

Jack habitait Mission Bay, une de ces agréables bicoques posées sur pilotis, en équilibre entre les flancs des collines et la baie d'Auraki. À l'image des femmes qu'il côtoyait à l'occasion, les pièces étaient reléguées à des endroits de passage : la cuisine servait à manger, le salon à recevoir — ce qui n'arrivait pas — et la chambre à coucher. Sous le préau, un vestibule stockait le bordel accumulé depuis toutes ces années (il s'agissait en majorité des affaires d'Elisabeth, affaires qu'il ne s'était jamais vraiment résolu à jeter). Il avait longtemps gardé la photo de sa femme sur la table de nuit, une photo en noir et blanc où elle semblait incroyablement jeune, et puis il l'avait jetée, un jour de grand vent…

Le jour se levait, encore timide. Jack passa un œil par la fenêtre du bureau. En contrebas, le très sélect Yacht Club de Mission Bay faisait dodeliner ses mâts enrubannés de fanions. Plus loin, la baie clapotait mollement sous les tiédeurs de décembre. Jack se leva sans un regard pour les photos accrochées aux murs, ferma la porte comme si la petite venait de s'y endormir et marcha dans ses pensées jusqu'au bar de la cuisine. Un bar américain comme on dit, avec une cafetière entartrée et des empreintes de tasses vieilles d'une semaine.

Il s'étira sous les crépitements monolithiques de la machine. Ce soir, on fêtait Noël. Dans la maison, le silence pesait son poids d'absence.

Sept heures du matin. Fitzgerald avait beau les piétiner, ses pensées se relevaient de tout. Même d'un oubli. Il songea à sa femme : peut-être qu'à ce moment précis Elisabeth hurlait quelque part, peut-être qu'elle lui crachait ses cordes vocales à la figure pour qu'il la sauve, la sauve enfin, peut-être même qu'elle n'avait plus que des cancers dans la gorge à force d'avoir crié comme ça après lui. Peut-être.

Vingt-cinq ans, ça fait beaucoup d'échos.

Tocsin de ses mauvais pressentiments, la sonnerie du téléphone retentit dans son coin de salon. Il décrocha, une cigarette à la bouche pour ramasser les poubelles d'une nuit trop courte.

La voix du sergent Bashop s'englua dans la mélasse de vingt-cinq années de gueule de bois.

— Fitz ? On vient de trouver une fille sur la plage de Devonport. Morte.

Mauvais miracle, il retrouva tous ses esprits.

— Quand ça ?

— Au petit matin. Des promeneurs.

— Homicide ?

— On dirait. La fille a le sexe scalpé.

— Hein ?

— Le pubis a été scalpé, s'enroua Bashop. Pour le reste, faudra voir le rapport d'autopsie.

Jack réfléchit à toute allure : Elisabeth, Elisabeth… avec un peu de chance, il y avait peut-être un rapport, un lien, une chose lointaine, un espoir, n'importe quoi…

— J'arrive.

— Attendez ! Il faut d'abord que vous passiez au bureau. Le professeur Waitura vous y attend. Ordre du procureur du district. Waitura est une spécialiste en criminologie. De l'université de Christchurch.

L'île du Sud. Autant dire le trou du cul du monde.

— Bon, et elle est comment ?

— Mieux foutue que sa gueule, si vous voulez mon avis !

— Non.

Jack raccrocha ; Bashop lui laissait la sensation d'une feuille d'aluminium sur un plombage.

Une femme. N'importe quoi. Continuant de maugréer,

il s'habilla d'un costume sixties acheté aux puces de Newmarket un jour de petite déprime, d'une paire de chaussures anglaises et d'un visage passe-partout, histoire de faire bonne figure. La dernière gorgée de café avait un goût de réglisse. Fitzgerald ouvrit la porte qui menait au préau, porte qu'il fit claquer comme un juron dans son dos.

Dehors, la température grimpait déjà dans le ciel malade. Le regard du policier hoqueta sur une Honda gris métallisé garée en bordure de la maison. Il allongea le cou vers le jardin où sa femme de ménage replantait quelques fleurs amochées ; avec le soleil brutal de l'été, leurs pétales colorés avaient commencé de se flétrir.

Helen aimait les fleurs vivantes. Lui, ça dépendait des fois.

Sentant qu'on l'observait, la femme se retourna. Malgré ses efforts, Jack avait sa tête des mauvais jours : les épaules renfrognées dans son mètre quatre-vingt-huit, le cheveu salé sur les tempes, les traits ciselés sur sa peau mate, la tendresse anéantie au fond de tout ça, et aussi des yeux ardents, des yeux de cinglé, vert foncé, avec de jolies taches jaunes à l'intérieur.

« Désespoir stationnaire », évalua Helen en connaisseuse.

La femme de ménage lui adressa un signe de la main, un sourire timide. Un pétale de rose blanche s'était accroché à son gilet bleu. Au lieu de lui dire, il se contenta d'un bref bonjour avant de monter dans sa voiture, une Toyota à boîte automatique.

Jack Fitzgerald détestait les automatiques. Helen, ça dépendait des fois — son amour l'agaçait.

*

Partant de Mission Bay, la mer vous accompagnait jusqu'à Auckland. Après le pont de Tamaki et l'aquarium de Kelly Tarltorn, sorte de Cousteau local, les beaux quartiers de Parnell s'étendaient jusqu'à la City : boutiques européennes du dernier chic, restaurants aux enseignes soignées, terrasses animées de golden boys pas trop pressés de s'enrichir, tout était réuni pour évoquer le bien-être discret d'un pays oublié en bas à droite du planisphère.

Fitzgerald remonta l'avenue à vive allure, chassant les mémères fardées contre les trottoirs, puis bifurqua à Newmarket pour atteindre le centre-ville et ses buildings couleur ciel. Auckland s'éveillait sous les effluves de croissanteries françaises. Traversant les zébras de Shortland Street, un jeune avocat s'énervait après le nœud de sa cravate. Pendant que la radio locale délirait à pleins tubes, Jack pensait à tous ces abrutis — les gens. Pour eux, il n'était qu'un phénomène d'acculturation modèle, un Maori de seconde souche qui aurait grandi parmi les flics jusqu'à en définir l'élite, le symbole d'une justice pour tous, une sorte de totem avec des squelettes vivants qui tournent autour.

Les huiles locales le prenaient sans doute pour un de ces gnomes en mal de rédemption, lui, l'activiste de l'ombre, des campus, organisateur d'émeutes pour défendre les droits de ses frères, mais tout ça c'était hier. Aujourd'hui Fitzgerald dédaignait la gloriole qui lui traînait au cul comme un chien sans maître, il avait même un franc mépris pour ceux qui l'admiraient et une sourde haine pour « Fitz », le surnom dont ils l'affublaient.

Hickok figurait parmi ceux-là. Jack se demanda pourquoi le procureur du district avait demandé l'assistance d'une criminologue. Jusqu'alors, un contrat silencieux s'était instauré entre les deux hommes. L'un devinait tout de l'autre, et inversement. Leurs méthodes différaient : ils pouvaient ainsi se mépriser poliment.

Hickok était un homme intelligent, pragmatique, il inspirait confiance à ceux qui l'avaient mis là, obtenait d'excellents résultats à la tête de la police d'Auckland et les déviances névrotiques de son flic d'élite ne l'intéressaient pas beaucoup : pour lui, Fitzgerald était un mauvais survivant, une espèce naviguant en eaux troubles qui, faute de certitudes, cultivait un mythe inutile et sinistre. Hickok, fin psychologue, savait parfaitement qu'à quarante-cinq ans la vie de Jack Fitzgerald était finie : c'est sa mort qu'il soignait tous les jours.

Il fallait faire avec.

La Toyota se gara sur Fanshawe, centre d'activités tertiaires parmi lesquelles le commissariat tirait son building flambant neuf du jeu — à savoir un business d'État très lucratif. L'avenue longeait Freemans Bay, port mythique où les monocoques de la Whitbread se refaisaient une beauté avant d'affronter le cap Horn.

Fitzgerald ne faisait plus de bateau. Pas le temps. Il grimpa les quelques marches qui le séparaient du hall marbré, croisa John Osborne, son meilleur adjoint, cueillit un dossier à la volée et disparut dans un ascenseur où souriait benoîtement un vigile en uniforme. Après quoi il traversa un couloir sous les applaudissements polis des claviers d'ordinateurs et poussa la porte du bureau d'Hickok.

Luxe patiné, cuir, aquarelles, moquette sombre, bois noble, odeur de papier et d'encre fraîche, l'endroit était soigné mais clinquant.

Assise sur une chaise, une femme.

Plus loin, dans un fauteuil rotatif visiblement confortable, le procureur et ses yeux d'un bleu clair à y toucher le fond.

— Fitz, je vous présente le professeur Waitura, experte en criminologie.

— Psychopathologue experte en criminologie, rectifia la fille depuis sa chaise.

Hickok laissa dériver un filet d'ironie.

— Professeur, je vous présente le capitaine Fitzgerald…

— Capitaine, fit-elle en tendant sa main droite.

Jack la serra mollement. Il détestait ça. Avec un peu de chance, elle aussi.

— Fitz, vous allez travailler avec le professeur Waitura, annonça le procureur.

— Je n'ai besoin de personne. Pas jusqu'à présent…

Sous ses airs revêches, il voulait bien risquer son existence mais pas celle d'une femme. Tout, mais pas les femmes. Elles lui avaient appris à pleurer mais il les aimait bien. Il n'avait jamais su leur dire mais ça n'avait rien à voir. Aujourd'hui, Hickok jouait avec le feu, vent de face.

C'est elle qui intervint la première :

— Ma fonction n'est pas de vous freiner dans vos investigations mais simplement de vous aider à retrouver le coupable.

— Ah oui ? fit-il en regardant sa montre, une Swatch pourrie, démodée depuis mille ans.

— Je continue mon bla-bla ?

— Je vous en prie.

— Je peux vous éclairer dans vos recherches. Mon travail consiste à repérer les malades afin de les soigner. Le tueur est vivant. Je veux le trouver. Avec ou sans vous. Le meurtre de cette nuit ressemble comme deux gouttes d'eau à celui commis sur Irène Nawalu et je connais bien le dossier. Je peux vous aider.

Las du cliché du loup et de la brebis, Jack se tut. De toute façon, il trouverait bien un moyen de dégoûter cette jeune aventurière. Tout était une question de temps. Il écouta peu le discours volontaire de la criminologue mais observa ses traits : un visage dur, sans fantaisie, une bouche un peu sèche, une bouche pas habituée à rire mais avec de belles lèvres, quelques taches de rousseur égarées çà et là, des cheveux châtain clair qu'elle avait attachés pour se vieillir, des sourcils sombres, pas commodes, une peau mate sans fond de teint et des yeux noisette tout croquants d'intelligence. C'était son seul charme.

Waitura cessa de parler, épousseta le pli de sa jupe qui n'en avait nul besoin et regarda le policier dans les yeux. Il la trouva assez insolente. C'était plutôt bon signe.

— Bien, je vois que vous avez fait connaissance, conclut Hickok depuis son siège pivotant. Vous avez une semaine pour trouver le sauvage qui commet ces crimes. Je compte sur votre entente.

La jeune femme s'était levée et, à sa plus grande surprise, Jack constata que le sergent Bashop n'avait pas tort : Ann Waitura était bel et bien mieux foutue que sa gueule.

2

Au large le soleil avait l'eau à la bouche. Même les ferries cherchaient un peu de fraîcheur sous les docks où quelques Maoris s'évaporaient en rotant leur première bière. La dernière s'échangerait avec quelques gnons dans un des hangars bruyants du port, quand la Steinlager a parfois un goût de dent cassée.

La Toyota quitta le motorway et prit la direction de Devonport. Waitura lisait ses notes sans prendre garde aux mèches blondes de son chignon qui tentaient de s'enfuir par la vitre ouverte. Experte en criminologie, Ann Waitura avait l'habitude des affections les plus bizarres : s'entendre avec un flic comme Fitzgerald ne l'émouvait donc pas outre mesure. D'ailleurs, ce type n'avait pas l'air si méchant. La carapace ôtée, il resterait un homme comme un autre, c'est-à-dire capable du meilleur en se débattant pour éviter le pire.

Il alluma une cigarette.

— Qu'en pensez-vous, doc ?

— Je ne suis pas docteur, capitaine : tout ce que je sais, c'est qu'on n'a jamais retrouvé le meurtrier d'Irène Nawalu et qu'aujourd'hui une fille a été assassinée dans des conditions similaires. Les mêmes atrocités sur le même type de femme.

— Type ?

— Des Polynésiennes. Âge similaire. Retrouvées toutes les deux sur une plage. La première du côté d'Arapawa, sur l'île du Sud, et aujourd'hui Devonport, île du Nord. Soit cinq ans et quatre cents kilomètres d'écart entre les deux meurtres. Étrange. Normalement, ce genre de tueur récidive dans l'année qui suit. Pourquoi avoir attendu si longtemps ?

— Vous m'avez l'air bien renseignée…

— J'ai fait ma thèse sur l'affaire Nawalu.

— Vous aviez quel âge ?

— Vingt-quatre ans. J'en ai vingt-six, si c'est ça que vous voulez savoir. J'espère que ça ne vous gêne pas ?

Il haussa les épaules. Bizarre. Waitura était jeune, dynamique, ambitieuse, un cerveau plein de diplômes et de mentions s'imaginant détenir le pouvoir exclusif du pragmatisme médical, mais quelque chose le dérangeait chez elle. Jack ne savait pas quoi. Et ça l'agaçait. Il dit :

— Vous qui semblez connaître le dossier de la première victime, que pensez-vous du tueur ?

— Il y a différents cas de figure, dit-elle : notre homme peut être un déséquilibré mental, un fou sanguinaire frappant au hasard de ses rencontres. Mais je ne le crois pas : un maniaque n'aurait pas attendu cinq ans pour renouveler ses exploits. Entre les deux, un chemin de croix… (Ses yeux noisette brillèrent à l'éclat du soleil.) Si vous voulez mon avis, je pense que les victimes sont pour lui des symboles. Il y a trop de similitudes dans ces homicides, et forcément une explication rationnelle…

Une passionnée. C'était déjà ça.

— Tout ça c'est de la théorie. Vous êtes sûre de ce que vous avancez ?

— Je ne suis pas une femme d'hypothèses. J'en ai émis une seule dans ma vie, concernant mon mari, et il m'a fallu la révoquer au bout de trois mois. Depuis, je fuis les hypothèses, si vous voyez ce que je veux dire…

— Vous êtes mariée ?

— J'étais, rectifia-t-elle d'un ton égal.

— Ah.

La chaleur semblait figer les véhicules sur l'asphalte. Décidément, cette petite avait la repartie facile. Une garde, peut-être. Waitura n'était vraiment pas le genre de femme à se tromper de mari. Elle trancha au beau milieu de ses supputations :

— L'homme que nous recherchons peut très bien être quelqu'un de socialement élevé, spirituel, drôle même...

— J'en doute.

Jack n'avait qu'un seul doute : il concernait la disparition de sa famille.

Waitura n'avait pas un millième de ses certitudes.

— Et pourquoi donc ?

— Mon instinct de flic. Ou n'importe quoi d'autre qui crie dans la tête pour qu'on l'écoute. Pourquoi avoir choisi d'étudier ce dossier ?

Waitura avait trop de choses à cacher pour se laisser surprendre.

— La mutilation du sexe a une signification précise. Je veux la trouver. Celui qui a fait ça n'est peut-être pas un monstre mais un homme malade, victime d'un traumatisme. Cet homme a souffert. Je peux l'aider. Platon, pour ne citer que lui, a bien différencié le coupable incorrigible qu'il faut isoler et le coupable récupérable qu'il s'agit d'amender avant de le rééduquer.

— Je me fous de Platon.

— Vous avez tort. Savez-vous par exemple que les grands drogués ont en majorité souffert d'inceste durant leur enfance ?

— Et alors ?

— Vous traitez l'effet. Moi, la cause. Appelez ça de la tolérance idéaliste si ça vous chante. Je n'aime pas la répression. (Une colère discrète rougissait le front de la criminologue.) Quand vous aurez la preuve de sa culpabilité, vous vous empresserez d'éliminer notre homme ?

— C'est l'idée que je vous inspire ?

— Dois-je vous rappeler le contenu de votre dossier et les tueries qui y figurent ?

Il lui montra une paire de canines.

— Et que dit-il d'autre, ce dossier ?

— Secret professionnel, vous le savez tout aussi bien que moi, capitaine ! railla-t-elle.

— Faut pas croire tout ce qu'on dit.

— Heureusement, autrement je vous prendrais pour un psychopathe du crime commis en toute impunité !

Waitura venait de remarquer les croûtes de sang sur les jointures de ses mains.

— Quoi d'autre ?

— Je peux être franche ?

— Je vous le conseille presque amicalement.

— Vous avez des collaborateurs, des rats de bureau qui vous mâchent le travail, mais vous évoluez sans filet sur le terrain, ce qui vous dispense de rendre des comptes quant à votre attitude jugée aujourd'hui discutable. Comme tous les hommes qui souffrent mal, vous vous vengez. Mais méfiez-vous, capitaine : on vous a à l'œil et, depuis quelque temps, vous êtes sur le gril… (Elle continua de divulguer le secret professionnel dont elle n'avait que faire.) Dernièrement, vous avez tué trois hommes et…

— Légitime défense ! gronda-t-il comme si ces deux mots étaient capables de camoufler ses vagues remords.

— C'est ainsi qu'on vous a sorti de la panade mais cela risque d'être la dernière fois.

Jack tenait bon le volant de sa voiture. Ses escapades nocturnes, ses cognes arbitraires, ses coups de folie destructrice, Hickok savait tout. Ses mâchoires écrasaient de l'ivoire par blocs entiers mais, mine de rien, cette jeune provinciale venait de lui rendre un sacré service... Il alluma une nouvelle cigarette. C'était la troisième depuis Auckland.

— Vous fumez trop, capitaine.

— Oui, et des fortes, de celles qui défoncent les poumons. N'allez pas chercher de désir suicidaire là-dedans, ce sont simplement celles que je préfère.

Elle haussa les sourcils pour économiser un rire. Encore un petit effort et leur relation virerait à la franche camaraderie.

À la lecture de son dossier, ce type ne lui avait pas du tout plu mais Ann commençait à s'y faire : Fitzgerald avait des traits trop fins pour une brute épaisse. Son père, Maori de souche, lui avait légué le teint mat des gens des îles, un nez légèrement épaté, une carrure de All Blacks à la retraite et de puissants maxillaires qui donnaient à son visage une incontestable dureté — son centre de gravité. De sa mère, venue d'Écosse, il avait volé les yeux vert feuille et une douceur suspecte sur les lèvres.

Fitzgerald devait plaire à certaines femmes — celles qui s'imaginent qu'il y a toujours quelque chose à sauver d'un homme perdu. La violence était sa drogue, sa faiblesse, le mépris qu'il avait de lui-même. La criminologue avait parcouru son dossier : comme la plupart des Néo-Zélandais, Jack avait joué au rugby, mais son tempérament l'avait poussé à une carrière de boxeur universitaire. Il fit quelques combats avant de tomber sur un de ces Maoris de cent quarante kilos capable de vous broyer les côtes d'un seul crochet. Fitzgerald sut ce jour-là qu'il n'était pas le plus fort, l'accepta plutôt bien et vécut avec en bonne intelligence. Au début des années soixante-dix, il avait plus ou moins milité pour le parti travailliste et œuvré pour l'insertion des Maoris. Alors étudiant, ses positions gauchistes lui valurent peu d'amis bien placés. Sa rencontre avec Elisabeth avait marqué la fin de sa carrière d'émeutier. Le dossier ne disait pas grand-chose sur cette femme. On savait juste que c'était une petite étudiante de dix-huit ans avec laquelle il s'était marié à la va-vite. Ils avaient eu un enfant, Judy. Leur disparition demeurait un mystère. Le reste du dossier mentionnait ses talents d'enquêteur et son courage dans les affaires les plus sales. Ce type était incorruptible, trop détaché du matériel pour s'y complaire. Et il était malade. C'est ce qu'elle aimait chez lui. Ça et toute cette tendresse qui hurlait pour qu'on la sorte de là…

Les pancartes devinrent plus rares. En filant vers le nord, la population s'étiolait. Une succession de champs incultes défila sous leurs yeux.

— Que savez-vous des gamines ? demanda-t-il en expédiant la fumée de sa cigarette par la vitre.

— Pas grand-chose. Irène, la première victime, travaillait dans un petit magasin de fleurs. D'après les témoignages recueillis, Irène était ce qu'on appelle une pauvre fille qui réussissait à vendre des fleurs sans se tromper en rendant la monnaie. Sa patronne, une veuve âgée, la prenait plus par bon cœur que par nécessité. Irène était aussi connue pour être une fille facile avec les garçons. Une piste qui n'a jamais abouti. On a épluché l'alibi de ses petits amis mais aucun d'eux n'avait le profil d'un tueur. En fait, Irène sortait beaucoup mais couchait peu.

— Une allumeuse ?

— Plutôt une fille naïve, romantique, un peu idiote, mais pas une traînée. Son cadavre a été retrouvé environ cinq jours après sa mort, on n'a jamais pu déterminer si le meurtrier avait abusé sexuellement d'elle ou non…

— Les choses sont différentes en ce qui concerne Carol Panuula : elle a été tuée la nuit dernière.

De la dernière victime, ils ne connaissaient que le nom — on avait trouvé ses papiers sur elle — et le job qu'elle exerçait — employée à l'abattoir du coin…

Ils n'échangèrent plus le moindre mot : Devonport se profilait derrière le pare-brise moucheté d'immondices.

Au large, l'été infusait dans le Pacifique.

Devonport était une petite ville où les retraités mollissaient dans les cafés italiens durant la saison estivale. De l'autre côté de la baie, les docks d'Auckland se profilaient. Cinq mille personnes vivaient dans cette paisible station balnéaire, avec son port de pêche entouré d'arbres et de collines. Une grande rue divisait la ville touristique, flanquée de drugstores, boutiques dernier cri et autres fish'n'chips où le poisson se mange frais dans du papier gras. Quelques exilés du Tonga ou des îles Fidji regardaient passer l'ennui, assis sur le trottoir. Çà et là vaquaient des gamins en rollers, une ou deux filles à la mode et, pour la plupart, des gens coincés entre deux cultures si différentes — anglaise et polynésienne — qu'ils ne savaient toujours pas vers laquelle incliner.

Bref, on y vivait au ralenti depuis un siècle jusqu'à ce matin de décembre. La nouvelle de « la fille morte » relayée par les médias avait déjà fait le tour du comté, propageant une fièvre malsaine.

Fitzgerald traversa le hall de l'institut médico-légal. Dans son dos, les regards convergeaient sur les formes d'Ann Waitura. Après avoir montré sa carte d'un revers de la main, il fila directement au sous-sol. Ils entrèrent sans frapper dans la chambre mortuaire et découvrirent aussitôt le cadavre étendu sur le lit d'acier : Carol Panuula leur souriait. Son visage était livide, comme vidé de son sens commun.

Ann Waitura eut un brusque haut-le-cœur en voyant son sexe, torsion intestinale qu'elle réprima. Jack se contenta de respirer très fort pour remplir ses poumons au plus vite ; une violente odeur de mort flottait dans l'air.

Mc Cleary était encore penché sur la victime quand Fitzgerald fit les présentations. Remarquant enfin la présence de l'experte, le coroner arrêta la course de son scalpel.

— Dis donc, Jack, c'est pas souvent que tu sors accompagné !

Mc Cleary haussa les sourcils et sourit à la criminologue.

— Prof, je vous présente Mc Cleary, le meilleur médecin légiste du pays.

Sans gêne, le coroner admira les seins avenants de la jeune femme sous le tissu du tailleur.

— Enchantée, fit-elle en comprimant sa poitrine, trop forte à son goût.

— Rassurez-vous, je suis marié, sourit Mc Cleary dans une franche poignée de main. Mais ça n'empêche pas d'apprécier les jolies choses…

Engoncé dans une blouse blanche qui laissait peu de place à son corps d'athlète, Mc Cleary allait vers une quarantaine tranquille. C'était un de ces bons bébés élevés au lait de ferme et aux grands bols de céréales, les cheveux épais parsemés de gris, une grosse moustache qu'on qualifie de sympathique, moustache dont les longs poils se mêlaient à ceux des narines. Il aimait les enfants, surtout les siens, son métier, les sports violents, son vieux pote Jack et l'aspect pacifiste de son pays. Et pardessus tout Mc Cleary aimait les femmes.

— Si nous passions à ce qui nous intéresse, proposa Ann Waitura.

— Si vous êtes capable d'entendre ce que je vais vous raconter…

Nue, Carol paraissait incroyablement jeune. La petite rigole qui entourait son lit de mort était déjà remplie de sang. La Polynésienne reposait, les membres et les seins flasques, un étrange sourire figé sur son visage sans beauté. Mises à sac, plusieurs parties du corps étaient proprement repoussantes.

— J'ai presque terminé d'examiner le corps, commenta Mc Cleary. Le meurtre se situe vers quatre heures du matin. Carol Panuula n'a pas été violée. Aucune trace de sperme dans le vagin, ni sur le reste du corps. En revanche le pubis a été découpé, et une partie des lèvres. On n'a pas retrouvé le scalp. Le clitoris a été également sectionné. Quant à l'arme, elle était tranchante : couteau, rasoir… J'ai envoyé les résidus d'acier au labo. Nous en saurons plus long après l'analyse. En revanche, l'utérus, les trompes et les cloisons vaginales n'ont pas été touchés…

Ann Waitura avait les yeux rivés sur le sexe mutilé de Carol et ne pouvait plus s'en détacher.

— Comment la fille a-t-elle été tuée ? demanda Jack.

— Étranglée.

Le policier perdit pied un court instant. Étranglement… Il réprima une grosse nausée d'adrénaline — Elisabeth.

— Difficile de savoir si le tueur a commis ces atrocités avant ou après le meurtre, poursuivit Mc Cleary, mais il y a de fortes chances qu'il l'ait tuée d'abord : je n'ai relevé ni griffures, ni contusions, ni traces de peau sous les ongles de la victime. Je suis navré mais vous allez être déçus : pas de cheveux, pas d'empreintes, pas de sang, pas de poils, jusqu'à présent je n'ai rien trouvé.

— Et les traces de strangulation ? renchérit Fitzgerald, soudain pâle.

— Les marques d'un homme, assura le coroner. D'abord, je doute qu'une femme puisse étrangler une fille aussi robuste que Carol, et l'emplacement des doigts sur le cou est trop espacé pour qu'il puisse être l'œuvre d'une femme…

— Élabore un petit scénario, proposa Jack.

Mc Cleary fit la moue :

— Eh bien, d'après moi, Carol connaissait le meurtrier. Vu l'heure, je suppose qu'ils sont sortis ensemble. Après quoi ils se sont baladés en bord de mer. Là, le tueur l'a étranglée avant de lui infliger son petit rituel. Vous vous souvenez du meurtre d'Irène Nawalu ?

— Oui. Même crime, mêmes circonstances. Je ne m'occupais pas de cette affaire à l'époque mais le professeur Waitura est une spécialiste…

Ann décrocha enfin ses yeux de la morte. Une teinte rose colora ses joues : elle revenait à la vie.

— Oui… Oui…

Jack n'insista pas.

— Que portait la victime ?

— Un petit ensemble assez sexy, répondit Mc Cleary en reluquant ses jambes. À part ça, elle avait un sac à main. Le meurtrier n'a touché ni à l'argent, ni aux papiers. Tout est consigné dans le rapport…

— Je l'ai lu. Autre chose ?

— Pas pour le moment. Je te rappellerai dès que j'ai du nouveau concernant l'arme du crime. Mais avec les fêtes et les congés, ce ne sera pas avant demain ou après-demain.

— Hein ?

— Je suis tout seul ici et les laborantins sont tous en vacances. Ce soir, c'est le réveillon de Noël : excuse les gens d'avoir une vie de famille.

Jack saisit la perche.

— Au fait, comment va la tienne ?

— Impeccable. Les gosses n'en branlent pas une à l'école, ma femme trouve que je pue la mort et je viens de perdre mon chien.

— Lucky ?

— Oui. Enfin, pas si chanceux que ça : il s'est fait écraser en traversant la route…

Jack hocha la tête et se tourna vers Waitura. La criminologue méditait, genre sphinx face à l'armée de Marc Antoine.

— Bon, allons faire un tour sur la plage…

Elle acquiesça. Mc Cleary se frottait le menton à l'aide de son scalpel.

— Salut, Jack. Salut, mademoiselle.

— Madame, rectifia-t-elle.

Et Waitura fit un sourire narquois qui transformait radicalement son visage jusqu'alors austère.

Jack abandonna son ami d'un signe de la main et quitta les lieux après avoir laissé passer la jeune femme devant lui.

Il appelait ça de la « gentlemanie ».

3

Karekare. Une plage titanesque fouettée par les vents. Le sable était noir, les dunes rondes, les herbes d'un vert piquant. Planté dans l'océan comme une statue commémorant les noyés, un rocher s'élevait, véritable forteresse au milieu des éléments déchaînés. Et la mer, inlassable puncheuse, s'écroulait par paquets vivants sur la plage déserte. Ici, le courant était si fort que les surfeurs ne s'y aventuraient qu'à leurs risques et périls. D'ailleurs, si le décor était sauvage, les pancartes indiquaient aux novices qu'en ces lieux de démesure, mieux valait se faire tout petit…

Pour arriver chez John, une route abrupte serpentait à travers un bush épais, constitué de fougères géantes et de fleurs rarement domestiquées. Cette route, personne ne la remontait à vélo. Même la descente était dangereuse. Mais l'émotion était nette lorsqu'on découvrait la longue plage, cernée de loin par des monts fabuleux : Karekare.

En arrivant sur la droite, tel le gardien fatigué du parc naturel, une bâtisse que l'on aurait cru abandonnée faisait autrefois office de rest-house pour surfeurs suicidaires.

La maison de John : une bicoque au bois rongé par le sel. Deux pièces. Une pour manger, l'autre pour dormir.

Le salon, c'était la plage. Le lit, la nuit sur la mer. La troisième pièce, sans fenêtre, était séparée du reste de la maison. Cette pièce, John l'avait construite pour peindre loin du bruit des corps, séparé par ce qu'il croyait être une armure miroitante…

John. Fils de l'âge du silence. Sans bruit, sans drame, il avait posé sa vie au bord de la société. Pas de papiers, pas d'assurances, pas de traces de factures, pas de téléphone et encore moins de fax ou d'internet. La maison appartenait à une vieille fille habitant aujourd'hui Sydney pour qui la bicoque n'avait aucune valeur. John la sous-louait à une agence de notariat qui, moyennant commission, reversait le loyer en liquide à la femme d'Australie. Cet arrangement durait depuis cinq ans : la propriétaire échappait ainsi aux impôts, l'agence prenait son pourcentage et John n'apparaissait sur aucun papier.

La maison fonctionnait grâce à un groupe électrogène, l'eau courante provenait du puits. Pour téléphoner, il allait au village — Piha, la bourgade voisine. Son seul véhicule, une moto de marque Yamaha érodée par le sel, n'avait même pas de carte grise. Quant au chauffage, la cheminée suffisait aux hivers toujours très doux.

John était seul. Seul avec sa maladie, seul avec sa conscience. Elle-même manquait cruellement de repères. Lui manquait de tout.

C'était un de ces matins radieux où le soleil, flânant encore à l'horizon, imprégnait chaque chose d'une lumière tendre et crue. Midi serait de canicule.

John, lui, travaillait dans la pièce sans fenêtre, coupé du reste du monde. Statue humaine, il observait le temps suspendu au bout de son pinceau. Bientôt, des petits dragons de lumière jaillirent de la terre, formant une épaisse toison d'argent sur le visage de femme endormie en contrebas de son esprit… Ses pensées s'articulèrent autour de la toile, vieille de quelques jours. Le visage de la fille semblait le regarder d'un air narquois : malgré la vitre teintée qui le séparait d'elle lorsqu'il l'avait peinte, c'était comme si le modèle avait saisi le tourment de l'artiste invisible. Et lui n'avait su que dégager la moue ironique de ce visage…

John souffrait d'épilepsie temporale. À l'instar de Dostoïevski ou Proust, il s'efforçait de mettre ce syndrome au service de fins créatrices. Toutefois, il lui était difficile de maîtriser ces crises : on le poursuivait, et ce « on », c'était toujours lui, avec ses angoisses, ses phobies. Rongé par la gangrène d'un ego décalcifié, John s'étiolait de jour en jour, à peine capable de marcher parmi les autres humains. À travers la peinture, une partie de sa personnalité cherchait à se procurer de manière fantasmatique des satisfactions auxquelles il n'avait plus accès dans la réalité.

John s'en rendait compte. Parfois.

Un vent glacé souffla dans son esprit, soutenu par le vacarme assourdissant des réacteurs d'un avion long, très long courrier. Qui sait ? Il le mènerait peut-être jusqu'à son passé… En attendant, l'homme observa son présent, englué dans la gouache. Le visage de la jeune fille était sans équivoque ; il ne pourrait plus se cacher longtemps. Signe annonciateur de tempêtes à venir, la commissure des lèvres se pinçait : mépris, rejet, indifférence face à la mort. Le tableau était presque achevé. Il ne manquait plus que la « John's touch ! » comme il disait en rigolant. C'est-à-dire avec un peu de lucidité.

Allégorie de l'instant. L'homme saisit son pinceau, évalua ses maigres chances de réaliser une œuvre réaliste et, d'une main fébrile, peignit les formes et les couleurs de ces quelques mots :

Mon pauvre amour.
Tu es une sépulture
Un rêve morbide :
Je m'endors en rupture
Et tombe dans ton vide.

Bravo. Maintenant, le tableau était achevé.

Une pauvre chose, songea-t-il sans fausse modestie. Inutile de signer : on ne signe pas son arrêt de mort. John regarda le heï-tiki accroché au mur de la pièce, caressa ses formes sensuelles, déformées. Les yeux de nacre de la statue maorie l'observaient : des yeux de fou. Des yeux qui semblaient lui dire « Good morning, sir »…

Il passa de l'autre côté du miroir.

Encore un peu bouleversé par ce qu'il venait de voir de lui, le peintre erra un moment sur le parquet domestique de la chambre. La maison, tout occupée au silence, semblait l'écouter marcher. Derrière la vitre teintée, les yeux nacrés du heï-tiki le suivaient à travers la pièce.

On l'épiait.

John accrocha ses mains à la poutre du salon. La lame de rasoir qu'il portait autour du cou sortit sa tête coupante de sa chemise déboutonnée. Aussitôt, une nausée fit chavirer ses réminiscences et repoussa un peu plus son inconscient vers ses vieux sophismes… Le souffle court, John regarda le ciel lumineux qui soudain l'aveuglait. Une forme passa dans l'air du temps, une chose sans ailes qui disait : « Vivre, ou comment extraire le dard d'une guêpe en vol… »

4

Quand Ann Waitura passa le barrage qui bloquait l'accès à la plage de Devonport, Fitzgerald était déjà penché sur les lieux du crime. Il venait d'interroger le policier qui avait trouvé le corps mais lui et son rapport n'avaient pu lui apporter le moindre indice supplémentaire.

On avait balisé l'emplacement du cadavre à l'aide de piquets. Fitzgerald tendit une série de Polaroids à la criminologue et examina les traces de sang mêlé au sable. Waitura reconnut Carol sur les photos mais son visage grimaçait d'une douleur que Mc Cleary avait su dissiper sur la table d'autopsie : les yeux exorbités de la gamine avaient vu la mort en direct.

Le Maori se releva, la mine austère : il cherchait quelque chose et ne l'avait manifestement pas trouvé.

Le soleil plombait la plage. Waitura laissa le policier suivre les traces anonymes sans dissiper son attention. Jack nota que le meurtrier avait traîné le corps sur quelques mètres : c'était la preuve qu'il avait tué Carol avant de la mutiler. À quatre pattes, il fouilla dans le sable alentour. Sa main survolait l'étendue granuleuse avec une douceur surprenante. Waitura ne savait toujours pas ce qu'il cherchait. Enfin, Jack se releva, un air de triomphe sur le visage : ses doigts tenaient un petit bout de chair.

— Qu'est-ce que c'est que ça ? demanda-t-elle.

Il lui lança un regard mauvais.

— Le clitoris.

Ann sentit grimper une sorte de reptile entre ses jambes. Très désagréable.

Il enfouit la chose dans un sachet de plastique avant d'inspecter les éventuelles traces de pas mais le sable était trop meuble pour tirer la moindre conclusion. Quand il se retourna, Waitura examinait toujours les photos. Elle releva la tête, se fendit d'un regard étonnamment doux (ses yeux noisette semblaient s'allonger à ce moment précis) et dit :

— Alors, capitaine, qu'en dites-vous ?

— Ce salaud ne l'emportera pas au paradis.

Il avait dit ça avec calme mais un inquiétant rictus déformait son visage. Pauvre diable.

*

Ils achetèrent un sandwich à la volée dans une échoppe. Midi tapait dans le temps comme une brute ordinaire. La Toyota roulait le long de champs encore verdoyants. Jack balança la fin de son sandwich au thon par la vitre ouverte. Une mouette en vol le manqua de peu. Ann avait à peine entamé le sien. Les tomates avaient un sale goût rance. Elle reprit le dossier où elle l'avait laissé.

— Carol travaillait à l'abattoir de Devonport, un endroit où j'imagine la sensualité réduite à un tablier de plastique pour éviter que le sang des bestiaux n'infeste la peau. Son premier job après le collège et une année passée à glander…

— Qui vous a raconté tout ça ?

— Katy Larsen, sa colocataire. Je l'ai eue tout à

l'heure au téléphone. Quant à Carol, inutile de chercher du côté de ses parents : ils habitent Wellington et ont coupé les ponts avec leur fille depuis deux ans. C'est une famille très croyante qui avait mis tous ses espoirs dans leur fille unique. Ils n'ont jamais accepté qu'elle abandonne ses études.

— Vous leur avez téléphoné aussi ?

— Oui. J'ai jugé que cela nous ferait gagner du temps.

Fitzgerald ne protesta pas. Il en avait marre de jouer au dictateur.

Ann commençait à saisir la façon de prendre ce type : être discrète, poser les questions pertinentes au moment où il s'y attendait le moins et défendre son territoire coûte que coûte. Après quoi, il deviendrait doux comme un agneau — si aucun prédateur ne venait à traîner dans ses environs.

Ils passèrent les grilles de l'abattoir à cochons, un des rares en Nouvelle-Zélande qui, grosso modo, possède un humain par tonne de moutons.

L'usine était un endroit à la stérilité sordide où pesait l'effroyable odeur d'une mort réglementée. Plus loin, du sang coagulé faisait une pyramide gluante dans un hangar. Un vieux Maori aux paupières lourdes nettoyait les résidus d'hémoglobine à l'aide d'un Karcher. Waitura détourna les yeux pour oublier l'odeur de tripes qui lui nouait le ventre. Jack était déjà dans le bureau du petit chef, un dénommé Moorie.

Le recruteur ne connaissait pas bien Carol, et encore moins ses éventuels ennemis. L'interrogatoire dura le temps d'une cigarette. Fitzgerald connaissait ce type. On l'avait embarqué l'année dernière parce qu'il tabassait sa femme. Et un type qui tabasse sa femme est trop lâche pour commettre des crimes. Les ouvriers, eux, faisaient la pause : Bashop se chargerait de les interroger… Dès lors, la cigarette écrasée sous sa semelle, Jack se fendit d'un direct :

— Bon, tirons-nous. Cet abruti ne nous apprendra rien de plus.

La criminologue envoya un regard stupéfait au recruteur, lequel haussa les épaules comme s'il avait l'habitude de se faire envoyer sur les roses.

Dans la cour, le policier croisa un camion rempli de bestiaux effrayés. Les groins jaillissaient entre les grilles de la remorque, cherchant l'air susceptible de les sauver.

*

Katy Larsen et Carol Panuula habitaient une maison proprette dans un lotissement aux allées fleuries : Takapuna, ville côtière sans grand intérêt au nord d'Auckland. Comme beaucoup de nouveaux arrivants sur le marché du travail, les deux gamines louaient la maison à la semaine : deux cents dollars, jardinier et charges inclus. Le fait d'habiter assez loin de la cité leur permettait de vivre dans un endroit agréable et malgré la promiscuité d'une colocation, d'être très tôt indépendantes.

Bien que sa mine fût défaite, Katy Larsen était une blonde aux yeux bleu satiné, taille moyenne, bien faite. Sa frimousse parsemée de taches de rousseur assez discrètes pour être remarquées lui rendait en charme ce qu'elle perdait en plastique pure.

Le salon était une pièce improvisée deux ans plus tôt et jamais achevée. Une caisse retournée faisait office de table. Aux murs, quelques photos où les gamines se pavanaient aux bras de jeunes types souriants. Jamais les mêmes. Le reste était simple et sans véritable goût, avec des couleurs pastel et de la récupération.

Katy prit place sur une chaise de jardin. Jack demanda

s'il pouvait fumer après avoir allumé sa cigarette. Katy poursuivait ses études de chinois à l'université ; la nouvelle du décès de Carol l'avait plongée dans un état pitoyable. Après une période de mise en confiance, la criminologue entra dans le vif du sujet :

— Carol avait-elle des amis ? Vous m'avez dit au téléphone qu'elle connaissait beaucoup d'hommes…

— Beaucoup, façon de parler… rectifia Katy sans saisir les subtilités d'un interrogatoire. Disons que Carol aimait plaire. C'est humain. Elle était jeune, pas timide, gaie et, malgré son physique plutôt commun, attirait beaucoup les hommes.

Jack sourit : décidément, les gamines ne peuvent pas s'empêcher d'assassiner leur meilleure copine.

— Quel genre d'hommes ? Des jeunes ou des gens plus âgés ?

— Des Blancs. Souvent un peu plus vieux…

— Vingt-cinq, trente ans ?

— Rarement plus vieux. Des étudiants, des avocats, des artistes parfois…

— Artistes ?

— Carol m'a raconté une histoire bizarre, un peintre qui la prenait comme modèle…

— Vous connaissez son nom ?

— Non.

— Où est son atelier ?

— Je ne me souviens pas bien, marmonna-t-elle entre ses jolies lèvres. Je crois qu'elle ne me l'a jamais dit…

— Ce peintre, c'était un grand brun ? coupa Jack au hasard (il connaissait l'étrange faculté qu'ont certaines jeunes filles à fabuler et préférait lui sabrer l'herbe sous le pied).

Katy hésita une seconde mais le policier sut qu'il ne s'agissait pas d'un mensonge : juste la déception de ne pouvoir en savoir davantage.

— Non, dit-elle, Carol ne l'avait jamais vu.

— Vous voulez dire qu'elle n'est jamais allée au rendez-vous ? poursuivit Waitura.

— Si, si ! confirma Katy. Mais quand elle posait, elle ne le voyait pas.

— Comment ça ?

— Eh bien, d'après Carol, elle n'avait qu'à se rendre à son atelier, à se déshabiller et à rester là pendant une heure. L'argent était sur la table. Cent dollars. Une somme qu'elle ne pouvait pas refuser si elle voulait quitter l'abattoir…

— Comment pouvait-elle être peinte si l'artiste ne se trouvait pas là ? s'étonna Waitura.

— Alors là, je n'en sais rien ! Peut-être qu'il l'espionnait…

— Y est-elle retournée ?

— À l'atelier ? Je crois, oui… En fait, Carol m'en a parlé la première fois. Elle avait un peu peur. Ensuite, elle ne m'en a plus jamais parlé.

— Et vous trouvez ça normal ?

Katy haussa les épaules.

— Carol aimait garder le mystère sur ses relations. Elle sortait presque tous les soirs mais elle me racontait rarement ce qu'elle avait fait ; sans doute pour aiguiser ma curiosité… J'avoue que je m'en fichais un peu.

Jack comprit qu'une certaine rivalité existait entre les deux colocataires.

— Quand a commencé ce petit manège ? demanda son équipière. Je veux parler du peintre ?

— Il y a un mois, peut-être deux…

— Savez-vous si Carol s'est rendue à l'atelier dimanche dernier ?

— Je crois. Mais je n'en suis pas sûre.

— Vous ne savez pas comment elle a rencontré ce peintre ?

— Non.

— Comment la contactait-il ?

— Je ne sais pas. Peut-être l'a-t-elle vu une fois, ou alors il l'a contacté par téléphone, je… je ne sais pas.

L'insistance de la criminologue le déstabilisait.

— Peut-être n'est-ce que le fruit de votre imagination ?

— De quoi parlez-vous ?

— De l'imagination des jeunes filles, si fertile qu'elle peut parfois déformer la réalité.

— Non, je vous dis la vérité ! s'enorgueillit la gamine, le visage boursouflé de larmes tenaces.

— Savez-vous ce que sont devenus ses tableaux ?

— Non, aucune idée.

— Carol ne s'est jamais étonnée de cet étrange manège ?

— Le fait de poser nue dans un atelier de peinture ? Je vous répète que Carol avait abandonné ses études et travaillait dans un abattoir à cochons. Son but était d'en sortir. Pour ça, elle avait deux solutions. Gagner de l'argent ou trouver un homme qui en ait.

— Vous avez drôlement les pieds sur terre, ma petite ! siffla Jack.

— C'est la réalité, c'est tout. Et Carol n'était pas une idiote.

— Vous ne savez pas si elle avait des rapports avec ce peintre en dehors de l'atelier ? poursuivit Waitura.

— Je n'en sais rien. Carol aimait s'entourer de mystères, je vous l'ai dit.

Les enquêteurs s'adressèrent un regard entendu — ils avaient une piste.

— Bon, passons à autre chose. Qui étaient les autres hommes avec lesquels elle sortait ?

— Ça dépendait.

— De quoi ?

— Elle n'avait pas de petit ami régulier.

— Pourquoi ? insista Ann en griffonnant sur son calepin.

— Écoutez, je n'en sais rien. Carol était jeune et elle n'avait trouvé aucun homme digne de confiance.

— C'est pour ça qu'elle passait de bras en bras ?

— Comme toutes les filles. Ça ne fait pas d'elle une salope !

Et ses yeux se remplirent d'une saine colère.

— Bien sûr, bien sûr… Que savez-vous des autres hommes ? Fréquentait-elle des collègues de travail ?

— Carol me disait que les types de l'usine n'étaient qu'une bande de gros lards, d'alcooliques ou de brutes avec lesquels elle n'avait aucune envie de se mélanger. Mais on n'était pas vraiment intimes toutes les deux, juste colocataires…

Jack imagina tout de suite l'effet que devait faire Carol à l'usine : les filles y étaient rares et son corps provocant devait exacerber certaines libidos. Ajoutez à cela son air de Carmencita en vadrouille et vous trouverez dix types un peu cinglés capables de disjoncter à la première occasion…

— S'était-elle plainte de l'attitude de certains de ses amants ?

— Oui, comme toutes les filles déçues, répondit Katy. Mais jamais de quoi attiser la haine.

— Quel était son dernier petit ami ?

La jeune fille parut hésiter une seconde. Finalement, elle dit :

— Je ne sais pas.

Jack intervint, soudain menaçant :

— Tss ! Pas de ça avec moi, petite !

Katy resta comme hypnotisée par le regard brûlant du policier. Il faisait presque peur.

— Le… le barman d'une boîte de nuit.

— Quelle boîte de nuit ?
— Le… Sirène.
— Son nom ?
— Pete, je crois.
— Le voyait-elle régulièrement ? insista Jack, relayant sa partenaire.
— Non, c'était tout frais comme relation. Et d'ailleurs, ça n'a pas duré longtemps.
— Vous voulez dire qu'elle ne sortait plus avec ?
— Oui.
— Depuis quand ?
— Depuis peu, je crois…

Les oreilles rougirent derrière ses mèches blondes. Jack avait ce qu'il voulait.

— Carol tenait-elle un journal intime ? renchérit Waitura.
— Pas que je sache.

Alors seulement, la criminologue commença par le début :

— Quand avez-vous vu Carol pour la dernière fois ?
— Hier. Elle est rentrée ici et s'est changée avant de repartir, vers sept heures. Elle ne m'a pas dit où.
— Comment était-elle habillée ?
— Une petite robe rouge, des escarpins… (La description correspondait.) Je peux vous assurer qu'elle sortait.
— Quel véhicule utilisait-elle hier soir ?
— La Ford qui est dehors.
— Vous ne l'avez pas entendue ramener la voiture ?
— Non, je dormais.
— Bon, ne touchez plus à la Ford, souffla Fitzgerald. J'envoie une équipe pour relever les empreintes.

La jeune fille acquiesça.

— Maintenant, j'aimerais voir la chambre de Carol…
— Dans le couloir, la première à droite…

Le policier se leva tandis qu'Ann engageait l'interrogatoire sur leurs habitudes respectives.

Il pénétra dans une pièce de taille moyenne où se répandaient les effluves d'un parfum bon marché. Si on reconnaît le caractère d'une personne à sa chambre à coucher, Carol semblait plutôt souillon pour une gamine éduquée à l'école catholique ; des vêtements traînaient sur la moquette, le lit s'étendait, draps ouverts, à même le sol. Dans un cendrier de coquillage trônaient des mégots de pétards et de cigarettes blondes. Près du lit, une revue féminine était ouverte à la page des cosmétiques : là, une jeune métisse souriait, du rouge plein les lèvres.

Sur la table de nuit, un ticket de cinéma daté de l'avant-veille, une boîte de capotes entamée et un livre d'amour à l'eau de rose écrit par une Australienne idiote. Dans les tiroirs, pas la moindre trace de carnet secret. Juste quelques photos d'elle enfant, seule sur une balançoire, vous regardant avec des yeux de gamine bientôt grande…

Jack souleva le matelas : des billets de cent dollars firent un reflet sale dans ses yeux.

Le peintre.

L'officier en compta trois. Sans doute gardait-elle cet argent pour un prochain départ…

Jack enfouit la somme dans une pochette de plastique. Le passage dans la salle de bains ne lui en apprit guère plus : Carol semblait être plus préoccupée par son tour de poitrine que par celui de son esprit. Après tout, elle connaissait ses points forts.

Dans le salon, Waitura en finissait avec Katy. Les deux femmes n'avaient que six ans de différence mais si l'une avait un visage franchement attrayant, l'autre gagnait en intelligence ce qu'elle cédait en séduction à sa jeune adversaire. Ce fut sa dernière observation notable : Jack sortit de la maison et se dirigea vers la Ford rouge que Carol avait empruntée la veille. Il revêtit des gants de plastique et fouilla l'habitacle — de nouveau sans résultat.

Il retourna vers la maison. Sur le perron, Ann remercia la jeune fille qui, au contact de la police, s'était ressaisie. Un jour, elle oublierait Carol et une bonne partie de son adolescence avec…

Avant de partir, Katy leur demanda de la tenir au courant de l'affaire. Fitzgerald se taisait. Waitura le lui promit.

Depuis Waitemata Harbour, la vue était magnifique : avec la brume de chaleur, Auckland semblait emmêlé à la mer.

— Qu'en pensez-vous, doc ? demanda-t-il.

— Je ne suis toujours pas docteur, capitaine. À part ce petit détail agaçant à la longue, Katy Larsen ne nous a menti qu'une fois : lorsqu'elle a parlé de Pete, le dernier petit ami de Carol.

Jack reconnut que sa partenaire avait vu juste.

— Je connais la boîte où il travaille. J'irai ce soir.

— Je vous suivrai, si ça ne vous dérange pas. (Pas de réponse.) Bon : et cette histoire de voiture ? renchérit-elle en recalant sa barrette.

— Carol l'a déposée devant la maison avant de se rendre sur la plage, trois kilomètres plus loin. Je ne crois pas qu'elle ait eu le courage, ni le temps, de faire ce chemin à pied. À mon avis, le meurtrier était déjà avec elle. Ce qui confirme la thèse qu'ils se connaissaient…

— Je le pense aussi. Le peintre ?

— Allez savoir…

Ils passèrent l'Harbour Bridge. Jack appela le central afin qu'une équipe relevât d'hypothétiques empreintes dans la Ford utilisée le soir du meurtre.

— Qu'est-ce qu'on fait maintenant ? demanda Ann.

— Je vous dépose en ville. Vous êtes descendue où ?

— Au Debrett Hotel. Dans le centre…

— Oh ! je connais ! s'esclaffa-t-il comme s'il avait passé la majorité de ses nuits à y boire des verres sans importance.

— Et vous ?

L'œil du policier se teinta de noir.

— Je vais faire un petit tour sur mon territoire…

La Toyota stoppa au milieu de Queen Street, la plus grande avenue d'Auckland — c'est-à-dire du pays. Ici, pas d'embouteillage. Les rues étaient propres, dégagées.

Waitura propulsa sa silhouette vers l'hôtel. Un énorme Maori filtrait l'entrée du bar à l'heure où les jeunes avocats venaient boire un verre après le boulot. Les plus loufoques avaient déjà gobé des acides, prenant ainsi de l'avance sur les fêtes. Jack laissa un peu de gomme sur l'asphalte brûlant et prit la direction de Quay Street.

5

Quay Street, six heures du soir. Fitzgerald commençait à se faire une idée du personnage ambigu de Carol Panuula et le quartier était l'endroit idéal pour se renseigner : putes, maquereaux, informateurs, pervers tranquilles, ici tout le monde avait quelque chose à vendre ou à acheter.

Il longea les baraquements minables, les entrepôts et les bars louches du port. Son horizon quotidien. Tout au fond, vers les docks, les prostituées rehausseraient leur Wonderbra, suppléants modernes de dérisoires insuffisances. Ici tout se consommait pour cent dollars au mieux, cinquante en fin de droits.

Jack recherchait Kirsty — « la grosse pute », comme il disait amicalement.

Prostituée, Kirsty l'était du fond de l'âme. Là, des traces de rouge à lèvres écrasé sur le miroir poussiéreux de sa bouche, des billets échangés vite, deux, trois raclées, un type qui avait promis et jamais rien tenu, beaucoup de bites et peu de sentiments. Kirsty arrondissait ses fins de mois en collaborant avec la police. Fitzgerald la protégeait, cela ne faisait pas de mystère. Prostituée ou indic, pour elle, ça revenait à la même chose : on rend service en se couchant. Kirsty s'en fichait. Ce n'est pas à cinquante-quatre ans qu'on refait sa vie. Surtout celle d'une pute.

Malgré l'imminence du réveillon, le quartier n'avait rien perdu de son animation. Les clients rasaient les murs des bouges où des filles maussades s'exhibaient. Derrière le pare-brise de la Toyota, Fitzgerald passait sa fine troupe en revue. Kirsty roulait des seins devant un gars cherchant le fond de ses poches quand un coup de klaxon les fit sursauter. La prostituée lança un soupir sans équivoque quant à la joie éprouvée de revoir son protecteur. Le gars disparut aussitôt, laissant pour unique messager un coup de vent tiède. De dépit, Kirsty emporta son lourd fessier jusqu'à la Toyota et posa son incroyable poitrine sur la vitre ouverte. Un mamelon menaça de gicler dans l'habitacle. Elle s'écria :

— Fuck you, Fitz ! Tu viens de me faire rater une affaire en or !

— Tu parles d'une poule ! ricana son ange gardien.

Kirsty empoigna son décolleté et proféra :

— Moque-toi ! Des seins comme ça, mon vieux, ça donne envie de goûter au reste !

— Merci, je viens de manger… rétorqua-t-il d'un geste sans façon. Bon, trêve d'enfantillages, il faut que je te parle, ma grosse. Monte.

Comme Kirsty fit semblant d'avoir abîmé ses précieux bas d'argent, Jack se fendit d'un très insistant « Allez ! ». Elle étala une moue caillée sur son visage laiteux et clopina jusqu'à la portière du passager, martelant le bitume de ses talons aiguilles. Enfin, elle déversa son corps sur le siège. La Toyota roula à faible allure le long de l'avenue.

— Je veux des renseignements sur Carol Panuula, dit-il.

— Carol… Oui, tout le monde en parle… Personne ne comprend…

Ces phrases toutes simples étonnèrent Jack : il était clair que Carol faisait le tapin.

— Depuis quand traînait-elle dans le secteur ?

— Six mois environ.

— Bizarre que je ne l'aie jamais vue…

— Oh ! Rien d'étonnant à ça ! s'exclama Kirsty en exhalant un parfum coriace dans la voiture. La gamine travaillait le soir et choisissait elle-même ses clients. Une star, quoi ! Elle me faisait penser à moi à l'époque où…

— Passe-moi le temps où ta taille se fournissait dans une ruche. Qui étaient ses clients ?

— Carol aimait surtout les Blancs. Les métis, parfois. Jamais de Polynésiens.

— Pourquoi ?

— J'en sais foutre rien, Fitz !

Il fit claquer son briquet sous une cigarette blonde.

— On les connaît, ces clients ?

— Certains habitués. D'autres moins.

— Qui travaillait avec elle ?

— Personne. Elle bossait en solo.

— Explique-toi, ordonna-t-il.

Kirsty tordit ses lèvres rouge vif.

— Quand on l'a vue débarquer, on n'a pas cherché à l'emmerder. Carol ne faisait que des extras mais on savait qu'un mac allait lui tomber dessus. On n'avait pas tort : un jour, Lamotta est venu la voir. Il voulait qu'elle travaille pour lui. Et tu connais Joe, hein ? Il a secoué un peu la petite. Eh ben, tu me croiras si tu veux mais le lendemain, il longeait les murs !

Lamotta, tiens donc.

— Pourquoi ?

— Hey ! Lamotta avait la gueule tellement défoncée qu'on l'a plus vu pendant une semaine ! railla la vieille fille, manifestement peu contrariée par l'épisode.

— Et Carol ? poursuivit Fitzgerald.

— Depuis ce jour, personne n'est jamais venu l'importuner. Elle prenait sa place environ un soir sur deux. Et les clients venaient sans que personne touche sa commission. Nous, on l'avait mauvaise, mais on s'est tues.

— Pourquoi tu ne m'en as jamais parlé ? reprocha-t-il.

— Pour la même raison que Joe Lamotta : je ne tenais pas à me retrouver avec mon beau visage tuméfié…

— Je vois… Carol est-elle venue hier soir ?

— Non. (Kirsty bougea dans la voiture : ses breloques vibrèrent dans un cliquetis de pacotille. Elle ajouta :) On m'a dit qu'elle avait un boulot fixe, c'est vrai ?

— C'est moi qui pose les questions. Il se trouve où, cet abruti ?

— Lamotta ? Oh ! à l'heure qu'il est, tu le trouveras au Corner Bar en train d'embobiner une pauvre fille et quelques Steinlager.

— O.K. Merci, ma poule.

— Je ne caquette pas encore, Fitz.

— Profites-en.

La prostituée écailla son fond de teint dans un grand sourire :

— Ce que j'aime chez toi, c'est ta délicatesse.

— C'est pas de la délicatesse, c'est de l'ethnologie.

— Bah ! C'est pareil ! et elle haussa les épaules en claquant la portière de la Toyota derrière elle.

Kirsty louvoya sur le trottoir brûlant, ses talons hauts s'énervaient au chevet de ses bas. Le taffetas de son ensemble à paillettes commençait à dater.

Jack l'aimait bien.

*

Joe était surnommé Lamotta en raison des six combats livrés sous les drapeaux, ce qui lui valut la flatteuse réputation de champion interarmées. Joe était un Maori dénaturé depuis quatre générations ; avec le temps et l'alcool, les muscles de ses bras s'étaient enrobés d'une graisse indélébile. Il vivait sur sa réputation et tenait encore le meilleur marché de prostituées de la ville. La police le laissait faire : Lamotta était correct avec les filles et racontait ce qu'il savait quand il le fallait vraiment.

Jack rencontra sa face imbibée à la table du Corner Bar local (on en trouvait un à chaque coin de rue). Lamotta buvait une bière au milieu de types tatoués dont l'amabilité n'avait pas traversé le visage depuis la dernière victoire des Blacks en Coupe du monde. Le policier se tenait sur ses gardes : la crosse de son .38 lui paraissait même tiède.

Joe émit un bruit de chaudière depuis ses énormes narines. Fitzgerald observa la scène : les petites frappes restaient tapies dans l'ombre, Lamotta suait sous les spots de leurs regards, l'humain sentait le rance, la frime, la bêtise crasse. Enfin, le Maori fit craquer ses phalanges boudinées, l'œil jaune dans celui, brûlant, du flic attablé face à lui.

— Carol Panuula… posa Jack en guise de préambule.

Joe gloussa en retour :

— Connais pas.

Fitzgerald tira une sorte de pénalité sous la table. Lamotta s'affaissa : son genou gauche n'était pas un ballon. Il serra les dents et avoua dans un grognement mêlé de houblon :

— La fille retrouvée morte. Elle faisait le tapin mais j'ai rien à voir là-dedans.

— Qui t'a, disons, préconisé de ne pas te mêler de ça ?

— Connais pas ce mot. Mais si tu veux dire par là qu'on m'a forcé la main pour laisser la gamine tranquille, tu te trompes. Elle rapportait peu, c'est tout.

Cet imbécile voulait garder la face devant son public. Jack fit son petit numéro.

— Tu te fous de moi encore une fois et je t'humilie devant tes amis. Maintenant écoute-moi bien, Lamotta : ici, j'ai tous les droits. Même celui de t'embarquer. J'attends. Tu as une seconde. Ton temps est passé. Alors ?

Lamotta sentit le danger. Une seconde de plus et il pourrait dire adieu à ses dents de devant, ses préférées.

— Deux types sont venus un soir.

— Quand ?

— Il y a cinq mois environ.

— Signalement.

— Ils m'ont chopé dans une ruelle sombre, et ils portaient des cagoules.

— Quel genre de cagoules ?

— Kaki. On aurait dit des trucs de l'armée. Depuis le temps, je suis pas sûr.

— Et alors ? Ils t'en ont prêté une et vous avez joué à colin-maillard entre crapules ?

— Heu, non… Non. Ils m'ont chopé par-derrière avant de me passer à tabac, rectifia Joe Lamotta en insistant sur le « par-derrière », fierté oblige.

— Alors comme ça, on te manque de respect ?

Jack élabora une moue très impressionnée.

— Ces types ne rigolaient pas, assura le gros Maori. Ils m'ont même enfoncé un flingue dans le nez. J'ai pas pu me moucher pendant une semaine.

— Quel genre de flingue ?

— Je sais pas, j'arrivais pas à faire la mise au point d'aussi près.

En un éclair, Jack dégaina son .38 et le planta dans le nez du truand :

— Un comme ça ?

Les yeux du souteneur louchèrent sur le canon. Il bredouilla :

— Oui… Oui. Ça ressemblait à un .38. Mais pas sûr.
— Une idée de ces types ?
— Aucune. Un grand costaud, une sorte de géant qui grognait, et un râblé, plus petit. C'est lui qui parlait.
— Qu'est-ce qu'il t'a dit au juste ?
— De laisser Carol tranquille, sans quoi on me retrouverait dans la baie avec une torche enflammée dans le cul.
— C'est tout ?
— C'est tout. Dans ces moments-là, on comprend vite. Et j'ai compris qu'il ne fallait pas jouer les cadors avec ce genre de type.
— Le bel euphémisme…
— Connais pas non plus ce type-là.
— Tu le fais exprès ?
— Non, je t'assure, Fitz.
La sueur perlait sur son front bosselé.
— Et en ce qui concerne Carol ? reprit l'officier en rengainant son arme.
— Rien de précis. Tout le monde la laissait faire sa petite affaire.
— Ses clients ?
Lamotta fit la moue.
— Des autochtones. Surtout des Blancs…
— Un de ces types peut avoir fait le coup ?
— Pense pas.
— Pourquoi ?
— Comme ça… Depuis le temps, je reconnais les tarés…
Peut-être mais Lamotta avait toujours peur : Jack le devina à la lueur morte de ses prunelles.
— Depuis combien de temps Carol tapinait-elle ?
— Six mois environ. Elle venait un soir sur deux. Et puis un soir, elle est plus venue du tout…

Son front semblait maintenant pleurer de sueur. Le mâle était solide mais la peur liquide.

— Je trouve que tu as laissé tomber bien vite l'affaire avec Carol, siffla Jack en faisant celui qui pesait le pour et le contre. Jamais personne n'a marché sur tes plates-bandes. Pourquoi tu n'as pas cherché à éliminer ces types ? Tu l'as déjà fait avec d'autres…

— C'était des tueurs professionnels, assura Lamotta.

— Qu'est-ce qui te fait dire ça ?

— La façon dont ils m'ont alpagué.

— Tu mens.

L'ancien boxeur eut un geste de panique, presque indicible. Une mauvaise esquive. Le policier passa à l'attaque. Sa voix devint vraiment frigorifique :

— Maintenant, mon gros, tu vas me raconter tout ce que tu sais. Qui étaient ces types ?

— Je sais pas, gloussa le Maori.

Mais ça sentait le baratin à plein nez. La confusion grimpait au visage de Lamotta : Fitz le tenait.

Une sorte de gong inopiné sauva l'ancien boxeur du K.-O. psychologique.

— Dis donc, flicaille, qu'est-ce que tu fous là ?

C'était tellement bête que Jack se retourna pour voir quelles babines avaient régurgité tout ça.

Un grand gars dans les vingt ans gonflait ses épaules, le coude posé contre le comptoir. Il avait l'œil éméché du type qui cogne sur tout ce qui bouge à la recherche de son identité. Sur ses bras découverts, un tatouage insolite.

— Tais-toi ! C'est Fitz, le chef de la police ! souffla la voix du patron dans son dos.

Mais Bunce tenait absolument à amortir son tout nouveau mètre quatre-vingt-dix. Et derrière lui, trois jeunes Maoris roulaient ce qu'ils croyaient être des mécaniques bien huilées.

— Retourne chez toi, rétorqua Fitzgerald sans un vrai regard pour celui qui se considérait comme chef de bande.

Lamotta cherchait des yeux une porte de sortie. Jack voulut le retenir mais Bunce attrapa le bâton de guerre maori que venait de lui lancer un de ses acolytes. Il commença à agiter son arme sculptée dans l'aire de la pièce. Les pieds de chaise roulèrent sur le sol, deux filles se réfugièrent derrière le comptoir. Les autres gosses bombaient le torse sous leur tee-shirt sans manches. Le patron retint son souffle : la licence de son bouge allait se jouer dans la minute.

— Viens ! menaça Bunce entre deux incantations à peu près incompréhensibles.

— Toi, tu bouges pas ! grogna Fitzgerald à l'adresse de Lamotta.

Mais un vent violent soufflait sur lui : Jack eut à peine le temps de baisser la tête. Le bâton percuta le haut de son crâne et ripa sur le cuir, arrachant au passage une mèche de cheveux et deux larmes de sang. Petit chagrin.

Abasourdi, le policier plia l'échine. Sous les encouragements de ses sbires, le jeune Maori sentit la proie à sa merci. Il attaqua de nouveau.

Au début de la trajectoire, il y eut un bruit suspect — celui d'un flingue qu'on arrache du holster.

Au milieu du mouvement, celui d'un chien qui se tire. Un bruit mécanique, terrifiant.

Une détonation claqua avant la fin du mouvement.

Cri, poudre, fumée, silence, puis geignement.

Les clients retinrent leur souffle : le .38 de Jack pointait le reste de la bande et quelque chose leur disait qu'il avait hâte que ça recommence.

Les gosses hésitaient : au bout d'une Doc Martens usagée gisait Bunce, une balle dans le pied. Les trois Maoris échangèrent un regard flottant. Jack brandit son arme bien distinctement. Son index dansait sur la détente.

— Tu ne tireras pas : trop de témoins, s'esclaffa le plus malin, avec une paire de bras disproportionnés pour sa taille.

Fitzgerald eut une subite bouffée de chaleur. Un peu de sang coulait de son front mais la douleur n'existait pas : pas celle-là. Car l'espace d'un instant, il crut voir les assassins de sa femme, et aussi ceux de sa fille. Des assassins par procuration. Comme ces types, là, qui avançaient vers lui…

Il hésita : les balles risquaient de traverser ces crapules avant de blesser un innocent. De dépit, il choisit de frapper le premier : la crosse du revolver percuta la glotte du plus proche, lequel s'écroula, suffoquant comme un noyé. Tandis que le second perdait deux incisives d'un revers de canon, le plus agile percuta Jack et le plaqua violemment sur le sol.

Les quatre-vingts kilos de jeunesse remuèrent la carcasse pourtant endurcie du policier. Ils roulèrent sur le sol. Très vite, Jack engagea une clé qui immobilisa son adversaire. Il serra l'étau sous les yeux ébahis des clients. Le Maori hurlait, les épaules verrouillées sous la poigne de ses avant-bras. Fitzgerald serra plus fort. Il n'entendait pas les cris. Ses lèvres tremblaient. Les épaules du gosse craquèrent.

Le dernier cri fut plus rauque. Deux luxations simultanées. Alors seulement, Fitzgerald lâcha prise.

Le jeune Maori n'était plus qu'un pantin disloqué sur le sol. Le policier haletait, défiguré par la rage. À ses pieds, trois voyous se tordaient sur le sol crasseux. Il les regardait, hébété. Il ne savait pas pourquoi il avait fait ça.

Le silence qui suivit ressemblait à un cortège de notes mortes dans la douleur d'un génie inconnu. Jack se tourna enfin vers la table : Lamotta avait disparu. Il serra les dents, ramassa son arme et traversa la porte de service dans un courant d'air.

Dehors, une ruelle exhalait ses odeurs de détritus dans la moiteur du crépuscule. En contre-jour, la silhouette de Joe Lamotta échinait ses cent trente kilos vers un hypothétique salut. Fitzgerald oublia toutes ses douleurs et partit à la poursuite du plus fameux souteneur de la cité. Ses semelles dérapèrent à l'angle de la rue, laissant sur le bitume tiède une fine pellicule de gomme. Plus loin, le Maori suait sang et eau en battant le trottoir. La sommation ne servit à rien : Lamotta fila sous un porche.

Fitzgerald pénétra dans un des rares immeubles de style victorien préservés par le temps. Lamotta n'avait pas une chance sur dix de lui échapper : Jack était plus rapide, mieux armé et sans doute plus cinglé que lui. Mais ce soir, le gros Maori n'avait pas le choix. C'était un truand de bas étage mais pas un imbécile ; il avait reconnu les types qui l'avaient tabassé. Maintenant, ils allaient bientôt savoir que Fitz était sur le coup. Cela équivalait pour lui à un arrêt de mort. Alors il joua sa chance à fond.

En atteignant le toit, le Maori ruisselait : son slip le collait sous son treillis souillé de taches de beurre de cacahuète et sa bedaine flageolait sous ses pas hors d'haleine. Dans son dos, les chaussures du flic martelaient les dernières marches qui menaient au sommet de l'immeuble.

Lamotta connaissait un passage : il l'avait utilisé maintes fois lors de sa fougueuse jeunesse. Seulement aujourd'hui, il avait vingt ans de plus et autant de kilos. L'ancien boxeur tenta quand même le coup. Il bifurqua sur la droite, souffla une seconde, reconnut le passage et prit son élan. Sous lui, un vide de six étages. En face, le toit d'une banque sans garde-corps. Entre les deux, un espace d'environ quatre mètres qu'il s'agissait de sauter. Comme au bon vieux temps.

Il fonça.

Du bout du canon, Jack cherchait le chemin emprunté par le fugitif. Deux solutions, une seule possible, et les alizés qui soufflaient sur les hauteurs de la ville ne semblaient pas du tout décidés à l'aider.

Un cri déchira le vent des toits ; suivant l'écho, Jack bondit en direction des cheminées et stoppa sa course au bord de l'immeuble. Le vide chavira dangereusement sous lui : en contrebas, Lamotta s'agrippait au parapet du toit voisin avec l'énergie du désespoir.

Le Maori venait de rater son coup : les années et le beurre de cacahuète avaient eu raison de son combat contre le temps. L'élan avait été trop lent, l'impulsion trop molle, la distance soudain trop longue. Joe n'avait dû son salut qu'à sa force exceptionnelle : maintenant, ses grosses jambes battaient dans l'air, incapables de le hisser jusqu'au toit. Lamotta pestait. Le vide tanguait sous ses pieds inutiles. Envie d'uriner. L'échine moite. Les os évoluant par frissons successifs. La peur qui gagne les épaules, raidit les doigts et menace, compresse, terrifie… Malgré la sueur qui l'aveuglait, il aperçut une ombre passer au-dessus de sa tête ; Jack venait de franchir la distance que le Maori maîtrisait si souvent dans le passé. Maintenant ses doigts lui faisaient mal. Déjà, Joe ne les sentait plus. Aspiré par ses cent trente kilos, il tiendrait encore une poignée de secondes. Pas plus.

Le policier se réceptionna sur le toit de la banque et s'agenouilla au chevet du truand, le regard inquiétant.

— Qui étaient ces types ?

— Aide-moi, putain ! implora Lamotta.

— Dépêche-toi, tu n'en as plus pour longtemps.

— Je sais pas qui c'était ! J'ai cru reconnaître une

voix, je connais pas son nom mais je l'avais déjà entendue. Tu peux pas savoir ! Mais aide-moi ! Putain, je vais lâcher ! Je vais lâcher !

La peur avait gagné sur son teint mat. Jack vit la blancheur pré-mortelle ronger ses joues. Lamotta allait effectivement lâcher. Alors le policier tendit la main. Joe lâcha la sienne pour atteindre cette sorte de providence intéressée ; il voulut s'y accrocher mais la sueur qui inondait ses mains le fit glisser. Les doigts des deux hommes se lièrent une longue seconde avant de se déchirer dans un hurlement — celui de Lamotta en dégringolant les six étages qui le séparaient de la terre ferme.

Fitzgerald reçut le cri en pleine face. Les doigts de Joe venaient de fuir sa poigne salutaire et battaient désormais dans le vide, encore tendus vers lui comme d'un dieu cruel. Le visage déchiré de l'homme rapetissa au fur et à mesure qu'il se rapprochait du sol.

Jack ne le quitta pas des yeux.

La mort en face, ce n'était pas tous les jours.

Il perçut l'impact. Le corps de Joe Lamotta s'écrasa sur le bitume fumant, répandant une sinistre éclaboussure alentour. Un frisson passa, presque palpable.

Fitzgerald quitta le toit de l'immeuble. Le soir tombait comme un tas d'ordures jeté des nuages. Il leva la tête : un orage tropical menaçait.

6

« Oui, je suis gémeaux. Double personnalité, on m'a dit. C'est vrai que je discute souvent avec moi… À vrai dire, je ne m'entends pas très bien. En ce moment, je ne me parle plus. C'est mieux comme ça. Pourtant au début, je m'entendais plutôt bien ; dans la glace, il m'arrivait de me séduire, de me dire des trucs. Je m'aimais tellement que j'ai même songé à me marier avec moi. Et puis j'ai renoncé… Bon Dieu, j'ai eu raison : quand je vois ce que je suis devenu, ça me fout le cafard. Depuis, je refuse catégoriquement de me faire la vaisselle : ce serait de la soumission, et il n'est pas question que je me cède… Il m'arrive aussi de jouer du trombone. Ça dure toute la nuit. Du coup, je n'arrive pas à dormir. Le pire, c'est que je ne sais pas jouer ! Forcément, j'ai réfléchi. En fait, je suis persuadé qu'il y a quelque chose en moi qui ne colle pas avec moi. Parfois, à force de ne pas me ressembler, j'ai l'impression d'être un autre. Ça me donne un côté commun très déprimant. Alors je me parle :

« — J'ai mal partout. C'est la vie, je crois.

« — Pardon, vous avez quoi ?

« — La vie.

« — Ah bon ?

« — Oui.

« — Courage.

«— Merci.

«— Oui. Mourir, c'est ma spécialité. Vous pouvez y aller, je suis calé ! Mais ce soir, c'est Noël. Noël, et l'enfance est morte. Oui… Chez moi, c'est comme une habitude… »

John dessina une vague sur le monticule de purée froide qui jonchait son assiette. Pas de sapin, pas de guirlandes, pas de Santa Claus débonnaire emporté par des rennes à travers la voie lactée des rêves de gosses. Juste lui et la purée.

La tête posée sur la table, John faisait jouer sa fourchette sur le tas de patates écrabouillées, retraçant les images célèbres de son enfance anéantie en pleine construction. Mais tout cela était de l'histoire ancienne. Enfin, c'est ce qu'il se disait pour conjurer le sort qui l'avait tiré jusque-là.

Un sachet de poudre couleur sable atterrit sur la table de la cuisine. Héroïne. De bonne qualité. Bref, une vraie saloperie. John saupoudra plusieurs grammes sur la toile cirée, puis, à l'aide de son doigt, s'appliqua à dessiner le visage d'une femme. Bien sûr, le dessin était grossier mais il avait suffisamment de talent pour rendre visible ce qui traversait son esprit. Même avec de la drogue.

Surtout avec de la drogue.

À peu près satisfait par le résultat du dessin, il donna un nom au visage poussiéreux qui le regardait depuis tant d'années. Il l'appela :

— Betty.

John ne savait pas ce qui fut d'abord : les mots ou les choses. Les gens, eux, n'étaient que des intermédiaires. Le droit du hasard.

Il enfonça une paille dans sa narine, sniffa d'abord le front de Betty, puis les yeux. Avec un ricanement désuet, l'homme inspira la bouche et, du bout du nez, raya la petite fille de son monde.

Voilà. Maintenant, Betty était là. En lui.

Bombardement physiologique.

Betty. Un mot dans une chose, perçue par lui comme une sensation hyperbolique loin, très loin de Noël. L'image de l'adolescente ne décollait jamais longtemps de ses lobes frontaux. Il fallait s'y faire.

Il ne s'y faisait pas.

Un chien aboyait quelque part. Lentement, l'univers se transforma. Sensible aux formes et aux tons des choses, John attendit que la drogue fît son effet pour écouter. Le chant des sirènes l'attirait vers le néant. Bientôt son esprit se concentra sur les sons, sur cette mer maudite qui battait la plage. Hier…

Le pitoyable festin qu'il avait préparé était maintenant tout à fait froid :

« La mort est à côté de moi. Je lui ai dit tout à l'heure que je n'avais pas besoin d'elle, qu'elle pouvait se retirer, mais elle était coincée en moi. Je l'ai secouée, rien n'y faisait. Je n'aurais peut-être pas dû la laisser entrer. Bah ! Je ne suis pas pressé… »

John posa sa tête sur la toile cirée de la cuisine. Tout se bousculait.

Souffrant d'épilepsie temporale, l'hyperconnectivité entre les zones sensorielles et émotionnelles de son cerveau pouvait entraîner l'apparition de perceptions, d'images et de souvenirs générateurs d'émotions intenses. Même s'il s'efforçait de contrôler ses réminiscences à des fins picturales, John ne déchiffrait plus rien de ses énigmes. Et ce soir, une grosse bouchée de désespoir s'engluait dans sa gorge. Accroché aux murs, des…

« Images en kaléidoscope. Admirable civilisation : ventre de femme, sperme sur les lèvres, argent sale, l'hymne aux mésamours — poésie des miens. Aujourd'hui, le vide. L'esprit défenestré dès que je me penche sur mon passé… Betty. Oser l'aimer, c'était déjà me suicider…

Heureusement, la mort s'est endormie. Dormez paisibles, chérubins monstrueux, je borde la vieille ! Ce qu'elle est moche d'ailleurs ! Oh oh ! Vous verriez la gueule de la mort, vous éclateriez de rire. Vos dents seraient éjectées, elles partiraient avec votre rire, vous seriez là, ébahi et sans bouche, avec vos chicots répandus à vos pieds — je marcherais dessus pour les faire craquer sous mes talons, rien que pour vous faire grincer — vous ne sauriez pas quoi dire parce que ce serait matériellement impossible, ou alors ce serait ridicule… Ridicule… Finalement, tout est ridicule, dérisoire… Mais je garde notre dîner à la poubelle au cas où, on ne sait jamais… des fois qu'elle viendrait, des fois que, ce soir, à manger… nous deux… des fois qu'elle… des fois… »

Une larme tiède coula le long de son nez. Le liquide se pencha sur sa joue, hésita un instant et décida de finir sa course dans son cou. La lame de rasoir qu'il portait au cou l'accueillit en ricanant. Accroché au mur, le heïtiki continuait de le regarder d'un mauvais œil…

John revint lentement à lui. Le coup était passé près mais la drogue avait pris le dessus sur la maladie. Le dîner avait refroidi, les bougies s'étaient consumées.

Ces jours-ci, ses crises d'épilepsie avaient tendance à se resserrer dans le temps. Il se frotta le visage et murmura :

— Bon Dieu, je désespère de plus en plus mal…

L'éclat de rire qui suivit résonna dans toute la maison.

7

— Je t'aime… soupira Helen.

Elle avait parlé si bas que seuls les insectes des herbes alentour purent l'entendre. Jack pensa qu'elle exagérait un peu mais n'osa répondre — rien qu'un silence anonyme, l'ami incognito des vieux amants. D'ailleurs, Helen ne lui parlait même pas : adossée à la Terre, elle noyait ses yeux dans l'horizon monochrome. À bord d'un ciel anthracite, le soleil semblait avoir fondu dans la mollesse du crépuscule orageux.

— Qu'est-ce que tu regardes ? demanda-t-il, allongé sur l'herbe qui la portait si bien.

— Le ciel.

— Et alors ?

— Il va nous tomber sur la tête.

Le policier écrasa la fourmi qui, à deux doigts de là, prenait l'herbe pour un cheval-d'arçons :

— Il en faudra plus pour nous anéantir.

— Je sais, je sais…

Et ces derniers mots se perdirent dans l'orage après avoir voltigé un moment autour d'Helen. Jack se taisait. Ce qu'il venait de vivre l'avait secoué. On ne tue pas un homme sans penser qu'il aurait pu nous faire la même chose.

Il ne dit rien.

Helen avait cinquante-quatre ans et son corps allongé sur l'herbe avait vomi sa belle jeunesse. Du bas de sa quarantaine, Jack avait le bon rôle.

Après la disparition de sa famille, sa maison était devenue un véritable dépotoir où se mêlaient bouteilles de bière vides, mégots de cigarettes, plats cuisinés rongés par les fourmis et nids de poussière en tout genre. Quelques rats venaient même rôder dans le jardin. Devant l'étendue des dégâts domestiques causés par ses années de laisser-aller, Jack avait passé une annonce dans le *New Zealand Herald*. Helen s'était présentée le lendemain, robe discrète et menton haut. Le policier aimait la dignité : il l'avait engagée le matin même. C'est ainsi qu'Helen entra dans sa vie. Par la petite porte, celle des domestiques.

Helen se résignait alors à faire des ménages pour payer les soins de son mari pompier, gazé lors d'un feu de forêt. Le malheureux avait fini par mourir et la maigre solde qui revenait à sa femme ne suffisait plus à assurer sa retraite. Trop peu malléable pour intéresser un employeur, Helen subsistait donc comme femme de ménage.

Elle vint d'abord tous les jours pour mettre un peu d'ordre dans le bordel amassé au fil du temps, puis chaque mardi. Leurs rapports furent polis, d'employeur à employée. Mais Jack détestait la hiérarchie : à première vue, deux humains ne valaient pas mieux l'un que l'autre — jamais il n'aurait admis qu'un sentiment d'injustice motivait cette idée. Aussi se lassa-t-il du ton révérencieux qu'Helen employait à son encontre — jamais il n'aurait osé admettre qu'il aimait les yeux francs de cette étrangère et la grâce de son corps encore vigoureux.

Plus par pitié que par bonté, il invita sa femme de ménage à dîner dans un restaurant français de Ponsonby. À peine entré, Jack regrettait déjà cette stupide invitation. Mais en sortant, il se réjouissait d'avoir trouvé quelque chose qui pût ressembler à une amie. Bien sûr, il avait Mc Cleary, son vieux copain de collège avec lequel il avait partagé les mêmes pelouses et les mêmes filles, mais ils étaient trop proches, et cela depuis trop longtemps, pour régénérer leur affection. De plus, Mc Cleary faisait partie d'un univers périmé : celui de sa femme et de sa fille.

Helen fut donc pour lui l'être providentiel. Plus âgée, elle aussi marquée par les aléas de la vie et ses injustices (ce qu'on appelle volontiers de la fatalité, histoire de renoncer au combat), la femme de ménage devint sa seule confidente. Fitzgerald parlait peu, et surtout pas d'amour, mais Helen savait déchiffrer les mots perdus dans la tristesse et la laideur de cette vitalité écrasée. Ils se côtoyèrent en dehors des heures de ménage, allaient ensemble aux rares manifestations locales et s'affichaient parfois en public. C'était certes sans amour mais non sans tendresse.

Enfin, pour couper court aux racontars qui circulaient dans leur dos, ils finirent par coucher ensemble. Ce fut une drôle de nuit où ils avaient un peu bu. Pour des raisons différentes, ils avaient besoin de courage. Leur dernier véritable acte d'amour commençait à dater : Jack s'était toujours contenté de rapports succincts avec des filles du bureau. Qu'elles soient mariées ou non, ces femmes avaient de l'énergie à revendre mais peu de cœur.

Helen n'était faite que de ça. Pourtant, son parcours amoureux ne fut qu'une succession d'échecs cuisants. Après la mort de son mari, elle s'était éprise d'un Maori plus jeune qu'elle, un homme violent qui lui avait tout promis, fier d'avoir attrapé une Blanche. Deux ans plus tard, il la battait régulièrement. Femme de caractère, Helen s'était enfuie sous les menaces, elles non plus jamais tenues. Après quoi elle refusa de vivre avec des hommes et restreignit sa libido à des actes d'humiliation, quelques coucheries hâtives sur les banquettes des voitures à la sortie des boîtes pour gens de son âge. C'était dégradant et sans joie : Helen avait pourtant dépassé le stade post-adolescent où le nombre de conquêtes supplée la qualité du cheptel — et la durée de sa relation.

D'une certaine manière, Jack était tombé au bon moment. Il se montrait simple, direct, loyal et sans espoir. Helen s'y était attachée comme on s'attache à un objet convoité qu'on ne possédera jamais. D'ailleurs, Jack ne lui cachait aucune de ses aventures, de plus en plus rares il est vrai. Au moins, sa franchise lui mâchait le désespoir. Au mieux, ils mourraient côte à côte — à défaut d'avoir jamais vécu ensemble.

Jack l'aimait bien. Helen avait su rester jolie malgré ses malheurs et son sourire était si bon qu'il pouvait même gracier la mort. Bien sûr, ses combats étaient dérisoires, ses gestes les témoins muets d'un amour simplement coupable d'exister mais ses cheveux bruns avaient gardé un éclat magnifique : Jack aimait les respirer en grand, comme un bol d'air pris à la sauvette d'un coït trop souvent bâclé.

Bref, ils s'aimaient en passant, avec la politesse muette des vrais désespérés. Jusqu'à ce Noël maudit… Les deux amants étaient là, statues vivantes installées au bord du gouffre. La mer se balançait sous les yachts en contrebas, l'orage passait au large, Jack venait de voir un homme mourir, ça lui laissait un inexplicable goût d'inachevé dans la bouche, et ils regardaient le ciel comme si quelque chose allait réellement se passer.

Les yeux dans le ciel colérique, Helen confirma alors avec certitude :

— Oui. Il va nous tomber sur la tête.

Jack hocha la sienne et vida son verre de vin australien. Helen émit un sourire — chez elle un tic formidable. Et chacune de ses pensées une caresse aimable, aurait ajouté Jack s'il n'avait eu d'autres chats à fouetter.

— Tu ne voudrais pas changer de disque ? demanda-t-il.

Depuis le salon, *La Symphonie pastorale* venait de sombrer dans le lourd silence qui, paraît-il, suit les grandes émotions. Ils n'aimaient pas particulièrement la musique classique mais éprouvaient tous deux un terrible besoin d'harmonie. En fait, Fitzgerald n'aimait plus grand-chose : il n'écoutait aucune musique moderne, tout juste un peu de jazz, et détestait Sinatra. Le seul type qu'il supportait était Brel. Un Français ou un Belge, enfin, il ne comprenait pas les paroles mais la rage suffisait. « Un type qui aime Brel ne peut pas être tout à fait mauvais », c'est ce que lui avait dit Mc Cleary, européanophile et parfait bilingue. Jack sourit : Mc Cleary était surtout un ami rassurant — c'est-à-dire un homme capable d'une magnifique mauvaise foi.

Helen épousseta sa jupe striée d'herbes folles et fila jusqu'à la maison. La rêverie de son corps s'évapora dans la moiteur de l'été sous le regard de son amant ; oui, cette fille ferait mieux de garder ses intuitions au chaud et de se trouver un homme digne de ce nom…

Jack regarda passer sa vie comme une mauvaise blague dans l'horizon noir que la côte refoulait vers le Pacifique. Helen revint avec deux verres de vin blanc. Elle s'allongea près de lui et fit des gestes, tous différents. Jack les observa, les aima un à un, mais n'osa les prendre, préférant de loin les laisser en liberté. Inutile d'être possessif avec une désespérée : d'un commun et silencieux accord, ils laissaient les prismes aux chiens de la passion. Notre terre n'en manque pas et ça donne toujours l'illusion de vivre pendant un mois ou deux.

Helen offrit le verre à son ami.

— Déguste-le, c'est notre dernière bouteille.

— Déjà ?

Il insista sur ce mot comme s'il était très beau.

— Je ne voulais pas te le dire pour ne pas te saper le moral, mais la cave est vide.

Fitzgerald émit une longue plainte et sentit venir sa vocation de loup.

— Un soir de réveillon, c'est trop bête…

Elle se frotta les yeux comme si un drap s'y était introduit.

— Qu'est-ce que tu as prévu ce soir ? Si tu veux, je suis seule et on peut…

Fini les épanchements.

— J'ai rendez-vous avec Waitura. Avant, il faut que je passe chez Hickok…

— Qui c'est, ce Waitura ?

— Un professeur de criminologie. Une experte en charabia qu'on m'envoie de Christchurch. Un coup d'Hickok. Très forte, la fille.

— Jolie ?

— Helen, c'est vraiment pas le moment…

Le soupir restait vague. Elle reprit sa place, docile. L'espace d'un instant, Helen avait commis le rêve un peu absurde de passer un Noël avec Jack. Elle s'en voulut. Pareille pensée lui était absolument interdite. Elle le savait.

— Excuse-moi.

— Ne t'excuse pas. Y'a vraiment pas de quoi.

Il se leva. Le soleil tombait dans la baie d'Auckland. À la dextérité du plongeon, le gars savait nager.

Le policier finit son verre d'un trait, posa une bise fade sur la joue d'Helen et partit sans un regard superflu.

Neuf heures sonnaient quelque part comme un coup

de semonce. Il y avait eu un hold-up dans sa vie, un casse qui avait mal tourné, et maintenant les flics entouraient la maison. Dans le renfermé de sa conscience, ça sentait l'agonie, une méchante balle dans le foie.

Elisabeth.

8

Les écailles du Pacifique miroitaient sous la lune lisse. John erra une heure le long de la côte, flottant comme un vaisseau fantôme au guidon de sa Yamaha. Thérapeutique très personnelle, John inhalait de l'héroïne lorsqu'il pressentait l'imminence d'une crise. C'était pour lui un prétexte désabusé pour s'envoyer en l'air, se pulvériser jusqu'à l'explosion finale : au moins, là-haut, il ne blesserait personne… Après une tournée des plages chaloupé par les balancements de sa machine, il piqua sur Auckland. Il avait rendez-vous avec un type — un de ses rares clients — vers dix heures. Dealer de la dope n'était pas son hobby ; juste un moyen de peindre sans travailler. John détestait le travail, considérant la chose comme un impôt désuet sur le temps, seul trésor en ce bas monde. Il savait surtout qu'il n'aurait jamais le courage de rejoindre les autres rebuts de la société sur l'île de Great Barrier : non, il lui fallait de la vie, les lumières de la ville, Karekare et ses toiles… Il irait donc. « Mais c'était vraiment pour rendre service ! » hurla-t-il au guidon de sa SR, un modèle japonais copié sur les Triumph à l'époque où l'Angleterre avait encore les moyens de ses prétentions.

Ponsonby. Quartier chic et branché. John roulait doucement sur la grande avenue où clignotaient les façades

des restaurants. Des gens défilaient sur les trottoirs déjà ivres de leurs pas. Ils avaient l'air heureux.

Lincoln, rue perpendiculaire. Vide. Il gara la moto le long d'un mur d'enceinte au-delà duquel s'esclaffait une musique. Le ciel virait au mauve. John regarda sa montre, eut un geste de satisfaction (il était bientôt dix heures), réajusta le nœud de son smoking loué pour l'occasion puis sa brosse désordonnée dans le rétroviseur. Ses cheveux châtains n'avaient pas trop souffert du trajet.

La lumière s'éteignit bientôt de l'autre côté du mur, créant une certaine agitation parmi les convives. Le signal.

Personne en vue : John grimpa sur le biplace et se hissa avec facilité au sommet du mur derrière lequel, bien que momentanément livrée à la seule lumière de la lune, une garden-party battait son plein. Il y eut un long « aaahh ! » mimant une impatience péniblement contenue. John profita du moment pour glisser de l'autre côté du mur.

Personne ne semblait avoir remarqué son intrusion : les gens se pressaient autour d'une pièce montée. Dans son délire d'héroïnomane, John songea aux gnous lors de la grande migration. Il aimait bien les gnous. Une bestiole moche, idiote, courageuse face aux lycaons et poussée par son instinct à courir droit devant dès le début de la saison sèche, deux mille kilomètres à fond, le premier qui trébuche écrabouillé par le suivant, d'autres happés par les crocodiles géants ou la boue…

John chassa ses pensées idiotes avant de se mêler aux convives.

Une femme, Mme Hickok, était alors le centre d'activité. Elle portait une robe à fleurs moulante malgré son corps ratatiné sous un châle fuchsia et se déplaçait au bras d'une infirmière en civil. En dépit du maquillage, le teint de cette femme était malade : John ne lui donna pas plus d'une semaine à vivre (et il s'y connaissait en cadavres).

Mme Hickok appela son mari (applaudissements nourris puisque le procureur du district venait d'entrer au conseil municipal de la ville) et fit un bref discours qu'on écouta poliment. Après quoi, on but à la santé des orphelins de la ville qu'Hickok sponsorisait, avant de reprendre son activité. Entre industriels, hommes de loi, d'argent ou d'audiovisuel, quelques filles échangeant des sourires bon marché contre une improbable place au soleil… John rêvait d'ailleurs quand une ombre passa dans son dos. Il attendit que la menace se retirât de ses omoplates pour se retourner : un grand Maori au costume très simple traversait un groupe de gens. Ses cheveux noirs rasés sur les tempes faisaient des reflets bleutés sous la lune. John ne connaissait pas Jack Fitzgerald mais préféra s'éloigner. Le policier venait d'atteindre sa cible : Hickok avait le sourire au front et le smoking d'un blanc impeccable…

Le jardin s'étendait sur un demi-hectare, parcelle de verdure au cœur de la ville agrémentée d'une piscine et de statues évoquant la Grèce antique. Les poches bourrées d'héroïne, John cherchait son client lorsqu'un genre étranger croisa dans ses eaux.

Une femme.

Il maugréa entre ses dents. Le monde venait de changer.

Elle fendit les rangs avec une grâce déconcertante, une fille aux gestes lents qui avançait vers lui en souriant, presque malsaine. L'espace d'un instant, John fut ce corps ondulant dans la nuit. Fantastique. Tout devint clair, clair comme du pétrole en feu. Rimbaud avait raison : l'amour est à réinventer. À chaque fois.

Mais le bonheur n'était pas pour lui. Il faut être doué pour ça. Or, John ne l'avait jamais été. Ou alors un été, il avait quinze ans, Betty quatorze, belle à hurler il disait, deux amis sur la plage que le vent d'alors flattait dans la fraîcheur de leurs commencements. Betty. Il y a presque vingt ans déjà…

Soudain, alors que rien ne laissait présager une nouvelle crise, le bruit des conversations disparut de son esprit. Après l'éclaircie entrevue, le monde devint silence. Bouffée délirante : la mer se souleva. Et le noya. John cria, mais sans bruit. Une lueur le submergeait, et dans cet éclat bleu hôpital, un crime. Il pâlit. Ses réminiscences — rêves hauts en couleur, hallucinations d'allure épileptoïde, illuminations — l'amenaient parfois à une sorte de conscience dédoublée qui induisait une telle confusion dans son esprit qu'il pouvait se trouver complètement désorienté, au point de ne même plus savoir où et quand il vivait. John subissait une nouvelle crise. C'était la première fois qu'il s'exposait ainsi en public. Ses mains s'agitaient, ses lèvres se crispaient dans un rictus amer, l'homme s'accrocha à l'air mais l'air n'avait pas de poignée. Il chancela.

C'est elle qui le rattrapa.

— Doucement mon vieux…

Sa voix était douce, presque tiède.

La main de John s'enfonça dans l'épaule découverte. La lueur bleue se dissipait, mais il ne tenait pas vraiment debout. Elle le regarda fragile, sans le juger.

Autour d'eux, les gens continuaient de discuter comme s'ils ne s'étaient jamais rencontrés. John ôta enfin sa main de l'épaule qui l'avait sauvé.

La fille était une longue rousse, ou plutôt auburn, au regard paumé, vitreux, malade, fascinant. Elle portait une robe moulante, un collier de turquoises et un air désolé dans la prunelle de ses yeux vert chlorophylle. Née vingt-six ans plus tôt, on l'avait posée quelque part comme un objet précieux dont on se lasse, objet qu'on avait fini par oublier. Eva. Rompue à tous les plaisirs, elle s'était résolue à vomir sa libido sur un homme jeune, un fils à papa les poches pleines et la tête creuse, sorte de James Dean sans drame qui l'avait amenée à l'est de nulle part.

John la dévisagea avec une naïveté presque infantile. Sous la robe qu'elle portait à cru, deux seins ronds pointaient dans leur carquois de tissu. Jamais il n'avait rien désiré de semblable. Jamais. Des flammes crachaient de ses yeux : Eva lui renvoya sa foudre en pleine figure.

Il encaissa sans broncher mais l'électricité qui émanait de cette femme resta, statique, dans ses veines.

— Ça va mieux ? demanda-t-elle sans vraiment engager la conversation.

— Oui. Merci... Je crois que vous m'avez sorti d'un mauvais pas.

— Vous devriez faire attention où vous mettez les pieds.

— Pourquoi, ce n'est pas convenable ici ?

— Vous savez bien que non.

Ils étaient là, deux statues sous la lune. Eva se fissura et dit d'un ton égal :

— Je vous ai vu passer par-dessus le mur.

— Ah bon ? (Mais elle avait l'air de s'en moquer complètement.) Et vous n'avez rien dit ?

— Pourquoi ? Vous avez quelque chose à cacher ?

Sur le coup, John ne sut plus où se mettre. Même pas dans ce smoking d'opérette.

— Je n'aime pas beaucoup le style robe de cinéma, dit-il, mais celle-ci vous va plutôt bien.

— Les starlettes d'Hollywood sont des putes moins onéreuses que moi, mon cher. Vous avez à fumer ? demanda-t-elle comme ça.

— À fumer quoi ?

— Si vous étiez indien, je vous aurais demandé des

bidies mais vous êtes un gentil petit Blanc et manifestement défoncé à la poudre. Je ne touche pas à ça en public mais si vous aviez un joint de n'importe quoi, je vous sauterais au cou.

— Restons simples. J'ai de l'herbe, si vous voulez…

— Banco, fit-elle mollement.

John regarda autour de lui et constata avec elle que « ça ne fumait pas des masses dans le coin ». Eva lui lança un clin d'œil d'un vert absolu : direction les haies de sapin.

Il la suivit à distance raisonnable, appréciant les ombres inquiétantes de ses jambes à travers la robe. Ils trouvèrent un banc, seul, près des sapins triangulaires, s'assirent. John brandit un stick prêt à l'emploi. Eva apprécia d'un haussement de sourcils :

— Au moins, vous êtes un homme organisé.

— Pas du tout.

— Merveilleux. Après vous…

John alluma le stick, aspira deux bouffées d'herbe pure et le lui passa. Pas folle, Eva garda la fumée dans ses poumons pour une longue apnée. Silence d'occasion. Bientôt, l'univers devint amical, les étoiles familières et les yeux de la fille teintés d'une rougeur sans équivoque. John observait. Les pupilles étaient les mêmes mais c'était, comme… Dieu amoureux du Diable…

— Qu'est-ce que vous foutez là, mon vieux ? demanda-t-elle pour passer le temps (de fumer).

— Je dois fournir un type en dope.

— Vous trouvez ça malin ?

— Non, pas du tout. Et vous ?

— Oh ! moi, rien…

Ses yeux avalaient les étoiles quatre à quatre — la Croix du Sud. Agitant le chignon bâclé qui stationnait sur sa tête, elle dit :

— Vous êtes un naïf.

— Pourquoi ?

— La façon dont vous me regardez. C'est ça ou alors vous êtes un drogué de première !

Elle fuma jusqu'au filtre.

— Je peux vous dire ma vérité ?

— Allez-y toujours.

— Si je vous avoue que je n'ai jamais couché avec une femme, que je ne sais pas pourquoi mais que je ne me sens plus vierge, à cause de vous, vous allez me frapper avec vos perles ?

Sales gosses, leurs yeux ricanaient. Elle répondit :

— Non.

— Vous voyez que vous pouvez aussi être naïve de temps en temps, lança-t-il en guise de sous-entendu. Je ne sais pas si c'est mal, ou démodé… En tout cas, je crois que je vous aime bien.

— Ça vous surprend ?

Elle avait toujours l'air de s'en foutre complètement.

— Un peu, oui…

— Ça doit être l'air conditionné, rétorqua-t-elle d'une voix légèrement éraillée. Ça n'incite pas au naturel.

— Tu parles…

Eva était grande et souple, portant la mort avec élégance — et la vie par inadvertance. Ils se reniflèrent, prêts à former la meute, mais la louve était du genre à ne pas se mélanger. Elle analysa parfaitement la situation.

— On a l'air aussi seul l'un que l'autre, pas vrai ?

Comme cette fille venait de nulle part, il dit :

— Je m'appelle John.

— Eva. Eva O'Neil.

— D'origine irlandaise ?

— Sans origine.

Vraiment seule.

Alors seulement John se sentit vraiment bien.

— Excusez mon emportement de tout à l'heure…

— Vous parlez de votre petite mésaventure ? hasarda-t-elle.

— Non, de mon espèce d'amour.

— Oh ! Ce n'est pas grave ! Je vous mentirais en vous disant que je n'ai pas l'habitude.

Elle ne faisait pas la modeste.

— Convoitée ?

— Conquise.

— Vous êtes mariée ?

— Il paraît.

Pas plus que la mijaurée.

— Le coup de l'habitude ?

— Disons plutôt une attitude, répondit-elle avec une moue de circonstance.

— Pourquoi faites-vous ça ?

— Vous avez autre chose à me proposer, gros malin ?

Mais le ton était sympathique.

— Ça dépend… réfléchit John. Le problème avec les femmes, c'est qu'elles ont des goûts de filles.

Elle ricana doucement. Ses lèvres luisaient en une paire de lames chromées. Visiblement, il lui plaisait. John mit cette imprudence sur le compte de la solitude.

Ils se levèrent en silence. Eva semblait fragile, à se déchirer sous la lune. Elle se tourna vers la foule, nerveuse.

— Excusez-moi, mon mari nous observe depuis un moment et je n'ai pas du tout envie de me justifier devant lui.

John suivit son regard : à quelques mètres de là, un homme leur souriait, un verre de champagne à la main. Terriblement blond, la coupe en brosse, svelte, le regard d'un bleu vitreux, Edwyn White : son mari.

Les deux hommes s'observèrent. Eva n'aima pas ça du tout (elle connaissait la manœuvre), mais tempéra sa colère.

— Il est jaloux ? demanda John.

— Oh ! On voit que vous ne le connaissez pas ! siffla-t-elle.

— Pourquoi dites-vous ça ?

— Vous comprendrez quand vous le verrez… Mais ce n'est vraiment pas le moment.

— Ce n'est jamais le moment.

Elle se leva. Un mètre soixante-quinze.

— Merci pour l'herbe.

— Pas de quoi.

Ils allaient se quitter sans en avoir envie. La drogue douce commençait à leur tourner la tête, les gens devenaient flous, dérisoires, drôles même…

— À bientôt, John. Je vous trouve très original. Surtout votre prénom.

Boutade ou venin, qu'importe.

Elle allait partir quand sa main décida sans lui de la rattraper. Eva fit un bref aller-retour. Après ce piètre tango, il lança un héroïque :

— Quand nous reverrons-nous ?

— Je ne sais pas, dit-elle dans une moue ironique. Ça dépend. Qu'est-ce que vous faites dans la vie ?

— La plupart du temps, je meurs.

— Bien. Dans ce cas, plus vite que vous ne l'imaginez. (Elle accompagna le tout d'un dernier soupir mal soigné :) Au revoir. Et merci pour votre amour, il me tiendra au moins chaud pour la soirée…

Eva tourna les talons et disparut dans la foule, titubante.

Elle était belle et vulnérable mais c'était plus fort que ça : cette femme n'était pas comme les autres. John eut soudain envie de la peindre…

Dix minutes plus tard, il finit par rencontrer son « client » à qui il livra dix grammes d'héroïne en échange d'une enveloppe vivement délestée. Les choses s'étaient passées le plus naturellement du monde, à l'insu de tous. Après quoi, John s'ennuya en buvant un peu de tout. Même les fleurs exposées dans les bacs bâillaient des étamines. Eva avait disparu.

— Je crois que nous n'avons pas été présentés ? lança alors une voix dans son dos.

John se retourna : Edwyn White était venu jusqu'à lui, élaborant une longue gamme de sourires. Ce bel homme aux manières élégantes, presque précieuses, avait quelque chose de provocant sur son visage émacié.

— Nous ne nous connaissons pas, je crois ? ajouta-t-il sur un ton parfaitement engageant.

— Non, répliqua John.

Le mari d'Eva tendit la main.

— Edwyn White.

John répondit au salut mais se rétracta aussitôt. D'un doigt fuyant, Edwyn venait de lui caresser la paume de la main. Il recula, interloqué.

— Ma femme vous plaît ? demanda-t-il soudain, l'air détaché.

John inventa une moue.

— Comme ci comme ça.

— Vous avez raison : c'est une femme exceptionnelle…

Edwyn White déplia un de ses fameux sourires. John ne savait plus qu'en faire quand Eva choisit de réapparaître, furibonde. Elle bondit sur son mari et étrangla des sanglots dans sa voix :

— Laisse-moi tranquille ! Putain ! Edwyn, mais laisse-moi tranquille ! ! !

Comme il adressa en retour un rictus complice à John, terriblement mal à l'aise, Eva attaqua de front. De toutes ses forces elle voulut baffer son mari mais la haine la rendait prévisible : Edwyn n'eut aucun mal à saisir ses poignets. Tandis qu'elle gesticulait, il la somma de cesser son cirque. Elle le traita d'enculé. John les regardait faire, éberlué.

La pauvre Mme Hickok tenta de calmer le jeu mais Eva était entrée dans une rage folle. Autour d'eux, des gens hochaient la tête. Rouge de honte, Edwyn serrait les dents et les poignets de sa femme. Il lui ferait payer ça.

John n'avait plus rien à faire ici.

*

Les lampadaires faisaient des ombres chinoises sur le trottoir. John démarra la moto. Première, deuxième... Quand il tourna à l'angle de la rue, les pneus d'une Jaguar sombre crissaient sur Ponsonby. La tête d'Eva contre la vitre passa dans le faisceau des phares.

Il dut griller un feu rouge pour recoller au train soutenu d'Edwyn. Le vent qui cinglait son visage lui faisait un bien fou. Ils remontèrent New North Road et bifurquèrent au niveau du Mont Albert. Enfin, la Jaguar stoppa devant la grille d'une propriété au style victorien. La moto, phares éteints, resta en retrait. Après un bip, la lourde grille s'ouvrit automatiquement. La Jaguar disparut dans le jardin où les arbres jouaient à cache-cache avec la nuit.

John attendit. Le temps d'allumer une cigarette, d'envoyer la fumée dans les buissons, et une BMW blanche débarquait à son tour : la berline pénétra dans l'enceinte et fila jusqu'au perron. Il commençait à comprendre l'attitude d'Eva envers lui, sa réaction face à son mari et les manières si raffinées de celui-ci...

La nuit crépitait d'étoiles. John regarda en l'air, persuadé qu'Eva comptait parmi elles. Alors seulement, il rentra chez lui, à fond et sans espoir de chute.

9

Jack Fitzgerald commanda une bière au comptoir du Debrett. Il sortait de chez Hickok et attendait la criminologue au bar de l'hôtel. Il regardait les jeunes s'abreuver au comptoir quand une main se posa sur son épaule : Waitura avait laissé tomber son tailleur au classicisme impersonnel pour une robe plus courte et un chemisier décontracté. Il la regarda à peine.

— Qu'est-ce que vous prenez ?

— Un gin-tonic.

— Vous aimez cette saloperie ?

— Pas beaucoup, mais il me faut un remontant, laissa-t-elle traîner avec son léger accent du Sud. Nous allons passer la soirée à fouiller dans la vie de Carol et je ne sais pas si je serai à la hauteur de votre réputation.

— L'alcool n'est sûrement pas la meilleure solution.

— Pour vous suivre, peut-être.

— Je bois peu.

— Je ne parlais pas de boire.

— Ah bon ? Alors de quoi parlez-vous ? bougonna-t-il en jouant l'innocent.

— Ne jouez pas l'innocent, rétorqua-t-elle — ce qui le fit rigoler en douce. Vous n'aimez pas les gens qui se mêlent de vos affaires et j'en fais partie. J'imagine qu'en prenant quelques verres avec vous, je cesserai mon rôle d'emmerdeuse. Ainsi, nous ferons peut-être du bon travail ensemble.

Le barman noya le gin dans un soda quelconque. Le verre arriva au bon moment. Il y avait des sujets qu'il ne fallait pas aborder. Celui de savoir de quoi, ou plus particulièrement de qui il avait besoin en faisait partie.

— Vous avez raison : je n'ai pas besoin de grand monde, professeur Waitura.

Elle posa son tonic sur le comptoir et tendit la main.

— Je m'appelle Ann. Laissez tomber le professeur Waitura un moment, capitaine.

— Jack, c'est plus court, rectifia-t-il en lui broyant la main.

Ann la retira bien vite, craignant d'y laisser les doigts.

— Vous êtes toujours aussi doux ?

— Seulement quand on est gentil et aimable.

— Eh bien, je vous conseille de changer d'entourage, fit-elle en délassant ses doigts écrasés. Vous avez dû perdre l'habitude !

Ils rirent un moment. Ce n'était pas franchement drôle mais ils avaient besoin de ça depuis quelque temps.

— Maintenant, vous allez me dire ce que signifie cette bosse sur votre tête…

Jack se rappela le baiser de la mort offert par les petits copains de Lamotta. Helen avait bien tenté de poser un point de suture sur son crâne mais il l'avait envoyée paître : un peu d'antiseptique suffirait. Il baragouina :

— Rien d'important. Un proxénète que j'ai rencontré. Le type est mort. Lamotta, un dur. Complètement apeuré. Bizarre. J'ai mis Osborne sur le coup. On verra ça demain.

— Charmant. Bon, et maintenant, quel est le programme ? demanda-t-elle en jouant avec la tranche de citron qui naviguait dans son verre.

— J'aimerais rencontrer Pete, le barman du Sirène.

Quelque chose me dit que ce gamin en sait long sur Carol…

— Qu'est-ce qui vous fait dire ça ?

— Mon intuition féminine.

Ils sourirent. Jack profita de l'ouverture pour y fourrer une large goulée de bière.

— Au fait, a-t-on interrogé les ouvriers de l'usine ?

— Le sergent Bashop est sur le coup. Aux dernières nouvelles, cet abruti n'a aucune piste.

— Je vois que vous l'appréciez beaucoup ! s'amusa-t-elle.

— Une mante religieuse est meilleure psychologue.

— Et le médecin légiste ?

— Mc Cleary ? Non, pas de nouvelles. Mais lui je l'aime bien.

— C'est votre ami ?

— Le seul.

— Vous vous connaissez depuis longtemps ?

— Les terrains de rugby. Ça forge. Et vous ?

— Oh ! j'ai quelques amis sur l'île du Sud… s'enroua-t-elle, soudain évasive.

— Pourquoi mentez-vous ?

— Pourquoi dites-vous ça ?

Mais elle s'était fait piéger au mauvais moment. Ann n'avait pas d'amis (pas le temps). De son enfance, elle gardait des impressions, mais pas beaucoup de sentiments. L'homme avec lequel elle s'était mariée trop vite était professeur à l'université de Christchurch ; à quarante ans, il avait été son guide, son mentor. Mais le succès foudroyant de sa jeune femme l'avait rendu aigri, et irascible à la longue. Alors ils s'étaient quittés. Ann lui devait tout mais lui n'avait rien voulu. Sa mission à Auckland était pour elle un nouveau départ : ses parents n'avaient jamais existé dans son esprit malade de travail. Un phénomène de compensation que la criminologue expliquait mal aujourd'hui. Compensation de quoi ? De qui ? Elle verrait ça plus tard. Quand elle serait mûre pour une analyse...

— Vous êtes une fille étrange, supputa Fitzgerald.

— Chacun ses petits secrets.

— Exact.

— Vous cherchez toujours votre famille ? risqua-t-elle sur le même ton.

— Oui.

Passionnément.

Une brève lueur avait illuminé son visage. Ann songea aux bruits qui couraient sur son compte... Pour conjurer le sort, elle demanda le plus naturellement du monde :

— Vous n'avez pas peur qu'elles soient mortes ?

— Non. J'ai juste peur que ce soit moi qui sois mort...

*

Le Sirène était une boîte de Princess Street où les jeunes branchés de la ville se retrouvaient autour d'un champagne jus d'orange. Pas de sélection raciale à l'entrée. Fitzgerald et Waitura descendirent l'escalier qui menait au sous-sol.

La jolie jeune fille qui tenait la caisse souriait déjà, signe évident d'une coopération docile.

— Qu'est-ce que je peux faire pour vous, capitaine ?

Jack placarda une photo de Carol à la face de l'Eurasienne.

— Ça vous dit quelque chose ?

— Bien sûr : les médias ne parlent que de ça. La veille de Noël, si c'est pas moche...

— Quand est-elle venue la dernière fois ?

— Hier soir.

Il avait vu juste.

— Accompagnée ?

— Je ne crois pas. Mais il y avait tellement de monde…

— Combien de temps est-elle restée ?

— Je ne sais plus… Quelques heures, je crois.

— Tu l'as vue sortir ?

Moment d'hésitation. Fatal.

— Avec qui ? Réponds tout de suite avant que je fasse fermer cette boîte pour deal et consommation illicite d'ecstasy.

— Je vous assure qu'il n'y a personne ici pour…

— Tu veux qu'on parie ? Un appel et je boucle l'endroit en un quart d'heure. Vérification d'identité, fouille. Quant à ton permis de séjour, tu peux rêver de son renouvellement, ma belle !

— Je suis en règle, capitaine ! protesta la jeune fille sans se démonter.

— Tu expliqueras ça à l'émigration. (Le visage de la fille se figea. Fitzgerald insista.) Tu es déjà très jolie, maintenant tu vas être très gentille. À quelle heure est sortie Carol, et avec qui ?

— Vers… vers trois heures, je crois. Elle était avec Pete, un des barmans.

Bien sûr : les yeux de Katy s'étaient renfrognés quand Ann lui avait posé des questions sur ce fameux Pete.

— Tu connais les ragots, alors dis-moi : ils sortaient ensemble depuis longtemps ?

— Pas assez pour que ce soit officiel, mais je crois qu'elle l'aimait bien.

— Que s'est-il passé quand ils sont sortis d'ici ?

— Eh bien… je… je crois qu'ils se disputaient, répondit la jolie Eurasienne en baissant la tête, comme si elle venait de goûter à la trahison.

— Qu'est-ce qui te fait dire ça ?

D'un rapide coup d'œil, Jack nota que sa partenaire

avait profité de l'agitation pour faire un tour dans la disco.

— Ils se chamaillaient pour je ne sais quoi. Mais sans violence ! Ils sont sortis, et puis c'est tout.

— Et Pete ? D'où il sort ?

— C'est le copain d'un copain. Il travaille ici depuis trois mois. Un type sympa. Pas un violent. Plutôt un coureur de jupons.

— Des préférences ?

— Vous voulez parler des filles ? Non, pas spécialement. Un type bien, je vous dis.

Quelques clients commençaient à s'impatienter.

— Bon : donne-moi les talons des gens qui ont payé par chèque ou carte bleue hier soir.

— Tout est déjà déposé à la banque. ASB. Celle de Queen Street.

— O.K. Pete travaille ce soir ?

— Oui. Au deuxième bar. Un grand brun. Vous savez, ici c'est un endroit tranquille…

Mais le policier avait déjà disparu sous les stroboscopes de la piste. Là, des jeunes de tout poil se contorsionnaient, volontaires d'un manichéisme de computers. Jack ronchonna dans son âme passéiste : de son temps, on dansait à deux. C'était quand même plus convivial. Il avait invité Elisabeth, ils s'étaient plu tout de suite, elle avait à peine dix-huit ans, lui dix-neuf, des gamins amoureux comme des millions d'autres avant eux. Un rock les avait envoyés l'un contre l'autre (Jack expérimentait de nouvelles passes, ce qui avait eu pour conséquence de catapulter Elisabeth dans ses bras), et la jeune fille avait fini par se moquer de son énergie mal dosée…

Il se dirigea vers le comptoir où un type servait un bouquet de bières pression. Ann, adossée à un pilier, en profitait pour regarder le visage des gens.

Pete encaissa les bières qu'il venait de servir à cinq

jeunots gonflés aux barres de musculation. Le boy friend de Carol était un grand brun émacié de couleur blanche. Ses yeux sombres manquaient de vivacité sous les spots. Il portait des anneaux aux oreilles et de longs cheveux un peu crasseux retenus par une queue-de-cheval. Vêtu d'un tee-shirt à l'effigie d'un groupe de rock local, Pete maniait les verres avec une habileté de professionnel.

Profitant d'une accalmie, le barman vint prendre la commande du colosse métissé qui attendait au comptoir ; Jack sortit une carte de flic et une photo. Pete fit un geste de recul comme si le fantôme de Carol allait le mordre.

— Tu connais cette fille ? cria-t-il par-dessus la musique.

Pete eut un air évasif. Fitzgerald plongea la main de l'autre côté du comptoir, empoigna le barman par la nuque et le tira violemment vers lui. Pete fit un bond en avant. La main droite du policier le saisit sous l'aisselle et le souleva de terre avec une facilité déconcertante : dans le même mouvement, Pete passa par-dessus le comptoir et dégringola sur les tabourets avant de s'écraser sur le sol.

Fitzgerald le tira vers les toilettes annexes. Tout s'était passé en quelques secondes. Aucun client n'avait bougé.

Le jeune homme protestait, mais Jack finit par l'expédier contre les lavabos. Ici, la musique était moins forte : on pouvait discuter. Vautré sur le carrelage sale, Pete reprenait ses esprits. Fitzgerald fonça vers une porte fermée. D'un coup de pied, les gonds volèrent en éclats. Là, une gamine BCBG masturbait un type assez costaud pour catcher dans la boue avec un buffle. La fille lâcha un cri de surprise et rougit jusqu'aux oreilles. Jack esquiva le poing trop lourd qui se traînait vers lui, saisit le poignet du type au vol et tordit brutalement son pouce. Pris dans l'étau, le jeune homme leva l'autre pouce en signe de soumission.

— Ça va, ça va !

Fitzgerald le raccompagna jusqu'à la porte où la gamine épouvantée se tenait, tremblante.

— Police. Désolé les jeunes, j'ai besoin d'être seul.

— Pas la peine de brutaliser les gens comme ça ! ronchonna le type.

Jack ne contesta pas : il avait juste besoin d'une démonstration de force pour impressionner Pete. Maintenant, le gamin allait lui cracher tout ce qu'il savait sur Carol. Il se contenta d'un :

— Reboutonne ta braguette et va-t'en. Quant à toi, gamine, tu ferais mieux de rentrer chez toi…

Du haut de ses seize ans, la fille haussa les épaules. Ils sortirent sans tarder. Au pied du lavabo, le visage de Pete suintait de peur. Fitzgerald l'agrippa par les oreilles.

— Maintenant tu vas me dire pourquoi tu as tué Carol.

Une grenade dans un blockhaus.

— Mais je ne l'ai pas tuée ! Je le jure ! s'égosillait déjà le barman.

— Écoute-moi bien : il n'y a pas de peine de mort dans notre pays, alors tout est question de temps. Celui que tu passeras à croupir en prison. Tu sais ce qu'on fait aux violeurs avec homicide en prison ? Non ? Eh bien, on les met en cellule isolée pour qu'ils gambergent bien, avant de les lâcher parmi les autres fauves. Des gros bras qui en ont pris pour dix ans : vol à main armée, meurtre, règlement de comptes. Et les violeurs de ton espèce, personne peut les saquer. Ils ont leur code d'honneur, les gros. Et ils te feront payer cher le discrédit que tu leur portes en découpant le sexe des filles. Tu commenceras par te faire tabasser sans que personne ne bouge le petit doigt pour t'aider, après quoi tu te feras ruiner le cul sous les hourras des matons, tu suceras tout ce qui bouge, les grosses, les petites, tu lécheras les chiottes et ils te feront bouffer leur merde.

Jack marqua une pause. Bien sûr, ce type n'avait pas tué Carol — il en était bien incapable. Pete était un faux jeton de première, pas un mec qui déraille ponctuellement avec son petit secret morbide. Mais il y avait dans ce grand lâche un soupçon, un je-ne-sais-quoi qui disait à Jack qu'il était mêlé, même de très loin, à la disparition de sa famille. Obsession chronique. Le fil conducteur de sa vie. Il ne le lâcherait pas avant de lui avoir fait cracher ses petites révélations sur le sol de ces chiottes.

Pete se voila la face, incapable d'articuler.

— Il y a une autre solution, poursuivit Jack. Tu parles et je te promets de glisser deux mots au procureur pour que tu aies droit à une cellule isolée. Et tes aveux seront le gage d'une possible remise de peine. Maintenant j'attends.

Le barman finit par glapir :

— Je… je ne l'ai pas tuée, je le jure ! Je suis innocent. Je n'y suis pour rien. Je…

— On m'a dit que tu te chamaillais avec Carol à la sortie de la boîte. J'ai des témoins, inutile de nier. Pourquoi ?

— Je ne voulais plus sortir avec elle, c'est tout ! Je voulais lui expliquer, mais elle avait pas mal bu et ne voulait rien entendre. J'ai préféré lui parler de notre rupture dehors pour ne pas faire de scandale inutile dans la boîte. C'est mon gagne-pain et…

— Pourquoi tu ne voulais plus de Carol ?

— Je… Parce que…

Fitzgerald tordit brusquement sa queue-de-cheval. La tête de Pete cogna le rebord du lavabo dans un gémissement.

— Je ne pouvais pas lui dire la vérité ! couina-t-il.

— Quelle vérité ? Que tu t'envoyais en l'air avec sa colocataire ? C'est ça, hein ?!

— Ou... oui !

— Pauvre cloche. Tu as dit à Katy Larsen de mentir à la police pour une stupide histoire de coucherie. C'est bête mais grave. Je peux t'embarquer rien que pour ça. Maintenant, avant que ça ne te coûte trop cher, explique-moi tout, et en vitesse.

Pete céda sous la menace.

— Je sortais avec Carol depuis trois semaines environ. Au début, tout allait bien. Et puis, elle m'a présenté sa copine Katy. J'ai craqué, et je crois que Katy aussi. Alors, j'ai évité Carol pour voir Katy. On a couché ensemble une fois ou deux avant que je me décide à larguer Carol. Mais comme Katy ne voulait pas que Carol sache qu'on l'avait trahie, j'ai dû lui raconter un baratin pas possible. Ça n'a pas vraiment pris. Alors en fin de soirée, j'ai emmené Carol dehors pour lui expliquer. C'était hier soir. On s'est engueulés dans la rue et Carol est partie, furieuse. Je l'ai laissée. Je suis rentré chez moi et j'ai téléphoné à Katy pour lui raconter.

— Tu as des témoins ?

— Non, j'étais seul chez moi.

— Ça peut te coûter cher : Carol est morte une heure après.

— Mais je ne l'ai pas tuée ! Et puis d'ailleurs, pourquoi l'aurais-je fait ? Si tous les mecs qui larguent une fille devaient la tuer, ce serait un carnage dans le pays !

— Je me fous de tes considérations à la noix. Pourquoi avoir menti à la police ? Il s'agit d'un meurtre, vous le saviez tous les deux.

— Katy a eu peur. C'est une fille de bonne famille et elle ne voulait pas apparaître dans les journaux comme une salope.

— Vous êtes vraiment trop cons, les jeunes… Bon. Et Carol ? Comment était-elle après votre altercation ?

— Pas vraiment bouleversée, répondit le barman. Plutôt furieuse. Elle est partie en m'insultant mais je m'en moquais bien : j'aime Katy.

— Je m'en fous. Carol était seule ?

— Oui.

— Et durant la soirée ?

— Je ne sais pas. Je travaillais et il y avait beaucoup de monde. Elle n'est venue me voir qu'en fin de soirée. À ce moment-là, elle était seule. Et quand je l'ai quittée aussi.

— Personne pour la raccompagner à Takapuna ?

— Non.

Le parcours de Carol se construisait lentement dans son esprit.

— Quelles étaient ses habitudes de fin de soirée ?

— Quand on dormait chez moi, on rentrait à pied : j'habite à côté. Mais quand on allait chez elle, c'est elle qui conduisait. Mais on n'y allait pas souvent : il y avait Katy et on préférait être seuls chez moi.

— Comment était-elle au lit ?

— Heu…

— Fais pas ta zouzette. Tu aimes sauter les filles, alors accouche !

— Bonne. Je dirais même plutôt chaude. Oh ! se rattrapa-t-il. J'ai honte de parler comme ça de quelqu'un qui…

— Ta gueule. Connaissait-elle d'autres hommes en même temps que toi ?

— Peut-être. De toute façon, ce n'était pas mon affaire. Moi aussi, j'avais d'autres filles…

— Une idée de ces types ?

— Non.

— Parle-moi un peu d'elle. Tu la connaissais bien…

— Rien de spécial. On se voyait la nuit et peu le jour. Carol travaillait à l'abattoir. On se voyait parfois le samedi. On allait à la plage mais rien de très romantique.

— Et les dimanches ?

— On ne se voyait pas.

— Pourquoi ?

— J'en sais rien. Sa famille peut-être. Je ne lui posais pas de questions, elle non plus, c'était notre contrat.

Carol ne voyait plus sa famille. O.K. Il changea de sujet.

— Et les billets de cent dollars ? Carol cachait des billets de cent dollars sous son sommier.

— Alors là, je vous jure que je ne sais pas de quoi vous parlez.

Ses yeux ne mentaient pas.

— Dope ?

— Carol ne se droguait pas. Elle jouait avec son corps mais seulement pour l'amour. À sa manière, c'était une ambitieuse. Elle aurait tout fait pour sortir de son abattoir et c'est pas en grillant son fric avec de la drogue qu'elle y parviendrait. Elle le savait.

— Elle dealait peut-être ?

— Non. C'était pas son milieu. Tout ce qui l'intéressait, c'était les mecs. Le prince charmant et tout ce charabia. La drogue ici, c'est trop risqué. Tout le monde le sait. Les flics sont partout…

— Sais-tu si Carol tenait un journal intime, un endroit où elle pouvait comptabiliser ses conquêtes ?

— Non, pas de journal.

— Réfléchis bien. C'est un truc des gamines de son âge. Et ça peut être important.

Pete racla les fonds de sa mémoire. Soudain, une petite lueur jaillit de ses yeux sourds.

— Dis-moi ! menaça Jack.

— Elle… elle avait souvent un dictaphone sur elle.

— Un dictaphone ? Pour quoi faire ?

— Elle enregistrait tout et n'importe quoi. Comme je n'aimais pas ça, je lui avais dit de ne pas m'enregistrer.

— Elle enregistrait quoi ?

— J'en sais rien. Ses impressions, ce qui lui arrivait, je sais pas…

— Tu n'as jamais entendu le contenu de ces bandes ?

— Non, jamais.

— Pourquoi tu n'aimais pas ça ?

Silence trop long. Fitzgerald broya sa tignasse.

— Arrêtez, merde ! siffla Pete. J'aimais pas ça parce qu'un matin, après qu'on avait fait l'amour, j'ai découvert son dictaphone coincé entre le matelas et le mur de la chambre. Il était en marche. Je lui ai demandé ce que ça foutait là et elle est devenue rouge pivoine. Elle m'a baratiné mais je lui ai dit de ne pas jouer à ça avec moi. Elle me l'a promis et on n'en parlait plus…

— Elle le portait toujours sur elle ?

— Katy m'a dit qu'elle l'avait souvent sur elle…

Katy n'avait rien dit à Waitura lors de l'interrogatoire. La petite menteuse lui payerait ça. Pete devina les pensées du policier et tenta de couvrir sa nouvelle conquête.

— Katy ne sait rien de plus et…

— La ferme ! lui cracha-t-il au visage. Tu savais que Carol faisait la pute sur Quay Street ?

Le barman sortit une paire d'yeux globuleux. Jack comprit qu'il ne pourrait plus rien en tirer.

— Bon. Maintenant, va reprendre ta place derrière le bar et boucle-la.

Le jeune homme, plutôt secoué, passa son visage sous l'eau. Avant de quitter les toilettes, le policier menaça :

— Et pas un mot aux journalistes. Si certains viennent te voir, envoie-les paître. C'est un conseil.

Pete quitta la pièce nauséabonde en se massant le cuir chevelu. Tout allait trop vite.

Des amoureux se bécotaient sur le trottoir de Princess Street. Jack venait de sortir du Sirène sans prendre garde à sa partenaire. Dans son dos, des chaussures trépignaient.

— Qu'est-ce que vous a dit le petit ami de Carol ? glapit Ann. (Jack s'arrêta enfin.) Vous lui avez secoué les puces ?

— Oui.

— Et ça le démangeait ?

— En quelque sorte. Ce nabot nous cachait la vérité. Peu avant le meurtre, il annonçait sa rupture avec Carol. Motif non évoqué : sa folle passion pour Katy Larsen, la colocataire. Cette petite idiote ne nous a pas tout raconté et je compte bien lui secouer ses puces à elle. J'ai besoin de passer la maison au peigne fin. Carol utilisait un dictaphone, jusqu'alors introuvable. Et quelque chose me dit que le meurtrier figure sur les bandes.

— Où peut-elle l'avoir caché ?

— Je n'en sais rien. Mais j'ai ma petite idée sur ce qui figure sur les bandes… Bon, il est tard, je vais rentrer. Vous feriez mieux d'en faire autant. Demain, j'aurai le rapport d'autopsie de Mc Cleary et un mandat de perquisition, avec ou sans la présence de Katy Larsen…

Ann sentit qu'une chose parasitait le fonctionnement de son esprit. Il finit par dire :

— Je vous raccompagne…

Le Debrett Hotel se situait à deux pas et c'était bien la seule chose qu'il pouvait faire pour une femme.

10

Quand le désespoir l'anéantissait, quand il ne supportait plus rien, même pas lui-même, Jack partait se régénérer sur les docks. Ann l'avait dit : les hommes qui souffrent le plus mal sont ceux qui se vengent. Et ce soir encore, Jack Fitzgerald errerait entre les ombres mal définies de Quay Street à la recherche de sa propre ordonnance.

La journée avait été éprouvante : une fille était morte le sexe découpé, un truand de la vieille école avait fait une chute mortelle sans rien révéler de sa terreur, des gosses l'avaient agressé en plein bar, une criminologue débarquait dans sa vie en lui avouant que les huiles locales savaient tout de ses escapades nocturnes et le spectre d'Elisabeth hurlait dans les phares de la Toyota…

La lune déclinait dans le ciel. Fitzgerald jeta un œil inquiet dans le rétroviseur. Personne. Alors il bifurqua en direction des docks. Ici, tout le monde connaissait son histoire. Chacun avait déjà eu droit à sa petite part de malheur. La seule différence, c'est que la sienne lui faisait plus mal qu'à eux… Il gara la Toyota le long des entrepôts déserts et marcha au hasard. Une brise étoilée effleura sa nuque. Le spectre d'Elisabeth glissa à l'ombre des hangars…

Jack huma l'air en grand. Oui, Elisabeth était bien

vivante : son haleine chaude passait encore sur sa peau, son sexe moite caressait son ventre et ses mains ingénues avaient toujours la touchante maladresse de ses vingt ans…

Dans l'obscurité des docks, les rats ne faisaient pas de quartier. L'espace d'un instant, Jack commit l'idée absurde de pleurer. Le mal rongeait, tordait le ventre. Il marchait désormais à grand-peine. Ses épaules tressautaient mais les larmes refluaient dans son cerveau. L'amour n'était plus qu'un souffle sur ses lèvres.

Une odeur de pisse froide ranima sa haine du mortel commun ; dès lors, ce serait œil pour œil, croc pour croc. Les poings tremblants au bout de ses mains vagabondes, Fitzgerald avança. Devant lui, une ruelle sombre fuyait sous les taules encore tièdes des entrepôts.

Là-bas, tout au fond, deux hommes sans visage échangeaient quelques mots d'argot citadin. Une poignée de dollars sales trébuchait dans leurs mains nerveuses. Des crapules ordinaires : l'un était un pickpocket trapu, borgne et hirsute, convertissant son butin de la journée en crack. L'autre était plus grand, maigre, le cheveu militaire, dealer de son état, visiblement en pleine forme.

Les deux malfrats chuchotaient dans l'obscurité quand une ombre, plus grande celle-là, passa sur eux. D'instinct, ils reculèrent contre la paroi métallique du hangar.

— Quoi ? Qu'est-ce'tu veux ? ! glapit le moins pleutre en tentant de dévisager les ténèbres.

Mais l'homme n'avait rien à leur dire. Un mauvais sourire fendait son visage. Il ne portait pas d'arme, sinon ses mains. Soudain, un vent violent siffla à travers la ruelle ; les malfrats comprirent que ce type était venu là pour tuer quelque chose, ou quelqu'un. Il fallait agir, et vite. Le borgne voulut déguerpir mais une masse énorme l'envoya contre le mur. Sous la violence de l'impact, sa tête percuta le béton et rebondit contre le trottoir. Son compère se résigna à attaquer mais l'autre poing était parti depuis longtemps : propulsé par ses quatre-vingt-dix kilos, Fitzgerald lâcha un crochet dans les côtes flottantes du voyou. Deux petits os cédèrent sous un gémissement rauque. Du droit, il expédia un coup au foie. Souffle coupé, le dealer bascula dans les poubelles grasses.

Le borgne s'était relevé à grand-peine : il titubait maintenant, un couteau dans la main.

Jack évita sans mal sa pauvre attaque et lui décocha un crochet à la mâchoire. La tête du pickpocket partit en vrille : son cerveau, en retard, heurta la face interne de son crâne. L'homme tomba à terre comme une masse.

Étalés pour le compte, les deux truands se mirent à geindre, chacun sur son bout de trottoir poisseux. Jack les balaya du revers de la godasse.

Le silence revint en trombe dans la rue noire. Ça sentait toujours la pisse froide et le désespoir commun. À terre, les voyous faisaient semblant d'être morts, comme des gamins qui jouent à la guerre.

Fitzgerald se résigna à rentrer chez lui. Ce que ces types avaient dans leurs poches lui importait peu : ce qu'il avait dans la tête hurlait beaucoup trop fort.

Il longea le port et suivit la côte vitre ouverte jusqu'à Mission Bay. Son esprit avait retrouvé ses couleurs (aucun pastel) mais une menace flottait dans l'air du temps : trop de choses clochaient dans cette affaire. Il ne savait pas si Ann Waitura espérait toujours soigner le tueur mais lui avait choisi de le supprimer, et vite.

Il gara la bagnole sous le préau. Au loin, les lumières du port pointaient comme des lucioles montrant leur ventre phosphorescent, appels extatiques à la femelle. Jack grimpa l'escalier du garage et reconnut tout de suite le parfum d'Helen dans le salon : de fait, elle dormait sur le canapé, recroquevillée en chien de fusil. « Moi le chien, elle sans fusil », songea-t-il avec une ironie froissée.

Sans doute l'avait-elle attendu pour un bout de réveillon ensemble avant de s'endormir au hasard, encore vêtue de sa robe rouge. Pliée sur le sofa comme une enveloppe à décacheter, l'amour d'Helen resterait lettre morte. Elle n'était pas la première ni la dernière à s'oublier ainsi, inutile et désolée de n'être rien pour l'autre… C'était perdu d'avance mais il l'embrassa sur le front. Helen eut un timide geste de réveil et saisit la main qui vagabondait près d'elle. Ses phalanges écorchées se raidirent malgré lui. Elle embrassa cette main malade avec une infinie délicatesse. Il ne protesta pas : après tout, c'était Noël.

Helen se rendormit dans ses yeux, un bref sourire aux lèvres. Jack la laissa à ses rêves : avec un peu d'imagination, il lui paraîtrait lavé des souillures qui pourrissaient sa vie. Et qui sait, alors, il l'aimerait peut-être…

Il se passa la tête sous l'eau froide. Encore un petit effort et il oublierait les pauvres types qu'il venait d'écrabouiller… Jack se coucha en songeant à sa vie effroyablement ratée malgré ses pitoyables exploits à la police d'Auckland : moitié d'homme, il n'émettait plus que des demi-idées que des demi-sentiments gâchaient et ne faisait plus l'amour qu'à mi-temps à une femme à qui il ne parlait qu'à demi-mot.

Il se sentait vidé de tout, réduit à rien, employé par le néant. Comme s'il vivait la mort d'un autre… Alors, cette nuit encore, il eut un mal de chien à trouver le canard sauvage qui l'emporterait vers le grand sommeil. Helen volait trop haut pour lui…

11

Pourtant, Eva White s'était réveillée de sale humeur : après avoir quitté ces draps où ils étaient trois, une envie de vomir s'était coincée dans sa gorge. Même le café n'avait pu ramasser les ordures de sa bouche. Seul répit dans cette foutue matinée : « ils » dormaient encore…

Heureusement, avec Noël, les domestiques étaient en congé. Eva avait quelques minutes pour elle : personne pour lui dire comment se tenir, comment dépenser l'argent, le temps, et songer que l'ennui lui donnait envie de mourir un jour, comme ça, subitement, sans lettre d'adieu ni rien.

Le réveillon s'était encore soldé par une beuverie ponctuée d'une classique engueulade avec Edwyn, trop précieux pour lui retourner une paire de baffes et lui dire deux mots rassurants. Après quoi, la nuit avait fini par une baiserie d'une tristesse intime malgré les louables efforts « des autres excités ». Eva avait dégluti un peu de cette crasse vulgaire qu'ont les mauvais riches, elle avait dégluti mais ça n'allait pas mieux, à peu près rien ni personne ne l'intéressait, les cinémas étaient probablement fermés, les théâtres faisaient relâche dans l'hémisphère Sud, les musées n'existaient pas encore et la nature en était toujours à sa période glaciaire…

Il était onze heures du matin, le ciel crachait du bleu

sur les vitres, Eva avait déjà chaud, envie de rien, même pas d'enfants, quand on sonna à la porte.

Elle ouvrit. Sur le perron, un jeune coursier tenait dans ses mains un télégramme.

— Madame O'Neil ?

Eva frissonna. Jamais personne ne l'appelait O'Neil. Elle saisit la lettre, intriguée, chercha un pourboire, trouva une poignée de billets froissés sur un guéridon de brocante, billets qu'elle tendit au coursier sans rien compter : le garçon sourit à ce corps nu sous le peignoir entrouvert mais la fille refermait déjà la porte.

Eva traversa le hall de manière mécanique. Elle se remémora la soirée chez Hickok, les rencontres inopinées, le visage de certaines personnes et (elle décacheta la lettre), bien sûr *lui*. On n'oubliait pas facilement ce genre de visage. Ni ce genre de lettre. Des mots simples, tout cons, noir machine sur blanc administratif. Ça disait quelque chose comme rejoins-moi, un rendez-vous étrange, viens vite, sur un port comme dans les romans de London, tendre est la nuit, Scott Fitzgerald, des années folles… Les mots d'un homme, pour elle. Simples et tout cons.

Eva fourra la lettre dans la poche de son peignoir et parcourut les trente mètres qui la séparaient de la douche, le couteau entre les dents.

*

Les chaussures de John couinaient sur le ponton du port d'Auckland. La fumée de sa quatrième cigarette s'évaporait dans la grande déchetterie de l'atmosphère. Il pensait. Une lettre par coursier. Le lendemain. C'était un peu gonflé pour un matin de Noël mais Eva n'avait pas d'enfants. Rien ne la retenait. Le télégramme donnait rendez-vous à midi : il était la demie et le ferry attendait que les passagers digèrent leur réveillon pour s'alléger l'estomac sur l'île de Waiheke.

John perpétua son regard au-delà de la foule agglutinée sur le ponton : Eva arrivait enfin.

Elle portait des Doc de fille mais sa démarche restait légère. C'est ainsi qu'elle vint à lui. Chacun trouva que l'autre avait changé depuis la veille ; ils se l'avouèrent au milieu d'autres mots presque aimables.

— Je… Désolé pour le procédé. Le message… finit par insinuer John.

— Oh ! j'ai pris ça comme une bouteille à la mer…

Elle hocha la tête. Ses yeux (verts, un peu absents) contrastaient avec ses lèvres (roses, gravées dans une sensualité morbide). Les gens affluaient vers le ferry.

— En tout cas, c'est bien d'être venue.

Elle réajusta ses lunettes noires.

— De toute façon, il fallait que je parte de chez moi.

Impossible de savoir ce qu'elle voulait dire par là.

— C'est si pénible que ça de vivre avec lui ?

— Non. D'abord il faut être juste : ce que j'ai, je l'ai bien voulu. Mais nous avons chacun notre indépendance. C'est, disons… une sorte de contrat moral entre nous. Pour être plus précis, c'était écrit entre les lignes du contrat de mariage.

John alluma une nouvelle cigarette. Les gens passaient autour d'eux.

— À vous entendre, on dirait un de ces vieux arrangements passés par les grandes familles pour marier leurs enfants…

— Je ne suis pas issue d'une grande famille, mon cher. Et puis, je me fous complètement des familles, des conventions, des idées reçues, des notaires… Je me fous de tout, si vous voulez connaître le fond de ma pensée. Et ne faites pas l'effrayé, on peut me ramasser à mains nues.

Le ton un peu rauque avait le charme du tombeau que l'on claque. On ne jouait plus. Ou alors à autre chose.

— Allez allez ! s'écria-t-il en la tirant par les épaules.

Ils suivirent le cortège d'humains disciplinés jusqu'au ferry en partance. John la regardait bouger dans la petite robe à pois. Elle dit en se retournant :

— Ne vous étonnez pas si je prends souvent l'air blasé de la femme fatale au grand regard occupé d'ailleurs, ce n'est qu'un vieux système de défense perfectionné depuis l'enfance…

— Vous avez tant de choses que ça à cacher ?

— Oh ! si vous saviez ! s'esclaffa-t-elle en prenant l'air de la femme éreintée par ses problèmes de luxe.

Le vent s'était levé et rendait le soleil plus dangereux. Ici, la relative absence de pollution et la proximité du fameux trou dans l'ozone font la part belle à ce que John appelait les « ultra-violents ».

— En tout cas vous avez meilleure mine : hier soir, on aurait dit un mannequin mort.

Elle sourit :

— Sachez, jeune homme, que je n'ai pas la prétention de vivre toute ma vie. Ah ah ah !

John ressentit comme un picotement.

Ils montèrent à bord. Une sirène. Des mains qui se lèvent, la mer qui bout dans la marmite du port, Eva qui ôte enfin ses lunettes, quelques banalités et la grande île qui s'éloigne… Accoudés à la rambarde arrière du ferry, ils regardaient les hélices faire pleurer la mer à gros bouillons. La brume de chaleur enveloppait la cité bleue, le monde rapetissait et, au fond d'eux, ça les arrangeait.

— Vous connaissez Hickok ? demanda-t-elle.

— Qui est-ce ?

— Le type qui organisait la soirée d'hier soir.

— Non.

— Vous ne perdez rien, pérora-t-elle : Hickok est un

salaud, lui comme tous les autres. Et sa femme une pute.

— Une pute ? ! Voyez-vous ça.

— Oui… dit-elle, les yeux vitreux. Des petits humains sans reproche ni talent. Quelqu'un comme moi, en somme…

Eva avait l'air de savoir de quoi elle parlait. Sur le coup, c'est tout ce qu'elle avait trouvé : elle ne pouvait tout de même pas dire à cet inconnu que son mari lui faisait du chantage afin qu'elle accepte de coucher avec ses amis toxicomanes, que la discussion avait eu lieu à l'écart pour ne pas offusquer les bonnes âmes présentes chez le procureur, qu'elle avait fini par traiter Edwyn de « vieille pédale hermaphrodite » avant que celui-ci ne cherche à séduire la seule personne à l'avoir amusée, même un instant : John. Non, elle ne pouvait pas lui dire ça…

Il aima la saine colère qui lézardait son front.

— Je n'aime pas vos soucis, déclara-t-il.

— Mes soucis ? et elle faillit ricaner.

John ne se démonta pas — il savait comment se construit le mépris.

— Votre mari, Edwyn, qui est-ce au juste ?

C'est Eva O'Neil qui répondit :

— Edwyn White, fils de son père, grosse pointure financière de la City d'Auckland. Plus d'argent qu'un dictateur, une de ces fortunes qui vous dispensent de relevés de compte, si vous voyez ce que je veux dire. Edwyn ne travaille pas. C'est un débauché, comme moi. Son père l'a toujours couvert d'argent pour qu'il se tienne tranquille…

— Tranquille de quoi ?

— Pourquoi toutes ces questions ?

John plongea dans ses yeux, gris contre vert, belle

empoignade, et lui serra le bras. Ça faisait presque mal — ça faisait vraiment du bien. Il dit :

— Écoutez : nous n'avons pas beaucoup de temps tous les deux. J'étais sérieux hier soir.

— À propos de quoi ? Votre amour ? railla-t-elle.

— Si vous voulez. Et de tout le bordel qui va avec.

Eva fut troublée. C'était une orpheline. Elle n'avait jamais cru tout ce qu'on lui avait dit. Dès le début, ses bases affectives étaient erronées. Des étrangers l'avaient baratinée sur la vie, les sentiments. On ne l'avait jamais aimée. L'amour, elle n'y croyait pas. Pas une seconde. Orpheline. Oui, même ses parents l'avaient trompée. Eva n'avait dû son salut qu'à sa fantasque beauté. Ce n'était pas sa faute, juste un gadget du destin génétique légué par ses parents pour qu'elle se débrouille sans eux dans la vie. Évidemment, cette beauté l'agaçait : car non seulement Eva n'y était pour rien, mais c'était de surcroît le seul don de ses parents — ces lâches qui, selon sa psychose personnelle, l'avaient abandonnée. Et quand on lui disait « vous êtes belle, je vous aime », Eva éprouvait un pittoresque sentiment de mépris pour l'espèce humaine : elle était une terre sans eau. Les hommes l'avaient polluée par passion — détruire pour mieux posséder. Mais l'homme qui lui parlait aujourd'hui semblait d'une désarmante sincérité.

En bonne enfant têtue, Eva tenta une ultime contre-attaque avant de tomber dans le piège :

— L'amour, oui... C'est bien tout ce que j'inspire aux hommes...

Son regard naufragé s'échoua contre un récif à bâbord. John le sortit de ce mauvais pas.

— Le problème, justement, c'est que je ne suis pas vraiment un homme, Eva... (Une lueur adolescente passa dans ses yeux. Il ajouta :) Le deuxième problème, c'est que je ne suis pas sûr que vous voyiez ce que je veux dire par là…

Elle se rétracta devant l'urgence. Où voulait-il en venir ? Et puis d'abord, d'où sortait ce type ? Pourquoi avait-elle répondu à son avance ? Elle le trouvait certes séduisant, il avait l'air aussi perdu qu'elle, alors quoi ? Elle ne savait pas vivre avec toutes ses contradictions. Mais leurs visages s'attiraient. Il suffisait de les voir ensemble. Eva réalisa que le danger existait au-delà de ses espérances.

Elle répondit enfin :

— Si. Si… je crois…

Mais ces mots n'étaient pas d'elle.

John sourit comme si au fond tout cela n'était pas bien grave. Elle hésita. Bon Dieu, ils parlaient quand même de passer leur mort ensemble !

Dans l'attente d'une vraie réponse, il observa la cicatrice à la commissure de ses lèvres, relief discret d'un paysage féminin à failles apparentes. John avait une incompréhensible envie de l'embrasser, cette cicatrice ; jamais il ne s'était tant approché d'une femme, du moins pas depuis Betty…

Le cœur d'Eva battait à tout rompre. En dépit de ses vingt-cinq ans, ce n'était pas une midinette. Quand on naît orphelin, on est orphelin. Sur le pont de ce ferry, tout était différent. Quelque chose montait en elle. Jamais personne ne lui avait exprimé la moindre empathie — sans doute trop belle pour ça — et, bien qu'elle détestât l'apitoiement, Eva réalisa que le visage de John était le triste reflet du sien, de sa condition, de son malheur. Le prisme qu'elle lui accorderait en retour serait sa déviance, son salut. Là, il y avait l'espoir.

Remplie de gratitude, heureuse un instant comme jamais elle n'avait osé l'envisager, Eva prit ce visage entre ses mains et le serra fort. Ses yeux criaient : « D'accord. »

*

Waiheke. Petit Éden de verdure et de sable soûlé par les alizés, humeur constante d'une nature ici omniprésente. Là, les hommes sont à leur place : invités sur Terre. Alors, par respect, ils se tiennent bien. Enfant, on apprend ça. Adulte, on s'y tient. Nouvelle-Zélande. Pays de contrastes, vert et bleu, rythmé par le mouvement des flots. Toujours sauvage, rarement en colère. Un pays qui ressemble à tout et à rien, la Bretagne jetée dans le Pacifique Sud, le Québec aux Marquises, les Alpes au pied des baleines…

John et Eva marchaient sur un bout de plage cerné de rochers élégants, phares officieux pour les navires croisant en mer de Tasmanie. La femme tenait d'une main ses chaussures. De l'autre, elle tenait le vent. Dans le rôle du spectateur amoureux d'un instant qui ne lui appartient pas, John se contentait de son ombre. Il observait ses longitudes ; ces formes, il faudrait bientôt les recréer. Mais ça c'était encore une autre histoire…

Ils avaient parlé d'eux, un peu. Elle lui avait avoué son dégoût des choses tout en ayant parfaitement conscience de son renoncement. Eva ne faisait plus d'efforts pour cerner la vie, pourtant visible partout : roche, mer, terre, vent, hommes et animaux. Elle se laissait porter par le flux de son sang jusqu'à ce qu'il stoppât de lui-même. Peu importait la raison. En attendant, elle abusait de tout. Son quotidien. Un petit jeu morbide mais clownesque où les règles consistaient à les transgresser afin d'observer le comportement vulgaire du genre alentour. Il voyait tout à fait ce qu'elle voulait dire. Ils comparèrent certaines expériences choisies avec soin, ce qui les fit rire longtemps.

Puis John roula un pétard d'herbe qu'ils partagèrent

avec la brise. Dans la tourmente, il lui avoua sa principale activité de peintre. Eva trouva la chose intéressante, sans plus — pas le genre à s'enflammer parce qu'elle côtoyait un artiste, sachant le cas compliqué, souvent sinistre, égocentrique voire vaniteux. John, lui, couvait d'autres mauvais génies.

— Qu'est-ce que tu fous ? lança-t-elle à l'homme qui se taisait depuis un moment.

— Je te regarde.

— Et qu'est-ce que tu vois ?

— La grâce. Celle du tigre mangeur d'hommes, ajouta-t-il, vaguement ironique…

— Hum ! Ça me plairait assez ! (Elle pointa ses petites canines :) Je n'aime pas trop les hommes.

— Moi c'est pareil.

La crique était déserte. Dans le ciel, les nuages faisaient des ronds de fumée en attendant que ça se tasse. Enfin, Eva ôta sa robe et fila vers les vagues. John détourna le regard : sa poitrine était nue et la voir, c'était vieillir trop vite. Non, pas encore… Trop insouciante pour remarquer son embarras, elle le somma de la rejoindre. Il s'exhiba à reculons.

La jeune femme aima beaucoup ses épaules rondes, ses bras noueux et plus encore sa retenue, loin de saisir les raisons d'un tel détachement. Comme John évitait de trop l'approcher, elle sourit d'un air entendu avant d'expédier son mètre soixante-quinze vers le large.

John attendit sur le bord, des couleurs plein la tête. Quand Eva sortit du bain, sa toison un peu brune apparut sous la petite culotte. Ils se rhabillèrent et tout rentra dans l'ordre.

C'est bien connu : la mer, ça creuse. Ils fumèrent un nouveau joint d'herbe allongés sur le sable tiède, divaguant mollement au gré de leur imagination fertile. Cet été-là sentait l'enfance, les vacances avec les grands-parents : bref, tout ce qu'ils n'avaient jamais connu.

— Tu as déjà tué un homme ? finit-elle par demander, la nuque plantée dans le sable.

— Non… Non.

— Moi c'est toujours pareil…

Ils regardaient le ciel.

— Peut-être qu'on est faits pour vivre ensemble.

— Vivre ? Elle fit la moue : oui… Peut-être.

Elle caressa sa main. C'était le premier. C'était le seul rêve. Quand l'œuvre serait prête, ils l'achèveraient. Et la fracasseraient. Alors, ils pourraient peut-être rafistoler quelque chose sur les ruines de leur mauvais amour : la maison digne de l'autre.

12

Jack Fitzgerald n'avait jamais eu beaucoup d'amis. Par instinct, les gens se méfiaient de lui. Au début, trop enfant, Jack ne l'avait pas compris. Mais plus tard, au collège, il réalisa l'aversion respectueuse qu'il inspirait aux humains ; on fuyait à son approche.

Jack était un prédateur au sommet de l'échelle. Seul Mc Cleary et sa logique de biologiste admit la chose comme une curiosité darwinienne. Ce grand Maori au regard brûlant inspirait une crainte sauvage à ses pairs.

Elisabeth, elle, avait toujours été intriguée par les gens seuls, ceux qui se tiennent à l'écart des groupes. Leur rencontre eut lieu à l'université d'Auckland ; l'homme déambulait dans le magnifique parc du campus, un tee-shirt assez large pour dissimuler ses pectoraux déjà puissants. Depuis la rentrée, Elisabeth avait repéré ce métis courtois et solitaire ; elle se renseigna auprès de ses amies. En retour, on lui dressa le portrait d'une brute (Fitzgerald faisait à l'époque de la boxe) taciturne et vaguement gauchiste, un type dont le physique impressionnant cachait (mal) une gêne chronique envers son prochain — ceci malgré ses revendications populaires. Elisabeth comprit plus tard que le problème, c'était lui. Lui et sa colère contre les conservateurs au pouvoir et le libéralisme tranquille qui repoussait ses demi-frères hors d'un système où ils n'avaient plus de place ; on n'apprend pas à un homme libre à se soumettre. On l'écrase à l'occasion. Et Jack arborait un air de défi qui ressemblait à tout sauf à l'obéissance.

Elisabeth le trouvait terriblement sensuel, splendide et presque maladroit avec tout ce qu'il voulait taire en lui. Elle avait dix-sept ans révolus, pas beaucoup d'expérience et une anatomie un peu banale qui savait toutefois plaire aux hommes — une de ces filles à la plastique inégale dont le charme est un art consommé. Aussi souritelle à ce révolutionnaire en herbe qui venait de la croiser dans le parc de l'université : Jack s'était arrêté, surpris par cette marque d'affection adressée au hasard d'une allée. Il était resté de marbre mais son visage avait soudain perdu toute agressivité.

De près, ce sang-mêlé était magnifique. Aussitôt, Elisabeth eut envie qu'il la possède. Le sentiment était troublant : elle avait un peu mal à lui, elle voulait lui faire du bien, tout de suite, très fort. Il fallait réconforter cet homme. De quoi, de qui, elle s'en fichait. Mais c'était urgent.

Les mots avaient parlé pour eux : un rendez-vous dans un bar, deux bouches qui acceptent, des yeux timides et troublés, deux corps qui se séparent, déjà déchirés, tout manquants l'un de l'autre. Jack et Elisabeth avaient dîné le soir même dans un restaurant à la mesure de leurs bourses avant de finir la nuit dans une boîte à la mode. C'est là qu'ils s'embrassèrent pour la première fois, à pleine bouche. Tout s'était passé très vite. C'était urgent.

Bien que méprisée par ses anciennes copines, Elisabeth était fière de prendre cet homme par le bras dans les allées du campus. Dorénavant, ils étaient étrangers à tous. Parfait. Seul Mc Cleary avait applaudi à leur union : en bon biologiste, il avait compris que ces deux-là reproduiraient le meilleur du genre humain.

Jusqu'alors, la vie de Fitzgerald n'avait pas été facile. Sa mère, écossaise et frivole, avait quitté son père peu après sa naissance : elle était retournée en Europe avec son nouvel amant, plus jeune, plus riche et plus beau que le chef de travaux maori qui l'avait mise enceinte par accident. Jack fut donc élevé par son père : Jon Fitzgerald était un homme déjà âgé, au caractère parfois violent mais très attaché à son fils. Jon n'avait jamais aimé qu'une femme : elle était partie, il n'en parlait plus et vivait depuis dans le culte d'un amour évanoui. Ainsi, Jack grandit dans l'idéal d'une mère inconnue. Quand, plus tard, il apprit la vérité sur celle-ci, son cœur se fissura. « L'Écossaise » avait profité du statut social de Jon pour suivre ses études : Jack voyait dans sa fuite l'atavisme d'une supériorité colonialiste. Il méprisa sa mère et se prit de pitié pour son père qui, à cinquante ans, en paraissait dix de plus. Jon travaillait pour oublier, dormait peu, mangeait mal et plongeait souvent dans une méditation malsaine. De ces heures, Jack se souvenait de chaque minute : lui, bossant les cours sur la table du salon, Jon observant le feu de la cheminée, l'âme perdue dans les flammes. Autodafé sentimental. Pour l'adolescent, son père était un vieux guerrier vaincu : la blanche Europe avait eu raison de sa fierté. Ce fut probablement la raison pour laquelle il choisit de militer pour la défense des droits maoris.

Jack avait dix-sept ans et déjà une solide maturité. Le destin se chargea d'accélérer ce processus : le jour même où il obtint son premier diplôme, Jack apprit la mort de son père. Une charpente métallique l'avait tué en s'écrasant sur le sol. La compagnie d'assurances mena une enquête. Un bruit étrange courait sur le chantier : alors que les autres ouvriers avaient tous détalé, Jon n'aurait pas esquissé le moindre geste pour éviter la poutre en chute libre au-dessus de sa tête…

Jack devint orphelin et, croyait-il, blindé face aux coups du sort. Il vendit les maigres biens de son père avant de partir pour Auckland et son université. Deux années passèrent, entre les cours d'histoire et les revendications militantes. Lors des manifestations, Jack se fit remarquer pour ses dons de meneur d'hommes et son sang-froid devant les policiers.

La rencontre avec Elisabeth coïncida avec le versement de l'assurance-vie contractée par son père. Avec l'argent, le jeune couple acheta la maison de Mission Bay qu'il habitait encore aujourd'hui. Elisabeth tomba bientôt enceinte, pour le plus grand bonheur de Jack. Ils avaient assez d'amour pour trois.

Judy naquit au beau milieu de l'été. Hormis une maladie qui faillit coûter la vie à l'enfant (un vaccin puissant fut administré d'urgence, laissant une marque indélébile), cette année-là fut la seule embellie dans la vie du métis : une embellie constante qui semblait ne jamais devoir connaître l'orage.

Ce fut un ouragan.

Le temps passa d'abord, au compte-gouttes. Chacun poursuivait ses études. Mc Cleary venait dîner une fois par semaine, devint leur ami et plus tard leur témoin, quand Jack et Elisabeth se marièrent en comité restreint à la mairie d'Auckland. Judy avait quatre mois. La petite famille partit en vacances sur l'île du Sud, région sauvage flanquée de fjords, de montagnes enneigées et autres colonies d'oiseaux pour une population humaine à peine supérieure à trois cent mille habitants. C'est ici que tout bascula. Jack resta en ville pour réparer leur voiture tandis qu'Elisabeth emmenait Judy pique-niquer dans les environs. Elles étaient parties toutes les deux et on ne les avait plus jamais revues.

Envolées.

Supprimées.

Volatilisées.

Beaucoup plus que mortes : disparues.

La certitude de leur mort l'aurait peut-être sauvé. Mais l'absence de vérité, non, jamais…

Jack les chercha partout. La police locale fit son possible. La disparition fit l'objet d'un appel à témoins. Les journaux locaux se mirent de la partie mais les témoignages étaient rares, l'île quasi déserte et les contrées mystérieuses. On retrouva la voiture de location trois jours plus tard, abandonnée près d'un fjord à plus de cent kilomètres du point de départ. Le véhicule était accidenté mais d'Elisabeth et Judy, nulle trace.

À cette époque, deux filles avaient été étranglées dans les environs. Jack dépensa ses maigres économies, remua ciel et terre : sans succès. Le temps passa, l'espoir faiblit. La police finit par classer l'affaire…

Après la disparition de sa famille, il avait sombré dans une sourde dépression qu'il n'avait jamais tenté de soigner, laissant tout dépérir autour de lui : ses études, sa maison, les gens (hormis Mc Cleary), la plupart de ses rires et l'envie de les communiquer. Sa dépression ne le mena nulle part : ce n'est pas lui qu'il cherchait. Alors, à vingt-trois ans, il décida de s'engager dans la police.

Jack était un acharné — le genre de type qui, à la fois, tue et enterre. Selon lui, plus il grimperait dans la hiérarchie, plus son champ d'investigation s'élargirait : il trouvait ainsi dans ce grossier subterfuge l'assiette vitale de son cerveau. Et s'il passait sa haine (ou plutôt son impuissance) sur le dos de petits malfrats, Fitzgerald s'en moquait : ils faisaient figure de symboles.

Aujourd'hui, il préférait gaspiller son énergie débordante à retrouver sa famille, quitte à se trouver nez à nez avec leurs cadavres vieux de vingt-cinq ans, plutôt que de recommencer sa vie.

Il repensait souvent à la dernière fois qu'il les avait

vues : un signe de la main, un sourire, une mimique amusée, complice, un gazouillis de bébé, une confiance absolue dans la vie… des conneries. Cette image le réveillait en pleine nuit. Et maintenant, le visage exsangue de Carol Panuula sur le marbre de la morgue se superposait aux leurs. Carol était morte étranglée ; à l'époque de la disparition d'Elisabeth et Judy, on avait retrouvé deux filles étranglées dans les environs… Était-ce possible ? Possible ? Poss…

Jack s'éveilla en sursaut. Les draps du lit étaient trempés. La peur dans sa poitrine cognait en silence, encéphalogramme stationnaire. Il se leva, toujours opprimé ; le cauchemar le poursuivait jusque dans la vie.

Une mouche passa dans la chambre noire, lourde, suicidaire. Lentement, le policier revint à la réalité. C'était plutôt moche et sans joie ; les hommes s'étaient trompés de planète, il ne savait plus qui avait dit ça mais quand les femmes s'occuperont de la guerre ça s'appellera la paix, en attendant la mort dans sa jungle chiapanèque, Marcos secouait les hardes d'une troupe d'analphabètes idéalistes et lui avait perdu l'envie de l'aider… Il enfila un pantalon de toile noire, un tee-shirt sans marque et ses vieilles chaussures anglaises.

Il était onze heures du matin, la chaleur ne fléchissait pas, un café fumant attendait sur le bar américain, Helen chantonnait dans la cuisine, tout l'énervait.

— Bonjour ! lança-t-elle.

— Mff ! grogna-t-il en se forçant à émettre un son.

Helen lui tendit son café. Quand il sortait d'un cauchemar, l'homme qu'elle aimait en faisait participer son entourage. Elle le regarda sous ses mèches d'un brun naturel et ne put s'empêcher d'admirer ses bras : puissants, véloces, les muscles encore saillants… Helen adorait quand ces bras la serraient contre lui. Si un gouffre les séparait, elle aimait tout, même ce vide. Le sentir, c'était déjà tenter de le combler. Et si leur amour était tombé dans ce gouffre, il ne restait que l'autre à l'un, et réciproquement.

Helen avait revêtu une robe légère qui cachait sa taille tout en laissant nues ses jolies jambes. L'attention était louable : c'était la robe que Jack préférait. Il lui avait même dit une fois qu'il la trouvait « sexy là-dedans ».

Helen avait rougi — vingt ans de moins, d'un coup.

Mais aujourd'hui, l'homme qu'elle aimait ne posa même pas un cil sur l'habit : il partit après deux gorgées de café mal avalées, sans un signe, sans un mot.

Helen regarda le petit paquet qui attendait toujours, posé à côté de la tasse vide. Elle lui avait fait un cadeau, au cas où… Bien entendu, Jack l'avait remarqué. Mais il ne l'avait pas ouvert, comme s'il se sentait indigne de recevoir quoi que ce soit. Il ne l'aimait pas assez pour ça.

Le malaise était bref mais profond.

La femme resta seule avec son petit paquet et une féroce envie de pleurer. Même si aucun homme n'avait daigné lui offrir un enfant, Helen aimait beaucoup Noël. C'est tout ce qu'elle voulait dire à Jack. Mais il ne comprenait même pas ça.

*

Queens Wharf. Fitzgerald déjeunait dans un restaurant en compagnie de Mc Cleary.

Ce repas était devenu un rite pour les deux hommes. Comme Jack refusait obstinément de partager le réveillon avec la famille de Mc Cleary — malgré l'amitié qu'il leur portait —, ils déjeunaient ensemble le lendemain.

Attablés face au port, les deux amis dégustaient un plateau de fruits de mer en regardant partir les ferries pour Waiheke. Selon leur pacte moral, ils ne parleraient du boulot qu'après les langoustes. En attendant, Mc Cleary lui raconta son réveillon. Il exagérait volontairement les anecdotes mais comme son but était de faire rire, Jack le laissait faire.

Selon son ami, l'estomac du grand-père aurait capoté entre le dessert et le cognac, faisant du même coup hurler le petit et vomir la plus grande. Le grand-père finit par expulser vomi et dentier dans la cuvette des toilettes, lequel dentier se perdit sous l'épaisse couche de grumeaux. La grand-mère manquant de tourner de l'œil, les gosses en rajoutant tour à tour et sa femme refusant catégoriquement de plonger les mains dans la mélasse fraîche, c'est à lui qu'échut le privilège de ramasser le dentier du grand-père. Autant dire que le reste de la soirée fut expédié et tout le monde couché en vitesse.

Jack sourit. Mc Cleary vérifiait à lui seul la devise nationale : « Je suis britannique, mais je me soigne. » Il rêvait de *latinité* avec un faux dédain pour l'Angleterre — ce qui n'empêchait pas les *sunday papers* de déblatérer sur le compte de la famille royale — et un cynisme malsain envers l'Amérique qui, de par le monde, forment une inquiétante unanimité. Le coroner aimait l'Espagne et surtout la France, préférant y voir comme ambassade un rugby fantaisiste plutôt que l'entêtement d'un gouvernement à des essais nucléaires au milieu de coraux et autres poissons multicolores…

Le professeur Waitura arriva à l'heure au rendez-vous, un tailleur inédit sur les épaules. La voyant débarquer de loin, Mc Cleary siffla entre ses formidables moustaches :

— Dis donc ! Pour une fois, ça donne envie d'être capitaine à la police d'Auckland !

— Tu ne vas pas me faire une thèse sur le fantasme

des femmes en tailleur ?! rétorqua Fitzgerald tandis qu'Ann slalomait entre les tables.

— Pas du tout ! Mais je t'assure, regarde-la bien. Cette fille a quelque chose. Une puissance désinvolte, redoutable. Et tu connais la fidélité que je tiens envers ma femme !

— Dragueur, va !

Ann arrivait. Jack dut reconnaître qu'elle marchait comme une Salammbo cerclée de pythons royaux ou quelque chose comme ça : depuis le temps, il ne lisait plus que des rapports de police et autres paperasseries abêtissantes.

La criminologue lança avec un brin de provocation :

— Alors, on se tait quand j'arrive ?

— C'est comme les oiseaux à l'approche du grand fauve, ma chère ! rétorqua Mc Cleary, toutes ailes dehors.

Ann haussa les sourcils et plia ses belles jambes entre les deux hommes. Le coroner sortit un calepin, à deux doigts de bander. D'un revers de serviette, il essuya sa moustache et quelques taches de rousseur le long de ses lèvres. Mc Cleary commença son petit speech sous l'oreille attentive des enquêteurs. Il ne bandait alors plus du tout.

— Un : Carol a été tuée entre quatre et cinq heures du matin. Deux : elle a été étranglée de face. Bien qu'elle se les rongeât, je n'ai décelé aucune trace de peau sous ses ongles. Si on l'avait torturée au préalable, Carol se serait défendue avec énergie : puisque je n'ai trouvé ni marques de contusion, ni cheveux ni rien, on peut supposer que le meurtrier l'a totalement surprise. Trois : j'ai trouvé des traces d'alcool dans l'estomac de la victime. Pas de drogue. Carol a donc bu pas mal avant de mourir. Du gin.

— Carol est allée dans une boîte de nuit, coupa Jack. Mais elle est sortie peu avant trois heures du matin : il y a un trou d'une heure et demie entre la sortie du Sirène et le meurtre…

— Ça, c'est ton affaire. Je continue : le tueur l'a donc étranglée, et cela sur la plage. J'ai retrouvé du sable un peu partout sur son corps. Carol s'est allongée sur la plage mais ils n'ont pas fait l'amour. Notons au passage que le tueur ne la menaçait pas encore de son couteau : aucune marque de pointe acérée sur le corps. Carol était sans aucun doute consentante. Mais il s'est passé quelque chose, quelque chose qui a poussé notre homme à l'étrangler…

— Un impuissant ? proposa Jack en se tournant vers Ann.

— Probable.

— Un homosexuel détraqué ?

— Possible, fit-elle dans une moue. Mais je vous rappelle qu'il a touché au sexe et non au rectum. Or, un pédoclaste dénie le sexe de la femme. Je pencherais plutôt pour un homme séduisant dont la sexualité est mal définie. Le scalp est un symbole. Fétichisme, mutilation…

— Revenons à l'autopsie et gardons cette piste.

— O.K., poursuivit Mc Cleary. Une fois Carol étranglée, le tueur a scalpé le pubis. D'après l'analyse, l'acier de l'arme provient d'un couteau à lame très effilée, couteau, scalpel, voire rasoir. Trouvez l'arme du crime et vous trouverez le coupable.

— On a drainé le port et les environs de Devonport, sans succès jusqu'à présent. Les recherches continuent.

— Inutile : l'acier provient de la même arme. Je veux dire que Carol Panuula et Irène Nawalu, la première victime, ont subi le même sort avec la même arme. Je tiens d'ailleurs à remercier le professeur Waitura ici présent pour le rapport détaillé qu'elle m'a remis, ajouta Mc Cleary en agrémentant le compliment d'un sourire franc du collier.

Mais Jack était un obsédé du crime.

— Bon Dieu. La même arme… (Son cerveau marchait à toute vitesse :) Prof, qu'en dites-vous ?

— La psychiatrie n'est pas une science exacte. Les psychanalystes vous diront même qu'il n'y a que des cas isolés. Procédons donc par élimination. Notre homme n'est certainement pas un paranoïaque : son angoisse trop sectorisée fait de lui un coincé. Jamais il n'aurait pu approcher sexuellement sa victime d'aussi près. Elles sont rarement dangereuses mais il pourrait s'agir encore d'un homme atteint de crises d'épilepsie aggravées. On parle vulgairement de réminiscence pour évoquer l'état de rêve dans lequel se trouve le malade lors de ses crises. On parle aussi de transport, d'états seconds capables, lors des crises, de mettre le malade dans des états incontrôlés. Cela est dû à une activité épileptique ou à une désinhibition du lobe frontal…

— Tout ce charabia n'évoque rien pour moi : faites comme si vous parliez à un crétin ordinaire.

Le professeur eut un sourire narquois qui mit l'espace d'une seconde ses belles dents carnassières en cinémascope.

— Je veux dire que les épileptiques connaissent parfois des états mentaux vagues et pourtant excessivement compliqués aux premiers assauts de la crise. Cet état mental, appelé aussi « aura intellectuelle », est toujours le même, ou essentiellement le même dans chaque cas.

— Vous voulez dire que lors de ses crises, le malade est sujet aux mêmes rêves ?

— C'est à peu près ça.

— Sauf que celui qui nous intéresse est morbide.

— Autrement je ne serais pas là, rectifia-t-elle. Le malade a subi un traumatisme. Il a pu se produire très jeune. Son inconscient l'a fortement enregistré mais son préconscient le refoule dès qu'il s'approche trop de sa conscience. L'inconscient est le pôle pulsionnel de la personnalité : il pourrait se révéler dangereux pour lui, et sa propre conscience, de réaliser l'effroyable contenu de son inconscient, celui-là meurtrier et sauvage.

— Une sorte de Docteur Jekyll et Mister Hyde ?

— Pour vulgariser la médecine, oui, en quelque sorte.

— Mais pourquoi notre meurtrier ne se doute-t-il de rien en dehors de ses crises ? Il doit bien y avoir des preuves, du sang sur ses vêtements par exemple, qui pourraient lui montrer les forfaits qu'il commet ? contra Fitzgerald avec une aversion naturelle envers les élucubrations.

Ann connaissait ce genre de personnage.

— Une forme de schizophrénie, avec élément déclencheur, ce qui expliquerait ses crises meurtrières. Le délire est morcelé, le coup éclate, une sorte de déclic si vous voulez, et il tue. Notre malade peut être sujet à des hallucinations, positives ou négatives : c'est-à-dire apparition ou disparition d'objets, choses, êtres… Carol, ou un des objets qu'elle portait sur elle, peut avoir été un élément déclencheur. (Ann laissa passer le silence avant de poursuivre :) Mais à mon avis, je pencherais plutôt pour un psychotique, avec un univers interne particulier. Parce qu'il refoule instantanément toutes sortes de dangers venant de son inconscient, il nourrit son délire…

— Vous oubliez les mutilations infligées à ses victimes : il leur découpe le cul, madame ! rétorqua Jack en se faisant plus bourru qu'il n'était.

— D'accord, capitaine. Le cul. Mais il nourrit son délire pour se guérir. C'est une façon de soigner sa maladie. Vous savez, on est tous obsédés par quelque chose. Une petite chose qui peut nous paraître grande, si grande qu'on s'efforce de la refouler : par honte, pudeur ou douleur. L'homme peut aisément se persuader n'avoir jamais vécu tel ou tel événement. Et plus cet événement est important, plus il fera d'efforts pour le refouler. C'est le cas de notre homme. Seuls les imbéciles s'imaginent n'avoir rien à cacher. Et je pense que le tueur, tout monstre qu'il est, a un puissant code moral qui l'a poussé dans ses derniers retranchements. Si le traumatisme subi lui était apparu comme une chose bénigne, il tuerait aujourd'hui à l'aveuglette. Tendances schizophrènes. Or, il le fait à une date précise : décembre. Noël. L'enfance. Tout vient de là. En suivant cette idée, on peut supposer que notre homme a subi un traumatisme lors de son enfance, traumatisme qu'il refoule depuis. Jusqu'en décembre 96, année de sa première rechute. Imaginez les années de lutte pour refouler cet événement au plus profond de lui ! Sa rechute d'aujourd'hui est le signe qu'il n'arrive pas à oublier, que son traumatisme lui réapparaît presque consciemment. Bien sûr, il fait un effort terrible pour continuer à le refouler. Mais la deuxième rechute est la confirmation de cette impression. Et à mon avis, il va bientôt recommencer. Le tueur a désormais besoin d'alimenter son délire…

À ces mots, les deux hommes sentirent un froid spectral s'immiscer dans leurs chairs. Jack songeait à son bureau, aux centaines de photos accrochées aux murs, aux dossiers entassés sur les étagères… Mc Cleary, lui, observait les yeux bruns de la criminologue. Ils n'avaient pas cillé un seul instant. Elle enchaîna :

— Sa conscience le pousse à retrouver le chemin de son enfance. Il va bientôt se réveiller, et voir ainsi de quoi il est fait. Avec horreur. Il y aura alors deux solutions : ou il se suicidera, ou il supprimera tout ce qui bouge avant qu'on le tue à son tour.

— C'est ce que je veux empêcher.

— Je suis aussi là pour ça, renchérit Ann. (Une puissance tranquille émanait de ses pupilles :) Mais mon métier n'est pas de tuer des hommes. Si on le prend vivant, nous pourrons bien sûr le condamner mais aussi le soigner…

— Il mérite la corde, souffla Jack en songeant uniquement à Elisabeth — et pas du tout à ses idées propres.

— Cela servira à quoi ? À prévenir les fous alentour que la mort les guette ? Ils s'en moquent, capitaine ! Imaginez plutôt les enseignements que pourrait nous procurer cet homme ! En faisant son parcours à rebours, nous pourrions trouver la base du traumatisme, le processus de refoulement et celui de « réapparition ». Je ne suis pas la chercheuse d'une science exacte : depuis Freud, les hypothèses se succèdent, s'empilent. Si notre homme coopère, nous pouvons faire avancer la recherche, connaître ce type de maladie et ainsi prévenir ceux qui en sont sujets.

— Au prix d'une saine torture mentale, hein ! Nous n'avons pas la même vision de la justice. Moi, je pense aux deux gamines mortes sur la plage, à leurs familles et leurs amis.

— C'est aussi le discours d'Hickok ! se moqua-t-elle.

— Je me fous d'Hickok. Tout ce qui l'intéresse, c'est la com', voire la mairie d'Auckland…

Mc Cleary comptait les points, assez amusé qu'une femme si jeune contrât le grand Fitz. Ann conclut :

— C'est un autre problème. Pour le moment, faisons avec ce que nous avons. Avant de traiter l'effet, évertuons-nous à trouver la cause de nos malheurs.

Waitura et Fitzgerald se regardaient en chiens de faïence.

Mc Cleary calma leurs ardeurs.

— Les mutilations ont une signification pour le tueur. Scalper le pubis d'une femme en a une : reste à trouver laquelle.

— Bon. À vue de nez, ce type a souffert durant son enfance, résuma le policier. Suivons la thèse de décembre comme un symbole. Les fêtes lui rappellent son enfance, et donc son traumatisme. Depuis, il en veut aux femmes. Mais il les aime, et les séduit. Encore une dualité qui ne va pas arranger nos affaires. Cependant, le fait que le tueur ne les pénètre pas sexuellement confirme l'hypothèse de l'impuissant chronique. Pour se venger de son incapacité, il scalpe le pubis des femmes ; c'est pour lui un trophée. Alors, prof ?

— Je serais plutôt encline à suivre la thèse d'un enfant traumatisé : la forclusion de ce signifiant primordial — reste à définir lequel — a fait de lui un psychotique. Il a tenu le coup jusqu'à l'apparition de bouffées délirantes aiguës : coup de tonnerre dans un ciel bleu, dans notre jargon. Depuis, notre homme tend vers un état de psychotique chronique. Le deuxième meurtre, cinq ans après le premier, en est la preuve. Le tueur souffre d'une absence de limites tant corporelles que psychiques. Le délire est un moyen de lui rendre la vie tolérable. Les symptômes psychotiques surviennent après un stress clairement identifiable. J'ai eu l'occasion de traiter un jeune homme qui, dans un état de perplexité et de confusion de brève durée, avait tenté d'étrangler une femme lors d'un coït stressant chargé d'hyperémotivité…

— Putain… maugréa Mc Cleary.

— Dans ce cas, notre tueur apparaît peut-être dans les fichiers des mœurs, supputa Jack. On l'a certainement déjà alpagué pour délits mineurs. Je vais vérifier tout ça et secouer les types en liberté. J'attends des nouvelles d'Osborne à propos de Joe Lamotta. Il y a aussi l'histoire de Pete et Katy… Au fait, pas de nouvelles de la gamine ?

La jeune femme eut une moue dubitative.

— Non. J'ai de nouveau téléphoné à ses parents, à Napier. Ils m'ont confirmé que Katy avait décommandé au dernier moment. Depuis, aucune nouvelle.

— Étrange, pour un soir de réveillon…

— En effet. Depuis, son téléphone ne répond pas. Ni celui de Pete d'ailleurs…

— Que comptes-tu faire maintenant ? demanda Mc Cleary à son meilleur ami.

— J'ai rendez-vous avec Hickok. Il me faut un mandat de perquisition chez Katy et Carol. Takapuna ne fait pas partie de mon secteur et c'est lui qui chapeaute l'affaire.

— Qu'espères-tu trouver chez elles ?

— Un dictaphone, des bandes audio et peut-être plus… (Jack regarda sa montre et se leva :) Bon, il est temps que j'y aille. Waitura, vous avez un programme ?

— Oui, Jack, répondit-elle en soulignant le fait de l'appeler par son prénom selon leur pacte de la veille. Je vais étudier les données sur le tueur. Je commence à me faire une petite idée de lui. On manque encore d'éléments mais nous sommes sur sa piste. Je vous suis…

Elle sourit légèrement et se leva à son tour. Tandis qu'elle se penchait, Mc Cleary reluqua sa poitrine opulente comprimée dans le tailleur. Fitzgerald jeta un billet froissé sur la table. Ils saluèrent Mc Cleary et quittèrent le restaurant.

Caché derrière sa moustache poivre et sel, le médecin légiste suivit la silhouette de la jeune femme jusqu'à la sortie. Ses fesses rondes faisaient ressortir sa taille de guêpe.

La bestiole partit piquer d'autres imaginations.

— Drôle de fille… soupira Mc Cleary en trouvant soudain sa femme un peu banale.

Il lissa ses belles moustaches et commanda un cognac français, pour compenser.

13

Le bureau d'Hickok empestait le cigare et la cendre en décomposition. Derrière ses yeux bleu métallique, l'homme de loi avait l'air nerveux.

— J'ai lu le rapport de Mc Cleary, celui de Bashop, et enfin celui des équipes techniques. Maintenant je veux le vôtre, et détaillé, sur les circonstances du meurtre de Carol Panuula, fit-il en brassant l'air autour de lui. Une fille a été sauvagement assassinée, l'interrogatoire à l'usine s'est révélé sans succès et aucune empreinte n'a été relevée dans la voiture que conduisait la victime le soir du meurtre. (Les oreilles de l'homme le plus puissant de la ville rougissaient.) Les journalistes campent devant mon bureau et la Nouvelle-Zélande entière vous observe…

Par la baie vitrée du bureau, Jack ne voyait que des bateaux, ceux de la Whitbread, se pavaner dans le port de Freemans Bay. Il était parti une fois avec Elisabeth, au début de leur relation. Depuis, il laissait les yuppies de la City frayer entre eux dans la baie d'Auraki…

— Nous ne faisons pas le même métier, finit-il par répondre, le visage encore ruisselant d'embruns tout à fait morts. Et vous feriez mieux d'envoyer paître les journalistes. Ce n'est pas une affaire pour les amateurs, vous le savez parfaitement.

— Peut-être mais la chose est populaire.

— Je ne savais pas que vous étiez populiste…

Le procureur passa ses pupilles acérées par-dessus ses lunettes comme si seul un bout de verre séparait les deux hommes. Il gomma leurs différences d'un geste circulaire.

— Là n'est pas la question, Fitz. Nous sommes un petit pays, vous le savez mieux que quiconque. Ici, ce n'est pas New York ou Los Angeles. On ne peut pas étouffer et trier les affaires selon les courants politiques qui agitent la police. On doit rendre compte à nos concitoyens des efforts faits par nos services pour assurer leur sécurité.

— Allez déblatérer ce genre de conneries aux journalistes, Hickok. Je ne vote pas.

Le ton était volontairement provocateur. Jack se permettait à peu près tout vis-à-vis d'Hickok : ce n'est pas lui qui allait l'arrêter dans ses investigations. Et puis, le Maori détestait les institutions et la morale puritaines, le qu'en-dira-t-on et les compromis avec ce qu'il appelait le totalitarisme politico-économique. Des vieux principes d'adolescence. À ce petit jeu, Hickok jouait gros dans cette affaire. Le procureur fit peser ses cinquante-cinq ans dans la balance du commerce peuple-pouvoir.

— Nous devons collaborer avec les médias, répondre aux questions que se posent les électeurs, les rassurer, etc. Bref, jouer la transparence. Ce qui ne nous empêche pas de garder nos petits secrets en famille.

— Où voulez-vous en venir, Hickok ? demanda l'officier en se jetant dans ses yeux.

— Tout le service est concerné par cette affaire de meurtre. Je vous ai déjà mis en contact avec Waitura : vous comprenez que vous ne pouvez pas opérer seul, n'est-ce pas ?

— Si vous l'avez décidé…

— Notre pays est réputé pour être le plus paisible du monde. Je tiens à ce que les choses restent ainsi sous mon mandat. (Il passa ses mains dans les poches de son costume gris perle.) Si nous résolvons cette affaire, vous pouvez compter sur moi pour vous offrir une promotion. Et cette promotion, c'est le poste que j'occupe aujourd'hui…

Hickok laissa sa dernière phrase en suspens.

Fitzgerald réalisa qu'il n'avait jamais pensé à cette promotion. Son ambition, il l'avait laissée de côté vingt-cinq ans plus tôt. Hickok le savait — et ils étaient peu à le savoir. Prendre son poste était une belle opportunité ; fini le ramassage des petites frappes, les réseaux de dope à démanteler et les paperasses à remplir. Avec le poste de procureur, son territoire d'investigation embrasserait le pays entier. Autant de chances de retrouver les traces d'Elisabeth et Judy. L'île était grande et les campagnes reculées avaient leurs secrets enfouis…

Une lueur passa dans ses yeux. Hickok la perçut. C'était son point faible.

— Alors, que me proposez-vous ? fit le policier en allumant une cigarette de contenance.

Hickok s'étala sur son siège de cuir avec l'air satisfait d'un César condamnant les dix-neuf ans de Vercingétorix à la fosse aux lions.

— Une collaboration unie entre vous et moi. Vous sur le terrain, comme vous l'aimez. Moi, dans le bureau, assurant les rapports avec la presse que vous détestez tant.

— Ce n'est pas la presse que je déteste mais les hommes qui s'en servent à des fins racoleuses.

— Laissons de côté ce débat stérile. Je sais que vous ne m'aimez pas, Fitz. Personnellement, je n'irai pas jusqu'à vous détester. Seulement vous êtes le meilleur flic d'Auckland et je ne peux pas me passer de vous. Je sais aussi que vous ne me dites pas tout sur vos enquêtes et les bruits courent dans les couloirs des palais de justice. On vous a couvert une fois pour ce qu'on pourrait appeler une bavure policière, mais d'autres gens moins compréhensifs vous attendent au tournant.

— Franchement, je m'en fous.

C'était vrai.

Mais Hickok avait de l'expérience et le droit de son côté.

— Ne soyez pas idiot. On dit que vous réglez vos comptes de manière arbitraire. Et ce n'est pas les types que vous amochez sur les docks qui me contrediront… (Le vent tournait à l'orage.) On ne pourra pas passer notre temps à vous protéger, Fitz. Coopérez. Ne me cachez rien de cette affaire. Ainsi, je verrai de mon côté quelle est la meilleure façon d'envisager l'enquête et quoi laisser filtrer à la presse. Nous marchons sur des œufs dans cette histoire et nous avons tous les deux besoin d'une victoire. Qu'en pensez-vous, capitaine ?

Waitura avait raison : ils savaient tout. Jack écrabouilla l'allumette qui lui avait pourtant servi à allumer sa cigarette.

— Je ne vois pas ce que notre pseudo-union sacrée vient faire dans cette histoire ? À moins que vous n'envisagiez de mener une enquête parallèle d'après les informations que je vous fournirai…

— Prenez ça comme ça vous arrange, capitaine…

Le procureur du district laissa planer un doute, lourd comme un remords. Jack saisit le stratagème. Après tout, il s'en moquait. Tout ce qu'il voulait, c'était mener l'enquête à sa guise avant de se pulvériser comme bon lui semblait.

— Vous aurez mon rapport dans les vingt-quatre heures. Avant ça, j'ai besoin d'un mandat de perquisition chez Carol Panuula et sa colocataire, Katy Larsen.

Clignement de l'œil. Hickok dégagea un bras.

— Aucun problème. Vous pouvez compter dessus dès demain matin.

Jack quitta le bureau avec la désagréable impression qu'on lui faisait un petit dans le dos.

Ce type avait vraiment un sale caractère.

Deux étages plus bas, dans une pièce enfumée où ronronnait une escadre d'ordinateurs, un groupe de policiers travaillaient malgré le jour férié. Jack shoota dans les poubelles trop pleines et vint se planter devant un jeune homme aux cheveux châtain foncé.

John Osborne était l'agent chargé de faire la liaison entre Fitzgerald et le reste du monde. Un bon flic. Pas aussi bon que son frère Paul, mais depuis que cette tête de mule l'avait laissé tomber, Jack avait pris le benjamin sous son aile. Doué, rapide, intelligent, organisé, les qualités d'Osborne feraient de lui un excellent sergent. Fitzgerald n'était pas pressé de le voir passer du côté des officiers : il avait besoin d'un type sérieux pour les vérifications ingrates inhérentes à ses enquêtes et Osborne faisait merveille depuis les deux années où il travaillait pour lui. Et puis, sa jeunesse lui faisait du bien.

— Bonjour, capitaine, fit le vieux gamin, une chemise bleu ciel entrouverte sur son torse imberbe.

— Salut. Alors ?

— J'ai vérifié les rentrées sur le compte en banque de Carol Panuula, dit Osborne. Depuis six mois, il a sérieusement gonflé. Regardez les rentrées : que du liquide ! fit-il en désignant du doigt une série de chiffres sur son ordinateur.

— Bon, ça confirme ce que je savais déjà : Carol faisait le tapin en dehors de l'usine. Et la série de billets de cent dollars ?

— Impossible de trouver leur provenance : aucun n'était marqué.

— Et la vérification des talons de chèques et des cartes bleues pour le paiement des entrées à la boîte de nuit ?

— J'ai une série de noms, mais aucune de ces personnes n'est fichée.

— Vérifie quand même, bougonna-t-il familièrement.

Jack commençait à douter que le meurtrier ait jamais pénétré au Sirène. C'était pourtant le seul moyen de finir la nuit sur la plage avec Carol… À moins qu'ils ne se soient donné rendez-vous après la disco, ce qui était peu probable : Carol comptait bien rentrer avec Pete…

— Et Lamotta ? coupa-t-il au milieu de ses propres supputations.

Les yeux bruns du jeune inspecteur gagnèrent en intensité.

— Son petit réseau de prostitution paraissait clean : pas de mouvements notables, aucun soupçon d'activités annexes, bref, le train-train jusqu'à il y a environ cinq mois. À partir de là, Lamotta a commencé à transférer ses fonds sur le compte d'une banque étrangère. Il a mis sa maison en vente et même son minable hôtel de passes. À mon avis, Lamotta s'apprêtait à quitter le pays.

Les choses commençaient à se mettre en place dans sa tête.

— Intéressant. Bon, et les jeunes types qui me sont tombés dessus ?

— Alors là, un vrai mystère ! s'esclaffa Osborne, les yeux pétillants de curiosité. J'ai passé leurs portraits-robots au crible, ils n'apparaissent nulle part.

— Bon Dieu ! Ça m'étonnerait que ces gars soient des petits saints ! pesta l'officier.

— J'irai au Corner Bar dès l'ouverture. Aujourd'hui, c'est fermé. Qui sait, peut-être en apprendrai-je plus auprès du patron ?

— Je l'ai déjà interrogé. Ce minable n'avait jamais vu ces gars. Vérifie les emplois du temps des types venus au Sirène la nuit du meurtre et tâche de me retrouver la bande de Maoris. N'oublie pas que l'un d'eux a un trou dans le pied et un autre une double luxation aux épaules…

— À vos ordres, capitaine ! ponctua Osborne en mimant un salut non réglementaire (il savait que Jack détestait les saluts réglementaires).

— Et établis la liste des peintres de la région, amateurs ou professionnels ! lâcha-t-il en filant déjà parmi les allées du commissariat.

Osborne glissa la main dans ses cheveux courts. Cette affaire le passionnait. À vingt-deux ans, la mort est encore si abstraite…

Fitzgerald passa le reste de sa journée à secouer les puces des libérés sur parole, les exhibitionnistes chroniques, les obsédés de tout poil, ses indicateurs personnels et ceux des autres inspecteurs, sans résultat. Conclusion : le meurtrier n'appartenait pas aux réseaux des petits truands de banlieue, ni aux cracks de la dope.

Auckland est une ville tranquille malgré son million d'habitants : en échange d'une paix globale sur le territoire, les flics fermaient les yeux sur les champs de cannabis exploités par des petits malfrats sans envergure — leurs meilleurs indicateurs. Le tueur n'était pas de ce genre.

L'affaire se compliquait : Carol travaillait le jour à l'abattoir, se prostituait un soir sur deux et faisait le modèle pour un peintre mystérieux. Elle enregistrait ses coïts sur un dictaphone et croquait de l'homme dans l'espoir d'alpaguer un prince charmant, riche de préférence…

L'après-midi touchait à sa fin — rencontre terrible de l'immatériel. Avant de rentrer, Jack passa voir Kirsty.

Son indicatrice préférée le renseignerait peut-être au sujet des Maoris qui l'avaient tabassé la veille.

Les vieux complices se retrouvèrent devant l'étalage d'un marchand indonésien. Kirsty, elle aussi, resta dubitative : ces gars-là étaient nouveaux dans le secteur des docks. Elle les avait vus traîner dans le coin, marchant comme les héros qu'ils croyaient être. Selon la péripatéticienne, ces jeunes Maoris venaient probablement de South Auckland.

Ils se séparèrent. Kirsty, d'habitude si décontractée, n'avait même pas essayé de blaguer avec son vieux copain Fitz. La mort de Lamotta avait vraiment secoué tout le quartier…

Le long de Mission Bay, quelques palmiers paresseux s'époussetaient avant la nuit à venir. Jack rentra sans épiloguer sur la nature et son étrange pouvoir de plénitude. De toute façon, elle finira bien par nous emporter. Il le souhaitait.

Il gara sa Toyota sous le préau sans une pensée pour les mégots débordant du cendrier. En dehors des vieilles anglaises, Fitzgerald détestait les voitures. Pour lui ce devait être un service public, pas une institution privée. Et puis, c'était à cause d'une saloperie de bagnole qu'il avait quitté Elisabeth le jour du drame…

La portière érodée claqua. Un matériel de pêche qui n'avait pas vu de poissons depuis un quart de siècle pendait au mur du garage. Elisabeth adorait la pêche : elle n'attrapait jamais aucun poisson. Ça la faisait rigoler, alors Jack aussi. C'est tout.

Il grimpa l'escalier. La maison était vide et bien rangée : Helen n'avait pas pu s'empêcher de tout nettoyer. Des effluves de cire s'épanchaient encore des meubles repus. Il hocha la tête ; après tout, il la payait pour ça.

Le policier trouva un sandwich dans le micro-ondes et remercia les doigts de fée qui l'avaient confectionné. Cette femme était mieux qu'une mère pour lui — qu'il n'avait de toute manière jamais connue. Il dévora le sandwich debout, puis fila dans le bureau pour taper le rapport d'Hickok.

Accrochées aux murs, les photos jaunies le regardaient travailler : Elisabeth et Judy, vingt ans à elles deux, et des sourires glacés à force d'être figés. Il y en avait partout, réminiscences sordides d'un esprit obsédé. Seul un pan de mur avait été épargné pour accueillir une carte détaillée du pays : hachurés au feutre rouge, les endroits que Jack avait ratissés lors de ses loisirs (trois semaines de vacances par an, une escroquerie votée par des gens hors du temps, selon lui). Plus loin, exposées sur des étagères métalliques, les dépositions des rares témoins de l'époque, les conclusions de l'enquête officielle. À côté de l'ordinateur, une pile de dossiers ordonnés selon les années. Si certains de ces dossiers étaient les duplicatas des rapports de police, la plupart étaient le fruit de ses enquêtes personnelles…

À dix heures, il joignit son équipière à l'hôtel. La voix d'Ann cachait mal son anxiété : les parents de Katy n'avaient toujours aucune nouvelle de leur fille depuis la veille au soir quand, sans explication, elle avait annulé sa venue à Napier pour les fêtes. D'après eux, elle avait l'air nerveuse. On le serait à moins. Peut-être avait-elle éprouvé le besoin de se retrouver seule avec Pete… Fitzgerald avait tout de même lancé un appel aux équipes de nuit pour retrouver leur trace. Il craignait le coup fourré.

Les enquêteurs se séparèrent d'un très informel « bonsoir » avant de reprendre leurs activités respectives. Jack veilla jusqu'à deux heures du matin, les yeux fichés sur l'écran de l'ordinateur. L'absence de Katy et Pete l'inquiétait : ils étaient forcément ensemble, mais où ? Pourquoi avait-elle annulé son réveillon ? Une gamine de vingt ans ne se volatilise pas comme ça…

Il décida de faire un tour au Sirène : c'était le dernier endroit où l'on avait vu Carol et Pete vivants.

14

Kirsty était une fille de joie qui avait eu beaucoup de peines : un mari mort trop tôt, une envie d'enfants qui arrivait trop tard, sa vie sentait le patchouli et le client d'avant.

Aujourd'hui, elle ne devait pas sa popularité à son physique, éreinté par les joutes de son métier, mais à la sympathie qu'elle inspirait autour d'elle. Kirsty était une femme douce, affectueuse, sachant vendre aux hommes l'attention passagère qu'ils venaient chercher. Elle faisait contre mauvaise fortune grand cœur, toujours la première à aider les « nouvelles » ou à refiler quelques billets aux collègues dans la panade. Avec sa gouaille et son ancienneté, c'était une figure emblématique dans le milieu. Quant à sa collaboration avec la police, Kirsty le faisait pour le bien de la collectivité : Fitz les protégeait en échange de renseignements pratiques visant à réguler le flot de truands et contrôler les plus teigneux — un gage de sécurité pour les filles et une épée de Damoclès au-dessus des têtes trop chaudes.

Elle habitait Saint Marys Bay, un quartier tranquille près d'un collège huppé de la ville. L'intérieur de sa maison était soigné, avec des couleurs pastel, des plantes vertes et une foule de petits prétextes à exposer des reliques pas toujours de très bon goût.

La température chutait doucement. Comme tous les soirs, Kirsty rentra aux alentours de minuit. La soirée avait été plutôt mauvaise mais elle ne s'en faisait pas pour si peu. « Demain serait un autre jour », comme disent les gens qui aiment la vie. Et puis, elle avait mis un peu d'argent de côté. Oh ! pas de quoi pavoiser, mais suffisamment pour se permettre de raccrocher d'ici un an ou deux : alors, elle prendrait une bicoque à Whangarei, une petite station balnéaire jamais trop peuplée de la côte Nord. Là-bas, elle coulerait des jours tranquilles et pourrait à loisir aller nager avec les dauphins — grande spécialité locale qui l'avait marquée à jamais.

Kirsty adorait les dauphins. Ils exprimaient la liberté qu'elle n'avait jamais su trouver. À cinquante ans, cette femme n'était pas très fière d'elle, de son parcours dans la vie. Sa liberté se résumait à zapper les programmes pornographiques quand son esclavage était celui du métier le plus vieux du monde.

Elle ouvrit la porte de sa maison, pensait aux gentils mammifères, un sourire nageant encore sur ses lèvres, quand une main énorme s'écrasa sur sa bouche. La prostituée tenta de crier mais la poigne de l'agresseur l'écrasait.

Kirsty s'était déjà fait tabasser, ça faisait partie des joies du métier. Depuis le temps, elle avait appris à encaisser, à éviter, et même à rendre. Mais ce soir, le vieil ange de la nuit comprit que le temps se compterait en secondes : elle enfonça ses talons hauts dans le tibia de l'homme et s'échina à mordre les doigts boudinés qui bloquaient sa respiration. En vain : cette brute, à force de tirer sa tête en arrière, allait bientôt lui briser la nuque. Kirsty assena un franc coup de coude dans ses testicules. L'agresseur eut un cri étouffé mais ne céda pas : il retourna la femme et l'empoigna par le cou. Elle lâcha un hurlement en voyant la figure déformée du tueur. L'air commençait à manquer, les larmes lui montaient aux yeux. Bon Dieu, elle n'avait pas vécu plus de cinquante ans, traversé des joies, même furtives, des peines, même profondes, pour finir comme ça, étranglée par une espèce de singe à la peau grêlée !

Kirsty se débattit mais ses forces l'abandonnaient. Une haleine abjecte coulait sur son visage exsangue ; dans un sursaut désespéré, elle empoigna les testicules du monstre et les tordit furieusement. La chose grogna, cracha sur sa joue poudrée et appuya plus fort. Elle comprit qu'elle allait mourir, et lâcha prise. Il y eut un claquement sec : la glotte s'enfonça dans l'œsophage.

Kirsty expira enfin.

Elle ne nagerait jamais avec les dauphins de Whangarei.

15

L'amour, ce n'est pas nouveau, est imprudent. Edwyn trouva la lettre de John, abandonnée dans le peignoir. Que sa femme eût un nouvel amant le laissait de marbre. Or non seulement Eva refusait de lui parler depuis la soirée chez Hickok, mais elle avait poussé le bouchon jusqu'à lui renvoyer son cadeau de Noël à la figure (une espèce de diamant racoleur chargé de vulgariser la générosité). Aujourd'hui, elle continuait son petit jeu, si bien qu'il se résolut à la violenter afin d'obtenir une explication. Eva ne craignait pas les baffes. Au contraire, elles la soulageaient : désormais, la violence l'enivrait de lui. Et désormais, « lui », c'était John.

De toute façon, les choses devaient se précipiter. Elle expliqua tout à son mari. Ou presque. Ou rien. Sa relation avec John, leurs entrevues et son dégoût sans fard pour sa vie ici, à Eden Terrasse, la maison dont il était si fier. Edwyn, loin de monter sur ses grands chevaux, parut ravi de l'aubaine. Ce n'était pas la première fois que sa femme déprimait et puis il avait vu John chez Hickok ; le trouvant à son goût, il avait même rétorqué non sans une lourde ironie :

— Pour toi, tu sais que je ne reculerai devant aucun sacrifice !

Grimace de haine : cette graine de limace la souillerait

jusqu'au bout, irait l'humilier jusqu'à ce qu'elle se vomisse tout entière…

Ce soir-là, Eva O'Neil s'était couchée auprès d'Edwyn White et, d'un geste agacé, avait repoussé tout contact avec son mari : les quelques heures passées avec John l'avaient bouleversée. Elle se sentait coupable de lui avoir parlé avec encore en elle le spectre des caresses conciliantes d'Edwyn sur ses seins tandis qu'un autre la chevauchait en ahanant. C'était hier. Un souvenir à la fois lointain et physiquement trop présent. Eva avait perdu le plus élémentaire respect d'elle-même. Sa dignité, elle l'avait laissée dans le fond de sa culotte, quand le sperme de ces porcs refluait, lui rappelant ainsi sa condition de pute institutionnelle vouée au néant. Ce sentiment de culpabilité, Eva l'entretenait depuis son enfance. Coupable d'être seule et belle — seulement belle. Il existait forcément une raison à son abandon…

*

John s'ennuyait. Même le vent de Karekare tournait en rond sur la plage et les murs de sa maison avaient perdu leur parfum de gouache en suspension. À minuit, il ne savait plus quoi faire de sa peau.

— Normal ! J'ai Eva dedans ! s'écriait-il en écrabouillant la compression défaillante de sa moto.

Il avait roulé à toute allure, les insectes du bush se suicidaient sous ses phares, la route sinueuse de West Coast Road défilait à ses yeux hallucinés : John fit une entrée triomphale dans la ville, les cylindres gloussant le long des avenues vides. Bref sentiment d'invulnérabilité. La Yamaha pétarada quelques bras d'honneur aux buildings neufs et stoppa sa course folle devant Princess Street.

À l'entrée du Sirène, John s'allégea d'un billet de vingt

dollars. Plus bas, la musique tambourinait dans les enceintes : il fila vers le comptoir — la place des héros modernes, selon lui. Quelques pistoleros de la nuit le virent traverser la boîte, se demandant si ce nouveau venu allait empiéter sur leur territoire. John n'en fit rien : il avait Eva dans la tête et la tête perturbée après sa course à travers le bush et l'héroïne.

Le barman, un grand maigre au visage tout bouleversé d'acné, déposa le double scotch que l'homme venait de commander.

Sur le tabouret voisin, une fille pas très belle souriait comme s'il l'avait invitée à passer le reste de sa foutue vie avec lui. John but son whisky, y trouva un familier goût de fumier. La lame de rasoir qu'il portait autour du cou sortit de sa chemise entrouverte. John n'y prit pas garde : Eva le regardait dans le fond de son verre, un sourire famélique flanqué sur son visage d'ange maudit. Il ne fit pas plus attention aux ombres qui gravitaient dans son dos. Pourtant, assis à quelques mètres de là, un spectateur curieux avait assisté à la scène : Jack Fitzgerald.

Venu renifler les lieux, le policier observait John. Dans sa tête résonnaient les mots de Mc Cleary : le meurtrier avait découpé le sexe de Carol avec un couteau effilé, un rasoir... Tout se précipita : un gars mal fichu dans ses vingt ans se pressa contre le comptoir où le peintre dealer secouait un glaçon imbécile. En se tournant vers le gosse, John aperçut le grand Maori rencontré chez Hickok, sentit en lui l'âme d'un flic mais para au plus pressé : le gamin collé à ses basques avait les yeux vitreux, des traits tirés à quatre seringues, en manque. John connaissait ce genre de paumé, il les attirait comme des mouches. D'ailleurs, il avait déjà rencontré ce type, c'était à Auckland, peu importe : le type lui présentait une poignée de dollars froissés.

— Fuck you ! il siffla sous les boomers de la boîte.

Avec ces marques de piqûre sur les bras et ses yeux jaunes, ce crétin allait le trahir ! Le flic les observait, John avait un gramme ou deux dans les poches, il fallait fuir tout de suite ou jamais. Le jeune type baragouina quelque chose en retour, le flic descendait de son siège, le temps fit des tours : John projeta le petit junk contre Fitzgerald, sauta par-dessus le comptoir et, profitant de l'élan, fonça vers les toilettes.

Le policier repoussa tout ce qui ressemblait de près ou de loin à un obstacle. Après quelques jurons et autant de claques aveugles, il atteignit les fosses nauséabondes, claqua deux portes, s'arrêta face à la troisième, fermée. D'un coup de pied, elle vola hors de ses gonds. Au-dessus des cabinets, une lucarne s'ouvrait à la nuit.

Le siège des toilettes couina : Jack propulsa sa carcasse à travers la lucarne et s'écroula dans les poubelles de la cour intérieure. Ça puait la cendre froide et la vinasse australienne. Il leva la tête : en équilibre sur une corniche, une silhouette se détachait dans l'obscurité.

— Arrête ! hurla-t-il en grimpant sur ses jambes.

Mais ni l'un ni l'autre n'y croyaient vraiment. John bondit sur le toit voisin avant de jouer les acrobates sur les ardoises des immeubles. Vingt secondes d'avance. Arrivé à l'extrémité du toit, il stoppa devant le vide. Plus loin, légèrement en contrebas, un balcon et une baie vitrée ouverte lui faisaient des grands signes de la main. Obéissant à son instinct, John recula de trois pas : dans son dos, un métis au costume suranné fonçait sur lui.

Jack vit passer une ombre par-dessus le vide, une ombre qui s'accrocha *in extremis* aux barreaux d'un balcon.

Il sauta à son tour, se rattrapa de justesse, perdit un peu de temps à se hisser et fila par la porte-fenêtre encore ouverte. Le policier ne prêta aucune attention aux deux gosses qui dormaient dans la chambre, parcourut l'appartement comme un bolide et tira la porte d'entrée restée entrebâillée. Le couloir de l'immeuble traversé dans un même souffle, Fitzgerald dévora les marches, guidé par des pas précipités dans l'escalier.

John pulvérisa les portes vitrées du hall et se catapulta dans la rue. Contre le mur d'en face reposait une moto japonaise Exterminator ou quelque chose comme ça. Plus loin, à une dizaine de mètres, une sorte de cloche à vélo pédalait au milieu de la rue. Le fuyard se rua vers la moto mais décida de percuter le cycliste : l'homme tomba lourdement. John releva le vélo et se mit à pédaler sans relever les injures proférées : des pas frénétiques se rapprochaient dans son dos. Il se mit en danseuse et piqua un sprint teigneux. La peur le faisait presque rire.

Jack Fitzgerald n'avait plus ses jambes de vingt ans mais un cœur de forcené. Malgré tout, l'autre prenait de l'avance.

Séparés par une centaine de mètres, ils déboulèrent miraculeusement sur Queen Street. John croisa un type sur un vélomoteur qu'il tenta de désarçonner d'un coup de pied. Le cyclomoteur fit une embardée et, au prix d'un bel effort, rétablit la situation. Dix secondes plus tard, la poigne de Fitzgerald le jeta à bas de sa monture. Le policier rattrapa la machine, grimpa sur le siège dépenaillé et remit les gaz, un peu faiblards. L'autre avait pris une sérieuse avance.

Le meilleur flic d'Auckland pédala pour atteindre le plein régime. Cette poursuite ridicule le faisait chier. East Street : les poumons de John commençaient à le brûler et le flic gagnait du terrain. Il s'engouffra dans un parking, évita la barrière automatique et s'enfonça dans les allées. Tout au bout de ses yeux mouillés par l'effort, une cage d'ascenseur aux voyants clignotants : il fonça vers les portes qui venaient de s'ouvrir sur un couple d'amoureux enlacés à la lumière fade de l'ascenseur. John n'eut même pas à crier : dans un même élan, les amants s'enfuirent. Il retarda son freinage et s'encastra dans le fond de la cabine. Avant même de se relever, il appuya sur « Up ». Et attendit.

Fitzgerald arrivait, tête baissée, les cuisses tétanisées.

Incrusté entre les débris de son vélo et les parois de l'ascenseur, John évalua à cinquante contre une les chances du flic pour que les portes restassent ouvertes avant son arrivée.

De fait, l'ascenseur se referma alors que Jack y croyait dur comme fer. Le cyclomoteur tenta une vaine ruade contre la porte métallique, catapultant le policier tandis que l'ascenseur grimpait les étages avec une facilité toute mécanique. Il stoppa au rez-de-chaussée de l'immeuble. Ménageant sa monture pour, paraît-il, aller loin, John fit rouler le vélo sur les dalles du hall. Le guidon était tordu, la dynamo ne répondait plus que par S.O.S. et les roues s'étaient voilées en signe de deuil mais il fonctionnait encore.

Un calme olympien régnait au milieu des buildings vides. John grimpa sur la bicyclette et se mit à faire des mouvements circulaires. À peine eut-il le loisir de goûter à l'exquise brise de la nuit qu'un nouveau bruit de moteur perça le silence de la ville. John préféra rassurer ses arrières d'un regard de poursuiteur.

— Et merde…

La fourche du cyclomoteur avait pris la forme d'un boomerang, le moteur crachait sa colère noire sur le bitume, une bosse fendue pointait sur son front réputé solide mais Fitzgerald était toujours en course. Il remit les gaz, crut en ses chances et alors chuta, moteur cassé.

John roulait à allure de croisière sur le calme plat du bitume.

Le policier se releva, titubant. Au bout de l'avenue, la silhouette du fugitif passait dans la nuit. Il pointa son arme, chatouilla la détente : au bout du canon, le cycliste zigzaguait sous les lampadaires. Il marmonna :

— L'inconscient…

Fitzgerald baissa son arme en regardant l'homme tourner à l'angle de la rue.

*

La propriété s'affichait dans la nuit mauve. Les grilles toisaient le ciel qui se fichait bien de leurs menaces.

John se glissa au-delà des pics hérissés. Dans le jardin, pas de chiens aux crocs écumants. La crainte dissipée, furetant sous les branches des saules dégoulinants de sanglots, il atteignit la bâtisse : jolie demeure, avec assez de style pour épater le premier venu (lequel ne venait jamais ici). Il évalua la façade et commença à grimper aux fenêtres. S'aidant des volets peints, John se hissa au premier. Le rez-de-chaussée servait à recevoir, l'étage supérieur au billard et aux invités ; la porte-fenêtre qu'il força en silence donnait forcément sur les chambres…

De superbes statues grecques se dessinaient dans la semi-obscurité du couloir. John les observa un instant, suivit les différents tapis persans et posa l'oreille contre le bois d'une porte close : les lattes du parquet craquèrent. D'un entrechat, il se plaqua contre le mur, respiration bloquée : quelqu'un approchait. Une séduisante silhouette se découpa bientôt dans le clair-obscur de la chemise de nuit : Eva était aussi belle à moitié endormie que bien vivante.

John surgit de l'ombre et posa sa main sur sa bouche. Elle étouffa un cri dans sa paume et ouvrit des yeux de lémurien :

— John ?! Mais qu'est-ce que tu fous là ?!

— On aurait pu t'entendre ! enchaîna-t-il, coupant l'herbe sous ce pied alors nu.

Eva ricana doucement, embrassa John dans la main et l'entraîna loin de la chambre. Ils s'aimaient.

— Bon, qu'est-ce qu'on fait maintenant ? demanda-t-elle, se doutant qu'il n'avait pas plus d'idées qu'elle.

De fait, John haussa les épaules : c'était comme elle voulait.

— Bouge pas. Je reviens dans une minute.

John s'ennuya ferme. Cent soixante secondes plus tard, Eva réapparut, un jean collé aux fesses et un pull marine sur les épaules. La même couleur que sa chemise. Un signe ! songea-t-il tandis qu'ils descendaient l'escalier. Plus bas, le hall luxueux attendait tout seul dans le noir.

Ils tentèrent une sortie. Le bâtard dans sa niche daigna ouvrir un œil, et le referma quand John et Eva passèrent devant lui. C'est elle qui l'avait choisi comme chien de garde.

Ils quittèrent la propriété en courant, dévalèrent Eden Terrasse et, emportés par leur élan, atterrirent dans le jardin public. Là, ils avaient une vue stratégique sur la ville ; Auckland roupillait sec.

Assis sur un banc, ils oublièrent de s'embrasser. L'essentiel, pour le moment, était d'être ensemble.

— Alors, comment les choses se passent ? lança John, dissipant la fumée d'une cigarette dans l'atmosphère.

La course-poursuite de tout à l'heure semblait dérisoire, le désir de peindre Eva encore flou dans son esprit.

— Mal, répondit-elle tout de go. (Elle ne cherchait pas à faire traîner les choses.) J'ai parlé à Edwyn. Évidemment, il est d'accord pour te rencontrer.

— Très bien.

— Non, ce n'est pas très bien ! s'emporta-t-elle brusquement. Tu ne peux pas comprendre ! Nous n'avons jamais mélangé nos histoires, pas ce genre en tout cas. Je ne veux pas que ça change ! Je ne sais plus quoi faire.

Ce type me dégoûte, et moi je m'écœure. Tu ne sais pas qui je suis : si tu savais, tu laisserais tomber. Je suis sérieuse. Oublie ce que je t'évoque et regarde-moi bien en face : je ne suis qu'une petite garce pourrie jusqu'à l'os. Oui, dit-elle en déglutissant une chose mal digérée, oublie-moi, je crois que ça vaut mieux.

John ne pouvait pas lui expliquer. Il fallait trouver autre chose. Un truc comme :

— Tu n'as pas envie de changer le sens de ta vie ? Qu'y a-t-il à bousculer le sens des choses ? Ensemble, on peut bousiller un tas de pancartes…

— Tout cela est bien puéril, souffla-t-elle, encore lointaine. Écoute, on ne se connaît même pas et, de toute façon, Edwyn a trop besoin de mes services pour me laisser partir. Ou alors dans un tel état que je n'aurais plus qu'à me jeter à la fosse commune.

— La place des génies ! ricana-t-il.

— Je n'ai ni l'humeur ni l'envie de plaisanter.

Eva s'agaçait. La voix de John changea du tout au tout.

— Je ne plaisante pas, Eva. Fais-moi confiance.

— De quel droit ?

— Laisse le droit aux avocats. Je te parle d'amour.

— Je ne sais pas ce que c'est.

— Moi non plus, et alors ? Ça te fait peur ?

— Ce qui me fait peur, c'est Edwyn.

— Pourquoi ? Ce n'est qu'un nom dans un contrat de mariage : quand avons-nous rendez-vous ?

— Demain, enfin ce soir. À huit heures. La Vague, c'est un restaurant français… (Il y eut un court silence.) Je n'aime pas ça, John. Je ne sais pas à quoi nous jouons, mais il va se passer quelque chose. Quelque chose de définitif…

— Tu as confiance en moi ?

— Oui, je crois.

— Sois-en sûre. Je ne te laisserai pas tomber, Eva. Jamais.

Un bref sentiment d'impuissance fléchissait à la lueur tourmentée de ses yeux. Comme il ne plaisantait plus, Eva fouilla dans ce regard perdu. Enfin, elle sourit : Eurêka ! Elle avait trouvé la formule magique : lui, c'était elle.

Le petit matin pointa son nez rose sur Eden Terrasse. Eva frissonna. Un vent violent venait de chasser son passé, le présent qu'elle imaginait vivre, et l'avenir qu'elle n'avait de toute façon jamais envisagé. Alors, elle murmura :

— Je t'aime.

Mais ça ne voulait rien dire. Sauf que cet amour si dérisoire serait leur baroud d'honneur.

Maintenant, c'était sûr. Ils avaient vécu séparés ; ils mourraient ensemble.

16

Les véhicules de police roulaient des gyrophares devant la maison de Katy Larsen. Trois agents en uniforme et une poignée d'inspecteurs en civil attendaient sur le perron l'arrivée du patron. Bashop comptait parmi ceux-là, une cigarette brune à la bouche.

Fitzgerald arriva enfin. Il se dirigea vers le sergent.

— On a retrouvé Katy Larsen ?

— Pas encore, capitaine, fit Bashop en écrasant sa cigarette sous ses semelles de crêpe.

— Qu'est-ce que vous foutez ?!

— Nous manquons d'effectifs, capitaine. C'est Noël… Faut pas en vouloir aux gars : ils sont débordés en ce moment, glapit-il derrière ses Ray Ban fumées.

D'un tour de reins, le Maori filait déjà vers la maison. Jack n'aimait pas Bashop (il le soupçonnait de servir de taupe au procureur du district) mais il avait son mandat de perquisition en main.

Katy restant introuvable, un serrurier commença à crocheter la porte d'entrée. Ann Waitura traversa alors à son tour le cordon de policiers.

— Bonjour, répondit-elle au regard sombre de son partenaire. Dites donc, vous avez un visage fatigué !

— Vous aussi, dit-il sans un regard.

— Qu'avez-vous encore fait cette nuit ?

— J'ai couru après un fantôme, rumina Jack.

— Et alors ?

— Il s'est envolé.

— Com…

Mais la porte de la maison venait de céder.

Les policiers entrèrent dans le hall. Salon en désordre, cendriers pleins, vêtements et papiers épars sur une caisse retournée, des pots de yaourt vides… Rapide inspection des lieux : dans la chambre de Katy, des affaires jetées sur le sol, un lit défait. Les marques d'un départ précipité. Or, Katy était soigneuse et se plaignait à l'occasion du manque de propreté de Carol.

— Fouille en règle, annonça-t-il aux policiers présents. Passez-moi cette baraque au peigne fin.

— Qu'est-ce qu'on cherche ? demanda un sous-fifre.

— Un dictaphone ou des bandes audio de même standard.

Les hommes se mirent au travail, un détecteur de métaux dans les mains qu'ils commencèrent à passer contre les lattes du plancher. Jack fonça dans la chambre de Carol et la mit à sac. Les tiroirs volèrent, le matelas fut découpé en morceaux, les lampes s'écrasèrent sur le sol tandis qu'il martyrisait la moquette. Un impressionnant attirail de maquillage vola dans l'air. Fitzgerald se vengeait sur le matériel.

Ann le regardait faire, un frémissement dans le dos. Pour la première fois depuis leur rencontre, elle comprenait que ce type était à moitié fou. Jack cessa le carnage lorsqu'il sentit la présence de sa partenaire dans l'embrasure de la porte. Un instant de confusion, trois fois rien.

— Rien dans cette chambre. Carol avait certainement les bandes sur elle…

Ann prit sur elle.

— J'ai interrogé des amis de Pete hier soir : il n'avait

pas de voiture. Puisque le véhicule de Carol est toujours devant la maison, comment se sont-ils enfuis ?

Jack observa les clés qui trônaient encore sur la table de nuit. Soudain, son visage se déforma, comme dégoûté par lui-même.

— Putain, quel con !

Et il traversa la pièce, prenant soin de ne prendre soin à rien.

Après avoir bousculé Ann lors de son furtif passage dans le couloir, le métis se retrouva sur le perron, hors d'haleine. La tête lui tournait. Il tituba un instant, prétexta un excès de chaleur quand un gars en uniforme vint s'inquiéter de lui, le repoussa d'une manchette agacée et se dirigea vers la Ford en stationnement contre le trottoir. Il enfonça les clés dans la serrure : aucune ne correspondait. Alors, Jack sortit un autre trousseau, celui retrouvé dans le sac de Carol après le meurtre. Ces clés-là fonctionnaient.

Il fila jusqu'à sa voiture. Les fouilles dans la maison ne serviraient à rien.

Ann eut à peine le temps de grimper sur le siège du passager : Jack écrasa l'accélérateur de la Toyota. Les rues de Takapuna défilèrent très vite dans l'angle mort de ses yeux : il fixait la route comme si le temps imparti lui était compté.

— Pourquoi ces excès de vitesse ? Vous croyez peut-être me séduire, capitaine ? lança Ann pour détendre l'atmosphère.

— Arrêtez vos conneries. Les bandes sont dans la voiture de Carol. Pas dans celle de Katy. J'aurais dû y penser avant.

Ann ne comprenait plus.

— Mais pourquoi ?

Un appel radio coupa : « Capitaine ? On a retrouvé un cadavre dans la soufrière de Rotorua. »

Il se tourna vers Waitura et répondit alors à sa question :

— Pour ça…

Ça fit son petit effet. La jeune femme s'enfonça dans son siège.

— Des noms ? demanda-t-il à la boîte noire qui lui envoyait des ondes parasitées.

— Le corps est abîmé. Pour le moment, aucune piste.

— Il s'agit d'un homme ou d'une femme ?

— Un homme, répondit la machine.

— Appelez le coroner Mc Cleary et dites-lui de se rendre immédiatement à Rotorua, dit-il en retour. Affectez un hélico et envoyez une équipe de spécialistes là-bas. J'arrive. Tout ça à fond, et terminé.

Il raccrocha l'émetteur. L'enquête rebondissait. Et le propre des ricochets est de finir noyés.

La Toyota tressautait sur la nationale défoncée qui relie Auckland au reste de l'île du Nord. Seul intermède à ce voyage stressant, un appel à Osborne, chargé d'organiser l'enquête en son absence. Perdue dans ses pensées, Ann Waitura parcourait sans les voir les monts où jadis les tribus maories célébraient leurs dieux. Aujourd'hui, on avait gardé les noms et respecté les cimetières où les grands chefs étaient encore enterrés : ces collines ne sont pas cultivables…

Rotorua était une ville paisible, avec ses maisons rangées sur le bas-côté, ses couleurs mélangées d'une façon très britannique, et surtout cette effroyable puanteur qui prend au nez, émanations de la soufrière, à deux kilomètres de là.

Ils atteignirent le domaine préservé des marécages du parc de Rotorua. Jaune, vert, rouge, ocre, les trous béants recrachaient des arcs-en-ciel boueux qui se répandaient dans les ruisseaux alentour. Spectacle étonnant, donc touristique.

Les portières expédiées contre l'amas de taule, Ann et Jack passèrent l'entrée du parc, exceptionnellement fermé. Puis, ils se dirigèrent vers les cabanons. Là, des policiers en uniforme discutaient en attendant les ordres des huiles d'Auckland.

Jack sortit de sa boîte.

— Fitzgerald, fit-il en montrant sa carte aux oiseaux. Où est le corps ?

Un jeune policier approcha. Wilson : jeune, blond, svelte, droit de stature, yeux clairs, une belle peau lisse avec une fine cicatrice sur la pommette, un mètre quatre-vingts, des épaules robustes, cheveux courts, de longues mains raffinées et pas mal d'ambition dans la démarche. Un Blanc pas bec du tout.

— Transféré à l'institut médico-légal. Mc Cleary a pris cette liberté.

— Il a bien fait. Qui a trouvé le corps ?

L'agent Wilson esquissa un sourire. Des dents blanches, rangées avec minutie.

— C'est un heureux hasard, si vous me passez l'expression, capitaine.

— Je passe.

— En fait, les fosses sont nettoyées tous les quatre ans, juste après Noël, expliqua-t-il. Ce matin le gardien du site a senti quelque chose de dur en raclant le fond de la Marmite du Diable. Comme il a été impossible de remonter cette chose, il a tout de suite appelé les services de police. Je suis arrivé le premier sur les lieux avec des plongeurs en combinaison spéciale : l'eau est quand même à plus de soixante-dix degrés. Malgré tout, les plongeurs ont réussi à remonter un corps. Vous ne le savez peut-être pas, mais la victime était lestée de plomb.

C'est la raison pour laquelle le cadavre n'est pas remonté.

Wilson avait fait mieux que son boulot.

— Une idée sur le meurtre ? lança Jack à tout hasard.

— Aucune, répondit l'agent.

Mais dans ses yeux pétillants, on pouvait lire une curiosité un peu malsaine. Le métier de flic.

— On connaît l'identité de la victime ?

— Il faudra demander au légiste. La peau, avec l'eau quasi bouillante, avait commencé à se détacher. Le pauvre vieux n'avait plus rien d'humain quand on l'a ressorti. Un sale spectacle, si vous voulez mon avis…

— Non.

Wilson ne se laissa pas démonter.

— En tout cas, il s'agit d'un homme. Plutôt jeune, d'après ce que j'ai vu du corps remonté.

— Bien sûr… rumina l'officier. Avez-vous retrouvé le véhicule de la victime ?

— Pas encore, mais j'ai aussitôt demandé aux patrouilles de se mettre à la recherche d'un véhicule abandonné. On finira bien par le trouver…

— Cherchez une Ford rouge immatriculée à Auckland. Mettez le maximum de gars là-dessus. Ratissez les carrières et les lacs.

— Bien, capitaine.

Le jeune policier eut un regard curieux vers le professeur Waitura que Jack avait omis de présenter. Il semblait la trouver à son goût — une seconde de trop sur ses hanches, évaluation succincte d'une ligne imparable.

Wilson retrouva ses équipiers et donna les dernières directives. Ce type avait à peine trente ans mais il savait diriger. Fitzgerald venait de trouver un allié sûr.

Ils marchèrent jusqu'à la Marmite du Diable, vaste crevasse dans le sol argileux de la soufrière. D'épaisses nappes de fumée odorante s'élevaient dans le ciel résolument azur tandis qu'ils approchaient de l'eau bouillante.

— Pfff ! souffla la criminologue. On se croirait dans un hammam !

Fitzgerald ne répondit rien tant il était difficile de respirer. Avec la chaleur ambiante, il faisait plus de cinquante degrés près du trou.

La Marmite du Diable était un lieu sacré pour les Maoris, volontiers cannibales à l'époque de la colonisation. La légende raconte qu'ils y faisaient mijoter leurs victimes. Les peuples primitifs ont toujours eu des soucis d'économie.

Ils se penchèrent vers l'eau. Des bulles explosaient par milliers, provoquant de légères vaguelettes sur la rive d'un orange vif. L'eau, verte et claire en surface, s'assombrissait par la suite : on ne distinguait rien du fond. Ils imaginèrent le corps d'un jeune homme plongé dans l'eau bouillante. Une brève plainte parcourut leur échine.

— Il aurait pu rester là pendant des siècles si le service de gardiennage ne nettoyait pas de temps en temps, nota Ann en pensant au barman du Sirène. Vous croyez qu'il s'agit de Pete ?

— Aucun doute.

— Et Katy ?

— Pire.

Malgré la fumée opaque qui s'évaporait de la fosse, la jeune femme frissonna.

— Vous avez peur ? demanda Jack sans la regarder.

— Oui.

— Je vous aime bien.

— Moi aussi.

La Marmite du Diable.

17

Mc Cleary sifflotait derrière sa moustache. Une manière comme une autre de prendre du recul. Il continua de siffler, mais sur un autre ton, lorsque Ann Waitura déboula dans la morgue, un chemisier beige clair sur les épaules. Fitzgerald la suivait l'air bien songeur.

Une odeur assez abominable emplissait la pièce froide. Sur la table d'opération, un corps en décomposition reposait. Calme blanc. L'experte détourna les yeux devant l'ignoble spectacle. Jack soutint le regard de Mc Cleary.

— Salut, Jack ! Salut, prof' ! Très jolie aujourd'hui.

— Range tes hommages pour un autre bal, mon vieux, tempéra Fitzgerald. Quelles sont les nouvelles ?

— Mauvaises, je le crains, soupira Mc Cleary en jetant un œil sur le corps. Je viens d'ouvrir en deux le jeune type…

— Pete Loe ?

— Il faudra que quelqu'un vienne reconnaître le corps, mais il correspond à la photo que tu m'as donnée…

— Que peux-tu me dire sur les circonstances du meurtre ?

— On lui a percé la moelle épinière mais avec l'eau bouillante, pas de trace de l'arme qui l'a dévitalisé. La peau a commencé à se détacher mais vous noterez que le meurtrier savait ce qu'il faisait : après avoir percé la moelle épinière, il a passé de l'Élastoplast sur la blessure afin d'éviter les éventuelles fuites de sang. Le tueur avait donc prévu d'immerger le corps dans la Marmite. Tout ce que je peux te dire concernant l'arme du crime, c'est qu'il s'agit d'une pointe effilée. Pas de traces de balle, ni rien qui puisse nous donner un indice plus précis. Ton meurtrier est un petit futé. Mais ce que je ne comprends pas bien, c'est qu'il manque un morceau…

— Hein ?

— Le gars n'a plus de fémur, précisa Mc Cleary.

— Comment ça, le gars n'a plus de fémur ?! aboya Jack.

— On lui a ouvert la jambe pour prendre son fémur. Après quoi, on a bourré la plaie de chiffon pour stopper les saignements, on a recousu l'entaille, assez bien d'ailleurs, et on a enroulé de l'Élastoplast sur la blessure. Toujours pour éviter les fuites de sang…

Mc Cleary s'était assombri. Jack se tourna vers Waitura.

— Ann, qu'en pensez-vous ?

La jeune femme avait repris son visage de professionnelle, presque énervant à force de rigueur.

— C'est étonnant. Jusqu'alors, notre tueur n'avait jamais prémédité ses meurtres. Du moins, pas de cette façon. Peut-être pressentait-il qu'il commettrait un nouveau crime mais pourquoi aurait-il caché le corps de Pete avec autant de précaution alors qu'il a laissé Carol sur la plage, aux yeux de tous ?

— Je suis d'accord, renchérit Jack. Ce crime est celui d'un professionnel. Ou ce meurtre réfute l'hypothèse d'un psychotique sujet à des crises, et dans ce cas, nous avons affaire à un fou sanguinaire qui ne frapperait pas au hasard comme nous le supposions…

— Ou ? fit Mc Cleary.

— Ou ce n'est pas lui le coupable.

Trois cerveaux tournaient à plein régime dans le point mort du silence.

— Les deux affaires sont pourtant forcément liées, renchérit Waitura.

Jack acquiesça.

— Quoi d'autre sur le gosse ?

— La mort remonte à trente-six heures environ. C'est-à-dire la nuit de Noël, vers cinq heures du matin.

— Que faisait Pete à Rotorua en pleine nuit ?

— Il fuyait quelque chose. Quoi, je ne sais pas encore. (Jack rumina :) Nous devons régler cette histoire de voiture…

— Pauvres petits amoureux, soupira Ann.

Elle se tourna vers le cadavre mais rejeta bien vite ses yeux à l'autre coin de la pièce. Fitzgerald se remémora leur première visite chez Mc Cleary : le même air terrorisé, la même peur sur les lèvres… Il laissa Ann à ses spectres.

— Si Pete est mort vers cinq heures du matin, ça laissait peu de temps au tueur pour le mutiler, le lester et l'envoyer par le fond. Et encore moins de temps pour cacher la voiture : le jour, avec ses témoins potentiels, aurait pu le trahir. La Ford ne doit pas être loin…

— Mais pourquoi toujours cette histoire de Ford ? coupa Mc Cleary, un peu dépassé par l'évolution de cette histoire bien compliquée.

Alors, l'émetteur que portait Jack à la ceinture bipa. La voix de Wilson grésillait sur une fréquence inhabituelle : « Capitaine Fitzgerald ? On a retrouvé la Ford ! »

*

Silverdale était un village perdu de la côte Est, où l'activité principale des flics consistait à surveiller la consommation d'herbe des surfeurs de Whangaparoa Bay.

L'oisiveté de Silverdale se trouva pour le moins perturbée. La police venait de trouver la Ford de Carol : balancée à la va-vite dans un coin isolé d'Orewa River, la voiture était réapparue avec la marée. L'auteur de ce coup peu fumant n'avait pas prévu que la rivière était sujette aux humeurs « invariablement changeantes » de la lune.

En contrebas du précipice qui longeait la rivière, Wilson se tenait en faction près d'une Ford rouge embourbée jusqu'au capot dans une vase épaisse. L'agent adressa un signe de la main à la Toyota qui stoppait sur la butte.

L'endroit était calme, verdoyant, feuillu sur les hauteurs. Seuls quelques lawyers profitaient des vacances pour amortir le dernier bateau qui les traînerait en ski nautique sur la rivière, plus large à cet endroit. Jack claqua la portière et marcha jusqu'au bord du petit précipice. Sur le sol, des traces de pneus quittaient la piste et disparaissaient dans le vide. Plusieurs empreintes de pas. Certaines plus larges que d'autres. Jack lança un œil en contrebas : Wilson attendait, serein. Le métis dévala la petite falaise, oubliant d'apporter son aide à la femme qui lui emboîtait le pas. Sa jupe trop serrée obligea Ann à contourner la falaise et à noircir ses escarpins dans les pierres alentour. Jack plongea sur Wilson.

— Vous l'avez trouvée quand ?

— Il y a environ une demi-heure.

— C'est vous qui l'avez repérée ?

— Oui, capitaine.

Pas la moindre trace de satisfaction dans la voix du jeune agent de police. Bien. Les deux hommes se dirigèrent vers la Ford engluée. Le moteur avait reculé dans l'habitacle mais le reste n'avait pas trop souffert. Jack enfila une paire de gants et pressa la poignée : la portière était ouverte.

— Vous n'avez touché à rien ? demanda-t-il à Wilson.

— Non.

— Appelez le central et demandez un type pour relever les empreintes.

Wilson rebroussa chemin jusqu'à sa moto, un peu plus haut.

Jack pataugeait dans la boue, de l'eau jusqu'aux mollets et, au vu de ses mouvements autour de la voiture, semblait adorer ça. L'habitacle de la Ford était en lambeaux. Le tissu des sièges avait été lacéré, la moquette enlevée, les fils arrachés, le vide-poches en vrac. Il extirpa un trousseau de clés de sa poche et enfonça la plus grosse dans la serrure de la portière : elle fonctionnait.

— Comment se fait-il que vous ayez les bonnes clés ? cria Ann, assise au sec sur un rocher plat.

— C'est la voiture de Carol Panuula ! hurla-t-il en retour. (S'extirpant du bourbier, Jack se rapprocha de la jeune femme et posa d'une voix blanche :) Nos petits amants n'ont pas pris la voiture de Katy mais celle de Carol.

Une ombre passa dans le ciel clément. Les nuages peut-être.

— Je ne comprends pas bien…

— Comme la Ford utilisée par Carol le soir du meurtre était immobilisée par la police, Katy est allée rechercher l'autre Ford au garage. Elle était en révision…

— Quelle Ford ?

— Là est l'astuce. Les filles avaient la même voiture : une Ford rouge, dernier modèle. Souvenez-vous que Carol copiait Katy en bien des points, ce qui l'exaspérait d'ailleurs. Osborne a téléphoné au garagiste, lequel a confirmé que Carol a déposé sa voiture pour une révision dans la journée du 23, c'est-à-dire peu avant le meurtre. Ce soir-là, elle a pris la Ford de Katy. Le lendemain, Carol était morte. Et le garagiste a assuré que Katy était venue chercher la Ford dans l'après-midi du 24. La Ford de Carol. Sans savoir que les bandes s'y trouvaient…

— Comment pouvez-vous avancer une telle hypothèse ?

— Le petit secret de Carol tenait sur la bande d'un dictaphone. Comme elle en avait besoin souvent, ou bien elle le dissimulait dans son appartement, au risque que Katy le trouve, ou elle le portait sur elle. C'était le cas puisqu'on n'a rien trouvé dans la maison. Carol portait le dictaphone sur elle, dans l'espoir de le mettre en marche lorsqu'elle ferait l'amour.

— Vous voulez dire que Carol enregistrait ses coïts ? ! Mais pourquoi ?

Jack réalisa qu'il n'avait pas tout dit à son équipière.

— Pour se repasser les bandes une fois seule. J'ai dit que Carol était une fille simple, mais pas forcément une fille équilibrée. Elle trouvait à travers les bandes du dictaphone de quoi prendre son pied, plus tard, dans son lit…

La criminologue hocha la tête. Elle détestait voir les femmes s'autodégrader. Jack poursuivit :

— Et si Carol n'a pas enregistré son dernier coït, celui avec le tueur, c'est parce que son dictaphone se trouvait dans sa voiture, qui était au garage, et non dans celle de Katy. Carol utilisait la Ford de Katy la nuit du meurtre.

— Dans ce cas, pourquoi aurait-elle laissé son dictaphone dans sa voiture alors qu'elle s'apprêtait à faire l'amour ?

— Cela signifie que Carol ne s'attendait probablement pas à coucher avec le meurtrier. Ou encore avait-elle déjà enregistré leur coït…

Tout s'embrouillait dans leurs têtes.

— Mais pourquoi Katy ne nous a-t-elle pas informés de cet échange de voitures ?

— La confusion, j'imagine. Et puis, elle ne savait pas

que nous recherchions un dictaphone. Dans son esprit, seul le véhicule que Carol utilisait le soir du meurtre importait…

Ils réfléchirent à toute vitesse. Des mouettes innocentes gravitaient dans l'azur austral. Non loin, Wilson faisait celui qui n'entend rien : il venait d'appeler l'équipe chargée de relever les empreintes mais le jeune policier ne comptait pas en rester là. Ann fut la plus vive à reprendre le fil de l'histoire :

— On a tué Pete et fait disparaître Katy pour une raison précise : le dictaphone se trouvait dans leur voiture, c'est-à-dire celle de Carol. Voilà pour le mobile… Les deux filles avaient la même Ford rouge. Le tueur s'est rendu compte un peu tard de l'échange. Une fois sa méprise découverte, il les a suivis jusqu'à Rotorua pour saisir les bandes. Finalement, il bloque la Ford, tue le ou les passagers, et récupère le dictaphone. Le reste de l'histoire s'achevant dans la Marmite du Diable. Vous m'avez dit tout à l'heure que Katy est allée au garage dans l'après-midi pour récupérer la voiture de Carol : elle comptait se rendre chez ses parents mais elle a fini par décommander. Pourquoi ? Imaginez qu'elle ait trouvé les bandes, et qu'elle les ait écoutées : pour une raison « x », elle a pris peur. Du coup, Katy décommande son réveillon, attend Pete à la sortie de son travail et lui fait écouter les bandes. Terrorisés pour la même raison « x », ils s'enfuient !

— Pour partir en pleine nuit, il fallait qu'ils soient vraiment morts de trouille, soupira Jack.

— En effet.

— En tout cas, Ann, voilà du bon travail.

La jeune femme, toujours assise sur son bout de rocher, pieds nus et chaussures à la main, eut un geste de recul : Jack venait de toucher son épaule.

— Je sais ! s'esclaffa-t-elle avec un sourire franc.

Dans leur dos, une équipe venait relever les empreintes.

« Peine perdue », pensa Fitzgerald en l'aidant à remonter la falaise.

Depuis la butte qui surplombait Orewa River, ils regardaient l'équipe de policiers s'activer auprès de l'épave. Jack sentait que le jeune Wilson bouillait en silence.

— Cette affaire est plus importante que prévu. J'aurais besoin d'un type de confiance…

— Je n'ai jamais trahi personne. Même pas mon meilleur ami, assura l'agent en guise de préambule.

— O.K., ricana Fitzgerald. Tu intègres l'équipe dès aujourd'hui. Pas de problème ?

— Aucun. J'ai déjà pensé à déléguer les affaires courantes, sourit Wilson en époussetant sa fierté au gré de la brise locale.

— Je te préviens, j'ai pas le temps d'être aimable.

Les yeux bleus de l'agent pétillaient.

— Je suis de nature patiente, capitaine.

— Moi pas. Allons-y.

Le petit groupe se dirigea vers la Toyota, couverte de poussière. Wilson grimpait sur sa moto de service quand la voix de Mc Cleary s'essouffla dans la radio :

« Putain ! Jack, Ann ! Venez tout de suite ! J'ai trouvé quelque chose dans l'estomac du gosse. Jack ! J'ai trouvé un… un bout de chair humaine… Un bout de chair humaine ! »

Ann plongea sa tête dans ses mains. Son visage pâlit tandis qu'une flopée de bébés larmes naissaient dans ses yeux. Jack eut un grognement animal :

— Katy…

18

Edwyn et Eva White habitaient une magnifique propriété fichée au sommet du mont Éden — point stratégique sur la ville, avec au nord le centre et ses buildings, au sud les maisons tranquilles d'une banlieue sans fin : Auckland, la troisième ville la plus étendue au monde. En contrebas, on apercevait l'Eden Park, le stade de rugby réservé aux terribles All Blacks dont on dit communément qu'ils portent le deuil de leurs adversaires.

Eva se fichait pas mal du rugby, de l'engouement populaire et de la fierté patriotique qui en résultait : elle portait son propre deuil avec une élégance sauvage que n'auraient pas reniée les meilleurs spécialistes. Quant à son mari, il avait besoin d'un défoulement physique de tout autre nature…

Edwyn White possédait un bateau à moteur pour visiter les îles alentour, un voilier de douze mètres pour régater avec ses amis masculins, trois voitures de grand standing, une maison sur l'île du Sud où il n'allait jamais et une autre à Tahiti (lieu de villégiature des Néo-Zélandais à l'aise dans leurs dollars) où il ne se rendait guère plus souvent, deux domestiques qui n'apparaissaient qu'en journée, un prétendu chien de garde (un immonde bâtard qu'Eva avait insisté pour garder malgré sa comique passivité), un lourd portefeuille en bourse que tenait un agent de change choisi par les soins de son défunt père et des valeurs immobilières bien placées. Le tout faisait de lui un riche rentier de trente-quatre ans et un notable pervers. De toute façon, Edwyn ne savait rien faire. Même tout petit, il n'embrassait pas ses parents — lesquels brillaient, il est vrai, par leur absence. Ce fils unique saccagea si bien ses études de droit que son père s'était résolu à le mettre de côté. Par ailleurs, Edwyn avait déjà de fortes tendances homosexuelles. Comme il eût été inconvenant que ces penchants naturels éclatent au grand jour, on choisit de le marier à la première pin-up du coin, laquelle se chargerait de tenir son rôle de femme lors des innombrables cocktails où le couple serait invité. Au nom du père, Edwyn obéit sagement. La paresse n'a pas d'enfants rebelles.

Eva O'Neil pataugeait à l'époque dans la fange du show-biz local — meilleur moyen trouvé pour s'anéantir aux frais de la princesse. Edwyn croisa ce visage d'ange fatal dans une pub télé vantant les mérites de chaussures anglaises et décida de la rencontrer, via un ami producteur. Père et fils imaginaient que la souplesse exquise de sa démarche télévisée augurait la même élasticité quant à ses idéaux masculins.

De fait, Eva n'attendait rien ni personne. Le pacte d'un milliardaire cherchant à placer son fils ne l'émut donc pas outre mesure : quitte à se pulvériser le minois, autant que ça se passe entre gens de mauvaise compagnie.

Ainsi, Eva O'Neil et Edwyn White se marièrent. C'était sans joie, sans passion, sans équivoque. Eva était belle, paumée et n'avait nul endroit où aller. Le soir de leur nuit de noces, un homme se glissait dans leur lit ; ce soir-là, le couple divorça moralement, sans rien briser du contrat qui les liait l'un à l'autre. Eva attendait sa mort comme un coup de fil anonyme.

Depuis, Edwyn ne faisait strictement rien. Ses loisirs se résumaient à vaquer de séjours en week-ends — molles vacances passées d'ordinaire sans sa femme. Eva n'avait jamais cherché à lier amitié lors des soirées très privées où le couple était convié. De provenance douteuse, elle resterait seule avec ses pitoyables mystères dont personne n'avait que faire… Jusqu'à ce curieux Noël où John avait subitement débarqué. Partir avec lui, forcément, c'était tentant.

Elle pensait à tout ça, debout face à la glace de la salle de bains. Son rouge à lèvres nacré dérapa sur la commissure de sa bouche.

— Tu as l'air bien nerveuse, ma chérie ? lança Edwyn dans son dos.

Sa voix était perfide, presque moqueuse.

— Pas plus que d'habitude. Et garde tes « ma chérie » pour tes conquêtes !

Edwyn sourit en réajustant la cravate de son costume bleu nuit.

— En tout cas, il semble te faire de l'effet…

— John ? On se connaît à peine ! protesta-t-elle en fourrant vaille que vaille sa poitrine dans le bustier noir d'une courte robe.

— C'est peut-être ça qui t'excite, hum ? D'ailleurs, je te trouve très belle ce soir. (Il s'approcha de sa femme, l'enlaça, et glissa à son oreille :) Nous formons un sacré beau couple tous les deux, hein ? (Comme elle ne répondait pas, il ajouta :) Nous avons le pouvoir, tu sais ce que ça veut dire ? C'est pour ça que nous resterons toujours ensemble. Tu comprends ça, n'est-ce pas, ma chérie ?

Il embrassa sa nuque. Elle eut un geste de recul. Eva mourait poliment, à petit feu, mais ce soir, la perspective de continuer sa vie avec Edwyn, ses manières précieuses et son fric pas gagné, l'horrifiait. Elle croisa son visage dans le miroir : à côté de son spectre rampant, un ange volait loin dans le ciel de ses désirs enfouis.

*

Minuit, Eden Terrasse. Eva et Edwyn poussèrent la porte du hall. John les suivait. Le repas avait traîné jusqu'à minuit au grand dam de la jeune femme, de plus en plus nerveuse au fur et à mesure que les deux hommes sympathisaient.

John portait une chemise blanche sans cravate et un complet noir un peu passé de mode. Eva l'avait d'abord trouvé très beau, avant de réviser son jugement face à l'attitude ambiguë de son amant. Entre les escargots au beurre persillé et les viandes en sauce, les deux hommes firent plus ample connaissance, Eva n'intervenant que pour de banales réponses à leurs questions, non moins banales. John avait changé depuis leur dernière entrevue. Ses yeux ne pétillaient plus en la voyant et c'est à peine s'il faisait attention à elle, préférant réserver la brillance artificielle de ses propos à Edwyn. Celui-là riait fort, sous le charme de ce séducteur qu'il croyait intéressé par le physique de sa femme. Les bouteilles de bon vin avaient donné du tanin à leurs mots. Edwyn était cultivé, éduqué et dépravé. Comme John. Leurs discussions n'avaient été que paraphrases alors qu'Eva rêvait tant de métaphores.

À la fin du repas, John avait accepté de se joindre à eux pour un dernier verre à la maison. Eva savait ce que cela signifiait et John n'était pas assez sot pour être naïf à ce point. Enfourchant sa moto (quel charmeur ! pensa Edwyn en le voyant grimper sur sa machine déglinguée), il les avait suivis jusqu'à la propriété d'Eden Terrasse…

Eva pénétra dans l'immense hall et enfonça ses talons dans le marbre de l'entrée en signe de vengeance. Ravalant les larmes de dégoût qui coulaient dans sa gorge, elle grimpa l'escalier de bois laqué qui menait à la salle de bains. Là, elle se rougit la peau en se démaquillant et balança du coton à tout-va. Les salauds. Les hommes bifurquèrent vers le fumoir afin de déguster un whisky certifié trente ans d'âge. Au pas chancelant d'Edwyn, John nota qu'il avait un peu trop forcé sur l'alcool.

Continuant de faire le beau, le jeune millionnaire servit deux larges whiskies. Ils trinquèrent. John avait certes bu mais un étrange malaise commençait à poindre. L'impression de se sentir en trop. Ou pas assez…

Edwyn défit le nœud de sa cravate. John réprima son malaise en plongeant les yeux dans le whisky qu'il tenait à la main mais le fond du verre était bleu. Un bleu encore pâle, mais bleu. La crise allait venir. Quand il releva les yeux, Edwyn avait enlevé sa chemise et titubait vers lui, à l'étroit dans sa veste. Non, quelque chose n'allait pas, il fallait se concentrer, surtout ne pas paniquer : John tenta un sourire, sans succès. Edwyn ôta le whisky de ses mains et le posa sur un guéridon. Puis il s'approcha de l'étranger, colla son torse bronzé à sa veste et passa une main distraite sur son épaule. John eut un geste de recul mais l'autre était trop soûl pour le sentir. Tout s'embrouilla, comme dans la fin d'un rêve.

L'image d'Edwyn disparut.

Elle fut remplacée par celle d'un autre homme, beaucoup plus jeune celui-ci, une sorte d'éphèbe aux boucles blondes. Entouré d'un halo de brume, le garçon aux cheveux d'or regardait John avec de grands yeux envieux. Plus loin, la mer battait la plage. Allongé dans le creux d'une dune où il somnolait, John revisionna le visage de l'éphèbe au-dessus du sien… Si près… Si près qu'ils s'embrassèrent. John enfonça ses mains dans le sable, asphyxié par l'air marin. Au loin, la mer cognait la plage : impossible d'entendre les pas de la jeune fille qui cheminait jusqu'à ce coin de dune. Surplombant le nid de sable au creux duquel les jeunes amants s'enlaçaient, Betty avait retenu un cri. L'éphèbe, couché sur John, ricana. Les traits poupins de la gamine faisaient peine à voir mais il riait toujours. Secouée par les spasmes de sa souffrance, Betty se griffa le visage pour ne pas croire ses yeux maudits. John voulut se lever, crier, nier la vérité au monde qui ne l'écoutait pas, mais Betty n'entendait plus rien. Foudroyée en plein vol, elle disparut de son piédestal. John tenta alors de se lever mais l'éphèbe le maintenait sous lui. Ses lèvres grimaçaient mais, dans le souffle du vent, son cri n'était qu'amour aphone. Quand il se dégagea enfin, Betty avait disparu dans les flots...

John fut réveillé par un autre cri : celui d'Edwyn. D'un geste brusque, le mari d'Eva avait d'abord voulu ouvrir la chemise de John mais il s'était soudain rétracté sous le coup d'une douleur inattendue. Les yeux ronds, Edwyn regarda sa main entaillée. Il chercha par terre et trouva la lame de rasoir, encore retenue par une chaîne d'argent brisée.

— Mais qu'est-ce que c'est que ça ?! glapit-il. Une lame de rasoir ! Mais tu es fou ou quoi !

Hagard, John répondit par des balbutiements où de plates excuses s'escrimaient en vain. Voyant son embarras, Edwyn lâcha d'une voix blanche :

— Bon, ce n'est pas grave. Monte là-haut. Je vais nettoyer ça et je vous rejoins.

John tituba jusqu'à l'escalier. Edwyn se tenait la main en maugréant. La blessure était superficielle mais il saignait beaucoup. Il ramassa la lame et fila vers une des salles de bains de la maison.

John s'ébroua, saisit la bouteille de whisky et, agrippé à la rambarde, monta l'escalier. Il faisait un effort terrible pour rester lucide mais le fiel du souvenir s'était immiscé en lui. Il faudrait payer pour ça.

Eva était allongée sur le couvre-lit. Elle grelottait dans son peignoir. La bouteille à la main, John réajusta sa chemise tachée de sang. À son regard vitreux, Eva comprit que quelque chose n'allait pas.

— John, qu'est-ce qui se passe ?

— Rien… Rien.

Mais ses yeux n'avaient pas de cible : ils bougeaient sans cesse, incapables de définir une limite. John s'assit sur le bord du lit. Ses mèches retombaient sur son front en sueur. Eva écrasa sa cigarette et posa la main sur son épaule.

— John, parle-moi. Que s'est-il passé ?

La tête lui tournait.

— Je t'assure, tout va bien. Juste un petit problème, mais rien de grave, rien…

Il posa la bouteille de whisky sur la table de nuit. Eva découvrit les taches rouges sur sa chemise.

— Que signifie tout ce sang ? (Comme il ne répondait pas, elle insista :) Et Edwyn, où est-il ?

— Il… Il arrive. Ne t'en fais pas. Je… Eva, je t'aime.

Ses pupilles flottaient dans le mouillage de ses yeux clairs.

Eva retira la chemise de son amant et se cala contre lui. Elle aima le contact de cette peau contre la sienne, ce torse qu'il lui offrait comme une tombe tiède au creux de son épaule. Elle murmura :

— J'ai peur. Peur de toi, peur de lui, et aussi de moi.

Elle avait les yeux mouillés, deux mers.

— Ne t'en fais pas. Ne…

Edwyn entra dans la pièce, un pansement autour de la main. Il émit un ricanement d'ivrogne à la vue des deux amants.

— Alors, les amoureux, on n'est pas encore couchés !

Edwyn ne portait rien d'autre qu'un kimono de soie couleur pêche, kimono qu'il ôta sans plus tarder. Son sexe était dur, gros. Il glissa sous les draps et invita sa femme à le suivre. Eva refusa d'abord d'enlever son peignoir mais son mari le tira brusquement, laissant poindre deux petits seins ronds. Eva grimaça. Des larmes de honte montèrent à ses yeux. Edwyn lança à leur invité :

— Sacrée paire de miches, hein !

Mais John ne l'écoutait pas. Avec des gestes mécaniques, il retirait ses affaires. Une fois nu, il resta assis sur le bord du lit, sans bouger. Edwyn le prit par la main, ouvrit les draps en grand et le tira vers lui. À ses côtés, Eva, humiliée, ne disait plus un mot.

Edwyn bandait. Il attira la main de John sur son sexe. Le contact était chaud. Les doigts de l'homme tremblaient. Dans sa tête, plus rien n'existait. Il y avait cette musique, là-haut, et le bruit des vagues, là-bas, le visage de Betty au loin, déchiré de larmes, l'éphèbe qui ricanait et les cheveux blonds qui se perdaient dans la tempête… John était maintenant sous les draps, sujet aux caresses intimes d'Edwyn, trop ivre pour s'embarrasser de timidité. Eva, elle, ne disait rien, pétrifiée à demi nue près de ces hommes obscènes. Elle aurait voulu pleurer mais elle ne savait pas le faire. Les caresses d'Edwyn devinrent plus osées tandis qu'il se rapprochait du sexe de John. Sa bouche courait sur son ventre tendu sans rien deviner des démons qui le possédaient.

Une fosse à ciel ouvert. Sang des hommes. Coulant sur la mer. Le sable battu par les vents. Jeunesse.

Gaspillage. Betty. John qui serre de toutes ses forces le cou de l'éphèbe, et lui qui continue de rire comme si sa poigne n'avait aucun effet sur lui, John serrant plus fort, des larmes plein les yeux, John qui broie le cou du démon, ses doigts qui se plantent dans sa glotte, s'enfoncent, triturent, appuient encore ! encore ! et l'autre qui rit toujours, qui rit jusqu'à en perdre haleine, et John ravagé de larmes sans desserrer son étreinte jusqu'à ce que l'éphèbe, enfin, transforme son rire en agonie. Une agonie lente. Convulsion. Son corps tendu s'agrippant à son visage, et puis la mort qui est tout au bout, au bout de ses doigts contractés… Enfin, un corps qui se détend, complètement mort avec un rire convulsif fendu sur les lèvres bleuies, l'éphèbe tout mort, tout bleu, et John horrifié qui court sur le sable, qui court sans pouvoir crier jusqu'à la mer où Betty vient de pénétrer… Karekare et ses courants meurtriers… Betty déchirée qui s'en va au gré de la mort, Betty et ses quatorze ans qui dérive vers les requins du large, proie facile pour les prédateurs du monde, Betty noyée, dévorée par les bêtes, le visage rongé de larmes, les joues labourées par ses ongles, et John qui s'use dans les vagues sans espoir de l'en sortir, quatorze ans jetés dans la tourmente du monde trop vieux. Et puis soudain, au milieu des flots en furie, une lumière bleu électrique qui jaillit de l'écume, le renverse et le saisit par le cou pour le rouler contre le sable des fonds. John sous les lames rejeté vers la côte comme un rat crevé d'une poubelle, les yeux brûlés par le sel et toujours cette lumière bleue qui grandit, grandit dans sa tête, une douleur insupportable, des mots qui se croisent, la mort au fond, les couleurs, l'océan, bleu électrique, une douleur à se tordre le ventre, à se vomir sur le plancher : Betty ! Eva ! Cette chaleur, cette lueur… John ouvrit de grands yeux terrorisés.

Vite.

Sur la table de nuit, la bouteille de whisky se mit à briller d'un vif éclat bleu. Tout se mêle, s'embrouille, le son et les visions, la vie, la mort, le passé, le présent surtout. Edwyn lui a tourné le dos, Eva ne bouge pas, un cri au bord des lèvres. Il attend. Attend… la fenêtre ouverte… vite, sortir du cauchemar.

L'éclair fulgurant émanant de la bouteille aveugla John. Dès lors, tout se passa très vite : il saisit le goulot, se cambra et, dans un haut-le-cœur, fracassa la bouteille sur le crâne d'Edwyn, pendu au bout de la vie.

Lobotomie cérébrale ; tout s'arrêta net.

John se retrouva seul au milieu des détritus de son âme, les jouets cassés, les dents de lait crachées, les deux genoux à terre.

La crise était passée mais il aurait pu rester longtemps comme ça, momifié. La main d'Eva sur son épaule le sortit de sa léthargie. Le calme surgi de la tempête.

— John… Mon Dieu mais… Tu es fou… John, qu'as-tu fait ?

Tétanisée devant le corps inerte de son mari, Eva respirait à grand-peine. Elle voulut sangloter mais n'y parvint pas, comme toujours. Haine, peur et amour faisaient ménage à trois. Comme toujours.

— Tu l'as tué…

Elle répéta ces mots à mi-voix, bouleversée par le drame qui venait de se dérouler sous ses yeux. John, lui, s'éveillait. Le cauchemar était passé, il ne restait plus maintenant qu'un goût de sang dans la bouche (l'intérieur de ses joues qu'il s'était mordu) et un sentiment de calme blanc, absolu.

— C'est fini, Eva. Eva… répéta-t-il pour être sûr qu'il s'adressait bien à elle.

Il l'attira contre lui. Elle, d'ordinaire si dure, s'abandonna dans ses bras. John sentit les battements précipités de son cœur contre sa poitrine. Prédateur, il avait le goût du sang dans la bouche, c'était bon et douloureux à la fois. Comme la vie.

Quand Eva redressa la tête, John lui souriait. Un tigre mangeur d'hommes avait plus de charme.

Cruelle, elle adora ce sourire.

Le temps passa. Ils ne bougeaient pas. À quelques centimètres de là, Edwyn reposait, mort. Parfaitement mort. Ses yeux révulsés par la surprise du néant fixaient le mur, absents pour l'éternité.

Alors Eva se pencha sur le ventre de son amant et, d'une bouchée, avala son sexe encore pudique. John ressentit aussitôt une vive brûlure dans le bas-ventre. Eva s'appliquait, il chercha à la retenir, lui dire qu'il ne pouvait pas, pas maintenant, mais elle voulait le posséder : maintenant. Il se mordit les lèvres à pleines dents. Elle le voulait : désormais, ils seraient deux prédateurs.

La bouche d'Eva allait, douce et tendre, sur son sexe mou. D'un geste, elle repoussa la tête d'Edwyn : malgré ses yeux vides, il semblait la regarder tandis qu'elle s'appliquait à engloutir son nouvel amant. Dans le mouvement, le macchabée ferma les yeux. Eva se retint de hurler mais il fallait qu'elle le fasse. John grelottait au bout de ces lèvres chaudes mais il ne pouvait pas. Son sexe n'avait pas de force. Dans un long geste de précaution, il finit par la repousser : pas maintenant. Attendre. Encore un peu…

La jeune femme releva la tête. Une lueur bleu électrique grésilla dans ses prunelles et se dissipa aussitôt. John sut alors qui elle était.

Un court laps de temps passa au-dessus d'eux. L'éternité.

— Qu'est-ce qu'on va faire maintenant ? elle demanda en refermant le peignoir sur ses épaules.

Elle avait encore le goût de son sexe dans la bouche. C'était mal. C'était bien.

— Il va falloir être courageuse. Tu veux ?

— Oui… Oui.

John releva la tête pour mieux réfléchir.

— On va faire croire à un accident.

— Un accident ? (Tout ça la dépassait.) Mais comment ?

— J'ai une idée, dit-il. Elle vaut ce qu'elle vaut mais

c'est notre seule chance. Il va falloir faire vite. Tu veux tenter le coup ?

— De toute façon, foutus pour foutus…

— O.K. Dans ce cas, écoute-moi bien…

Un quart d'heure plus tard, Eva arpentait nerveusement les pièces de la maison. Armée d'un chiffon, elle essuyait les éventuelles empreintes sur la rambarde de l'escalier.

John venait de confectionner un fix de sa meilleure héroïne, très peu coupée. Pour un junk occasionnel comme Edwyn, largement de quoi perdre conscience. Une fois la seringue prête, il l'administra au cadavre. Même après la mort, le corps humain continue de fonctionner quelques heures : Edwyn assimilerait la drogue sans difficulté.

Son forfait accompli, le meurtrier nettoya ses empreintes et mit celles du millionnaire sur la seringue et la cuillère. Après quoi, il descendit au fumoir. Les mains gantées, John essuya ses empreintes sur le verre de whisky. Puis, il fit un panoramique et s'assura n'avoir rien oublié. Lentement, il se remémora son arrivée dans ces lieux, chaque geste, chaque pas, avec au bout de l'intelligence aux abois la peur de l'erreur fatale, le détail oublié qui vous envoie à la chaise électrique ou, pire, en prison à vie. Tout, jusqu'à la bouteille de whisky, avait été essuyé avec soin. Non, il n'avait rien oublié. Bien sûr, on l'avait vu dîner en compagnie du couple dans un restaurant réputé peu avant le meurtre mais personne ne l'avait vu entrer dans la propriété des White…

Eva connaissait la mise en scène. Elle s'y tiendrait. Après, ils verraient.

John remonta vers le lieu du crime. Edwyn semblait tranquille, seul avec sa mort. Allongé sur le lit, il attendait son linceul. Sa nuque brisée faisait une bosse dans son cou. Avec précaution, John le souleva. Chancelant sous le poids mort, il sortit de la chambre, soixante-quinze kilos de cadavre dans les bras. Il grimpa jusqu'à la salle de billard, au deuxième étage. Là attendait Eva, les bras noués autour de son peignoir. Elle avait peur mais elle serait courageuse. Elle l'avait promis.

La porte-fenêtre était ouverte, comme convenu. Un vent presque frais jouait à cache-cache dans la pièce. John passa à hauteur de la jeune femme immobile et atteignit le balcon.

Dehors, rien qu'un silence nocturne et le sentiment d'être épié. John posa le corps sur la rambarde et évalua le vide : sous lui, six mètres le séparaient du sol. Espace suffisant pour se briser la nuque… Il étudia la meilleure trajectoire, la plus vraisemblable pour une chute vertigineuse, et d'un coup poussa le cadavre par-dessus le balcon.

Dans son dos, Eva se mâchait les lèvres en silence.

John passa un œil curieux par-dessus la rambarde : plus bas, la silhouette tordue d'Edwyn se dessinait sur le sol.

Il se retourna vers Eva, très pâle sous la lune.

— Ça va aller ?

— Oui.

— Tu es sûre ?

— Puisque je te le dis. Va-t'en maintenant.

Elle avait besoin d'être seule. Assimiler John n'était pas chose aisée, même pour une droguée de la mort.

— Tu te souviens de tout ? demanda-t-il d'une voix douce.

— Oui.

— Bien. Je te téléphone demain comme convenu. La police va t'interroger, il va falloir être forte.

— Je le suis. Plus qu'ils ne le croient.

Eva fumait comme un homme mais souriait comme un reptile.

John déguerpit après lui avoir envoyé une sorte de baiser volant depuis l'autre bout de la pièce. Eva l'attrapa au passage et le cacha dans le fond de son cœur. Personne ne viendrait chercher dans cette poubelle.

*

John roulait à vive allure sur West Coast Road. Au bout de l'horizon, Karekare attendait son arrivée. Il reprenait ses esprits dans la fraîcheur de la nuit. Tout s'était passé si vite depuis leur rencontre.

Il laissa filer la moto dans les courbes serrées : elle connaissait le chemin. Soudain, un nœud d'angoisse coula dans sa gorge. D'un geste brusque, John porta sa main à son cou. La lame de rasoir avait disparu. Il ralentit pour mieux réfléchir. Dans sa tête, la soirée défila à toute vitesse : le restaurant, l'arrivée à la propriété, le fumoir… Le fumoir. Bien que le souvenir restât confus, c'est là que la crise avait commencé. Edwyn l'avait pris par le cou. Il s'était blessé à la main en voulant lui arracher sa chemise, la lame de rasoir avait disparu à cet instant précis. Qu'en avait-il fait ? Elle n'était pas sur la moquette (il l'aurait vue en nettoyant ses empreintes), ni sur un meuble… Non : Edwyn avait dû la jeter.

John pesta au guidon de sa moto. Encore une fois, ses crises l'avaient trahi. Téléphoner maintenant à Eva serait trop risqué : la police était peut-être déjà là… Il accéléra.

19

— Vous aimez quoi dans la vie ?

— L'idée d'un sentiment commis à deux.

Haussement de sourcils.

— Coupable ou innocent ?

— Les deux, bien sûr ! et Ann se mit à rire.

Des comme ça, elle pouvait en produire à volonté. Une vraie usine à bonheur.

Jack Fitzgerald et Ann Waitura buvaient un verre au bar de l'hôtel de Rotorua où ils étaient descendus pour la nuit. Depuis les révélations de Mc Cleary, ils avaient besoin de se vider l'esprit — le bout de chair humaine trouvé dans l'estomac de Pete avait exacerbé leur imagination morbide. Le fantôme de Katy gravitait entre le ciel et la mer, beaucoup de questions restaient sans réponse mais pour la première fois, leur association se justifiait : ils avaient autant besoin l'un de l'autre.

Dans le bar de l'hôtel, une poignée de clients s'éparpillait aux tables vernies ; du faux luxe, moquette bordeaux et lustres de pacotille. Mc Cleary, écœuré, était parti se coucher. Quant à Wilson, il préparait ses affaires pour un séjour encore indéterminé à Auckland.

Jack demanda à la fille qui sirotait son gin-fizz en léchant goulûment le sucre autour du verre.

— Que pensez-vous de cette histoire de fémur ?

— Pas la moindre idée.

— Et cette histoire de voiture ?

— Fausse piste, dit-elle sans hésiter. Ce n'est pas le meurtrier de Carol qui a suivi les deux jeunes gens jusqu'à Rotorua. Ça n'a aucun sens. Notre homme n'a pas le profil de l'assassin froid et déterminé, capable d'attaquer la partie en prévoyant plusieurs coups à l'avance. Non. Notre tueur exécute ses crimes à l'instinct, lors de crises occasionnelles : jamais par préméditation. Je reste sur mes positions.

Jack aima cette assurance, même s'il n'était pas foncièrement d'accord.

— Et s'il avait voulu récupérer les bandes du dictaphone ? rétorqua-t-il. Le tueur aurait très bien pu se rendre compte qu'elles pourraient le compromettre et décider de les récupérer coûte que coûte, avança-t-il pour tester sa propre thèse.

Ann voyait bien où il voulait en venir.

— Trop compliqué. Notre homme n'a pas le goût du meurtre. Je pense même que s'il réalisait constamment ce qu'il faisait, il se tuerait. De rage, de haine, de dégoût, c'est comme vous voulez. Mais jamais il ne pourrait préméditer deux meurtres si rapprochés l'un de l'autre. L'homme que nous cherchons n'est pas un serial killer mais un psychotique nourrissant son délire pour se soigner. C'est mon idée de départ…

— Dans ce cas, qui aurait eu intérêt à tuer les gosses ?

— Une personne que le contenu des bandes compromettait…

Jack aurait vendu ses yeux pour avoir ce cloporte au bout de son canon. Commettant une nouvelle entorse à son code de conduite, il commanda deux verres d'alcool au barman. Pour quelqu'un qui buvait peu, Ann le trouva plutôt ivrogne.

— Que s'est-il réellement passé l'autre soir avec votre ami Lamotta ? demanda-t-elle à brûle-pourpoint.

— Ce n'était pas un ami.

Ann nota que Jack n'avait pas envie d'en parler : comme c'était une femme, elle enfonça le clou.

— Il est mort, non ?

— Oui. Je crois que je n'ai pas eu assez envie de le sauver.

Son regard était resté de marbre. Ann eut soudain l'envie de se coucher dessus, totalement nue. Idée saugrenue qu'elle réprima aussitôt : Fitzgerald n'était pas en marbre.

— Lamotta, c'était un proxénète, non ? Carol tapinait pour lui ?

— Non. Des types lui ont foutu une telle trouille qu'il a consenti à la laisser travailler seule. Lamotta avait la mort aux trousses. Malheureusement, il est mort avant de révéler l'identité de ceux qui lui filaient une telle frousse…

Dans sa voix, pas l'ombre d'un regret.

— Et les types qui vous ont amoché ? fit-elle en redoublant d'énergie autour de son gin-fizz.

— Une bande de merdeux, sans doute de South Auckland. Osborne est sur le coup.

— Et hier soir ? lança la fine mouche. À la tête que vous aviez ce matin, vous avez dû dormir deux heures. Et votre sale humeur n'explique pas bien votre histoire de fantôme. Celui après lequel vous avez couru toute la nuit…

Jack avait oublié ça. Pas elle. À contrecœur, il livra le compte rendu de sa nuit :

— Je suis allé au Sirène. Un type était sur le point de vendre de la dope. Il portait une lame de rasoir autour du cou. Ça m'a fait tiquer. Quand il a remarqué ma présence, il s'est enfui. Je n'ai pas réussi à le rattraper…

Cette dernière phrase lui arrachait la gueule.

— Vous m'en parlez un peu tard, reprocha-t-elle. Je croyais que nous avions conclu un pacte ?

— Je collabore en vous révélant cette pièce du dossier. Je n'en ai parlé à personne. Pas même à Hickok.

— Vous avez une idée de l'identité de ce type ?

— Osborne est également sur ce coup.

— Sacré Osborne !

— C'est un bon flic.

— Je vous crois. Mais si cet homme s'est enfui, c'est qu'il avait quelque chose à se reprocher, non ? Drogue ?

— Possible. J'ai secoué les puces des serveurs du Sirène mais personne ne l'avait jamais vu. (Il barbouilla ses lèvres de mousse blanche :) Qu'avez-vous trouvé au sujet de Carol ?

— Eh bien, je dirais que c'était une fille issue d'un milieu peu aisé qui avait souffert de discriminations et qui avait décidé de tout faire pour renier ses origines. Ses relations extérieures au travail tendaient dans ce sens : Katy et Pete étaient des gosses d'un milieu social assez élevé, Carol fréquentait les boîtes à la mode et s'était même fendue d'une voiture qui n'était pas une guimbarde utilitaire. Elle tapinait et posait nue non pas pour arrondir ses fins de mois, mais pour économiser. Son corps était un moyen, l'argent un but. Elle n'avait aucun état d'âme à se prostituer. Sa cause était juste, ce qui ne l'empêchait pas d'aimer le sexe. Vous m'avez dit que Carol couchait surtout avec des Blancs. En suivant son raisonnement, les Blancs représentaient justement tout ce qu'elle désirait : argent, pouvoir, avenir.

— Ou le contraire ! Peut-être Carol avait-elle jugé les Blancs responsables de sa condition sociale. Le fait d'enregistrer ses coïts était aussi un moyen de les tourner en ridicule.

— Finalement, vous êtes plus fin psychologue que vous le paraissez ! se moqua-t-elle gentiment.

— Dois-je le prendre pour un compliment ou une critique ?

— C'est souvent la même chose.

Leurs regards se croisèrent. Pas farouches.

— Mais pourquoi Carol enregistrait-elle ses coïts ? Ce point reste assez obscur. Prenait-elle son pied ainsi ou…

— Ou quoi ?

— Peut-être était-ce un moyen de pression…

— Expliquez-vous avant que je ne recommande deux verres.

— Imaginez-la enregistrant ses ébats amoureux au dictaphone : au début, Carol fait ça pour des raisons personnelles, ou sexuelles. Et puis un jour, elle tombe sur un type qui a une situation et une bonne raison de cacher ses écarts. Elle peut le faire chanter… La gamine n'avait aucun scrupule. Au début, le type marche dans la combine mais ensuite, il en a assez de payer. Il la fait tuer en faisant passer sa disparition pour un meurtre de psychopathe. Quand il se rend compte que les bandes sont dans la voiture de Carol, Pete et Katy sont en route ! Il les suit et les supprime…

Il but.

— Quelque chose me chiffonne dans votre histoire. Le compte de Carol gonflait grâce à ses « revenus » de Quay Street. Mais les billets de cent dollars sont censés provenir du peintre, et non de la victime d'un chantage…

— Peut-être s'agit-il du même homme ? risqua-t-elle.

— Oui, mais on se trouve face à un problème : que viendrait faire le peintre ou la victime du chantage cinq ans plus tôt dans le meurtre d'Irène Nawalu ? Et ce fait annihile complètement votre raisonnement...

— À moins...

— À moins que quoi ?

— À moins que ce type ne connaisse le meurtrier de Carol. Certains psychopathes sont capables d'influencer des êtres plus faibles de telle manière qu'ils peuvent en quelque sorte tuer par procuration. S'il se sent menacé, un psychopathe peut inciter au meurtre un pauvre diable, appelons-le notre psychotique...

Jack commençait à se faire au jargon de la jeune femme.

— Vous avez déjà vu des psychopathes avoir des complices ? lança-t-il d'un air soupçonneux. Et ça n'explique pas le carnage exercé sur Pete et Katy. Celui qui a fait ça est un monstre : vous avez pensé aux circonstances de leur mort ? Le tueur a découpé Katy, probablement encore vivante, pour en faire bouffer à Pete ! Vous imaginez ça, vous ! Bouffer un morceau de votre amoureux qu'on vient de saigner sous vos yeux ! Et vous voulez encore le sauver ? ! Ah ! il rugit. Eh bien, ce sera sans moi, ma petite !

Ann retint son souffle. Ces mots lui donnaient envie de vomir. Presque autant que le visage déformé de Jack : car à cet instant, c'était lui, le fou sanguinaire dont il goûtait si bien la mort future...

Le bar de l'hôtel se vidait. Ils mirent dix minutes et un autre verre pour se remettre d'aplomb, se demandant en silence pourquoi ils se sentaient si mal à l'aise ensemble. Au fond d'elle, Ann avait peur de Fitzgerald. Quant à lui, il éprouvait un sentiment de haine-amour pour cette fille qui secouait trop de chaînes dans le cachot sordide de son esprit. L'alcool aidant, ils reprirent le fil de leur enquête, émettant toutes sortes d'hypothèses — aucune ne leur convenait vraiment. Minuit sonnait un peu partout dans le pays. Jack finit par pester dans son quatrième verre.

— Bordel ! Il me faut des preuves. Or, nous n'en avons aucune.

— Eh bien, créez-en.

Jack lança un œil noir sur sa droite : Ann souriait.

20

Bashop s'allongea sur le bitume : le corps désarticulé d'Edwyn White commençait à se raidir. Au-dessus, le balcon du deuxième étage se dessinait dans le jour naissant.

Le sergent Bashop avait quarante ans et une longue carrière derrière lui. Il n'avait pas l'aura de Fitzgerald mais un solide sens du pragmatisme policier.

Edwyn White. Grosse fortune. Belle propriété. Des voitures plein le garage. Jardin entretenu avec soin. Grille automatique. Pas de gardiens. Quant au chien, il semblait dormir vingt-quatre heures sur vingt-quatre. À hauteur d'yeux, pas la moindre fenêtre voisine : le feuillage des arbres les cachait — pas de témoins envisageables.

Le policier inspecta le cadavre d'Edwyn et remarqua tout de suite la main bandée : il souleva le pansement et constata que la blessure était fraîche. Une coupure assez profonde. Le reste du cadavre ne lui apprit pas grand-chose; la tête avait éclaté sous le choc, répandant une flaque de sang poisseuse sur le perron. Il se releva, invitant le photographe à faire son travail, et se dirigea vers la maison.

Bashop avait une figure un peu ingrate — celle, assez rare, des mauvais métissages —, des tempes légèrement grisonnantes, une peau grasse et un nez cassé. Il portait toujours la même cravate et les mêmes semelles de crêpe depuis des années. Fitzgerald ne l'aimait pas : Bashop était un économe. Dans ses gestes, ses habitudes, sa façon de dépenser la vie. C'était pourtant un bon policier. Hickok l'avait chargé d'interroger les ouvriers de l'abattoir où travaillait Carol Panuula, mais aussi de cette nouvelle affaire : la mort d'Edwyn White.

Entourée de flics en civil et d'infirmiers, Eva White attendait, assise sur le canapé du salon, jambes serrées. Les yeux mi-clos, elle faisait infuser une cuiller d'argent dans un café. Les hommes se taisaient autour d'elle. C'était une fille superbe malgré sa mine décavée et l'évident manque de sommeil qui alourdissait ses traits. Son petit menton se renfrognait, la bouche était sensuelle, sans vulgarité. Cette femme avait une classe innée.

Le sergent pénétra dans le salon et glissa quelques mots à l'oreille d'un agent de police. L'homme en uniforme opina du chef avant de filer aux étages. Enfin, Bashop s'approcha du canapé. Eva frémissait dans le peignoir blanc qu'elle tenait près du corps. Un infirmier lui tendit un cachet qu'elle avala sans demander de quoi il s'agissait. Elle regarda le sergent d'un œil torve tandis qu'il se présentait. Eva semblait réellement bouleversée. Les policiers bourdonnaient dans la pièce. Certains relevaient les empreintes, d'autres prenaient des photos.

Bashop ne put s'empêcher de reluquer le décolleté généreusement je-m'en-foutiste de la femme.

— Bonjour, madame. Je suis le sergent Bashop…

Eva leva la tête de son café et évalua le policier d'un regard incendiaire.

— Edwyn White était votre mari ?

— Non, c'était mon chien de traîneau.

O.K. Méthodiquement, Bashop posa les questions d'usage à la veuve flambant neuve. Eva y répondit du mieux possible, les pommettes luisantes de larmes tièdes. C'en devenait touchant, à force de mensonge.

L'interrogatoire ne dura qu'un quart d'heure. John avait prévu les réponses pour Eva, et Eva la vie avec John.

Tout se déroulait selon leur plan jusqu'à :

— Vous savez comment votre mari s'est blessé à la main ?

Les traits grossiers du sergent s'étaient affinés. Eva resta bouche bée devant sa face sournoise. La panique gagnait du terrain. John ne l'avait pas préparée à ça. Ses lèvres s'agitèrent mais elles ne savaient plus que balbutier. Un agent apparut dans le salon de luxe.

— Sergent, on a trouvé quelque chose dans la poubelle de la salle de bains...

Le cœur d'Eva battait à tout rompre. Bashop la pria de s'excuser et rejoignit le policier : dans un sachet de plastique, une lame de rasoir ensanglantée montrait sa gueule coupante.

Le sergent grimpa aux étages et transporta sa bedaine naissante jusqu'à la chambre. Les draps étaient aussi défaits que la mine de la propriétaire. Bashop renifla trois fois : une forte odeur de whisky persistait.

*

— Que pensez-vous de cette affaire ? demanda Hickok, bien calé entre les accoudoirs de son fauteuil amovible.

Bashop fit la moue. Évidemment, Edwyn White n'était pas n'importe qui. Mais déjà plusieurs détails le chiffonnaient.

Le procureur du district était un homme de flair ; il connaissait les White et le milieu dans lequel ils évoluaient. Le couple avait d'ailleurs participé au réveillon organisé chez lui l'avant-veille. Hickok avait des prétentions et il était toujours mauvais de voir un de ses invités en première page du *New Zealand Herald*. Cet accident sentait le coup fourré. L'instinct du procureur le trompait rarement. Après tout, il était policier avant d'être homme de loi.

Edwyn n'avait pas succombé à une overdose. Bien sûr, le jeune homme avait des mœurs curieuses : son homosexualité était un secret de polichinelle et son mariage avec Eva O'Neil un pittoresque alibi. Mais, s'il se droguait à l'occasion, Edwyn n'était pas un idiot. Il tenait à sa situation, à son niveau de vie et à son indépendance. Jamais il ne se serait injecté une dose intraveineuse aussi vertigineuse : car d'après les dires de sa femme, Edwyn, se sentant mal, aurait pris l'air sur le balcon. Fatiguée, elle l'aurait laissé seul. Puis, inquiète de son absence prolongée, elle aurait quitté ses draps pour finalement retrouver son mari mort, deux étages plus bas.

Au-delà de la véracité de cette déclaration, cette histoire sentait le soufre : les journalistes d'opposition allaient mettre le nez dans cette affaire et ils feraient vite le rapprochement avec lui. Même s'il n'était pas impliqué dans la mort d'Edwyn White, le nom d'Hickok serait mêlé à l'enquête. Et, plus qu'ailleurs, la culture britannique et ses tabloïds se nourrissent des vagues d'une vie publique. Mieux valait montrer patte blanche, quitte à laver son linge sale en famille. Pour toutes ces raisons — et d'autres — il fallait un homme de confiance au procureur du district : Bashop était celui-là.

— D'après les premiers indices, dit-il, Edwyn White serait tombé sur la tête depuis le balcon du deuxième étage. Il y a une trace de piqûre sur son bras gauche. Or, White était gaucher. Secundo : la paume de sa main était entaillée. Une blessure récente, assez profonde. Il portait d'ailleurs un pansement. Sa femme assure n'être au courant de rien. De notre côté, on a retrouvé ça dans la poubelle de la salle de bains... Bashop sortit de la poche de sa veste beige un sachet de plastique au travers duquel luisait une lame de rasoir. Hickok approcha son visage soigné de l'objet incongru. Le sergent poursuivit son petit exposé :

— Je l'emmène au labo. Il y a fort à parier que le sang de cette lame provient de la main d'Edwyn White. Curieuse façon de se blesser, vous en conviendrez avec moi...

— En effet... rumina Hickok. Vous ne croyez pas au suicide, bien entendu ?

— Non.

Bashop était catégorique. Pas un super flic, mais pas un imbécile non plus.

— Un accident ?

— Difficile à déterminer.

— Meurtre ?

— Même chose. Sa femme est une rusée. Toutefois, je ne crois pas qu'elle ait commis le meurtre.

— Pourquoi ? s'étonna Hickok, visiblement nerveux.

— Passer un corps de soixante-quinze kilos par-dessus un balcon d'un mètre vingt n'est pas chose aisée pour une femme. Et quand bien même elle y serait parvenue, il reste trop de points obscurs. Elle semblait... comme dépassée par les événements, incapable de répondre clairement à des questions toutes simples comme la provenance de la blessure de son mari. Un tueur aurait prévu des réponses concrètes à des questions si évidentes...

Il y eut beaucoup plus qu'un silence dans le temps qui passa entre les deux hommes.

— Vous pensez qu'une tierce personne serait dans le coup ?

— S'il y a meurtre, oui. Sans hésitation.

Hickok frotta son menton rasé de près. Une idée venait de germer. Oui : c'est ainsi qu'il faudrait procéder...

21

Le coup de fil d'Osborne réveilla Fitzgerald avant l'aube. Il avait veillé jusqu'à trois heures du matin dans la chambre d'hôtel pour taper son rapport : Carol, les gosses qui l'avaient tabassé, Lamotta, Pete, les mutilations, Jack avait pris des risques inconsidérés, comme si cette enquête allait déterminer le reste de sa foutue vie. Il tenta le coup. Au pire, c'était un cocktail Molotov jeté à la mer…

Toujours calme, Osborne signala à son supérieur la disparition de Kirsty. Personne ne l'avait vue depuis la veille, son téléphone ne répondait pas et elle n'était pas venue travailler. L'événement ne s'était pas produit depuis une trentaine d'années. Il s'était donc rendu chez elle.

— Kirsty n'était pas là mais la porte de sa maison était ouverte, dit-il. J'en ai donc profité pour y jeter un œil. Je ne sais pas où elle est passée mais la fenêtre de la salle de bains a été forcée. J'ai aussi relevé des traces de terre sur une serviette, comme si l'intrus était passé par le jardin et qu'il avait grossièrement essuyé les traces de son passage. Celui qui a fait ça n'est en tout cas pas très discret puisque le parterre de fleurs sous la fenêtre a été piétiné ; le terreau était encore humide après l'orage d'hier. J'ai trouvé une trace de pas, du moins celle d'un talon. À vue de nez, je pencherais pour des grosses chaussures, type Rangers. J'ai aussi comparé l'empreinte avec la mienne, parfaitement ridicule : conclusion, le type qui a piétiné les fleurs de ta copine Kirsty chausse au moins du 50.

— Lamotta m'a parlé de deux gars qui l'avaient agressé : un petit trapu et un géant…

— Peut-être le même homme. Vous voulez que j'aille faire un tour sur les docks ?

— Non… Non, je m'en charge. On est là dans deux ou trois heures…

Fitzgerald raccrocha, anxieux. Kirsty n'était pas une amie — il ne connaissait que Mc Cleary — mais il éprouvait pour elle une certaine affection. Sa disparition venait comme une lettre de rupture.

Ann dormait paisiblement dans la chambre d'à côté. Il la réveilla par téléphone. Mc Cleary resterait à Rotorua pour finir l'autopsie de Pete — un parent était venu reconnaître le macchabée et cette histoire de fémur le tarabustait…

La criminologue fut prête en même temps que Jack, ce qui représentait une belle performance pour une femme aussi soignée. Jupe à mi-cuisse, cheveux attachés, deux mèches plus blondes en liberté, l'œil souligné d'un trait de crayon, Ann était presque jolie. Sans un mot superflu, ils passèrent prendre Wilson. Pas mécontent de quitter Rotorua et son atmosphère pleine de soufre, le policier attendait déjà sur le perron de sa bicoque, une cigarette entre les dents, trente-deux carnassières, et un sac de voyage à l'épaule.

— Bonjour.

— Bonjour.

Ils prirent la route d'Auckland.

Comme personne n'avait eu le temps de prendre un café, les discussions se résumèrent à un silence comateux.

Ann Waitura sombra dans un second sommeil, bouche entrouverte contre la portière de la Toyota (un bon moment). Jack conduisait vite. Seul Wilson semblait en pleine forme. Ce type lui avait tout de suite plu : simple, direct, ambitieux, froid comme tout. À l'arrière de la voiture, le jeune flic sirotait un pack de jus d'orange, jetant çà et là un regard amusé sur la criminologue dont la tête endormie cognait contre la portière.

Ann se réveilla à mi-chemin, les yeux dans le vague du pare-brise enfumé.

— Que pensez-vous de cette disparition, Jack ? finit-elle par demander, la bouche pâteuse.

— Kirsty ? C'est une de mes meilleures informatrices. Pas une sainte mais on pouvait lui faire confiance…

— Vous en parlez au passé ? Vous croyez qu'on l'a tuée ?

— Oui.

Il avait répondu sans hésiter. Étrange : on sentait de la sympathie dans le son de sa voix quand il parlait d'elle mais la certitude de sa mort ne semblait pas l'affecter outre mesure. De quoi était donc cet homme ?

— Je ne sais pas où cette affaire va nous mener, reprit-il, mais j'ai l'impression qu'il n'y a pas un tueur mais plusieurs. Quelqu'un a intérêt à ce qu'on en sache le moins possible sur les « extra » de Carol et sur le milieu de la prostitution en général…

Jack alluma une nouvelle cigarette. Auckland était encore loin et les camions lui bouchaient la vue. Il se demanda quand le gouvernement se déciderait à prolonger l'autoroute. Ils échangèrent leurs points de vue sur ces affaires sans trouver le lien. Pour le moment, ils avançaient en aveugles.

À l'arrière de la Toyota, Wilson n'en perdait pas une miette.

Ils arrivèrent à Auckland en fin de matinée. Le ciel était lourd, eux fatigués par la route. Ils déposèrent Wilson au commissariat central où l'attendait Osborne ; entre jeunes gens intelligents, le courant passerait. Et puis Osborne avait besoin d'aide pour le boulot ingrat qu'il lui demandait.

Fitzgerald conduisait à toute vitesse sur Karangahape Road. Ann se taisait. Derrière le pare-brise, Quay Street et le quartier des prostitués se profilaient. Ici beaucoup de Maoris, la plupart paumés, mais aussi des blancs-becs au look grunge, des filles sans joie et une impression de rouge à lèvres sur un tas de bites. Le policier fit le tour de ses indicateurs. Il tenait à voir les délateurs en chair et en os. Au téléphone, on pouvait encore lui mentir, pas en face.

De fait, tous étaient au courant de la disparition de Kirsty mais personne n'inventa son destin. La nouvelle de sa disparition était un peu surréaliste. Qui pouvait en vouloir à cette vieille fille inoffensive ? Kirsty méritait peut-être une fessée (pour avoir trop donné et pas assez reçu en échange), mais guère plus. On ne comprenait pas.

Comme le policier n'avait rien à se mettre sous les crocs, il invita Ann à déjeuner. Ils étaient debout depuis six heures et la matinée avait été longue à devenir midi.

Ils dévorèrent un poulet chinois dans une des boutiques souterraines de Vulcan Street ; ça ne coûtait rien, il faisait frais et l'endroit était tranquille. Finalement, ils s'entendaient plutôt bien pour un flic quadragénaire infecté de l'intérieur et une gamine assez douée pour occulter sa vie privée.

L'appel d'Osborne à la radio de la voiture les dispensa de café.

— Capitaine, j'ai peut-être du nouveau. D'abord merci pour le petit cadeau ! (Il parlait de Wilson.) On est en ce moment au Corner Bar, le bar où Lamotta et les jeunes gus vous sont tombés dessus. J'ai travaillé un peu le patron. Vous aviez raison : manifestement, il ne connaît pas les délinquants qui vous ont agressé. Par contre il a vu Kirsty avant-hier soir dans son bouge. Je ne sais pas si c'est une piste valable mais elle portait des produits thaïlandais dans son sac. Il y a une échoppe dans Quay Street. Je pensais que vous aimeriez y faire un tour…

— Bonne déduction.

À peine Jack avait-il raccroché l'émetteur que la Toyota dérapait déjà sur les gravillons des docks.

Cinq minutes plus tard, ils se tenaient dans une échoppe de produits thaïlandais un peu miteuse, au milieu de laquelle trônait Mizo, un petit homme de type asiatique à la moustache clairsemée.

— Bonjour, monsieur Fitz ! fit-il sans ciller. Qu'est-ce qui vous amène dans ma demeure ?

— Arrête tes conneries, tu veux.

D'une seule main, Jack le souleva de terre. Ann fut absolument subjuguée par la force de son partenaire.

— Mais, capitaine…

Jack lui cogna la tête contre le mur avant de l'envoyer valser à travers les étalages. Le petit homme s'écrasa au milieu des conserves de soja et disparut dans un fracas de comptoir renversé. Quand il se releva, le Maori avait déjà pulvérisé le large frigo qui tenait les produits laitiers à l'écart des bactéries. Le bras pressé de frapper, il brandit un tuyau arraché au passage.

— Tu me racontes tout ce que tu sais avant que je ne réduise en miettes ta boutique, compris ?

— Je… Je ne sais pas grand-chose, je vous le jure ! implora-t-il en forçant sur son accent.

— Dépêche-toi avant que je ne fasse une crise de nerfs.

Fitzgerald souleva le malheureux par le col de sa chemise et le plaqua violemment contre un pilier. Mizo allait parler. Ann le remarqua à ses traits soudain détendus :

— J'ai vu Kirsty hier, il balbutia. Elle… elle est venue acheter mes produits mais elle avait l'air bizarre. Comme si elle avait peur que quelqu'un ne la suive. Comme j'étais intrigué, j'ai passé un œil par la vitrine. Là, j'ai cru apercevoir un homme dans la rue…

— Quel genre de type ?

— Un grand ! il glapit.

Jack dévoila ses canines.

— Qui était ce type ? Tu l'avais déjà vu avant ?

— Je sais pas qui c'est, je vous jure, capitaine, je sais juste qu'il traîne dans le coin depuis quelque temps. À vrai dire, il fout une trouille bleue à tout le monde mais personne n'en parle. Surtout depuis la mort de Lamotta. Et puis, il faut voir son visage : atroce !

Sa grimace le faisait ressembler à une petite vieille morte dans son lit.

— On le trouve où ton Frankenstein ?

— Je ne sais pas, je le jure ! Mais on dit qu'il habite une petite maison au bout des quais…

Fitzgerald lâcha l'homme comme s'il s'agissait d'un enfant. Celui-ci se rétablit tant bien que mal, le visage perlé de sueur. À se demander qui du géant ou du flic lui fichait la pire des frousses.

Ils sortirent de la boutique en coup de vent. Ann observait Jack depuis un moment et la rage qui émanait de son visage le rendait presque vulnérable.

— Je ne vous aime pas quand vous êtes comme ça, Jack, dit-elle.

— Moi non plus je ne m'aime pas quand je suis comme ça.

Et le sourire qu'il lui renvoya avait des larmes au bord des lèvres.

Bringuebalée sur le siège de la Toyota, Ann Waitura se sentait un peu inutile. Sur les trottoirs de Quay Street, Fitzgerald était maître du jeu. Femme moderne, Ann abhorrait les rapports de force tout en les cultivant. Le manque de confiance supplantait parfois sa remarquable intelligence. Le temps arrangerait ça — car il était inutile d'attendre un signe rassurant de la part de Fitzgerald.

Les pneus de la japonaise crissèrent tout au bout des quais. Jack se fichait bien que le géant sût qu'il débarquait chez lui pour le tuer. Au contraire, il aimait donner un petit avantage à ses ennemis, comme si la non-résolution de la disparition de sa famille lui conférait une quelconque invincibilité. Il stoppa devant une cabane de bois aux fenêtres closes et lança à sa partenaire un :

— Toi, tu ne bouges pas !

Qui ne souffrait aucune contestation.

Fitzgerald claqua la portière. Sa silhouette paraissait presque légère tandis qu'il marchait vers la maison abandonnée.

Il balança son pied dans la porte d'entrée, recula vivement, attendit une poignée de secondes et se jeta à l'intérieur. Un silence moqueur accueillit son intrusion. Le taudis sentait la poussière, le vieux en boîte et l'hygiène ancestrale. Un évier fissuré se cramponnait au mur, une paillasse se répandait à terre en un amas de couvertures entassées. Quelques objets ménagers piquaient du nez dans une bassine d'eau stagnante, une caisse renversée provenant des docks remplaçait la table à manger ; seule fantaisie dans cet antre crasseux, un heï-tiki à la face grimaçante planté au mur... Jack passa son doigt sur l'évier fatigué : un mince filet de poussière, comme électrisé, se colla à sa peau. L'homme qui habitait ici était parti depuis plusieurs jours.

Il fouilla la bicoque de fond en comble, sans résultat. Le géant avait disparu sans laisser de traces. Jack quitta cet endroit nauséabond avec la perspective d'envoyer une équipe pour relever les empreintes…

Derrière le pare-brise de la Toyota, la fumée d'une Marlboro guettait l'entrée du taudis en élaborant des spirales appliquées. Ann lança une bouffée de soulagement en voyant sortir le policier. Cet homme lui inspirait une crainte étrange, mais il fallait qu'il vive. Coûte que coûte. D'une manière qu'elle n'expliquait pas, la chose était inévitable : ils devaient se rencontrer.

Fitzgerald plia sa carcasse derrière le volant de la voiture. Une auréole de sueur pointait sous sa chemise.

— Alors ? demanda Ann.

— Alors rien.

C'était pire que tout.

*

Ils passèrent le reste de l'après-midi au bureau en compagnie d'Osborne et Wilson. Le premier était un fouineur talentueux qui avec le temps s'imposerait comme son futur bras droit — moins brillant que son frère Paul mais au moins on pouvait compter sur lui. Wilson, lui, avait des fourmis dans la tête et le sens de l'improvisation. À eux deux, ils formaient un binôme efficace.

Pendant qu'une équipe relevait les empreintes dans la bicoque au bout des docks, les policiers vérifièrent toutes sortes de détails concernant les maigres indices de l'affaire Panuula. Ils délaissèrent vite la piste des cartes bancaires en provenance du Sirène. Quant à l'inconnu poursuivi en vain l'autre soir, ils n'avaient toujours pas de prénom malgré le portrait-robot dressé par Fitzgerald.

Par ailleurs, on n'avait enregistré aucune manifestation extérieure concernant les dernières heures de Carol et la perquisition au domicile des jeunes filles n'avait rien donné. Le garagiste avait simplement confirmé quc Katy Larsen n'avait pas l'air dans son assiette en venant chercher la Ford — celle de Carol. De son côté, Pete avait quitté le service sans boire le fameux dernier verre et, selon les employés, avait semblé nerveux toute la soirée. Évidemment puisque lui et Katy étaient traqués…

D'un commun accord, les policiers abandonnèrent la piste des bandes audio du dictaphone de Carol puisqu'elles étaient dorénavant en possession du (ou des) tueur(s) : Katy et Pete étaient morts pour ça. À ce sujet, le bout de chair humaine retrouvé dans l'estomac du barman restait un mystère absolu. Aucun sadique n'était répertorié dans les fiches de la police et les Maoris ne mangeaient plus de viande humaine depuis deux siècles…

Osborne avait également dressé une liste de peintres professionnels ou amateurs de sexe masculin susceptibles d'avoir été présents dans les environs d'Auckland la nuit du meurtre. Après enquête, douze personnes pouvaient avoir peint Carol. Évidemment, aucun ne possédait de casier. Le type qui avait pris Carol comme modèle était un original puisque, d'après Katy, son amie ne voyait jamais l'artiste. Ce dernier n'était donc pas le genre à se laisser recenser par les services administratifs. On restait donc dans un flou, piteusement qualifié d'artistique.

La sonnerie du téléphone interrompit les supputations des enquêteurs : Osborne passa le combiné à Jack en mimant la gravité caricaturale du procureur du district. Le capitaine soupira comme s'il s'agissait d'un fan très collant dont les appels incessants finissaient par lui taper sur le système.

Hickok n'était pas le genre d'homme à s'embarrasser d'admiration envers quiconque ; il lui fit part d'un décès suspect, celui d'Edwyn White, unique héritier d'un riche industriel décédé depuis peu. Cet événement n'avait probablement rien à voir avec l'enquête principale mais Hickok tenait, pour des raisons personnelles, à ce que Fitzgerald lui-même menât cette enquête. Ordre lui était ainsi donné de passer à son bureau avant de se rendre chez le couple White.

— Bullshit… fut le mot qu'employa le plus gradé des inspecteurs pour décrire l'humeur ambiante.

*

— Ah ! Fitz ! Je suis bien content de vous voir ! gloussa Hickok en guise d'introduction. Mettez-vous à l'aise ! ajouta le procureur en désignant un fauteuil que Jack aurait volontiers fracassé à travers la baie vitrée.

Il se résigna à s'y asseoir : Hickok l'avait forcément dérangé pour une bonne raison et il n'allait pas tarder à la connaître.

— Il y a un problème ?

Hickok laissa couler quelques rides sur son front bronzé.

— Toujours aussi direct, hein ? Bon. Écoutez bien ce que je vais vous dire : vous savez qu'un homme est mort la nuit dernière ?

— Comme beaucoup d'autres.

— Peut-être, mais aucun de ceux-là n'était le fils de mon meilleur ami.

Fitzgerald resta de marbre : il était un des rares Néo-Zélandais à ne pas se fissurer quand une bombe atomique explosait dans les poissons de Mururoa. Hickok poursuivit d'une voix ferme mais tendue :

— Edwyn White, la victime en question, était le fils de Richard White, le fameux industriel décédé l'année dernière dans un accident d'avion. Depuis sa mort, je garde un œil sur son fils. Richard m'avait prévenu que ce n'était pas un jeune homme facile mais il y tenait comme à la prunelle de ses yeux. Pour honorer sa mémoire, je veux que vous établissiez la raison de la mort d'Edwyn.

— Pourquoi moi ? Bashop ne fait pas l'affaire ?

— Bashop est un bon policier, il a fait son travail en se rendant sur place après l'incident. Son rapport, que j'ai sous les yeux, est bien rédigé mais succinct. Pour cette affaire, il me faut le meilleur. Et vous êtes le meilleur, Fitz.

Classique. Sauf que la flatterie l'exaspérait tout autant que les civilités.

— J'ai déjà une affaire compliquée sur les bras, il rétorqua. Je ne peux pas me permettre de la laisser tomber. À moins que vous ne me dessaisissiez de l'enquête ? lança-t-il avec un air de défi.

— Je ne vous dessaisis pas, je vous demande simplement de lâcher l'affaire Panuula durant quelques heures. Le temps pour vous de trouver les raisons de la mort d'Edwyn White. Je sais que cette enquête est simple et que vous trouverez la vérité deux fois plus vite que n'importe quel officier de police. Je veux savoir s'il s'agit d'un accident ou d'un meurtre. Donnez-moi la réponse. Vous reprendrez votre activité favorite dès que vous aurez une certitude. Elle sera ma réponse. Les autres se chargeront de prouver ce que vous aurez avancé…

La colère rentrée dans les épaules, Jack pesait le pour et le contre. Match nul. Le procureur confectionna un sourire sarcastique avec ses petites lèvres agaçantes.

— Ah ! J'oubliais de vous dire : c'est un ordre, capitaine.

— Bien. Si c'est ce que vous voulez…

— C'est ce que je veux.

White. Le nom ne lui disait rien, mais Jack se doutait

que l'affaire était de première importance. Comme les dessous politiques ne l'intéressaient pas, il lança un dossier sur le bureau de son supérieur. Deux crayons valant à eux seuls un mois de son salaire s'éparpillèrent sur le buvard. Il dit sans trahir son émotion :

— Voilà mon rapport concernant l'affaire Panuula. Ça se complique…

— Je l'examinerai en temps voulu. Tenez ! Voilà celui de Bashop concernant la mort d'Edwyn White !

Et Hickok lança de la même manière un dossier cartonné sur ses genoux. Fitzgerald l'attrapa au vol, le broya sans s'en rendre compte, omit de saluer le procureur du district et se dirigea vers la sortie. Avant que Jack ne propulse la porte dans son dos, Hickok s'exclama :

— Fitz ! Vous avez carte blanche sur cette affaire. C'est… C'est très important pour moi.

Le policier haussa ses fins sourcils noirs. De l'autre côté du bureau, Hickok tortillait un de ses gros crayons.

— Je n'ai pas envie que la famille White voie son nom sali dans les journaux. Compris ?

Il le toisa du haut de son mètre quatre-vingt-huit.

— Vous aurez ma réponse ce soir.

Jack maugréait dans sa barbe de rien du tout. Ann était presque obligée de courir pour suivre son pas dans l'escalier principal du commissariat. Une fois atteint le marbre blanc du hall, elle passa les portes battantes devant lui et l'arrêta sur le trottoir.

— Jack ! Qu'est-ce que je fais, moi ?! Ce que vous pouvez être renfrogné quand vous vous y mettez !

Fitzgerald était contrarié. Et chaque petite contrariété le rapprochait de la mort.

— Écoutez, prof : occupez-vous de vos fesses. Je vais chez un mari mort pour interroger sa femme. Ça ne sera pas long.

Le professeur Waitura en resta bouche bée. Ou ce type était un goujat, ou un parfait frustré.

Avant de disparaître, Fitzgerald se retourna :

— Elles sont d'ailleurs très jolies vos fesses !

Elle serra les dents.

C'était donc un frustré.

22

Eva White, une dure parmi les dures malgré son air de beauté lasse d'être belle pour rien, avait vécu une journée éprouvante : John était parti, elle se retrouvait seule dans la maison avec le cadavre de son mari au pied du balcon. La police et l'ambulance n'avaient pas tardé à arriver, avec leur cortège de questions et d'odeurs : celles des médicaments, des premières cigarettes du matin, du matériel photographique, de la poudre sur les meubles, des eaux de toilette bon marché — celles que mettent tous les flics — et des questions fielleuses.

Le policier chargé de l'enquête s'appelait sergent Bashop. Un type un peu tordu qui parlait beaucoup et souvent pour ne rien dire. Il n'était pas beau, sentait le tabac brun — et donc la cendre froide — mais sous un débit soutenu, mine de rien, il déversait un flot d'allusions insidieuses, vachardes, à double sens.

Eva, en femme intelligente et pragmatique quand il s'agissait de sauver sa peau en attendant mieux, s'en était plutôt bien tirée. Seulement, elle ne pouvait pas prévoir qu'une lame de rasoir ensanglantée traînait dans la poubelle de la salle de bains. Eva ne savait pas d'où sortait cette lame mais elle se souvenait du pansement d'Edwyn et le sang sur la chemise de John. Mauvais signes du destin.

Pour le moment, on ne la soupçonnait pas. Pas encore. Liberté provisoire. Les flics commenceraient par retracer leur emploi du temps, son itinéraire et celui de l'homme qui avait dîné avec eux. De John, elle n'avait livré que le prénom (les serveurs les avaient peut-être entendus le prononcer), prétextant ne pas connaître son nom : c'était un collègue de son mari et elle se fichait bien qu'il s'appelât John ou Wayne. Bashop était reparti avec sa troupe, enveloppant Edwyn d'un drap blanc sur lequel coulaient les larmes de sa femme. Des larmes de peur ; sa tristesse, elle la gardait pour John.

Dorénavant, Eva devait, selon les mots mêmes du sergent, « rester à la disposition de la police ».

La jeune femme passa sa journée à fumer des cigarettes sur le canapé du salon en regardant des documentaires animaliers d'un œil distrait. La maison paraissait bien sûr trop grande, les tapis persans inutiles et les meubles sans histoire.

Le téléphone de la maison sonna toute la journée. Eva répondit du mieux possible, jouant les éplorées auprès des femmes de « leurs amis » venues en vautours délicats tester le cadavre de la veuve. Veuve à vingt-six ans. Bravo, Eva. Elle acquiesça aux condoléances par des mots brefs et des grimaces étirées aux quatre coins de ce qu'elle appelait ses *idiomatiques*.

La police avait téléphoné deux ou trois fois afin d'obtenir quelques renseignements facilitant l'enquête. Ben voyons. On la testait de loin, on l'appâtait avant d'envoyer la bête.

Eva était prête à l'affronter.

*

Jack Fitzgerald sonna à la porte d'entrée à six heures précises. Eva s'était habillée simplement mais de manière raffinée. Une longue jupe violette fendue aux cuisses, un petit pull noir, des escarpins plats et un teint de pêche. Veuve, certes, mais toujours craquante. Les policiers sont des ours : ils aiment le miel au-delà de la raison.

Sonnerie. La goule pleine de sucre, Eva ouvrit la porte de la propriété. Elle avait prévu un sourire désolé mais la crêpe qu'elle tenait à la main pesa soudain une tonne : un grand type lui faisait face, Maori métissé, des épaules larges, le regard dur, intense, charismatique, de courts cheveux noirs, un peu grisonnants sur les tempes dégagées, une volonté indestructible dans les traits et de la mort clinquante dans les pupilles. Surtout quand elles vous fixaient droit dans les yeux comme un hypnotiseur à moitié cinglé.

Jack Fitzgerald. Une chose belle et épouvantable.

Comme elle.

Alors, un événement absolument imprévu se produisit : Jack Fitzgerald et Eva O'Neil se reconnurent. Ils ne savaient pas comment l'exprimer, mais ils étaient une seule et même personne.

L'espace d'une seconde, les bras d'Eva lui en tombèrent. Cet homme était comme elle. Deux billets de banque. Seule la date de fabrication et le numéro différaient.

Le policier chancela malgré lui. Elisabeth se tenait là, devant lui. Son fantôme. Ou plutôt l'impression qui succédait à son passage…

Il se retint à la porte tandis qu'Eva l'invitait à la suivre en direction du salon. Elle aussi venait de rattraper *in extremis* sa crêpe à la confiture.

Ils s'étaient compris.

Chacun reprit ses esprits, marchant à pas comptés sur le marbre clair du rez-de-chaussée. Quelques secondes pour prévoir chaque contre-attaque. Malgré la chaleur, Eva frissonnait dans son pull. Jack, lui aussi, était secoué.

Cette fille surgissait d'un autre temps. Il avait déjà rêvé de cette fine silhouette, ce visage. Eva était plus grande, simple question de génération… Après un moment de flottement, ils s'installèrent sur le canapé de tissu bleu qui traînait les pieds sur le sol lustré du salon.

— Excusez-moi de manger, je n'ai rien dans le ventre depuis ce matin, fit-elle en picorant un bout de crêpe.

— Mais vous êtes tout excusée, madame.

Pas mal, le coup de la crêpe à la confiture, pensa Fitzgerald. Cela permettait de différer de quelques secondes la réponse à ses questions — le temps de mâcher, d'avaler, avec un peu de malchance la confiture tomberait sur son pull, catastrophe du monde féminin qui prendrait facilement vingt secondes à se régler, assez pour passer la botte secrète, la réponse fourre-tout… Il commença en douceur :

— On m'a chargé de faire le point une dernière fois avant de classer l'affaire.

— Je comprends, renchérit Eva en le traitant de menteur.

— Je vais donc vous poser quelques questions de routine. Je sais que vous avez tout raconté à mon collègue sergent mais il me faut les réponses les plus précises possible. Ça va aller ?

Mais oui poulette, bien sûr que tu vas tenir le coup. Mais attends-toi à une attaque en règle.

— Vous pouvez y aller.

— Savez-vous de combien vous héritez ? lança le policier d'un ton subitement glacé.

— Non. Je n'y ai pas pensé. Excusez-moi d'avoir encore un petit bout de cœur pur. Mais je pense pouvoir tabler sur quelques millions de dollars. Américains, bien entendu.

Pas mal.

— Bien. Connaissiez-vous des ennemis à votre mari ?

— Trois millions et demi. Soit la population de notre beau pays, moins les gens comme nous, c'est-à-dire une poignée de privilégiés dont vous faites presque partie. Encore deux ou trois ans et vous aurez une promotion susceptible de vous expédier de temps en temps parmi nous. Je vous préviens, on s'ennuie beaucoup.

— Je n'en doute pas. Rien de plus précis ?

Les yeux d'Eva étincelaient à la lumière rasante du salon.

— Désolée : Edwyn faisait pâlir d'envie le premier type qui s'approchait de lui. Il était bel homme et il avait le pouvoir. Je veux dire assez d'argent pour se payer ce qui se fait de mieux dans notre société de consommation : une belle femme, de belles voitures, de belles maisons, de beaux bateaux, et encore plus de beau pognon.

— Vous l'aimiez ? demanda-t-il sans la quitter des yeux.

Pour les yeux, elle pensa à John.

— On s'attache. D'abord par perfidie, puis par désespoir réciproque. Je n'ai pas tué mon mari, capitaine.

— Moi non plus. Avec qui dîniez-vous hier soir ?

C'était parti, et au triple galop. Eva tira de toutes ses forces sur les rênes :

— Je l'ai déjà dit cent fois à votre sergent…

— Oui, mais il est sourd et muet. Dites-vous que c'est moi, Zorro.

Eva faillit pouffer de rire. Elle se retint en pensant à Edwyn : rien de réjouissant, ni au passé ni au présent.

— Un certain John. Je ne connais pas son nom pour la simple et bonne raison qu'il ne m'intéressait pas, ni lui ni les hommes de son genre. (Eva pensa à un collègue d'Edwyn vaguement ressemblant et dressa son portrait craché :) Ce John était peut-être sympathique, mais il faisait partie de ces gens trop polis avec les femmes pour les apprécier le moins du monde. Pour eux, la femme est un objet nécessaire qu'on engrosse au début avec fierté, avant de la ranger dans une chambre de princesse ou le placard doré de sa mémoire. Alors on la trimballe, la plupart du temps pour des futilités, puisqu'ellc participe si peu au grand jeu du pouvoir, pauvre gourde trop romantique pour appeler un chat un chat, un dollar un dollar et la sodomie une bite dans le cul. Bref, un univers machiste que vous devez bien connaître dans la police, sauf que chez nous, c'est plus raffiné, plus sournois, plus dégueulasse encore. Mais personne ne crache dans la soupe, puisque c'est là-dedans qu'on bouffera le lendemain. Oui, capitaine, vous avez devant vous un exemple vivant de femme soumise.

Bien joué. Mais pas suffisant.

— Nous n'avons pas retrouvé cet homme et il ne s'est toujours pas manifesté. Pouvez-vous m'en faire un portrait-robot ?

Eva mordit à belles dents dans sa crêpe tout à fait refroidie. Elle fit d'ailleurs un geste de dégoût, ce qui lui permit d'établir un plan évasif.

— Le John en question est un homme entre trente et quarante ans, les cheveux bruns, environ un mètre quatre-vingt-cinq, plutôt pas mal, sans plus (faisant la difficile, confondant l'antipathie avec la réalité d'un physique engageant), vêtu d'un costume foncé, ou quelque chose comme ça.

Elle aurait décrit le yeti avec la même précision : grand, poilu, avec des yeux.

— Un signe particulier ? Cheveux en brosse ou plaqués, touffus ou rares ?

— Plutôt touffus. Pas de signe particulier. Quant à la couleur de ses yeux, je vous avoue que je n'en sais strictement rien. On perçoit moins bien les couleurs le soir et, de toute façon, il aurait pu avoir les yeux roses et les cils verts que je m'en serais à peine aperçue.

— Il vous arrive souvent d'oublier les gens avec lesquels vous partagez votre dîner ?
— Plus souvent que vous ne le croyez.
— Avait-il du sang maori en lui ?
— Peut-être.
— J'aimerais une réponse plus précise.
— Je n'en sais rien. Il était bronzé...
— Vous l'avez quitté juste après le restaurant ?
— Oui.
— Comment se déplaçait-il ?
— En voiture, je suppose.
— Vous vous êtes séparés quand et où ?
— Après manger, dans la rue.
— Et vous ne savez pas s'il est en voiture ou non ?
— Il devait être en voiture puisque Edwyn ne lui a pas proposé de le déposer quelque part.
— Il y a des traces d'huile sur le parking. Qui est venu ici ces jours-ci ?
Nouvelle attaque au cœur après des banalités.
— Je n'en sais rien. Des coursiers sans doute. Nous commandons souvent des repas préparés...
— Les domestiques confirmeront ?
— Nous n'en avons pas. Juste une femme de ménage qui vient de temps à autre, et seulement en journée. Nous préférons être seuls le soir...
— Les traces d'huile sont encore assez fraîches. Vous devez bien vous souvenir ?
— Non, désolée.
— Vous avez pourtant fait appel à un coursier hier ou avant-hier ?
— Moi non, mais mon mari peut-être. À moins que ce ne soit la femme de ménage, le jardinier, ou un ami d'Edwyn, ou Robin, l'ami asexué de Batman lors d'une de ses escapades nocturnes...
Un éclat de rire tonitruant passa dans ses beaux yeux

verts. Ça allait très bien avec ses cheveux auburn mais Jack n'était pas là pour un casting. Il menaça :

— Madame, nous ne sommes pas là pour déconner. Il s'agit de la mort de votre mari.

— Justement ! s'emporta Eva. J'aimerais bien savoir pourquoi vous me persécutez de la sorte ! Pour des questions de routine, vous y allez un peu fort ! Si vous voulez m'inculper pour le meurtre de mon mari, dites-le-moi : au moins je resterai muette comme une carpe avant d'appeler mon avocat.

Brutal retour de kick. Elle l'avait appâté pour qu'il dérape jusqu'à la soupçonner ouvertement. Comme il ne pouvait pas l'arrêter sans preuves, Eva pouvait toujours se réfugier derrière la loi. Mais elle mentait. Quelque chose dans le filet de la voix, une impression d'ailleurs dans les yeux… Il fallait enfoncer le clou avant qu'elle ne se réfugie définitivement derrière un mutisme d'homme de loi.

— Alors vous pouvez m'expliquer comment votre mari s'est brisé les vertèbres cervicales avec un objet rond en tombant du deuxième étage sur du bitume ?

Elle accepterait le défi. Une femme de son cran rendrait coup pour coup.

Eva regarda fixement le policier. La décision qu'elle prendrait déterminerait le reste de sa vie.

— J'appelle mon avocat.

Jack eut un rictus de rage. Elle ne voulait pas se battre. Elle ne voulait pas se sauver. En refusant le combat, elle signait son arrêt de mort. Car elle mentait, il en était maintenant persuadé. Qu'Eva ait tué son mari ou non n'avait plus d'importance : elle venait de plonger dans un abîme et la chute n'avait pas de fin.

Jack vit sa propre mort bouger dans les yeux de cette femme.

Il se leva. Sa réponse pour Hickok était « coupable ».

Les autres, en fouinant un peu, trouveraient la vérité : du côté du mystérieux John, de l'autopsie ou des propos mêmes d'Eva, mais à la longue ils trouveraient.

Elle le savait.

Fitzgerald n'avait pas le pouvoir de la mettre en résidence surveillée. Hickok s'en occuperait. Après tout, il était sur une autre affaire. Le cadavre de Carol, mais aussi ceux de Pete, Katy et Kirsty attendaient qu'on leur rende justice. Sa femme et sa fille aussi…

Eva le raccompagna jusqu'à la sortie. Sa jupe flottait dans l'air, découvrant çà et là ses jambes superbes. Ils n'échangèrent pas un mot, tous deux résignés à exécuter une chose qu'ils ne voulaient pas faire. Avant de partir, il se retourna et lui dit d'une voix enfin humaine :

— Au revoir, Eva.

Elle le toisa de toute sa beauté fragile.

— Adieu, Fitzgerald.

Il baissa les yeux, un peu triste.

— Oui, vous avez peut-être raison : adieu.

Le soir commençait à tomber sur Auckland quand il passa le rapport de sa fichue boîte automatique. Dans son dos, la propriété des White rapetissait sur Eden Terrasse. La Toyota descendait la pente tortueuse du quartier des privilégiés, Jack était bouleversé. Il y avait quelque chose dans cette fille, mais quoi ? Du sang, des larmes, une mauvaise blague, un sale coup qui se tramait. Il ne comprenait pas. Que signifiait ce pincement au cœur quand il l'avait quittée ? Non, ce n'était pas possible. Vite, revenir sur terre.

Depuis son véhicule, il passa un coup de fil à l'hôtel Debrett : comme le réceptionniste l'informa que la criminologue n'était pas encore rentrée, il composa le numéro de son bureau. Bosseuse comme elle était, Ann ne pouvait être que là-bas, entre dossiers rébarbatifs et café dégueulasse.

De fait, elle décrocha à la première sonnerie.

— Désolé de vous avoir envoyée paître tout à l'heure, s'excusa-t-il sans vraiment croire à ce qu'il disait.

— Qu'allez-vous faire maintenant ? fit-elle crânement. Me traiter de punaise ?

— Je vous invite au restaurant. Il faut que je parle avec une femme.

— Je vous remercie de me considérer comme n'importe laquelle. Comment s'est passé l'interrogatoire ?

— L'impression d'avoir parlé à un mur.

— Des Lamentations ?

— Oh ! non ! s'esclaffa-t-il, un rien ironique. Je passe chez Hickok et je vous prends après, c'est d'accord ?

— O.K., capitaine.

Voix informelle, avec du « capitaine » glacé, comme au début de leur coopération. Un pas en avant, cinquante en arrière. La meilleure tactique avec un homme comme lui.

*

— Alors, Fitz ? Vous avez interrogé Eva White ?

— Oui.

Jack faisait face au procureur, les pieds campés devant son large bureau. Il l'observait derrière l'abat-jour de la lampe.

— Que pensez-vous d'elle ?

Bien sûr, Eva était coupable. Son mariage n'était qu'un simulacre, elle une tueuse amateur, dépassée par les événements. Mais elle n'avait pas pu balancer le corps d'Edwyn toute seule par-dessus le balcon. Sans parler des traces d'huile sur le perron — aucun des véhicules d'Edwyn ne pissait l'huile, il l'avait vérifié. Eva avait donc un amant, un type qui la faisait rêver pour la première fois de sa vie et sans doute la dernière, ses yeux brillaient pour lui en ce moment même, elle n'avait même pas pris soin de s'en protéger, Eva était désespérée, elle ne voulait plus se battre mais elle lui avait montré tout ce qu'elle voulait cacher avec assez d'arrogance pour se laisser piéger. Même Bashop ne ferait qu'une bouchée d'elle. Mais Eva O'Neil n'était pas le genre de femme à aller en prison. Elle se tuerait avant. Et lui aussi, peut-être.

Oui, Eva était coupable, ça ne faisait aucun doute.

Jack regarda son supérieur dans les yeux et d'une voix blanche affirma :

— Non coupable.

DEUXIÈME PARTIE

REST IN PEACE

(R.I.P.)

1

Le vieil homme fredonnait, les paupières mi-closes. Sur la table de bois, un nouveau heï-tiki reposait : les yeux de nacre de la statuette maorie brillaient à la lueur de la lampe à pétrole.

À ses côtés, malgré la solennité du moment, Zinzan Bee était nerveux. Ses hommes avaient outrepassé ses ordres au risque de compromettre toutes ces années de travail souterrain… Le vieux Maori tendit une fiole à Zinzan Bee. Il fallait s'en méfier.

L'homme tatoué but après lui. Aussitôt, une violente nausée secoua ses membres. Un filet de lave coula le long de son ventre. Gorge brûlée. Spasmes. Hallucinations. Le vieil homme commença ses incantations. Vite, rétablir l'équilibre.

Les mots qu'il prononça n'étaient plus d'usage depuis l'époque des *pakehas*, les premiers colons. Culte ancestral, la mélodie des sons prenait racine dans leur esprit soudain sublimé. Zinzan Bee frémit de jubilation : il attendait ce jour depuis longtemps, si longtemps, lui l'adepte forcené… Bientôt les images se brouillèrent. Celles du monde apparurent, nues.

Par la faute de ces fous, la Terre courait à sa perte. Partout on bafouait l'équilibre vital, le mana (*force, prestige*) de ses frères, la nature même de toutes choses était menacée. De nouvelles maladies étaient apparues. Des maladies jusqu'alors inconnues. Les hommes étaient devenus les fossoyeurs de leur propre tombeau, mélangeant leur sang à celui des animaux. En Europe, les virus qu'ils avaient inventés tuaient jusqu'aux bêtes. Herbivore carnivore, économie prédatrice, leur marché érigé en manège maudit où l'argent n'avait plus de raison, raison sans éthique, éthique réduite à un comité. Un comité… La Terre pourrissait de l'extérieur. Pollution institutionnelle, États poubelles, déchets radioactifs, lacs, ruisseaux, rivières, mers, la mort s'infiltrait partout. Les générations futures pourraient pleurer leurs larmes irradiées sur le cadavre du Grand Monde. Putréfaction au nom du dieu Capital, communisme dégénéré, torture légale, totalitarisme tribal, ethnies malades, droit arbitraire… Politique ? Les hommes savaient, agissaient dans la marge de leurs intérêts, étouffés d'avidité. Les minorités au pouvoir pouvaient ricaner, la révolution mondiale n'avait plus de drapeaux. Alors on se réunissait en colloques. Gargarismes. Progrès technologiques. On était maintenant capable de dénaturer à peu près tout. Cultures, animaux, végétaux, minéraux. Déjà le tour des hommes. Hormones, silicone, doping moral, chimie, génétique. Maîtres de la nature. Mais la nature n'a pas de maître : elle est trop bien faite. Que représentait une génération d'hommes dans le fleuve du temps ? Un tout petit filtre. La nature s'adapte, décide, organise. Elle se régule au-delà des petits Blancs. Il y a eu la période glaciaire. Les volcans en feu. Des avertissements : raz de marée, typhons, éruptions soudaines, tremblements de terre, inondations. Avertissements à grande échelle. Les peuples primitifs l'ont bien compris, eux qui ne défient jamais la nature. Leur sagesse ne rapportait rien. Bien sûr. Amassez. Économisez. Gardez. Rats mutants de l'espèce, votre propre violence sera le moyen de votre enfer. La mort frappera bien assez tôt. Demain.

Demain la révolte.

Le corps de Zinzan Bee sembla se soulever de terre.

Le vieil homme lui ne bougeait pas. Ses mains tremblaient au-dessus du heï-tiki. Les incantations qu'il psalmodiait avaient empli Zinzan Bee d'une saine vengeance mais, inexorablement, la colère qui animait jusqu'alors le guerrier se dissipa. Le corps suivrait bientôt l'esprit, celui de Tané qui flottait autour d'eux comme une vague à l'âme.

Le monde pivota. Au milieu du chaos, les deux hommes échangèrent un regard halluciné.

Ils venaient de jeter un sort sur le monde.

2

Hémisphère Sud. Eden Terrasse. Deux heures du matin. Vêtue d'une combinaison noire, Eva O'Neil arpentait les couloirs de la maison. Elle avait renvoyé les domestiques, la femme de ménage, le jardinier. Seule dans l'immense propriété de son mari, elle se sentait étrangère, comme si cette baraque ne voulait plus d'elle. Ça arrive. Alors, il faut déguerpir. Et sans attendre.

La porte blindée du coffre-fort s'ouvrit sous ses doigts. Bientôt, une liasse de billets bleus la regarda sous l'œil torve de la reine mère.

— Vieille peau ! fit la jeune veuve en fourrant l'argent sous un amas de fringues tire-bouchonnées dans un sac de voyage.

Un peu plus tôt, Eva avait composé le numéro d'urgence. Celui que John lui avait donné dans l'hypothèse où les choses tourneraient mal. C'était le cas : Fitzgerald finirait par les débusquer, elle le savait. John était d'accord pour fuir avec elle. Cette nuit. Ils partaient pour le grand voyage. Où ? Au nord de nulle part, tout droit et rien derrière.

Depuis qu'ils avaient pris cette décision, Eva se sentait l'âme légère. Elle sifflotait l'air du dernier Bowie quand un poing cogna doucement à la porte vitrée du salon. La silhouette de John apparut derrière la fenêtre coulissante, séduisant fantôme dans la nuit. Eva souffla — il souriait.

Poussé par un coup de vent, l'homme pénétra dans la maison. Ils s'accrochèrent dans une sévère étreinte.

— C'était long… souffla-t-elle.

Ses yeux ne disaient rien. Le mystère restait entier. Tout allait bien.

Comme elle, John portait une tenue sombre. Il avait insisté là-dessus au téléphone.

— Tu as fait comme je t'ai dit ?

Eva le trouvait comme il faut : ses cheveux flous la dépassaient légèrement, il se tenait plus droit que le premier jour et ses paupières ne clignaient plus quand il la regardait. Ce qu'elle préférait chez lui, c'était ses bras. Elle finit par balbutier :

— Oui : la voiture est garée à l'extérieur… J'ai pris le minimum avec moi. Tu crois que les flics nous surveillent ?

Elle était anxieuse. Lui aussi.

— J'ai fait le tour de la propriété et je n'ai vu personne en passant par-dessus les grilles. Mais si tu me dis que la police a des soupçons, il y a de fortes chances pour que la résidence soit sous surveillance. Mieux vaut être prudent…

Ils avaient peur tous les deux : police, prison, jugements, État, tribunal, robes sombres et perruques de crin contre liberté, espoir, guérilla, demain…

Eva revêtit le blouson noir posé sur le canapé. John était prêt, une lueur pâle grésillait dans ses yeux gris. Quel drôle d'instant, songea-t-elle. La preuve en tout cas qu'ils étaient vivants. Il lui serra le bras si fort qu'elle adora la morsure du serpent.

— Allons-y.

Eva laissa un filet de lumière filtrer depuis l'halogène du salon puis, semblant avoir oublié quelque chose, retourna vers la cuisine. John empoigna le sac de voyage, passa devant l'impressionnant matériel japonais, choisit un compact-disque et le posa sur la platine. Position « repeat ».

Quand la jeune femme revint de la cuisine, un petit paquet dépassant de son blouson, Wagner gémissait en de longues jérémiades. *Tristan et Isolde*. Simple pied de nez à la police qui ne tarderait pas à investir les lieux.

Ils filèrent par la porte-fenêtre du salon, comme aspirés.

Dehors, tout semblait calme. Les bruits de la nuit se faisaient des passes croisées dans les bosquets du jardin, les feuilles des arbres, spectateurs enthousiastes, bruissaient en guise d'applaudissements. Quant au bâtard, il dormait dans sa niche. Ce soir comme tous les soirs.

Les amants glissèrent sous les branches à l'affût du moindre mouvement : l'impression de retomber en enfance quand on se fait des films à cause de la nuit, la peur qu'on veut dominer du haut de ses cinq ans.

C'était bon. John marchait devant. Un loup. Il huma l'air.

— Ça va, on peut y aller.

Eva goûtait chaque instant. Cette nuit ferait partie de ses meilleurs souvenirs. Vivante, enfin.

Ils traversèrent le terrain qui les séparait encore des grilles. À l'opposé de l'entrée principale, il leur fallait maintenant escalader les barrières métalliques — deux mètres hérissés sous le ciel mauve. Dans la rue, personne. Pas le moindre conducteur en stationnement lisant un journal à l'envers dans l'obscurité réductrice : rien que les couleurs des lampadaires sur le trottoir et un silence de plomb depuis la lune.

John fit la courte échelle à Eva, laquelle n'eut aucun mal à passer de l'autre côté. C'était une sportive d'occasion, mais de grandes occasions. John se hissa à son tour aux barreaux et retomba lestement sur le trottoir où Eva attendait, le sac dans les mains. Sans perdre de temps, ils se dirigèrent vers la voiture. Eva avait choisi la Jaguar. Elle était rapide.

— Tu as les clés ? chuchota John.

Eva lui lança un trousseau. Campée sur ses roues, l'anglaise attendait dans sa robe vert bouteille qu'on lui débouche les cylindres. Elle balança son sac plein de dollars sur le siège arrière et posa le petit paquet sur ses genoux.

La Jaguar quitta son lit de trottoir, contourna le pâté de maisons et descendit Eden Terrasse à petite vapeur. John tenait les rétroviseurs à l'œil mais aucun véhicule ne les suivait. Symonds Street. Désert citadin caressé par une brise douce comme du pétale. John poussa deux rapports et bifurqua au feu de New North Road. Eva regardait les sapins de Noël le long des rues. Le parfum vanillé de ses cheveux emplissait l'habitacle. La ville dormait sur ses deux millions d'oreilles.

— Tu crois que les flics nous retrouveront ?

— Bah…

Eva aimait le voir conduire. Elle eut même envie qu'il la possède, là, maintenant, même dans la bagnole d'Edwyn. Mais c'était le genre de femme à garder la tête sur ses épaules à lui.

— Ils dresseront vite un portrait-robot du type qui dînait avec nous le soir du meurtre. C'est-à-dire toi. Et ils découvriront que je leur ai menti à ton sujet. Tu deviendras le suspect numéro un. Et moi le deux…

— Ne t'en fais pas ; là où on va, personne ne sait qui je suis. Ils ne nous retrouveront pas…

La Jaguar filait maintenant sur le motorway. Eva ouvrit le petit paquet qu'elle tenait sur ses genoux : sous le papier kraft, de la cellophane. Et sous la cellophane, une importante quantité de cocaïne. John sourit. D'un tour de main, elle avait déjà confectionné un stick d'herbe largement saupoudré.

Ils fumèrent en silence. Eva posa sa tête contre son épaule. L'obscurité les protégeait. Le ciel était plein de pétrole.

Ils mirent le cap sur la plus grosse étoile, là-bas, tout au bout de la nuit. Complètement défoncés.

3

Le restaurant de Wellesley Street était l'endroit idéal pour emmener sa fiancée, sa maîtresse ou même sa femme. Ambiance feutrée, serveurs discrets et bon vin — celui qui délie les langues. Ann portait une jupe discrète, un chemisier blanc et une veste sans ornements superflus. Elle avait attaché ses cheveux châtains et faisait patauger ses pommes de terre dans la sauce épaisse de son canard. Jack l'avait tenue au courant de l'affaire White, mais n'avait pas beaucoup parlé d'Eva, de ce qu'elle représentait pour lui : Waitura était fine psychologue, mieux valait éviter de croiser son sous-marin analytique. Il préféra se concentrer sur leur affaire. En compagnie d'Osborne et Wilson, Ann avait cherché les traces d'un géant dans les fichiers de la police. Réponses évasives :

— On a les signalements de quelques types répondant au portrait de ce géant, mais rien de précis. Deux sont en prison, un autre se tient à…

Soudain, Jack laissa tomber sa fourchette dans son assiette. Un peu de sauce gicla sur sa chemise. Ann se demanda un instant s'il n'allait pas exterminer le cuistot quand le Maori rugit :

— Putain, mais qu'est-ce que j'ai dans la tête !

Il jeta sa serviette sur la table.

— Pardon ?

— Kirsty.

Une lueur mauvaise émanait de ses yeux vert foncé. Elle commençait à bien la connaître, cette rage.

— Quoi Kirsty ? fit-elle en épargnant son canard.

— On la suivait.

— Et alors ?

— Eh bien, si on la suivait, ça veut aussi dire qu'on *me* suivait. On a tué Kirsty parce qu'elle m'avait parlé. On l'a donc vue me parler. On me suit. Et ça, depuis le début…

Ann ne sembla pas convaincue. Ses lèvres nacrées de cosmétique firent une moue dubitative :

— Bon. Et alors ?

— Alors Mizo, le petit Asiat' que j'ai secoué tout à l'heure, risque de passer un sale quart d'heure : lui aussi m'a parlé.

— Vous croyez qu'on vous a suivi chez lui ce midi ?

— Oui. Je vais faire un tour sur les docks…

— Quand ?

— Maintenant.

— Je vous accompagne.

— Pas question.

— Si ! claqua-t-elle sèchement.

Fitzgerald balança un sourire carnivore. Le canard se fit tout petit dans son assiette.

*

Depuis le port, les tentacules des grues brassaient le ciel en nage après la chaleur de la journée.

Le policier coupa les phares à bonne distance et glissa doucement contre le trottoir. De l'autre côté de la rue, les lumières de l'échoppe étaient éteintes. Jack maugréa :

Mizo ouvrait jusqu'à onze heures. Or, il n'était que dix heures du soir et son magasin semblait fermé.

Ann sortit la première. Fitzgerald la rattrapa devant l'échoppe. D'un revers de la main, il la repoussa et dégaina son arme, un .38 Special qui avait déjà abattu une douzaine d'humains. Il chuchota :

— Il s'est passé quelque chose ici. Restez dans mon dos et fermez-la.

Waitura ne protesta pas. Jack risqua un œil par la vitre de la devanture crasseuse mais l'obscurité l'empêchait de voir à l'intérieur. La criminologue retenait son souffle. Il lui tendit son .38 et marmonna :

— Prenez ça. J'ai un .32 sous le bras. Restez là, je fais le tour…

Elle le regarda dans les yeux de la nuit :

— Désolée, je n'aime pas les armes à feu. Mais ne vous en faites pas, je saurais me défendre en cas de coup dur.

— Comme vous voulez, siffla-t-il avant de disparaître.

Jack contourna l'échoppe, escalada le muret qui donnait sur l'arrière-cour et retomba au milieu de poubelles grasses. Un chat de gouttière dérangé en plein festin lui lança un regard détaché. Le policier poussa la porte. Sans bruit, il pénétra dans le magasin du Thaïlandais.

Aussitôt, une forte odeur de sang séché emplit ses narines. Arme au poing, il avança. Des boîtes de conserve s'amoncelaient dans la réserve du magasin. Fitzgerald trouva l'interrupteur. Une lumière vive l'éblouit tandis que son pied butait contre une chose à demi molle. Il baissa les yeux : Mizo était étendu sur le sol, le corps tordu, les mains attachées. On l'identifiait encore à ses vêtements de soie car sa tête avait disparu. Une large flaque de sang avait coulé depuis le buste et coagulait maintenant contre les plinthes du mur.

Jack eut un haut-le-cœur, regretta la sauce du canard

et chercha le reste du corps. Ses poumons manquaient d'oxygène mais sa main ne tremblait pas au bout de son calibre. Les gouttes de sang répandues sur le sol le menèrent à l'autre bout du magasin. La tête de Mizo était sous l'étalage de légumes. Sans doute avait-elle roulé après la décapitation…

Fitzgerald la laissa en place : de l'autre côté de la vitre, Ann Waitura le sommait d'ouvrir.

— Que se passe-t-il ? chuchota-t-elle en pénétrant dans le magasin.

Mais elle baissa d'un ton sous l'insistance de ses yeux inquiets. Aussitôt, elle renifla. Il murmura :

— C'est bien ce que vous pensez. Si vous avez l'âme sensible, restez où vous êtes. Mizo est mort. Mais ne bougez pas…

La jeune femme n'écoutait plus. Tandis que Fitzgerald longeait le mur du magasin, elle découvrit le corps mutilé du Thaïlandais. La vue du corps sans tête lui renversa l'estomac. Elle se jura de tenir le coup. Quand elle découvrit la tête, ses tripes se nouèrent : le visage exsangue du Thaïlandais était encore frappé d'un rictus de douleur intense. Comme si on l'avait torturé avant de l'exécuter.

Waitura mit son cœur de côté et actionna son cerveau : après un rapide examen, la jeune femme découvrit des marques de brûlures sur les paupières du défunt. Cigarette, probablement. Mais pourquoi l'avoir torturé ? Parce qu'il avait parlé à Fitzgerald ? Ils approchaient du but, mais quel but ? Ann sursauta : la main de Jack s'était posée sur son épaule. Elle détourna la tête de celle, horrible, qui semblait la fixer dans les yeux.

— Ça va ? il chuchota avec une prévenance qu'elle ne lui connaissait pas.

— Il y a des traces de brûlures sur les paupières…

— Et d'autres sur les testicules, ajouta-t-il dans un souffle.

— Mais pourquoi ?

— Pour semer la terreur dans le milieu. Maintenant taisez-vous. Il est ici…

Un frisson déchira l'échine de la criminologue. Il colla le .32 dans ses mains et disparut derrière les étalages. Ann tenait la crosse, le canon bougeait au bout de ses doigts. Envie d'uriner. De vomir aussi. À terre, la tête du Thaïlandais la regardait droit dans les yeux, c'était sûr.

Ann se rattrapa au mur. L'arme pesait une tonne dans sa main. Et si le géant tuait Jack ? Allait-il lui faire du mal ? Allait-il lui couper la tête à elle aussi ? Le sang affluait contre ses tempes, ses jambes flanchaient, les ombres avaient des yeux globuleux : on approchait vers elle, là, derrière l'étalage de légumes en boîte…

Fitzgerald avait contourné la tête de gondole au fond du magasin. Outre la réserve, il y avait une porte de bois qui donnait à la cave. La porte se fermait avec un petit crochet qu'on actionnait de l'intérieur du magasin. Or la porte était entrebâillée et le crochet ballant. Alerté par son intrusion dans l'échoppe, quelqu'un s'était terré dans la cave. Il n'avait même pas eu le temps d'emporter le cadavre.

Son instinct lui dicta le reste.

D'un coup sec, le policier ouvrit la porte et fit un pas de côté. Aussitôt une volée de plombs se fracassa contre la cloison voisine. Chevrotine à bout portant, canon court pour arroser. « L'arme des faibles », pensa Jack en serrant son .38.

Il balança son pied dans la porte de la cave et se plaqua contre le mur : une nouvelle bordée de plombs pulvérisa la porte en chute libre dans l'escalier. Jack bondit, tendit son arme dans le vide et tira trois fois en dégringolant les marches de la cave.

Il s'encastra dans un lot de bouteilles vides, s'entailla

profondément l'arcade mais releva vite la tête : au-dessus de lui, un colosse au faciès proprement répugnant brandissait une hache. À terre, gisait un fusil à canon scié dont la crosse venait d'être fracassée. Fitzgerald avait tiré trois fois : un coup s'était perdu dans des ustensiles de cuisine, le deuxième avait explosé un doigt et la crosse du fusil, déviant ainsi le tir qui lui était destiné. La troisième balle s'était fichée dans la cuisse du géant mais, à la tête qu'il faisait, une balle de .38 l'agaçait autant qu'une piqûre. Jack tira deux fois. Une balle traversa le mollet gauche, brisant net le tibia, l'autre se ficha dans le ventre. Il gardait une balle en réserve, celle qui tuait.

La bête humaine encaissa sans broncher; la hache qu'il tenait au-dessus de la tête allait s'abattre sur ce sale flic.

La trajectoire mortelle fut bloquée net. La hache tomba sur le sol humide. L'homme s'écroula une seconde plus tard, la tête emportée par le choc hydrostatique de la dernière balle du .38 tirée à bout portant. Cent trente kilos de viande s'effondrèrent contre une étagère de contreplaqué.

Le silence écoutait la vie.

Fitzgerald se releva, une peur toute bleue dans les yeux. Le géant reposait sur le sol déjà tapi d'un sang noirâtre. Mort. Il fouilla ses poches : rien dans le treillis kaki, rien dans la veste de chasse… Enfin, il toisa l'homme qu'il venait de tuer : celui-ci devait mesurer plus de deux mètres, avec un regard dément écarquillé sur le néant. Quelques épis de cheveux crasseux garnissaient son crâne, en partie emporté par le choc de l'acier.

Des bruits de pas arrivèrent dans son dos moite. Ann Waitura dévala les marches et se jeta littéralement dans ses bras. Surpris, Jack ne put que la prendre dans les siens, le temps de réaliser que la mort n'avait plus aucune prise sur lui. Ann le lui rappelait cruellement.

Elle se dégagea bientôt. Ses traits étaient redevenus lisses, ses yeux presque secs. Cette femme avait repris ses esprits avec une vitesse phénoménale. Elle lorgna enfin le cadavre et, réprimant la répulsion qu'il lui inspirait, murmura :

— Allons-nous-en…

Il acquiesça. Oui, c'était quand même une dure.

*

La Toyota filait par les avenues désertes. Dans un quart d'heure, les flics de service ramasseraient le corps décapité du Thaïlandais, d'autres ramèneraient le géant à l'institut médico-légal. Mc Cleary en ferait de la charpie scientifique.

Ann ne disait rien. Deux mèches blondes s'étaient dégagées de son épingle et se balançaient sur son front plissé. Non, ce n'était pas l'amour qui l'avait propulsée dans les bras de ce type. Elle avait peur. Peur de lui, peur du reste aussi. Jack ne faisait pas attention à elle ; son esprit commençait à dérailler. Eva… Eva parcourant les méandres de toutes ses pensées… Cette femme l'avait possédé. Pour elle, il avait menti à Hickok. Pourtant, il savait qu'elle était coupable. Mais coupable de quoi ?

Ann Waitura l'extirpa de sa mélasse.

— Vous pensez à quoi ?

— Je me demandais d'où sort ce type, mentit-il le plus naturellement du monde. Je me demandais aussi pourquoi le tueur a pris le temps de mutiler le barman…

— Le fémur ?

— Oui.

Sur le trottoir de Queen Street, un couple de jeunes gens marchait main dans la main.

— Je ne comprends plus rien, avoua-t-elle en resserrant la veste de son tailleur contre sa poitrine.

— Allez vous coucher. Vous devez être secouée. J'ai prévenu Mc Cleary : il va bosser toute la nuit sur les cadavres…

— Et vous ?

— Je rentre chez moi. Il faut que je réfléchisse.

— À quoi ?

— Je vous ramène.

Dans la nuit épaisse, les lumières clignotaient comme des sémaphores arrachés de la terre. Ann quitta la voiture sans un mot. Son équipier pataugeait dans des songes interdits. Elle se contenta de regagner l'hôtel Debrett, laissant ses jambes fuselées luire sous les cils des lampadaires. Dans sa chambre d'hôtel, une pile de dossiers et un ordinateur connecté aux différents services de police l'attendaient ; jusqu'au matin, elle continuerait son travail de fourmi guerrière.

Jack fonça chez lui.

Eva s'était emparée de lui. Elle ne le lâcherait plus de la nuit. Car ce soir, un nouveau spectre était entré dans sa vie. Par la grande porte. Celle qui ne se ferme jamais.

Une fois chez lui, le policier but deux cafés de suite avant de sombrer dans les dossiers. Comme à son habitude, il mélangea l'affaire en cours avec celle de sa famille. Avaient-elles un lien ? Y avait-il une chance, même infime, que le tueur d'aujourd'hui ait pu tuer vingt-cinq ans plus tôt alors qu'ils passaient leurs premières vraies vacances dans les fjords de Te Anau, entre les Takitimu et Hunter Mountains ?

Pendue cent fois aux murs du bureau, Elisabeth semblait l'observer. Elisabeth, son amour… Jack resta agrippé aux vestiges de sa jeunesse, les yeux soumis à la lumière orangée de son cabinet secret. Au menu de sa bouche, bière et haschich. Brouiller les idées, mêler les événements, trouver la piste damnée, la solution au problème posé il y a si longtemps. L'alcool et la drogue aiguisèrent un moment ses sens. Il se sentait presque mieux. Paradoxalement, c'était là ses rares moments de détente. Mais cette mauvaise joie ne durait guère : il lui fallait compenser son état d'échec permanent par de longues plages de réflexion. Les docks. Son territoire de chasse.

Sous l'insistance de son regard devenu trouble, les photos semblèrent s'animer — et le mur du bureau vécut un bref moment d'humanité. Une femme souriait à l'objectif, tenant dans ses bras un bébé aux yeux bavards. Elisabeth. Mémoire et liberté. La recherche du temps disparu… Non, décidément ça faisait trop mal.

Jack Fitzgerald vivait ces moments en somnambule ; après un bref trajet en voiture, il se vit arpenter les ruelles glauques jetées au pied des entrepôts. Là, il erra un moment, soldat certifié capitaine par une carte de police qu'il traînait alors comme un boulet. Titubant à l'ombre des lampadaires, il passait de la haine furtive au désespoir le plus vif, poings serrés, prêts à cogner. Elisabeth l'appelait au fond du port mais ce soir, les docks étaient déserts.

Cet homme n'avait pas pleuré depuis vingt-cinq ans. C'était horrible. Tout allait exploser, et il ne retrouverait rien.

Il se concentra sur le mal, serra les paupières, imagina pour la millième fois le cadavre torturé d'Elisabeth, Elisabeth son seul amour, son système solaire, mais rien n'y fit : ses yeux restaient secs.

À croire qu'il était maudit.

4

Le jour pointait derrière les stores vénitiens de la chambre. Par terre, sur la moquette, on pouvait voir une arme de calibre .38 sur une paire de chaussettes — une rouge et une verte —, deux chaussures renversées sur un pantalon de toile claire, une montre au bracelet cassé, de la monnaie, une veste avec un crayon accroché à la doublure, des papiers de chewing-gum, un chéquier broyé, des filtres de cigarettes blondes, un carnet, une chemise et une grosse boulette de haschich.

Fitzgerald sursauta : la sonnette de la porte d'entrée venait de percer le silence qui l'opposait à la nuit. Un œil sur le réveil ; six heures du matin. Qui pouvait bien sonner à cette heure ? Ici, trop de choses personnelles, trop de souvenirs qui ne regardaient que lui ; le seul humain à pénétrer dans l'antre était Helen. Et Helen ne venait que les mardis, pour le ménage…

Le policier se frotta le visage comme si ses mains pouvaient le nettoyer par une sorte de magie dérisoire. Enfin, il se leva et traversa le couloir jusqu'à la porte.

La surprise mesurait un mètre soixante-dix : Ann Waitura se tenait sur le perron, son tailleur beige sur les épaules et un gros dossier dans les bras. Ses yeux étaient rouges, le maquillage récent, les traits tirés. Elle n'avait pas fermé l'œil de la nuit.

— J'ai fini mon enquête, dit-elle d'un ton neutre.

« Sacrée petite teigneuse », pensa Jack en l'invitant dans son antre.

— Café ?

— Ce n'est pas de refus.

Fitzgerald contourna le bar et prépara un litre de mazout estampillé pur arabica. Ann s'assit sur le canapé et posa son dossier sur la table basse du salon. Une enfant sage. Jack se demandait parfois comment cette fille avait pu se marier et divorcer dans la foulée. Il n'avait pas posé de questions ; les réponses ne l'intéressaient pas. Il imaginait simplement qu'elle avait fini par régulariser un premier amour qui traînait depuis l'adolescence : dès lors, les choses s'étaient déréglées d'elles-mêmes…

Ann avait attaché ses cheveux : ce chignon faussement désinvolte lui allait bien. Ses sourcils bruns formaient une courbe anxieuse sous son front dégagé. L'intelligence à nu. Il répartit les tasses sur la table. Pas de sucre. Il lut dans ses yeux brillants de fatigue une impatience parfaitement contrôlée. La criminologue avait fini de dresser le portrait de plusieurs hommes ayant subi un traumatisme durant leur jeunesse. Ne figuraient parmi ces documents que les personnes recensées par les services médicaux ou judiciaires du pays. En procédant par élimination selon son système préétabli quoique arbitraire, Waitura avait gardé quatre individus : aucun ne correspondait aux six peintres précédemment sélectionnés par Osborne mais ils constituaient une piste sérieuse.

Jack servit le café. Ann se jeta sur sa tasse ébréchée tandis que son partenaire élaborait une gamme de moues furtives sur la liste exhaustive. Chaque dossier était accompagné d'une photo laser de piètre qualité. Ann l'observait depuis sa tasse. Soudain, son œil tiqua.

— Qui est-ce, Kirk ? Ce visage me dit quelque chose…

— Quel flair ! lança-t-elle dans un sarcasme à demi admiratif.

La photo était mauvaise : on y voyait le visage un peu pataud d'un adolescent polynésien. Le regard était profond, les traits magnifiques. Le photographe avait bien tenté de l'amuser avant le flash mais le sourire figé de l'adolescent n'était qu'une grimace apeurée.

Ann devait connaître ces dossiers par cœur.

— Malcom Kirk est originaire des îles Samoa, peuple pacifiste s'il en est. Né, semble-t-il, en 1979 dans une petite île appelée Tau. Arrivé en Nouvelle-Zélande avec sa mère dans les années quatre-vingt-dix, Kirk souffrait de troubles sérieux à tendances psychotiques. En fait, nous n'avons qu'une preuve de son passage : à la mort de sa mère, en 1996, Kirk a passé dix jours dans un foyer d'assistance pour orphelins. Un psychiatre en mission a eu l'occasion de rencontrer cet adolescent. C'est lui qui a établi son mal. Malheureusement, aucun organisme psychiatrique n'a eu l'occasion de l'examiner de plus près : Malcom Kirk obtint tout de suite sa majorité. Les services sociaux lui rendirent la liberté, sous réserve de se rendre au centre une fois par mois. Kirk ne vint jamais se présenter au centre médical. Donnez-moi ce dossier, s'il vous plaît… (Ann lut en diagonale avant de poser un doigt sur une ligne précise du dossier.) Regardez : au bas du rapport, il y a une note griffonnée à la main. Je cite : « Malcom Kirk ayant montré sa parfaite acculturation au système de notre pays, aujourd'hui en possession d'un logement et d'un travail fixe, il est inutile de poursuivre une démarche médicale sur ce sujet. » Depuis, plus de nouvelles. Ce rapport date de septembre 1996.

— Quatre-vingt-seize, hum… Trois mois plus tard, Irène était tuée. Qui a signé ce rapport ?

— Pas de nom lisible.

Ça sentait le coup fourré à plein nez.

— Et le psychiatre qui l'a examiné ?

— Le docteur Gallager. De l'hôpital psychiatrique de Wellington dépêché au centre social pour orphelins.

— Et l'employeur ?

— Aucun nom.

— Quelle est l'adresse de ce Malcom Kirk ?

— La dernière adresse connue est une pension de famille. J'ai téléphoné. Et c'est là que l'affaire se corse : aucun Malcom Kirk n'a jamais habité dans cette pension de famille.

— Kirk a-t-il eu affaire à la police ? demanda Fitzgerald sans se bercer d'illusions.

— Non. Aucune trace de lui dans nos fichiers.

Il rumina. Elle s'impatientait :

— Qu'est-ce qu'on fait ?

— Je ne sais pas ce que signifie cette histoire mais j'ai deux mots à dire à ce docteur Gallager… Rendez-vous avec Wilson et Osborne au bureau. On va se partager le boulot.

Le café fut expédié aux quatre coins de leur estomac.

*

— Joli coup, capitaine ! lança Wilson en gratifiant son supérieur d'un sourire.

Le regard ombrageux de Fitzgerald traversa le bureau. Il détestait qu'on le félicite pour les hommes qu'il avait tués.

— Demandez plutôt au professeur Waitura ce qu'elle pense de mes méthodes expéditives, siffla-t-il en se tournant vers la jeune femme, à peine installée.

Ann planta un compas dans la table où Osborne bâillait.

— Le capitaine Fitzgerald a sauvé sa peau, et du même coup la mienne, assura-t-elle.

Les jeunes flics échangèrent un clin d'œil que n'aima pas trop le Maori.

Waitura se plaça à la droite d'Osborne, des poches sous les yeux malgré son sourire impeccable. Quant à Wilson, à cheval sur une chaise, il piaffait d'impatience, les cheveux plaqués et la chemise de son uniforme ouverte. Comme il ne fumait pas, l'agent de Rotorua passait ses nerfs sur un chewing-gum au goût envolé depuis longtemps. Une sacrée bande d'enquêteurs, pensa Jack en les observant ensemble pour la première fois. Ils étaient sa famille, la dernière chose sur laquelle il pouvait compter.

— Je suis en train de recueillir des informations concernant le Quasimodo descendu hier soir, fit Osborne depuis son computer. John Tuiagamala. A séjourné deux fois à la prison d'Auckland pour violences répétées. Six mois fermes et trois ans avec sursis. La deuxième fois pour la même raison. Récidive. Trois ans fermes : sort au bout de deux. C'est-à-dire en 95. La seule trace qu'on ait de lui est une fiche d'embauche aux docks d'Auckland, fiche signée par son employeur, au début de l'année 96. À vérifier. S'ajoute à cela tout un charabia concernant une enfance malheureuse, des parents violents, etc.

— Je m'en fous, coupa Jack. Ann ne me contredira pas : ce type n'a pas tué Carol. Ce Tuiagamala n'est qu'un homme de main, un épouvantail chargé de protéger le véritable tueur. Sans compter qu'il n'avait pas le physique pour séduire une fille comme Carol.

— D'accord avec vous ! ricana nerveusement la jeune femme.

Wilson arrêta de mâcher son chewing-gum ; le cynisme lui allait finalement à ravir. Osborne, en garçon sérieux, poursuivit son exposé.

— Le plus singulier est à venir : excepté cette fiche d'embauche, on ne sait plus rien sur Tuiagamala depuis sa sortie de prison. À partir de cette date, Tuiagamala ne s'est pas rendu aux services de réinsertion, n'a demandé ni obtenu aucune aide institutionnelle et n'apparaît plus dans les dossiers administratifs : chômage, logement, banque, sécurité sociale, médecine du travail, Tuiagamala a comme disparu de la circulation…

Wilson cracha son chewing-gum dans la poubelle. Joli tir. Jack rumina. Jolie vache. Ann gonfla le torse. Jolie paire de seins.

— Ainsi, même sa mort ne laisse aucune trace, résuma la criminologue sans forcer son talent.

— Exact. Le rapport de Mc Cleary nous en apprendra peut-être plus. Bon, et sa cabane au bout des docks ?

— J'ai accompagné l'équipe chargée de relever les empreintes, relaya Wilson, toujours à cheval sur sa chaise tournante. Son logement a été nettoyé : pas de papiers, pas de documents, pas d'indices, pas d'autres empreintes que les siennes. Et les vôtres, bien entendu.

— Tuiagamala était analphabète, suppléa Osborne. Ça explique l'absence de papiers chez lui mais pas sa façon de couper la tête des commerçants du coin…

Sourires d'atmosphère.

— Nous avons affaire à un fantôme, si je comprends bien… (Fitzgerald releva les manches de sa chemise.) Bon. Wilson, tu files à Wellington avec Ann. Elle t'expliquera ce que vous cherchez sur la route. (Wilson sourit à l'idée de passer une journée avec le petit génie de la criminologie néo-zélandaise.) Osborne, tu te charges des peintres. Ils ne sont plus que six sur ta liste. Va donc leur rendre une petite visite. Moi, je vais faire un tour sur les docks en attendant le rapport d'autopsie de Mc Cleary. Avec un peu de chance, il nous permettra de remonter la filière jusqu'aux complices de ce Tuiagamala…

Wilson fut le plus prompt à se lever. Dans ses yeux,

une lueur bien en vie attendait la jeune femme comme à un premier rendez-vous galant.

Osborne lui adressa un rictus amicalement envieux : forcément, les peintres avaient moins de charme…

*

Bledisloe Freight Terminal. Jack sortait du bureau d'embauche des docks. Il avait trouvé la trace de Tuiagamala dans les fichiers : cette brute aurait bien travaillé un mois comme docker avant de disparaître de la circulation. Purement et simplement. Ben voyons. Personne ne savait ce qu'il était devenu ni ne s'en plaignait. De dépit, le Maori avait interrogé ses petits camarades. Même son de cloche : aucune nouvelle du géant depuis son départ il y a de ça un « paquet d'temps ». Seule information délivrée par un des anciens : Tuiagamala aurait bien habité une bicoque au bout des docks. Merci, les gars. Bref, chou blanc sur toute la ligne.

Il décida de passer à l'institut médico-légal où Mc Cleary découpait de la viande humaine, une musique de radio en sourdine. Un type cool, Mc Cleary : pas une espèce de fou furieux comme son ami, celui qui déboulait dans la chambre froide avec un air de dément à travers la figure.

L'impatience du policier fut mise à rude épreuve : Mc Cleary ne pouvait pas doubler le temps, ni la médecine. Il s'était d'abord concentré sur la hache avant de s'attaquer au cadavre. Jack le dérangeait en pleine boucherie : il faudrait attendre demain pour en savoir plus.

Demain paraissait une éternité pour Fitzgerald. Mc Cleary encaissa deux ou trois réflexions sans broncher. Ce n'était plus une question d'estime mais de temps. Pour le calmer, il délivra les premières conclusions de ses expertises : Mizo, le Thaïlandais, avait été décapité par une hache. Les empreintes étaient bien celles du géant maori. L'arme était usagée : Mc Cleary avait trouvé des résidus (résine de pin) sur la lame.

Jack tiqua : sur l'île du Nord, les pinèdes étaient rares.

Le coroner lui montra une marque incrustée sur l'épaule du macchabée : un cercle de tatouage bleu, marque indélébile finement gravée. Tuiagamala portait ces mêmes marques aux poignets, aux chevilles et aux fesses. Signification inconnue. Le dessin en revanche était superbe.

Jack prit une série de Polaroids et quitta la morgue sans une blague, même nulle.

Il roula dans les rues d'Auckland, seul avec ses pensées. Ses équipiers étaient en vadrouille, il avait besoin de réfléchir. Cette histoire de pin l'intriguait. Un ancien docker comme Tuiagamala n'avait pas forcément la fibre pour les grandes pinèdes…

Décidé à tirer ça au clair, il passa le reste de la journée à répertorier les forêts riches en pins. Il téléphona aux gardes forestiers des environs dans l'hypothèse où l'un d'eux aurait eu connaissance d'un géant assez hideux traînant dans les environs. Pas de réponse.

Alors, il décida d'entamer des démarches auprès des tatoueurs locaux. Cette histoire de tatouages, oui, quand même, c'était bizarre…

5

Le jour tardait à rendre l'âme. Eva dormait, les cheveux tombés en flaques rousses sur l'oreiller alentour. Les paupières frémissaient mais le rêve vivait encore.

John était satisfait. La nuit avait été longue mais ils avaient fini par atteindre la plage de Karekare. Sa maison était maintenant celle d'Eva. Personne ne viendrait les chercher ici. Il lui avait promis. Eva n'avait pas protesté : un mensonge émis de bonne foi suffisait presque à son bonheur. En arrivant à l'entrée du site protégé, ils avaient rangé la Jaguar sous une bâche poussiéreuse comme de vrais bandits en cavale. L'idée en imposait. Eva était ravie : cela seul importait. En dépit de leur situation, un fol espoir les animait.

John lui avait montré sa maison, ce qui se résumait à peu de choses : une cuisine, une chambre avec un sofa, une cheminée, une petite salle de bains adjacente. Eva, fatiguée, avait tout trouvé très bien. Par la fenêtre, la vue sur la plage laissait présager des matins triomphants : les dunes noires, l'océan, énorme, le sable, sans les souillures civilisées des humains. À peine croiseraient-ils quelques surfeurs téméraires — pas du tout le profil du délateur moyen. Ici ils seraient heureux, même si au moment de se coucher John avait ressenti un malaise latent — toujours le même.

Ne voulant rien laisser paraître, il ouvrit le lit de draps neufs et invita Eva à s'y prélasser. Trop éreintée pour penser à rien, la croupe revêtue d'une simple culotte, la jeune femme s'était glissée là. Afin qu'elle s'endormît sans mal, John avait posé son doigt sur la lune et bousculé les étoiles qui risquaient de l'éblouir. Eva, en femme aimable, sombra aussitôt.

Depuis, il la regardait dormir. Petit spectacle d'un quotidien à venir. Elle était touchante avec ses draps coincés dans ses mains et ses mains remontées au menton comme si la nuit pouvait la voir nue.

Jusqu'à l'aube, John médita au reflet de ces paupières alanguies sous la lune. Oui, bientôt il faudrait la peindre…

*

Le vent chassait les ultraviolets de la plage, les plaquait contre les rochers avant de les envoyer au diable, là-bas, vers le grand large.

Karekare vivait à son rythme de croisière.

John venait de partir pour Piha, le village voisin, en voiture. Le risque était minime : le coin était désert. Seuls deux jeunes kamikazes testaient leur nouveau surf en compagnie de petits requins jugés inoffensifs. Eva faisait un peu de ménage dans la maison. Ça l'amusait. Tout est question de fréquence. Et puis elle avait presque l'impression que cette bicoque était la sienne. Eden Terrasse n'avait jamais été qu'un bastion ordurier où la vulgarité épousait les chimères du luxe. Tout ce qu'elle avait vécu lui paraissait dérisoire. Son suicide n'aurait pas lieu.

Armée d'un balai, la jeune femme se surprit à siffloter un air inconnu. Bon signe, ça. La poussière vola. Faire le ménage dans sa vie lui donnait envie de chanter.

Eva découvrait sa vocation de fée du logis quand, à l'amorce du second couplet, un homme passa l'embrasure de la porte restée ouverte. En guise de bienvenue, Eva lui jeta un regard meurtrier. Ce type avait la tête d'un flic. Grand, les cheveux châtain foncé, bâti pour les sports violents, pas spécialement séduisant mais agréable à regarder, des yeux bruns très doux, des dents blanches, les pommettes saillantes et de jolies lèvres… mais un putain de flic. C'est ce que pensaient les yeux d'Eva pendant que sa voix disait :

— Qui êtes-vous ?

L'homme entra dans la pièce et tendit une carte de police qu'elle examina, sourcils froncés. Bonne comédienne, Eva maîtrisa la peur qui engourdissait ses jambes. Il dit :

— Agent Osborne. J'enquête dans les environs. Un voisin m'a dit qu'un peintre vivait sur cette plage. (Comme la fille ne répondait rien, il ajouta d'une voix tranquille mais ferme :) J'aimerais le rencontrer.

Eva ne considérait pas John comme un peintre. Bien sûr, il lui avait parlé de sa vocation mais la maison n'abritait aucun atelier ; elle l'avait visitée. La peinture devait être un passe-temps et le peu d'argent qu'il gagnait provenait sans doute de la dope. À vrai dire, Eva se foutait pas mal du métier de John.

C'est cette surprise qui sauva la jeune femme. Osborne n'était pas un bleu : il savait reconnaître un menteur d'une menteuse. Mais le visage que lui renvoyait cette fille absolument superbe ne mentait pas. Pas comme ça.

— Moi aussi j'aimerais bien le rencontrer ! s'esclaffa-t-elle, un tantinet moqueuse. Je suis désolée mais je ne vois pas de quoi vous voulez parler, ajouta-t-elle en se renfrognant.

Osborne était dans le doute. La présence d'un artiste vivant quelque part sur la plage n'était fondée que sur des « on-dit ». En réalité, John, alors à sec, avait troqué une toile contre la réparation de sa moto (panne introuvable) : le garagiste du dimanche, un passionné, avait accepté le paiement de ses efforts par une toile, sa femme étant friande d'art. Ainsi, sans le vouloir, John s'était taillé une stupide réputation de génie acariâtre dans le microcosme de Piha.

Osborne garda le même ton neutre et répéta :

— On m'a dit dans le village voisin qu'un type habitait ici. Un peintre amateur, je crois.

Eva s'appuya sur son balai.

— Vous voyez bien qu'il n'y a que moi ici. J'ai récupéré cette bicoque dernièrement. Je m'en sers pour les week-ends, avec mon mari et mes enfants. Quand j'en aurai…

Osborne tomba un peu des nues mais il envia ce fameux mari, ce qui n'était pas le moindre des paradoxes.

— Je peux entrer ? demanda-t-il en homme bien éduqué.

Gentil mais flic.

Eva l'invita de la main à se rendre compte par lui-même de la véracité de ses propos. Des années d'entraînement.

Osborne passa devant elle. Un parfum enivrant s'évaporait de cette longue rousse dont la robe légère cachait à peine l'anatomie sulfureuse. Une fine pellicule de sueur luisait sur son buste à demi découvert et l'étoffe de la petite robe à pois s'accrochait aux tétons de sa poitrine haut perchée ; d'un coup d'œil, Osborne remarqua qu'elle ne portait pas de soutien-gorge. C'était chaud. Presque sexuel.

Osborne n'était pas un macho mais un homme consciencieux, honnête et malin.

Il visita les deux pièces sans relever le moindre indice : pas de toile, pas de peinture, pas de pinceaux, aucune odeur, rien qu'un joyeux merdier où il aurait bien aimé vivre, même un peu.

Déçu, le policier s'en retourna. Eva attendait, adossée au mur près de la porte. Un petit sourire flottait sur ses lèvres — sa façon de prier pour que John n'arrive pas maintenant.

Osborne rendit le sourire avec ses moyens.

— Merci, madame... madame ?

Poli mais de plus en plus flic.

— Madame Smith. Excusez-moi mais vous n'avez pas de mandat. On vous donne ça et vous connaissez la suite, fit-elle en tranchant deux fois le bras de sa main.

Le ton était sympathique mais ferme. Osborne n'insista pas. Fitzgerald allait faire la gueule : il avait rencontré les six peintres inscrits sur sa liste et aucun ne répondait au signalement d'un tueur malade.

Quant à celui-ci, sa réputation vivait sur des ragots de village...

Osborne fila sous le regard frissonnant d'Eva. Jusque-là elle avait tenu le coup mais la proximité de la police lui tordait le ventre. Elle connaissait leur pouvoir, leurs moyens, leur morale et l'inflexibilité de leurs lois.

Sur le pas de la porte, la brise du large soufflait du bout des vagues. Plus loin, la silhouette d'Osborne rapetissait au milieu des dunes.

Du doigt, Eva visa le dos du policier. Et tira. Deux fois.

6

Wilson montra à peine sa carte de police à l'infirmière principale du foyer d'aide aux orphelins de Wellington.

Ils avaient roulé toute la matinée sur la nationale Sud et avaient peu ou pas dormi. Wilson était content. Le fait que le professeur Waitura le faisait bander avec sa petite jupe et son air de chien savant n'avait rien à voir là-dedans. À bientôt trente ans, Wilson était ambitieux et travaillait avec la crème des flics. Aussi tendit-il la photo laser à la face de l'infirmière avec une expression de confiance à peine contenue.

— Connaissez-vous cet homme ?

L'infirmière fit la moue.

— Il faut que je regarde dans mes fichiers…

Rosemary Shelford était une femme d'une quarantaine d'années, avec de fins cheveux blonds et un visage sec, pas très beau mais d'une remarquable intelligence — pas du tout le même genre qu'Ann (Shelford avait un air pincé et des seins plats) mais une femme pleine de perspicacité.

L'infirmière fit glisser un lourd tiroir et extirpa de la paperasse la liste alphabétique des patients ayant occupé les lieux. Shelford chercha deux minutes, en vain.

— Non, cet homme n'est pas venu chez nous.

— Impossible ! trancha Ann. Il est certifié dans un

rapport datant de 96 que Malcom Kirk a séjourné ici une dizaine de jours avant de partir à l'âge de sa majorité. Le docteur Gallager a signé son autorisation de départ. Où peut-on rencontrer ce docteur ?

Le visage asséché de l'infirmière se figea.

— Je suis désolée : le docteur Gallager est décédé.

Coup de tonnerre.

— Comment est-il mort ? poursuivit la criminologue.

— Un accident de voiture, il me semble…

Wilson réfléchit à toute vitesse. Shelford semblait nerveuse, le temps électrique. Il avait déjà ressenti ce type de sentiment : un automobiliste lui montrait des faux papiers, sa main tremblait juste un peu, ses yeux avaient une autre couleur, l'air était différent…

Wilson posa toute une série de questions, certaines capitales au milieu d'autres, chargées de brouiller les pistes. Shelford répondait parfaitement. Impossible de dire si elle mentait ou non. Il laissa tomber.

L'infirmière les salua d'un air coincé. Pas le genre de visage qu'on aimerait voir devant son bol de café le matin. Wilson maugréait face à ce qui ressemblait à l'échec — la jeunesse n'aime pas l'échec. Ann, quant à elle, ne dit rien — elle était certes jeune mais elle faisait plus que son âge. Ils quittèrent l'orphelinat spécialisé avec une drôle de sensation.

Même pris de vertiges, les buildings de la capitale semblaient pendus au ciel figé. Wilson et Waitura se rendirent au poste de police principal de Wellington. Là, ils apprirent que le docteur Gallager avait bien péri dans un accident de voiture en novembre 1996, soit deux semaines après sa notification du départ de Kirk. Le rapport de police mentionnait « éclatement du pneu avant gauche ». Le véhicule du médecin avait percuté un arbre. Mort sur le coup. Affaire classée. Célibataire, Gallager ne laissait derrière lui que le souvenir d'un homme anxieux, solitaire et professionnel.

Wilson gambergeait. Le toubib semblait réglo. Son décès n'était peut-être qu'une coïncidence. Pourtant, Ann n'y croyait pas. Gallager était mort pour une raison bien précise : trop de coïncidences, trop de hasards malheureux. Les fils blancs faisaient une pelote inextricable. Tuiagamala et Kirk avaient disparu de la circulation en 96, Gallager était mort en 96…

Ils remontèrent le fil de l'histoire d'après leurs maigres renseignements. On ne savait pas grand-chose de ce mystérieux Malcom Kirk : son apparition dans les fichiers des services néo-zélandais n'était due qu'à la mort de sa mère et son internement forcé dans un orphelinat spécialisé jusqu'à sa majorité — survenue trop tôt à leur goût. À part ça, aucune trace de Kirk. Nulle part. Son dossier avait même disparu de l'établissement où il avait séjourné.

Soudain, l'ordinateur neurologique de la criminologue s'arrêta net : Wellington. Bleinheim, île du Sud. Une heure de ferry entre les deux localités. Bleinheim, la ville où fut retrouvé le corps mutilé d'Irène Nawalu, la première victime, en décembre 1996. Toujours cette date. Hasard ou piste brûlante ? Qu'était devenu Malcom ? Pourquoi ne figurait-il sur aucune fiche de services néo-zélandais ? Pas de téléphone, pas d'adresse, pas la moindre allocation, pas d'amendes, pas de fichiers aux services de police, pas de numéro de sécurité sociale, rien. Hormis son passage éclair dans un orphelinat qui avait depuis égaré son dossier, Malcom Kirk n'existait pas. Pourquoi ?

Wilson rongeait son frein. Accablé de chaleur dans un bureau moite de la capitale, le policier ne rêvait plus que d'une chose : se jeter tête la première dans les vagues du Pacifique, avec ou sans la fille qui s'épongeait le front à ses côtés. Bon, elle n'était pas très belle, mais si elle insistait, Wilson ne voyait aucun inconvénient à ce qu'elle l'accompagnât dans les flots… Ann le sortit de sa rêverie : il était cinq heures de l'après-midi, les pistes s'arrêtaient toutes à la même date et les vagues oniriques de Wilson n'étaient qu'une supercherie masculine pour l'imaginer à demi nue.

Ils mangèrent un sandwich au commissariat central de Wellington avant de repartir pour Auckland ; la route était longue, ils n'avaient quasiment pas dormi de la nuit et l'énigme Kirk commençait à tarauder leur esprit. Wilson ne se plaignait pas : la promiscuité du voyage lui avait permis de sympathiser avec l'épatante Ann Waitura. Elle était plus jeune que lui mais faisait preuve d'une détermination au moins égale à la sienne, avec un petit plus : un don de perspicacité et une froideur technologique dans un cerveau qui tournait à plein régime vingt-quatre heures sur vingt-quatre.

Le policier de province pensait à tout ça, une main posée sur le volant, l'autre sur le rebord de la portière. La nuit était tombée et les phares qu'ils croisaient l'agaçaient. Sur le siège voisin, Waitura consultait ses fiches. Wilson n'était jamais tombé amoureux de qui que ce soit. Et surtout pas d'une flic. Il avait grandi dans un cadre familial rigide où aimer équivalait à une marque de faiblesse. Beau gosse, Wilson n'avait éprouvé aucun mal à suivre le code moral instauré par ses parents. Alors quoi ?

Les yeux luisants de fatigue, l'agent suivit la ligne blanche qu'engouffraient les phares de la voiture. Wilson avait toujours été seul. Même à deux. Ses notes au boulot étaient excellentes, il passerait sergent à la session de juin. Alors pourquoi son ambition sociale lui paraissait-elle ce soir totalement dérisoire ? Non : il n'était pas tombé amoureux d'Ann. Elle n'était qu'un révélateur. Mais il sut alors avec certitude que ses parents s'étaient trompés toute leur vie. À trente ans Wilson découvrait les problèmes existentiels, lui qui s'était toujours moqué des gens compliqués, et réalisait soudain, tout bête, qu'il n'avait plus envie de vivre seul : il avait envie de mourir à mille.

Un appel de Fitzgerald les tint en éveil jusqu'à Auckland : ordre de se retrouver à l'institut médico-légal à onze heures.

*

L'équipe se réunit autour d'un café, de ceux qui tordent le ventre — du pur Fitzgerald, plaisantèrent-ils en catimini. Ann et Wilson étaient arrivés à l'heure pour les premières conclusions du rapport de Mc Cleary. Osborne rentrait de sa tournée chez les peintres et, sans le savoir, venait de rater Eva White d'un cheveu. Cependant les pistes s'étaient resserrées dans cette affaire où les fantômes secouaient les chaînes de leur passé, où les spectres s'appelaient Eva, Elisabeth ou Judy…

Ils firent ce qu'on appelle le point.

Wilson dormait désormais chez Osborne, les gars ne parlaient plus que de l'enquête, très énervés à l'idée de la résoudre. Fitzgerald appréciait l'énergie de ces jeunes gens pleins d'avenir. Le briefing dura deux heures. Après quoi, chacun rentra sur son petit bout de terre fraîche.

Jack raccompagna Ann qui, à peine assise sur le siège de la Toyota, posa sa tête contre la vitre et s'endormit subitement. La fatigue avait finalement eu raison de son entêtement.

Le Debrett Hotel faisait la circulation à l'angle de Shortland Street. Comme elle somnolait, Jack lui secoua l'épaule. Réveillée en sursaut, la criminologue lui adressa un regard d'enfant fatigué. C'était la première fois qu'elle faisait son âge : ses traits s'étaient adoucis de manière surprenante et son nez légèrement épaté cherchait un coin d'oreiller frais. Elle l'embrassa sur la joue, ouvrit la portière et, sans un mot, tituba jusqu'au hall de l'hôtel.

Jack la regardait, surpris. Bah ! après tout, elle n'avait que vingt-six ans…

7

Bordel, il avait fallu vingt-six ans ! Eva ne désirait pas grand-chose dans sa vie : juste quelqu'un pour embrasser ses larmes en trop, sa mort aussi. Oui, comme ça, ce serait parfait. Eva et John, John et Eva, c'est comme on voulait. Mais toujours les deux ensemble : merde, la vie leur devait bien ça !

Non, elle ne leur devait rien.

Eva se dévêtit sans pudeur dans la pénombre de la chambre. Son chemisier plana sur le dossier de la chaise. À demi nue, elle s'assit sur le lit où se tenait John, le type qui avait tué son mari, immobile dans son pantalon noir.

Eva voulait faire l'amour, il le sentait trop bien. Comment lui expliquer… Une mèche gouttait de son front, détail fuyant sur un regard oblique qui le testait de loin. Enfin la femme approcha, poitrine nue. Derrière la peau, ce cœur sentait le sang. John se contracta : Eva rampait maintenant sur lui, reniflait la chair, la bonne chaleur de la bête. Nue, effroyablement nue. Outre l'odeur du sang flottait une forte odeur de sexe, de femme, d'amour à deux, de membres emmêlés fouillant les entrailles. John ne bandait pas, il avait à peine la force de penser. On ne jouait plus, on ne trichait plus, ou alors mal.

Ils s'étaient échoués sur une île sans eau.

Eva plaqua John sur le lit. Sa bouche faisait mourir

des baisers à petits pas trempés le long de ses côtes, il tentait de l'appeler mais elle ne l'entendait pas, trop occupée à défaire les boutons du pantalon : bien sûr, ils n'avaient jamais fait l'amour, bien sûr ils s'aimaient, alors quoi ? La main d'Eva plongea dans le pantalon entrouvert, goûtant la légère contraction du sexe chaud dans sa paume. Il grossirait, sa bouche rentrerait bientôt entre ses lèvres, elle crierait là tout ce qu'elle ne pouvait pas lui dire, il pénétrerait en elle.

Renaître. Retrouver l'air ingénu des petites filles quand on leur demande ce qu'elles veulent devenir plus tard. Et grandir. Eva voulait ça, et pour toujours — jusqu'à la fin lui suffisait.

Soudain la jeune femme stoppa ses jeux érotiques : John restait pétrifié sur le lit défait, le sexe mort. Idole inutile et sinistre, ses yeux roulaient sur le plafond, caméléon cherchant la mouche. Il ne respirait plus du tout, les mains agrippées aux draps, au bord des convulsions. Eva serra les dents de rage. Sa haine du genre humain se canalisa dans l'instant ; elle était maudite. Ses parents l'avaient abandonnée, sa beauté était une malédiction, un leurre génétique destiné à rendre sa vie plus atroce encore. John n'avait presque plus rien à voir là-dedans.

Trente-huit coups de gong. Sonnée pour le compte, Eva tomba sur l'oreiller. Lentement la déception fit place à une sorte de tristesse animale. La chaleur de l'autre seule les unissait : les odeurs ne s'étaient pas mêlées. En guise d'union sacrée, ils n'épouseraient que des regrets. John n'avait toujours pas bougé. Eva fermait les yeux, les flancs rejetés sur le côté du lit. Impuissante à son tour, désemparée, abandonnée.

Le temps marquait des points.

— Je suis désolé…

La voix de John ne pesait rien. Elle l'entendit parfaitement : cet homme était désolé. Alors, dans un éclair d'une implacable luminosité, Eva comprit qu'il était sincère. Jamais on ne l'avait aimée ainsi. Physiquement, Eva avait aimé bien des hommes. Jamais plus. Aujourd'hui, les choses se renversaient. Elle ne le lâcherait pas. Quitte à s'humilier. Elle réussirait. Et il saurait. Eva souffrait pour lui — l'événement était de taille : car si John ne pouvait pas la posséder, c'est qu'on devait lui avoir pris quelque chose de sacrément important…

— Je n'étais pas préparée à ça, finit-elle par dire. Mais tu peux compter sur moi, John : je serai prête à tout, tout le temps. Fais ce que tu veux, comme bon te semble. Je ne te le dirai pas deux fois, je ne suis plus la pute que je redoutais, mais rappelle-toi ça : quand le poison sera servi, je le boirai.

Eva n'était pas le genre de femme à abdiquer sans avoir combattu. C'est ce qu'elle voulut lui signifier. Il le saisit parfaitement. C'était bien là le problème.

8

Le petit matin vint dans un ciel de feu. Voûté sur son bureau, Fitzgerald décolla enfin ses yeux du dossier. Il s'étira, massa sa nuque. Ne pensant à rien — ou à tout en même temps — il eut alors envie de faire l'amour.

Il sourit et pensa à Helen. Qui était-elle depuis treize années de relations épisodiques ? Jack se rendit compte qu'il la connaissait à peine. Helen était devenue une sorte de nuit intemporelle ; il y consommait des bouts d'intimité avant de plonger, seul, dans l'abîme de ses propres cauchemars. Helen l'attendait depuis treize ans et lui n'en avait jamais rien su. La fatigue l'enivrait. Malgré sa vieille beauté, son sourire mélancolique (mais de quoi ?), cette femme restait la sœur sexuée dont il n'avait jamais eu besoin. Ce soir, peut-être. Il l'imagina, aima ses cheveux contre sa poitrine, ses mains habiles sur son corps, le sourire poli de son visage après l'amour, cet usage exclusif qu'elle lui réservait…

Une violente poussée de tendresse le mit debout. Il quitta le bureau dans un coup de vent : le parfum d'Helen flotta un moment dans l'air et se posa sur les pages lisses du rapport en cours.

Dans le jardin, les cigales chantaient à tue-tête.

*

Le soleil étirait ses premiers rayons sur la baie. À l'abri des rochers, les homosexuels de la ville s'étaient donné rendez-vous et s'enlaçaient sans gêne.

Jack remarqua qu'il portait encore sa chemise de la veille. Il allait faire l'amour à une femme et le matin lui parut… comme étrange.

La Toyota glissa le long du trottoir de Saint-Heliers.

Helen habitait un pavillon modeste qui lui appartenait dans un lotissement où les voisins aimaient se ressembler. Des fleurs ornaient chaque fenêtre, récemment repeintes en vert ; quant au jardin, c'était un coin d'Éden parfumé par ses mains expertes.

— Qu'elle doit s'ennuyer ! soupira son vieil amant en dépassant la petite grille qui délimitait son territoire.

Il sonna à la porte. Bien sûr, elle dormait encore : Jack imagina sa mine renfrognée dans son peignoir, pensant avoir affaire à un postier pour d'improbables vœux de bonne année. Au lieu de quoi, Helen trouverait l'homme qu'elle aime pour la première fois de sa vie sur le perron de sa maison, avec un bouquet de fleurs dans les yeux pour unique présent — celui qu'il ne lui avait jamais offert.

Un pressentiment brisa ce moment d'harmonie factice. L'instinct. Il enclencha la poignée mais la porte était fermée. Prenant appui sur la branche d'un arbre, le Maori grimpa au balconnet. La vitre sauta d'un coup de coude. Les éclats se perdirent sur le parquet ; Fitzgerald avait déjà bondi dans le salon.

Ses yeux fous parcoururent les quelques mètres qui le séparaient d'elle. Helen reposait sur le tapis du couloir. Il reconnut le corps charnu de sa maîtresse, ses seins généreux et ses belles jambes. Sa fierté. Mais il ne reconnut pas son entrejambe : le pubis et les lèvres avaient été scalpés grossièrement, laissant une plaie béante au niveau du sexe. Le sang avait coulé abondamment, noyant les oiseaux du tapis coloré. Jack devint pâle comme un linge.

Voir avec sa tête. Le reste, pour plus tard.

Il s'agenouilla, les dents serrées pour ne pas crier, et posa sa main sur le tapis tout poisseux de sang. Il estima la mort à quelques heures environ, ce qui situait le meurtre aux alentours de minuit.

Helen était nue. Son corps avait été déplacé pour la mutilation ; plus loin dans le couloir, on apercevait sa chemise de nuit en lambeaux. Sa langue sortait encore de sa bouche comme un petit serpent rose. Sur le cou meurtri, des marques de doigts très nettes. Étranglée, comme les autres. Mutilée comme les autres.

Ne pensant à rien, absolument à rien, Jack inspecta le sexe de son amie. La blessure était semblable à celle infligée à Carol : pubis sectionné depuis le sommet, puis descente rectiligne jusqu'au clitoris, amputant une partie des lèvres. Le vagin semblait intact, mais avec tout ce sang… Mc Cleary saurait lui dire avec certitude… Il continua d'examiner le corps et remarqua qu'un ongle de doigt de pied était ébréché. Helen s'était probablement enfuie devant le tueur, nu-pieds, et avait buté contre un objet dur, lui donnant l'occasion de fondre sur elle.

Il posa ses mains sur le cou : ses doigts concordaient presque avec la poigne du meurtrier. Celui-ci était cependant un peu plus petit que lui. Sans bouger le corps, il inspecta ses ongles : pas de traces de peau, pas de tissu visible à l'œil. Il nota chaque détail. Puis il se mit à quatre pattes et commença à arpenter la moquette du salon, frénétique.

Mais il ne trouva rien.

Rien.

Alors il se releva, abasourdi.

Le reste n'était plus que l'affaire de Mc Cleary.

Son travail terminé, Jack posa alors son premier regard

sur Helen. Il observa son visage bleui, pensa au vide, à la suffocation, à cet appel qu'il n'avait pas entendu. Helen était belle et laide, noble et défigurée, les yeux révulsés derrière les paupières mi-closes. De son sexe mutilé, un léger filet de sang continuait de s'épancher sur le tapis. Alors Fitzgerald plongea dans ses pupilles vides afin de sentir la mort qui l'avait rencontrée ; la terreur étincelait encore, à cheval sur une larme refroidie. Elle qui ne savait qu'aimer…

Il murmura :

— Je le tuerai… je les tuerai tous. Je te le jure.

Une vague larme coula sur sa joue. De la haine pure, donc liquide.

*

La maison d'Helen Mains était maintenant le centre d'activité de la ville. Les curieux faisaient place aux journalistes. Fitzgerald accompagna le cadavre jusqu'à la rue. Même Sweety, le chat, s'était faufilé dans ses pattes. L'homme le chassa, agacé. Il regardait la petite foule de la rue comme s'il y cherchait son pire ennemi, il cherchait parmi tous ces loups et n'y trouvait que des chiens, une bouffée de rage qui le submergeait.

L'ambulance ouvrit ses portes sur le brancard, emportant d'un coup de sac plastique le corps mutilé de sa maîtresse. Aucun sentiment sur son visage.

À ses côtés, sortie d'un bref sommeil, Ann Waitura avait le profil bas des grands compatissants. Elle ne savait pas qui était Helen — Jack s'était contenté de répondre par un grognement dissuasif — mais cela lui suffisait. N'osant rien par pudeur, la criminologue restait près de lui, comme une ombre sur laquelle il pourrait s'adosser de temps en temps, s'il le souhaitait.

Mc Cleary arriva enfin, les cheveux ébouriffés et la

mine grave. La main qu'il posa sur son épaule sentait la fraternité des hommes mais son ami s'en fichait complètement : les portes de l'ambulance se fermaient. Les agents en uniforme repoussèrent les badauds pour laisser passer l'ambulance en partance vers la morgue. Jack suivit le véhicule des yeux. Discrète mais à ses côtés, Ann Waitura attendait. D'un signe de tête, il l'invita à le suivre jusqu'à la Toyota. Un seul mot pour Mc Cleary :

— Prends bien soin d'elle.

Les lèvres du médecin légiste se contractèrent sous ses moustaches. Helen lui était chère. Il songea aux moments passés ensemble, à eux et leur drôle de relation : Jack ne la présentait jamais comme sa maîtresse, plutôt comme une vieille amie, mais ils étaient complices, Mc Cleary en était sûr. Helen était une femme simple, attentive, solidaire. Férue de mythologie grecque, incollable sur les histoires de labyrinthe et de cuisse de Zeus, lui et Jack aimaient sa culture agréable, sa voix douce et passionnée…

Mc Cleary était malheureux. Son vieux copain souffrait pour elle. Ça lui donnait envie de pleurer. Oui, il prendrait bien soin d'elle : c'est l'ami et non le coroner qui lui donna sa parole. En silence.

Jack dépassa les badauds imprudents. Ann Waitura était son ombre froide.

*

Parnell. Le bistrot était presque désert. Ann avait un dossier sur les genoux et trois heures de sommeil dans ses yeux, sincères et désolés. Fitzgerald ne s'était pas détendu d'un centimètre mais écoutait les propos de sa jeune partenaire, toujours concentrée sur l'affaire. Selon elle, Gallager, le psychiatre qui avait rencontré Malcom Kirk en 96, était mort de façon suspecte ; son accident de la circulation pouvait très bien être un meurtre déguisé. Kirk ne figurait nulle part, à tel point que son apparition dans les fichiers de la police relevait du hasard, ou pire, d'un oubli : toutes les autres preuves de son passage sur terre avaient été effacées. Même son dossier de l'orphelinat avait disparu. Il ne restait qu'une brève note en bas d'une liste d'adolescents jugés inaptes à partir en vacances dans les villages sociaux prévus pour eux, note griffonnée par un psychiatre en mission bénévole aujourd'hui disparu.

Il fallait creuser le sujet. Ann ne demandait que ça.

— Qu'est-ce qu'on fait maintenant ? dit-elle.

— On va faire un tour du côté de South Auckland.

Le Maori eut un rictus déplaisant. Waitura resta de marbre : elle ne connaissait pas South Auckland.

Au volant de la Toyota, ils arpentaient la banlieue la plus mal famée du pays. Dans la bouche, comme un avant-goût d'ultraviolence. Ici, les gangs rivalisent avec la police, laquelle n'intervient qu'épisodiquement dans ces quartiers pauvres laissés en charge aux délinquants de tous acabits. C'est devant un des magasins miteux que Jona Lomu avait vu périr son oncle, massacré à coups de machette. Mais si le célèbre All Blacks avait réussi à s'en sortir, il était bien esseulé parmi les jeunes autochtones. Avec la crise, le néolibéralisme et l'argent sale, les bandes s'étaient organisées. L'autorité de la police avait reculé. Il régnait désormais un univers de violence à peine contrôlée par ceux qui la généraient. Les Maoris, souvent sans travail, ruminaient les rancœurs colportées par leurs ancêtres depuis que le Royaume-Uni avait volé leurs terres d'origine. Malgré les accords passés au siècle dernier, les avantages donnés aux premiers natifs et les récentes restitutions de la reine d'Angleterre, les jeunes avaient la sensation d'être nés en marge et que tout était fait pour qu'ils y restent.

D'origine maorie, Fitzgerald avait son point de vue sur le sujet. Mais aujourd'hui, il y avait les bons (et il s'en fichait) et ceux qui, symboliquement, étaient responsables de la disparition de sa famille, d'Helen… Tous étaient coupables. Leur couleur était bien le dernier de ses soucis.

Le bitume fumait du goudron sous le soleil. Le métis connaissait mal le quartier. Ann pas du tout.

Après un parcours fléché de doigts vecteurs, ils arrivèrent chez un tatoueur réputé, lequel les envoya chez un confrère, le plus ancien de South Auckland : les tatouages de Tuiagamala avaient été dessinés par un Maori sans âge, aux gestes lents et sûrs de leur talent. Lui-même portait une multitude de tatouages. Un homme étrange, calme, aimable et discret.

Jack lui présenta les photos des œuvres gravées sur la peau du géant abattu la veille : le tatoueur reconnut avoir été l'auteur de ces curieux dessins sans en connaître la signification. « Rite maori », se contenta-t-il de dire, évasif. L'artiste se souvenait de Tuiagamala : depuis quelque temps, il se faisait plus rare, mais on le trouvait parfois au Blackbird, un bar du coin.

Le vieil homme ne mentait pas, mais il y avait une drôle d'atmosphère dans son atelier…

Ils abandonnèrent le tatoueur maori aux secrets de South Auckland.

Dix minutes plus tard, la Toyota se garait sur un parking poussiéreux. Le Blackbird portait bien son nom ; des colosses aux joues tatouées en sortaient, déjà à moitié ivres. Ann se sentait mal à l'aise. Les hommes faisaient des allusions sinistres tandis qu'ils marchaient vers le hall. Fitzgerald les chassa du regard. Sans un mot, elle accepta le calibre .32 que lui tendit le policier avant de pénétrer dans l'arène. La criminologue tira sa jupe, soudain trop courte. Elle se sentait alors vraiment dans la peau d'une petite provinciale de l'île du Sud.

Le Blackbird était un gigantesque hangar où des planches sur tréteaux posées à même le bitume faisaient office de tables. Vu leur état, elles sauraient bientôt voler. Le comptoir traînait en longueur, tiré par des chopes de bière. Deux portiers épais comme des nuages surveillaient une clientèle agitée. La musique, du heavy metal aux paroles dégénérées, couvrait tout. Depuis les téléviseurs accrochés au plafond, des vidéos passaient, clips à la mode où des femmes mimaient l'univers du sexe devant l'air crétin de leurs contemporains. Aux tables, les mâles buvaient leur éternelle Steinlager. Ici, pas d'étrangers. Les bandes se défiaient du coin de l'œil, n'attendant qu'un geste du camp rival pour en venir aux mains.

Ann se tenait près du policier, impassible sous son masque de femme « qui en a ». Les hommes la dévisageaient, la plupart ricanaient. Ni sa science ni son intelligence n'auraient le moindre recours ici. Et elle détesta ça.

Fitzgerald scruta l'assemblée, des jeunes en blouson de cuir, franges et bottes de moto. Le métis était un type comme eux, sauf qu'il avait décidé d'être flic. Un traître, en somme.

Il ne répondit pas aux regards insultants, attrapa une jeune Polynésienne par le bras et lui demanda avec qui traînait Tuiagamala. La fille, farouche, dégagea vivement son bras et, en guise de réponse, se tourna vers une table à l'écart.

La table de Zinzan Bee.

Jack connaissait l'homme de réputation. C'était une sorte d'incontournable dans la communauté maorie. Une longue tresse jaillissait de son crâne rasé et descendait dans son dos comme un serpent mort. De profondes rides marquaient ses traits effilés mais l'aspect de sa peau brune semblait parfaitement lisse. Zinzan Bee portait un simple gilet de cuir sur sa peau cerclée de tatouages. Un sourire ironique gravitait sur son visage dont les joues, elles aussi tatouées, donnaient à ses yeux une expression singulière.

Fitzgerald évalua l'adversaire, seul face à sa Steinlager. Sous son gilet de cuir, le Maori avait conservé un corps de jeune homme ; les muscles saillaient à chaque mouvement. Jack remarqua l'un des tatouages : ils figuraient sur le corps de Tuiagamala. Le dessin, assez obscur, ressemblait à une figurine polynésienne, une figure grimaçante…

Ann les avait vus aussi, mais choisit de rester à l'écart.

Le Maori sourit à la vue de la criminologue et les invita de la main à s'asseoir. Sur la table, une bière entamée et un cendrier où gisaient quelques tickets usagés. Les détails.

— Je vous attendais, lança Bee en guise de préambule.

Jack frémit dans sa chemise soudain moite.

— Vous savez pourquoi je suis là ?

— Je m'en doute, rétorqua l'homme. J'imagine qu'un flic, car vous avez une tête de flic, a besoin un jour ou l'autre de renseignements concernant notre communauté… (Il sourit brièvement dans sa bière avant d'ajouter :) Vous venez au sujet de Malcom Kirk, n'est-ce pas ?

— Vous connaissez cet homme ? grinça Fitzgerald.

— Lui me connaît sûrement, répondit l'autre.

— Qu'est-ce que vous savez au sujet de Kirk ?

— Ça dépend de ce que vous cherchez.

— Il s'agit bien de cet homme ?

Il montra la photo laser de l'adolescent. Zinzan Bee eut à peine un regard.

— Sans doute. Les photos ne montrent que ce qu'elles ont envie de montrer. On ne sent rien, ou pas grand-chose…

L'homme se situait visiblement au-dessus des basses contingences humaines mais ses yeux noirs sombraient dans un abîme sans fond. Jack connaissait.

— Trêve de mystère. On dit que vous connaissez tout le monde ici. Vous savez où se trouve Kirk ?

Le Maori se fendit d'un sourire supérieur. Impossible de savoir si ce type était un sage parmi les sages ou un dégénéré.

— Je suis désolé de vous décevoir mais Malcom n'est plus de ce monde.

En retrait, Ann ouvrit des yeux ronds. Kirk mort, c'était leur meilleure piste qui s'envolait.

— Vous voulez dire qu'il est mort ? lâcha Fitzgerald. Quand est-ce arrivé ?

D'un geste aveugle, Zinzan Bee commanda une nouvelle bière.

— Je n'ai rien de plus à vous dire.

Ann retenait son souffle. Jack remarqua alors un ticket de ferry au milieu du cendrier, un ticket oblitéré de couleur bleue.

— Et Tuiagamala ? Vous le connaissez comment ? demanda-t-il en formulant une vraie menace.

— C'était un imbécile. Et je n'ai pas l'habitude de frayer avec les imbéciles.

Ann se tordait les doigts sous la table. Ce type lui filait une frousse inexplicable. Un viol cérébral. Bee était le lien entre toutes les affaires : il savait, maîtrisait, dictait et commandait tout.

— Ne faites pas l'idiot, grogna le policier.

Ses yeux cherchaient à lire la destination du ticket de ferry sans y parvenir. Zinzan Bee coupa net son torticolis visuel.

— Je crois que vous ne comprenez pas bien : c'est à vous de ne pas faire l'idiot, répliqua-t-il sur un drôle de ton.

Ses épaules avaient l'épaisseur d'une racine centenaire. Ann se tourna vers le bar et nota que les hommes s'étaient rapprochés de la table. Ils étaient une trentaine, de tous âges, de toutes bandes, comme regroupés autour de Zinzan Bee. Jack hésita : au moindre geste, ces types lui sauteraient dessus. Même seul, il avait peu de chances de s'en tirer. Avec Ann, c'était pire.

Les colosses se tenaient prêts, bras ballants le long des hanches. Mauvais signe chez les voyous.

— Ne prenez pas ce risque. Pas avec elle, insinua Bee en désignant la jeune femme. Malcom Kirk nous a quittés il y a cinq ans environ. D'ailleurs, vous devriez l'imiter. Un changement de peau ne vous ferait pas de mal !

Et il partit d'un rire tonitruant.

Les policiers échangèrent un regard circonspect. Zinzan Bee continuait de rire comme si ce qu'il venait de dire avait quelque chose d'irrésistible. Alors Jack le saisit par le cuir de son gilet. C'était plus fort que lui. Seulement Fitzgerald n'était pas sur les docks à chercher qui frapper. Il y eut un mouvement dans leur dos ; six hommes, tous maoris, s'étaient approchés dangereusement. Le policier reconnut trois des jeunes qui l'avaient cherché au Corner Bar, fouina dans les ombres et trouva celui à qui il avait troué le pied, engoncé dans une sorte de plâtre confectionné à la main… South Auckland. Tout venait donc d'ici. Sans se concerter, les hommes arrachèrent leur pompe-sueur, laissant découverts leurs incroyables tatouages, et se mirent en position de *haka*. Waitura se tint sur la défensive. Jack lâcha Zinzan Bee.

Il y eut alors un cri formidable, féroce, sauvage, chant guerrier accompagné de grimaces traditionnellement destinées à faire fuir l'ennemi.

— Kamate ! Kamate ! (*Voici la mort !*)

Jack connaissait ces paroles vengeresses. Tous les Néo-Zélandais les connaissent. C'était le cri de guerre des Maoris, le *haka*, accompagné d'une série de gestes rituels dont la signification échappe aux *pakehas*, étrangers venus d'Europe. À chaque exclamation, tapant du pied sur le sol, les guerriers avançaient d'un pas, si bien qu'ils se retrouvèrent bientôt nez à nez avec les policiers : leur langue frémissait comme des petits serpents sous leurs lèvres bouillantes de rage. Fitzgerald ne bougea pas. Ann retenait son souffle. La danse martiale s'acheva après un cri commun qui fit lever les hommes. Ils restèrent alors immobiles, grimace figée, narguant les policiers face contre face. Les rangs se serrèrent autour d'eux. Jack se tourna vers Zinzan Bee mais le chef maori avait disparu. Il ne l'avait même pas vu s'envoler !

— Ne restons pas là, glissa-t-il à l'oreille de sa partenaire.

Tétanisée. Il saisit Ann par le poignet et traversa la foule agglutinée. Bouclier humain, les épaules du métis roulaient contre les torses bombés. Des insultes fusèrent tandis qu'il tirait la criminologue vers la sortie. Des mains avides lui tâtaient le corps : Ann se sentait comme aspirée par ces gestes obscènes…

Jack ne vit pas le signe qu'adressa Zinzan Bee à l'un de ses acolytes, stationné à une table voisine. Le Maori souriait : Fitz avait mordu à l'hameçon.

Sur le parking, même l'air semblait prisonnier du climat. Ann avait pâli. Ils claquèrent les portières de l'automatique. Les Maoris se tenaient dans le hall pour s'assurer de leur départ. La Toyota démarra et, d'un bond sans consistance, les emporta loin d'ici.

La jeune femme, d'abord livide, finit par reprendre ses esprits.

— Qu'a-t-il voulu dire en affirmant que Malcom Kirk n'était plus de ce monde ? Vous croyez vraiment qu'il est mort ? (Comme Fitzgerald restait hermétique, elle s'écria, encore sous le choc :) Bon Dieu, Jack ! Qui est ce Zinzan Bee ?

Pas de réponse. Le policier semblait perdu dans ses pensées. La criminologue saisit son ordinateur de bord et cliqua sur les commandes.

— Je vais demander à Wilson de transférer les informations sur ma machine…

— Laissez tomber, fit Jack. Zinzan Bee ne figure sur aucune fiche de la police. C'est… une sorte de chaman.

Ann resta stupéfaite.

— Vous voulez dire une sorte de sorcier ?

— En quelque sorte.

Même lui paraissait mal à l'aise.

— Mais pourquoi n'est-il répertorié nulle part ?

— Un petit privilège maori, lança-t-il, toujours évasif.

— Il y a une raison valable à ce traitement de faveur ?

— Les autochtones ont accepté tant bien que mal les Blancs sur ces terres. N'oubliez pas que ce sont les leurs. Bee est un chaman, reconnu par les siens. Cessez une seconde de penser comme une Occidentale. Les questions existentielles de ce peuple ne sont pas les mêmes que les nôtres. Seulement aujourd'hui les choses ont changé. Beaucoup de Maoris ont adopté une attitude occidentale mais une partie d'entre eux, appelez-les traditionalistes plutôt que réfractaires, ont gardé les bases de leur culture ancestrale. Zinzan Bee est considéré comme un représentant honorifique, un chef spirituel si vous voulez. Ses pouvoirs sont limités pour vous mais pour eux il est un chaman, une entité que vous ne pouvez pas concevoir comme ça, depuis vos yeux…

— C'est la raison pour laquelle la population maorie le protège ?

— Sans doute.

— Et vous dans tout ça ?

— Quoi moi ?

— Vous vous situez où ?

— Je suis flic.

— Ils vous le font payer ?

— Non. J'assure aussi leur sécurité.

— Zinzan Bee a eu jusqu'à présent un traitement de faveur.

— Il est jugé inoffensif. Et puis on a déjà assez de problèmes avec les gangs, le chômage, la délinquance et les revendications territoriales.

— Dans ce cas que faisait-il dans ce bar ?

Jack ne répondit pas. Il semblait étrangement calme. Ça ne lui ressemblait pas. Il parlait de Zinzan Bee comme d'une entité spirituelle alors que cet homme nuisait à son paysage…

— Si je comprends bien, Zinzan Bee connaît Tuiagamala et Malcom Kirk mais on ne peut pas l'obliger à coopérer avec les autorités, c'est ça ?

— Exact. Touchez un de ses cheveux et c'est toute la communauté maorie qui s'embrase. Et ça, personne n'y tient.

Ann bouscula leurs arrangements.

— Putain, Jack ! Vous déconnez ! Livrez-moi le fond de votre pensée : que pensez-vous de ce type ?

— Il est au courant de tout. Je le sens.

C'était à son tour de se parler à lui-même. Ann avait la même sensation. Bee la terrorisait. Il avait la beauté du diable et la puissance prophétique du Millenium.

Conduisant au jugé par les avenues plombées, Jack songea au ticket de ferry sur la table du bar : malgré l'inélégance du Blackbird, on devait changer les cendriers après chaque client. Tous les bars font ça. Ca signifiait donc que le ticket bleu appartenait à Zinzan Bee, qu'il aurait utilisé ce ticket dernièrement…

Il déposa Ann au commissariat et informa ses équipiers de son prochain déplacement : Ferry Berth.

9

Ticket bleu : destination Waiheke. Jack trouva une place *in extremis* dans le ferry d'une heure. Entouré d'une joyeuse marmaille, il s'installa à l'un des bancs du pont supérieur.

Les rares nuages furent chassés par les alizés, faisant place à un ciel d'un bleu pur jus. Plus loin dans la baie, les voiliers de la prochaine coupe de l'America s'entraînaient afin de défendre le glorieux trophée. Les gens filèrent vers le bar du ferry pour l'inévitable soda.

Une demi-heure plus tard, le bateau garait sa lourde carcasse dans le port de Surfdale. Les mouettes jouaient les gravures de mode dans l'air marin mais Jack n'était pas un contemplatif : si sa piste était bonne, Zinzan Bee avait séjourné ici dernièrement. Dans quel but ? Kirk était-il mort comme semblait l'insinuer le Maori ? Dans ce cas, pourquoi le chaman s'était-il rendu à Waiheke ?

Fitzgerald se rendit à pied au seul poste de police présent sur l'île, sorte de baraquement à la climatisation déglinguée. Là, il tomba sur un flic aux cheveux crépus dont les bottes sales reposaient sur un tas de paperasse.

Ieremia avait une trentaine d'années, un uniforme trop petit pour sa musculature et une belle tête cuivrée. « Un Samoan », pensa Jack en lui montrant sa carte et la photo laser de Kirk.

— Vous connaissez cet homme ?

Ieremia retira ses pieds du bureau et inspecta la photo.

— Non, désolé.

— Vous travaillez seul ici ?

— Oui. Sauf pendant les congés. Un autre flic me relève. Vous savez, ici, je ne sers qu'à régler les petits problèmes des insulaires…

Ieremia n'avait pas l'air débordé.

— Vous connaissez quelqu'un susceptible de me renseigner ?

Il sembla réfléchir. Jack le trouvait aimable mais nerveux. Sans qu'aucune lueur n'éclaire ses yeux, il finit par dire :

— Je crois avoir ce qu'il vous faut. Le vieux Jones habite Waiheke depuis toujours. C'est un pêcheur. Il saura peut-être vous renseigner.

— Et on le trouve où, ce Jones ?

— Au bout de l'île, du côté d'Onetangui. Mais il faut s'y rendre en voiture. L'endroit est sauvage. Jones habite une cabane pas loin de la plage, sans téléphone évidemment.

— Vous avez un véhicule ?

— Je vous accompagne ; ça me fera une promenade…

Les deux hommes roulèrent près d'une demi-heure. L'île se dépeuplait au fur et à mesure qu'ils suivaient la route goudronnée. Ieremia ne posait pas de question, se contentant de conduire la Ford banalisée le long des champs encore verdoyants. Il allait parfois de son petit commentaire sur les beautés de l'île. Jack se taisait. Il pensait à Helen, à leurs promenades à Waiheke.

Enfin, le flic stoppa sa guimbarde en bord de route. Il essuya sa sueur d'une main et dit :

— C'est là. Jones ne doit pas être très loin…

Sur la droite, un chemin à peine visible se glissait sous les fougères. On devinait plus haut le toit d'une maison en partie cachée par les branches d'arbres exotiques. Petit frisson. Trois fois rien. Un danger. Jack rumina :

— Attendez-moi là, je reviens dans un petit moment…

N'ayant rien de mieux à ajouter, Ieremia opina du chef.

Il emprunta le chemin et disparut parmi les fougères. La maison était semblable à celles croisées le long de la route, avec un préau, un étage sur pilotis et une terrasse repoussant tant bien que mal l'avancée du bush. Hormis les incessants battements d'ailes lilliputiennes, on ne percevait aucun bruit. Fitzgerald avança jusqu'au préau : des traces d'huile encore fraîches s'épanchaient sur le sol… Il emprunta l'escalier et poussa la porte de l'étage. Pas un bruit; la maison semblait vide. Sur une table trônait un bouquet de fleurs. Le canapé, couleur fuchsia, était neuf. Fitzgerald dégaina son arme, le cœur battant plus vite, passa à la cuisine : un frigo, un énorme congélateur, un lave-linge neuf, four micro-ondes high-tech… Il se pencha sur l'évier. Ses poils se hérissèrent : une paire de bas flottait dans une cuvette.

Des bas de femme.

Jack se jeta immédiatement à terre. Une série de coups de feu éclata près de lui. Le Maori roula vers la porte, cherchant d'abord à sauver sa peau : il ne vit pas l'homme qui, dans un nuage de fumée blanche, venait de surgir du congélateur, un pistolet-mitrailleur dans les mains.

Un projectile avait détruit le barillet de son .38 et il filait désormais mains nues vers la terrasse sous les cris perçants de l'automatique. Les balles percutaient le mur, ricochaient sur le parquet et fusaient dans l'air tandis qu'il se réfugiait à toute bombe vers le salon. Tout explosait autour de lui. Depuis la cuisine le tueur arrosait la pièce au jugé. Jack fut littéralement chassé de la maison, ahanant dans sa fuite éperdue, poursuivi par une meute de balles gros calibre.

Il atteignit la terrasse. Sous lui, un bush à peu près inextricable encerclait la maison : le policier plongea sans hésiter.

Une rafale cueillit les feuilles présentes. Le tueur fonça sur la terrasse, tira de nouveau mais un cliquetis familier lui indiqua que son chargeur était vide.

Dans sa chute, Jack avait dégringolé plusieurs mètres à travers les ronces. Il se retrouva englué dans un amas de verdure qui le rendait invisible depuis la maison. Il saignait du cuir chevelu, la brûlure était celle laissée par le passage d'une balle, les épines le déchiraient, ses épaules étaient meurtries, mais le bush avait amorti sa chute : il était vivant. Ce petit bonheur ne dura pas : le type était au-dessus, sur la terrasse, et lui n'avait plus dans sa main qu'une longue estafilade à la place du .38.

Il avait bien un canif à la ceinture… Empêtré dans les branches, Fitzgerald cherchait un moyen de sortir de ce traquenard quand il entendit le bruit d'une porte qui claque. Plus haut, le tueur avait rechargé son PM mais il y avait maintenant un nouvel arrivant dans la maison. Quelqu'un que les balles avaient alerté. Ieremia ?

La voix qui parla la première était un mélange de mauvais anglais et d'argot.

— Qu'est-ce que tu fous là, toi ! On t'a pourtant dit de rester où t'étais !

— Je suis ici chez moi ! répondit l'autre d'un ton criard. Ce serait plutôt à moi de vous demander ce que vous faites là ? !

Cette voix-là était féminine, haut perchée, presque trop. Fitzgerald tendit l'oreille.

— T'inquiète pas, ma vieille. J'suis là pour te protéger.

Silence : manifestement, la personne qui habitait ces lieux n'en croyait pas un traître mot. Jack risqua un œil depuis sa cachette mais le bush lui barrait toute vision.

— Qu'est-ce que vous cherchez ? demanda la voix étrange.

— Y'a des traces de sang : je crois que je l'ai touché. T'as vu personne sur le chemin ? (Pas de réponse. Il insista.) Un flic. Un sale flic.

Le tueur s'approcha du bord de la terrasse et tira une salve aveugle dans le bush. Quatre mètres plus bas, Jack se terrait contre une grosse racine, les mains protégeant la tête. Plusieurs branches se fissurèrent près de lui mais aucun projectile ne l'atteignit. La drôle de voix s'écria :

— Arrêtez ! Arrêtez !

— Oh ! Ta gueule, salope ! grogna l'autre en cherchant du canon une nouvelle cible.

— On avait passé un accord ! se mit à hurler la fille. Je n'appartiens plus à ce salaud de Bee ! Vous n'avez rien à faire ici. Ni vous ni personne de sa bande !

— Tu es mal placée pour parler de ça. Et Carol, qu'est-ce que tu en fais ?

— Ce… Non ! Ce n'est pas moi ! Vous le savez très bien ! C'est pas moi ! Oh ! Non… Pas moi ! (Le son baissa jusqu'au balbutiement.) C'est pas moi… Pas ma faute à moi…

Cette voix était celle d'un damné, un être malade qu'on écorchait vif.

— Ah ouais ? Tu veux qu'on vérifie ? menaça l'autre.

— Non ! NON ! ! Laissez-moi tranquille !

— Bon, c'est comme tu veux, ma vieille. De toute façon, j'suis pas là pour ça. Faut que j'retrouve l'autre flic. (Il pesta :) Bullshit ! Où il est ce fils de pute ? !

Il y eut le cliquetis sournois d'un automatique que l'on arme.

Fitzgerald s'ébroua. Le bush ne le protégerait pas

longtemps. La meilleure défense étant, paraît-il, l'attaque, il s'extirpa tant bien que mal des ronces. Depuis la terrasse, l'autre vidait son chargeur à travers la jungle.

Jack dévala l'enchevêtrement de conifères, trouva une fougère particulièrement gigantesque et mit genou à terre. Après quoi, il tira le canif de son étui, haletant. Une minute passa. Il attendait toujours, de l'angoisse collée aux boyaux. Enfin il perçut un bruit de pas, un bruissement, trois fois rien… Ses oreilles s'agrandirent : le silence emplissait tout. Alors, un autre bruit, maintenant très net. Là, sur la gauche… L'homme approchait.

Jack évalua la lame de son canif. L'idée jaillit. Il lança un appel sur l'émetteur qui le reliait à sa partenaire, le déposa à bout de bras sous une fougère voisine et glissa un peu plus loin.

Quand le Maori arriva dans son champ de vision, Jack attendait, le canif serré dans la main droite. Au premier bip, l'homme se tourna brusquement et détruisit la fougère voisine d'un tir tendu. Les branches tombèrent comme des mouches. Il bondit sur son flanc gauche. Le Maori qui tenait le pistolet-mitrailleur n'eut pas le temps de repousser l'assaut fulgurant ; le canif s'enfonça jusqu'à la garde dans son thorax. Il chercha alors à retourner son arme contre l'agresseur mais Jack lui tordit brutalement le poignet. La rafale s'envola dans l'air du temps.

Le canif toujours planté dans le torse, il saisit le policier à la gorge et, malgré la douleur intense, tenta de l'étrangler. Jack se dégagea d'une manchette teigneuse, puis il propulsa une droite sèche à la pointe du menton : l'homme subit l'onde de choc de plein fouet. Son cerveau cogna dans son crâne, il tituba un instant avant de tomber à terre.

À bout de souffle, les jambes comme un tas de chiffons, Jack jaugeait l'ennemi : un filet de sang coula depuis sa bouche charnue. Les poumons étaient touchés. Le Maori se mit à râler, une main sur le thorax, les yeux roulants.

Cet homme allait mourir.

Le policier extirpa la photo de Kirk de sa veste. Comme la mâchoire de l'homme était cassée, Jack se demanda s'il pourrait parler. Il présenta la photo à sa face grimaçante :

— Qui c'est ce type ? (N'obtenant pas de réponse, il le saisit par le col de sa chemise :) Bon Dieu, tu vas crever ! Dis-moi ! Qui c'est ?

Le visage de l'homme se transforma. Il eut un mouvement de recul, comme si cette photo le terrorisait :

— Moe… moetotolo.

Jack crut un instant retomber en enfance, quand, au coin du feu, le grand-père de Polynésie racontait la vie sur son île lointaine. Moetotolo, cet amant qui se glisse dans le lit des jeunes filles pour la glorieuse défloration…

— Et la fille ? s'égosilla-t-il. Qui c'est, cette fille ?

Il secoua le Maori, en vain : l'homme articulait des sons mais ce charabia restait incompréhensible. Il étreignit une dernière fois sa chemise sanguinolente mais l'homme venait de sombrer dans un coma qui l'enverrait ailleurs pour un aller sans retour.

Fitzgerald mit trente secondes pour se lever et dix de plus pour réaliser qu'il fallait vivre encore — et plus vite. Le temps de se rappeler l'existence de la femme sur la terrasse.

Le cuir chevelu arraché, les vêtements couverts d'épines, il traça le bush sans penser à rien. La peur collait encore à la semelle de ses chaussures quand il grimpa les marches et atteignit le salon. La chaleur était accablante malgré les fenêtres ouvertes mais il n'y avait plus personne ici.

Fitzgerald abandonna toute idée de poursuite.

Il tenta de rassembler ses esprits mais c'était plus fort que lui, il ne pensait plus qu'à une seule femme, malgré tout ce qu'il venait d'endurer, malgré Helen, c'était Eva qui tremblait dans l'auréole du mauvais rêve. Plongé dans la contemplation de ses pieds, Jack revint à la réalité. Que lui arrivait-il ? Quand il se leva, l'air lui donnait le tournis. Il poussa la porte de la chambre et repéra un lot de barrettes sur la table de nuit. Dans les placards, accrochés à des cintres, d'autres robes, des jupes, des pantalons collants, des chemisiers… Les tiroirs aussi regorgeaient de dessous féminins.

Kirk n'aurait donc jamais vécu ici ? On lui avait tendu un piège, Zinzan Bee avait chargé un tueur de l'éliminer mais qui était cette fille ? Elle était pourtant mêlée à la mort de Carol, le tueur la protégeait, mais de quoi ?

Il inspecta la salle de bains ; sur la tablette, diverses crèmes s'étalaient au milieu d'un imposant matériel de maquillage : fond de teint, rouge à lèvres, faux cils, mascara, poudres, pinceaux… Il pensait de nouveau à Eva en retournant sur les lieux du crime — le sien. Jack fouina par terre et trouva enfin son émetteur. Rictus de déception : le Maori avait tiré juste. De l'émetteur, il ne restait plus qu'une poignée de puces électroniques et un quart de boîtier usagé. Quant au tueur, il n'avait évidemment aucun papier sur lui…

Il rebroussa chemin jusqu'à la route mais, comme prévu, la Ford avait disparu : Ieremia s'était volatilisé.

*

Le ferry coupa les moteurs. L'océan n'était plus qu'une lente glissade vers le port d'Auckland. Debout sur le pont, Jack Fitzgerald se massait le visage, épuisé par cette journée qui avait bien failli lui coûter la vie. Il avait perdu un temps précieux, à commencer par les quatre kilomètres qu'il dut effectuer à pied avant que la voiture d'un riverain daignât l'emporter jusqu'à Surfdale. Le bureau de Ieremia était évidemment vide : d'après un autochtone interrogé à ce sujet, Ieremia n'aurait pris son poste qu'au début de la semaine… Jack avait téléphoné à sa partenaire, naturellement inquiète, afin qu'elle vînt le chercher au dernier ferry.

Il arrivait enfin, dans un état proche de la paranoïa : le meurtrier de Carol était protégé par des forces beaucoup plus puissantes que lui. Cette histoire puait la trahison, la haine et la mort. Depuis le début. Il quitta le quai bondé du port : garée contre le trottoir de K. Road, Ann attendait à bord de la Toyota. Elle aussi paraissait tendue. Ils se saluèrent brièvement. La criminologue descendit l'avenue tandis que Jack lui contait son arrivée à Surfdale, Ieremia, la fille qui habitait là-bas, le tueur qui l'attendait, son appel dans l'émetteur et cette histoire de moetotolo…

— Moetotolo ?

— Une vieille pratique *a priori* oubliée, expliqua-t-il. Dans les villages perdus des îles du Pacifique, le viol n'existait pas. En revanche, la pratique du moetotolo était monnaie courante, et même un titre de gloire pour les amants : il s'agissait de se glisser dans la couche d'une vierge et d'y voler sa virginité. L'amant se transformait alors en une sorte d'esprit de la nuit ; en fait, c'est plus un jeu qu'un viol. Si la jeune fille trouvait le moetotolo à son goût, elle se laissait faire, quitte à crier au moetotolo le lendemain matin. Quant à l'amant, il sortait grandi de l'épreuve, possesseur de la précieuse virginité de la jeune fille, mais à ce petit jeu gare aux maladroits : le moetotolo qui ne sait pas bien s'y prendre, au physique repoussant ou trop bruyant lors de son intrusion dans la case, était immédiatement puni. La vierge se mettait alors à hurler en pleine nuit, réveillant le village afin que tous voient le moetotolo démasqué. Honte suprême pour l'amant malhabile aux choses de l'amour, ridiculisé devant son peuple, battu parfois, et la plupart du temps chassé du village…

— Quel rapport avec la fille dont vous parlez ?

— Je ne sais pas. C'est bizarre. Quelque chose ne colle pas dans cette histoire.

— Vous croyez que cette fille était une vierge ?

Il haussa les épaules.

— Ce qui est sûr, c'est que Ieremia, le flic de Surfdale, est dans le coup. Il a dû s'échapper avec la fille.

— Tout ça n'a pas de sens.

— C'est vrai. Je vais mettre Osborne sur le coup. Je ne sais pas d'où vient ce flic mais tout ça ne me plaît pas. Pas du tout. (Il se tourna vers elle :) Bon, et vous ?

La criminologue livra les derniers résultats de ses enquêtes. Bilan : les dossiers de Tuiagamala et Bee s'arrêtaient à la même date : 1996. L'année du premier meurtre. Toujours la même date.

La voix de Wilson dans la radio coupa alors leurs réflexions.

— J'ai le rapport complet de l'autopsie de Tuiagamala, feula le policier. Mc Cleary est formel : on a retrouvé… on a retrouvé de la chair humaine dans son estomac.

— Une piste ?

— La chair humaine a été ingurgitée environ six heures avant que vous n'abattiez Tuiagamala. D'après Mc Cleary, il s'agit de morceaux provenant du fessier et des cuisses. Comme la viande était déjà faisandée, on imagine que la victime a été tuée il y a environ quarante-huit heures.

— Kirsty, marmonna Jack entre ses canines.

— Ou Katy, déglutit Ann.

— Quoi d'autre ?

— Après examen, Mc Cleary a relevé de la résine de pin à la racine des cheveux de Tuiagamala. La même que sur la hache. Vous savez qu'il existe peu de pinèdes sur l'île du Nord. Mc Cleary a mis du temps à le trouver mais cette résine proviendrait d'un arbre qualifié de « pin maritime ».

Jack s'était renseigné la veille sur les pinèdes alentour. Soudain une lueur illumina son visage.

— Waikoukou Valley. C'est l'endroit le plus proche où l'on trouve cette sorte de pins.

Il avait potassé son sujet. Waitura frissonna sur son siège. Fitzgerald l'avait incluse à son équipe mais il lui cachait quelque chose.

— Qu'est-ce qui se passe maintenant ? gloussa Wilson depuis l'émetteur.

— Il faut quelqu'un pour démêler le sac de nœuds de Waiheke. Osborne s'en chargera. Toi, rejoins-nous à Waikoukou Valley. Je crois qu'on ne sera pas trop de trois, conclut le policier d'une voix glacée.

Wilson émit un grognement satisfait. Il allait enfin opérer avec son boss.

10

Karekare. Eva longea le gros rocher qui surplombait la maison. John l'attendait sur la terrasse, un matériel de pêche posé sur le sable. Le visage de l'assassin était encore rougi par la plongée mais elle le trouvait très beau dans sa combinaison sans manches.

Eva était complice d'un meurtre, exilée avec un type malade et tout allait pourtant parfaitement bien.

Edwyn avait sombré corps et biens dans sa mémoire, ce grand fourre-tout où elle évitait de ne jamais rien chercher. C'était comme s'il n'avait jamais été, ni son mari ni même un homme. En guise de remords, Eva n'éprouvait rien. John l'avait ensorcelée.

« Ça me donne du vent ! » pensa la jeune veuve en descendant jusqu'à la maison où John attendait, un panier à l'épaule.

— Tu as ramené quoi ?

— Des langoustes ! répondit-il en faisant gesticuler les gambettes mal épilées des crustacés.

Dans les yeux d'Eva, le bonheur se payait en langoustes. Il dit :

— Tu as faim ?

— Oui. Mais il faut les tuer avant, non ?

— Oui. Tu vois, c'est comme le bonheur.

Il sourit. Eva repensa au flic venu la veille. Elle n'avait rien dit à John — pas envie.

Tandis qu'ils marchaient vers la cuisine, Eva remarqua pour la première fois la figure d'une statuette maorie accrochée dans un coin de la terrasse.

— Tiens ! Qu'est-ce que c'est ?

— Un heï-tiki, répondit John. « Heï » pour pendentif, « tiki » pour humain.

— C'est une amulette, non ?

— Oui. Les Maoris s'en servaient comme cadeau de bienvenue, la chose la plus estimable que l'on pouvait offrir. Travailler la pierre rare ou l'os demandait des semaines. Les significations de cet objet sont multiples. Les Maoris mettaient le heï-tiki à l'entrée de leur case pour éloigner les mauvais esprits.

— Il y a des mauvais esprits ici ?

— Plein !

Eva observa l'objet grimaçant d'un œil circonspect. Elle comprenait que les mauvais esprits déguerpissent devant une trogne pareille.

— Les hommes sont-ils rendus si bas ? murmura-t-elle pour elle-même.

— Tu connais peut-être cette légende grecque ? Les dieux auraient créé les hommes en commençant par les meilleurs. Ceux-là travaillaient l'or. Puis ils sont descendus dans la hiérarchie : d'autres hommes ont travaillé l'argent, mais ça marchait moins bien. Alors une nouvelle génération a travaillé l'airain, puis une autre, l'héroïsme. La dernière génération est la nôtre : elle travaille le fer. La nature de ces hommes est si maligne qu'ils ne connaissent pas de répit, condamnés à travailler et à souffrir. Ils deviennent de plus en plus mauvais : les fils sont toujours inférieurs aux pères. D'après cette légende, un jour viendra où leur perversité les amènera à adorer le pouvoir : ainsi, ces hommes perdront le respect du juste et du bon. Et quand plus un ne sera indigné devant le mal, la souffrance d'autrui, les dieux les détruiront. À moins que le petit peuple ne se révolte un jour…

Eva se taisait.

— Le vieux Maori qui m'a vendu ce heï-tiki m'a raconté des histoires similaires sur cet objet. C'était étrange…

Son regard s'évada. Eva raccrocha la statuette au mur, bien décidée à devenir l'esprit bienveillant de cette maison.

— Tu crois qu'on vivra traqués ?

Sa voix pesait des poussières.

John posa doucement sa main sur sa joue.

— Ne t'en fais pas. Nous ne les laisserons pas faire ça.

Eva serra les dents, avec plaisir : il y avait dans son regard une lueur maladive — la vie.

*

Le bush s'étendait sur les hauteurs. Une petite route serpentait à travers la végétation, reliant Karekare à Piha Road. Cernée de monts forestiers, la plage se distinguait encore en contrebas mais le bruit des vagues se dissipait. « De là-haut », John lui avait assuré que la vue serait superbe.

Ils avaient quitté le chemin depuis un moment et s'enfonçaient à travers la forêt. Dans leur dos, le sentier disparaissait sous les fougères géantes. L'atmosphère chargée d'insectes laissait échapper des odeurs bizarres, proches des sensations. Exténuée après la montée, Eva s'était arrêtée au milieu du chemin. John se retourna. Et la sentit enfin. L'odeur. Celle du monde. Il fallait le faire. Le vieux Maori avait raison : le faire avant que tout ne soit trop tard, le faire avant que les hommes ne détruisent tout, la nature et les enfants à venir, eux surtout.

John avança vers la femme. Il cachait quelque chose dans son dos. Eva eut peur, car le regard qui la fixait n'était plus celui d'un homme : il était ce gosse androgyne laissé en pâture sur la dune de son enfance, quand les vagues cognaient dans sa tête, quand Betty l'avait écrasé de tout son mépris. Impuissant. Le fantôme de sa conscience l'avait touché, meurtri, humilié. John n'était plus maintenant qu'une grimace effarée aux mains tremblantes, des secousses rapprochées qui faisaient rouler ses yeux. La lueur bleue jaillit et se ficha dans son crâne : il ne devait pas crier, c'était interdit. La lumière fouilla. Le visage de Betty apparut en kaléidoscope, angélique avec ses quatorze ans, ses joues rondes et ses cheveux blonds crasseux tombant sur les épaules. Il l'aimait. Elle aussi l'aimait. Elle lui avait même murmuré : « John, je veux que tu sois le premier à me faire l'amour... » L'adolescent avait baissé la tête. Jamais on ne lui avait dit une chose si belle et si terrible. Mais tout s'était brisé, cassé, arraché, dilapidé, pulvérisé. Le kaléidoscope tourna à toute vitesse et fonça vers le cœur de la lumière bleue. L'œil du cyclone. Betty disparut dans un cri, happée par la mer électrique.

— John, ça nc va pas ?

Mais sa voix manquait de tout. Elle recula d'un pas : il tenait dans sa main une sorte de trique. Eva resta pétrifiée. Une statue vivante. Un modèle... John fit un effort surhumain pour repousser la crise. Il passa la branche entre ses cuisses, redessina l'arrondi de ses formes, ce corps immobile, palpable, soulevé par la peur qu'il lui inspirait.

— Oh ! John ! Je t'en prie...

Le bras de son amant allait s'abattre sur elle. Eva, en croisant ses yeux vides, succomba à la panique : elle recula et aussitôt s'enfuit vers le bush. En trois enjambées,

John la rattrapa, la saisit par le bras et l'envoya valdinguer contre un arbre. Maintenant, elle était prête.

Dans un bref sifflement, la trique cingla sa cuisse. John grimaçait. Eva crut reconnaître la face immonde du heï-tiki de la maison. Elle subit. Et cria. Trois fois. Mais ne plia pas. John, lui, chancelait. Il cligna des yeux, finit par lâcher la branche et se retint au tronc de l'arbre. Les paupières lourdes, le sexe dur, son odeur forte dans les narines. Sueur et sperme. La chaleur de la bête.

Absent, John regardait ses mains : elles tremblaient, tout au moins coupables. Non, ce n'était pas lui. Pas lui.

Toujours adossée, Eva se mordait les lèvres. Il fallait tenir le coup, ce type était sa seule façon de vivre. John posa ses mains sur la gorge dégagée que la jeune femme lui tendait en sacrifice. Il ne pensait à rien. À rien de présent. Ses doigts s'enfoncèrent dans la glotte. Eva ne tenta aucun geste mais son regard ne quitta pas l'assassin : les yeux dans les yeux, la mort avait plus d'attraits. Son souffle raccourcit. Les oiseaux s'étaient tus, flairant le danger. John serra. Elle gémit :

— Alors ?

Le temps resta pendu au gibet de ses mains. Enfin les doigts se rétractèrent. Le bon air de la planète afflua dans la gorge d'Eva. Plaquée contre l'arbre, elle avait attendu le jugement de sa vie, il venait d'être donné : « non coupable ».

Il avait fallu vingt-six ans. Eva s'était fourvoyée. Sur toute la ligne. La malédiction n'existait pas. Elle n'avait jamais existé.

John s'agenouilla, déchira d'un geste gauche le maillot de la femme et enroula ses bras autour de ses cuisses. Eva le laissa faire. Il se battait bien. Doucement, elle caressa ses cheveux tandis qu'il tentait tout dans le creux de ses jambes.

Une larme, puis deux tombèrent sur le tapis de mousse.

*

Une lame de lumière s'effilait depuis les volets de la chambre. À l'ombre lourde de la lune, la chaleur de l'été s'évaporait. Eva dormait, allongée sur le lit.

De l'autre côté de la cloison, John veillait. Dans l'atelier secret, une odeur de gouache et d'huile exhalait des pots, la plupart séchés. Une lampe à pétrole éclairait cette pièce exiguë sans fenêtre.

John avait l'habitude d'amener des modèles chez lui — des femmes exclusivement — mais aucune n'avait jamais vu le résultat de ses travaux. Elles auraient d'ailleurs été déçues : il ne peignait qu'une vision défaite de la femme, de l'amour et de sa condition. John sélectionnait ses modèles au hasard. Il repérait une fille, la suivait, puis lui envoyait une note explicative. La plupart du temps, les filles suivaient ses instructions sans poser de questions : elles venaient ici, restaient deux heures et disparaissaient jusqu'à la séance suivante avec cent dollars en poche. Des femmes de tous milieux sociaux se rendaient ici.

Aujourd'hui, Eva était le modèle. Elle serait son chef-d'œuvre.

Seul devant la toile, John attendait l'instant. Eva tenait les draps poings serrés et il l'aimait éperdument, cette femme à qui il ne pouvait faire l'amour. John ne pouvait plus supporter son impossible hétérosexualité, il ne pouvait plus se supporter. Oui, il était temps d'expier le mal. Vite. Ça lui courait déjà dans les veines, ça démangeait, tous ces petits picotements sous la peau…

Il saisit une lame de rasoir et s'ouvrit le poignet. D'un coup sec, la veine se fendit. Un flot de sang gicla sur la toile avec une vigueur surprenante. Automutilation pour punition, scarification, sang pour inspiration. « Un sang d'encre ! » fit-il en ricanant. Car depuis quelques jours le mal commençait à se faire plus présent.

La lampe à pétrole envoyait des signaux de fumée au plafond. John n'eut guère à presser sur la blessure : une flaque vermeille inondait déjà la toile vierge. Il saisit un pinceau à poils fins et le trempa dans cette gouache encore tiède. Enfin, il commença à peindre. De manière frénétique. Plus rien ne comptait.

— Ce soir, j'achèverai mon œuvre ! fit-il en brandissant le pinceau maculé de rouge.

Le peintre se concentra derrière la vitre teintée, évalua la cambrure des reins sans prêter attention au liquide qui gouttait de son poignet. Eva était magnifique. Le tableau prenait forme dans son esprit.

Il travailla jusqu'à l'aube.

Le résultat fut à la mesure de son état psychique.

Délirant.

L'œuvre était achevée. Il ne savait pas si c'était bien, en tout cas c'était vital.

Le travail l'avait mis dans un état de fatigue exquis et le sang coulait toujours de sa blessure. Le tableau était fini : il fallait y survivre.

John s'empara d'une aiguille et passa un fil dans le chas. Il pensait à tout. À rien. Au temps. Ses bousculades. Avec une minutie très discutable, il recousit la blessure à vif. L'aiguille s'enfonçait aisément dans sa peau et la souffrance ne lui faisait pas peur : son corps n'était pas le sien.

Le sang coulait beaucoup moins maintenant. Un vrai travail d'artiste. Alors, il se tourna vers la chambre : Eva, à la lueur de la lune, semblait belle… Belle et bien morte.

11

La nuit tomba sur Waikoukou Valley. Les cratères de la lune faisaient des taches d'encre sur le buvard cosmique. Jack et Ann avaient suivi le labyrinthe de sentiers forestiers qui filaient à travers les arbres, questionnant au passage les bûcherons ; l'un d'eux finit par leur indiquer le domicile présumé de Tuiagamala. Le géant habiterait quelque part dans le bush, entre fougères géantes et pins serrés en un vaste môle tournant. À pied et selon les estimations du garde forestier, ils en avaient pour une demi-heure environ.

Très vite, le chemin s'avéra impraticable pour une voiture ; ils laissèrent donc la Toyota à la lisière du bush et s'équipèrent en vue d'une marche forcée : lampe-torche, boussole, quelques armes de poing et un nouvel émetteur qui les relierait les uns aux autres. Si Jack était habillé pour la circonstance (chaussures souples, pantalon noir et veste légère), Ann Waitura avait toujours ses talons plats et son tailleur. Ils feraient avec.

Comme convenu, Wilson les avait rejoints au crépuscule. Il portait son uniforme de service, un revolver à la ceinture, une matraque et des menottes. Jack avait confiance : Wilson avait le visage des hommes prêts à l'action.

Ensemble, ils élaborèrent un plan d'investigation des

lieux. Ça restait évasif, mais Fitzgerald n'avait pas le temps de dépêcher un escadron pour ratisser la pinède. Le vrai domicile de Tuiagamala se situait quelque part dans l'obscurité.

Wilson disparut le premier sous la voûte des épineux.

Jack bourra ses poches de balles calibre .38, vérifia le bon fonctionnement de son arme et fila d'un pas rapide à travers le bush. La jeune femme eut toutes les peines du monde à le suivre. Ils s'enfoncèrent sous les arbres, l'attention portée sur les bruits de la nuit, plus troublants à mesure qu'ils pénétraient l'obscurité. Le tailleur s'accrochait aux ronces, déchirant çà et là le lin de sa jupe. Lui continuait de marcher comme si de rien n'était. Bon gré mal gré, ils se frayèrent un passage dans la forêt. Les oiseaux créaient des monstres alambiqués sous les feuillages et des démons obscènes semblaient les observer depuis les cimes des arbres. Les opossums les regardaient passer en ouvrant des yeux ronds.

Ann pressa le pas : Jack avait pris de l'avance et elle ne tenait pas à rester seule en retrait. Trop occupée à surveiller ses propres pas, elle buta contre son partenaire : le policier avait stoppé au milieu du chemin.

— C'est ici…

Son souffle n'avait été qu'un murmure. Derrière une fougère démesurée, on devinait une cabane de bois vétuste prolongée par une grange où s'entassaient des piles de rondins et des outils — tout un matériel de bûcheron. Jack s'était arrêté car une lumière filtrait de la cabane. Tuiagamala ne vivait donc pas seul.

— Ann, tu restes là. Je vais y aller. Fais-moi plaisir, sors le flingue que je t'ai donné. Cache-toi et observe. Compris ?

Elle acquiesça d'un signe de tête et se glissa derrière l'énorme fougère en bordure du chemin. Sa dernière vision fut celle d'un homme aux abois disparaissant dans l'obscurité. Une terreur inexplicable lui nouait le ventre. Elle avait peur pour sa vie, celle de Jack…

Un vieux hibou ferma les yeux sur les agitations des hommes ; ceux-là faisaient tellement de bruit que les mulots avaient tous déguerpi.

À couvert, Jack contourna la cabane. Wilson ne devait plus être loin. Il attendit de longues secondes, épia, n'entendit rien de suspect, approcha lentement, chercha des ombres ennemies sous la lune, épia de nouveau, et s'arrêta à dix pas de la cabane. La lumière filtrait toujours depuis la lucarne. Il lui sembla distinguer une silhouette dans la pièce : impossible d'en déterminer l'identité.

Fitzgerald chercha la bonne respiration. Son instinct le mettait en garde. Mais de quoi ?

Son pouls devint plus régulier. En quelques enjambées, il parcourut la distance qui le séparait de la porte. D'un coup de pied, le policier fit sauter les pauvres gonds et jaillit dans la pièce, arme au poing. Son index se contracta sur la détente : face à lui, assis à une table de bois miteuse, Zinzan Bee.

Le sorcier maori eut un vague geste de bienvenue.

— Je vous attendais, capitaine.

Jack fit un brutal panoramique : c'était une pièce sale, avec deux grands placards, une étagère où s'entassait la vaisselle d'un autre temps, un évier à l'eau jaune, toutes sortes d'ornements maoris accrochés aux murs et une couche immonde posée à même la terre battue.

Un piège. Zinzan Bee les avait menés dans un piège. Jack tira deux fois. Une balle se ficha dans chaque placard.

Le rire du Maori ponctua le lourd silence qui suivit.

— Je ne me cache pas dans les placards, monsieur Fitzgerald !

Il pointa son arme sur la poitrine couverte de tatouages. Zinzan Bee n'esquissa pas le moindre geste quand il s'approcha pour jeter un regard inquisiteur sur sa cheville : celle-ci était ornée d'un cercle bleuâtre semblable au tatouage de Tuiagamala.

— Maintenant, tu vas me dire ce que tu sais, grogna-t-il. Je te préviens, je ne suis plus patient. Plus du tout.

— Mais bien sûr, capitaine. Que voulez-vous savoir ?

Bee était trop sûr de lui. Ses mains baguées gravitaient loin de son gilet de cuir mais Jack se tint contre le mur afin d'éviter toute mauvaise surprise.

— Tuiagamala, c'est un mangeur de chair humaine ?

— Si l'on veut.

Le Maori jouait franc jeu. Il devait se sentir fort. Jack se demanda où était Wilson.

— C'est toi qui l'as initié ?

— Je ne mange pas de chair humaine, rétorqua-t-il dans un sourire glacé.

— Réponds.

— Je l'ai initié aux rites de nos ancêtres mais il voulait aller plus loin…

Fitzgerald serra les dents.

— C'est un meurtrier. Tu l'as cautionné, que tu le veuilles ou non. Maintenant tu vas me raconter son histoire. Je n'hésiterai pas à te descendre.

Le chaman prit une longue inspiration. Le ton qu'il adopta était d'une étrange tranquillité.

— Tuiagamala est issu des terres retirées, celles que votre gouvernement a laissées à nos ancêtres il y a plus d'un siècle. Une terre pauvre, sans avenir mais non sans âme. Tuiagamala est né monstrueux. La consanguinité de notre autarcie forcée ne l'a pas épargné. Très tôt les siens l'ont rejeté, par honte, et puis il effrayait les femmes, les plus jeunes le chassaient…

— Accouche.

— Hum, soupira Zinzan sans se départir de son air supérieur. Son esprit malade a fait une sélection des événements et des rites qu'on continuait malgré tout à lui inculquer : avec le temps, il s'est inventé sa propre histoire. C'était pour lui une question de survie. Alors à son tour il a rejeté sa mère, sa famille, et devint Tané, l'esprit des bas-fonds où rôde et règne le mangeur de chairs mortes.

Un frisson macabre erra dans la pièce. Jack cala la crosse de son revolver. Bee poursuivit son histoire :

— Tuiagamala finit par s'éloigner de son village, hanté par ses rêves nocturnes. Il a ainsi erré sur les routes en quête d'un sanctuaire. Après des semaines de vagabondage, il s'est réfugié dans cette forêt. Seuls quelques bûcherons le connaissaient et, par pitié sans doute, le laissaient braconner. C'est ainsi que je l'ai rencontré, misérable créature aux ornements grotesques — répliques hallucinatoires des récits de son enfance où les prêtres revêtaient robes et tatouages pour honorer les dieux. Tuiagamala avait déjà commencé son initiation, mais il lui fallait un maître de cérémonie, un guide à travers l'engrenage spirituel qui le précipiterait définitivement du côté des dieux malins… Tané, le guerrier furieux qui marche dans l'ombre. Alors, il entendrait pleurer l'esprit des étrangers…

Zinzan Bee se tut. La sueur perlait sur son front tatoué. Sa grande natte brune émergeait de son crâne chauve pour retomber dans son dos. À quelques pas de là, le canon du .38 toujours rivé sur sa poitrine, Fitzgerald grimaçait.

— Oui, je l'ai initié, poursuivit le Maori. Ce pauvre être avait besoin de moi, et les dieux le réclamaient. Non pas les dieux d'aujourd'hui, ces pitres qui sont les vôtres, mais ceux de nos ancêtres, avant l'arrivée de Tuti, votre capitaine Cook. Ainsi, Tuiagamala devint Tané, le Mal dont chaque civilisation a besoin comme repère. Car, sans notion de bien et de mal, quelles barrières fixer à son peuple ? La symbolique est simple, monsieur Fitzgerald. Elle est la même que la vôtre, quoique plus primitive. Vous avez chassé les dieux multiples que nous honorions mais certains sont revenus. Car ceux que vous nous avez proposés en échange avec la cohorte de missionnaires débarqués sur notre terre ne nous ont finalement apporté que chaos, désorganisation du lien social et familial, mort des croyances, désolation et chômage… Aujourd'hui, certains d'entre nous, esclaves d'hier, reviennent aux anciennes formes de vie, de croyances… Nous honorons nos dieux en secret, loin de vos villes criardes et perverses où nous n'avons nulle place…

Le triomphe saillait de ses pommettes ; cet homme se croyait invincible. D'immortel, il n'y avait qu'un pas. Jack savait que les hommes étaient des sots, inventeurs de contradictions qu'ils étaient incapables d'assumer. L'aspect spirituel lui échappait : les Grecs n'avaient pas fait tant de manières. Ils se servaient de leurs divinités selon l'occasion. Il expulsa un soupir dégoûté.

— Pauvre fou. Tu me donnes vraiment envie de vomir…

Son index jouait sur la détente quand un coup de feu retentit : il provenait du dehors. Aussitôt, le policier se plaqua contre le mur, un œil sur Bee, l'autre sur la fenêtre. Il cria par la lucarne à moitié démolie :

— Wilson !

Silence. Juste le bruissement des arbres. La nuit se tenait tranquille, avec ses ombres angoissantes et ses mystères. Un piège. Fitzgerald visa le sorcier au front. Bee ricanait.

— Tu me dis ce qu'il se passe, tout de suite ! il menaça.

Zinzan ne fit pas le moindre geste. Seuls ses sourcils bougèrent. Un signe que Jack interpréta dans la seconde : il y eut un bris de glace et une succession de cris. Un homme passa à travers la fenêtre et se réceptionna sur le sol dans un athlétique roulé-boulé : Ieremia, le flic de Surfdale.

Jack l'accueillit par une volée d'acier : la balle traversa l'épaule du flic avant de se ficher contre l'os. Ieremia fut projeté en arrière, la clavicule pulvérisée. Au même moment, Zinzan Bee bascula sur sa chaise et se laissa tomber en arrière : la seconde balle siffla à hauteur de tête, mais s'écrasa sans dommage dans le placard. Bee se faufila entre les chaises.

Le policier pivota sur lui-même et visa la porte : deux hommes venaient de faire irruption dans la cabane tandis qu'un autre sautait par la fenêtre brisée. Il tira ses dernières balles sur les cibles mouvantes, touchant un Maori de forte corpulence à l'abdomen, l'autre à la boîte crânienne. Les guerriers s'effondraient sur la paillasse sale quand il ressentit une douleur vive à son poignet droit. Il releva les yeux et reconnut un des hommes croisés dans le bar de South Auckland : le guerrier brandissait un bâton traditionnel, celui qui venait de cogner son bras armé.

Rapide comme un serpent, le Maori frappa une seconde fois, à la tête. Jack s'écroula aussitôt.

Tout s'était passé très vite. Zinzan Bee se releva au moment où le policier glissait sur la terre battue. Le sorcier le jaugea avec un air de satisfaction. Le chef de la police n'était plus qu'un tas de viande recroquevillée contre le mur, le visage en sang.

Autour de lui, le carnage. Un de ses guerriers était mort sur le coup, un autre agonisait sur la paillasse et l'épaule blessée de Ieremia lui faisait courber l'échine. Le chaman l'aida à se relever.

À ses côtés, Térii bombait le torse : il venait d'abattre l'étranger. C'est à lui que revenait l'honneur de le dépecer avant de blanchir ses os.

Le jeune guerrier leva son bâton et s'apprêta à frapper la nuque afin d'achever ce maudit flic. La voix de Bee coupa net son élan meurtrier :

— Non ! Attends ! On va le mettre avec l'autre. (Ses canines se découvrirent une vocation de fossoyeur :) C'est l'occasion unique de faire une petite cérémonie en l'honneur du Tané mort…

Térii obéit sans discuter. Zinzan Bee était son chef spirituel, son guide. Il se contenta d'un regard méprisant envers sa victime à terre et se retira.

Dehors, deux hommes vêtus d'un costume traditionnel tenaient un petit tronc d'arbre en équilibre sur leurs larges épaules. Le corps de Wilson pendait là. Le guerrier leur fit signe d'approcher.

Attaché par les mains et les pieds, le jeune policier ne bougeait plus : la moitié de son orbite oculaire avait été emportée par un coup de massue, le sang gouttait abondamment sur sa chemise, ses cheveux blonds étaient tout poisseux mais il respirait encore faiblement.

— Timu et Paouta sont morts. Celui-là servira leur mémoire, dit solennellement le guerrier.

Ils jetèrent Wilson sur le sol poussiéreux. Un râle s'échappa de sa bouche tuméfiée.

*

Cachée derrière les fougères, Ann avait retenu son souffle : une bande de Maoris passait devant elle. Des peintures de guerre ornaient leur visage farouche. Ils marchaient dos courbé, furetant à travers les feuillages en direction de la cabane. Leur aspect était magnifique, effrayant. Le temps avait reculé : « Des mangeurs d'hommes », pensait-elle, le cœur haletant. Prise de panique, la criminologue hésita à donner l'alerte : pourtant ses deux compagnons étaient là-bas, quelque part dans l'obscurité autour de la maison, en danger, et les Maoris les suivaient probablement depuis le début. Un piège. Il fallait décider, trouver un moyen de sortir vivant de ce guêpier… Soudain, deux coups de feu retentirent. Son dos se contracta, mordu dans sa chair. Sans comprendre son geste, Ann s'enfuit dans le bush.

Un autre coup de feu claqua dans l'air suffocant de la nuit. Elle courut sans s'arrêter, tenant son sac contre son ventre comme un bouclier dérisoire. Les épines arrachaient son tailleur, ses pieds butaient contre les racines, son ventre grouillait de peur : fuir. Il y eut une nouvelle série de coups de feu, Ann n'entendait plus rien, la panique dévalait sous ses jambes, les branches lui giflaient le visage, la nuit la poursuivait jusque dans ses pires rêves de gosse. Elle courut jusqu'à en perdre haleine, au hasard de ses pas affolés. Lorsqu'elle s'arrêta, son cœur cognait contre ses tempes. Ann Waitura voulut vomir mais n'y parvint pas. Elle hoquetait, la main plaquée au tronc rugueux d'un pin, l'estomac retourné.

Enfin, lentement, la vie reprit forme par-dessus le hoquet de son corps. Ça faisait presque du bien, tant de douleur. La criminologue tenta de se calmer. Vite, analyser la situation. La nuit gardait son silence comme une mère jalouse. Ann se redressa, expulsa le mauvais air de sa bouche et lissa son visage exsangue de ses mains moites. La peur l'avait fait détaler comme la dernière des lâches. Qu'étaient devenus Fitzgerald et Wilson ? Pourquoi avait-elle si peur pour eux ? Une pensée fusa. Elle la rejeta violemment : l'homme n'a pas de prédateur.

Un calme blanc navigua dans ses eaux. La jeune femme remarqua qu'elle tenait toujours son sac contre son ventre. Il y avait bien l'émetteur mais elle n'osa pas joindre Jack : il pouvait être avec les criminels et son appel pouvait le trahir. Entre un rouge à lèvres et un porte-cartes, elle vit alors le petit cadeau de Jack : un calibre .32.

Ann Waitura détestait les armes à feu mais savait les utiliser — elle avait même relevé un défi stupide lancé par un élève de sa promotion. Elle ferait une exception pour cette fois : la jeune femme vérifia le chargement des six balles et prit la direction qu'elle venait de fuir.

L'obscurité était son alliée. Elle reprit courage, rebroussa chemin et, au détour de mille précautions, tomba sur la bande organisée.

De loin, la criminologue suivit des yeux l'étrange cortège : quatre puissants Maoris aux corps luisants sous la lune portaient deux hommes blancs, accrochés à des troncs comme des fauves après une longue battue. Le cliché sauvage de l'enfant occidental, les récits d'aventures du capitaine Cook. Le visage d'Ann avait des siècles : elle reconnut Jack, pendu tel un lion mort, et Wilson, dont l'œil à moitié crevé expulsait un flot de sang noirâtre. Fermant la marche funèbre du cortège, Ieremia se tenait l'épaule. Le convoi surréaliste se dirigeait d'un pas nonchalant vers le bush.

À distance respectable, Ann suivit les Maoris à travers la forêt d'épineux. Elle n'avait plus peur : le cap était dépassé et puis elle s'était comportée comme une lâche tout à l'heure : son devoir était de les sortir de là. Coûte que coûte.

Elle serra fort la crosse du .32 dans sa paume.

Enfin le cortège stoppa à hauteur d'une clairière. Waitura se tint en retrait, prenant garde par d'incessants regards alentour à parer toute surprise. À une vingtaine de mètres, les guerriers avaient disposé les corps inertes des policiers sur le sol. La femme ouvrit les yeux en grand : elle faisait face à une sorte de sanctuaire, avec des pierres dressées devant les vestiges d'un grand feu.

Un homme approcha.

Zinzan Bee avait revêtu le maro blanc, signe du premier savoir, et commença à prononcer des incantations incompréhensibles. À ses côtés, Térii recouvrit les corps des prisonniers de bandelettes macérées d'huiles odorantes après les avoir solidement attachés par les mains.

Jack revint à lui au moment où l'un des guerriers traînait un cochon sacré par les oreilles : les fanatiques avaient tout prévu. Avant l'égorgement, la bête renifla le charnier, son groin fouillait les restes. Parmi eux, Fitzgerald sentait l'haleine fétide du porc couler sur sa figure.

Il profita du relâchement causé par la préparation de la cérémonie pour évaluer la situation : ses mains étaient liées dans son dos. Devant lui, un charnier où exhalaient toutes sortes d'immondices. Les offrandes : cochons égorgés en présage, chiens expiatoires éventrés. Dans ces bas-fonds régnait Tané, le mangeur de chairs mortes. Pour lui, on abattait des hommes selon les rites ancestraux. Des os blanchis, des têtes aux orbites vides, et toujours cette odeur de mort qui crevait les narines… Ici gisaient les restes de Katy, Kirsty, et sans doute tant d'autres avant eux.

Wilson gémit. Jack se tourna vers lui. Le visage du jeune flic faisait peine à voir mais il respirait encore, par secousses. Son orbite frontale était fracassée et son œil ne tenait plus qu'à ses larmes.

Jack avait du mal à voir, la tête lui tournait.

On amassa des branchages dans les cendres froides. Après quoi on jeta les corps des deux policiers à même le charnier. Trop faible, Wilson plongea tête la première dans la fange sans pouvoir se dégager. Jack extirpa sa nuque pour respirer un peu d'air.

Les guerriers ne faisaient plus attention à lui. Térii, vêtu du maro sacerdotal, peint de jaune et poudré de safran, marchait à la manière des incantateurs, le torse nu pour découvrir le tatu des maîtres-initiés :

— Que les dieux qui se troublent et s'agitent dans les neuf espaces du ciel de Tané m'entendent, et qu'ils s'apaisent ! rugit-il dans la nuit hallucinée.

Il présenta une fiole à Zinzan Bee. Le maître de cérémonie avala une large goulée du liquide épais avant de la donner à ses disciples qui, à leur tour, burent la drogue. Bientôt, chacun fut pris de convulsions. Les corps se tordaient sous la lune, Jack, vautré dans le charnier, tenta de se dégager mais ses liens étaient trop solides. À ses côtés Wilson bougeait encore, à moitié étouffé par les cadavres d'animaux en putréfaction.

Quand les Maoris cessèrent leurs spasmes, une lueur de folie pure dévorait leur visage peint. Ces hommes n'avaient plus rien à voir avec le monde alentour, ni même le souvenir de ce que furent leurs ancêtres. La drogue les avait rendus fous.

On mit le feu aux branchages : Jack comprit que le brasier leur était destiné. Très vite, les flammes crépitèrent sur le bois mort. Térii présenta une écuelle à Zinzan Bee : du poison pur.

Deux guerriers saisirent Wilson et le relevèrent. Le malheureux respirait faiblement. Jack se débattit, en vain. Un cri effrayant perça l'air. Il releva la tête : Wilson, que l'on maintenait debout malgré sa grande faiblesse, hurlait de douleur. Térii venait de lui ouvrir le poitrail à l'aide d'un couteau et enfonçait maintenant le poison dans la plaie ouverte.

On nageait en plein délire. Fitzgerald tira de toutes ses forces sur ses liens, sans résultat. Wilson agonisait ; il vomit un liquide verdâtre qui provenait de sa bile, le corps tétanisé par la douleur laissant suinter un mélange de sang et de pourriture. Jack détourna les yeux.

Wilson expira dans un long râle.

Les guerriers psalmodiaient des incantations maléfiques. Térii commença à dépecer la victime : s'aidant d'une lame effilée, il ouvrit de l'aine jusqu'au thorax le corps encore brûlant du jeune policier. Puis, il extirpa les entrailles où se mêlaient sang chaud et défécations, viscères et appareil digestif, les tendit en signe de victoire avant de les jeter dans le feu sacré.

Ils ne mangeaient que les parties nobles.

Jack maudissait entre ses dents quand un coup de feu claqua depuis la forêt d'épineux. Le corps d'un guerrier tomba d'un seul bloc dans le charnier où il se débattait. Une balle s'était fichée dans le dos du Maori, faisant éclater une omoplate sous l'impact.

Les guerriers se mirent à plat ventre et se lancèrent une série d'invectives. C'était le moment ou jamais. Jack fit un effort terrible pour se hisser sur ses jambes. Ieremia voulut s'interposer mais un nouveau projectile siffla à ses oreilles, l'obligeant à se coucher : le flic de Surfdale gémit quand sa clavicule déjà fracturée frappa le sol épineux.

D'un bond, Fitzgerald se jeta dans le feu où grillaient les viscères de Wilson.

Rampant à couvert, Zinzan Bee hurlait les ordres. Térii glissa jusqu'aux fougères et se trouva bientôt à l'ombre de la lune. La mort changeait de camp.

Deux guerriers se dispersèrent. Ieremia, toujours à terre, saisit la jambe de Jack et l'attira vers lui de sa main valide. Le policier s'était jeté dans les flammes et livrait ses poignets noués à l'épreuve du feu. Les brûlures lui arrachaient des larmes tièdes mais il tiendrait bon. D'un coup de talon rageur, il repoussa Ieremia, agrippé à sa jambe, tandis qu'une série de balles faisait voler la terre alentour. Ann devait se situer quelque part dans les fourrés, il fallait se hâter : désormais dispersés, les guerriers ne tarderaient pas à la prendre à revers.

La peau de ses poignets avait commencé à se consumer mais les liens finirent par se déchirer : il était libre. Libre. La sensation fit grimper en flèche son taux d'adrénaline. Il se jeta à la gorge de Ieremia et roula avec lui dans une étreinte capricieuse. Trouvant l'ouverture, Fitzgerald enfonça son doigt dans la plaie du Maori : un sang tiède jaillit de la blessure encore fraîche. Il sentit même la balle, encore coincée contre la clavicule en morceaux. Sur l'instant, il ne ressentit rien. D'une brutale clé du bras, Fitzgerald lui cassa le cou. Les vertèbres de Ieremia cédèrent et son corps devint subitement tout mou.

Jack se releva, à moitié fou : ses poignets étaient brûlés, sa tête lui faisait mal et l'effort fourni pour se débarrasser de Ieremia le rendait fébrile. À ses pieds, la fiole ingurgitée par les tueurs s'épanchait. Les coups de feu avaient cessé et la clairière était étrangement déserte. Il rassembla ses forces pour hurler dans la nuit :

— Attention, ils cherchent à te contourner ! Déplace-toi, vite !

Sans attendre de réponse, il saisit le bâton de combat qui traînait à terre. Trop faible pour courir, Jack tituba vers le bush où venaient de disparaître Zinzan Bee et sa clique. La tête lui tournait. Sans arme, il n'avait aucune chance contre des combattants aguerris. Le policier fit alors demi-tour et se pencha sur le sol : il restait quelques gorgées de drogue dans la fiole. Il avala le tout.

Le liquide épais commença par brûler son œsophage. Un spasme violent parcourut son corps et le jeta les deux genoux à terre. Le goût était atrocement amer mais une chaleur inconnue lui fit l'effet d'une bombe. Il avait des braises dans l'estomac. Un fantastique coup de fouet le propulsa sur ses jambes : chien maintenant complètement enragé, il courut vers les épineux.

Quelque part sur sa gauche, deux coups de feu claquèrent, vite suivis par un cri de femme. Jack pensa aussitôt à Elisabeth, à son appel. La drogue le possédait. Dès lors, il fallait tuer. Le bâton à la main, il sauta par-dessus les fourrés et courut. Dans sa tête, un vide profond de vingt-cinq ans. L'appel d'Ann n'était qu'un lointain écho.

Un guerrier tapi dans le noir surgit alors des étoiles. Ayant senti le danger, le métis bloqua l'attaque à l'aide de son bâton et jeta son crâne dans le nez du tueur : les cartilages cédèrent mais il riposta aussitôt, touchant au ventre. Fitzgerald recula sous l'impact mais resta en position, prêt à affronter l'ennemi. Le jeune Maori qui lui faisait face n'avait pas vingt ans. Il tourna autour du flic en grognant dans le dialecte de ses ancêtres. Jamais Fitzgerald n'avait ressenti ça. Il frappa dans le vide et sentit siffler la mort juste au-dessus de sa tête. Soudain le bâton qu'il tenait vola littéralement de ses mains ; le Maori, plus habile, se ruait maintenant sur lui, les yeux rougis par la peur. Jack se protégea derrière un tronc, pivota et frappa de plein fouet le genou de son agresseur : la rotule fêlée, le Maori vacilla et, hagard, ne réussit pas à éviter la semelle suivante, qui lui détruisit le nez. En réponse aux lourdes larmes affluant aux yeux du guerrier, Fitzgerald décocha un terrible uppercut au menton. Sa technique de boxe n'avait pas pris une ride. L'homme lâcha son arme mais ne tomba pas. Quelque chose le faisait mourir debout.

Le policier s'empara de la massue à terre et l'écrasa sur sa tête. Alors seulement, le mangeur d'hommes daigna s'affaisser. Il frappa pourtant de nouveau, avec la même violence, laissant apparaître une masse étrange, gluante. Jack n'entendait plus rien : enivré par la drogue et sa propre folie, il ne voyait qu'une bête frappée à mort — car alors c'était lui, le meurtrier de sa famille.

Un cri lointain et désespéré le sortit de sa transe hallucinatoire. La tête de Jack bourdonnait comme une mouche épileptique, ses doigts serraient encore le bâton de guerre dans une étreinte d'aliéné et le jeune type gisait sur le sol humide, le crâne ouvert… Revenir sur terre.

C'était fait. Il courut vers les arbres voisins, vers l'appel. Dans le ciel noir de monde, même les étoiles saignaient à blanc. Sur le chemin, Fitzgerald trouva le corps d'un homme tatoué, abattu d'une balle en plein visage.

Ann s'était défendue avec courage mais l'étau s'était resserré. Zinzan Bee l'avait surprise et très vite l'avait contrainte à lâcher le calibre .32. Dans la bagarre qui suivit, Térii lui démolit la lèvre inférieure, cassant deux dents au passage. Le sang affluait dans sa bouche : Ann avait lancé un dernier cri. Jack.

Les Maoris la plaquaient maintenant contre un arbre. Ils arrachèrent ses vêtements. Les seins lourds de la jeune femme jaillirent à la lune. Ann Waitura se laissa faire. Sa mort ne lui faisait pas peur. Aveuglé par cette résignation, Térii déchiqueta les lambeaux de sa fine culotte blanche.

— Calme-toi ! siffla Zinzan Bee.

Ann ne disait rien. Le sang frais coulait de sa bouche meurtrie, ses dents lui faisaient mal, le Maori la maintenait par le sexe contre le tronc de l'arbre.

— Arrête ! ordonna le chaman. Nous allons la sacrifier selon les rites !

Térii se retira, les yeux exorbités. Zinzan Bee fit jaillir la lame de son poignard. D'un coup, il éventrerait cette créature mauvaise. Après quoi il dévorerait son foie et calcinerait ses organes génitaux dans le feu sacré. Les restes seraient livrés au charnier après qu'on aurait dévoré les morceaux de choix.

Zinzan Bee avait jeté un sort sur le monde : une vengeance sauvage, pour son peuple anéanti et pour tous les peuples primitifs écrasés par la loi des Blancs.

Tout à sa haine, il n'entendit pas la bête feuler dans son dos.

Térii lâcha soudain les poignets d'Ann. Alerté par la proximité du danger, le sorcier fit volte-face. La femme se laissa glisser sur le tapis de mousse, le visage barbouillé de sang.

Térii fut le plus prompt à la riposte. Il gonfla le torse, fit courir ses muscles sur sa peau découverte : devant lui, un métis à tête de cinglé le menaçait des canines. Personne n'avait peur : ils frappèrent ensemble.

Les bâtons se brisèrent dans un bruit de bois sec. De la main gauche Fitzgerald tordit le poignet de son adversaire, et de la droite enfonça violemment son bâton sectionné dans ses yeux. Les échardes crevèrent la rétine. Térii tituba, tenant dans ses mains un flot de sang. Fitzgerald allait l'achever quand Zinzan Bee, lancé à l'attaque, planta sa lame dans sa cuisse. Le couteau s'enfonça juste avant l'os.

Des bêtes sauvages grimpèrent aussitôt à l'esprit du policier, tentèrent de l'aspirer vers le bas. Sa jambe trembla mais sa volonté refusa de flancher, bêtes sauvages ou pas. Zinzan Bee commença à malaxer son couteau dans la blessure à vif. Une piqûre féroce grimpa jusqu'à l'aine.

Quand un crocodile géant les happe au bord du Nil, les zèbres s'attaquent aux yeux de leur agresseur : alors, le monstre les laisse s'échapper. Fitzgerald était cet animal en perdition : il planta ses crocs dans les paupières du sorcier. D'un coup sec, il arracha peau et cils. Le Maori se prit le visage à deux mains et lâcha sa garde. Jack cracha des lambeaux de chair, empoigna le couteau planté dans sa cuisse et le tira d'un coup sec. Les bêtes féroces se déchaînèrent dans sa tête.

Il rugit une dernière fois avant d'égorger Zinzan Bee. Dans un flot d'hémoglobine qu'il tentait de réprimer, le sorcier maori tomba à terre. Les yeux révulsés, il pensa à tous ces Blancs, ces métis, tous ces traîtres, et à la terre de ses ancêtres définitivement tournés vers l'Occident… Sa carotide était déchirée mais il psalmodia une dernière fois la formule damnée, un sort jeté à ces fous libres de tout détruire.

L'image du vieux Maori passa devant ses yeux vitreux.

Zinzan Bee expira le cœur en paix.

La nuit tournait dans les arbres. Ivre de douleur, Jack se tourna vers Térii : le jeune Polynésien cachait toujours son visage dans ses mains poisseuses. Il eut un geste de recul en voyant approcher Fitzgerald. Il ne pouvait plus se défendre et, dans le flou de sa vision rouge sang, Térii eut soudain peur : ce type était un démon. Même le Tané n'était pas si sauvage.

Avant de s'évanouir, Fitzgerald lui perfora le ventre. Dans son délire, il entendit presque distinctement le bruit du sang expulsé. Rassuré par cette dernière vision de cauchemar, il sombra dans un coma bref mais profond.

12

Le vent bruissait dans les flancs des arbres. Jack fut réveillé par un autre bruit que celui du sang, des os qui craquent ou de la chair violée : le bruit d'une bouche sur sa peau brune. Il ouvrit un œil. Tout était trouble, bizarre, dépassé. La cime des pins tanguait au-dessus de lui et Ann Waitura divaguait, nue et tremblante sur sa poitrine.

Une douleur aiguë le saisit alors à la cuisse. Son estomac se souleva. Il ne savait pas depuis combien de temps ils reposaient tous deux sur la mousse mais il avait perdu beaucoup de sang : une flaque poisseuse s'épanchait de sa jambe blessée. Jack accueillit l'oisillon tombé du nid, posa sa main sur les cheveux d'Ann, qui sanglotait en silence. Le contact humain la ramena un peu à la vie.

— Tu… tu es vivant. Oh ! Mon Dieu…

Elle releva la tête, ses pupilles fauves noyées de larmes. Sa lèvre inférieure était nettement coupée. Ils ne bougeaient pas, ils avaient presque peur de respirer. Fitzgerald reprenait ses esprits. La coupure de son crâne ne saignait plus mais ses poignets brûlés étaient à vif.

Enfin, la criminologue se rendit compte de la situation — elle reposait nue sur le corps du policier. Soudain gênée, elle rampa jusqu'à ses pauvres vêtements éparpillés sur la mousse. Ann tint ses guenilles contre elle, espérant peut-être effacer le sentiment qui l'avait poussée vers lui.

Jack ne la regardait plus ; il déchira la manche de sa chemise et la porta à sa cuisse afin de bloquer l'hémorragie. Il serra contre la plaie, souffrit mille morts lors de l'opération et fit un nœud. Puis il se hissa sur sa jambe valide, eut un mal de chien à faire les quelques pas qui le séparaient des cadavres, ôta la tunique d'un guerrier mort et porta le maro à la jeune femme perdue sur son tapis de mousse.

Avec tout ce sang, c'était assez répugnant à enfiler, mais Ann n'avait plus qu'un désir : rentrer. Un lit, une maison, un hôpital, n'importe quoi pour partir d'ici.

En passant son doigt contre ses gencives, elle réalisa avec effroi que deux dents manquaient. Deux molaires. Ses cauchemars de gosse la poursuivaient. Pleurant doucement, elle se leva et, nu-pieds, suivit le pas chaotique du policier sous la futaie.

Ils abandonnèrent sans un regard les cadavres mutilés des Maoris, marchèrent un moment, ailleurs. Jack ne disait pas un mot. Son visage luisait d'une pâleur alarmante. Ann ressentait cette douleur. Unis dans la mort, ils formaient désormais une seule et même personne.

La jeune femme se voila la face quand elle aperçut le corps dépecé de Wilson près du charnier. À ses côtés, les braises rougissaient sous la lune. Elle était intervenue trop tard : à cause de sa lâcheté, Wilson avait péri de manière abominable. Ce sentiment de culpabilité la fit flancher.

C'est la main de Jack qui rattrapa la sienne.

— On n'y peut rien maintenant. N'y pense plus. Je… C'est… C'est la première fois que quelqu'un me sauve la vie.

On aurait dit que ça lui en coûtait. Ann offrit son épaule comme pilier. Il l'accepta, peu persuadé d'être debout. Cahin-caha, les deux épaves s'enfoncèrent dans la nuit.

Au milieu de la clairière, le feu sacré crépitait encore.

*

Ann conduisait l'automatique. Ayant perdu trop de sang, Fitzgerald avait fini par s'endormir sur le siège du passager. Elle le laissa à ses délires morbides.

Ils venaient de quitter Waikoukou Valley. Avec sa tunique blanche tachée de sang et ses pieds nus, Ann Waitura avait l'allure d'un fantôme perdu. Elle ne voulait toujours pas croire ce qu'elle venait de vivre. Comme un automate téléguidé, elle roulait : au-delà des phares, Auckland dormait sur ses oreilles de béton. Elle ne pensait plus rien. Le sang coagulé formait une croûte sur ses lèvres.

Préférant se concentrer sur la route, elle atteignit la ville peu avant les premières lueurs du jour. Dans le yacht club, les bateaux jouaient des coudes en contrebas de la maison de Mission Bay.

Ann se pencha sur Fitzgerald. Sa cuisse ne saignait plus. Bien que le tissu fût imbibé de rouge, c'était le signe qu'aucune artère vitale n'avait été touchée.

Elle gara la voiture sous le préau. Il ne manquait plus que ce type meure…

Le policier sortit de l'état d'inconscience dans lequel il avait sombré. Paupières lourdes et nausées. La Toyota les avait ramenés à bon port comme un cheval fourbu sentant l'écurie.

— Je… Je me suis endormi, je crois, ronchonna-t-il en massant sa nuque.

Ann s'étira. Des oiseaux gazouillaient dans le matin brumeux. Jack fit un premier geste pour descendre de voiture mais son corps refusait obstinément de lui obéir.

— Attends, je vais t'aider, glissa-t-elle entre ses lèvres tuméfiées.

Pas de refus. Toujours revêtue de la tunique, elle contourna la voiture et ouvrit la portière. Jack grimaça en s'extirpant du siège. L'épaule de sa partenaire le soutint jusqu'au préau. Pitoyablement enlacés, ils montèrent les quelques marches qui menaient à la maison sur pilotis.

L'atmosphère était moite malgré l'heure matinale. L'été s'était détraqué. Dans le salon, une forte odeur de bois ragaillardit leurs sens.

— Je vais appeler un docteur, annonça Waitura en accompagnant Fitzgerald jusqu'au sofa.

— Non. Pas pour moi.

— Tu as vu l'état de ta cuisse ?

— Je t'assure, ça va aller. La… La blessure est profonde mais rien de très grave. C'est pas pour la ramener mais j'ai l'habitude…

Il s'allongea sur le canapé rouge et passa sa main sur sa tête. Ses poignets brûlés le lançaient, sa cuisse n'était plus qu'une plaie vivace, mais il se sentait mieux. Ann, disparue depuis un instant, revint avec le tiroir à pharmacie porté à bout de bras.

— C'est tout ce que j'ai trouvé, dit-elle.

Elle était drôlement sexy, toute nue sous sa tunique d'aliéné.

— Ça va aller.

Il se redressa sur le canapé tandis qu'elle apportait le matériel médical. Jack prit sa main et la serra brièvement :

— Je… Merci.

Oui, ça lui en coûtait. Ann eut un sourire un peu gêné et glissa de ses doigts avec un air timide. Fitzgerald la regarda se mouvoir dans l'espace du salon avec une grâce que rien n'abîmait. Elle disparut dans la salle de bains. Ses pas craquaient doucement sur le parquet. Des pas de femme…

Le policier farfouilla dans la pharmacie et trouva ce qu'il cherchait. Il ôta la bourre qui protégeait la plaie, évalua la gravité de la blessure et nettoya le tout avec un produit sans alcool. Pas une partie de plaisir. Avec la baisse de tension, la douleur allait en empirant.

Le bruit d'eau courante cessa depuis la salle de bains. Il ferma les yeux, devina tous ses gestes. Ann revint bientôt, une serviette autour de la poitrine. Elle avait nettoyé sa lèvre abîmée et rincé sa bouche à plusieurs reprises mais elle parlait à demi-mots, tous douloureux.

— Tu as mal, hein ? demanda-t-il tandis qu'elle posait genoux à terre, là, à son chevet.

Elle secoua la tête pour dire « oui ».

— Je n'ai qu'un anesthésiant ici. Cocaïne.

Ann haussa les épaules. Au point où elle en était… Il choisit un sachet dans le tiroir à pharmacie et saupoudra une petite quantité de poudre sur une revue quelconque. D'un trait, il rectifia son compte à d'improbables rhumes. Avec une certaine anxiété, Ann l'imita. La poudre grimpa dans son nez et lui brûla les yeux un court instant. Elle se frotta les narines comme si une colonie de fourmis y avait trouvé logis. Enfin, elle sourit. Un pauvre sourire. Ses cheveux détachés gouttaient sur sa jolie peau cuivrée. Le policier tenait une aiguille dans sa main. Un fil dans l'autre. Impossible de les mettre en place.

— Qu'est-ce que tu comptes faire avec ça ?

— Me recoudre, évidemment, dit-il, presque agacé.

Elle hocha la tête.

— Attends, je vais t'aider…

Ce qu'elle commença à faire avec une belle application.

— J'ai aussi un diplôme d'infirmière, ricana-t-elle pour

lui passer l'envie de hurler tandis qu'elle recousait la plaie ouverte.

Mais Jack serrait trop bien les dents pour se plaindre. La cocaïne lui donnait un sacré coup de main. Ann appliqua deux pansements adéquats sur de la gaze, puis s'occupa de son crâne ouvert et de ses poignets sévèrement brûlés. Voilà. Il n'avait plus qu'à attendre la cicatrisation — si ce genre de type était le genre à cicatriser un jour…

Fitzgerald alluma une cigarette, tira deux larges bouffées et la tendit à Ann, qui l'accepta. Les volutes mimaient le dernier vol du Hindenburg. La jeune femme oublia la douleur de sa lèvre et fuma à son tour. La cocaïne commençait à faire son effet. Leurs nez se touchaient presque. L'élan était irrésistible : personne n'aima ce moment mais ils s'embrassèrent.

Ann avait un goût de sang dans la bouche. Jack aima ça. De toute façon, le moment était mal choisi. Ni l'un ni l'autre ne savait pourquoi ils s'embrassaient mais ça n'avait pas beaucoup d'importance. C'est ce qui devait arriver dans leur vie : se rencontrer, se voir, s'appréhender, et aujourd'hui s'aimer. Même mal. Ils se connaissaient déjà : le même type d'animal, bien dans les formes, très noir dans le fond. Les mêmes désirs, les mêmes envies, et une espèce de devoir de survie alors que tout, tout inclinait vers la mort. Ils étaient allés trop bas cette nuit. Il fallait survivre à ça.

Jack pivota sur le canapé et se pencha vers Ann, toujours à ses pieds. Sa main glissa sur son épaule et la trouva étonnamment douce. La criminologue sourit sans joie : elle aussi avait ses petits secrets.

La serviette qui tenait sa poitrine tomba sur le sol. Sa nudité avait quelque chose d'émouvant. Jack ferma les yeux. Il ne voulait pas la voir maintenant. Attendre. Encore un peu. Il n'était pas pressé d'en finir.

Leurs langues fouillèrent dans leurs bouches, se reniflant comme deux chiens sur un trottoir crasseux. Ça aurait pu ressembler à de la passion mais ils manquaient de tendresse. Ou l'inverse. Ils ne savaient plus : la peur roulait dans leurs yeux tout embués de l'autre.

Il embrassa ce grand bout de femme qui lui tendait les seins comme la main d'un ami sûr. Brève fraternité des désespérés. Jack flâna un moment sur cette peau mais c'est Ann qui l'aida à se lever. Sa lèvre et sa mâchoire lui faisaient de moins en moins mal. La cocaïne, sans doute.

Serrés l'un contre l'autre, ils traversèrent le parquet du salon, lui traînant la jambe, elle oubliant tout pour l'aider à marcher. Un désir inédit courait dans son ventre de femme. Elle n'interpréta pas ce signe. Ann Waitura n'aimait pas beaucoup les hommes, celui-là moins que tout autre ; elle ne rêvait plus d'amants impossibles, même fatiguée après une bonne journée, planquée sous la couette. Mais pour la première fois, elle sentit ses entrailles se tordre, et son âme divaguer. Pourtant, cet homme l'effrayait. C'est peut-être ça qui l'excitait.

Le matin filtrait depuis les stores vénitiens de la chambre. Ann se posa sur le lit, parfaitement nue, et roula sur elle-même. Jack la contempla, allongée sur le ventre. Ann, soudain, était belle. Implacablement. Un miracle. Misérable mâle vautré dans la vanité, il avait d'abord fait la fine bouche en voyant arriver cette fille un peu trop sûre d'elle pour être honnête, mais il se trompait. Ce n'était pas la première fois — Jack ne tirait aucune gloriole à constater qu'il avait raison — mais cette femme éphémère et froide était ce matin sa rosée, son appétit, sa faute.

Il se dévêtit, admira une dernière fois les fesses rebondies de sa partenaire et glissa contre son flanc chaud. Ils n'échangèrent pas le moindre mot, leurs silences se parlaient dans le grand vide, avec des cris qui veulent dire « je t'aime » et qui n'y arrivent pas.

Leur volupté serait chirurgicale.

Leurs lèvres mimaient l'amour et la cocaïne leur faisait oublier qui ils étaient, ce qu'ils venaient de vivre, la douleur du reste du monde. Le sang affluait dans leurs veines. Le cœur, machine à broyer, à amputer des sentiments.

Sous l'effet de la drogue, la cuisse de Jack lui donnait l'impression d'un plâtre. C'était plus embarrassant que douloureux. Le nez retroussé face à l'odeur du plaisir instantané, il parcourut cette peau encore adolescente. Ann se laissa faire sans pudeur et poussa même l'audace à ce qu'il la masturbât doucement. Avec tout ce qui s'était passé cette nuit, c'était la moindre des choses.

L'étreinte de l'homme faillit lui briser les côtes. Dans cette étreinte, il y avait un peu d'Helen et beaucoup d'Eva.

Ann mesura l'ampleur du désir de son amant, évalua la rudesse de son sexe tendu pour elle et aima le sentir brûlant contre son ventre. Ses mains comptèrent six secondes. À la septième, elle grimpa sur lui. Jack l'aida à venir. Ses hanches étaient des poignées sans amour mais non sans bonheur.

Une fois glissée le long de lui, elle s'assit franchement sur son ventre. Une mort légale. Naturelle. Il empoigna ses seins généreux, fit le tour des départements — elle serait son pays dans un instant —, arpégeant la définition de la peau, si délicate, les épaules, qu'il aimait robustes. Ces seins étaient d'une jeunesse arrogante, puissants et muets. Déjà en sueur dans la moiteur du matin, Ann plongea sa tête dans son cou. Ses cheveux détachés vinrent le chatouiller. Il frémit. Elle aussi, mais en bougeant autour de lui. Ses doigts se plantèrent dans son torse, bien décidés à lui faire la peau. La rage passa.

Ils se léchèrent en animaux familiers, s'aimèrent avec application. Elle longeait les murs de son sexe, il s'enfonçait sans mal, tout au fond.

Elle pensa à son enfance, à cette angoisse qui ne l'avait jamais quittée, à cette méchante interrogation, à tous ceux qu'elle avait rencontrés et qui l'avaient laissée comme une tête pensante sans buste… Il pensa à cette femme sur lui, elle qu'il aimait soudain, qu'il était bon de prendre. Il pensa à tout à l'heure aussi, quand ils auraient fini, tout haletants l'un contre l'autre sans trop savoir pourquoi ils avaient fait ça, qu'est-ce que ça leur apportait de plus, de moins, bref, il songea aux amours incertaines dans ce monde si glorieux avec ses certitudes.

Il allait bientôt tirer sa révérence quand le visage d'une autre femme passa dans son esprit. L'image absolue. Un fantôme connu, lui en femme, non pas semblable comme Ann, non, le même : Eva. Eva qui ce soir dormait quelque part sans lui, Eva qui ne l'avait jamais quitté depuis qu'ils s'étaient vus, sentis, reconnus, totem flamboyant dans la nuit passante, magie noire de l'obsession coincée dans un coin d'obscurité, là, dans la chambre, entre ciel et terre. Il délirait, Eva mon amour, allez avance ! C'est dans mon ventre là, allez viens, viens là, sous le drap c'est le sang des enfants morts qui court, encore ! Encore.

Eva, pauvre fille encore toute dégoulinante de ce sang qui était le sien.

Eva.

Sa fille.

Il y eut quelque cri pour protester contre l'amour qui ne vient pas, du plaisir brut écrasé par le remords du lendemain qui ne sera jamais. Non, ils ne pouvaient pas. Ça faisait trop mal. Pourtant, ils étaient à deux doigts de s'aimer. Deux doigts.

Sa tête sur l'oreiller. Lui qui ferme les yeux pour ne

pas voir le carnage. Elle qui dort, toute seule avec son misérable amour. Eva, souriante, qui tangue au-dessus de lui délirant, un mince filet de sang coulant depuis la bouche. Dernière image d'une rêverie sans âme.

Jack s'endormit brusquement, épuisé par trois nuits de veille.

La cocaïne était passée. Eva non.

13

Ann n'avait somnolé qu'une heure ou deux. La drogue cognait dans son corps meurtri. Le sperme de Jack n'y pouvait rien. Pourtant tout était calme dans la chambre. Une lueur pâle filtrait des stores. Le Maori semblait dormir, les épaules coincées sous l'oreiller. La bête était repue mais il restait toujours aussi impressionnant. Son souffle était devenu plus régulier, ses doigts s'étaient enfin détendus. La criminologue se leva et, avec une infinie précaution, sortit de la chambre.

Le soleil s'étirait derrière la baie vitrée du salon. Au loin, le port se dressait, tout fier de sa situation. Ann n'avait pas envie de voir Jack. Les lendemains sont toujours difficiles quand on n'est pas sûr de savoir quoi penser. Leur rapport de la nuit passée avait été une sorte de sublime catastrophe.

Elle prépara un café, bien noir, et flâna dans le salon en attendant qu'il passe, se disant qu'un poète un peu cossard devait penser la même chose à propos du temps. Toujours nue, elle aima l'air frais du matin sur son corps et se sentit étrangement active. La coke, sans doute. Ann n'avait pas fait l'amour depuis des mois. Elle se mira dans une glace quelconque et nota que sa lèvre était salement amochée. Sa gencive droite la lançait, un trou béant à la place des molaires. Elle ne se souvenait même pas d'avoir craché deux dents la nuit passée. De toute façon, elle devait tout oublier : les tueurs de Zinzan Bee, le triste cadavre de Wilson et aussi Jack Fitzgerald, l'homme qui avait joui en elle dans un râle hallucinant, comme échappé du néant...

Le café fut enfin prêt. La première gorgée était presque douloureuse, les amygdales comme deux gosses criant dans le noir. Elle erra dans la maison, chassant tous ses sentiments. Il ne fallait plus penser, rien que le café. Par les baies vitrées, le jour se levait. Ann fuit le voyeurisme des fenêtres et s'enquit d'une chemise. Sa nudité la dérangeait. Le couloir menait au bureau. La jeune femme poussa la porte du repaire secret de Fitzgerald sans savoir où elle mettait les pieds.

La surprise fut de taille. Des tonnes de dossiers reposaient sur les étagères. Curieuse, la criminologue se pencha sur les annotations. Sur les murs, des dizaines de photos. Celles d'une femme svelte, assez jolie, disparue vingt-cinq ans plus tôt. Les dossiers démarraient à partir de cette date. Ann resta dubitative. Elle se rappelait l'exemple de psychotiques adultes qui remplissent des carnets d'écrits répétitifs et parfois incompréhensibles, puis remplissent des cartons de ces carnets, puis remplissent une pièce de ces cartons. Il y avait dans les différents rangements une sorte de maniaquerie, une précision qui faisait presque mal à voir, une obsession maladive sur un sujet précis — la disparition de sa famille. C'est là, dans ce bureau, que Jack entretenait son délire.

Elle comprit pourquoi ce type était aujourd'hui à moitié fou : un crime injuste avait été commis et, fait essentiel dans la psychose du policier, les corps pourrissaient quelque part. Cet homme ne *pouvait* pas mourir avant d'avoir retrouvé leurs cadavres.

Avec compassion, elle approcha son visage des innombrables photos qui couvraient les murs : la femme de Jack était partout d'une beauté aimable, souriante, en vie. Pas du tout une beauté fatale, non, une beauté magistralement banale. À vue de nez, Elisabeth aurait aujourd'hui quarante-cinq ans. Le bébé, lui, ressemblait à tous les petits d'hommes en route pour des lendemains incertains. Ses cheveux presque blonds avaient la fraîche innocence de leur mère.

Un détail étrange attira son attention. Ce fut d'abord comme un pincement au cœur, une angoisse latente qui se transforma en certitude.

Ann jeta alors un regard horrifié sur les photos. Ses jambes flanchèrent. Elle se retint au mur. Trouble. Tout était trouble.

Le téléphone sonna à cet instant précis.

Craignant le réveil de Jack, elle décrocha le combiné. Ses lèvres tremblaient de dégoût, elle ne pouvait plus parler.

Une voix pressée l'en dispensa : celle d'Osborne.

Waitura sortit de sa terrifiante léthargie. Elle retint son souffle tandis que le policier l'informait des dernières nouvelles : un camion venait de quitter l'abattoir de Devonport en détruisant tout sur son passage. Au fur et à mesure qu'Osborne entrait dans les détails de cette curieuse affaire, le visage d'Ann blêmit. Vite. Faire vite.

Elle était à bout de nerfs mais la cocaïne l'aidait à tenir le choc. Le jeune flic était comme toujours prêt à tout. Ann aussi.

— Surtout pas un mot à qui que ce soit ! glapit-elle. Mets cette affaire en code rouge. Notre mission doit absolument rester confidentielle.

À l'autre bout du fil, Osborne laissa passer un blanc.

— En code rouge, vous êtes sûre de ce que vous faites ? Et Jack ?

Waitura serra les dents. Non : surtout pas Fitzgerald. Elle prit une terrible décision.

Sa voix dit :

— Fais ce que je te dis !

Mais elle ne l'entendait déjà plus.

14

Le pic-vert qui se croyait propriétaire du jardin piqua une colère à la fenêtre de la maison. Depuis trois jours, Jack avait dormi une poignée d'heures et, après le cauchemar de la veille, s'était laissé aller à un sommeil cotonneux. Le pic-vert se chargea de le réveiller sans sommation : debout là-dedans.

Il se dressa sur son séant, l'esprit embrumé. La drogue lui laissait un goût de médicament dans la bouche et une barre sur le crâne. Aussitôt sa cuisse blessée lui asticota les nerfs. Les souvenirs affluaient un à un. Ses poignets étaient bandés. Il jeta un œil fiévreux sur l'oreiller à ses côtés : Ann avait disparu. Ce n'était pas une surprise. L'inverse aurait laissé un espoir à leur relation. Or il n'y avait jamais aucun espoir à ses relations.

Le policier regarda sa montre : midi. Le ciel était bas, les nuages venus en masse pour protester contre cet été trop lourd. Il regretta d'avoir tant dormi. Sa cuisse le lançait plus qu'hier soir. Pour une fois, il bénit la boîte automatique de sa voiture qui malgré tout lui permettrait de conduire. Il souffrit en passant un sous-vêtement. Après quoi, il se dirigea vers le bar de la cuisine et constata qu'un litre de café attendait au chaud. Ann avait pensé à lui. C'était déjà ça. Il but de larges goulées de ce liquide qu'il aurait souhaité plus épais et traîna la jambe jusqu'à la petite table du salon. Le combiné était décroché.

Mauvaise impression. Jack clopina jusqu'au bureau et vit que le combiné du deuxième téléphone pendait également dans le vide : pourquoi Ann avait-elle fait ça ? Pour le laisser dormir ? Et qu'avait-elle fait ici, dans son bureau ?

Il raccrocha les combinés, l'esprit embrumé. Puis, considérant qu'il ne ferait rien de bon avant de prendre une douche, il arracha son pansement et s'organisa sous la poire. La blessure était nette, chaque mouvement lui arrachait un rictus, mais Ann l'avait parfaitement recousue. L'eau de la douche fit saigner les croûtes, il s'en foutait. Revigoré, Jack posa une nouvelle bande. Depuis deux minutes, il pensait à Eva. Où était-elle en ce moment ? Pensait-elle à lui ? Savait-elle qui il était ?

Fitzgerald se rendit compte qu'il n'avait toujours pas prévenu les services de police à propos d'hier. Il y avait pourtant des corps à ramasser… Il pensa de nouveau à Eva. Bien sûr : Bashop s'occupait de son affaire. Et Jack n'oubliait pas qu'elle était coupable : il avait menti à Hickok pour la sauver mais le sergent et le procureur du district ne tarderaient pas à deviner la vérité.

Il fallait faire quelque chose, à commencer par se tenir au courant. Il téléphona au bureau central et demanda Bashop à la standardiste stagiaire. On lui passa tout de suite la ligne.

— Fitz ! Bon Dieu, où étiez-vous ? On essaie de vous avoir depuis hier soir mais vous étiez injoignable ! Le téléphone était toujours occupé et…

— Qu'est-ce qui se passe ? coupa-t-il.

— Le rapport d'autopsie de Mc Cleary concernant la mort d'Helen Mains est formel : la même lame de rasoir a coupé la main d'Edwyn White et scalpé le pubis d'Helen. L'homme qui accompagnait Eva White la nuit du décès de son mari a donc commis ce double meurtre, affirma Bashop. Et certainement celui de Carol. Notre tueur en série est un petit malin et un grand séducteur car Eva White a disparu.

— Quoi ?

— Elle a quitté sa maison depuis au moins vingt-quatre heures. La petite salope nous a filé entre les doigts. Aucun témoin, mais une de ses voitures n'est plus là : une Jaguar vert anglais. Quant au type qui l'accompagnait le soir du meurtre, on a interrogé les serveurs du restaurant : ils ne l'avaient jamais vu mais, toujours d'après les serveurs, cette tierce personne semblait très amie avec le couple. Ce mystérieux personnage serait un homme de trente à trente-cinq ans, un mètre quatre-vingts, les cheveux châtains, yeux clairs, séduisant. Nous ne pensons pas qu'Eva White ait tué son mari : elle n'aurait jamais eu la force de passer le corps d'Edwyn par-dessus la balustrade du deuxième étage. Elle avait donc un complice. À coup sûr l'homme du restaurant. Il n'est pas fiché dans nos services mais avec le portrait-robot, nous ne tarderons pas à le trouver. Le mobile des meurtres reste flou mais l'homme qui a tué et mutilé Helen Mains a aussi assassiné Edwyn White…

Jack avait retenu son souffle.

— Eva White est innocente, expulsa-t-il d'une voix blanche.

— Elle est au moins complice du meurtre de son mari, renchérit Bashop sans se démonter. D'après Mc Cleary, la mort d'Edwyn White a été provoquée par le choc d'un objet rond contre les cervicales, brisant net le cou du défunt. Le reste n'est que mise en scène. Le scénario que nous avons élaboré est le suivant : Eva rencontre X, notre tueur en série. Elle tombe amoureuse de lui. X rencontre Edwyn dans un restaurant, puis, sympathisant avec le mari, décide de les suivre à la propriété des White. Là,

X tue Edwyn. Eva est complice. Ils font croire à un meurtre mais X n'en est pas à son coup d'essai. Profitant de son effet de séduction sur Eva, il la persuade de quitter Auckland. Elle accepte, sans savoir à quel monstre elle a affaire, signant ainsi son arrêt de mort. Aujourd'hui la pauvre fille est peut-être déjà décédée. Il faut la retrouver.

— Une piste ? demanda-t-il en cachant mal sa nervosité.

— Oui. Sérieuse. L'homme qui accompagnait les White au restaurant se déplaçait en moto. Coup de chance, le portier est un type plutôt observateur : la moto était immatriculée dans la province d'Auckland. Comme Eva White reste introuvable en ville — on a vérifié auprès de ses amis —, il est probable qu'ils soient partis pour la campagne. Un coin retiré où ce salaud pourra commettre ses méfaits en toute tranquillité...

— Vous avez vérifié dans la famille d'Eva White ? siffla Jack avec une énorme boule d'angoisse dans la gorge : la réponse conditionnerait le reste de sa vie.

— Pas de famille. C'est une orpheline.

La voix de Bashop résonna dans sa tête. Maintenant, c'était sûr.

Eva.

Le reste se perdit dans l'abîme de son cerveau.

Bashop ajouta, comme dans un rêve :

— Qu'est-ce qu'on fait maintenant, capitaine ?

— Envoyez une équipe à Waikoukou Valley. Vous trouverez une cabane de bûcheron au bout du sentier forestier et un charnier un peu plus loin.

— Un charnier ? s'étrangla le sergent.

— Avec plusieurs corps. Certains non identifiés. Ratissez le coin, il y a des cadavres plein la forêt.

— Quels cadavres ?

— Des Maoris. Ne traînez pas.

— Mais… et la fille ?

— Je m'en occupe.

Fitzgerald raccrocha, blême. Ses mains tremblaient. Eva. S'il touchait à un de ses cheveux… Non : elle ne pouvait pas mourir deux fois.

Il s'habilla en serrant les dents, passa une veste légère et enfila un nouveau .38 dans le holster. Ann avait gardé le .32.

Avant de claquer la porte, il s'envoya une ligne de coke et en fourra quelques grammes dans sa poche : il avait besoin d'un remontant et sa cuisse lui faisait trop mal.

Dehors, les mouettes hurlaient en tombant dans le vide de son âme.

15

John enfonça ses chaussures dans le sable brun de Karekare. Il venait de quitter l'atelier secret où reposaient ses tourments picturaux et errait comme tous les matins sur la plage. Eva dormait toujours. Combattant la chaleur, le gros rocher planté dans la mer s'aspergeait de vagues épaisses. L'homme chassa quelques oiseaux familiers du bout du pied. Il ne se méfiait que des humains ; ils lui avaient volé ses rêves de gosse et, en échange, lui avaient rendu des cauchemars pour adulte. Là, il léchait des sexes masculins énormes sous les yeux effarés d'une fille qu'il aimait plus qu'une fée… John n'avait jamais supporté son homosexualité latente. Il se dégoûtait. Son impuissance à aimer Eva le consumait lentement. Pour vaincre, il était prêt à tout. Chez lui, nul repos. Le tourment gardait le parfum funèbre des amours dépecées. Malgré ses faiblesses, il savait qu'un homme sans amour ne valait guère plus qu'un imbécile heureux. Alors il suivrait les signes. La vie en est placardée. John et Eva. Deux noms courts, comme la vie : oui, c'était bon signe…

Il s'adossa dans les reins d'une dune. Le manque de sommeil commençait à se faire sentir. Le sentiment qu'Eva ne lui survivrait pas aussi.

Le visage alangui par la brise du Pacifique, il plongea tête la première dans un sommeil sans fond : à mi-chemin, les cachalots livraient des combats titanesques aux calmars dont l'envergure dépassait la taille des baleines bleues...

Eva s'éveilla de mauvaise humeur : John avait disparu du lit et un mauvais pressentiment lui faisait traîner les pieds jusqu'à la cuisine. Elle passa une chemise tire-bouchonnée sur le dossier d'une chaise avant de prendre un café noir sur la terrasse. Toute la nuit, elle s'était sentie épiée. Dans les méandres de son inconscient, Fitzgerald la poursuivait et son but était clairement déterminé : lui couper la tête. Oui, un mauvais pressentiment...

Eva ne savait pas si elle était recherchée par la police, si sa disparition était passée aux yeux du monde comme une dérobade, le baroud d'une veuve éplorée partie noyer son chagrin sur un bord de mer tropicale, ou si au contraire elle et John n'étaient passés que pour de vulgaires meurtriers amateurs au regard d'enquêteurs déjà lancés à leurs trousses avec mandat d'arrêt international. À vrai dire, elle s'en foutait. Edwyn n'apparaissait plus qu'en pointillé dans son esprit tout à John. Ce drôle de type avait éveillé en elle un désir inédit — ce n'était pas le moindre de leurs paradoxes. Par sa touchante et pathétique maladresse, il comblait le vide psychique de son corps si souvent livré aux sexes masculins choisis par son mari. John n'était pas de ceux-là. La sauvagerie néophyte de son approche physique l'avait encouragé à se livrer. Pour l'aider à se sauver, elle donnerait tout — sa vie n'avait de toute façon jamais eu beaucoup d'importance. Il lui avait montré que l'amour existait, même mal. Évidemment, cet homme restait un mystère total qui, dans ses rares moments de lucidité, l'effrayait. Il y avait en lui une lueur spectrale, un sentiment d'autodestruction tapageur qui plaidait en faveur d'un fou. Mais elle n'y comprenait rien en matière d'âme masculine. Elle était là pour guérir. Pour se guérir.

La jeune veuve acheva son café d'un trait. Et si John ne revenait pas ? Et s'il ne revenait jamais ?

Le bol de café échoua sur la table de la terrasse. Plus loin, Karekare tendait ses vagues, l'air sabrait la plage comme un champagne tiède.

C'était un vendredi : elle décida de lui sauver la vie.

Les oiseaux pivotaient sous les risées du large. Eva courut très vite vers la tache brune qui se dessinait dans les dunes. On l'avait déjà trop abandonnée : le perdre serait au-dessus de ses forces. Dorénavant, c'était lui ou rien. Et rien ne lui faisait plus peur.

Quand elle arriva, hors d'haleine, John reposait dans le souffle du Pacifique, endormi. Eva se rétracta aussitôt : un pansement taché de sang entourait son poignet. Elle se laissa tomber sur le sable. Rien ne serait facile. Sans même chercher à le réveiller, elle ôta le pansement et découvrit la blessure avec un rictus déplaisant : l'entaille était nette, profonde, la veine sectionnée. Le vent se leva d'un coup. Un encouragement : vas-y. Alors elle embrassa ce poignet taillé, cette peau déchirée, ce sang mort. Plus de dégoût, plus de pudeur. Petite bête chaude et curieuse, sa langue chercha entre les fils qui enserraient grossièrement la plaie ouverte et fouilla à même la blessure. John tressaillit : Eva semblait goûter son sang.

Quand elle releva la tête, un sourire presque cruel bâillait au-dessus de lui, de l'hémoglobine sur les lèvres comme un cosmétique primitif. Cette obstination à l'aimer le conforta dans l'étrange sensation qui commençait à poindre. La demande était encore timide mais elle avait le vertige d'exister.

La jeune femme ôta sa chemise et arbora deux seins éclatants de jeunesse. John ne disait rien. Des sons familiers perçaient à l'orée de sa conscience, semant la déroute dans ses sentiments ravalés depuis tant d'années. Des voix, des gens, des images. L'action se déroule sur la Terre : les vagues frappent contre sa poitrine pour qu'on leur ouvre le ventre. Betty a quatorze ans et il l'aime, lui, à peine plus vieux. Mais il l'aime. C'est juré craché sur la plage où le vent emporte tous leurs mots sans même prendre le temps de faire le tri entre les jamais et les toujours. C'est alors qu'il est arrivé, venu ici pour le souiller, lui, allongé. Betty avait pris John en flagrant délit de réalité. Violé par un homme. Un homme, mi-ange mi-bête, qui lui avait révélé sa véritable identité. John avait crié que c'était faux, il avait crié ça sur la plage, en vain. Car c'était lui, l'éphèbe de ses cauchemars. Et Betty était partie mourir un peu plus loin, dégoûtée par ce faux homme qu'elle avait sottement pris pour un charmant prince adolescent. Depuis, l'humiliation avait des teintes bleuâtres dans le fond de la gorge ; elle déversait son haleine fétide sur son visage, celui qu'aujourd'hui Eva serrait si fort pour lui signifier que c'était faux, qu'il était bien un homme et pas autre chose, que ça n'avait plus d'importance maintenant.

Eva ouvrit son pantalon. John ne protestait pas : dans sa tête, un maelström de pourritures bouillait à grosses bulles. Rêves hauts en couleur, hallucinations d'allure épileptoïde, illuminations et transport mystique : Betty se débattait en hurlant son nom, happée par les démons qui couvaient en lui. De violents éclairs bleu électrique strièrent les cieux de son cerveau malade, alimentant le carnage à chaque impact. Crier était inutile : seuls quelques crapauds venimeux s'extirpaient en ricanant de sa bouche. Des larmes bouillaient sous ses paupières, le ciel de sa tête éclata d'une lueur aveuglante, une grimace meurtrière sur les lèvres, et puis soudain, comme un torrent de lumière diffuse, le ciel s'éclaircit.

Soudain.

Cette chose limpide dans l'orage noir, cette lumière, c'était Eva. Elle le ramenait à la vie comme un enfant noyé à sa mère : sa mère justement, qui l'avait laissé perdre sa masculinité, sa rivalité. Et pourquoi ? Oh ! Par simple vanité de femme : il y a un moment où il faut lui renvoyer ses chers testicules à la figure, au chérubin ! Pas par plaisir, non, par amour, c'est souvent différent. Sa mère qui l'avait laissé seul avec sa sexualité incertaine, sans repères pour qu'il comprenne pour qui il était fait, pour quoi, pour quand ; et ça l'avait rendu fou de savoir qu'il n'aurait jamais le bonheur qu'on lui avait promis trop jeune.

Eva.

La terre n'avait plus de ciel.

Elle caressa ses épaules à pleine poignée. Alors, il réussit : Dieu c'était soudain lui, lui quand il jouit, c'était elle aussi, Eva gémissant dans sa bouche quand un éclat de rire sauvage étincelait sur ses yeux embués, pour l'encourager, eux enfoncés, chacun pendu au fond de l'autre, tout encastrés, bousillés l'un dans l'autre. Elle avait réussi !

Ils firent l'amour pour la première fois.

Une mue radicale. Un changement de peau, de larve à papillon. Non, on ne les avait pas oubliés. Ils pouvaient dorénavant voler. Comme les autres.

*

Une mouette vint picorer quelques puces acrobates à leurs pieds ; l'oiseau observa les deux humains, l'œil sévère et vaguement idiot.

John et Eva venaient de faire l'amour. L'odeur était suave, pas dégoûtante du tout.

La mouette disparut d'un coup d'aile anodin.

John sourit. La sensation était nouvelle. Rien n'était

gagné, mais il pourrait peut-être devenir comme tout le monde, un homme qui aime la force et la faiblesse, le vent et l'eau, la démocratie et la violence sans même s'en rendre compte. Les perspectives, pour lui, étaient énormes.

— Tu veux que je roule un stick ? demanda Eva, toujours nue à ses côtés.

— Comme tu veux…

D'un tour de main, la jeune veuve roula un joint qu'ils fumèrent en déclinant toutes sortes de sottises, seuls à s'esclaffer sur la plage.

Leur imagination déborda sur la mer, le monde se chargea d'harmonie. C'était du toc mais ils s'en moquaient : ils le croyaient à eux.

*

John n'avait pas protesté quand Eva s'était chargée de désinfecter son poignet. Puisqu'elle se fichait bien des raisons qui l'avaient poussé à se mutiler, il la laissa faire : elle seule le retenait encore parmi les vivants.

Et ce soir, il aima se regarder dans la glace.

De l'autre côté de la cloison, Eva se faisait belle. Souriant de l'euphémisme, il goûtait l'instant inédit où une femme se préparait pour lui. Enfin elle sortit de la salle de bains avec le naturel désarmant d'une Vénus en cavale et tournoya sur le parquet de la chambre.

— Alors ?

— Je te trouve… pas mal.

— Merci. Toi aussi tu es très beau.

On lui avait dit ça quand il était petit. Jamais depuis qu'il était grand. Le compliment le fit rougir. Il présenta un « trois feuilles » à Eva. La jeune femme eut une mimique simulant une énorme envie et alluma le pétard d'un coup de briquet. Le goût âcre de l'herbe manqua de l'étouffer mais la belle avait les poumons déjà complètement encrassés. Eva fit celle qui allait tomber raide morte dans la seconde et passa la drogue douce à sa drogue dure. Ils se finirent à la « soufflette », un truc de gamins qui ne leur rappelait pourtant rien. Une odeur puissante enveloppait la pièce. Ils ricanèrent sans savoir exactement pourquoi, et si la société inclinait à leur préférer de jeunes chiots aux prétendues dents longues, les peuples primitifs avaient de tout temps précédé leur désir de laxisme insouciant. John et Eva avaient choisi leur camp, tout était bien dans le monde.

La moto attendait sur la terrasse. Elle grimpa dans son dos. Piha n'était qu'à cinq minutes ; ils filèrent moins vite que le vent, tout disposés à contempler la côte et sa végétation tropicale.

Piha était le village voisin, que l'on rejoignait après une longue série de courbes. Deux cents personnes vivaient dans les petites maisons en bord de mer. On avait même planté une cabane de secouristes et un petit restaurant sur la plage.

Six heures du soir. En attendant une faim digne de ce nom, John et Eva y burent quelques verres. Comparé à Karekare et sa nudité sauvage, Piha faisait figure de station balnéaire. Sur la plage, les vacanciers retenaient l'ardeur de leur progéniture comme s'ils allaient se jeter sous le premier rouleau venu.

Enfin, les enfants disparurent, le soleil partit nager la brasse au fond de l'horizon et les voitures emportèrent une foule de petits pieds ensablés vers d'autres logis…

Ils dînèrent à l'abri du vent — fruits de mer et vin blanc, nouveau suppléant de l'herbe fumée tout à l'heure. John raconta à Eva le destin des opossums qu'on abattait sous les encouragements de Greenpeace : une fois l'an, on tuait à vue ces gros rongeurs qui détruisaient les forêts du pays depuis qu'un cinglé en avait lâché dans la nature sans se soucier de l'équilibre naturel. Les cadavres d'opossums se ramenaient par camions entiers. Eva hurla de rire quand elle apprit qu'on organisait même des lancers d'opossums morts pour animer la chasse. Du coup, ils partagèrent une ligne d'héroïne dans les toilettes — des toilettes pour hommes.

Le spectacle de la vie devenait fascinant. John nota que le nez d'Eva se retroussait quand elle parlait, elle ne pensait à rien d'autre qu'à la vie, son adrénaline, fluide divin quoique mortel. En bons Britanniques, les serveurs restèrent de marbre devant le désordre qu'ils provoquaient : après tout, ces deux-là avaient l'air de s'aimer.

Un gros pourboire suivit la note. Ils rentrèrent. Avec la relative fraîcheur du crépuscule, les cylindres flirtaient à l'ombre des pistons. Le vent les reconnut tandis qu'ils fonçaient vers Karekare.

John dévala la pente qui menait à la maison, Eva se plantait dans son dos à chaque virage. L'héroïne les excitait. Ils dépassèrent la maison, escaladèrent les dunes sous leurs rires déments, dégringolèrent dans le sable mouvant, se rattrapèrent *in extremis* et foncèrent droit devant, là où la plage écumait de rage. Eva cria pour la forme, John encastra la moto dans les vagues qui bientôt les submergèrent. Elle le traita de pauvre taré. Terrassés de rire, ils abandonnèrent la japonaise à son destin d'épave.

Sous le lustre tiède de la lune, le bal des baisers salés faisait valser les amants à petits pas précieux. Mais le bonheur ne dure pas. Ils pensaient pouvoir le retenir encore un petit peu mais une surprise les attendait.

Une surprise de taille — un mètre quatre-vingt-huit.

16

L'automatique se gara sur le parking de sable bordé par les monts touffus de Karekare. Comme une barrière interdisait l'accès à la plage, Fitzgerald s'extirpa de sa voiture. La nuit tombait.

Toute la journée le policier avait arpenté les environs d'Auckland en contact avec les unités chargées de retrouver les fugitifs. Quant au central, il avait coupé toute émission, n'ayant aucune envie de se justifier auprès de Bashop ou Hickok. Eva était dans les bras d'un type qui avait déjà tué. Qu'il soit ou non le meurtrier de Carol ne l'intéressait plus : seule sa fille avait de l'importance. Ann avait disparu, Wilson était mort et même Osborne ne donnait plus signe de vie.

Il avait commencé par lancer un appel aux flics locaux concernant un individu répondant au signalement donné par Bashop, propriétaire d'une moto japonaise immatriculée dans les environs. Les services concernés s'étaient mis en marche, balayant la province. Si la moto n'était répertoriée nulle part, le portrait-robot établi par Bashop avait mis Jack dans un état de tension permanent : il avait dressé le même à propos de l'homme à la lame de rasoir. La lame de rasoir… Il devait les trouver avant Bashop.

Il avait fouillé la campagne. La cocaïne qu'il s'administrait désormais régulièrement le rendait nerveux. On finit par lui envoyer une suite de noms parmi lesquels figurait sans doute le meurtrier. Procédant par élimination, Fitzgerald avait frappé à plusieurs portes susceptibles de loger l'homme qu'il cherchait. Ceux qu'il rencontra ne correspondaient pas au profil du tueur. Certaines maisons étaient vides et le délabrement avancé repoussait toute possibilité qu'un couple en fuite pût s'y installer.

L'image d'Eva gravitait dans sa tête, symbole flou d'une vie à reconstruire près d'elle si la mort les épargnait. Jack avait hâte d'entendre son histoire, hâte de savoir comment elle avait atterri en Eva White plutôt qu'en Judy Fitzgerald. Si Elisabeth était morte, il lui fallait sauver sa fille, et mettre fin à cette obsession. Pourtant, une foule de détails étranges obscurcissait sa vision de l'affaire…

Il ne lui restait plus que trois maisons à visiter avant d'avoir épuisé son secteur quand une chose singulière le fit tiquer. Il vérifia dans son dossier : une des maisons, située à Karekare, figurait parmi la liste des peintres amateurs dont Osborne avait vérifié l'identité. L'agent avait fait chou blanc : selon lui, aucun peintre n'exerçait dans cette maison, sa présence n'étant fondée que sur des on-dit.

Aujourd'hui, le hasard les rattrapait.

Jack prit une ligne de coke sur le tableau de bord et passa la barrière de bois, la tête pleine de choses rapides. Le coin était isolé, idéal pour se cacher. La maison devait se situer quelque part dans l'obscurité. Il serra son arme et, traînant la jambe, suivit le cours d'eau qui serpentait jusqu'à la plage. La lune le dirigeait, il peinait dans le sable meuble, sa cuisse le lançait. À sa droite, une masse noire grimpait dans le ciel mal luné ; le piton rocheux surplombait une petite maison que l'on distinguait mieux à présent.

Il avança. Seul le bruit des vagues distrayait le silence alentour. La bicoque avait été retapée à la va-vite. Il pressa la clenche de la porte et pénétra dans la pièce. Ça sentait le bois, la poussière et le parfum vanillé d'une femme.

— Eva ? murmura-t-il d'une voix étonnamment douce.

À tâtons, Jack trouva l'interrupteur. Ustensiles usagés, table de cuisine bancale, évier émaillé de taches dues au mauvais écoulement de l'eau… Plus loin, une salle de bains refaite depuis peu jouxtait la chambre-salon. Une robe noire reposait sur le lit défait. Par terre, diverses affaires exclusivement féminines s'épanchaient d'un sac de voyage.

Eva vivait là. Jack reconnut même le pull qu'elle portait le soir de leur rencontre. Sa fille vivait là, sa fille ! Une peur panique lui glaça les os. Et s'il arrivait trop tard, si l'autre l'avait déjà tuée, découpée, torturée ? Il fonça vers la salle de bains : dans l'évier, des traces de poudre faisaient des taches de rousseur sur l'émail. Les marques étaient fraîches : Eva avait utilisé cette poudre quelques heures plus tôt. Le policier rangea son arme et inspecta les placards : des chemises et des pantalons tire-bouchonnés garnissaient les étagères. À vue de nez, l'homme mesurait près d'un mètre quatre-vingts. Son amant. Son tueur.

Il sortit de la chambre et réfléchit : Carol avait rencontré un peintre peu avant sa mort, un type qui la payait en billets de cent dollars. Or, rien ici ne laissait croire qu'un peintre exerçait son art solitaire. Peut-être avait-il un atelier en ville ? Jack en doutait. Un personnage aussi secret ne s'encombrerait pas d'un tel outil de travail. Il songea alors à l'annexe de béton collé à la baraque : cette annexe ne donnait sur aucune pièce de la maison…

Dehors, l'océan grondait. L'annexe de béton était bien mitoyenne à la maison mais aucune porte n'en permettait l'accès. L'entrée se situait forcément à l'intérieur.

Rebroussant chemin, Fitzgerald inspecta les murs de la cuisine, puis ceux de la chambre. À l'aide du revolver, il cogna au jugé. Le mur sonna creux : le passage était là, quelque part sous l'étagère surplombée d'une grande glace aux dorures désuètes. Il passa sa main dans les interstices et finit par actionner un système : l'étagère se décrocha du mur par enchantement mécanique.

Grâce à un système de poulies simple et astucieux, le passage donnait accès à une salle sombre. Celui qui avait monté ça était un petit génie du bricolage. Rien d'étonnant à ce qu'Osborne n'ait pas remarqué.

Le policier grinça des dents pour plier la cuisse et s'engouffra dans le passage. Une odeur de peinture diluée emplissait les lieux. Jack tâtonna jusqu'à l'interrupteur ; bientôt, une faible lumière se diffusa dans la petite pièce. L'atelier était plein de chiffons tachés, de pinceaux, de toiles vierges, avec une palette et une peinture sur un chevalet : dans un frémissement, il reconnut l'image déformée d'Eva.

La toile était lugubre, voire sinistre. Eva était plutôt « réussie » malgré l'expression furtive de son visage mais un indicible sentiment de haine suintait de cette peinture, comme un amour mêlé de rage intense. Il examina la texture de la peinture : du sang.

Fitzgerald se retourna et découvrit avec stupeur que, depuis l'atelier, on voyait la chambre. Une glace sans tain. Voilà pourquoi Carol n'avait jamais vu le peintre qui l'avait prise pour modèle. Le tueur peignait dans cette pièce secrète et demandait aux filles de se tenir dans la chambre : ainsi, il pouvait les regarder sans être vu.

Il fouilla nerveusement parmi les toiles posées à même le mur et trouva vite ce qu'il cherchait : le corps d'une femme lui sauta littéralement à la figure. Celui de Carol Panuula. Cette fois-ci, la preuve était accablante. Tout concordait. Le tueur l'avait peinte peu avant sa mort. Dans quel but ? Jack se remémora les leçons d'Ann Waitura, toute sa théorie sur le tueur : un psychotique se soigne en gardant sa part de délire, et le nourrit. Si le délire disparaît, l'angoisse est en quelque sorte multipliée. Le fait de peindre les femmes dans cette pièce lui permettait de délirer et ainsi de sauvegarder le mince équilibre de son quotidien. Ce type dessinait les femmes car il était incapable de les aimer : évidemment ! Homosexualité, impuissance, peu importait la raison. Les femmes qu'il créait compensaient ses frustrations. Mais le délire ne lui suffisait plus : alors il se vengeait en les tuant avant de scalper leur sexe en guise de trophée. Fétichisme. Dans ce cas, où cachait-il ces scalps monstrueux ?

Un bruit de moto stoppa le cours de ses interrogations morbides : ils arrivaient.

Fitzgerald analysa très vite la situation : avec sa blessure, il n'aurait pas le temps de sortir de l'atelier. Pire, il risquait de se trouver nez à nez avec le tueur, exposant Eva à une situation dangereuse : il referma la porte du passage derrière lui.

Avec la cocaïne, l'attente lui parut un siècle. Depuis l'atelier secret, aucun bruit ne filtrait de l'extérieur ; bien entendu, la pièce était insonorisée. Deux, trois, cinq minutes passèrent. Qu'est-ce qu'ils foutaient ? La main rivée sur la crosse du revolver, Jack guettait d'un regard angoissé la chambre à coucher.

Enfin ils entrèrent dans la maison.

— Tiens, on a oublié d'éteindre la lumière du salon en partant ! lança Eva d'une voix qui s'en fichait éperdument.

De l'autre côté du miroir, Jack retint son souffle. Il connaissait l'homme qui la suivait : c'était bien le type qu'il avait poursuivi dans les rues d'Auckland. Ils étaient trempés jusqu'aux os mais Eva était vivante, cela seul importait. Occupée à ébrouer ses cheveux ensablés, la jeune femme fila vers la salle de bains. Jack l'observa, une tendresse maladive dans les yeux.

L'homme qui l'accompagnait avait la trentaine, cheveux châtains, assez courts, séduisant, un bandage au poignet, comme lui.

John ôta sa chemise et passa un tee-shirt sec. Eva réapparut très vite, une serviette sur les cheveux qu'elle frottait en miaulant. Dans son attitude, nulle crainte : juste un profond et inconcevable sentiment de sécurité.

Prisonnier de l'atelier, le policier ruminait : Eva aimait un homme qui allait la tuer, un déséquilibré qui allait lui découper le sexe : sa propre fille ! Les idées se bousculèrent dans son cerveau : il fallait trouver un moyen d'opérer sans la mettre en danger, elle qu'il ne quittait plus des yeux, fou d'un amour brutal capable de le mettre en pièces.

John enlaça sa compagne qui, aussitôt, se lova contre lui. Elle semblait aimer ça, la garce ! Fitzgerald se retint de hurler : il ne pensait plus à rien. On lui volait son seul bien.

Eva tira John sur le sofa dépenaillé. Ils goûtaient jusqu'à l'asphyxie le mélange éphémère de leur meilleure salive. La main de l'homme passa sous sa robe et caressa ses longues cuisses nues. En araignées voraces, ses jambes s'accrochèrent à lui. Jack écrasa ses paupières à la vue du sexe à nu sous l'étoffe. John laissa dériver une bretelle sur le bras de son amante. Bientôt, un sein rond pointa son nez rose, qu'il saisit à pleine main : Eva se tordait sous ces maudits doigts. Jack refusait de voir Eva nue, livrée aux mains d'un homme — tueur ou non. Son esprit commença à siffler. Vingt-cinq ans sous pression, la cocotte-minute allait exploser.

Eva posa sa nuque sur l'accoudoir du sofa et laissa sa tête tomber à la renverse. Ses cheveux trempés allaient jusqu'à terre dans une joyeuse chute capillaire, loin de présager le danger sous les câlineries diaboliques de son amant. Quand l'homme posa sa main sur le cou offert en gage de bonne volonté, Jack hurla :

— Eva ! Eva, il va te tuer !

Dans un état second, il tira dans le verre teinté qui le séparait de la chambre : la glace se fissura mais ne céda pas. Fitzgerald paniqua à l'idée de rester coincé dans cette réserve alors qu'un type s'apprêtait à massacrer sa fille : il recula pour se protéger des éclats et pressa de nouveau la détente.

John et Eva s'étaient dressés d'un bond : malgré l'épaisseur de la cloison, la voix du policier les avait alertés. L'impact des coups de feu avait strié la vitre à trois endroits bien distincts. John se mit debout en une fraction de seconde. Il comprit tout, tout de suite. Eva remonta la bretelle de sa robe, le regard obnubilé par la voix spectrale de l'autre côté du mur. Son visage était terrorisé.

Dans un tourbillon de fumée âcre, Jack tira deux balles au plus près des impacts. La vitre vola enfin en éclats.

Travail d'amateur, pensa John : il s'était fait avoir sur la qualité du matériau. Maintenant un flic braquait son arme sur eux, silhouette déchirée derrière les pans de verre encore accrochés au mur. Il allait tirer de nouveau. Son visage était celui d'un fou en cavale. À ses côtés, Eva refusait de comprendre. Ses dents claquaient dans sa bouche : la mort lui faisait face. John se posta aussitôt devant elle.

Le Maori le tenait au bout de son canon mais hésitait à l'abattre : Eva était maintenant derrière lui. À trois mètres, sa dernière balle avait toutes les chances de traverser sa tête avant de pulvériser celle d'Eva. À moins qu'un os du crâne ne déviât la trajectoire. Non, il ne prendrait pas ce risque.

John savait quel genre d'homme était Fitzgerald : il resta devant Eva, pétrifiée dans son dos. La gueule noire du revolver ne quittait pas son front plissé.

— Ne bouge plus ! gronda le flic. Eva ! Va-t'en ! Vite !

La jeune femme restait sans mouvement.

— Ne bouge pas, ordonna John d'une voix étrangement calme.

— Eva ! Ce type est un tueur ! Il a déjà massacré deux filles. C'est à ton tour maintenant ! Bon Dieu, crois-moi, je suis là pour te sauver !

Sa voix suppliait presque. Eva ne broncha pas. Une lumière de doute déformait son visage. Jack extirpa une paire de menottes et les lança en direction de John.

— Enfile ça. Tout de suite.

Toujours calme, John attrapa les menottes au vol. Eva avait reculé d'un pas. Il regarda les bracelets d'acier et esquissa un sourire un peu triste.

— Tu n'as pas compris. C'est peut-être toi le héros de l'histoire, mais tu arrives trop tard. Tu n'y changeras rien.

La menace du revolver se fit plus pressante : Eva s'était décalée, c'était maintenant ou jamais. Jack hésita mais comprit que, s'il l'abattait, Eva lui en voudrait pour toujours. Car elle aimait cet homme. Et ni la loi ni les preuves apportées au dossier ne suffiraient à l'inculper à ses yeux trop passionnés pour être honnêtes. Il hésita donc une seconde. De trop : Eva se posta devant son amant. Elle voulait le protéger.

— Je vous en prie, laissez-nous… S'il vous plaît…

Des larmes étincelaient dans ses yeux, cette voix gorgée de pitié lui faisait vraiment mal au cœur.

— Eva : je suis venu te sauver. Tu es ma…

— Mais je ne VEUX pas me sauver ! coupa-t-elle sans hésitation.

C'était pire qu'un suicide. Car elle était sincère.

Soudain la main de John propulsa la jeune femme en arrière. Une paire de menottes vola dans l'air tandis qu'Eva effectuait un bond forcé vers la sortie. Jack évita sans mal les bracelets d'acier que le meurtrier venait de lui jeter à la figure mais ne put viser correctement. Dans un tourbillon, Eva se laissa tirer vers l'extérieur — leur salut.

Fitzgerald poussa un juron en les voyant disparaître dans l'embrasure de la porte. Il enjamba avec difficulté la cloison démolie et clopina tant bien que mal vers l'entrée de cette foutue baraque.

Le vent hurlait depuis le large. Eva courait comme un automate. John la tirait par la main. Dans l'obscurité, le flic les sommait de s'arrêter mais sa voix se perdait sous leurs pas chaotiques : encore quelques mètres et ils atteindraient la Jaguar. Elle piétinait, ses jambes ne la portaient plus que par habitude et son visage avait perdu sa formidable vitalité.

John ouvrit les portières de la voiture, poussa Eva sur le siège et prit le volant. Il écrasa la marche arrière et fit un rapide demi-tour sur le sable. Au-delà du pare-brise, la route grimpait en épingle vers la corniche. Eva ne disait plus un mot, les mains posées sur ses genoux de petite fille sage. Machinalement, John regarda la jauge d'essence. Coup de tonnerre : elle était vide. Désespérément vide. Il fonça.

Fitzgerald geignait : marcher dans le sable avec une blessure à vif dans la cuisse n'était pas une partie de plaisir. Il avait cent mètres de retard sur les fuyards et une forte envie de vomir. Chaque pas lui coûtait deux ans de vie en moins : encore un petit effort, la Toyota attendait là-bas. Eux venaient de déraper sur le parking, un peu plus loin sur la droite. Il ne pouvait pas tirer : l'obscurité était leur alliée, Eva son bouclier et la fatigue mauvaise cible.

Quand le policier atteignit son véhicule, la Jaguar venait de passer devant lui, en l'aveuglant de ses phares.

Il poussa un cri en se jetant sur le siège : sa blessure venait de se rouvrir.

L'automatique ronronna. La suite fut plus brutale : Jack passa la vitesse de côte et fit hurler le moteur. Il savait qu'une saloperie de japonaise n'aurait jamais raison d'une anglaise bien huilée. De rage, il écrasa l'accélérateur. Un peu plus haut, deux yeux rouges luisaient avant de disparaître au gré des virages. Ils n'avaient pas beaucoup d'avance. Jack ne les lâcherait pas, saloperie de japonaise ou non.

Crispé au volant de la Jaguar, John poussait les rapports en enfilant les lacets. Assise près de lui, Eva semblait dépassée par les événements. Elle dit :

— John… Dis, c'est vrai ce que disait le flic ?

L'homme ne répondit rien. Son sourire resterait une énigme. La route sinueuse les menait vers la lune. Eva se frotta le nez.

L'inconscience de leur fuite avait éveillé en eux un fol espoir de vivre. Coupés de la réalité, survivant d'illusions, ils s'étaient réinventé le monde. Mais ce soir ils sentaient bien que les dieux étaient morts. On les avait bel et bien abandonnés. Dans le rétroviseur, les phares de la Toyota apparaissaient par intermittence, s'accrochaient à eux comme des limaces sanguinaires.

John se demanda si Fitzgerald aussi avait peur, si Eva avait toujours envie de crever en lui comme une bulle. Encore quelques lacets et ils atteindraient la route de Piha…

— John… Où on va ?

La voix d'Eva était toute petite, son mètre soixante-quinze recroquevillé sur le siège de la voiture. Il chuchota :

— Tu m'aimeras toujours ?

Elle changea de ton. Son visage s'éclaircit :

— Oh ! John ! John, mais qu'est-ce que tu crois ?! (Une énergie foudroyante irrigua ses veines.) C'est pas un flic qui va nous séparer. Fonce ! Putain, défonce tout mais emmène-moi, ne me laisse pas. Ne m'abandonne pas comme ça. John ! N'importe quoi mais pas ça. Emmène-moi…

Elle balbutiait les mots qui n'étaient jamais sortis d'elle. Ils surgissaient maintenant, tout tremblants, comme s'il faisait froid dehors. Pire qu'une déclaration d'amour, un sauf-conduit sur son territoire. Dès lors, John se sentit presque serein.

Ils atteignaient la route côtière : la Jaguar s'engagea vers Piha. Fitzgerald se traînait dans leur dos, pestant toujours contre cette satanée boîte automatique. John regarda tomber l'aiguille sur le cadran du tableau de bord : la voiture engloutissait les dernières gouttes d'essence disponible dans le monde, les phares découpaient la nuit en tranches de vie bien distinctes, la drogue le faisait trépigner sur l'accélérateur, Eva continuait d'implorer, non, surtout ne pas l'abandonner, jamais ! Une mauvaise lueur sous les paupières : oui, elle l'aimait. Dans quelques secondes, il serait temps.

La Jaguar fila. John ne savait plus ralentir. Dans la pénombre de l'habitacle, leurs yeux étincelaient d'un éclat démoniaque, la route était un défilé, le monde une pyramide à l'envers menaçant de s'écrouler : des instants sans mémoire. Dans leur dos, les phares de l'automatique les prenaient pour cible. Encore quelques secondes. La route lovait le bord de mer et tout là-bas, il y avait ce mur devant l'eau. Bientôt, ils épouseraient la vie.

Des vagues énormes s'écroulaient sur les rochers dans un fracas de guerre civile. On s'entendait à peine mourir. John écarquilla les yeux : le mur venait de se teindre en bleu. En bleu électrique. La tentation était puissante mais il n'était pas sûr qu'Eva voudrait le suivre. Les yeux injectés de sang, il glapit :

— Eva ! Tu vois ? Dis ? Tu le vois ?

— Oui… Oui ! Le mur. La mer… John…

Les herbes sur le bas-côté défilaient, Eva se jeta contre John, lui dont les yeux fous roulaient dans le rétroviseur : non, c'était impossible, il y avait quelqu'un avec eux, là, dans la voiture : sur le siège arrière, comme le spectre de l'amulette maorie qui les regardait, atroce ! Hallucination ? Une sale blague, un cauchemar d'enfant, le virage qui approche à toute allure, le mur, John contre Eva, Eva contre John, le baiser de la mort, l'araignée dévorant son amant d'une nuit, déjà le lacet, la courbe de la route, l'orage dans la nuit, ne jamais s'abandonner, John, Eva, la mort qui se les enfilait, vite !

Loin dans leur dos, Jack Fitzgerald hurla.

Les pneus de la Jaguar crissèrent dans la courbe qui bordait la mer. John frissonna : Eva venait de lui mordre la bouche dans une étreinte sauvage, elle se cramponnait à lui, la main accrochée à son sexe dur, une grimace farouche dans les yeux. Enfin, elle hurla :

— Tue-la !

La Jaguar fonça droit sur le muret. La mer électrique s'ouvrit devant eux. Ils vinrent percuter violemment le mur de béton avant de venir s'aimer jusqu'à la mer qui, beaucoup plus bas, leur tendait tout son bleu.

Les hurlements de leur âme se turent.

*

Les pneus de l'automatique stoppèrent leur course en bordure du précipice. La tête du policier cogna contre le volant. Il n'avait rien fait pour la retenir.

Maintenant le silence habitait tout. Fitzgerald tremblait d'effroi. Le muret avait volé en éclats ; la Jaguar était partie loin vers la mer. Le vol n'avait duré qu'une poignée de secondes, jetées en vrac dans le précipice.

Ils étaient seuls désormais. Seuls avec leur mort bien portante, tout emmêlés.

Dans un rêve absurde, il sortit de sa voiture. Son visage livide ne savait plus que balbutier. Eva. Il avança au bord du précipice et aperçut la Jaguar, écrabouillée sur les rochers de Piha la sauvage. Sa fille était un tas de chair démolie, démembrée, calcinée. Et lui ne savait plus qui dit quoi, qui est qui, et qui meurt pour quoi. Sa nuque inclinait toute seule vers le vide : le gouffre l'attirait. Eva, tout là-bas, lui envoyait des signes de bienvenue. Des bouts de squelettes s'agitaient depuis le néant : « Viens, père ! Viens ! »

Jack planta ses ongles dans son crâne. Un long râle, qu'il n'entendait plus, ses paupières acides le démangeaient. Vite, pleurer. Ou alors en crever.

Par la portière ouverte de la Toyota, le contact de l'émetteur supplanta ses sinistres désirs. Les neurones grésillaient : tout occupé à son malheur, il entendait à peine la voix d'outre-tombe qui déversait un flot de mots incompréhensibles. Eva. Morte. Son cerveau se décomposait. La voix dans la radio n'était plus qu'un murmure indistinct, lui un fantôme.

Fitzgerald se tourna vers la voiture. Le .38 Special reposait encore sur le siège avant…

17

Dans les os de la tête, ça avait déjà un sale goût de renfermé. Le talon écrasé sur la pédale d'accélérateur, Malcom Kirk regardait passer la campagne néo-zélandaise ; sur le terrain d'une école perdue, des poteaux de rugby se penchaient sur leur destin. Comme lui, il faudrait bientôt les remplacer.

Malcom pensait à sa vie terriblement ratée, à ses amours ruinées, à sa mère aussi… Des larmes tièdes lui brûlaient les yeux. Le camion frigorifique l'emportait vers le nord : lui, son désespoir, sa haine et sa cargaison fraîchement embarquée. Le paysage défilait, mais il ne pouvait pas le maîtriser. Après la brutale altercation de cette nuit, Malcom n'avait plus le choix : tout ce qu'il pouvait faire, c'était partir avec elles. Alors il avait foncé à l'abattoir pour prendre le camion, et là, il avait tout bousillé. Dans sa tête, des souvenirs flous, mal organisés, montés les uns sur les autres : lui grimpant dans le camion, l'usine qui dormait encore, le bruit du moteur, la jauge d'essence à ras, le crissement des pneus, son déboulé dans les allées et puis les cris, les cris de ceux qui le poursuivaient depuis toujours, et puis le cri d'un type qui sortait de son baraquement pourri, le petit chef de l'usine où Carol avait abîmé ses jolies mains, ce cloporte infâme qui gesticulait dans tous les sens en agitant ses bras comme s'ils étaient susceptibles de l'arrêter, lui et son engin fumant. Il délirait.

« Tiens ! Voilà pour toi, sale chien ! Un grand coup de capot dans les dents, qu'est-ce que t'en penses ! Ah ! Pour ça, il sait voler, le Moorie ! Sa tête a percuté la calandre avant d'exploser contre le radiateur : faut dire que j'avais fait un bel écart pour le dégommer, l'enflure ! Ça a fait du sang sur le pare-brise, avec des bouts de cervelle sur les vitres et les restes sous les roues du vaisseau fantôme. Salut, Moorie ! À la revoyure ! Ah ah ! Quel bordel, mon Dieu… Mon Dieu : il a fallu hier pour que je m'en souvienne. Et là, j'ai vu, j'ai vu… Non, ne crie pas. Écoute plutôt les pistons qui cognent sous le capot. Ils hurlent pour qu'on leur ouvre. Le monde. Comme moi. Fallait pas m'ouvrir le monde… Non, ne bouge pas, surtout ne crie pas. Écoute, je te dis. C'est beau, non ? Oui, c'est ça : pose ta tête sur mon épaule, fais pas gaffe au couteau. C'est ça, fais comme si de rien n'était… comme si de rien n'était… Oui, je vais te raconter une histoire, petite fille… Je vais te parler de ma vie, si tu veux. D'ailleurs, j'ai mal à la vie. J'ai attrapé ça hier, impossible de la guérir. J'ai tout essayé. Impossible. Incurable. C'est ma maladie : incurable. J'ai l'incurable dans le sang. Incroyable. Je croyais qu'on attrapait ça vivant, pas quand on est mort. Eh bien, non : j'ai l'incurable. Pourquoi ? Oh ! C'est flou, difficile à expliquer… Comment dire… Ma mère avait des yeux verts et une bouche… verte aussi. En fait, c'était une pelouse. Fallait pas s'allonger dessus. C'était interdit. Interdit. C'est drôle, quand j'y pense, je m'en souviens pas bien. Faut dire que j'étais petit. C'était sur les îles, ça, je me rappelle : une île avec personne autour. Jolie. Et puis un jour, j'ai eu très mal au ventre. La douleur, on s'en souvient : pas forcément la physique, non, surtout la morale. Pourtant, je ne savais pas pourquoi mon ventre me faisait si mal. La blessure avait parfaitement cicatrisé, alors c'était autre chose. Mais ne crie pas. Non ! ne crie pas ! Ah ! je vois que tu ne m'écoutes pas. C'est malin ! Maintenant, j'ai perdu le fil de mon histoire… Mon histoire, c'était une pelote avec des nœuds énormes, des nœuds tout emmêlés, gros comme des montgolfières. Et ça soufflait dans ma tête, ça me décollait le cerveau, putain ! je savais même pas pourquoi ! J'étais assis sagement à côté de ma pelouse — c'était interdit de marcher dessus — mais avec le temps, j'ai pas pu résister : je me suis allongé. On était bien sur la pelouse, tous les deux. On a même fini par s'installer… Mère a fait un étang. C'est après que les grenouilles sont arrivées : elles se sont mises à coasser après moi, elles se sont mises à dire des choses sales alors que moi j'étais nu comme une merde : c'est pas joli joli, une merde toute nue, hein ? Après, je sais plus. J'ai mal à la tête… Je me suis retrouvé dans les rues, nu comme une merde, avec des habits sales sur le dos, avec des gens autour de moi qui me reniflaient comme un chien, à moins que l'odeur ne les attire… Je sais plus. L'enfer, avec des queues partout dans moi, des sexes énormes qui me rentraient dedans, des bras qui me tenaient, les autres qui ricanaient, moi qui criais sans pouvoir me défendre, Mère n'était pas là, elle était pas loin, mais pas là. L'enfer, avec dix morts par jour. J'ai souffert, petite fille, si tu savais comme ils me faisaient mal ! La nuit, je me réveillais en sueur, le lit entouré de crocodiles qui attendaient que je tombe dans leur gueule pour me dévorer… Et toutes les nuits, c'était pareil. Jusqu'au jour où il est arrivé avec ses yeux bleus tout fondus sur moi, ses beaux yeux dégoulinants qui ne savaient que m'aimer… Pour la première fois, j'ai senti de la douceur sur moi. Il m'a offert son épaule pour que j'y repose. Il était bon, puissant, le seul capable de me sauver. Pour ça, il m'a payé le prix fort. Il ne m'a jamais dit combien il avait dû payer pour m'avoir. C'était quelqu'un de très discret, très distingué, plein de pudeur : rien à voir avec les chiens qui m'entouraient, ces tueurs mangeurs de chair humaine… Oui, il s'est bien occupé de moi, m'habillant toujours très bien, oh ! je n'avais pas à me plaindre ! Il m'aimait toujours plus, de jour en jour, et moi aussi je l'aimais, c'était pas facile du tout mais j'y arrivais presque. On se cachait, les autres devaient pas savoir, je voyais bien qu'il était inquiet, surtout ces jours-ci… Mais le mal était profond. Je ne pouvais pas m'en empêcher. Sans identité, pas de survie possible. Personne peut comprendre. J'ai repris ce qu'il appelle mes "travers". Faut dire que je me suis bien fait engueuler pour Carol… J'ai juré que j'y étais pour rien ; c'était vrai. Au début, il m'a cru. Mais les choses ont empiré, il a fallu que je m'en aille, c'était pas moi, je le jure ! Vous le savez que ce n'est pas moi, pas ma faute à moi ! Oh non ! Non ! Ce n'est pas possible ! Non ! Ce n'est pas moi ! Pas MOI ! Je l'ai pas tuée, cette pauvre fille ! Et il a fallu hier pour que je m'en souvienne… me souvienne que… c'est moi. Oh ! mon Dieu… c'est moi… C'est moi qu'ai fait tout ça… Mais ne crie pas, petite fille, non ! Ne crie pas ! Je t'en supplie ! C'est pas moi ! »

*

Jack Fitzgerald revint lentement sur terre. Le cadavre d'Eva fumait encore au bas de la falaise. La nuit allait tomber, la Toyota reposait, portière ouverte, sur le bord de la route, et une voix folle déversait une sorte de complainte incompréhensible dans l'émetteur qui le reliait à Ann Waitura.

Le policier blêmit ; la voix, d'abord stridente et railleuse, commençait à changer de ton. Malgré la confusion des paroles noyées dans le vacarme des ondes parasitées,

Jack reconnut cette voix : c'était celle de la fille de Waiheke, la fille qui avait parlé au tueur alors qu'il se trouvait empêtré dans le bush ; la fille s'était enfuie avant qu'il pût la voir mais sa voix était si particulière que Jack la reconnut aussitôt dans l'émetteur. Mais ce soir la voix qui psalmodiait ces paroles incohérentes avait inexorablement changé de ton : car désormais ce n'était plus la voix d'une femme qui parlait, mais celle d'un homme. Un homme aux abois. Plus de doute possible. La femme croisée à Waiheke était un homme.

Bien sûr : Jack avait fouillé la maison isolée, il avait trouvé de multiples affaires féminines mais ni tampons ni serviettes hygiéniques. Ce n'était pas une femme qui habitait dans cette maison mais un homme.

Un travesti.

Malcom Kirk.

Les étranges coutumes polynésiennes resurgirent à sa mémoire, les histoires que lui contait son père, ces temps oubliés où les villages s'organisaient en complète autarcie : il arrivait en effet qu'il y ait plus d'hommes que de femmes dans les villages. On réglait le problème (et peut-être même celui de l'homosexualité) en imposant à certains hommes de tenir le rôle de la femme. On pouvait ainsi voir un robuste Polynésien revêtu du costume traditionnel réservé aux femmes s'affairer aux tâches ménagères. Cet « homme » vivait même avec les femmes et tenait dans la famille le rôle d'une maîtresse de maison. Personne ne se moquait de lui. Il comblait le déséquilibre au sein d'un groupe où les hommes étaient, de surcroît, souvent polygames.

Jack gambergea : tout cela datait et n'avait *a priori* plus lieu de nos jours. Mais il avait maintenant une certitude : un tueur avait débarqué sur le continent depuis la veille et, par un concours de circonstances qu'il ne comprenait pas, Ann Waitura était actuellement en sa présence. Elle avait mis son émetteur en marche mais elle se taisait. Pourquoi ?

Le temps s'accéléra : si Ann n'avait toujours pas parlé, c'est qu'elle avait ses raisons. En ouvrant le contact de l'émetteur, elle cherchait à mettre Jack sur la piste du tueur : appeler pouvait être dangereux. Depuis un moment, Kirk s'était tu. Ses supplications avaient fait place à un bruit sourd, celui d'un moteur. Un gros. Celui d'un camion, ou quelque chose comme ça. Mais il y avait un autre bruit de fond, encore difficile à distinguer... Depuis l'émetteur, Kirk continua à délirer. Ann se taisait toujours ; mais où était-elle ?

Fitzgerald fit le tri entre ses fausses et ses vraies pistes. Les mots de la fille de Waiheke étaient en fait ceux de Kirk. Il disait : « Je n'appartiens plus à Bee. » Cela signifiait-il qu'il appartenait à quelqu'un d'autre ? Découvert, Kirk n'était plus aujourd'hui qu'un humain fragile lâché dans la nature. Sa réaction serait celle d'un désespéré, d'un suicidaire. Car, par un stratagème bien compliqué, Kirk ne savait pas qu'il était un tueur : « Ce n'est pas moi », avait-il dit, avant de rectifier « pas ma faute » — preuve qu'il réalisait alors la terrible vérité. Maintenant qu'il avait fui son île refuge de Waiheke, allait-il tuer de nouveau ? Et quel secret emportait-il avec sa folie ? Une autre phrase frappa l'esprit du flic. Celle émise par le Maori alors qu'il dialoguait avec Kirk : « Tu veux qu'on vérifie ? » Les deux hommes parlaient alors du meurtre de Carol. Que pouvaient-ils donc vérifier ? Quel était le sens de cette allusion, allusion qui avait tant effrayé Kirk ?

Fitzgerald fut alors frappé de stupeur : Carol avait eu le sexe scalpé mais on n'avait pas retrouvé le pubis. Voilà donc la « preuve » de sa culpabilité, la « vérification » dont parlait Ofengahu. Les pubis. Mais si Zinzan Bee et ses sbires savaient où Kirk cachait les preuves de ses crimes, pourquoi protégeaient-ils le jeune Polynésien, lequel était censé ne plus « appartenir » à l'étrange sorcier maori ?

Dans un éclair, les choses se mirent en place : Malcom Kirk avait subi un choc en réalisant sa culpabilité. Désespéré, il avait cherché à s'enfuir, emportant avec lui son seul bien : le pubis scalpé des femmes qu'il avait assassinées. Le tueur avait une cachette, un endroit planqué dans le fond de sa mémoire. Les sexes mutilés étaient pour Kirk une sorte de trophée, un symbole quelconque dans sa pauvre tête. Il les gardait précieusement, quelque part… Jack songea à un endroit froid. C'était le seul moyen de garder les pubis en « état ». Oui, mais où ? Pas chez lui, puisque la cachette devait être un lieu fréquenté en de rares occasions — uniquement pour alimenter son délire. Alors quoi ? Une boucherie ? Trop compliqué d'accès. Une maison qu'il louait aux alentours d'Auckland, avec une chambre froide ? Peu probable, toujours parce qu'il ne devait s'y rendre qu'en état de transe. Non, il s'agissait d'une petite chose, un coin désert où, à l'occasion des meurtres, il déposait ses monstrueux trophées : un hangar, un garage… Depuis l'émetteur, la voix de Kirk gagnait en intensité.

Jack réalisa alors qu'il avait fermé tout contact avec le central depuis ce midi : il était à la poursuite d'Eva et tenait à ce que personne ne soit au courant de ses escapades. Il pesta contre lui-même : jusqu'au bout, Eva serait sa faute. Il appela le commissariat central et demanda Osborne, d'urgence. Coup de théâtre : Osborne avait disparu depuis ce midi. Même son de cloche pour Waitura. On ne connaissait pas la raison de leur départ mais ils avaient établi une mission en code rouge. À ces mots, Fitzgerald retrouva son vieil esprit de combat : Ann avait abusé de ses pouvoirs et cherchait maintenant à le mettre sur la piste en ouvrant le contact de son émetteur.

Il glapit dans la radio du central :

— Y a-t-il eu un événement quelconque ce matin ? Fait divers, accident, fuite, n'importe quoi ayant rapport avec un lieu de stockage frigorifique…

— Attendez, je regarde, répliqua le standardiste.

Dans l'émetteur qui le reliait à Ann, Kirk délirait maintenant à plein tube : il appelait Waitura « petite fille ». Enfin, le standardiste répondit à sa demande :

— Capitaine ? J'ai peut-être trouvé ce que vous cherchez : un camion a créé un sacré carnage à l'abattoir de Devonport. On ne sait pas qui le conduisait mais la camionnette a pris la fuite. Par contre, je ne vois aucune équipe de police lancée sur cette affaire…

— Waitura, répliqua Jack pour lui-même.

Il coupa le contact radio.

La mort d'Eva fit une brève apparition dans ses pensées. Il démarra la Toyota et s'engagea sur la route de West Coast Road. Alors un coup de feu retentit dans l'émetteur qui le reliait à Ann Waitura : on distinguait des cris et toujours le rugissement du moteur, les ondes parasitées…

Jack hésita. Tant pis, il fallait briser le silence radio. Il ouvrit le contact mais n'obtint aucune réponse : depuis l'émetteur, le bruit du moteur venait de stopper. Fitzgerald cessa de respirer : on n'entendait plus qu'un bruit. Un bruit de vagues.

La mer.

Une plage.

Il écouta. Non, pas de doute : ils roulaient sur une plage. La plage, le lieu des crimes. Le bruit des vagues était maintenant bien distinct dans l'émetteur.

Un camion qui roule sur une plage : Ninety Mile Beach.

18

La course-poursuite durait depuis des heures. Ann avait commencé par suivre l'itinéraire le plus court en direction de Whangarei. À bord de la Ford pilotée par l'agent Osborne, ils avaient roulé loin vers le nord. Silence pesant. Voyage électrique. Tension confuse. Plus de limite.

Au volant de sa voiture, Osborne rongeait son frein : la criminologue l'avait déjà envoyé sur les roses à deux reprises. Quelque chose ne tournait pas rond. Ann paraissait angoissée, vulnérable, à bout de nerfs. Et Jack n'était pas là. Il détestait ça. Quant à Wilson, Waitura lui avait simplement dit qu'il était mort. Wilson, mort. Sans autre commentaire.

Osborne encaissa sans broncher.

Ce matin, il avait appelé chez Fitzgerald. Bien que surpris de tomber sur Ann, il n'avait pas posé de question embarrassante : un camion frigorifique venait de semer un véritable carnage dans l'abattoir de Devonport. La camionnette avait défoncé la barrière de sécurité, tuant au passage Moorie, le recruteur. D'après les témoins, il s'agirait d'un fourgon frigorifique blanc avec le sigle de l'usine, conduit par un jeune homme bronzé, probablement d'origine polynésienne. Le véhicule était facilement reconnaissable : il y avait aussi du sang sur le radiateur…

Waitura avait tout de suite pensé à Kirk. Zinzan Bee avait menti, ils le savaient : Kirk n'était pas mort. Pire : il avait disjoncté et faisait là son baroud d'honneur, une sorte de suicide aux yeux du monde. Dans l'urgence, ils avaient établi un plan d'action. Avec un minimum de chance, ça marcherait : ils chasseraient l'assassin jusqu'à sa reddition.

Osborne gambergeait au volant de sa voiture. Non, quelque chose n'allait pas. Ils opéraient sans filet et, hormis l'hélicoptère qu'ils attendaient toujours, aucune force de police n'était déployée autour du tueur présumé. L'hélicoptère en approche leur livrerait des informations depuis le ciel. Code rouge. Cela signifiait qu'ils évoluaient en autonomie, coupés des ondes, et donc du central. Pourquoi Waitura avait-elle déclenché ce code d'urgence ? Il eût été plus prudent de quadriller le terrain — le camion de Kirk aurait fini par s'engluer dans la nasse des barrages. Au lieu de quoi, Osborne avait pris son véhicule personnel afin de retrouver Ann sur la route de Mission Bay, tout près de chez Fitzgerald. La criminologue attendait là, une chemise trop grande sur les épaules. Sa lèvre était tuméfiée, son visage semblait bouleversé, mais Osborne n'avait rien dit : il était trop peu gradé pour contredire la partenaire attitrée du capitaine et il y avait dans ce visage une chose qu'il ne se sentait pas de taille à affronter.

Non, Osborne n'avait jamais senti ce coup-là. Avec Fitzgerald, les choses auraient été différentes…

Ils avaient roulé deux heures, guettant les signes, les bords de route et le contact qui les reliait à l'hélicoptère. Ils finirent par atteindre Whangarei. Depuis les airs, toujours aucun signe du camion en fuite. Osborne et Waitura avaient continué, dépassant bientôt Hikurangi, Whakapara, Moerewa, petites villes perdues au large d'Auckland, derniers bastions de la civilisation avant les étendues sauvages de l'extrême Nord.

Osborne avait bien tenté un rapprochement avec Ann : ses yeux farouches faisaient plisser ses paupières lourdes, sa lèvre supérieure était salement amochée, mais elle restait confinée dans un inquiétant mutisme. Impossible de savoir ce qui s'était passé la veille.

Ils se rapprochaient du Nord. Le jeune policier mâchait un chewing-gum, dernier cadeau de Wilson, quand la voix du pilote retentit. Depuis les airs, il avait enfin repéré Kirk : le camion réfrigéré roulait sur une route secondaire en direction de Kaitaia.

L'hélicoptère le survolait de très haut.

Ann fit un bref calcul : avec un peu de chance, ils atteindraient le village de Kaitaia avant lui.

Dans un nuage de poussière, ils dépassèrent Kaeo, Mangonui et ses plages frappées par l'océan comme des sacs de sable avant le grand combat. Bientôt, ils traversèrent Cable Bay et enfin Awanui, un bled situé au-dessus de Kaitaia — le village que Kirk venait d'atteindre. Si le tueur continuait sa route (et il n'avait aucune raison de s'arrêter), il passerait forcément devant eux : apparemment, Kirk roulait sans but précis, poussé par ses dernières pulsions.

À contrecœur, Osborne déposa la criminologue sur le bord de la route. Il voulut protester — le plan était beaucoup trop risqué — mais Ann ne voulut rien entendre. Première assistante du boss, c'est elle qui commandait la mission. Osborne n'aima pas son regard trouble mais se résigna. Au loin, les pales de l'appareil battaient l'azur.

Ann Waitura se posta sur le bas-côté : le camion passerait bientôt devant elle et la prendrait en stop. Pendant ce temps, il chercherait un endroit propice pour bloquer la route avec la voiture : un coin de campagne, loin des habitations. Alors le camion stopperait sa course éperdue.

Waitura gardait un calibre .32 dans son sac à main : elle arrêterait Kirk. Osborne serait là pour la seconder, sous l'œil aéroporté du pilote à qui l'ordre avait été donné de voler assez haut pour ne pas effrayer Kirk…

La criminologue déboutonna sa chemise trop grande et passa une main fiévreuse sur ses cheveux détachés. Osborne la trouva très jolie. Désespérée mais très jolie. Sa poitrine pointait sous le tissu de la chemise, ça l'excitait. Le policier mit ça sur le compte de la peur.

— Bonne chance, lança-t-il depuis la portière de la Ford.

Ann lui sourit tristement. Sa bouche meurtrie l'empêchait peut-être de répondre…

Osborne enclencha la première. Il fallait appeler Jack. Pas de radio dans sa voiture privée, juste un émetteur relié à l'hélicoptère. C'était risqué. Trop. Il fonça à travers le village d'Awanui : il n'avait plus une seconde à perdre.

Ann regarda partir Osborne avec un petit soupir désolé. Elle ne savait pas ce qu'elle redoutait le plus : la mort ou la vie. Seule sur le bord de la route, la jeune femme attendait le tueur. Les minutes avaient le poids d'un siècle sur ses épaules. Osborne absent, elle se laissa aller à quelques sanglots quand un bruit lointain lui fit dresser la tête : le battement des pales se rapprochait dans l'air brûlant de l'après-midi. Si Kirk se rendait compte qu'on le suivait, il était capable de tout…

Étranges sensations : la mort avançait, là, sur une route de campagne inondée de soleil poussiéreux, le vent s'était levé pour l'accueillir, tout paraissait subitement calme, le passé n'avait plus d'importance, elle s'en allait, souillée jusqu'aux os.

Un bruit mécanique chassa les oiseaux : d'une volée tapageuse, ils abandonnèrent les champs désolés et s'enfuirent dans l'azur austral. Le camion arrivait. Ann le voyait maintenant distinctement, soulevant un nuage de poussière à chaque embardée. Un grondement sourd. Des reflets. L'asphalte fumant, une carlingue chromée fonçant sur elle. Dernier envol. Le cœur dans la gorge, une masse bruyante, le soleil dans les yeux, la peur, intacte.

Un gros bruit de freins suivi d'un hennissement pneumatique : le camion dépassa la jeune femme et s'arrêta un peu plus loin, sur le bas-côté. Ann retint son souffle. Il y avait du sang sur la calandre. Trente mètres. Les jambes qui refusent de se mouvoir. L'espace qui prend soudain tout son sens. Allez, encore un petit effort. Ce ne sera pas long…

La portière du passager s'était déjà ouverte. Ann courut. Bientôt, un pauvre visage apparut, encore opaque derrière le pare-brise du truck. Son sac dans les mains, la jeune femme grimpa sur le marchepied. Un homme d'une vingtaine d'années lui sourit, un Polynésien aux traits fins (Samoan ou Tongien d'après elle), de courts cheveux noirs sur sa tête d'ange exterminateur. Ann avait répondu à son sourire — la politesse du néant — avant de grimper à bord. Cet homme était magnifique.

Malcom Kirk : des yeux noirs imbibés de terreur, un visage à la grâce naturelle et un parfum d'innocence crasse fichée au milieu de ses traits déformés par l'effroi. En regardant loin dans les pupilles, elle éprouva le sentiment étrange d'avoir affaire à un pitre dément.

Présentation, météo, où aller : questions gênées, réponses saccadées. La mort dans le trémolo de la voix. Unisson.

Le visage de Kirk était ravagé par les larmes mais le jeune tueur faisait un bel effort pour paraître aimable. Ann apprécia son courage. La première enclenchée, le camion mordit l'asphalte en sueur. Dans l'air du temps : rien.

Une succession d'images floues : Kirk essayant de

parler malgré ses phrases incompréhensibles. Pantomime humaine, les mains moites sur le volant et une voix haut perchée, semblable à celle d'une femme...

Ann ne broncha pas quand le camion quitta brusquement la route ; juste avant l'entrée du village, Kirk avait braqué plein nord, défonçant au passage une barrière réservée aux bus.

Ninety Mile Beach.

Bien sûr, là-bas ils seraient tranquilles.

Tant pis pour Osborne qui l'attendait à la sortie d'Awanui. De toute manière, le plan était trop scabreux pour réussir. Restait l'hélicoptère, quelque part au-dessus d'eux. Ann ne le cherchait même plus.

Quittant la petite route de Cape Reinga, ils atteignirent Ninety Mile Beach, l'une des plages les plus longues du monde : cent vingt kilomètres de sable mouillé battus par le bouillon du Pacifique. En suivant la marée descendante, on peut rouler sur la plage jusqu'à Cape Reinga avant que l'océan ne recouvre tout. Les bus étaient les seuls véhicules autorisés à tenter le coup.

Pour Kirk, on fit une exception.

Le camion dévala la petite pente qui menait à la plage. De gros rouleaux s'écrasaient sur le sable. D'un côté, la mer, énorme, poussée par les vents violents, de l'autre des dunes au découpage chirurgical. À l'occasion, on aperçoit quelques chevaux sauvages s'ébrouant parmi les herbes. Au milieu, le passage : des kilomètres de sable mouillé écumant de rage. Une route dangereuse pour les néophytes.

Malcom Kirk faisait preuve d'une étonnante dextérité : il passait juste après les vagues, là où le sable était encore dur. Ann le regardait s'escrimer sous les cris des oiseaux, outrés de ce passage en force sur leur territoire.

Le Polynésien semblait effondré, comme s'il venait de réaliser une chose connue de tous, une chose qui échappait encore à sa conscience. Cocufiage psychologique. Une larme épaisse coula sur sa joue. Ses lèvres se mirent à trembler, jamais ensemble. Sa voix avait changé. Elle était devenue plus grave au fur et à mesure qu'il parlait.

Malgré le vent qui hurlait par la vitre ouverte, Ann avait écouté délirer Malcom. « Petite fille » : c'est ainsi qu'il l'appelait. Sans doute ne savait-il plus très bien à qui il parlait. Tout à l'heure, alors qu'ils n'avaient parcouru qu'une poignée de kilomètres, une lame d'acier était sortie de sa chemise : ce couteau de boucher avait découpé le sexe de Carol Panuula. Mc Cleary pourrait le confirmer.

Le pauvre Malcom ne savait plus à quel saint se vouer : conduisant d'une main, menaçant de l'autre la jeune femme avec son couteau, il avait raconté sa vie, comme ça, par bribes. Ann Waitura n'était pas la première venue : elle l'avait écouté, analysant la confusion de son délire tandis qu'il déversait son fiel mêlé d'impossibles amours sur le pare-brise du camion. Certains détails avaient pris une signification, d'autres restaient flous. Il faudrait un long travail avant que Kirk ne réussisse à évacuer les maux qui torturaient son esprit malade.

La première séance eut lieu à bord d'un camion réfrigéré bringuebalant sur une plage sans fin : le patient avait un couteau dans la main, un volant dans l'autre, le spécialiste un sac de cuir posé sur ses genoux, un émetteur qu'elle venait d'enclencher à son insu.

Ann Waitura avait analysé la situation en professionnelle : cet être avait subi des traumatismes si graves qu'il pouvait à peine déterminer son sexe. Tout était parti d'un acte de violence abominable — Kirk n'avait pu l'inventer. Toutefois, cet acte commis lors de sa petite enfance ne lui laissait guère que des énigmes, un immense sentiment de frustration menant à une crise d'identité capable de le pousser à un dédoublement de personnalité — unique moyen trouvé par son inconscient pour refouler la réalité trop cruelle. Et le sort s'était acharné sur lui : disparition de la mère, impuissance, esclavage sexuel, homosexualité, viol, prostitution. Tout se mêlait : difficile de faire la part du vrai et celle du fantasme. Parler était aujourd'hui une souffrance. Ann l'observait du coin de l'œil. Imperceptiblement, le couteau s'était rapproché de sa gorge. Il battait l'air du camion, frôlant à deux reprises ses beaux yeux noisette. Kirk était entré dans une phase de délire symptomatique d'une crise aiguë.

Il allait imploser.

Le vent s'engouffrait par les vitres ouvertes mais Ann entendit le vacarme de l'hélicoptère au-dessus d'eux. Le pilote s'était rapproché de manière alarmante. La jeune femme paniqua : dans son délire, Malcom confondait le bruit des pales avec sa voix à elle. Il l'implorait de ne pas crier mais elle ne criait pas ! Bon Dieu, elle ne criait pas, ce n'était que l'hélicoptère ! Des larmes énormes coulaient sur les joues du tueur, le couteau fendait l'air et l'appareil approchait encore.

Le visage de Malcom se déforma. Lui aussi avait peur : ses yeux fous allaient de la plage à Ann dans un ballet pathétique, il la conjurait de se taire, surtout ne pas crier, non, ne pas crier ! Elle fit un geste par la vitre ouverte signifiant à l'hélicoptère de déguerpir mais Kirk n'était plus maître de ses gestes : il allait tuer !

Ann enfouit sa main dans son sac où le calibre .32 de Jack attendait, six balles dans le barillet. À ses côtés, Malcom hurlait de terreur : surtout qu'elle se taise ! La jeune femme saisit l'arme. Les cris de Kirk emplissaient tout. Le diable couvait. Malcom lâcha le volant. Le camion fit une embardée. Le .32 hors du sac. Le couteau siffla dans l'air. Le hurlement des moteurs au-dessus. Celui de Kirk, déchirant. « ARRÊTE ! » Un coup de feu.

Une lame qui s'enfonce. Des cris. L'hélicoptère, Malcom, Ann. Mortelle harmonie. La mer sous les roues du camion, de l'écume plein la calandre, noyant le sang séché de Moorie, un nouveau travers. Vite, rétablir l'équilibre.

Malcom Kirk, le ventre perforé, tira le volant vers les dunes et accéléra. Manquant de s'enfoncer dans le sable meuble, le camion effectua un bond sur le côté. Les roues filèrent sur le dur. L'équilibre était rétabli : le camion roulait maintenant à vitesse raisonnable sur la plage infinie.

Le tueur respirait avec difficulté : la balle tirée à bout portant s'était fichée dans son ventre, un flot de sang s'était répandu sur ses cuisses et clapotait maintenant sur le siège. Malcom serra les dents : avec un peu de chance, aucun organe vital n'avait été touché. À ses côtés, la fille agonisait. La lame s'était enfoncée dans le thorax avec une facilité déconcertante. Un revolver pendait sans vie au bout de sa main.

Il accéléra.

Ann ouvrit les yeux, mais tout était flou. Des larmes de douleur obstruaient sa vision, si faible qu'elle ne distinguait plus que des formes mouvantes. Le vent par la vitre la rafraîchit un peu, fouettant ses cheveux. Douce sensation. Au-delà des dunes, un couple de chevaux piétinait en toute liberté.

Sa tête cognait contre la portière. Ann pensa à Jack, et expira sans regret.

Après tout, elle était venue là pour ça…

19

Osborne pestait entre ses dents. Le plan pour bloquer le fugitif était dangereux. Les choses avaient évidemment mal tourné : l'hélicoptère s'était bien éloigné pour ne pas l'alerter, mais le camion n'était jamais apparu au point de rencontre fixé pour l'interception. Kirk avait dû bifurquer vers la plage. Ninety Mile Beach. C'était la seule route. Le pilote gambergeait : le soir allait bientôt tomber.

Il y eut un moment de flottement entre le pilote de l'hélicoptère et le policier qui trépignait dans sa Ford. Enfin Osborne l'avait sommé de se poser afin de l'embarquer. De là-haut, ils reprendraient les recherches. C'est là qu'il se trouvait maintenant, anxieux. Il assurerait seul. Avec ou sans Fitzgerald. Après tout, il le formait pour ça…

Après une longue glissade aéroportée vers la mer, le pilote repéra le fuyard : le camion avait bifurqué sur Ninety Mile Beach et roulait maintenant sur le sable mouillé. Ils s'approchèrent du véhicule en perdition, mais Waitura leur fit immédiatement signe de s'éloigner. Osborne hésita un instant, puis ordonna au pilote de grimper, se résignant à laisser Ann à son sort.

Cette fois-ci c'était trop. Il ne pouvait pas abandonner l'assistante de Jack aux mains du tueur. Désobéissant aux ordres de Waitura, il rétablit le contact avec le central.

Cinq minutes plus tard, alors qu'ils survolaient de haut le bord de mer en direction de Cape Reinga, la voix du capitaine grésilla dans la radio.

— Bon Dieu, tu es où ? !

— Je viens de rejoindre le camion en fuite, répondit Osborne sans cacher sa nervosité. On est à hauteur de Waihopo. Ann est avec lui. Elle m'a fait signe de partir mais je crois… (Le pilote lui adressa un signe du doigt désignant un point fixe sur la plage.) Je crois qu'ils viennent de stopper. Fitz ! Qu'est-ce qu'on fait maintenant ? Le camion a stoppé sur la plage mais je le distingue à peine avec la nuit qui tombe ! Je… je ne sais pas ce qui se passe ! On dirait que la marée a bloqué le camion. Fitz ?

Plus bas, sur le bord de la route, le Maori gambergeait à toute allure. Sorti de nulle part, les yeux hagards, une tête de dément, le radiateur de la Toyota fumant après un sprint effréné jusqu'à Ninety Mile Beach, il avait rejoint la route de Cape Reinga. Il visionna la carte et répondit :

— Mets les torches et trouve-les : moi je coupe par les dunes !

Osborne baragouina un « O.K. » guttural. L'adrénaline avait comme coagulé dans le fond de la gorge. La voix de Jack avait changé. Peut-être l'émission radio. En tout cas, il l'avait trouvé… détestable.

*

— Maman, j'ai mal ! Ça me glace partout, ça me glace le bide, les tripes, les entrailles ! Putain ! Maman ! Où es-tu, vieille salope ! J'AI MAL !

Malcom se tordait le ventre au volant du camion frigorifique. Le sang avait coulé jusque sur ses bottes. Y en avait partout. Et la mer continuait à rogner la plage. Malgré ses efforts, il devenait impossible de conduire le camion : les vagues grimpaient vers les dunes et gagnaient du terrain. Dans quelques kilomètres, bloqué par la marée montante, il serait obligé d'arrêter le véhicule. Avec tout ce que cela impliquait…

Sur le siège du passager, la fille semblait dormir, le corps imbibé d'un liquide vermeil. Elle était belle, seule avec sa grande mort. Malcom eut un sourire satisfait ; elle avait fini par se taire.

Il se concentra sur sa route où les vagues se faisaient plus pressantes. Un bouillon d'écume vint lécher les roues du camion. Le ciel tombait : la nature le repoussait vers les terres.

Il fut bientôt impossible de passer : la mer était montée à l'assaut des dunes et avait grappillé mètre par mètre le territoire ennemi. Malcom stoppa le véhicule. La lave blanche de la mer allait le submerger. Ses yeux fous vaquèrent alentour. L'hélicoptère avait disparu. On n'entendait plus que le requiem des vagues contre la plage vaincue.

Le ventre tordu par la douleur, Kirk mit pied à terre : les flots atteignaient déjà ses bottes couvertes de sang.

— Ah ! Maman ! Enfin tu es là ! Oh ! si tu savais comme j'ai mal… J'ai un trou dans le ventre. Ça me ronge déjà, c'est tout froid, tout froid. Il faudrait que tu viennes, comme avant, que tu me prennes contre toi, que tu me touches, tu sais… Comme avant… Hein ? Quoi ? Oh non ! Non ! Je t'en prie, je ne veux pas ! Oh ! non, pas ça…

D'un pas d'automate, pataugeant dans la mer montante, Malcom contourna la cabine du camion et ouvrit la portière du passager. Le corps sans vie d'Ann Waitura tomba dans l'écume. L'eau se teinta un court instant, une caresse bleue, le temps pour le sang de se dissoudre à l'infini. Malcom délirait, plié en mille :

— Tu la veux, tu es sûre ? Oui, bien sûr, tu la veux… Mais j'en ai assez, maman ! Assez de combler tous tes désirs ! Je suis grand maintenant, tu sais que je pourrais te laisser… Oh ! je t'en prie, cesse tes jérémiades ! Je vais te la donner puisque tu la veux, mais je te préviens : c'est la dernière fois ! La dernière fois, tu comprends ? ! Putain, tu comprends ! !

De rage, Kirk empoigna le couteau de boucher et tomba à genoux. Il ne sentait plus l'eau battre ses flancs recourbés : pestant entre ses mâchoires serrées, il déchira les vêtements d'Ann et cria dans le vent furieux. Puis, minutieusement, il scalpa son pubis jusqu'au clitoris.

La chair se découpa facilement. Malcom lança le couteau dans la mer, poussa un nouveau cri déchirant, se releva enfin, le trophée sanglant dans la main.

Le ciel tournait à toute vitesse. Il tituba jusqu'aux portes arrière du camion et les ouvrit en grand. Fou furieux, il grogna :

— Tiens, la voilà ! Prends-la puisque tu le veux ! Prends-la, salope !

Et il jeta violemment le scalp ensanglanté d'Ann dans la cabine arrière. Il garda le clitoris et le mit à la bouche.

Couvrant d'insultes le fracas de la mer, le tueur se jeta à genoux et roula dans la mousse des vagues. Là il suçota un moment le petit bout de chair avant de le recracher. Après quoi il poussa un long gémissement qui se perdit dans l'ultime soubresaut de sa raison. Larve rampante, Malcom Kirk se traîna dans l'écume. Le goût du clitoris dans sa bouche lui évoqua un très vieux souvenir d'enfance mais il ne savait plus lequel : un bruit sourd faisait éclater ses oreilles. Malcom leva un regard trouble : un hélicoptère approchait, chassant le vent sous les coups de ses pales.

Au loin, les dunes s'évaporaient sous le ciel branlant.

*

Fitzgerald grimaça en stoppant son véhicule : la mer était montée plus vite que prévu. Il ne lui restait plus qu'à abandonner la Toyota à l'abri d'une dune et rejoindre le camion à pied.

L'hélicoptère tanguait dans le soir. Jack marchait vite mais sa blessure pissait le sang. Serrer les dents ne le mènerait pas loin : il tâta la poche droite de sa veste, s'empara de la cocaïne et s'envoya le fond du sachet. Flash aveuglant, suivi de frissons rapides. Ann était dans de sales draps. La rage le pousserait contre le vent.

Longeant les dunes, il prit le bon rythme, la seule foulée capable de l'emmener loin sans s'épuiser dans le sable. Du haut de son désespoir, Fitzgerald était dans une forme physique éblouissante : déjà se profilait la silhouette du camion, là-bas, droit devant. Il redoubla d'effort. La douleur lancinante de sa cuisse semblait le galvaniser. Ses jambes l'emportèrent, lui, la douleur et sa rage toute fraîche agrippée à la crosse de son arme.

Il crut d'abord distinguer une silhouette à moitié submergée. Les pneus du camion infusaient dans les flots grondants. Son pas se ralentit, inexorablement. Il rangea son arme sans s'en rendre compte, les yeux fichés sur le corps inerte. Fitzgerald parcourut les derniers mètres en apnée. Son cou se raidit. Le pressentiment de tout à l'heure ne l'avait pas trompé : c'était bien le corps d'Ann Waitura qui gisait là, bientôt emportée par la mer…

Il approcha. La jeune femme était nue, une méchante blessure au thorax. Ses chevilles étaient encore prisonnières du pantalon. Du sang coulait de la plaie à débit régulier.

Quand il remarqua la mutilation au niveau du sexe,

ses jambes se mirent à flageoler. Peut-être la course de tout à l'heure. Jack détestait la pitié. Ça lui donnait parfois envie de pleurer. Il s'agenouilla, prit le corps dans ses bras et le souleva. Ann était étrangement légère.

Le poids de l'âme, se dit-il. Il paraît que quand un homme meurt, il perd instantanément trois cents grammes. Oui, c'était ça : le poids de l'âme. Lui qui ne croyait pas l'ombre d'une seconde en Dieu se sentit un peu réconforté.

Portant sa partenaire dans ses bras, il contourna le camion ; les portes étaient grandes ouvertes. Il déposa le cadavre à l'arrière, puis se rétracta : une odeur pestilentielle émanait de la cabine. Malgré le soir tombant, Jack vit très distinctement ce qu'il y avait à l'arrière du camion. Son visage vira au blanc. Dans un sac de plastique suspendu à un crochet de boucher, on distinguait encore le cadavre décomposé d'un être humain.

Le policier alluma sa lampe-torche. Sa gorge était sèche mais la curiosité l'emportait sur l'horreur : il passa un mouchoir sur son nez et monta à bord du camion réfrigéré. Par terre, trois scalps de femme. Le premier n'était qu'un amas de chair rabougrie orné de quelques poils. Le second était dans un état de conservation acceptable. Le troisième était encore sanguinolent. Celui d'Ann.

Fitzgerald manqua de vomir, déglutit, eut mal au cœur. Il était descendu en enfer, ça se passait cette nuit. Le reste n'était presque plus qu'une formalité. Il inspecta le corps humain dans le sac plastique. Malgré l'état de décomposition très avancée du cadavre, il s'agissait d'une femme : de longs cheveux secs frisaient sur sa tête rongée et, sous les bouts de chairs gelées, les hanches étaient sans conteste féminines. Par contre, aucune trace de mutilation, sexuelle ou autre. Malcom Kirk n'avait pas touché au corps. Et pour cause : c'était celui de sa mère.

Son totem.

Son tabou.

Le monstre qui le dévorait, la divinité sombre à qui il ramenait le sexe des femmes, ces créatures qu'elle lui avait définitivement interdit d'aimer.

L'odeur faillit le repousser hors du camion mais Jack tenait à observer le cadavre : à première vue, la femme était morte depuis plusieurs années. Entre trois et six : tout dépendait dans quel lieu Kirk l'avait entreposée. Une chambre froide sans aucun doute, mais ça n'avait plus d'importance. La vengeance habitait son esprit. Kirk. Il tuerait ce monstre.

Fitzgerald dégaina son arme et grimpa à bord de la cabine avant. Des traces de sang salissaient les sièges. À côté des pédales, une petite flaque commençait à coaguler…

Il se tourna vers le ciel comme s'il y voyait déjà Ann : Kirk était blessé.

*

— La lune, un soleil noir. Marcher avec le pilote automatique : droit devant et rien derrière… Mon corps se tord, maman, et la mort est proche. C'est le cimetière des dunes qui me l'a dit tout à l'heure. Et j'ai entendu ce que je ne voulais plus : être. Être. Tu m'emmerdes, maman : tu me pèses sur le ventre et j'ai mal. Regarde ! Mon Dieu, aidez-moi ! J'ai du sang plein les mains à force de retenir mon ventre de couler ! Ça me brûle de l'intérieur, ça me consume les boyaux et ça se tortille partout dans moi ! Ah ! C'est pas la mort qui fait peur, c'est la souffrance ! Une balle dans le cœur, c'est rien. Le ventre qui se vide, ça c'est autre chose ! Autre chose… Adossé à la dune, les nuages passent sous la lune et je me fous bien du gros bourdon qui gravite là-haut, avec ses yeux jaunes qui me cherchent partout. Je suis tranquille dans mon coin, bien au noir, bien au chaud. Tu n'as jamais voulu me laisser tranquille, tout est ta faute, alors maintenant viens pas te plaindre si je t'ai abandonnée. Tu vois que j'en suis capable finalement. Tu as l'air bien maligne, hein, toute seule dans la roulotte avec les filles ! Ah ! Vous allez pouvoir en raconter des trucs ensemble ! Bande de petites salopes ! Salopes ! Putain de salopes ! ! ! Oh ! Ça me tire, oh oui ! Il faut que je me tire d'ici ! Le bourdon approche avec ses gros yeux jaunes, je ne le laisserai pas me piquer ! Saloperie d'insecte aussi, tiens ! Tu m'auras pas, tu entends, insecte de merde ! Ah ! Bon Dieu, mon ventre : va pas tenir le coup si je gesticule comme ça. Mais j'ai mal, ah la la, c'est fou ce qu'on a mal !... Il y a des hautes herbes là-bas : si j'arrive à me traîner... Oui, ça va aller. Encore un petit effort, on y est presque ! Voilà ! Aaaah ! Je suis l'homme invisible, tu m'entends, l'insecte ! L'homme invisible, ça t'épate, hein, enculé d'insecte de merde dans ton cul ! Au milieu des herbes, un trou, un trou noir. Je connais bien... c'est là que je vais me cacher... en attendant que les insectes partent... en attendant que mon ventre se recouse... Tâtonner, s'engouffrer et... Ah ! Aaah ! Qu'est-ce que c'est que ça ! Maman ! Un truc m'a sauté à la gueule ! Il vient de me bouffer les lèvres ! À pleines dents ! La saloperie ! Bon Dieu, c'est quoi ce truc dans les herbes ? ! Oh non ! C'est pas possible. Non, pas possible ! Il n'y a pas de serpent en Nouvelle-Zélande, tu me l'as toujours dit ! Maman ! Tu mentais ! Regarde maintenant ! Il m'a bouffé la gueule ! Quand j'appuie dessus, ça fait du pus ! Oh non, non ! Et ça me lance, putain, le venin me monte à la bouche, je sens mes lèvres tripler de volume, ça me démange déjà, ça me grille la langue, j'ai du sang dans la bouche, mes dents vont tomber, je peux plus parler ! Maman ! J'ai la gueule emportée ! Regarde ! Maman ! Où es-tu ? ! Le serpent m'a déchiqueté le visage ! Et le frelon qui approche, ses gros yeux me regardent, ils m'aveuglent, maman, aide-moi ! J'ai mal partout ! Maman ! Et les autres au-dessus de moi, c'est pas vrai ! Je vois plus rien ! Maman, saloperie de bourdon ! Tiens ! Prends ça, salope !

*

Larve en proie aux fourmis carnivores, le tueur avait rampé jusqu'aux dunes. Soutenu par deux puissantes torches, l'hélicoptère avait fini par le débusquer. Dans la cabine, l'ambiance était électrique. Malgré le stress et le vent de sable soulevé par l'appareil, le pilote maniait le manche avec dextérité. John Osborne avait confiance : Fitzgerald était là.

Il ordonna au pilote de descendre : ils tenaient Kirk sous leurs feux.

Non loin, avançant dans la nuit naissante, Jack suivait les faisceaux de l'hélicoptère. Il aperçut enfin Kirk, pris sous les projecteurs. Le sable projeté par le souffle des pales fouettait son visage. Malgré son désir d'en finir avec lui, il resterait prudent : le tueur était aux abois et probablement armé.

Sa veste protégeant son visage, Jack avança : il avait repéré la silhouette de Kirk derrière les joncs, à moitié caché par une butte de sable que l'appareil chassait dans un tourbillon. Aveuglé par la lumière blanche, Kirk cherchait à fuir. L'hélicoptère le survolait de trop près : Fitzgerald grimpa la pente sablonneuse qui le séparait du tueur. Le vacarme assourdissant rendait la scène surréaliste : Kirk, prisonnier des lumières, brandissait une arme vers l'appareil.

Fitzgerald se coucha au sommet de la dune et pointa son calibre. La fatigue faisait trembler son poignet : il ajusta le tueur dont le visage semblait déformé. Kirk visait l'hélicoptère, juste au-dessus de lui. Fitzgerald tira au moment où Kirk pressait sur la détente : la balle du .38 fusa dans l'air tourbillonnant et lui traversa le cou. Malcom Kirk lâcha son arme, tenant sa gorge dans ses mains.

Mais il avait eu le temps de tirer.

Depuis la cabine de l'appareil, Osborne sentit le coup venir, un peu tard. Il hurla :

— Attention, il a une arme ! Remonte !

Le pilote avait déjà broyé le manche à balai. En contrebas, Kirk vidait son chargeur : la première balle ricocha contre une pale, l'autre atteignit le pilote à la tête. Ses lobes frontaux se dispersèrent tandis qu'il s'écroulait sur les commandes de l'appareil. Aussitôt, l'hélicoptère partit en vrille. Dans un vacarme terrifiant, Osborne se jeta sur les commandes et tenta de dégager le pilote.

Deux secondes plus tard, ils s'écrasaient sur le sol.

En explosant, l'hélicoptère fit l'effet d'une bombe : des bouts de carlingue giclèrent un peu partout, soufflant le sol sous l'impact. Des projectiles d'acier rasèrent les environs, des flammes fusèrent dans le ciel. Jack s'était jeté au bas de la dune. Kirk, qui titubait en se tenant la gorge, fut littéralement projeté en l'air, le corps criblé de métal.

Quand Fitzgerald se releva, le corps de son plus jeune adjoint grillait avec celui du pilote parmi les morceaux de carlingue froissée…

20

Cinq heures du matin, Ninety Mile Beach. Jack Fitzgerald se taisait. Depuis la dune qui l'avait protégé de l'explosion, il regardait les corps mutilés mêlés aux amas de carcasses épurées. Les gyrophares des services de police avaient chassé cette nuit sans fond, mais ça puait toujours autant la mort. Alors il se taisait; lui qui *la* connaissait bien avait un certain respect pour elle.

Il savait qu'il était arrivé trop tard sur les lieux. John Osborne. Pauvre gamin. Un hélicoptère de secours venait d'emporter Ann vers le ciel noir. Il espérait simplement qu'ils s'y sentiraient mieux…

Après Eva, il avait fait le tour du malheur. Quel gâchis. C'était comme s'il venait de tout reperdre. Femme, fille, espoir. Le cauchemar continuait, en accéléré. Il refuserait toutes les nuits — comment désormais dormir ?

Le policier enfonça ses pouces dans ses paupières. La cocaïne lui infligeait une lente descente. Autour de lui, des infirmiers butinaient, bonshommes immaculés, rapaces sanitaires à l'ère de l'humanitaire. On tentait de reconnaître les corps parmi les débris de carlingue fumante. Les secours étaient arrivés tard sur les lieux du massacre. L'éloignement, la nuit, colporter la nouvelle aux instances responsables, l'organisation : tous ces petits détails avaient pris du temps. Mais dans l'esprit de Fitzgerald, c'était lui et lui seul le fautif : il aurait dû être là, avec Osborne et Waitura, plutôt que de s'évertuer à pourchasser deux innocents coupables de s'être aimés un peu trop fort, un peu trop mal.

Eva.

La prononciation de ce nom suffisait à le rendre à moitié fou. Comment avait-il pu, lui, perdre autant la raison ?

Le Maori faisait peine à voir avec sa mine décomposée, ses cernes lourds qui le vieillissaient de dix ans, ses taches de sang sur ses vêtements, son pas incertain et la lueur épouvantable qui naviguait dans ses yeux vides.

Dorénavant, les vivants le fuyaient : on faisait des écarts pour éviter cette affreuse chose. Et ce regard… « Un zombi », disait-on en parlant de lui. Ça faisait déjà jaser. Jack ne voyait rien.

Eva était morte — et ils ne s'étaient rien dit.

Ann, fidèle jusqu'au bout, lui avait donné un peu d'amour sans espoir de retour — et lui n'avait même pas su la remercier…

Pauvre idiot.

Pauvre fou.

Pauvre con.

Fitzgerald avait toujours fait les mauvais choix. Sa vie n'avait jamais été qu'un labyrinthe fermé, une rue sans issue où il se terrait à la recherche de son propre cadavre. La fatalité le précédait toujours d'un pas, une seconde ou un sentiment. Malgré ses beaux désirs, ses nobles pensées, il était responsable de tous ses échecs. Son attrait pour le morbide l'avait poussé à survivre dans un présent cruel et sinistre : il plongeait dans la pourriture de chaque charnier. Ce soir il n'avait plus qu'à trier les restes : son destin, son squelette.

Il y avait bien ce .38 à la ceinture…

L'instinct reprit cependant le dessus : l'histoire n'était

pas terminée. Il irait jusqu'au bout. Pour eux, pour elle.

Fitzgerald se dirigea vers le corps de Malcom Kirk. Il découvrait pour la première fois le visage du tueur — du moins, ce qu'il en restait. Une souffrance aiguë se lisait encore sur ses traits pourtant si fins. L'agonie avait dû être longue : vingt-deux ans. L'âge de Kirk.

Ce type aurait pu être son fils.

Il observa attentivement le cadavre : une balle de .38 avait traversé son cou. On retrouverait le projectile quelque part dans une dune. Mais il y avait aussi un autre trou, situé dans le ventre du défunt. Il plongea la main dans la plaie et extirpa une balle dans ses doigts sanguinolents.

— .32, évalua-t-il.

Ann s'était bien défendue.

Les vêtements de Kirk avaient été en partie soufflés par la déflagration mais on distinguait encore des lambeaux de chair calcinée. Intrigué, Jack se pencha sur la victime. Il ne broncha pas. Pourtant, ce qu'il vit était plutôt effrayant : Malcom Kirk n'avait plus de testicules.

L'émasculation n'avait pas été causée par l'accident : ce type avait été castré, il y a de ça des années. Il avait été castré par sa mère. C'est elle qu'on avait retrouvée dans le sac plastique du camion, il en était sûr. Ainsi tout s'expliquait. Ann avait vu juste : le tueur avait subi un traumatisme durant sa jeunesse, la chose avait dû se passer lors de sa petite enfance. Sa mère, monstre de possessivité, incestueuse et définitivement malade, l'avait émasculé pour le garder. Kirk, alors trop jeune, avait refoulé cet événement. Mais depuis ce jour, ses actions intimes furent motivées par cet accident barbare…

Pauvre type, pensa Jack, vaguement humain.

Rassemblant ces informations, il élabora la théorie : Malcom avait grandi avec sa mère, qui l'avait dressé contre les autres femmes. Pourtant Kirk avait essayé de les aimer : Carol avait même accepté de le suivre sur la plage. Mais Malcom ne pouvait satisfaire ni les désirs des femmes ni les siens. Et ça le rendait fou. Alors, il tuait. Puis il les scalpait : la symbolique du trophée ramené à la mère était évidente. Bien qu'elle fût morte depuis longtemps (peut-être même Malcom l'avait-il tuée de ses propres mains), sa mère continuait à hanter son présent, son passé, et anéantissait toute forme d'avenir. Il tuait par autodestruction et entretenait son délire à travers sa mère : lors de ses crises, il lui ramenait ses offrandes. Sa course éperdue en camion n'était qu'un suicide déguisé en pèlerinage avec sa mère. C'était pour lui le seul et le dernier moyen de payer ses fautes, de dire au monde qu'il l'aimait, malgré tout. Le reste n'était que littérature, thèse et affaire de spécialiste.

Jack n'en était pas un. Sa spécialité, désormais, ce serait la mort.

Il partit colporter la nouvelle.

*

Queen Street s'était mis sur son trente et un pour la parade de la Whitbread. Des barrières avaient été dressées le long de l'avenue où les gens se pressaient en bon ordre. Le défilé paralysait la ville, ravie de célébrer ces marins qui se coursaient autour du monde. Même les cravatés des agences financières sortaient sur les terrasses afin d'acclamer les héros. Voitures électriques aux carrosseries déformables, orchestres et cuivres, bateaux de pirates : un joyeux cocktail d'enfantillages s'ébattait sur la plus grande avenue du pays.

Fitzgerald dut faire un détour. L'engouement de la ville contrastait singulièrement avec sa mine, les nerfs coincés sur le volant de l'automatique : Kirsty. Wilson.

Helen. Osborne. Ann. Eva. Eva... Après l'effroyable série, tout son corps réclamait un lit, du silence et des rêves, même simplistes, mais cette foutue journée était loin d'être terminée. Il gara la Toyota le long d'un mur d'enceinte : plus loin, une luxueuse propriété aux murs blancs dépassait des arbres.

Ponsonby vivotait avant le Nouvel An, les enseignes tapageuses des restaurants suppliaient les gens de venir s'amuser chez eux. Dernier jour de soleil de l'année. Jack cligna des yeux en sortant de la voiture. Il n'avait plus de cocaïne et sa cuisse le faisait souffrir.

Pantin alors redoutable, il tituba jusqu'au perron de la propriété. Pendu au bout de sa main, le calibre .38 ballait au hasard de ses pas.

Bizarrement, personne ne vint interrompre sa marche. Les domestiques avaient été congédiés pour la journée, aucun vigile privé n'arpentait le jardin : on l'attendait.

Le policier respira puissamment avant de pousser la porte de bois blanc. Le hall de la maison n'était que luxe inutile, dorures en pagaille, tableaux de la Renaissance ou imitations de grands maîtres. Ses vieilles Doc couinèrent sur le marbre gris. Le silence de la propriété annonçait son arrivée.

Fitzgerald tira ses semelles sales vers le salon. La veste légère qu'il portait collait à sa chemise débraillée. Il y avait du sang partout. Un fantôme aux yeux d'acide, voilà à peu près ce qu'il restait du plus grand flic de la ville.

Une odeur de cigare alerta ses narines. Jack pénétra dans le salon, l'arme toujours collée à sa cuisse. Le bandage s'était desserré mais il n'avait pas pris la peine de le refaire. Il n'éprouvait plus qu'un curieux devoir de justice perdu au milieu d'images sinistres : parmi elles, Eva faisait l'amour à Ann, leurs corps mêlés de placenta, ou quelque chose comme ça...

— Je vous attendais, fit une voix derrière un large fauteuil de cuir.

Jack stoppa son attaque sur le tapis persan du salon. Des volutes épaisses s'envolaient mollement derrière le dossier : le gros fauteuil pivota sur lui-même. Dedans, un homme soudain très vieux inclina la tête : Hickok.

Lui aussi avait pris dix ans dans la nuit. Jack se sentit moins seul en relevant son arme. Le canon du .38 visa la tête. Entre les deux yeux. Une mort précise.

Hickok sourit, un peu las : manifestement, la punition ne lui faisait pas peur. Le procureur du district semblait même attendre le châtiment qu'il méritait — Fitzgerald. Il avait joué, et tout perdu. Le Maori avait vite soupçonné son supérieur d'être dans le coup. Même s'il ne savait pas comment, ni pourquoi. Sans preuve, il ne pouvait rien. Hickok lui-même avait senti que Fitzgerald finirait par le débusquer. Depuis le début, les deux hommes s'étaient tendu des pièges ; au final, un pitoyable match nul, de ces mauvaises rencontres où tout le monde sort tête basse.

Ces deux êtres réputés durs au mal souffraient et, aujourd'hui face à face, allaient jouer une funèbre partie de qui-perd-gagne.

Le canon du revolver semblait aimanté au front du procureur. Jack dit doucement :

— Maintenant racontez-moi tout ; depuis le début.

Hickok évacua un soupir, sourit jaune, ralluma son cigare pour l'inspiration et se cala dans le cuir du fauteuil. À la différence de Jack, Hickok souffrait confortablement.

— D'après ce que j'ai pu tirer de lui, dit-il enfin, et considérant le travail effectué depuis cinq années sur sa personnalité fort complexe, Malcom Kirk est issu d'une petite île de Polynésie, dans l'archipel des Samoa, Pacifique Sud. On y pratiquait encore la coutume du moetotolo, que vous connaissez peut-être… (Fitzgerald inclinant la tête, il poursuivit :) Malcom était l'esclave de sa mère. Toutefois il fit preuve d'un courage magnifique en osant la défier : comme il lui était impossible et de toute manière inconcevable de rencontrer des jeunes filles en plein jour, il décida de devenir moetotolo, c'est-à-dire l'amant d'une nuit… Sa mère, monstre de possessivité, l'ayant émasculé à la puberté, vous imaginez quelle fut sa déroute. Dès lors, Malcom apprit à ses dépens que la réalité confirmait les propos de sa mère : le monde était fourbe, les femmes mauvaises, sauf sa chère mère, évidemment…

— Venons-en au fait, coupa Jack, pas du tout enclin à entendre les théories d'un ethnologue de pacotille.

— Bien, rectifia Hickok. Quand j'ai trouvé Malcom, le pauvre garçon était coupé du monde, sans repères. Pourtant il émanait de lui une grâce, une sensualité…

— C'était votre gigolo.

— Bien sûr, soupira Hickok. Bien sûr, vous ne pouvez pas comprendre… Je suis tombé amoureux de lui. Je n'ai pas honte de le dire. Malcom a été la lumière dans ma vie, la seule chose véritable que j'aie jamais rencontrée… (Hickok paraissait sincère.) Malheureusement, enchaîna-t-il, Malcom était tombé entre les mains de Zinzan Bee qui avait fait de lui sa chose, une pauvre chose qu'il prostituait dans des milieux, disons, aisés…

— Et c'est là que vous l'avez rencontré.

— Oui. La première solution était d'embarquer cette canaille de Bee pour proxénétisme ou encore de le tuer, mais il y avait un obstacle de taille : Irène venait d'être assassinée et mutilée. Je n'ai jamais très bien su si Malcom a tué sa mère ou si cette vieille folle est décédée de mort naturelle : toujours est-il qu'il gardait précieusement son cadavre dans un endroit secret et, appelé par je ne sais quelle voix intérieure, lui livrait les scalps de ses victimes. Zinzan Bee savait tout de ses agissements, comme il savait tout de mes sentiments pour le jeune Polynésien. Nous conclûmes donc un pacte : je laissais filer Bee et sa clique en échange de Malcom. En quelque sorte, je le rachetais à son patron…

— Et vous vous êtes débrouillé pour étouffer l'affaire…

— En quelque sorte. J'ai alors pris Malcom sous mon aile avec pour objectif de le soigner au plus vite. Le pauvre était seul et, je le répète, complètement perdu. Je lui ai trouvé une maison à l'écart et commençai une thérapie avec l'aide d'un médecin personnel. Les premiers mois, tout se passa bien. Malcom apprenait la vie et la médecine l'aidait à reconstituer sa personnalité. Chacune de ses réactions était féminine : ses envies, ses désirs, ses petits actes de tous les jours… Je ne savais pas qu'il tenterait d'être un homme… Car ce que ni moi ni le médecin ne savions, c'est qu'il avait rapatrié le corps de sa mère dans les environs… Malcom entretenait son délire à notre insu…

Le procureur marqua une pause. Son visage était maintenant tout à fait gris.

— Et Carol Panuula ? reprit Fitzgerald.

— Je ne sais pas comment Malcom a rencontré cette petite traînée, fit-il sans cacher son mépris. J'ai appris la nouvelle par le biais de Zinzan Bee, personnage toujours aussi sordide qui, dès lors, assura sa protection sur les docks où la petite garce tapinait.

— Pourquoi ? Il eût été aussi simple de se débarrasser de Carol.

— Malcom l'aimait. Enfin, c'est ce qu'il disait. Je le laissais faire, croyant qu'il comprendrait vite qu'il lui était impossible de lier une relation avec une femme, mais cette petite pute l'avait embobiné. Mal lui en prit puisque Malcom eut une rechute. Je ne pensais pas qu'il tenterait ça… Je veux dire, rechercher sa masculinité perdue. Bien entendu, ce fut un fiasco. Carol morte, il fallait faire vite. J'ordonnai à Malcom, en état de choc, de rester à la maison de Waiheke avec interdiction formelle de revenir sur le continent. Quand il me révéla l'existence des bandes où Carol enregistrait ses coïts, j'avoue avoir paniqué : et si Malcom figurait sur ces bandes ? Bien sûr ils n'avaient jamais fait l'amour mais ils avaient très bien pu essayer… Bee et sa clique se sont chargés de récupérer ce maudit dictaphone mais la piste était chaude. Kirsty, la prostituée, en savait trop, le Thaïlandais était un témoin gênant et vous touchiez au premier rouage de l'engrenage, au risque de remonter toute la filière…

— Vous oubliez Helen.

Il y eut un moment de flottement. Le canon du .38 pointé en direction du cœur, Hickok s'ébroua.

— On peut dire que l'affaire White est venue à point, dit le procureur avec une assurance suspecte — ou suicidaire. En dérobant l'une des pièces à conviction, à savoir la lame de rasoir qui avait blessé Edwyn White, et en tuant votre amie Helen à l'aide de celle-ci, nous comptions créer un choc psychologique susceptible de vous faire perdre les pédales… Et surtout de vous éloigner de la vérité. En vain.

Un voile passa sur son visage. Jack l'aurait cogné avec plaisir, jusqu'à ne plus sentir ses poings…

— Malcom est venu chez moi hier soir, reprit Hickok. Il n'avait plus sa raison, ou plutôt si : il n'en avait que trop. Il se rendait compte pour la première fois de sa vie qu'il était un meurtrier. Tout le travail effectué durant ces années, anéanti en une seule journée… Nous avons eu une violente altercation mais il était désormais impossible de le sauver.

Un voile couvrit ses yeux embués, qu'il essuya avec

pudeur. Jack avait enregistré sa confession mais plusieurs détails le chiffonnaient.

— Et votre femme, elle était au courant ?

L'autre eut un sourire dérisoire :

— Non. Mais vous pouvez tout lui dire. Elle est là-haut, dans son lit, fit-il en désignant le plafond. Elle aussi attend la mort… mais d'une autre nature. Cancer généralisé. La petite soirée de Noël en faveur des orphelins était son dernier cadeau… Dites-moi plutôt comment vous m'avez débusqué…

Fitzgerald n'avait pas envie de parler. Il concéda pourtant :

— Une idée d'Ann. Les disparitions soudaines de tous les témoins laissaient penser que la panique gagnait l'organisation autour du crime de Carol. Quant à l'absence de fichiers concernant les suspects, c'était la preuve même de leur culpabilité dans cette affaire. Vous avez trop joué sur la corde raide, Hickok. Tout ce que vous avez fait n'a jamais été que du bricolage. Évidemment en brouillant les cartes vous vous reposiez sur le fait qu'aucune preuve ne pourrait être retenue contre vous et votre organisation. Nous avons donc eu l'idée d'en créer. Et vous êtes tombé dans le panneau : le rapport d'autopsie de Mc Cleary était volontairement incomplet. Kirk avait bien scalpé le pubis de Carol mais comme pour Irène il avait pris soin d'ôter le clitoris à son trophée. Et ce clitoris, il le jetait sur les lieux du crime. J'ai retrouvé celui de Carol dans le sable. Et ça, vous ne pouviez pas le savoir puisque je ne l'ai pas mentionné dans mon rapport. Or je n'ai retrouvé aucun clitoris dans l'appartement d'Helen. Celui qui avait commis le meurtre n'était donc pas le meurtrier de Carol. Sans compter qu'Helen a réussi à mordre la cagoule de son agresseur. Mc Cleary a retrouvé un fil de nylon de couleur kaki entre ses dents. Jamais le tueur de Carol n'aurait utilisé de cagoule, pour la simple et bonne raison qu'il connaissait la victime… Comme je vous ai personnellement remis le rapport d'autopsie, personne d'autre que vous ne pouvait maquiller le meurtre. Mais j'ai commis deux terribles erreurs. D'abord je n'aurais jamais pensé que vous prendriez Helen pour cible. Ma deuxième erreur, je n'en parlerai pas…

Le regard du policier resta suspendu au vide. Il releva le canon du .38 et visa la tête.

— Mais vous allez payer pour elle. Pour elle et pour Eva…

Fitzgerald allait presser la détente quand le glissement d'une semelle sur le marbre le fit sursauter. Sans bouger d'un centimètre, il grogna :

— Bouge pas, Bashop : j'ai la cervelle de ton patron au bout du doigt.

Dans son dos, le sergent le tenait en ligne de mire. Il venait d'arriver et, alerté par la présence de l'automatique poussiéreuse devant la propriété du procureur, avait pénétré dans l'enceinte sur la pointe des pieds. Jack savait que ce misérable était le complice obligé d'Hickok dans cette affaire. Il avait même retrouvé sa cagoule kaki dans le coffre de sa voiture. Imbécile. Hickok avait besoin d'un homme de confiance, un type sans scrupules qu'il payait grassement. Cette taupe faisait le lien entre lui, les services de police, Kirk et Zinzan Bee…

Bashop. C'est lui qui avait dérobé la lame de rasoir, lui qui secondait Tuiagamala dans ses missions, lui qui trafiquait les fichiers de la police avec l'accord du procureur. Et c'était lui qui avait tué Helen en faisant croire à un tueur en série…

Il pensait l'abattre après Hickok. Il était là, dans son dos. Soit.

— Lâche ton arme, Fitz, ou je te descends ! menaça Bashop.

— Va te faire foutre, connard ! rétorqua Jack sans prendre la peine de changer quoi que ce soit dans son plan de destruction. Tu sais que je ne baisserai pas mon arme devant une merde comme toi. Tu n'es pas de taille et puis tu es tellement con que tu dois avoir ton arme de service…

Bashop gambergea une seconde. De trop : Jack se jeta subitement à terre. Bashop tira quand même. Le fauteuil d'Hickok pivota et, sous l'impact, fit un tour complet sur lui-même.

Un nouveau coup de feu. Une giclée de liquide frais aspergea la joue de Fitzgerald tandis qu'il roulait à terre : l'encrier du bureau, soudain réduit à une flaque bleu marine. Dans l'élan, Jack se projeta contre une table basse et réussit à se tourner vers Bashop. Une nouvelle balle fusa dans l'air et vint griffer méchamment son épaule. À son tour il tira.

Le bras du sergent cherchait la cible idéale : il la trouva enfin mais deux projectiles lui brisèrent le visage.

La tête de Bashop sauta en arrière, perforée au niveau de l'œil gauche, éjectant en tombant un lit pourpre sur le marbre du salon. Il rebondit à terre, tressauta une seconde et s'immobilisa à jamais.

Par les vitres ouvertes, les oiseaux émettaient leurs stupides gazouillis.

Jack essuya son visage couvert d'encre et se releva en grimaçant — toujours cette satanée cuisse. Une odeur de poudre se répandait dans la pièce. Il renifla dans sa barbe de trois jours : ça sentait presque bon. Il se dirigea lentement vers le fauteuil où Hickok attendait soi-disant le verdict de la justice.

La balle tirée quelques secondes plus tôt l'avait manifestement déclaré coupable : Hickok geignait, de l'acier chaud dans l'abdomen. Jack releva le menton du procureur afin qu'il voie la mort bien en face.

La mort. Fitzgerald l'avait dans son dos : il s'en rendit compte trop tard. Une présence, un parfum, juste derrière lui.

Un coup qui part : à la détonation, un petit calibre. Le Maori n'avait pas prévu que la femme d'Hickok était accompagnée dans son cancer final par une infirmière, une fille au service du procureur : c'était elle, le médecin qui avait assisté Malcom durant toutes ces années.

Rosemary Shelford.

Il ne l'avait jamais vue mais elle travaillait à l'institut psychiatrique de Wellington — Wilson et Ann l'avaient interrogée trois jours plus tôt, la piste était donc brûlante. Hickok l'avait fait rappliquer dare-dare, non seulement pour s'occuper de sa femme, mais surtout de Malcom, alors en pleine phase de délire... Et cette femme venait de lui tirer dans le dos.

Jack se retourna. Une douleur aiguë lui barrait le ventre. Le bras de Shelford avait un peu tremblé avant de tirer. À cinq mètres, dans l'embrasure de la grande porte vitrée du salon, elle n'était pas sûre de toucher sa cible.

Quand il lui fit face, la main de l'infirmière tremblait encore. Ce n'était pas une tueuse, juste un être vénal qui garnissait joliment son compte en banque depuis quatre ans au service d'Hickok.

Fitzgerald l'abattit d'une balle en plein cœur. Propulsée contre le mur du salon, Shelford poussa un bref cri avant de s'écrouler de tout son poids, comme une danseuse sans forces.

Silence.

Jack serra les dents et se tourna vers Hickok, qui agonisait dans son fauteuil de cuir. Ses cheveux grisonnants étaient déjà couverts de sueur froide, ses yeux bleu acier se révulsaient tandis que ses paupières papillonnaient. Il voulut parler mais des bulles de sang envoyaient des messages simplifiés à l'enfant qu'il n'était plus. Mais alors plus du tout : Jack ramassa l'arme de Bashop et l'acheva d'une balle dans le front.

21

Le coroner Mc Cleary n'avait pas dormi depuis deux jours. Il avait envoyé sa famille chez ses beaux-parents et ne les rejoindrait pas avant d'en avoir terminé. Comme Fitzgerald, il commençait à ne plus rien supporter. Même pas sa famille.

Plongé dans un état proche de l'épuisement, Mc Cleary se demandait encore comment les choses avaient pu aller jusque-là. Depuis le début, cette histoire de fémur le froissait : pourquoi Tuiagamala (ou d'autres types à la solde de Zinzan Bee) avait-il pris le temps de soutirer l'os de Pete Loe ?

Suite à l'appel de Jack, le coroner s'était rendu avec une équipe à Waikoukou Valley. Là, ils avaient découvert un charnier abject au milieu d'une clairière enfoncée loin dans la pinède. Des tas d'os humains blanchissaient, mêlés au dépeçage d'animaux divers — des cochons, le plus souvent.

Le cadavre de Wilson fermentait parmi tout ça : on l'avait éventré de haut en bas après qu'un coup violent lui eut à moitié emporté le visage. À partir de là, les policiers avaient fait leur travail. Leur sale travail : trier les corps du charnier pour vérification de l'identité des victimes. Mc Cleary avait assisté au sinistre spectacle et c'est sans surprise qu'il avait constaté l'absence de fémur sur chaque cadavre tiré du charnier. L'opération, longue et fastidieuse, dura toute la journée. Sous les ordres du médecin légiste, on assembla les os. Les squelettes se reconstituaient. Deux hommes, deux femmes — sans doute Kirsty et Katy Larsen. Même Wilson n'avait plus de fémur…

Mc Cleary commençait à savoir pourquoi : l'inspection de la cabane où vivaient Tuiagamala et ses sbires n'avait fait que confirmer ses hypothèses. Accrochés aux murs de la bicoque, les heï-tiki aux figures grimaçantes étaient en os. Mc Cleary les avait amenés au labo pour expertise. Des os humains.

Comme dans les vieilles traditions maories, on avait sculpté les os de ses ennemis pour confectionner le précieux pendentif…

Il téléphona plusieurs fois chez Jack mais ça ne répondait pas. Tout allait de mal en pis.

Le coroner n'était pas au bout de ses mauvaises surprises : il était midi quand on lui apporta un nouveau corps. Celui d'une femme.

Maintenant, et pour la première fois de sa vie, Mc Cleary répugnait à exercer son métier. Quand, deux jours plus tôt, il avait dû découper le cadavre d'Helen, la maîtresse de son meilleur ami, il avait frôlé la crise de nerfs. Mais Ann Waitura, mon Dieu, non…

Malgré ses blagues un peu creuses, il avait toujours aimé cette fille. Depuis le début. Ses pupilles étincelantes, cet air de ne pas y toucher, la fureur qui l'animait, ce n'était pas de l'amour à proprement parler — Mc Cleary aimait sa femme bien qu'il ne rechignât pas à quelques « extra » — mais cela avait le parfum puissant du désir : Ann Waitura était jeune, superbement faite, et son visage clos sur le marbre de la morgue avait l'air presque vivant. Cette vision le torturait.

Et puis il y avait cette saloperie au milieu du corps, ce pubis manquant qui laissait une blessure à vif au niveau du sexe. Ce détail anatomique qui changeait tout…

Mc Cleary cligna si fort les yeux que deux larmes pures s'en échappèrent : Ann était allongée sur la table d'autopsie, les bras posés contre les hanches, dans la position qui lui faisait si peur la première fois qu'elle était venue ici… Le coroner se sentait vraiment mal : beaucoup plus que lors des premières leçons à l'école de médecine, quand il fallait découper ses premiers macchabées en faisant le désinvolte un peu dragueur… Il avait toujours considéré la mort comme une chose abstraite. Sa logique était chirurgicale, il ne matérialisait jamais les corps qu'on lui amenait mais ce soir Ann lui renvoyait en pleine face les symboles de la vie, de la jeunesse, et de la mort… Il saisit malgré lui un scalpel. Ses mains tremblaient comme quelques feuilles abandonnées. Non, jamais il ne pourrait triturer ce vagin, tout chez elle était si émouvant… Oui, c'était décidé, ce soir, il donnerait sa démission.

Fitzgerald arriva à cet instant précis.

Sur le coup, Mc Cleary eut un geste de recul : quelle tête il avait ! Il le connaissait depuis longtemps mais l'humanité avait comme disparu de son visage : ses yeux rougis lançaient des éclairs hagards, le pas était chaotique, saccadé, sans but précis. Ses lèvres semblaient psalmodier. Une épave. Sa chemise ouverte était maculée de sang, sa veste ne valait guère mieux, arrachée au niveau de l'épaule gauche, quant à sa cuisse, une auréole de sang grandissait sur son pantalon.

— Salut, Jack ! lança-t-il dans un pauvre sourire où l'ironie tombait à plat. Dis donc, t'as vu ta gueule ?

— Une fois ou deux, il répondit dans un souffle. Désolé, j'ai pas le cœur à la plaisanterie.

— Moi non plus…

Le coroner se tourna alors vers Ann, tout à fait morte sur son lit de marbre. Ses seins magnifiques faisaient un monticule de chair sans vie. Jack passa devant elle, mâchoires scellées pour éviter de geindre. Mc Cleary remarqua qu'un mouchoir avait été bourré sous sa chemise. Le tissu regorgeait de sang frais. Fitzgerald ne disait rien : la balle de Shelford lui avait troué le ventre sur le côté mais ça ne l'empêchait pas de marcher.

« Ce type est increvable ! » songea le coroner avec un brin d'admiration bornée.

Le visage dégoulinant de sueur, Fitzgerald posa ses mains sur la table d'autopsie. Oui, il était fatigué. Rétamé. Complètement vidé.

Il regardait maintenant la tête inerte de son équipière, ses lèvres qui ne souriaient plus… Une larme de tendresse passa dans ses yeux. D'une certaine manière, Jack avait aimé Ann. Pas beaucoup, pas longtemps, mais suffisamment pour lui devoir quelque chose.

Et puis soudain le drame.

Le coup de canon dans le dos.

Une épouvantable montée d'adrénaline, le cœur comme coincé dans la gorge : Jack frémit de tout son corps. La violence était si vive qu'il manqua d'en vomir. Comment cracher ses poumons pour contenir l'implosion de la vie qui fuyait sous ses yeux, là, devant lui, juste devant lui, cette tache de naissance à l'intérieur de sa cheville gauche et cette cicatrice reconnaissable entre mille ? Non, c'était impossible ! Comment ne l'avait-il jamais vu auparavant, cette petite tache si particulière, avec sa forme oblique, surmontée d'une marque originale, celle occasionnée par le vaccin d'urgence administré alors que le nourrisson était frappé d'une maladie qu'on craignait incurable ? Cette marque, il n'en existait qu'une au monde : celle que portait sa fille.

En l'espace d'une ou deux secondes, tout explosa

dans l'esprit de Fitzgerald. Ann était sa fille. Ann Waitura, sa fille.

Sa fille.

Comment elle avait survécu, qui l'avait recueillie, comment était morte sa mère, il n'en savait rien : elle non plus peut-être. Sans doute était-ce la raison pour laquelle Ann, ou plutôt Judy, était devenue experte en criminologie. Et lui, pauvre fou cherchant chez toutes les femmes la marque qui lui permettrait de reconnaître sa fille, n'avait même pas su voir qu'elle était sous son nez, vingt-cinq ans après !

Bien sûr tout collait, même l'âge. Et lui qui croyait qu'Eva était cette femme, tout ça parce qu'ils avaient la même chose dans le sang ! Des leurres. Le monde n'était qu'un leurre. Ann avait découvert l'ignoble supercherie après avoir couché avec lui, dans le bureau elle avait vu les photos, ses photos, et les dossiers qu'il menait depuis toutes ces années, elle s'était rendu compte qu'il était son père et c'est pour ça qu'elle s'était jetée dans la gueule du loup, Malcom Kirk. Osborne avait téléphoné au pire moment. Le tueur enfui en camion, Ann avait monté l'opération en code rouge pour l'exclure lui. Son but était bien de mourir sans qu'il apprît jamais la vérité. Car elle l'aimait. Pas comme un père, non, pas comme un père… Évidemment, c'était un suicide. Comment pouvait-elle vivre avec pareille horreur dans ses entrailles, et jusque dans son sexe ? Aucun doute n'était possible. Aucun sursis non plus : elle venait de coucher avec Jack Fitzgerald. Son père. Voilà donc ce qui l'effrayait tant chez cet homme, ce qui l'attirait aussi…

Zinzan Bee et le vieux Maori avaient jeté un sort sur le monde, sur ceux qui avaient envahi leur île. Le malheur arrivait, nu.

Jack se tordit en mille. Il ne reconnut pas la petite Judy dans le visage exsangue d'Ann Waitura mais réalisa l'impossible : il avait couché avec sa fille, aujourd'hui morte, le sexe scalpé, par sa faute.

Une poignée de secondes : c'est le temps qu'il lui fallut pour tout comprendre.

Vingt-cinq ans d'obsession pour arriver à ça. Fitzgerald empoigna son calibre .38, le fourra dans sa bouche et se fit sauter la tête. Sans hésiter.

Ce n'est pas la mort qu'on craint, c'est la douleur. Une poignée de secondes : Jack ne s'en était pas si mal tiré.

*

Mc Cleary n'eut pas le temps de retenir le geste de son ami. Tout s'était passé trop vite — une poignée de secondes.

Il lâcha un cri pour l'arrêter dans sa folie destructrice mais la tête de Jack avait déjà volé en morceaux. Ann en était recouverte.

Le coroner tendit les mains comme pour le rattraper mais Fitzgerald venait de s'écrouler contre la table de marbre, aux pieds de sa fille. Il ne souffrait plus du tout maintenant.

Silence.

Un râle. Le sien ; Mc Cleary s'affaissa malgré lui. Anéanti, il prit sa tête entre ses mains et sanglota doucement. Ses épaules tressautaient, secouées d'un petit rire hystérique, les larmes sautaient à cloche-pied sur ses moustaches. L'enfer était ici. Cette fois-ci, il n'avait plus rien à faire sur ce coin de terre. Partir. Loin. N'importe où, avec sa famille, un peu d'argent, quoi d'autre…

Il quitta le bloc comme dans un cauchemar. Par endroits, les murs le retenaient. La peau rougie de larmes, il marcha sous le regard atterré des infirmières, droit devant lui. Il ne répondit à aucune question. Déjà des cris s'échappaient depuis la morgue : une femme venait de s'évanouir dans la salle d'autopsie, les autres détournaient les yeux en se voilant la face. Ça n'avait plus beaucoup d'importance.

La Honda attendait, toute bête, sur le parking de l'institut médico-légal où les palmiers se dandinaient. Le médecin tituba jusqu'à la portière, s'essuya le visage d'un revers et s'y prit à trois fois avant d'ouvrir la serrure. Sa tête tanguait dans l'après-midi, il suffoquait, sa gorge cherchait le bon air mais tout empestait ici-bas. Enfin, il s'affala sur le siège et fila sur la route de Devonport, déjà ailleurs, loin, très loin.

Oui, partir, c'était la seule solution à peu près valable. Fuir. Disparaître.

Un gros paquet de larmes afflua de nouveau. Ses yeux vomissaient en de violents sursauts que rien ne semblait calmer. Ann, Jack. C'était trop, trop dur. Il pensait à tout, à rien, ses différences. Les larmes et la douleur l'aveuglaient : il ne vit pas le camion qui venait de couper la route. La Honda fonça droit dessus.

Sans un cri, Mc Cleary s'encastra sous la remorque de la citerne.

*

On ne retrouva jamais le conducteur du camion volé. L'accident s'était produit à la sortie de Devonport, un 31 décembre où les forces de sécurité encadraient le défilé de la Whitbread. Mais quand les policiers vinrent constater l'accident, ils notèrent qu'une chose manquait parmi l'amas de chair écrasée dans le moteur de la Honda : un fémur.

UTU

à *Sergio T. G.*,
cougar.

à *Audrey*,
Sœur de rage, de joie calanchée,
Et d'aucune sérénité.

Quand le masque de l'homme s'applique
au visage de la terre, elle a les yeux crevés.

R. CHAR

PREMIÈRE PARTIE

UN GOÛT DE CAILLOU

0

Soudain, Paul Osborne eut envie d'uriner. Une envie oppressante. N'importe où ferait l'affaire. Il distinguait à peine la masse des autres disséminés sur le sable : il y avait cette cabane blanche au bout de la plage, l'air vibrant dans ses poumons et cette rumeur qui le prenait au ventre et l'aspirait, cette rumeur qui tirait sur son sexe et l'aspirait… Le soleil d'abord s'affaissa : ses genoux fléchirent, puis cédèrent. Étouffant un cri, Osborne s'écroula sur le sable. Hyperthermie, effets secondaires de peurs anciennes ou de pilules, il ne put retenir la brûlure qui irradiait son ventre : un filet d'urine coula de son pantalon.

Quand il rouvrit les paupières, la rumeur avait disparu. Restaient les gens, sur la plage, par centaines.

Bondi Beach était la plage branchée de Sydney : ici on ne tolérait pas les laids, encore moins les gros. Paul Osborne n'était ni l'un ni l'autre mais sa façon de patauger dans le sable et l'odeur qu'il dégageait faisaient glousser les filles alanguies sur les serviettes voisines ; de jolies filles qui arrondissaient leurs angles, les fesses modelées dans des maillots à la mode et qui ne demandaient pas mieux que de passer du bon temps.

Ébloui par le soleil, il tâtonna dans ses poches et trouva une paire de lunettes. Les branches étaient tordues mais elles tenaient à peu près sur son nez. Le plus dur était maintenant de se relever.

— Hey man ! Y a queque chose qui va pas ?

Roulant sur le dos, Osborne vit une sorte de life guard au sourire californien qui le surplombait, les mains sur les hanches. Le colosse portait un slip de bain moulant et un tee-shirt maculé de rouge sang, déchiré par les mâchoires d'un requin — un grand blanc selon l'imaginaire collectif.

— Oh ! J'te cause ! Qu'est-ce tu cherches comme ça ?

Mon cadavre, connard, pensa-t-il, mais occupé par sa vessie, Osborne n'émit qu'un vague grognement. Le blondinet s'enhardit, comme porté par la foule.

— Dégage, c'est compris ? Et va te laver, putain : tu pues !

Une des filles pouffa bruyamment ; les autres l'imitèrent, à court d'idées. Le beach boy adressa un sourire féroce à son public et se pencha vers l'homme vautré à ses pieds.

— Oh ! T'entends ce que j'dis ? !

Une voix de femme tempéra alors ses ardeurs.

— Arrêtez ! Laissez-le !

Une petite brune posta son bikini jaune safran devant l'athlète qui, tel un maquignon, l'évalua de haut en bas.

— Je suis infirmière, dit-elle, laissez-le : vous voyez bien qu'il est malade…

Sous son chapeau de paille malmené par la brise, la jeune femme rougissait de colère. Osborne ne savait d'où sortait cette fille mais elle avait de jolies chevilles.

Mary Sparks travaillait au service de nuit de l'hôpital public de Sydney : si Osborne ne la reconnaissait pas, on lui avait ramené plusieurs fois sa carcasse, notamment la semaine dernière, quand une patrouille l'avait retrouvé inconscient dans une poubelle municipale. Non seulement c'était idiot, mais en plus c'était dangereux. Infirmière par vocation, Mary aimait les hommes en général, et Osborne en particulier : elle avait profité du coma pour le déshabiller et le mettre à cuver dans une chambre aérée de l'hôpital. Son corps, tout en muscles, était couvert de bleus. Les jointures de ses mains aussi étaient écorchées. Il avait de belles mains pourtant, des épaules solides, une peau cuivrée diablement douce (elle l'avait vérifié), et un visage d'ange endormi qui se transformait sitôt qu'il s'éveillait. Osborne avait des yeux de tigre : c'est du moins l'image que Mary en avait gardée quand, sortant brusquement de son coma, il l'avait trouvée penchée au-dessus de lui, nu…

Il y eut un moment de flottement sur la plage de Bondi. À court d'arguments, le life guard s'esclaffa :

— C'est pas une raison pour saloper la plage !

Mary Sparks haussa les épaules. Certain d'avoir eu le dernier mot, le colosse singea une grimace de dégoût avant de retourner à ses oies. La jeune femme eut enfin un regard pour Osborne qui, toujours à ses pieds, semblait très affairé par le port de ses lunettes.

— Bon, Paul, quand vous aurez trouvé vos coudes, vous pourrez penser à vous tenir convenablement ? Les lavabos sont en face de vous, à une vingtaine de mètres… (Elle rattrapa son chapeau de paille.) Vous avez besoin d'aide ou vous pouvez vous débrouiller tout seul ?

Osborne bredouilla un « foutez-moi la paix » assez inefficace, puis essuya le sable fiché sur ses lèvres. La fin de sa nuit restait une énigme : seule une persistante odeur d'éther émanait encore de sa veste. Combien de temps avait-il divagué avant d'atteindre la mer ? Combien d'heures avait-il gagnées sur le réel ? Trois ? Quatre ?

Quand il se hissa sur ses jambes, la fée des plages avait disparu, ne laissant qu'une brise poussiéreuse alentour.

Son costume noir était infect, l'urine collait à son pantalon en une rosée poisseuse mais il tenait debout.

Osborne s'éloigna, pressé par le regard de la foule. En marchant sur le sable tiède, il constata qu'il avait perdu une chaussure. La gauche, son meilleur pied. De dépit, il abandonna la droite avant de se réfugier dans la cabane qui faisait office de lavabos.

Les souvenirs revenaient par strates. Il tituba un peu devant l'émail des toilettes, rattrapa *in extremis* ses lunettes avant qu'elles ne tombent dans la pisse des autres et s'accrocha à sa braguette comme un naufragé à son bout d'épave. Entre ses doigts, son sexe était mou, rabougri... Osborne respira en grand mais l'éther lui donnait le tournis. Il vomit. Bile, aigreur, relent d'alcool, crachats, sang, bile.

Il se rinça la bouche et croisa son visage dans la glace. L'œil fiévreux, rouge de larmes, les cheveux bruns, dans un désordre de kermesse, six pieds de haut, tout en ruine... Osborne hocha la tête. Après tout, on se déplaçait encore du monde entier pour l'Acropole : comme ruine, il avait sa chance.

Il sortit des toilettes, en apesanteur. Dans sa bouche, quelque chose lui rappelait que le monde était mort et qu'il ne s'était même pas déplacé pour les obsèques.

*

Dans les années soixante, Bondi Beach était le point de chute de la racaille, des *no hopers*, des délinquants et des surfeurs qu'on retrouvait parfois pendus par les pieds et exposés le long de la digue. Bondi était aujourd'hui l'endroit privilégié des nouveaux riches de Sydney, avec ses cafés chic et ses promenades.

Là, Osborne attendait le bus pour King's Cross, adossé à un poteau. Sous ses chaussettes, le bitume était chaud. Une vieille aborigène somnolait sous la verrière, une foule de sacs plastique répandus à ses pieds comme autant d'enfants égarés.

— Vous avez une cigarette ?

Osborne chercha dans sa veste, n'en trouva pas. Il avait mal au crâne et aucune idée de ce qu'il fichait là. L'aborigène fit celle qui comprenait. Enfin, un bus jaune moutarde s'arrêta à hauteur. Osborne dénicha quelques pièces pour le ticket et une place sur la banquette du fond. Les vitres ouvertes lui donnèrent un peu d'air mais aucune ligne de fuite. Assis à ses côtés, un gamin tenait son cartable et un body board sur ses genoux. Une casquette pour la tête, un Walkman pour les oreilles, même l'odeur de pisse ne semblait pas le déranger.

Le bus longea la baie en direction du centre-ville. Palmiers, bagnoles, soleil de plomb, et toujours rien dans le spectre du temps…

King's Cross, quartier de petite délinquance au cœur de Sydney : prenant garde où il posait les chaussettes, Osborne longea les boutiques de prêt-à-porter soldées toute l'année. Sur le trottoir, la brise filait sous les jupes des filles. Il emprunta le porche du sex-shop et grimpa l'escalier qui menait chez lui. Un voisin toxicomane lui lança un « b'jour » sur le palier du deuxième, demanda ce qu'il avait fait de ses chaussures avant de dévaler les marches sans attendre de réponse. Osborne enjamba la serpillière qui faisait office de paillasson et poussa la porte du meublé où il dormait parfois.

— Dites donc, c'est le bordel chez vous, Osborne…

Un homme attendait dans la cuisine : Gallaher, un flic à la peau grêlée qui mâchouillait une allumette, les pieds en équilibre sur la toile cirée.

— C'était ouvert, dit-il en épongeant son crâne. Il fait une chaleur dehors…

— Qu'est-ce que vous faites là ?

— J'arrive d'Auckland, expliqua Gallaher en rangeant son mouchoir. Ça n'a pas été facile de vous trouver.

— Il n'y a rien à trouver.

— C'est le capitaine Timu qui m'envoie.

— Je m'en fous.

Osborne se débarrassa de sa veste, jeta les chaussettes dans le vide-ordures. Si la pisse avait séché, son cerveau restait poisseux. Gallaher avait une réputation de flic dur, ambitieux, efficace, un type à la pensée binaire, analogique — zéro ou un, bon ou mauvais, en avoir ou pas, des dollars, du pouvoir, des performances — bref, quelqu'un à l'image de son époque. Osborne n'avait jamais pu l'encadrer. Il n'y avait aucune raison que ça change.

Gallaher cracha ses lambeaux d'allumette sur la toile cirée.

— Ça fait combien de temps que vous avez quitté le service ? dit-il. Un an ?

Dix mois.

Osborne but un peu d'eau au robinet de la cuisine. Le flic chauve continuait de le jauger depuis la chaise dépenaillée.

— Nous avons une affaire à vous proposer, annonça Gallaher. Une affaire qui concerne la communauté maorie.

— J'ai raccroché, ça se voit non ?

Le policier sourit vaguement devant ses pieds nus. Les informations récoltées au sujet d'Osborne n'étaient pas fameuses, il ne faisait rien pour ça.

— Malcom Kirk, reprit Gallaher : ce nom vous dit quelque chose ?

— Non.

— Kirk est un tueur en série, précisa-t-il. Une demidouzaine de victimes à son actif. Votre ami Fitzgerald était sur sa piste.

— C'est son affaire, répondit Osborne, pas la mienne.

— C'*était* son affaire, rectifia Gallaher : Fitzgerald est mort.

L'onde de choc le poussa contre le rebord de l'évier.

Jack Fitzgerald.

Mort.

Lui qui n'avait jamais eu qu'un ami avait choisi un mort…

Osborne ne dit rien mais ils étaient maintenant aussi pâles l'un que l'autre.

— Vous n'étiez pas au courant ? relança Gallaher.

— Non.

— Vous ne lisez pas la presse ?

— Non.

— Personne ne vous a contacté ?

— Je ne connais personne.

— Vous connaissiez Fitzgerald ?

— Plus depuis des mois.

— Il n'a pas cherché à vous contacter ?

— Je vous ai dit que non.

Gallaher ficha une nouvelle allumette entre ses dents. Ses yeux noirs et vifs ne le lâchaient pas.

— L'affaire Kirk a été particulièrement mal menée, dit-il en substance, depuis le début. Le capitaine Timu vous donnera de plus amples détails ; en attendant, si Fitzgerald a fini par abattre Kirk, toute son équipe a été décimée lors de l'opération. Un vrai ratage, dont on ne connaît ni les tenants ni les aboutissants… Lors de son dernier contact radio, Fitzgerald a parlé d'un charnier et de plusieurs cadavres dans une forêt, au nord d'Auckland : cadavres parmi lesquels devait figurer un complice présumé de Kirk, un certain Zinzan Bee… Vous connaissez ?

Un ancien activiste et figure emblématique de la société maorie.

— Et alors ? renvoya Osborne.

— Alors on n'a jamais retrouvé le corps de ce fameux Zinzan Bee. Volatilisé. Quant à Fitzgerald, il s'est suicidé. Le lendemain même de l'opération.

— Suicidé ?

— Sans laisser aucun rapport, aucune information, rien qui pût nous renseigner sur les motivations de Kirk et le rôle de Zinzan Bee dans cette affaire… Étrange, non ?

Toujours en équilibre sur sa chaise, Gallaher semblait le tester.

Osborne fit la moue : Fitzgerald qui abattait un ancien activiste maori prétendument complice d'un tueur en série et qui se suicidait dans la foulée, le cadavre du suspect escamoté, tout ça ne tenait pas debout. Fitzgerald n'avait pas pu se suicider : impossible. Mais qui, hormis lui, le savait ?

— Les obsèques des policiers tués ont eu lieu cette semaine, poursuivit Gallaher ; en grande pompe, précisa-t-il. Vous imaginez bien que l'opinion publique néo-zélandaise a été très choquée par ces crimes sexuels, d'autant que Kirk semble avoir sévi des années durant en toute impunité ; des têtes sont tombées, les cols blancs sont sur la sellette et nous avons un trou à boucher. Fitzgerald disparu, le puzzle est incomplet. C'est pourquoi nous cherchons un spécialiste de la question maorie susceptible de nous aider à recoller les morceaux… En l'occurrence vous, Osborne : vous avez travaillé avec Fitzgerald pendant six ans, vous connaissez ses indics, ses sources, voire certaines de ses méthodes… Le capitaine Timu vous propose de reprendre du service. C'est lui qui a hérité du poste de votre ancien patron et…

Mais Osborne n'écoutait plus. Par la fenêtre ouverte, les kookaburras de la place de King's Cross hurlaient à tue-tête. Il frissonna malgré lui : un retour au pays lui faisait aussi chaud au cœur qu'une balle tirée dans le dos.

Hana…

1

De l'enfance, Paul n'avait gardé que la mitraille, une poignée de souvenirs bazardés aux premiers jours de l'adolescence, quand ils avaient emménagé chez Thomas, son futur beau-père, dans le quartier de Red Hill.

L'odeur qui, par grand vent, émanait de la fabrique de poissons était pestilentielle mais lui et sa mère avaient une maison à eux, avec un bout de jardin encore en friche et un avenir. Thomas disait qu'il allait s'en occuper, le jardin c'était un boulot d'homme ; l'avenir on verrait.

Mary répétait qu'elle y verrait bien des roses, que c'était de bon augure pour l'enfant à venir, et aussi quelques arbres fruitiers, pour égayer. Paul les écoutait sans mot dire. Il ne parlait pas beaucoup.

Heureusement il y avait Hana, la métisse aux yeux clairs qui habitait le pavillon voisin : deux tresses noires au creux des reins, une poitrine encore timide mais déjà l'allure d'une reine. Une reine barbare… Paul l'observait le soir par la fenêtre de la salle de bains : en grimpant sur le bidet, sur la pointe des pieds et en se cramponnant au rebord, on apercevait sa chambre par-dessus la haie. Il devait jongler entre les toilettes des uns et des autres, les qu'est-ce-que-tu-fabriques-encore-dans-la-salle-de-bains du beau-père et accessoirement sa propre hygiène, mais tous les soirs Hana était là, à neuf heures, dans sa chambre.

Elle ôtait ses vêtements, ne gardait qu'un tee-shirt et, jambes nues, se postait à la fenêtre : là, elle contemplait les insectes qui grésillaient sous le lampadaire de la rue, puis elle tirait le voile blanc qui faisait office de rideau avant de se glisser sous les draps.

Parfois Hana laissait la fenêtre ouverte et le voilage, avec la brise, allait fouiner dans sa chambre. Paul l'épiait depuis son piédestal : il imaginait l'odeur de sa chair, sa peau, son sexe, ses mains et ses cuisses qu'elle ouvrirait pour lui, un jour… Il n'avait qu'elle. Elle n'aurait que lui. Un jour.

En attendant, en accord avec ses nouveaux voisins, Thomas planta une série d'arbustes qui, il l'avait dit, mettraient plusieurs mois avant de pousser. Paul eut ainsi une saison pour épier sa voisine, sur la pointe des pieds, avec à quinze ans l'espoir de grandir plus vite que la haie.

Au début il avait mal aux chevilles, puis il s'y fit.

Hana mit dix jours pour découvrir son stratagème. C'était un soir d'octobre : elle allait fermer la fenêtre de sa chambre quand elle aperçut le nez de Paul dans le crépuscule, là-bas, de l'autre côté de la haie. Petit malin… La jeune fille avait d'abord hésité : devait-elle donner l'alarme ? Une leçon de savoir-vivre ? Le dénoncer aux parents, avec au bout la perspective d'une belle raclée ? Paul ne bougeait pas d'un pouce, les doigts crispés sur le rebord de la fenêtre… Feignant d'ignorer l'importun, Hana s'était penchée vers les lampadaires de la rue et avait regardé longuement les nuages orangés qui s'évanouissaient au-delà des toitures. Quand elle se redressa, Paul l'épiait toujours. Il savait pourtant qu'elle l'avait vu. Forcément… Alors Hana cessa de réfléchir et, d'un geste tranquille, ôta son tee-shirt.

Elle ne portait rien dessous, que ses odeurs. Libérées par la brise, Paul les huma toutes. Dès lors, elle serait son obsession : car Hana partit se coucher ce soir-là sans fermer le rideau. Elle le fit ce soir-là, les autres soirs aussi.

Leur petit jeu dura une saison où ils s'adonnèrent en secret à leur rituel, lui se cramponnant d'une main au rebord de la fenêtre en priant pour que sa mère ne débarque pas à l'improviste dans la salle de bains, elle se contentant d'offrir sa nudité à son désir forcené. Cinq mois à se toucher de loin, cinq mois à s'imaginer, c'était beaucoup et peu à la fois.

Beaucoup parce que Hana dormait nue.

Et peu, car la haie poussa…

Les moutons du champ voisin déguerpirent quand le Boeing parti trois heures plus tôt de Sydney vira en bout de piste. Un steward annonça une température au sol de vingt-trois degrés sur l'aéroport d'Auckland, Nouvelle-Zélande.

Osborne referma le roman qu'il ne lisait pas, l'esprit engourdi par le vin californien servi durant le vol. Après dix mois d'exil, il rentrait chez lui. Le sentiment était encore neutre. Sur les sièges voisins, les Blancs piaffaient d'impatience. Les Polynésiens, eux, faisaient la gueule. Osborne récupéra sa mallette dans le compartiment à bagages et, sans plus penser à qui que ce soit, traversa les différents postes de douane.

« City of sails », affichait la propagande touristique. Il quitta la zone de débarquement et repéra tout de suite le flic en civil sur le parking de l'aéroport. Sans doute avait-il vu sa tête quelque part puisque le rouquin se dirigea aussitôt vers lui.

— Bienvenue au pays !

Tom Culhane était un *pakeha* à la peau irlandaise dont les cheveux non peignés lui donnaient l'air d'une carotte mal pelée. Il devait avoir la quarantaine et, à en croire les commissures de ses yeux, pas mal de soucis…

— Sergent Culhane, dit-il avec une vigoureuse poignée de main. Je suis votre futur équipier. Mais vous pouvez m'appeler Tom... Vous avez fait bon voyage ?

Le sergent Culhane souriait poliment. Son nœud de cravate était de travers et il ne portait pas d'arme. Cachant son ébriété sous ses lunettes tordues, Osborne respira l'air ambiant, mélange de pollen et de kérosène.

— On m'a dit que vos bagages étaient transférés à l'hôtel, enchaîna Culhane. Vous avez ce qu'il vous faut, on peut y aller ?

Osborne souleva sa mallette pour signifier qu'il était paré. Culhane se racla la gorge.

— Dans ce cas, je vous propose d'aller directement au central, dit-il en l'invitant à le suivre. Le capitaine Timu m'a chargé de vous présenter nos services et de vous aider à prendre contact...

Pas de réaction. Ils firent quelques pas vers la voiture.

— Ça fait combien de temps que vous êtes parti ? Un an, c'est ça ? Vous savez que nous avons un nouveau commissariat central, non ?

Non.

La tête d'un chien apparut à l'arrière de la Ford, un labrador à poil beige dont la queue balayait furieusement la banquette. Osborne passa la main par la vitre ouverte : l'animal se précipita aussitôt pour lui lécher les doigts.

— Ah ! Oui ! s'enroua Culhane. J'ai profité de la balade pour amener mon chien : il est encore jeune, il a du mal à rester seul à la maison... Vous n'avez rien contre les chiens, j'espère ? Allez, couché Tobby ! Couché !

Osborne attrapa la truffe qui dépassait de la vitre et laissa mourir un sourire sur ses lèvres.

— Tobby, hein ?

Le labrador s'était tu. Ne sachant trop sur quel pied

danser, Culhane prit le volant et quitta le parking de l'aéroport : quoi, Tobby ?

Dans son costume triste, l'autre ne bronchait pas. Tom se tenait sur la défensive. Ce n'était pas seulement une question de grade : Osborne avait une allure faussement tranquille qui ne lui disait rien, son haleine puait l'alcool et il n'avait toujours pas vu ses yeux.

Ils roulèrent un moment. Pris entre les rades de Waitemata et Manukau, Auckland se profilait. Des maisons blanches, des roses, au loin les buildings bleus de la City, partout ailleurs, la mer…

— Alors, l'Australie ?

Le visage tourné vers la vitre, Osborne humait les embruns du Pacifique, en vain — sinus bouchés.

— J'avais des billets pour les Jeux de Sydney mais Rosemary est tombée malade à ce moment-là. Rosemary, c'est ma femme, précisa Tom. Dommage, c'était l'occasion de voyager… Remarquez, elle s'en fiche un peu du sport. Moi c'est pareil : avant je suivais tout, surtout le rugby, et puis avec l'âge on est moins passionné, on s'intéresse à autre chose. À part les Blacks bien sûr…

Les voyages, le sport, sa femme, toujours pas de réaction. Osborne regardait le paysage par la vitre ouverte où, penchés dans l'azur, quelques voiliers sillonnaient la baie d'Auraki. Il aurait pu parler du boat people qui avait débarqué la semaine dernière près de Brisbane, des réfugiés qu'on voyait en plan serré à la télé jeter leurs enfants à la mer pour obliger la riche Australie à les accueillir, puis des personnalités locales qui s'apitoyaient sur le désespoir de ces pauvres bougres tout en soulignant que, tout de même, jeter ses propres enfants à la mer, ces gens-là n'étaient pas comme nous… Ce qu'on ne voyait pas à la télé (pour ça il aurait fallu élargir le plan), c'est que des navires de secours étaient là, à quelques encablures du boat people prêt à sombrer, et que ces affamés jetaient leurs enfants à la mer pour qu'au moins eux soient sauvés.

Voilà ce qu'Osborne avait retenu de son exil en Australie, mais il ne dit rien. Rien du tout.

Ses grosses pognes sur le volant, Tom Culhane laissa tomber la causette. Ils roulaient maintenant sur le motorway qui relie l'aéroport aux faubourgs de la ville. Le ciel était bleu à s'y jeter. Osborne écrasa son mégot contre la portière et saisit la mallette posée à ses pieds. Il l'installa sur ses genoux, fouilla à l'intérieur. Tobby, qui s'était dressé à l'arrière, se mit à piétiner la banquette en jappant.

— Il a senti la niche ! glapit son maître.

Comme l'animal commençait à aboyer, il s'écria :

— Oh Tobby, la ferme ! On n'est pas aveugle !

Osborne avait sorti un sachet plastifié de sa mallette : il en retira deux grosses têtes d'herbe, qu'il broya dans sa paume, les renversa sur une feuille de papier, saupoudra une petite quantité de cocaïne et roula le joint avec une rapidité étonnante. Il fuma le tout en quelques bouffées âcres qui dansèrent un instant dans l'habitacle avant de filer à toute vitesse par la vitre ouverte.

Culhane se tut jusqu'à Auckland.

Il ne savait pas d'où sortait ce type mais il allait y avoir du changement.

*

Dans ces villes où tout est neuf, même le passé, un rien vous esbaudit. Le commissariat central était un bâtiment moderne avec vue sur Freemans Bay, le port de plaisance où paraît-il chaque voilier rêve un jour de mouiller. Verre et nouveaux matériaux se disputaient les primeurs technologiques pour un résultat délibérément onéreux.

De l'extérieur, de larges baies vitrées reflétaient les humeurs d'un ciel trop vieux pour s'y reconnaître.

— Alors, vous trouvez ça comment ?

Depuis la dalle, Osborne renifla.

— On dirait une banque.

Le policier examina de nouveau l'amalgame architectural, la tête dans les nuages. Ne savait trop quoi penser.

— Vous venez d'où, Culhane ?

Tom se renfrogna : comment Osborne savait-il qu'il n'était pas d'ici ? Sur le coup, le vieux complexe du plouc débarquant à la ville resurgit.

— De l'île du Sud, répondit-il. Je viens d'avoir ma mutation. Avant je travaillais à Christchurch. C'est plutôt calme là-bas…

Doux euphémisme. Malgré son sourire mécanique et son anglais impeccable, Tom se sentait de plus en plus mal à l'aise. Il jeta un œil à sa montre.

— Le capitaine Timu vous attend…

Deux Polynésiens lustraient le grand hall marbré du commissariat central. Fidèle à l'architecture-enveloppe du moment, l'intérieur du bâtiment était neutre, standardisé, susceptible de reconfiguration immédiate. À l'étage, des policiers en uniforme déambulaient dans les allées. Aux regards furtifs mais convergents des recrues féminines, Culhane comprit que ce n'était pas lui qu'on dévisageait. De toute façon, depuis son arrivée Tom était comme transparent…

— C'est ici, fit-il en désignant une porte de bois verni.

Osborne ôta ses lunettes noires. Tom eut alors une impression mélangée : il n'avait jamais vu des yeux pareils.

— Je vous attends au deuxième… Devant la machine à café… Au bout du couloir…

Des yeux jaunes, merde alors.

Jon Timu était le nouveau chef de la police d'Auckland. Les cheveux ras, un front bosselé qui accentuait son allure de guerrier fatigué, le Maori devait peser plus de deux cents livres mais ses gestes étaient presque gracieux. Il fit signe à Osborne de s'asseoir.

Les deux hommes se connaissaient de réputation. D'après le dossier constitué par Gallaher, celle de Paul Osborne n'était pas fameuse mais Timu se méfiait des « hommes finis ». Osborne avait très tôt intégré l'équipe de Fitzgerald, qui avait fait de lui son bras droit ; la performance n'était pas mince. Sous sa coupe, Osborne était devenu une sorte de spécialiste de la question maorie : il parlait l'autochtone et son influence auprès de la communauté était plutôt bonne — il avait notamment désamorcé ce qui aurait pu devenir une émeute dans les quartiers défavorisés de la ville après qu'un jeune Maori eut été abattu par un policier… On ne savait pas ce qui avait motivé sa soudaine mise à l'écart mais on soupçonnait Osborne de régler ses comptes avec certains malfrats de la ville. Hasard ou coïncidence, les mêmes bruits couraient sur le dos de Fitzgerald…

Timu alluma un cigarillo. Le Maori avait la cinquantaine mais ses cernes de veuf trahissaient son lot d'insomnies.

— Ravi de vous revoir parmi nous, dit-il. Puisque vous avez accepté votre réincorporation, je vais jouer franc jeu avec vous, Osborne… L'affaire Kirk a été un véritable fiasco pour la police et l'équipe dirigée par votre ancien patron a été anéantie en tentant d'arrêter le tueur : votre frère faisait partie des victimes, n'est-ce pas ?

— Mon demi-frère, rectifia Osborne. On se connaissait à peine.

L'œil du Maori s'aiguisa :

— Il ne vous a pas contacté lors de l'enquête menée par Fitzgerald ?

— Gallaher m'a déjà posé cette question.

— Nous manquons d'informations.

— Je n'ai plus de contact avec le service depuis longtemps, vous devez le savoir, non ?

Timu émit une sorte de grognement. C'est à peine si Osborne desserrait les dents et ses yeux tourmentés ne lui disaient rien…

— Qu'est-ce que vous faisiez à Sydney ? demanda le Maori.

— Rien de terrible.

— C'est Fitzgerald qui vous a mis sur la touche ?

— On peut voir les choses comme ça.

— Pourquoi ?

— Des raisons personnelles.

— Que voulez-vous dire ?

— Des choses personnelles.

— Ah oui ?

Timu chercha une faille dans son regard, n'y trouva que le vide.

— Bon, soupira le chef de la police, vous avez côtoyé Fitzgerald pendant six ans : vous connaissez sa façon de travailler et le caractère paranoïaque et brutal de ses méthodes… L'affaire Kirk, comme vous le savez, a été très mal menée : Fitzgerald le savait et connaissait ses responsabilités dans cette histoire. Six policiers sont morts par sa faute, sans parler des victimes du tueur, et un de ses complices présumés, Zinzan Bee, a bel et bien disparu. La presse n'a pas été tendre avec nos services et il est hors de question qu'un tel sabotage se reproduise.

— Sabotage ?

— Fitzgerald travaillait en équipe réduite sans rien laisser filtrer des avancées de ses enquêtes, celle de Kirk en particulier, expliqua Timu. Sa mort et celle de ses proches collaborateurs ont laissé des zones d'ombre, démontrant ainsi les limites des fameuses méthodes employées. Je veux de la transparence, dit-il sans le quitter des yeux, de la transparence et une mise en commun des informations récoltées. Hors de question de mener des enquêtes en solo ou de jouer au shérif dans la ville : c'est bien compris ?

— C'est pour me dire ce genre de choses que vous m'avez réincorporé dans le service ? rétorqua Osborne.

Timu pouffa sur son cigarillo et ses petits yeux se mirent à luire.

— Fitzgerald s'est suicidé sans livrer de rapport, dit-il. Nous avons évidemment mené une enquête mais ça n'a pas donné grand-chose. Si Kirk avait des secrets, ils se sont évanouis avec lui…

— Vous pensez à Zinzan Bee ?

— Peut-être. Là encore, nous avons peu d'informations. Bee est connu de nos services comme un ancien activiste maori mais on n'a plus de nouvelles de lui depuis des années… Je ne sais pas comment Bee s'est retrouvé dans les pattes de Fitzgerald, s'il était complice ou non de Kirk, ni même s'il a été abattu par votre ancien boss, comme celui-ci l'a prétendu lors de son dernier contact radio. On a retrouvé un charnier à Waikoukou Valley, tous victimes de Kirk, mais du corps de Zinzan Bee, nulle trace. Je vous charge de le retrouver.

Osborne opina. Dès lors, Timu fut bref : il logerait à l'hôtel en attendant qu'on lui trouve un logement de fonction, le sergent Culhane le seconderait, c'était un homme consciencieux qui le familiariserait avec les nouveaux services, ils partageraient un bureau au deuxième et travailleraient sous les ordres du lieutenant Gallaher, le nouveau chef du Département criminel.

— Vous avez une requête ? conclut-il.

Osborne fit signe que non, puis se ravisa.

— D'après vous, pourquoi Fitzgerald s'est suicidé ?

— Ses méthodes étaient directement mises en cause, répondit le Maori. Et vous savez comme moi que Fitzgerald n'aurait pas supporté une retraite anticipée.

Pour ça, on était d'accord.

Osborne errait dans le couloir du commissariat central quand une voix l'interpella. Engoncé dans son costume beige, le sergent Culhane lui faisait de grands signes devant le distributeur de sodas.

— Lieutenant ! Lieutenant ! Venez que je vous présente !

Osborne approcha du groupe qui s'était formé près de la machine, des hommes jeunes, très grands, pleins de biceps qui débordaient des manches de chemise. Culhane présenta Osborne comme « le nouvel officier qui rentrait d'Australie » mais tout le monde était déjà au courant. Il y avait Ronny et sa tête de quaker, Percy et sa mèche blonde, un certain James — les autres il avait déjà oublié leur prénom : des hommes de Gallaher qui lui serrèrent la main benoîtement, en guise de bienvenue.

— Ah ! s'esclaffa Tom. Et voilà Amelia Prescott, notre petit génie de la biologie !

Une blonde aux mèches rose bonbon apparut dans l'embrasure des carrures masculines.

— Bonjour !

Les hommes de Gallaher s'écartèrent tant elle était menue mais Amelia Prescott s'imposa avec des manières de chatte délicate : un mètre soixante-cinq à peine, les cheveux courts, un teint de fleur à la rosée et deux billes bleues qui le dévisageaient.

— Amelia vient d'arriver mais je l'ai déjà vue à l'œuvre à Christchurch, assura Culhane avec un paternalisme qui lui allait trop bien : une vraie championne ! Il paraît même qu'elle fait des heures sup à la maison !

La sportive du neurone prit un air charmant.

— N'écoutez pas le sergent Culhane : il croit ce qu'on lui dit.

La jeune femme serra la main d'Osborne sans cesser de le dévisager mais la retira vite, comme s'il brûlait.

— Amelia travaille à l'institut médico-légal de Devonport, renchérit Culhane. Pour le moment elle est une des assistantes du coroner mais on ne tardera pas à voir les rapports signés de sa main !

Les autres approuvaient mais ils ne l'écoutaient pas.

— Vous venez d'où ? demanda Osborne.

— Ah, vous avez reconnu mon accent ?

— Angleterre, non ?

— Du Sud. Brighton, précisa Amelia.

— Joli coin.

— Vous connaissez ?

— Non.

— Ah.

Ils se regardaient mais personne ne baissa les yeux.

Culhane fit diversion.

— Venez que je vous montre le reste du bâtiment, dit-il en entraînant Osborne.

Le bureau était clair, propre, avec tout ce qu'il fallait de nouvelles technologies pour oublier qu'on les avait relégués au fond du couloir, près du distributeur de sodas. D'après Culhane, on ne traitait ici que les affaires courantes : les autres étaient réservées à l'étage au-dessus — celui du capitaine Timu et de Gallaher.

— On se contentera des chiens écrasés ! ironisa le rouquin.

Comme on n'écrasait pas les chiens en Nouvelle-Zélande, Osborne alluma l'ordinateur. Personne ne savait ce qui était arrivé à Fitzgerald et les informations concernant la piste qu'il suivait étaient succinctes : du charnier de Waikoukou Valley, le lieu où Kirk rassemblait ses victimes, on avait retiré quatre corps. Ceux de Katy Larsen, colocataire d'une autre fille trouvée morte dix jours plus tôt, Kirsty Burell, prostituée (et, Osborne le savait, une de leurs meilleures indicatrices), et l'agent Wilson. Le quatrième corps, plus « ancien », était toujours en cours d'identification. De Zinzan Bee, nulle trace.

D'après le rapport, il y avait un trou de trente-six heures entre le dernier contact radio de Fitzgerald avec le central et son suicide : Jack avait pourchassé et abattu le tueur, mais après, que s'était-il passé ? Qu'avait-il vu ou appris pour, dans la foulée, se faire sauter la cervelle ?

Parmi les collaborateurs de Fitzgerald qui étaient morts lors de l'affaire, Osborne trouva John, son demi-frère, mais aussi le coroner Mc Cleary…

Il se tourna vers Culhane, qui classait des papiers en sifflotant une chanson de Sinatra.

— Qui est le nouveau légiste en chef ?

— Moorie, répondit Tom.

Grant Moorie, ancien chef de labo. Un proche de Gallaher.

— Pourquoi ? relança-t-il.

Osborne ne répondit pas. Il pensait à Jack, à son vieil ami Mc Cleary, aux rapports d'autopsie qu'il lui envoyait en privé…

*

Situé à l'angle de Shortland Street, en centre-ville, l'hôtel disposait de deux bars, l'un visiblement réservé aux abrutis (TV, jeux vidéo, néons publicitaires), l'autre en priorité aux filles ; elles papotaient par groupes de deux ou trois, faisaient bien des manières mais, britanniques avant tout, s'avinaient en cadence — du vin blanc local, lequel finalement valait bien le sauvignon du géant voisin. La musique était assez forte pour attirer le gogo, aussi vers cinq heures les avocats de la City venaient-ils s'y rafraîchir.

Sourd à leurs commentaires, Osborne buvait de la vodka polonaise en croquant des quartiers de citron. Le sergent Culhane l'avait déposé à l'hôtel ; Osborne avait profité de ce que les magasins de Queen Street étaient encore ouverts pour acheter un lot de costumes noirs qu'il avait déposés dans la chambre avec sa mallette, avant de descendre au bar de l'hôtel. Un œil sur les décolletés, il acheva son verre, puis paya les consommations et emporta une bouteille de rhum vieux à l'étage.

L'hôtel était à moitié vide, les touristes plutôt rares malgré l'été ; il trouva la femme de ménage devant une pile de linge, glissa des billets dans sa blouse avec pour consigne de ne pas toucher à sa chambre, et s'installa au deuxième. Le studio, sans fioritures, donnait sur l'arrière-cour d'un petit restaurant chinois. Il y avait une kitchenette, une tablette de formica et son vase vide, un dessus-de-lit aux motifs déprimants mais un petit frigo où tintait un lot de mignonnettes.

Hormis une trousse de toilette, trois costumes noirs et une mallette, Osborne ne disposait d'aucun bien matériel. Les histoires de logement de fonction, de primes, il s'en battait l'œil. Il prit un verre, noya le ginger ale du frigo dans le rhum et se pencha par la fenêtre. Ça sentait les nems et les poubelles entreposées dans la cour. Au-delà des toits, les buildings de la City bombaient le torse. Osborne songeait à Jack Fitzgerald, au coroner Mc Cleary ; comme si une catastrophe en chaîne s'était abattue sur ceux qui traquaient Kirk, et Zinzan Bee…

Un miaulement sur sa droite lui arracha un regard : une chatte noir et blanc roulait des épaules le long du parapet, le ventre pendant, mollasson, comme une accumulation de grossesses nerveuses. Drôle d'allure. L'animal trottina jusqu'au rebord de la fenêtre et, s'arrêtant à hauteur, réitéra son appel.

— J'ai rien pour toi, ma grosse, répondit Osborne. Fous le camp.

La chatte dressa les oreilles, plia l'échine sans quitter des yeux le rebord de la fenêtre avant de s'y poser tel un papillon. Comme Osborne ne bougeait pas, elle renifla timidement le verre d'alcool qu'il tenait à la main, laissa tomber, huma ses doigts, laissa tomber aussi.

La chatte avait de grands yeux jaunes très ronds, et une impression de surprise constante assez comique. Osborne la poussa vers le vide jusqu'à ce qu'elle consente à sauter sur le parapet : mécontente, elle le gratifia d'une grimace tout en moustaches avant de filer vers d'autres gouttières.

Il vida son verre et sortit à la nuit tombée.

Une Chevrolet marron métallisé : c'est ce qu'on lui avait donné à l'agence de location. Le vendeur lui avait proposé un meilleur modèle mais Osborne n'aimait pas les automatiques, ni les bagnoles en général. Il emprunta la route de Mission Bay, déserte à cette heure.

Jack Fitzgerald habitait un peu plus loin sur la colline, une bicoque montée sur pilotis qui dominait la baie d'Auraki. Il l'avait achetée avec sa femme, disparue depuis maintenant un quart de siècle et qui, comme leur fille, n'était jamais réapparue. Si tous les flics d'Auckland étaient au courant, personne n'osait ne serait-ce qu'y penser en sa présence. Osborne, comme les autres, évitait le sujet. Et puis un soir, il s'était retrouvé chez Fitzgerald avec son équipe, lors d'une affaire compliquée qui mobilisait alors toutes les énergies. Il était tard, tout le monde était fatigué mais, comme Jack, on avait pris l'habitude de se coucher épuisé : c'est en cherchant les toilettes qu'Osborne avait poussé la porte d'une pièce transformée en un véritable bureau d'investigation : les murs étaient couverts de cartes d'état-major, principalement de l'île du Sud, toutes soigneusement hachurées, comme si Fitzgerald ratissait le pays à la recherche des siens... C'était le cas : il y avait là des dizaines de rapports de police, des notes, des carnets d'enquête remplis de témoignages liés à leur disparition, mais aussi quantité de rapports d'autopsie, que lui envoyait régulièrement et à titre privé le coroner Mc Cleary, son vieux complice...

Ce soir-là, Osborne avait compris que Fitzgerald n'était pas devenu le chef de la police d'Auckland pour faire régner la justice : il les cherchait toujours. Obsédé par un deuil qu'il n'avait pas fait, il cherchait sa femme et sa fille parmi les morts, les cadavres identifiés ou non, en quête d'un signe, d'une révélation qui pourrait le débarrasser de son fardeau. Savoir ce qui leur était arrivé... Il n'avait rien dit à l'époque mais, avec le coroner Mc Cleary, Osborne était probablement la seule personne à connaître le secret de Fitzgerald. La recherche acharnée de sa famille avait toujours constitué son unique raison de vivre : voilà pourquoi il ne pouvait pas se suicider avant de les avoir retrouvées. Malcom Kirk n'avait rien à voir là-dedans : il s'était passé quelque chose, forcément...

La Chevrolet monta le chemin de terre qui menait à la maison et se gara sous le préau désert. Osborne coupa les feux, claqua doucement la portière.

Il faisait nuit, le vent était tiède et ramenait les bruits de la mer sur les galets. Il évalua la façade. Isolée dans les collines, la maison de Fitzgerald était simple mais d'un bois solide. Osborne escalada la terrasse et força sans mal la porte coulissante du salon.

Dans le faisceau de sa torche, il reconnut le canapé gris, les statuettes maories sur les étagères, le bar américain… Enfin il trouva le compteur et activa le disjoncteur. La ligne n'avait pas été coupée. Désormais propriété de l'État, la maison serait vendue sous peu. Osborne fila vers le bureau au fond du couloir et poussa la porte qui abritait les secrets de son ancien protecteur.

Il eut une impression désagréable en voyant le lit de bébé et ses peluches poussiéreuses… L'atmosphère était lourde lorsque Osborne alluma l'ordinateur du bureau. Il chassa les souvenirs d'enfance qui couraient dans les coins et se concentra sur ce qu'il était venu faire.

D'après les informations récoltées, on avait tiré quatre cadavres du charnier de Waikoukou Valley : avant de mourir, le coroner Mc Cleary avait peut-être eu le temps d'envoyer ses premières conclusions d'autopsie à son vieil ami… Osborne commença à ouvrir les icônes mais son cœur se contracta : il eut beau cliquer, les dossiers étaient vides.

L'ordinateur de Fitzgerald avait été nettoyé.

2

Cinq mois : c'est le temps qu'il avait fallu à la haie du jardin pour les séparer. Cinq mois c'était beaucoup et peu à la fois. Beaucoup parce que Paul apercevait Hana tous les soirs par la lucarne de la salle de bains, et peu car ils ne fréquentaient pas la même école.

Le collège public d'Hana était en effet d'un niveau trop faible pour un pakeha *middle class comme Paul Osborne : sa mère l'avait mis dans le collège privé des environs, préférant se saigner pour qu'il obtienne une éducation décente plutôt que de perdre son temps dans des classes surchargées où on ne faisait plus que de la discipline.*

C'était parfois le cas.

Ainsi Paul et Hana ne se croisaient guère qu'à l'arrêt de bus. Là, entre les copines qui n'en finissaient pas de glousser, les garçons qui paradaient comme des coqs, ils n'échangeaient que des regards. Hana n'était jamais seule et ne se déplaçait qu'en bande — de jeunes Maories du quartier qui, semble-t-il, lui vouaient une vive admiration.

La cité de Red Hill invitait il est vrai à la méfiance. Des groupes de petites frappes ondulaient du triceps sur les trottoirs les plus sales du pays, les autres filaient doux. Avec ses pantalons moulants, ses épaules nues et cet air farouche des adolescents en colère, Hana était l'une des rares à braver les regards hostiles des petits caïds.

Certains n'appréciaient pas cette insubordination : Hana était revenue un soir de l'école avec l'œil gonflé. Un coup de poing — simple avertissement.

Paul s'était renseigné sur les auteurs de ce mauvais coup. « C'est la bande à Dooley », avait-on fini par lui dire. Des gars du quartier voisin, des costauds, ou qui le croyaient. Dooley, le chef de meute, était une jeune brute sans foi ni père que plus rien ni personne ne tenait depuis longtemps. Paul n'avait pas peur de la bête : ils avaient le même pedigree. Il lui mettrait une danse dont il se souviendrait.

En attendant, Hana restait inabordable. La haie, l'école, la cité, leurs origines, tout les séparait. Les mois passaient, l'année scolaire allait bientôt s'achever et rien n'arrivait.

Un soir, alors qu'il rentrait de l'école, Paul ressentit soudain un choc contre son épaule. Il s'était retourné aussitôt, les poings serrés comme s'il allait se trouver nez à nez avec Dooley et sa bande, mais la rue était vide. Il n'y avait qu'un caillou à terre. Une pierre coupante recouverte d'un papier d'écolier, tenu par un élastique.

Paul déplia le billet-projectile et lut : « 11 p.m. en face de l'insecticide ».

L'insecticide ? Quel insecticide ? Il y réfléchit jusqu'à sa chambre : insecticide, gaz mortel, tueur d'insectes, source de chaleur, lampadaire, celui de la rue, Hana, onze heures du soir, ce soir.

Il y serait.

Il ferait le mur.

Il ferait n'importe quoi.

Il en avait le cœur qui voyait double. Ils formaient déjà un couple. Un couple qu'on maintenait séparé. C'était l'évidence même. Elle comptait sur lui. Il fallait même être rudement con pour ne pas s'en rendre compte !

La nuit vint, poisseuse.

Onze heures moins cinq : il pleuvait des cordes quand Paul s'éclipsa par le jardin. La lueur bleuâtre de la télé-

vision l'accompagna jusqu'à la haie. Rien à craindre des parents : depuis que John était né, Paul était presque devenu un élément liquide à la maison… Il avança dans la pénombre, déchiffrant les ombres de la rue, passa le lampadaire, devina une silhouette.

Hana attendait un peu plus loin, ruisselante. Des gouttes grossissaient au bout de ses cheveux, gonflaient jusqu'à exploser et se reconstituaient aussitôt, comme par magie…

— Tu as mis le temps, dit-elle.

Son visage était émouvant sous la pluie. Il ne l'avait jamais vu d'aussi près.

— Cinq mois.

— Huit, rectifia-t-elle.

Ses yeux scintillaient. Paul sortit la main de sa poche et lui rendit son caillou.

— Tu voulais me voir ? dit-il.

Hana sourit en empochant le projectile.

— Oui…

— C'est à cause de Dooley et sa bande ?

— Non, dit-elle. Eux je m'en fous.

Mais Paul sentit que quelque chose n'allait pas.

— Alors qu'est-ce que tu veux ?

— Te dire que je change de vie, répondit Hana.

Ses yeux de jade envoyaient des comètes.

— Ah oui ?

— Oui.

Elle faisait l'importante.

— Pourquoi, elle ne te plaît pas ta vie ?

— Non.

Paul mit les mains dans ses poches. Lui aussi commençait à être trempé.

— Pourquoi tu me dis ça ?

— Parce que je pars dans un kohangareo.

Une école maorie qui pratiquait l'immersion totale.

Paul se rétracta, mit ça sur le compte du froid, mais l'angoisse lui montait au cœur.

— C'est à la campagne, poursuivit la métisse. Je dormirai là-bas.

Hana allait s'en aller. Elle allait le laisser seul. Elle allait l'abandonner…

— Eh bien, bonne chance, dit-il.

Le ton était neutre. Il bouillait.

— Merci, fit-elle en inclinant exagérément la tête. Ça fait chaud au cœur ce que tu me dis…

Paul serrait les dents, impuissant. Que pouvait-il dire d'autre ? Ce sont ses parents qui se saigneraient pour lui offrir une porte de sortie, pas lui : lui il pouvait juste écraser cette merde de Dooley, ce type et tous ceux qui suivraient. Alors qu'est-ce qu'elle attendait ? Un baiser d'adieu ? Une autorisation de sortie de territoire ? Une paire de baffes ? Il n'avait rien à voir dans cette histoire de kohangareo. *Ce n'est pas lui qui allait changer sa vie puisqu'elle l'abandonnait : et puis il n'était pas de souche maorie, il était de souche bâtarde, alors ?*

Ils s'observaient comme chien et loup.

— Bon…, fit-il. Alors adieu.

Voilant l'amertume qui lui serrait la gorge, Paul tendit une main qu'elle ne serra pas.

— Je reviendrai certains week-ends, dit-elle.

Hana le fixa dans les yeux comme on regarde au fond d'un puits, et disparut tout à coup, dans un nuage de pluie…

Quittant le motorway, Osborne roula jusqu'au petit cimetière d'Opua, un village de bord de mer.

Là, il déposa quelques fleurs sur le marbre blanc d'une tombe flambant neuve et médita dans la brise du matin. De l'océan montaient des langueurs salées. La vie était là, avec ses airs de duchesse, et lui ne la voyait pas. La mort de Jack Fitzgerald l'avait ramené au pays mais c'est le souvenir d'Hana qui flottait dans le spectre du temps.

Assis sur la dalle du tombeau, il acheva son stick d'herbe en observant les oiseaux qui sautillaient dans l'allée. Des *tiekes* rouge et noir, une espèce comme lui peu douée pour le vol…

Abandonnant les fleurs aux humeurs du Pacifique, Osborne quitta sur la pointe des pieds le cimetière où reposaient les restes de Jack Fitzgerald : si on ne réveille pas les morts, certains ont le sommeil léger…

Stink of diesel
grips your head
Smoke rising
here and there !

La musique à fond de train, il dévala la série de courbes qui serpentaient à flanc de colline et plongea vers la civilisation. C'était bruyant et sans joie.

Il avait renoué avec ses anciens contacts, plus particulièrement parmi la communauté maorie. Les questions qu'il avait posées étaient pour la plupart restées sans réponse : personne ne savait d'où sortait Malcom Kirk, le tueur en série abattu par Fitzgerald, mais, après avoir causé une telle hécatombe, tous ses informateurs s'accordaient à penser que Kirk devait bénéficier de protections. D'étranges bruits couraient également au sujet de Zinzan Bee, ancien activiste et chaman de la tribu ngati kahungunu. On l'avait vu traîner dans South Auckland et Fitzgerald avait cherché à le contacter peu avant le début du carnage ; mais ce qui s'était passé, ce qu'était devenu l'activiste maori, personne n'en savait rien. Idem quant à ses prétendus liens avec Malcom Kirk.

Osborne se demandait si le coroner Mc Cleary avait

envoyé ses premiers rapports d'autopsie à Fitzgerald, si c'était pour cette raison qu'on avait vidé l'ordinateur de sa maison, si les deux hommes avaient découvert quelque chose, s'il y avait quelque chose à découvrir… Il ne savait rien du tout.

*

Tom Culhane dévorait un fish and chips enveloppé dans du papier journal. Ce n'est pas tant le poisson et la frite surgelée qu'il aimait (au fond il y avait quantité de choses qu'il préférait) que le rituel lié à sa fonction de remplissage. Une habitude sécurisante, comme un relent de maman. Et puis il aimait prendre son temps. D'après son père c'était congénital : Tom avait tellement peu l'esprit de compétition qu'il avait fini remplaçant de l'équipe de rugby avant de saboter ses études de droit — « Quand on ne sait pas quoi faire, on fait du droit ! ». Obéissant aux injonctions paternelles, le fils prodigue avait raté son cursus universitaire et un premier amour (six mois sur le flanc, six de plus pour se relever), passion qu'il oublierait dix ans plus tard en épousant Rosemary. En attendant, devant son manque d'enthousiasme pour les codes et les chiffres, son père l'avait poussé à entrer dans la police. Là encore, Tom avait obéi, par sens de la famille plus que par vocation, et en avait pris pour quinze ans avant de quitter Christchurch.

Mais à Auckland tout serait différent. Il l'avait promis à Rosemary. Il y avait le docteur Boorman, un spécialiste, paraît-il le meilleur du pays, et il finirait bien par trouver ce qui clochait. Évidemment Boorman était cher, mais ils y arriveraient : de toute façon ils n'avaient pas le choix. C'était ça ou la fin de leur couple…

Osborne arriva au commissariat central vers midi.

— Du nouveau ? lança Culhane en pivotant sur son siège.

— Pas grand-chose.

Osborne s'écroula sur sa chaise, alluma une cigarette. Jusqu'à présent, leur collaboration s'était résumée à quelques patrouilles et à l'enregistrement de plaintes pour des affaires banales et fastidieuses. Les gangs des quartiers chauds semblaient se tenir tranquilles, on observait même un certain ralentissement des activités délictueuses depuis l'affaire Kirk et la restructuration de postes qui avait suivi le carnage. Timu et Gallaher mettaient la pression sur les délinquants de la ville, Culhane et Osborne se chargeraient d'évacuer les affaires courantes tout en rassemblant les informations au sujet de Zinzan Bee.

Le personnage était peu commun. Ancien activiste et figure emblématique de la communauté, Zinzan Bee était aussi connu comme chaman. Farouche défenseur des droits maoris, ses actions s'étaient surtout concentrées au sud de l'île, sur les anciens territoires tribaux, dans les années quatre-vingt. Suite au processus de réconciliation nationale instauré par le tribunal de Waitangi (toute personne se considérant comme maorie se vit autorisée à faire entendre ses doléances en vue d'un dédommagement lié aux terres confisquées depuis 1840), son influence avait lentement décliné. Jugé trop radical, Zinzan Bee avait fini par se fondre dans l'anonymat. Les fichiers de la police mentionnaient un lieu (Masterton) et une date de naissance (02/05/1958), mais le Maori n'apparaissait plus nulle part depuis le début des années quatre-vingt-dix et sa dernière adresse connue (Waipawa, un bled près de Napier) était fausse.

Comment Bee s'était-il retrouvé dans les pattes de Fitzgerald, si loin de ses terres tribales ? Bénéficiait-il lui aussi de protections particulières ? Les rares photos qu'on avait de lui commençaient à dater : on y voyait le visage d'un homme aux traits réguliers, sévères, avec dans les yeux une expression de fierté exacerbée. Un visage à la fois beau et effrayant…

Le téléphone sonna sur le bureau de Culhane.

— Oui… Oui, tout de suite.

Il raccrocha et se tourna vers Osborne.

— Le capitaine Timu voudrait nous voir.

*

Jon Timu devait son avancement certes à ses compétences, mais aussi au fait qu'il était maori. À l'instar des États-Unis avec le génocide indien, la Nouvelle-Zélande s'était en effet repentie des crimes perpétués par les soldats britanniques, et solennellement excusée pour la confiscation des terres qui avait suivi les guerres maories. Face à l'affluence des demandes d'indemnités de la part des tribus lésées ou dépossédées (il suffit d'1/32 de sang maori pour pouvoir être considéré comme tel), le gouvernement néo-zélandais avait instauré une enveloppe compensatoire, vite plafonnée à un milliard de dollars. Fin de la repentance : car, indemnités ou pas, la condition des Maoris n'était guère reluisante, surtout comparée à celle des Blancs. Sous-diplômés, chômeurs à près de 20 %, condamnés à survivre d'allocations, dépossédés de terres que leurs ancêtres avaient vendues en connaissance de cause ou qui leur avaient été abusivement confisquées, marginalisés, appauvris, beaucoup de Maoris étaient aujourd'hui contraints de chercher refuge dans les villes.

Ainsi coupés de leurs racines, la plupart étaient même étrangers à leur langue — sujet considéré par certains comme une nouvelle déroute : les Maoris n'avaient pas pour origine une région mais un pays, leur langue n'était donc pas un patois voué à la disparition ou au folklore mais une langue vivante, la leur.

En attendant, ils étaient toujours surreprésentés dans le milieu carcéral. Une vérité statistique pour une population menacée ou menaçante, selon la façon dont on voyait les choses. Pour le groupe d'hommes influents qui avait propulsé Jon Timu à la tête de la police d'Auckland, la situation était claire, quoique délicate : on l'avait choisi, lui le Maori, pour exercer une répression sans faille sur les délinquants de la ville, répression qui ainsi ne serait pas perçue comme ciblée ou partiale par l'opinion publique, mais juste. Timu servait en quelque sorte d'épouvantail aux esprits tordus qui pouvaient voir un caractère raciste ou discriminatoire à la politique répressive du maire.

Jon Timu y trouvait son compte : il n'avait d'ailleurs pas le choix…

— Asseyez-vous, dit-il à Osborne et Culhane lorsqu'ils entrèrent.

Un costume chiné sur ses épaules de vieux lion, le Maori fumait un cigarillo à volutes serrées. Osborne alluma une cigarette avec celle qu'il fumait — le bureau du capitaine semblait être le seul espace fumeur du bâtiment.

— Un vol a eu lieu ce matin chez un particulier, annonça Timu. Une hache. Enfin, une relique, une sorte d'objet d'art maori… Une équipe est encore sur place mais d'après les premiers constats on n'a relevé aucune effraction. Ni bris de glace ni serrures forcées. Même le gardien de la propriété n'a rien entendu. C'est du moins ce qu'il prétend. Je voudrais que vous alliez y jeter un œil.

Osborne eut une moue dubitative.

— Et les propriétaires de la maison, eux non plus n'ont rien entendu ?

— Ils dormaient à l'étage, répondit Timu. M. Melrose et sa fille.

— Nick Melrose ?

— Oui : la hache en question lui appartient. Je viens de l'avoir au téléphone, il vous attend.

Osborne jeta son mégot dans l'énorme cendrier du bureau. Melrose, cette vieille baderne…

— Un ami à vous ?

— Pas personnellement, rétorqua le chef de la police, mais Nick Melrose est un homme suffisamment important pour que nous prenions cette affaire au sérieux. Quelqu'un s'est introduit chez lui en pleine nuit pour lui voler un objet d'art alors que lui et sa fille dormaient à quelques pas de là, le système de sécurité a été parfaitement inefficace et la gamine a été très secouée. Je ne sais pas pourquoi on a volé cette hache mais il y a forcément une raison : trouvez-la… Je vous demande la plus grande discrétion dans cette affaire, ajouta-t-il : la presse n'a pas été mise au courant.

Culhane opina.

— Pourquoi ? demanda Osborne.

Timu évacua un nuage de fumée.

— Nick Melrose ne veut pas de publicité et je crois qu'il a raison.

Le Maori toussa alors bruyamment. Ses petits yeux marron étaient pleins de buée mais il n'écrasa pas son cigarillo. Manquant de s'étrangler, il poursuivit son exposé :

— Outre la disparition de Fitzgerald et son équipe, la personnalité de Kirk et le nombre de ses victimes ont profondément choqué l'opinion. La presse a été plus ou moins contenue mais la population s'est vue sensibiliser aux problèmes d'insécurité. Kirk était polynésien, précisa le policier, et les victimes des *pakehas* pure souche. D'un cas particulier on a fait une généralité. Aujourd'hui la situation est embarrassante : vous devinez pourquoi ?

— On y a vu des crimes racistes ? avança Osborne.

— Disons que d'une série de faits isolés on a fait une constante, des amalgames, la presse s'y est mise et maintenant la situation est assez tendue.

Osborne acquiesça — il avait observé la même dérive xénophobe en Australie avec la diaspora libanaise. À la différence près que les Maoris étaient ici chez eux...

— Vous le savez, l'opinion publique, et plus particulièrement la population blanche, a été ébranlée par ces événements, enchaîna Timu. Les autorités m'ont choisi à ce poste pour faire preuve de fermeté, et c'est ce que je vais faire. Nous aurons d'ailleurs l'occasion d'en reparler lors de la soirée organisée ce soir à l'Observatoire, mais nous verrons ça plus tard : je suis moi-même maori et, à ce titre, je ne tiens pas à embraser nos deux communautés. Je ne veux pas de crimes racistes dans ma ville, ni d'un côté ni de l'autre. Vous avez la réputation d'être un bon médiateur, aussi je compte sur vous.

Osborne ne bronchait pas. Timu ranima la braise de son cigarillo.

— Voilà les premières informations récoltées au sujet du cambriolage, dit-il en désignant une chemise ocre. Elles pourront vous aider dans vos recherches. Vous livrerez votre rapport au lieutenant Gallaher ; c'est son service qui chapeaute l'affaire...

Osborne laissa Culhane s'emparer du dossier. C'est à peine si Timu lui avait adressé un regard.

— Et Zinzan Bee ? relança le capitaine. Du nouveau ?

— J'ai fait le tour de mes anciens contacts, répondit Osborne, évasif.

— Et alors ?

— Alors rien.

*

Sur l'affiche collée à l'arrière du bus, trois Maoris à la mine pincée se tenaient devant le cercueil d'un quatrième :

If you drink and drive,
it's one more bro' for the road[1].

Une pub ciblée comme on dit.

Culhane doubla le bus qui se traînait sur la file de gauche et s'engagea sur Nelson Street. Tobby agitait la queue sur la banquette arrière, comme fou de bonheur. Osborne fumait en silence, un œil pour la ville où il avait vu le jour. Auckland avait toujours souffert de la comparaison avec Sydney. Ici, pas de rouleaux énormes pour vous clouer aux coraux, pas de filets pour éloigner les squales, de filles aux fesses riboulantes sur les trottoirs, ni bières décapsulées à tout bout de champ, ni gays à parader une fois l'an dans un tonnerre identitaire : rien que des avenues dégagées où les embouteillages se résumaient à des feux rouges, quelques buildings neufs et sans âme — on retrouvait les mêmes à Hong Kong ou à Singapour —, un sentiment d'isolement tranquille et cette vague mélancolie de la Mère Patrie qui, avec la présence du port tout proche, n'en finissait plus de lui lécher la face. Il y avait seulement un peu plus de sans-abri à quêter sur les trottoirs et une communauté asiatique qui avait doublé…

Culhane bifurqua vers le mont Éden, où culminait l'un des cinquante volcans éteints de la ville. Tobby tournait en rond sur la banquette arrière, à la recherche

1. « Boire et conduire : et encore un pour la route ! »

d'une odeur quelconque. Ils longèrent les blanches résidences de One Tree Hill. Surplombé d'un obélisque dédié aux Maoris, le site tenait son nom du tatora[1] sacré, mais aujourd'hui un pin malade faisait l'affaire — un Maori contestataire l'avait attaqué à la tronçonneuse. Le lieu était devenu un quartier cossu, touristique et huppé. Osborne écrasa sa cigarette contre la portière.

— Melrose habite ici à l'année ?

— Entre deux voyages d'affaires, oui, répondit Culhane, qui connaissait déjà le dossier par cœur. Melrose a fait fortune dans le commerce du bois, puis dans la pêche. C'est un autodidacte et aussi un spécialiste de l'histoire du pays, de la culture maorie… Il paraît même qu'il écrit des livres sur le sujet…

Osborne les connaissait : sous couvert d'un pseudo, Melrose y dépeignait le labeur des pionniers du XIXe siècle à qui la nation devait ses routes, ses villes, ses lois et sa civilisation, les Maoris restant des sauvages plus ou moins imperméables à toute idée de progrès. D'autres livres dénonçaient les agissements du tribunal de Waitangi et du ministère chargé d'indemniser les Maoris spoliés, lesquels, par opportunisme ou conscience d'avoir mis la main sur un filon, en profitaient pour soutirer de substantielles et intarissables compensations aux contribuables. Ces livres, édités à compte d'auteur, étaient devenus des best-sellers…

Culhane ne les ayant visiblement pas lus, Osborne se tut. De toute façon, ils arrivaient.

Laissant Tobby à sa banquette poilue, ils claquèrent les portières de la Ford et marchèrent vers l'entrée de la propriété.

Nick Melrose habitait une maison de style victorien à

1. Arbre de Nouvelle-Zélande.

peine visible derrière de hautes haies verdoyantes. Une voiture de police était garée devant la grille. Filtrant les entrées auprès d'un policier en uniforme, l'homme censé garder la propriété n'en menait pas large : un dénommé Cooper, employé intérimaire d'une société de gardiennage jusqu'alors réputée pour son sérieux. Culhane l'interrogea brièvement. Ancien militaire qu'on n'avait pas repris faute de guerre, Cooper ne comprenait pas ce qui avait pu arriver : il avait gardé son poste toute la nuit et patrouillé comme d'habitude toutes les demi-heures dans le parc, autour de la maison. Osborne n'insista pas — Cooper avait le regard du type qui vient de perdre son job.

L'entrevue avec Percy, l'inspecteur que Gallaher avait envoyé sur le coup, n'ajouta rien à ce que leur avait déjà dit Timu : ni bris de glace, ni serrure forcée, pas d'empreintes, pas d'indices. Même le système d'alarme n'avait pas fonctionné. Quant aux voisins, eux non plus n'avaient rien entendu.

— Un vrai mystère, résuma Culhane.

Le soleil de midi les accompagna le long d'une allée fleurie. Une nuée d'abeilles vrombissaient, soûlées de pollen. Outre les grilles de la façade sud, le jardin était séparé du voisinage par des palissades où grimpaient des plantes parfumées importées d'Asie. Comme dans les tableaux d'Hockney, le jet d'arrosage circulaire avait moins pour fonction d'entretenir la pelouse que d'en éloigner les intrus.

Nick Melrose attendait à l'ombre de la terrasse, visiblement sur les nerfs. Grand, la cinquantaine sportive dans un polo de marque, bel homme si l'on aimait le style poivre et sel, le tout gâché par un regard de murène.

— Alors, c'est vous le spécialiste ? lança-t-il en guise de bienvenue.

Osborne n'avait jamais vu Melrose en chair et en os

mais il était fidèle à l'image qu'il s'en était faite : robuste, ombrageux, dur au mal et aux autres. C'est à peine s'il jeta un regard à Culhane, qui se présenta sommairement.

— Vos voisins n'ont pas de gardien ? commença Osborne.

— Non : juste un système d'alarme. Pourquoi ? Vous croyez que le cambrioleur s'est introduit chez eux pour contourner Cooper ?

Melrose comprenait vite.

— C'est ça ou les airs…

Il faisait chaud sur la terrasse, même à l'ombre. L'écrivain reposa sa canette de Coca sur la table de jardin.

— Cooper, relança Osborne, vous avez confiance en lui ?

— Comment peut-on avoir confiance dans un gardien pareil ! Je l'ai viré !

La pratique n'avait pas l'air de lui déplaire. Osborne jeta son mégot dans la canette de soda à demi pleine.

— Ça n'explique pas pourquoi le système d'alarme n'a pas fonctionné.

— En effet. C'est incompréhensible. Quand on voit l'argent dépensé dans ces systèmes de sécurité à la noix…

— Votre famille était présente lors du vol ?

— Je suis veuf. Ma fille dormait avec moi, à l'étage, dans sa chambre…

Curieuse façon de parler.

— Et l'objet qu'on vous a dérobé, poursuivit-il, il a une valeur commerciale ?

Melrose eut une moue évasive.

— Elle a surtout une valeur historique : *Tu-Nui-a-Ranga,* l'arme en question, appartenait au chef Te Hoataewa.

Une des figures de la résistance autochtone face à l'envahisseur anglais.

— Et on ne vous a rien volé d'autre ?

— Non. Du moins pas que je sache.

Melrose déplia sa silhouette de sportif. Il portait un pantalon de lin beige et une grosse Rolex au poignet. Continuant d'ignorer Culhane, l'écrivain entraîna Osborne à l'intérieur de la maison, sorte de manoir où même les fantômes sentiraient le neuf. Ils traversèrent le salon, impressionnante série de tapis orientaux faits main. Le reste était décoré dans un style années quatre-vingt qui rendait le présent plus supportable. Suivait une galerie de tableaux datant de l'époque coloniale — débarquement de l'*Endeavour*, Cook en pirogue accostant devant des autochtones aussi menaçants qu'effrayés, et aussi une très belle lithographie d'une danse de guerre à Tauranga qui datait de 1865…

— Vous êtes collectionneur ? fit remarquer Osborne.

— Oui. L'histoire de mon pays me passionne. Comme tous les objets réunis ici, je tiens beaucoup à cette hache…

Sa voix forte résonnait entre les murs. Culhane suivait en silence.

La hache du vieux chef était initialement exposée au mur de la bibliothèque, parmi d'autres objets d'art maori. Les larges fenêtres étaient dotées d'un double vitrage et donnaient sur une partie reculée du parc — des modèles avec un système d'ouverture renforcé. Osborne ouvrit l'une des fenêtres tandis que Melrose ressassait les circonstances du cambriolage, et aperçut la palissade qui les séparait des voisins : environ quatre mètres de haut, lisse, il paraissait difficile de l'escalader à mains nues. En revanche, on distinguait les branches d'un nikau, un palmier local, de l'autre côté de la palissade…

— Vous avez une idée de qui aurait fait le coup ? demanda Melrose.

— Pas le moins du monde, dit Osborne en se retournant. Et vous ?

— Comment ça ?

— C'est vous qu'on a volé, pas moi.

Melrose n'aimait pas les sous-entendus.

— Non, aucune idée, dit-il. La hache a une certaine valeur symbolique, mais sur le marché de l'art elle ne vaut rien ou presque.

Osborne songeait à ses livres.

— Comment se fait-il qu'un tel objet soit en possession d'un particulier ? On aurait plutôt tendance à croire qu'elle a sa place dans un musée…

L'écrivain ne saisit pas la perche.

— Je l'ai achetée il y a des années lors d'une vente aux enchères. L'ancien propriétaire venait de mourir et la famille vendait sa collection particulière : *Tu-Nui-a-Ranga* faisait partie du lot et je suis collectionneur de ce type d'objet. Ce n'est pas ma faute si la ville n'a pas suivi.

Sa voix de ténor faisait trembler sa toison argentée.

— Combien elle vous a coûté ? insista Osborne.

— Trente mille dollars.

— C'est ça que vous appelez aucune valeur ?

— Quand on a de l'argent, oui.

— Vous connaissez le nom de son ancien possesseur ?

— George Wilkison, un historien mort de sa belle mort si vous voulez le savoir.

Les deux hommes se tenaient maintenant face à face. Dans leur dos, Culhane griffonnait sur son calepin, plutôt mal à l'aise — son équipier frisait l'impolitesse.

— L'arme était celle du chef Te Hoataewa, continua Osborne, un symbole de la résistance face aux colons britanniques. Vous savez à quelle tribu il appartenait ?

— Ngati Kahungunu, répondit Melrose sans l'ombre d'une hésitation.

Dépassant la palissade, un rayon de soleil inonda

la bibliothèque. Ngati Kahungunu : la tribu de Zinzan Bee…

— Vous avez déjà eu affaire à des membres de cette tribu ? hasarda Osborne.

— Bien sûr que non !

Melrose aurait répondu la même chose d'un australopithèque.

— Et votre fille, elle habite ici à l'année ?

— Oui.

— Elle est encore étudiante ?

— Melanie prépare son concours d'entrée à la Global Business School, précisa Melrose avec emphase. La meilleure école de commerce du pays.

— Hormis vous, il n'y a que votre fille à avoir les clés de la maison ?

— Oui.

— On peut la voir ?

— Qui ça ?

— Votre fille.

— Qu'est-ce que vous lui voulez ?

Il aboyait presque.

— Rien de précis, répondit Osborne. Juste lui poser quelques questions.

— Melanie a été choquée par ce qui est arrivé cette nuit : elle se repose. De toute façon, elle n'a rien à voir dans cette histoire. Melanie dormait à l'étage et elle non plus n'a rien entendu.

Le débit de l'écrivain avait changé, son regard aussi. Osborne alluma une cigarette.

— Je cherche une piste, dit-il. Votre fille peut peut-être m'aider.

— Et en quoi, s'il vous plaît ?

En retrait, Culhane sentait la tension culminer. Son cellulaire vrombit alors contre sa hanche. Il s'éclipsa aussitôt.

— Je ne sais pas, relança Osborne : c'est à elle de me le dire.

— Eh bien, je vous dis que Melanie n'a rien à voir dans cette histoire, qu'elle a pris un tranquillisant et qu'elle se repose dans sa chambre, rétorqua Melrose. Et je vous prie de ne pas fumer.

Sa voix virait à l'autoritaire. Osborne écrasa sa cigarette dans une coupelle de porcelaine.

— Je n'aime pas vos manières, siffla l'écrivain.

— Et moi je n'aime pas vos livres. Ça ne m'empêchera pas de retrouver le coupable.

Melrose ne cacha plus son irritation.

— Je ne vous raccompagne pas, dit-il : vous connaissez le chemin.

L'écrivain-businessman le gratifia d'un regard venimeux. Osborne quitta la bibliothèque sans un mot.

Culhane se tenait sur la terrasse, l'oreille collée à son portable.

— O.K. On arrive…

De lourds nuages tourmentaient le ciel. La tête du rouquin aussi s'était assombrie.

— On a retrouvé une fille noyée sur la plage de Karekare, dit-il en voyant Osborne. Enfin, ce qu'il en reste…

*

Un vent violent battait la plage de Karekare. Située en bordure du Centennial Memorial Park, à une vingtaine de miles d'Auckland, la région abritait de nombreux artistes et une population estivale principalement composée de surfeurs et de vacanciers. Piha était le village voisin, qu'on pouvait rejoindre par les chemins de randonnée qui sillonnaient le bush des monts Waitakere.

Plus sauvage, Karekare s'étendait au pied d'une impressionnante côte rocheuse, elle-même prolongée par une forêt tropicale humide qui donnait des couleurs à la plage de sable noir. Les vagues, énormes, s'y écrasaient dans un bruit de carcasse.

Le ciel avait viré au gris souris et l'orage tonnait en mer ; on le voyait envoyer ses éclairs, si loin des hommes. Le vent soufflait par bourrasques, Amelia Prescott avait toutes les peines du monde à y résister. Osborne et Culhane se tenaient près d'elle, silencieux.

Une femme gisait sur le rivage, léchée par l'écume des flots démontés : un simple tronc et sa tête qui s'étaient échoués là, à bout de vagues.

Étrange vision que ce buste mutilé clapotant dans l'écume. Portées par les courants ici toujours dangereux, les vagues semblaient remuer le corps comme pour le réveiller. Le visage, livide et gonflé, était particulièrement pénible à voir. Tom plissait les yeux. Peut-être le vent, chargé de sel…

— On vient de retrouver un véhicule abandonné en bordure du camping, dit-il, avec un sac à main dans le coffre. D'après les papiers d'identité, le véhicule appartient à une certaine Johann Griffith.

Osborne ne bougeait pas. Retenu par une armature, on devinait encore les hardes d'un maillot de bain. La fille devait avoir entre trente et quarante ans, blonde. Jolie peut-être — les poissons avaient en partie dévoré ses yeux… Il évalua la photo du permis de conduire que lui présentait Culhane. Le corps de la trépassée était dans un état pitoyable mais ça pouvait coller.

Il s'accroupit au niveau d'Amelia.

— Qu'est-ce que vous en pensez ?

L'assistante du coroner tanguait sur le sable mouillé. Ses mèches rose bonbon avaient quelque chose d'inconvenant — une réflexion de Culhane, qui restait à l'écart, nauséeux. Tom n'avait jamais vu de cadavre dans un tel état. Elle si.

— La mort remonte à plusieurs jours, dit-elle doucement. Noyade sans doute, mais avec ce carnage… (Du nez, elle désigna la dépouille.) Le corps a été sectionné au niveau des hanches. Pour être plus précis, les jambes ont été arrachées : regardez ces lésions, fit-elle en s'aidant du doigt. La chair est en lambeaux…

Osborne fixait ce morceau de femme, des mirages dans la tête. Devant un cadavre inconnu on rêve, comme un fragment d'irréel. Les vagues roulaient, s'abattaient en rimes froides sur la plage mouillée de mousse. L'assistante du coroner se sentait toute petite.

— Vous pensez à quoi ? demanda-t-il.

— Des requins.

Ils se firent face, accroupis dans l'écume. Les yeux d'Amelia étaient graves, d'un bleu presque pétrole sous le ciel changeant.

— Il n'y a pas de requins à Karekare, dit-il.

— Ici non, mais il y en a au large.

— Inoffensifs.

— Sauf si l'on saigne. Vous savez comme moi qu'un requin sent un centilitre de sang à des kilomètres : le corps a dû dériver…

Quelques gouttes de pluie tombaient sur la plage, piquant la mer déjà grosse de colère.

— Elle a aussi pu tomber des rochers, dit-il.

— Peut-être…

— Des traces de blessures au crâne ?

— Pas de marques visibles. Il faudra voir à l'autopsie…

De l'océan remontaient des anges exsangues, charriés du large comme s'ils étaient de trop. Osborne posa sa main sur les cheveux poisseux de la morte, qui semblait les scruter depuis ses orbites vides.

Redoublant de violence, le vent les fit vaciller : leurs corps se rapprochèrent, jusqu'à se toucher. Amelia reçut comme un choc électrique mais Osborne continuait de caresser les cheveux de la morte, comme s'il allait la consoler du néant qui l'écrasait…

Les secouristes qui attendaient derrière Culhane s'écartèrent alors : Peter Gallaher apparut sur le sable que la brise emportait. Long, le visage crayeux, le chef du Département criminel passa devant Culhane sans le voir. Le vent battait contre sa chemise blanche et, déployant les pans de sa veste, laissait entrevoir son arme de service, un Glock dernier modèle. Le lieutenant jaugea brièvement Osborne, puis Amelia Prescott qui s'était redressée à son approche.

— Qu'est-ce que vous foutez là, Osborne ?

— Je prends l'air.

Depuis son retour au pays, les deux hommes s'étaient soigneusement évités.

— C'est moi qui ai appelé le sergent Culhane, dit Amelia comme pour prendre sa défense. On m'a chargé de reconnaître le corps mais certains détails me chiffonnaient, comme par exemple ces morsures…

Les mâchoires de Gallaher se crispèrent tandis qu'il découvrait le macchabée. Sans jambes, ça faisait un drôle d'effet…

— À quand évaluez-vous le décès ?

— Au moins une semaine, répondit la biologiste. Le corps a dû être emporté vers le large avant que les courants ne le ramènent. Les jambes ont été arrachées. Des requins, à en croire les morsures…

Gallaher évalua le tronc, les lambeaux de peau. Pas une bribe d'émotion sur son visage imberbe.

— Qui a découvert le corps ?

— Un type, là…, répondit Osborne.

Du nez, il désigna l'un des hommes chargés de la surveillance du site.

— Vous l'avez interrogé ?

— Culhane l'a fait.

Gallaher évalua le site. La plage de Karekare était aussi belle que dangereuse : les courants étaient violents, les fonds mouvants et les vagues si sournoises qu'on n'autorisait les baignades qu'entre deux malheureuses bouées, et jamais par gros temps. Les plus téméraires surfaient sur les déferlantes, les autres se contentaient de pêcher au bout d'une digue naturelle qui, à droite, s'enfonçait vers les brisants — malgré l'imminence de l'orage, trois silhouettes y lançaient des lignes…

— Bon, lâcha Gallaher en se tournant vers ses hommes. On ratisse le secteur, les rochers, la plage, les dunes, tout.

Les ordres expédiés, le lieutenant se pencha vers Osborne qui, toujours accroupi, n'en finissait plus de scruter la morte.

— Qu'est-ce que vous attendez ? Le déluge ?

Un éclair zébra le ciel. Il pleuvait maintenant à grosses gouttes. Osborne se redressa sans un mot. Cintrée dans une bâche de plastique zippée jusqu'à la gueule, on emportait la trépassée. Les pieds trempés, il fit quelques pas sur le sable noir.

Amelia attendait au sec, recroquevillée sous la veste de Culhane qui lui aussi poireautait sous la pluie battante. Gallaher bougonna quelque chose à l'attention de la biologiste au sujet de la soirée à venir mais c'est Osborne qu'elle buvait des yeux.

— Vous venez ce soir ? fit-elle d'un ton badin.

— Où ça ?

— À l'Observatoire. Le maire y fait une sorte de conférence de presse…

Le vent continuait de la pousser vers lui ; elle n'offrit aucune résistance.

— Et vous ? renvoya-t-il.

— Oui : tout le monde est invité, même moi.

Amelia sourit un peu.

Pas lui.

Dans un flash aveuglant, la foudre déchira le monde.

3

À l'école, on le traitait de bâtard et c'était vrai. Son père avait pris la tangente peu après sa naissance. De lui Paul ne savait que le nom (Todd Preston) si bien qu'il avait dû se l'inventer. Gamin, dans les cours d'école, il disait que son père était mort dans le désert du Nefoud, en Arabie, tué par un scorpion alors qu'il faisait des relevés anthropométriques. Paul ne savait pas trop ce que ça voulait dire, anthropométrique, mais le terme était trop compliqué pour qu'on mît en doute sa véracité. Aux plus mioches que lui, il racontait des histoires d'accidents de moto sur la route de Tijuana, Mexique. Les mioches en lâchaient des jurons colorés. Avec lui au moins on voyageait. Et puis, il y croyait presque.

La réalité c'est qu'il avait longtemps vécu seul avec sa mère, Mary, infirmière au dispensaire du quartier. Le chômage rôdait en ville, les gens comme elle avaient peur des jeunes comme lui, les travaillistes démantelaient l'État providence, le mythe d'une société égalitaire et prospère s'effondrait à grand renfort de privatisations. Mary avait perdu son emploi et avec lui une bonne part d'espoir. Elle sanglotait souvent dans la cuisine. Paul ne faisait rien pour la consoler — ce n'est pas d'un fils qu'elle avait besoin, mais d'un homme.

Thomas Osborne n'était pas plus mal qu'un autre :

barbu péremptoire d'origine écossaise, il était chef d'équipe dans une entreprise de charpente. Malgré quelques trous d'air, Thomas avait assez de plomb dans la cervelle pour ne jamais se frotter à ce faux fils, cet adolescent aux silences inquiétants qu'à la naissance de John il avait fini par adopter…

Paul n'avait jamais beaucoup communiqué avec les membres de sa famille. Depuis le départ d'Hana, c'était pire. Il suivait les cours du bout des neurones, ne ramenait aucun copain à la maison, encore moins de copines, et fréquentait assidûment la bibliothèque du quartier où il se procurait quantité de livres, avec lesquels il s'enfermait dans sa chambre jusque tard dans la nuit. Mary se faisait du souci, Thomas répondait qu'au moins pendant ce temps-là il ne faisait pas de conneries…

Dix mois étaient passés depuis qu'Hana fréquentait le kohangareo. *Elle était bien rentrée quelques week-ends comme elle l'avait dit, mais elle ne frayait plus avec les jeunes de la cité et ne sortait qu'accompagnée des sœurs Douglas. Bien entendu, Hana n'était jamais venue sonner chez lui pour demander à le voir : elle l'avait tout bonnement abandonné.*

Et puis un matin de janvier, au beau milieu des vacances, Paul la vit devant l'arrêt de bus : les cheveux relevés dans un chignon tarabiscoté, Hana attendait, le visage tourné vers un groupe de bicoques. Seule.

— Tena koe[1], *dit-il en l'accostant.*

Il n'était pas sûr de la prononciation. La métisse portait un pantalon serré et une tunique chinoise boutonnée jusqu'au cou.

— E korero maori ana koe[2] *?*

Un léger sourire flottait sur ses lèvres brunes.

1. « Bonjour. »
2. « Tu parles maori ? »

— He iti iti noa iho taku mohio[1], *répondit-il, hésitant sur les syllabes.*

Hana le dévisageait, un soupçon d'ironie dans la voix.

— Ka pai… E noho ki raro[2], *fit-elle en posant sa main sur le banc.*

Paul resta debout. Il avait le ventre noué et aucune pratique des rudiments de maori étudiés dans sa chambre. Elle se tenait assise sur le banc et ses yeux verts pétaient le feu dans la chaleur de l'été :

— Tena koe, kei te pehea koe[3] ?

— E ke pai[4]…, *répondit-il, anxieux.*

Il ne savait pas répondre autre chose. Elle lui renvoya un regard oblique.

— He puku mate, nei[5] ?

Il ne saisissait plus.

— *Je crois que j'ai épuisé toutes mes cartouches, avoua-t-il.*

Elle rit doucement.

— *Tu as appris où ?*

— *Dans les livres. Ceux de la bibliothèque.*

— *Ah oui ? (Elle l'observait avec intérêt.) Pourquoi ?*

— *Tu as déjà demandé à un enfant pourquoi il apprenait à parler ?*

— *Non.*

— *Moi c'est pareil.*

Petit malin, va.

Silence dans ses yeux de jade. Elle sentait bon…

— *Ton école maorie, ça se passe bien ? dit-il.*

— *Pas mal…*

1. « Oh ! je le parle un peu. »
2. « C'est bien. Assieds-toi. »
3. « Comment ça va ? »
4. « Très bien. »
5. « L'estomac qui se retourne comme une chaussette, hein ? »

L'image de son corps nu à la fenêtre de leurs quinze ans se superposait au présent; plus loin un chien galeux fouinait dans une poubelle renversée, le soleil avait chassé les gens vers les maisons, même les gamins avaient disparu de la surface du globe…

— Et toi? relança Hana.

— Moi, rien de spécial.

— Tu as quand même appris à parler maori, insinua-t-elle.

— Tu appelles ça parler?

— Faut bien commencer à un moment ou à un autre…

Sur le coup, Paul aurait juré qu'elle parlait d'eux.

— Tu sais ce que tu vas faire après le lycée? demanda-t-elle.

— Ça dépend.

— De quoi?

— Je sais pas encore. Ça dépend.

La jeune Maorie fronça les sourcils dans un rictus charmant.

— Toujours aussi mystérieux…

— C'est toi qui disparais à tout bout de champ, rétorqua-t-il, pas moi.

— Toi aussi tu devrais partir, insinua la jeune fille.

— Je compte pas faire de vieux os par ici.

— Raison de plus pour ne pas perdre de temps.

Hana le buvait des yeux. Ou alors il délirait.

— Tu attends quelqu'un?

— Les copines, répondit-elle.

— Toujours en clan?

— Toujours en vie. (Elle se tourna vers les baraquements qui constituaient leur lotissement.) Tiens, les voilà qui arrivent…

Les sœurs Douglas traversaient le terrain vague qui menait à l'arrêt de bus, d'horribles caleçons longs et une veste de chasse en guise d'uniforme.

— On va en ville, annonça Hana. À l'aquarium de Kelly Tarlson. Tu veux venir avec nous ?

Paul jeta un œil sur les jeunes Maories qui approchaient, la mine boudeuse.

— Aue[1], *fit-il en se levant.*

Ils n'avaient plus beaucoup de temps. Ils n'avaient même plus de temps du tout : Paul se pencha et l'embrassa sans réfléchir, comme on se jette dans la gueule du loup.

Hana resta une seconde interloquée mais le laissa filer. Les sœurs Douglas gloussaient déjà.

— Qui c'est ce mec ? demanda l'une d'elles.

— Mon voisin, répondit Hana.

Les filles s'esclaffèrent de concert :

— C'est lui ? Ouah ! Mignon !

Paul venait de disparaître au coin de la rue. Hana haussa les épaules. Mignon, non, ce n'était vraiment pas le mot…

Les émanations du restaurant chinois montaient jusqu'au studio de l'hôtel. Allongé sur le lit, Osborne buvait, les yeux dans le vague. Le rhum faisait passer l'amertume de la cocaïne, pas le reste.

Une menace se profilait à l'horizon, semblable à l'orage sur la mer. Fatalement, l'image de la femme-tronc retrouvée sur la plage se superposa à celle d'Hana. Osborne avait parlé aux Maoris qui pêchaient sur les rochers : d'après eux, les courants avaient dû ramener le corps vers le rivage. Quant aux squales, il y en avait au large, des petits, et, pour peu que la fille saignât, il était fort possible qu'ils en aient fait leur festin. Mais de là à lui arracher les jambes, les pêcheurs faisaient la moue : ici c'était pas l'Australie…

Osborne roula un stick. Depuis l'écran de télévision

1. Exclamation exprimant la consternation ou le désespoir.

perché au-dessus du lit, le présentateur du journal du soir proposait un sondage sur le vif via le numéro de téléphone de la chaîne. Objet de l'enquête, l'immigration. Une question : « La Nouvelle-Zélande doit-elle rester un pays d'accueil ? » Pour l'illustrer, un reportage où une famille asiatique racontait leur aventure : fuite du pays pour cause de répression, arrivée en terre promise, démarches administratives pour se faire accepter sur le territoire, apprentissage de la langue, acculturation, scolarisation des enfants, images de fraternité dans la cour d'école, du chef de famille, initialement professeur à Manille devenu jardinier à Auckland, puis plan serré de la famille regroupée sur le canapé du salon, souriante et confiante en l'avenir…

Osborne finissait de rouler le joint quand la fenêtre de la chambre s'ouvrit en grand. Une paire de moustaches passa par l'embrasure, puis un museau.

— Te revoilà, toi…

La chatte bicolore posa sa patte contre le rebord de la fenêtre, se ravisa en apercevant l'homme sur le lit, sauta quand même. Elle lui jeta un regard inquiet puis, comme il ne réagissait pas, lâcha un miaulement avant de bringuebaler son ventre mollasson aux quatre coins de la pièce. Elle cherchait quelque chose, quelque chose qu'elle non plus ne trouvait pas…

Depuis l'écran de télévision, la mine joviale du présentateur virait à la grimace. À la question « La Nouvelle-Zélande doit-elle rester un pays d'accueil ? », 11 % de réponses étaient positives, 87 % négatives (2 % d'abrutis avaient téléphoné pour dire qu'ils ne se prononçaient pas).

Osborne zappa, constata au passage qu'Aetoraoa, la chaîne de télévision en langue maorie, n'existait plus, et coupa le tout. La chatte avait sauté sur la tablette et le fixait maintenant de ses gros yeux jaunes, un peu sotte.

Il l'appela Globule, tapota sa tête et la mit dehors. Après quoi, il consulta ses notes.

On avait volé la hache du vieux chef ngati kahungunu, au nez et à la barbe du dispositif de sécurité de Nick Melrose, sans laisser de trace d'effraction. Zinzan Bee faisait partie de la même tribu : hasard, coïncidence ? Fitzgerald disait l'avoir abattu lors de son dernier contact radio mais on n'avait jamais retrouvé le corps... Osborne ne croyait pas aux fantômes — foutaises. Non : celui qui avait fait le coup avait forcément les clés...

Auckland s'endormait, bercée par le Pacifique. Culhane avait proposé de passer le prendre pour se rendre à la soirée mais Osborne avait refusé. Il s'assit sur le rebord de la fenêtre et fuma le stick d'herbe pure, en attendant que le soleil s'effondre.

*

La Chevrolet se gara le long de Manukau Road. La nuit était douce. Les mains dans les poches, Osborne marcha jusqu'au grand hall de l'Observatoire.

Semblable à une tour de contrôle sur la ville endormie, le bâtiment dépassait les buildings d'une tête ou deux, longue tige de verre et de béton surplombée d'une sorte de soucoupe volante faisant office de restaurant, casino et salle de conférences. C'est là que la jet-set locale avait rendez-vous.

Deux limousines aux vitres teintées attendaient au bas de la tour d'ivoire. Osborne montra l'invitation aux gorilles qui filtraient l'entrée et la lança sur le comptoir de l'accueil où un type à tête d'obus lui indiqua le chemin de l'ascenseur. Il était tard, il croyait arriver le dernier mais une grosse Maorie en blouse et une jeune femme attendaient dans la cabine. La première avait des fleuves de varices sur les mollets, la seconde de belles jambes dorées et une voix avenante.

— *Hi !*

— *Hi.*

La grosse Maorie qui stationnait au fond de l'ascenseur ne broncha pas : elle avait converti ses aides sociales en pièces de monnaie et allait jouer le tout au casino. Osborne se concentra sur le visage qui avait de jolies jambes et découvrit une métisse sculpturale. Brune, les cheveux attachés, elle portait une robe de soirée qui malgré la compression lui allait plutôt bien — il retint surtout son expression, déjà croisée chez d'autres femmes, un avant-goût de gourmandise qui, de fait, mettait en appétit.

La fille lui sourit de ses dents blanches tandis qu'ils grimpaient les étages.

— Vous allez là-haut ? s'étonna-t-elle.

— Pourquoi, pas vous ?

— Si si !

Elle était presque aussi grande que lui et parlait sans détour.

— Je ne vois pas trop un type comme vous dans une soirée comme ça, fit-elle remarquer.

— Qu'est-ce que vous en savez ?

— Vous avez vu vos yeux ? !

Elle égrena un petit rire qui ricocha contre les parois de l'ascenseur. Osborne se mira dans la glace — c'est vrai qu'ils étaient un peu rouges… La grosse Maorie les quitta au niveau du casino. La fille s'enhardit.

— Vous vous appelez comment ?

— Osborne.

— Avocat ?

— Faudrait avoir envie de défendre quelque chose.

Cette petite discussion avait l'air de l'amuser — elle aussi avait les pupilles qui brillaient.

— Ne me dites pas que vous êtes flic, fit-elle avec ironie.

— Vous n'aimez pas ?

— Ils sont rarement sexy.

— Vous en connaissez un rayon.

Elle souriait toujours.

— Ouais.

Son grand corps le bombardait de phéromones. Belle bagarre. Il y eut un bref silence dans la cabine puis un soubresaut — ils arrivaient au dernier étage.

— Ann, fit-elle en serrant sa main.

La métisse soutint son regard avant de filer vers la salle de réception, emportant toute une gamme de désirs sous sa robe. Oui, de belles jambes... Flottant sur un nuage de poudre, Osborne se mêla à la foule qui jetait son dévolu sur les buffets où des serveurs endimanchés régalaient.

Les baies vitrées du dernier étage offraient une vue splendide sur la ville, milliers d'éclats qui à ses yeux déjà allumés épandaient leurs phosphorescences glacées.

Phil O'Brian, le maire de la ville, se tenait près de l'estrade, en compagnie de son père Steve, ancien ministre du gouvernement Allen[1]. Son premier mandat prenait fin et il était de notoriété publique que le fils prodigue en briguait un second. Cette petite soirée marquerait le début de sa campagne, c'est du moins ce qu'attendaient les journalistes qui l'entouraient. Le paternel souriait à qui mieux mieux, visiblement fier de voir son fils atteindre comme lui de hautes fonctions à la tête de l'État.

En attendant que le maire prenne la parole pour ce qui constituerait l'événement médiatique de la soirée, le

1. Premier ministre travailliste au pouvoir dans les années quatre-vingt.

capitaine Timu trônait au sommet de la tribune, appuyant son discours sécuritaire de statistiques implacables. Les gens écoutaient poliment. Osborne aperçut Gallaher et son costard gris au pied de l'estrade, en compagnie de Moorie, le nouveau coroner en chef. L'éclairage tape-à-l'œil donnait des airs de starlette à la soirée : tous les pontes de la ville étaient présents, Osborne en reconnaissait la plupart. Il attrapa un verre de mousseux australien, se demanda ce qu'une fille comme celle qu'il venait de croiser dans l'ascenseur faisait dans un endroit pareil…

Le speech de Timu s'achevant, Phil O'Brian applaudit le chef de la police d'Auckland qui, emprunté dans son quintal, descendait de l'estrade pour lui laisser sa place. Le maire souriait sous les flashes. Il n'y avait pourtant pas de quoi : Timu avait dressé un tableau particulièrement sombre de la ville où les criminels sortaient plus vite des prisons qu'ils n'y rentraient, où la sécurité n'était plus assurée partout, notamment chez les particuliers où les vols menaient trop souvent aux meurtres, viols et autres malversations…

Amelia trouva Osborne dans les plantes vertes.

— Vous vous ennuyez ?

— Oui.

— Eh bien, buvez.

— C'est ce que je fais…

Il lui montra le verre vide enfoncé dans le terreau.

— Ah.

Avec son pantalon noir et ses baskets vert fluo, l'assistante du coroner faisait un peu gamine parmi tous ces gens. Osborne l'aimait bien : Amelia avait gardé son sang-froid devant la morte, le spectacle était pourtant moche à voir, et puis surtout elle avait l'air d'être une fille intelligente…

— Vous connaissez ce type ? dit-il en désignant le quinquagénaire clinquant qui escortait Phil O'Brian.

— Michael Lung, répondit-elle. Le conseiller en communication du maire.

— Ah.

La mèche soignée sur une chevelure épaisse, bronzé, les dents refaites, on aurait plutôt dit un armateur grec ou quelque chanteur de charme pour mémères liftées. Osborne opinant, la tête ailleurs, Amelia s'approcha plus près de lui. Le maire prenait la parole, sous les crépitements des photographes réunis en meute. Parmi les têtes argentées qui dodelinaient devant la tribune, Osborne aperçut la fille de l'ascenseur, Ann, au bras de deux benêts qui n'avaient pas vingt ans.

— Et les grands dadais, là ? demanda-t-il.

Amelia grimpa sur ses orteils et suivit le bout de son nez.

— Les fils d'O'Brian, répondit-elle. Des jumeaux...

Les fils du maire nageaient dans leur smoking, encore en proie aux affres de l'acné. Près d'eux, Ann parcourait la foule en quête d'une tête connue, et fatalement croisa le regard d'Osborne : elle sourit par-dessus les permanentes, lança un très discret clin d'œil avant de se concentrer sur l'estrade où O'Brian haussait le ton.

— Vous connaissez ? glissa Amelia.

— Qui ça ?

— Ne faites pas l'innocent, ça ne vous va pas du tout.

Sa poitrine était quasi inexistante sous son tee-shirt mais le port de ses épaules rattrapait l'oubli.

— On s'est croisés dans l'ascenseur, dit-il. Pas de quoi s'emballer.

— Ça vous arrive ?

— Bof.

Elle hocha la tête — dommage.

Tom Culhane apparut à cet instant.

— Ah, te voilà ! s'exclama-t-il à l'attention d'Osborne. On se demandait si tu allais venir !

— Je suis là.

Pas aimable. Tom avait l'habitude et, en bon Britannique, feignit la bonne humeur.

— Alors ? fit-il en visant la tribune. Vous en pensez quoi ?

Phil O'Brian évoquait les résultats de son homologue Giuliani, l'ex-maire de New York, sa politique à l'égard des criminels et des délinquants, faisant sans la citer nommément l'apologie du principe de tolérance zéro.

— De la merde, répondit Osborne en guise d'analyse. Pourquoi, Culhane, tu as autre chose à proposer ?

Tom ricana, faute de mieux. Phil O'Brian comptait se faire réélire en flattant l'instinct le plus primitif de ses « chers concitoyens », à savoir la peur… Passant du coq à l'âne, Culhane dit alors quelques banalités au sujet de sa femme — Rosemary était paraît-il souffrante, mais sous son sourire de circonstance, c'est lui qui semblait soucieux.

— Au fait, demanda Osborne, quelqu'un sait pourquoi la chaîne de télé maorie n'existe plus ?

— Aetoraoa ? précisa Tom. Ah, c'est vrai que tu étais en Australie… Elle a fait faillite.

— Ah oui ?

— Des mauvais placements, expliqua-t-il, notamment en valeurs de hautes technologies à l'origine du boom de la nouvelle économie. Comme chacun sait, ça n'a pas duré. L'argent de la chaîne publique a été réinvesti quand le vent a commencé à tourner mais Aetoraoa a perdu l'essentiel de ses fonds…

Osborne fit celui qui comprenait. Amelia n'écoutait même pas.

— Je vais boire un verre, dit-elle. Vous m'accompagnez ?

La jeune femme attendait la réponse d'Osborne mais c'est Culhane qui la prit par le bras.

— Bonne idée !

Amelia s'en pinça ses lèvres : Tom avait toujours un mot gentil pour elle mais ce soir elle aurait préféré qu'il reste avec sa femme malade, sa maîtresse ou son chien, enfin qu'il lui fiche la paix ! De fait, Osborne resta à traîner près des plantes vertes tandis que le rouquin l'entraînait vers le buffet…

Depuis l'estrade, Phil O'Brian en finissait avec son discours : la justice serait intransigeante et sans pitié pour les délinquants, il le disait et tenait à ce qu'ils le sachent. Les têtes argentées applaudirent de concert sous les feux ardents des reporters. Steve rejoignit son fils pour la photo et souleva son bras comme s'il venait de gagner quelque chose. Bref moment de communion électorale. On pouvait désormais s'aviner de manière civilisée entre bonnes gens. Tous avaient plus ou moins l'air de se connaître et allaient convergeant vers le buffet. Parmi eux figurait Nick Melrose, au bras de sa fille. Il la présentait à Steve O'Brian qui, malgré les années, restait une figure influente du milieu politique.

D'une blancheur spectrale sous sa poudre, Melanie Melrose était chétive et nageait dans une robe de soirée qui n'allait pas du tout à ses dix-huit ans. Blonde, souriant trop, la gamine donnait le change, accrochée à son père qui l'exhibait à ces gens comme un bijou. Serrant des mains inconnues, Melanie finit par quitter son bras.

Osborne attendit que Melrose se fasse aspirer par la cohue pour aborder son trésor.

— Il faut que je vous parle, dit-il en la prenant par le coude.

D'abord surprise, Melanie le dévisagea sans opposer de résistance — il l'entraînait en douceur.

— On se connaît ?

— Non.

— Alors qu'est-ce que vous me voulez ?

Elle était vraiment maigrichonne.

— Vous parler du cambriolage de la nuit passée.

— Ça m'aurait étonnée…

Melanie saisit le verre qui passait à portée de main et le vida d'un trait. Visiblement ce n'était pas le premier.

— Je voulais vous interroger ce matin mais votre père m'a dit que vous étiez choquée après ce qui est arrivé.

— Ah oui ?

Elle avait l'air de s'en foutre complètement. Osborne se tourna vers le buffet : la foule était dense et Melrose trop accaparé pour remarquer leur échappée.

— Vous savez à qui appartenait la hache dérobée la nuit passée ? demanda-t-il.

— Pas le moins du monde ! singea-t-elle en retour.

— À ce que je vois, vous ne partagez pas la passion de votre père pour l'histoire du pays…

— C'est le moins qu'on puisse dire !

Elle ricana méchamment.

— Vous avez un appartement en ville ?

— Non, répliqua-t-elle du tac au tac : j'habite toujours chez mes parents, si c'est ce genre de question à la con que vous voulez me poser.

Pas commode le squelette.

— Et vous avez toujours les clés de la propriété ?

— Comment ça ?

— Vous ne les avez pas égarées ?

— Non, pourquoi ?

Elle fit un pas mal assuré, se colla à lui, qui la tenait toujours par le coude.

— Il n'y a pas eu d'effraction lors du cambriolage, insinua-t-il.

— C'est votre problème, pas le mien.

Melanie attrapa une nouvelle coupe. Ses ongles étaient rongés jusqu'à l'os.

— Vous allez être complètement soûle si vous continuez à ce rythme.

Le regard tourmenté de la jeune fille prit un air mauvais.

— Vous êtes tous aussi chiants, les flics ?!

— Oui ! D'ailleurs je vous trouve un peu maigrichonne. Sans compter que le champagne n'est pas fameux et vous le buvez comme de l'eau ; vous n'allez pas tenir le coup et ça va mal finir.

Melanie envoyait des éclairs. Elle ne mangeait plus, ou pour vomir, ça ne regardait personne, et surtout pas cet homme qui semblait tout deviner d'elle… Défiant son regard d'adulte, Melanie avala la coupe d'un trait, à l'adolescente.

— Ah oui ? Et qu'est-ce qui vous fait croire ça ?

— Le regard de votre père, répliqua-t-il.

— Qu'est-ce qu'il a, le regard de mon père ? (Elle le toisait de son mètre soixante.) Vous me prenez pour une gamine ?

Osborne plongea dans le maigre décolleté qu'elle exhibait.

— Suivez-moi.

Serrant ses os, il l'entraîna vers les toilettes.

— Où vous m'emmenez comme ça ? fit-elle en se serrant contre lui. Je vous préviens, mon père ne va pas être content du tout ! Oh oh oh !

Melanie riait un peu trop. Ils atteignirent les toilettes des dames, ponctuellement vides. Osborne poussa la gamine dans un des boxes.

— Vous ne m'avez pas dit que vous étiez une fille ! pouffa-t-elle.

Il ferma derrière lui.

Amelia se tenait à l'écart du buffet, une lueur de déception dans ses jolis yeux bleus. Tom était parti lui chercher un verre mais elle n'avait pas soif, encore moins envie de boire. Elle avait suivi de loin le numéro d'Osborne avec cette petite grue rachitique, aussi quand elle le vit l'attirer vers les toilettes son sang avait-il viré à l'eau de Javel — une expression de sa grand-mère qui d'ordinaire la faisait rire. Pas ce soir. Amelia s'ébroua : elle, jalouse ? L'idée lui sembla si triste que son visage avait pâli sous les spots…

— Quelque chose qui ne va pas ? fit une voix derrière elle.

La jeune femme sursauta ; Gallaher la scrutait du haut de son mètre quatre-vingt-dix. Sans qu'elle sache trop pourquoi, ce type lui faisait froid dans le dos. Son regard peut-être, qui semblait voir à côté de vous…

— Non, répondit-elle en forçant sur le naturel. Pourquoi ?

Il jeta un de ces sourires glacés vers les toilettes où Osborne venait de disparaître.

— On dirait que votre protégé a fait une touche, non ?

Le ton se voulait ironique mais ça tombait à plat.

— Pourquoi vous dites des choses comme ça ?

— Pour rien.

Gallaher lui pinça légèrement la joue avant de se retourner vers le buffet. Très désagréable. Amelia s'essuya la pommette comme si elle était sale mais reprit vite son rôle de petit génie insensible : Culhane revenait, les mains encombrées de petits-fours.

— Ça va ?

— Évidemment.

Mais elle en avait marre d'être polie : ça n'allait pas. Pas du tout.

Un peu plus loin, acculée à la cloison des toilettes pour dames, Melanie retenait son souffle :

— Qu'est-ce que vous voulez ? Lâchez-moi...

Osborne la tenait par les aisselles, ou plutôt il la soutenait. La fille de Melrose était soûle mais il y avait de la détresse au fond de ses yeux. Ça ne changea rien au problème.

— Pourquoi ton père ne tient pas à ce qu'on t'interroge ? fit-il en chiffonnant sa robe de soirée.

— J'en sais rien... Mêlez-vous de vos oignons...

Entre ses mains, son corps ne pesait rien.

— Il a quelque chose à cacher ?

Ses yeux roulaient. Chiffe molle, Melanie se colla contre lui. Son décolleté bâillait. Elle ne portait pas de soutien-gorge.

— Vous aimez ça ? balbutia-t-elle. Vous en voulez, vous aussi ?

Elle délirait.

— Tu n'étais pas souffrante ce matin, dit-il. C'est ton père qui t'a consignée dans ta chambre : pourquoi ?

— Qu'est-ce que ça peut faire ?!

Melanie tenta une rebuffade mais elle s'écroula littéralement sur lui. Elle rit.

— Tu sais qui a fait le coup ?

— Pff ! Je sais rien, dit-elle en s'abandonnant à ses bras : rien du tout.

— Tu mens.

— Nooonnnn...

Melanie ferma les yeux. Osborne sentit la pression de son ventre contre sa jambe. Elle lova son entrecuisse, ricana dans un rêve, laissa tomber sa tête sur son épaule et continua de frotter son pubis.

— Baise-moi, souffla-t-elle. Baise-moi...

Folle. Cette fille était folle. Un poing cogna alors contre la porte du box.

— Melanie ! cria une voix autoritaire. Melanie, je sais que tu es là : ouvre tout de suite !

La jeune fille ouvrit de grands yeux, remplis de terreur. Nick Melrose frappa de plus belle.

— Melanie, sors de là !

Elle se mordit la lèvre, accrochée à Osborne. De l'autre côté de la porte, Melrose tambourinait.

— Sortez tout de suite de là !

Osborne se libéra de son étreinte et tira le loquet. En les voyant sortir du box, le visage de Melrose vira au blanc d'hôpital. Sa fille était complètement débraillée et ses joues d'une rougeur suspecte.

— Qu'est-ce que vous faites là ?! siffla-t-il.

La murène montrait les crocs : sans attendre de réponse, il fondit sur sa fille qui, dans un geste de panique, reflua.

— Laisse-moi tranquille !

Manquant de glisser sur le carrelage avec ses talons aiguilles, Melanie se rattrapa au bras d'Osborne. Melrose le fusilla du regard :

— Vous l'avez fait boire.

Il haussa les épaules.

— C'est tout ce que vous avez à dire ?!

— Ce n'est pas à vous que je veux parler mais à votre fille.

— Melanie n'a rien à voir avec cette histoire, éructa-t-il, il faut vous le dire sur quel ton !

— Ce n'est pas ce qu'elle dit.

— Elle dit n'importe quoi ! Vous avez vu dans quel état vous l'avez mise ?!

Oscillant entre la peur et la colère, la gamine avait reflué au fond des toilettes.

— Qu'est-ce qui vous dérange au juste ? répliqua Osborne. Qu'elle parle ? De quoi ?

L'autre fulminait :

— Melanie est fragile, et vous une brute. J'en ferai

part à vos supérieurs, comptez sur moi. (Il agrippa sa fille par le poignet.) On rentre !

Ses mâchoires tremblaient de rage. Melanie eut un regard implorant vers Osborne, impassible.

— Tu me paieras ça, marmonna Melrose.

Ils vidèrent les lieux sans qu'on sache à qui il s'adressait.

*

Un quartier de lune éclairait la nuit. Pas âme qui vive sur la pelouse, sinon quelques lapins qui dressaient les oreilles à son approche.

Il était deux heures du matin lorsque Osborne se glissa jusqu'à l'aile gauche de l'institut médico-légal. D'après ses souvenirs, les caméras de surveillance se situaient à l'entrée du bâtiment. Quant au gardien de nuit, il lisait d'un œil assoupi une quelconque revue sportive, les pieds sur le comptoir du grand hall.

Rompu à ce type d'exercice, Osborne grimpa sur le toit et, sans bruit, força l'une des fenêtres coulissantes. Cette intrusion nocturne pouvait lui coûter cher mais les informations récoltées dans les fichiers de la police étaient maigres et l'accès au dossier ne pouvait se faire sans l'aval de Gallaher. Autant demander son chemin à un poteau.

Il referma doucement la fenêtre, alluma sa Maglite et se dirigea à pas de loup vers le bureau du coroner Moorie. Le nouveau légiste en chef avait investi l'antre de Mc Cleary, son prédécesseur : si les rapports d'autopsie des corps découverts dans le charnier avaient été vidés de l'ordinateur de Fitzgerald, les originaux se trouvaient forcément ici. Et puis, cette histoire de suicide ne l'avait jamais convaincu, il fallait qu'il en ait le cœur net…

Osborne trouva le bureau du coroner, bloqua la porte

en cas d'intrusion, ouvrit les tiroirs métalliques, commença à fouiller.

Le dossier de Fitzgerald était mince à la lueur de la torche. Il l'ouvrit et tomba aussitôt sur les photos numériques. Son cœur se serra. Il y en avait partout, des bouts de chair et sang, d'os et de matières spongieuses, une giclée avait même moucheté le mur avant de couler sur le carrelage… Osborne ravala sa salive. À terre, Fitzgerald tenait encore à la main le revolver, un .38 de service. Mais il n'avait plus de visage : le coup avait été tiré dans la bouche et le choc hydrostatique avait pulvérisé la boîte crânienne.

La vue de son ami dans cet état lui fit un sale effet. Osborne réprima la brève montée de rage qui lui comprimait la tête et se concentra sur le rapport d'autopsie. Il eut beau l'éplucher, tout concordait : l'arme utilisée était bien son arme de service, d'après la balistique Fitzgerald avait appuyé lui-même sur la détente, on retrouvait les traces de poudre sur ses doigts, ses empreintes sur la crosse… Osborne grimaça ; Jack Fitzgerald semblait s'être bel et bien suicidé. Bon Dieu, pourquoi avait-il fait une chose pareille ? Et sa femme ? Sa fille ? C'était incompréhensible…

Il rangea le dossier et continua ses recherches, fébrile. « K » comme Kirk. Le tueur en série.

Une poignée de feuilles constituait le rapport d'autopsie des victimes retrouvées dans le charnier. Katy Larsen, Mark Wilson, Kirsty Burell, ils étaient tous là. On venait même d'identifier le quatrième corps : celui de Samuel Tukao.

Les clichés étaient eux aussi épouvantables, et les détails particulièrement sordides : toutes les victimes avaient été désossées — un fémur. Pour quelle raison, on ne le disait pas. D'après le coroner Moorie qui avait repris l'enquête, Kirk semblait s'adonner à des sortes de rites anthropophages, sacrificiels : on avait également trouvé des restes d'animaux dans le charnier, cochons, poulets, opossums… Osborne poursuivit la lecture, de plus en plus intrigué.

La mort de Kathy Larsen était datée du 25 décembre, celle de l'indic de Fitzgerald du 27, l'agent du 30 du même mois. Tous exécutés en l'espace d'une semaine. Seul le décès de Tukao était antérieur — décès estimé environ deux mois plus tôt…

Samuel Tukao était donc la première victime du tueur en série.

Osborne eut alors une impression désagréable ; d'après la reconstitution des squelettes, si tous avaient la nuque ou le crâne brisé, Samuel Tukao avait eu en prime plusieurs dents arrachées — incisives, canines, un véritable massacre. Moorie avait aussi relevé des traces de brûlures sur sa peau… On l'avait torturé. À mort.

Quant aux fémurs soutirés des corps, ils avaient disparu.

4

Hana avait dit qu'elle rentrerait les week-ends de son école maorie mais elle ne rentrait plus. Plus du tout. Le baiser volé à l'arrêt de bus l'avait-elle dégoûtée à ce point ? Paul guettait son arrivée chaque vendredi soir, en vain. Cherchait-elle à le fuir ? Voulait-elle le punir de son audace ? S'en foutait-elle complètement ?

C'est dans le bus, un jour, et de manière faussement désinvolte, qu'une des sœurs Douglas lui dit qu'Hana passait son temps au marae[1] *de ses grands-parents, du côté de West Coast Road : elles avaient reçu une lettre, pas lui ? Elle ricanait, la gourde…*

Paul avait suivi la piste.

Il apprit ainsi que Pita Witkaire avait été professeur de maori à l'université avant de se consacrer à la culture autochtone. On le disait activiste mais c'était surtout sa femme, Wira, qui était connue. Rangatira[2] *de haut rang, la grand-mère d'Hana était considérée comme une encyclopédie vivante, la gardienne du savoir des ancêtres.*

341, West Coast Road. C'était l'adresse. Comme Hana ne revenait pas, il décida d'aller voir.

Paul prit le car un samedi matin, très tôt, avec une série

1. Vaste lieu de rassemblement servant aussi de forum.
2. Aristocrate.

de nœuds dans le ventre en guise de petit déjeuner. Hana lui avait conseillé de fuir la cité où ils avaient grandi, mais pour aller où ? Au marae *de ses grands-parents ? Était-ce une façon de lui demander de la rejoindre ?*

Une fois à la gare routière, il prit un autre bus qui le mènerait hors d'Auckland. Il faisait chaud malgré la climatisation, les grosses Polynésiennes s'éventaient sur les sièges voisins, à demi assoupies, et l'appréhension montait à mesure qu'il approchait du marae. *Enfin, après un lent périple le long des collines, le chauffeur lui souhaita une bonne journée et le déposa sur le bord de la route.*

West Coast Road s'étendait sur plusieurs kilomètres, de l'interminable banlieue d'Auckland jusqu'aux collines. Là, le bush reprenait ses droits : pongas argentés, puipuis et autres fougères géantes s'entremêlaient dans les sous-bois qu'il longeait. De la route, on distinguait à peine les habitations… 341. Ça sentait le bois sec et la mousse en suspension le long du sentier. Paul aperçut d'abord un toit de couleur ocre, puis des baraquements de préfabriqués tagués à la hâte qui rappelaient plus une école abandonnée qu'un lieu de culture autochtone. Le marae *se situait un peu plus loin, caché derrière les branches.*

Paul contourna l'édifice, en silence. C'était un bâtiment de la taille d'une grande maison ouvert sur une place — le marae *proprement dit. Sculptés selon la tradition, les piliers qui ornaient la façade étonnaient par leur provocation : phallus énormes tombant à même le sol et gueules grimaçantes de guerriers tirant la langue, stigmates primitifs du* haka[1]*… Paul se réfugia derrière une fougère tentaculaire : un groupe de Maoris sortait du* whare[2] *en échangeant des plaisanteries. Ils étaient une vingtaine, torse nu ou en short, hommes et femmes confondus ;*

1. Chants et danses de guerre.
2. Maison traditionnelle.

parmi eux Hana, tee-shirt blanc, short noir, toutes cuisses dehors…

La troupe partit à petites foulées le long du chemin qui serpentait autour du marae. *Paul reflua sous les branches, une paire de cuisses brunes en Cinémascope. Ils passèrent devant lui sans le voir, englué par la masse végétale. Après quoi les Maoris se regroupèrent au centre du* marae. *Au milieu de ces corps musculeux, Hana souriait comme il ne l'avait jamais vue faire. Sa peau luisait après le léger footing, ses cheveux attachés dégageaient son visage d'amazone, il la buvait de loin, comme l'océan le crépuscule… Enfin tout le monde se tut — un homme de petite taille venait d'apparaître.*

Râblé mais noueux comme les lianes du bush alentour, Pita Witkaire prit la parole. Sa voix chantait; ce fut sa première surprise. Le Maori apostropha le groupe qui se mit à rire. Trop loin pour saisir ce qui se disait, Paul en profita pour se rapprocher…

Les Maoris empoignèrent bientôt des pouwhenuas[1] *ou des* patus[2] *traditionnels puis, répondant aux injonctions de Witkaire, les femmes se placèrent au centre du* marae, *les hommes dans leur dos.*

Witkaire lança alors une mélopée gutturale, aussitôt reprise par les femmes. Hana avança la première, un club à double pointe à la main : chantant d'une voix aiguë mais forte, elle menait les autres femmes, parfaitement synchrones. Les Maories invoquaient la terre, le ciel et les ancêtres qui les avaient vus naître, mais leur chant se chargea vite de colère. Hana avançait toujours, l'arme à la main, quand ses yeux se mirent à rouler. Figures spectrales, on n'y voyait plus que le blanc.

Fendant l'air de leur massue, les hommes débordèrent

1. Clubs de bois.
2. Massues.

les femmes sur leurs ailes. Langue protubérante, pupilles dilatées, ils frappèrent leurs cuisses et le sol, ils le frappèrent encore, jusqu'à le faire trembler : leur langue se contorsionnait, leurs yeux semblaient vouloir jaillir de leurs orbites, et les cris rauques expulsés de leur poitrine allaient se perdre dans le bush. Frissonnant de rage, poings levés vers le ciel qui n'y pouvait rien, les Maoris brandissaient leur colère comme si les nuages pouvaient reculer sous l'impact, ils jetaient leur violence à la face d'un monde révolu, et leur impuissance comme un dernier défi. Les massues fusèrent dans l'air étouffant. Ils continuèrent de massacrer le sol de leurs pieds nus et leurs pupilles roulaient dans la transe, à s'en déchirer le blanc des yeux.

Paul reflua sous les fougères : leurs grimaces obscènes rappelaient les figures des totems.

Les femmes revinrent à la charge : le visage d'Hana s'était déformé, tordu. La sueur ruisselait de ses cuisses nues, ses yeux dilatés envoyaient des éclairs et c'est tout son corps qui avançait vers lui. Paul ne voyait qu'elle depuis les fougères, terrifiante dans son cri de malheur. Elle eut une brève convulsion : sa poitrine vibra de toutes ses membranes. Les Maoris piétinèrent le sol, comme pour l'achever.

Ce qu'ils firent.

Fascinant.

Paul retint son souffle, hypnotisé par la puissance du haka *: ils dansaient comme on vide un chargeur.*

Tout cessa d'un coup : la danse, les invocations, leurs regards de possédés, en un instant le monde redevint paix et silence.

Une poignée de secondes s'échoua là, sur le tapis d'épines où il restait pétrifié : Hana regardait dans sa direction, avec ses yeux de démente…

— Dis donc toi, qu'est-ce que tu fais là ?

Paul sursauta : un Maori au faciès peu commode le surplombait, les mains sur les hanches.

— Allez, sors de là, dit-il.

La confusion l'emporta sur la peur. Paul se dépêtra tant bien que mal de la végétation et, poussé par l'ombre du Maori, avança vers le marae *où les danseurs le dévisageaient.*

— Alors, lança Pita Witkaire, comme ça on nous espionne ?

Un mince sourire flottait sur ses rides. Paul voulut répondre quelque chose, n'importe quoi, mais les autres se mirent à rire. Certains échangèrent des réflexions dans leur langue maternelle, qu'il ne comprenait plus — cette fois-ci, les livres ne lui seraient d'aucun secours…

— Eh bien, jeune homme, reprit le maître de cérémonie. Puisqu'il en est ainsi, tu vas te joindre à nous pour le reste de la séance. On va voir comment tu te débrouilles…

Cerné par les Maoris, Paul ne bougeait plus. Les voix lui parvenaient mais il n'en saisissait pas le sens. Un patu *atterrit dans ses mains. La foule l'enserrait, l'étouffait, il était le petit Blanc au milieu d'une tribu sauvage, il était prisonnier des amazones dont la chef le considérait d'un regard accusateur, elle seule capable de le gracier. Il aurait voulu disparaître, retourner d'où il venait, du fond de la poubelle, du cul de sa mère et même de l'océan : il aurait voulu non pas mourir mais n'être rien, et ce rien le laisser là, comme un paillasson sur lequel le monde entier pouvait bien se décrotter.*

Un des Maoris lui montra le maniement de l'arme, puis décomposa pour lui les pas de danse qui l'accompagnaient — une succession de petits sauts, effectués la plupart à cloche-pied. Paul rêvait debout, affreusement vivant, et Hana ne faisait rien pour le tirer de là.

— Allez ! lança Witkaire d'un air malin.

On lui fit une haie d'honneur ; pressé par la foule, Paul s'exécuta avec la gaucherie des débutants, stupide et ridicule dans ce jeu de marelle incompréhensible. Il fit un bond, puis deux, aussitôt ponctués par des rires. Hana se tenait face à lui, toute dégoulinante de sueur et, comme les autres, elle riait de sa maladresse congénitale, sa maladresse de bâtard. Elle seule pouvait le sauver mais elle ne fit rien, préférant le laisser crever de honte au milieu des siens plutôt que de l'aider. La garce s'était bien moquée de lui : ses sous-entendus, ses encouragements à quitter Red Hill, son école maorie où il pourrait la rejoindre, tout ça n'avait jamais existé. Elle lui avait raconté des histoires, elle lui avait fait croire aux mirages, elle lui avait fait croire qu'ils s'aimaient.

Paul s'était enfui sitôt la danse achevée. Cette fois, l'humiliation était totale…

Le café du matin ramassa le goût de vase qui croupissait dans sa bouche.

— Bien dormi ? lança le barman.

— M'en souviens pas.

— Hé hé !

— Sers-moi plutôt un autre café.

Kieren, un jeune type qui poursuivait en parallèle des études de chinois, machina l'espresso. Le bar de l'hôtel Debrett ouvrait à peine ; les tabourets étaient encore perchés sur le comptoir. Osborne consultait le *New Zealand Herald*, paquet de papier où l'on annonçait le lancement de la campagne municipale. Phil O'Brian souriait pour les objectifs, un bras levé triomphalement par son père. En cas de réélection, Phil, quarante-sept ans, se voyait promis à un avenir des plus brillants : ministre, Premier ministre, son père Steve ne le disait pas mais il vantait les mérites du rejeton « mieux armé que lui au même âge »… Osborne jeta le journal à l'autre bout du comptoir.

— On dirait que vous n'aimez pas trop O'Brian, fit remarquer le barman, un œil amusé sur le journal en vrac.

— Ce n'est pas le maire qui me dérange, c'est sa politique.

Kieren haussa les épaules.

— C'est pareil, non ?

Sans doute. Peu importe. Osborne avait des nœuds à l'estomac — Hana, ou ce qu'il en restait… Une volée de cafés plus tard, il était dehors.

Pressés par la cohue du matin, les employés de la City couraient pour aller compter de l'argent. La Chevrolet était garée dans Vulcan Street, une petite rue perpendiculaire où flottaient des émanations de croissanterie industrielle. Osborne ouvrit la portière, plongé dans ses pensées.

Malgré son petit numéro dans les toilettes de l'Observatoire, il n'avait pas tiré grand-chose de Melanie Melrose. Quelqu'un avait pourtant pénétré dans la propriété pour y voler la hache du vieux chef. Osborne ne croyait pas aux passe-muraille : s'il n'y avait pas eu d'effractions chez Melrose, c'est que l'auteur de ce coup fumant avait les clés. Celles de Melanie, ou plutôt son double, fait à son insu. La fille de Nick Melrose était plus accessible que son père et manifestement assez perturbée pour se faire abuser : c'était sa piste. Anorexique, tendance hystérique, voire nymphomane, Melanie semblait vivre sous la férule de son père mais Osborne avait décelé une part de mystère, que la jeune fille gardait pour elle : un secret qui, vu l'état de son corps, aurait gagné à être divulgué. L'arrivée impromptue de Melrose avait malheureusement suspendu l'interrogatoire. Quelqu'un l'avait-il prévenu de leur escapade dans les toilettes ? Le plus étrange provenait des rapports d'autopsie consultés la nuit passée : non seulement les victimes de Kirk avaient été désossées mais les fémurs avaient disparu. Kirk les cachait-il ? Dans quel but ? Avait-il un complice ? Zinzan Bee ? Est-ce lui, le gardien des os ? Et pourquoi le coroner Moorie gardait-il de telles informations sous le coude ? Il y avait aussi le quatrième cadavre, qu'on avait fini par identifier : Samuel Tukao, d'après la fiche anthropométrique. La nouvelle n'avait pas filtré. Gallaher avait-il donné des ordres en ce sens ?

Tout ce qui touchait de près ou de loin à la mort de Fitzgerald semblait édulcoré, comme si on craignait la lumière. Fitzgerald s'était pourtant suicidé : le rapport balistique était formel. Osborne revoyait les photos numériques du dossier, tous ces bouts de lui éparpillés, et il avait beau se triturer la tête, le suicide de son ami restait pour lui un mystère. Même viré de la police, Fitzgerald aurait continué à chercher sa famille : c'était son espoir, sa passion triste. Les avait-il retrouvés ? Depuis le temps, ça semblait impossible. Non, il s'était passé quelque chose, un événement imprévu. C'était son idée fixe. Qui d'autre que Zinzan Bee ?

Osborne était revenu pour tirer cette affaire au clair mais il ne sentait pas le coup. Il se sentait comme parasité.

*

Tom Culhane pianotait sur son clavier, les vestiges d'un fish and chips emmitouflés dans du papier journal. Il s'était levé tôt pour accompagner sa femme à la clinique privée du docteur Boorman, et si l'ambiance était électrique dans la voiture, lui y croyait. Dur comme fer.

À Auckland une nouvelle vie commençait, loin du père de Rosemary et de son emprise sur elle, loin du sien aussi. Boorman trouverait un remède, il le payait assez cher pour ça. Plus de fausses couches. Ses trente-huit ans n'étaient rien, c'était juste une question de temps. Il fallait qu'elle change d'air, qu'elle sorte un peu de sa névrose obsessionnelle, après tout Boorman n'avait pas trouvé d'incompatibilité génétique, tous les espoirs étaient donc permis, et puis le poste pour Auckland était un signe fort. Ils s'en tireraient, tous les deux, ils seraient de nouveau ensemble. Condamné à tenir le couple puisque Rosemary s'était déjà effondrée — une dépression dont elle ne sortait pas, ou alors hagarde, pour le journal du soir ou un film à la télé —, il la sauverait, et son couple avec. Il fallait y croire, voilà tout.

Bref, Tom Culhane était un incurable romantique. L'arrivée d'Osborne allait tout chambouler.

Une pilule avalée dans un café-machine qu'il balança illico à la poubelle, Osborne bougonna un bonjour et, sans même évoquer la soirée de la veille, se posta devant l'ordinateur. C'était le foutoir sur son bureau.

— Des nouvelles de la fille aux requins ? demanda-t-il.

Le rouquin chassa sa femme de ses pensées et consulta son carnet d'enquête.

— Johann Griffith ? Oui, enfin, les vérifications de routine… Des parents sont venus reconnaître le corps. (Tom consulta son carnet.) Johann Griffith : trente-cinq ans, résidant à Waiatarua, près d'Auckland, célibataire, employée dans une entreprise de travaux publics… Sa disparition n'a pas été signalée car tout le monde la croyait en voyage. Je suis en train de réunir les adresses et les numéros de téléphone de ses proches pour reconstituer son emploi du temps…

— Gallaher t'a mis sur le coup ?

— Pour les tâches fastidieuses, j'ai du talent on dirait, ironisa-t-il. Et Melrose, on a une piste ?

— Non.

Enfumant la pièce d'un halo bleuté, Osborne connecta son ordinateur aux différents services.

Des quatre victimes de Kirk, trois étaient directement liées à l'enquête menée par Fitzgerald : l'agent Wilson, Larsen, la colocataire, et Burell, pute et indic. Seul Tukao n'avait *a priori* rien à voir avec l'affaire en cours. Il était pourtant la première victime et sa disparition ne semblait pas avoir inquiété grand monde…

Osborne chercha un moment avant de retrouver sa trace. Samuel Tukao exerçait la profession de notaire à Mangonui, au nord de l'île. Comme le téléphone de l'agence ne répondait pas (numéro erroné), il finit par dénicher sa veuve à Russell, Bay of Island.

Mme Tukao ne se montra pas surprise par le coup de fil d'un policier : d'autres inspecteurs étaient venus la veille pour lui poser des questions au sujet de la mort de son mari.

— Votre mari a disparu depuis des semaines, s'étonna Osborne, pourquoi n'avez-vous rien dit à la police ?

— Détrompez-vous, rétorqua la veuve avec véhémence. Ça fait deux mois que je ne dors plus : Sam a disparu du jour au lendemain, sans laisser de traces, croyez bien que j'ai aussitôt averti la police de Mangonui !

— Dans ce cas, pourquoi sa disparition est-elle restée sans suite ? poursuivit Osborne. Les flics du coin n'ont pas mené d'enquête ?

— Si, bien sûr, mais… la police de Mangonui croyait à une escapade ; c'est d'après eux le cas de figure le plus fréquent. Je crois surtout qu'ils m'ont mis ça dans la tête pour que je ne m'inquiète pas trop mais on ne trompe pas l'instinct d'une femme, dit-elle avec amertume. Je savais bien qu'il était arrivé quelque chose à Sam, qu'il ne s'était pas enfui avec une autre…

— Hum. Votre mari, il a disparu de quelle manière ?

— Le plus simplement du monde, fit-elle, lasse. Sam a pris sa voiture pour aller à la pêche, comme tous les dimanches matin, et je ne l'ai jamais revu…

La pauvre femme en avait des sanglots dans la voix.

— Votre mari travaillait toujours ?

— Oui. Il allait justement prendre sa retraite…

— Qui est venu vous interroger ?

— Deux inspecteurs, répondit la veuve.

— Des flics d'Auckland ?

— Oui.

— Vous connaissez leurs noms ?

— Eh bien…

— Ils se sont bien présentés, non ?

— Oui… (La veuve n'avait plus toute sa tête.) Oui, elle répéta, comme si elle cherchait dans sa mémoire. Les agents Dow… ou Dowd, et Mertens…

Inconnus d'Osborne.

— Que vous ont-ils dit ?

— Pourquoi vous me posez toutes ces questions ? se défendit Mme Tukao. On m'a interrogée pendant des heures et…

— Répondez.

Perturbée, la femme du notaire soupira longuement.

— Les deux inspecteurs m'ont dit que mon mari avait été victime du tueur en série, celui dont on a parlé à la télévision. Une terrible malchance. La mauvaise rencontre au mauvais endroit… C'est abominable.

Osborne gambergeait à l'autre bout du fil : que faisait Kirk si loin au nord ? Waikoukou Valley se situait à trois ou quatre heures de route de Mangonui : pourquoi avait-il pris le risque de transporter le corps du notaire sur une si longue distance alors que les autres victimes étaient pour ainsi dire sur place ?

— Une chance pour que votre mari connaisse le tueur en question ?

— Oh ! Absolument aucune ! assura-t-elle.

— Et Zinzan Bee ? Ce nom vous dit quelque chose ?

— Zin Zamby ? Non…

— Tukao, c'est un nom maori, insista Osborne. Vous avez toujours un lien avec la communauté ?

— Seul mon mari était d'origine maorie, rectifia la veuve. Enfin, Sam était tout ce qu'il y a de plus assimilé.

— Que voulez-vous dire ?

Le ton sec la mit mal à l'aise.

— Eh bien, expliqua-t-elle, Sam n'a jamais eu beaucoup de contacts avec la communauté… peut-être en raison de son statut social, vous comprenez : la réussite, ça fait parfois des envieux…

— Et aussi des arrivistes, releva-t-il. Votre mari n'avait donc plus de contacts avec sa tribu d'origine : ce ne serait pas celle des Ngatis Kahungunus ?

La tribu dont était originaire Zinzan Bee.

Dans le combiné, la voix de Mme Tukao était de plus en plus fébrile.

— Non, dit-elle. Sam était d'origine tainuie.

Osborne ressentit alors comme un bref changement de métabolisme. Il expédia les salutations et raccrocha, les mains moites.

Tainui : l'homme qu'on avait torturé à mort était d'origine tainuie…

Le nom de la tribu maorie lui fit comme un électrochoc. Hana était à demi tainuie…

Non, il ne l'appellerait pas.

Il ne ferait pas une connerie pareille.

Pour quoi faire d'abord ? L'interroger sur les liens éventuels de certains membres de sa tribu avec un certain

Sam Tukao, ancien notaire à Mangonui ? Ridicule ! Il aurait l'air de quoi ? D'un flic ! D'un sale flic ! Ah, le beau retour que voilà ! Le come-back du siècle ! Non, il n'était pas rentré pour la revoir, encore moins pour lui poser des questions. Elle avait répondu à toutes.

Non, il fallait trouver autre chose.

Pita. Pita Witkaire. Bien sûr. Le vieux chef tainui connaissait tout le monde, il était le mieux placé pour le renseigner sur les activités du notaire : pas elle ! Évidemment !

Culhane regardait son équipier s'agiter, intrigué par l'inquiétant triomphe qui irradiait son visage.

Osborne pianota sur le clavier ; d'après l'annuaire électronique, Pita Witkaire habitait toujours le *marae* de West Coast Road. Il téléphona, une énième cigarette à la bouche, mais ça ne répondait pas. Il insista (il était peut-être dans la salle d'entraînement), sans succès. L'adrénaline redescendit aussi vite qu'elle avait monté. Une chape de plomb lui tomba sur les épaules. Un poids mort.

Osborne frotta son visage comme s'il voulait l'effacer.

S'effacer.

Disparaître des cartes et finir de cuver sa mort, comme à Sydney, avec un sosie d'elle dans chaque poche, à sortir comme un joker…

Hana.

Ce qu'elle était devenue, où elle vivait, ce qu'elle avait fait depuis tout ce temps, il n'en savait rien. Foutre rien. Mais elle était là, comme une onde aérienne sur les surfaces. Il hésitait encore. Elle aussi pouvait le renseigner sur Samuel Tukao, au pire elle pourrait lui dire où était son grand-père. Elle pouvait tout aussi bien l'envoyer balader… Enfin, suivant les signes, Osborne entama les recherches.

Après une inspection infructueuse de l'annuaire électronique, il examina les différents services de la ville. Téléphone mobile, gaz, électricité, chauffage, listes électorales, immatriculations d'automobiles, motos, scooters, dossiers bancaires, cartes de guichet automatique, fichiers d'opérations bancaires en ligne, dossiers de crédit, déclarations de revenus, chèques de voyage, assurance maladie, responsabilité civile, police d'assurance, soins de santé, Sécurité sociale, avantages sociaux au travail, allocations d'assurance chômage, rentes d'invalidité, aides gouvernementales, abonnement au câble, Internet, journaux, revues, enlèvement des ordures, installations sanitaires, livraison, achat, vente, location d'immeuble, location de voiture, réservations de chambres d'hôtel, de spectacles, billets d'avion, de croisière ou de train, activités et appartenance à des groupes associatifs, dossiers des avocats judiciaires, transactions boursières, les fichiers défilaient sur l'écran de l'ordinateur, en vain : Hana n'apparaissait nulle part.

Avait-elle fichu le camp ? Avait-elle pressenti qu'il reviendrait ? Se cachait-elle ?

De quoi ?

De qui ?

De lui ?

Osborne devait faire une drôle de tête puisqu'à l'autre bout de la pièce Tom en oublia un moment ses cristaux liquides.

— Qu'est-ce que tu cherches ?

Osborne répondit sans même relever la tête.

— Ma femme.

*

Trois cent quinze, trois cent vingt, trois cent trente-huit… Après un long sprint avec le vent, la Chevrolet stoppa au 341, West Coast Road. Osborne claqua la portière et marcha vers le *marae* de Pita Witkaire.

Quinze ans avaient passé depuis sa première (et dernière) venue. Paul ne le savait pas à l'époque mais, selon la coutume maorie, les visiteurs étaient d'abord soumis au *wero*, sorte de défi amical lancé à ceux ou celles qui veulent intégrer le *marae* : cette coutume servait à créer un lien. Et lui, obnubilé par le regard d'Hana qu'il croyait moqueur, il avait fui sitôt sa danse achevée, pitoyable prestation à n'en pas douter, crevant de honte et de rage impuissante à l'idée qu'elle pût ainsi l'abandonner à son sort... Imbécile. Il n'avait rien compris. Ça depuis le premier jour...

Osborne fila sous la voûte des fougères géantes qui jadis croyaient le protéger et atteignit les premiers baraquements, des pensées noires dans la tête.

Pita Witkaire était connu dans la communauté pour ses activités culturelles : maître de cérémonie, il défendait l'honneur des Tainuis lors des rencontres intertribales qui avaient lieu chaque année. La compétition, substitut des guerres d'antan, avait lieu dans trois semaines : Osborne ne croisa pourtant personne. La cour de l'école était vide, les fenêtres closes, sans rumeurs. Il flottait ici comme un parfum de friche, qu'il ne reconnut pas. Le *marae* semblait désert.

Plus loin, montée sur pilotis, la maison de Pita Witkaire repoussait tant bien que mal l'avancée du bush ; Osborne se fraya un passage parmi les fougères exubérantes et, après un rude combat contre la nature, se hissa jusqu'à la terrasse. Là, il passa un œil par la vitre poussiéreuse : ne décelant aucune présence humaine, il força la porte coulissante. Le salon était sommaire, la cuisine impeccable. Tout était parfaitement rangé, avec une vague odeur de renfermé qui flottait. Il grimpa à l'étage, visita les différentes pièces et se résigna à l'évidence : la maison de Pita Witkaire était inhabitée. Il ne restait plus que des mouches mortes sous la baie vitrée du salon et l'étrange impression d'arriver trop tard.

Passant le doigt sur la table du salon, Osborne estima le taux de poussière à plusieurs semaines. Bizarre : l'électricité ne fonctionnait pas, pourtant il y avait encore ses affaires dans les placards… Le grand-père d'Hana avait-il abandonné ses activités culturelles ?

— Vous ne savez vraiment pas où je peux le trouver ?

Remontant la route à pied, Osborne avait sonné à la première habitation, deux cents mètres plus haut dans le virage. À la tête déconfite de la voisine, il comprit qu'elle n'en savait pas plus.

— Non, vraiment, faudrait demander à mon mari. Tenez, le voilà qui arrive…, dit-elle en se tournant vers la route. Vous n'avez qu'à lui demander.

Un retraité en chemise à carreaux remontait tranquillement la côte, un opossum pendu au bout du bras. Sa tête ronde bringuebalait au rythme de ses pas, les yeux globuleux.

— Cette saloperie s'est prise dans mon piège ! proféra l'homme en soulevant son trophée.

L'opossum semblait les regarder depuis ses pupilles vides, son corps de nounours comme une chiffe molle. Un chien jappait dans les pattes de son maître et, avec enthousiasme, sautait vers le marsupial pour mordre méchamment. Déclaré fléau national depuis qu'un illuminé en avait importé d'Australie, les opossums ne se contentaient pas de manger les feuilles des arbres, ils les tuaient. Dévastateurs de forêt, sans prédateurs (un autre imbécile avait bien tenté de peupler les forêts de renards mais ces derniers trouvaient plus facile de chasser les oiseaux), tuer un opossum était devenu par la force des choses un devoir national. Le voisin jeta la dépouille près de la niche.

— Vous cherchez quelque chose ?

— Pita Witkaire, répondit Osborne.

— Bah, fit-il. On ne l'a pas vu depuis des semaines. (Il se tourna vers sa femme.) Combien ? Cinq, six ?

— Ah oui, au moins ! confirma l'intéressée.

— Le *marae* a l'air désert. Vous savez depuis quand ?

— Ça je saurais pas vous dire. Pita, on l'a juste vu un peu cet hiver, poursuivit le voisin, et puis au printemps, je saurais pas dire à partir de quand, on l'a plus vu.

— Il ne vous a rien dit ? reprit Osborne. Aucune allusion ?

— Non, pas d'allusions. C'est pas un gars bavard…

— Peut-être qu'il a pris des vacances, hasarda la voisine, ou alors sa retraite… Vous êtes de la famille ?

Près de la niche, le bâtard dévorait à belles dents. Osborne aussi avait envie de mordre. Il recommençait à dérailler.

— Je travaille pour la police d'Auckland, dit-il en leur tendant sa carte. Appelez-moi si Pita revient au *marae* : vous nous rendriez à tous les deux un grand service.

Il tenta un sourire, sans grand succès. Les voisins toutefois opinèrent.

— Comptez sur nous !

De bons citoyens.

Rien à voir avec lui.

*

Un soleil tout engourdi flottait sur les quartiers nord de la ville. À l'heure de la sortie des bureaux, la circulation était fluide : ici il n'y avait pas de bureaux.

Loin du business prospère de la City, le quartier de Red Hill s'engorgeait à mesure que les migrants migraient : éleveurs frappés par l'arrêt des subventions jusqu'alors allouées à leurs sempiternels moutons, Tongiens, Samoans, ou Fidjiens exilés rêvant d'All Blackitude, petits commerçants asiatiques venus tenter leur poignée de dollars au bout de l'Occident ou Maoris mis au piquet du grand virage néo-libéral, on trouvait un peu de tout — tout au plus une série de baraquements sensiblement identiques où, entre moleskine et torgnoles, la jeunesse autochtone oubliait vite l'enfance.

Osborne n'y avait plus mis les pieds depuis des années mais le quartier où ils avaient grandi n'avait pas beaucoup changé. La maison des parents d'Hana non plus. Il claqua la portière, passablement anxieux. Il ne vit pas de véhicule sous le garage ouvert, juste des outils de jardinage et quelques seaux remplis d'eau croupie : Glenn devait être parti en ville… Osborne poussa le portail vermoulu. Il reconnut d'abord la haie, le jacaranda en fleur, puis la fenêtre de la chambre où s'effeuillait son amour d'enfance…

— Susan, vous êtes là ?

La mère d'Hana bêchait un plan de patates douces au fond du jardin. Elle l'aperçut et laissa choir l'outil sur ses bottes en plastique.

— J'aimerais vous parler, dit-il. Deux minutes.

Surprise, Susan recula d'un pas. Les cheveux décoiffés sous le chapeau de paille, son visage était soudain fantomatique. Elle jeta un œil à sa montre, comme si tout cela était une question de temps.

— Écoutez, je ne sais pas, Glenn va rentrer d'une minute à l'autre et…

— Deux minutes et vous n'entendrez plus parler de moi.

Susan hésita. Deux minutes contre l'éternité, ça se jouait : Glenn n'en saurait rien, elle ne le lui dirait même pas, de toute façon c'était de l'histoire ancienne…

— Qu'est-ce que vous voulez ?

— Des renseignements au sujet d'un ancien notaire décédé il y a peu, dit-il, Samuel Tukao : il exerçait à Mangonui. Tukao avait des liens avec la tribu tainui.

La mère d'Hana oublia son potager en friche.

— Je ne connais pas ce monsieur, dit-elle.

Susan était une *pakeha* : si elle s'était mariée à Glenn, le fils de Pita et Wira Witkaire, les histoires des Maoris ne la concernaient pas. Voilà ce qu'elle voulait lui signifier. La recherche de l'identité culturelle, ou plutôt son absence pour ce qui concernait Glenn, ne lui avait jamais causé que des malheurs. Susan en avait assez. C'était une femme fatiguée.

— Et votre mari ? relança Osborne.

— Vous savez qu'il est têtu, répondit-elle. Même s'il connaissait votre notaire, je ne pense pas qu'il vous en parlerait…

L'air était lourd de sous-entendus. Osborne sentait la tension monter, comme si le sang filait plus vite dans ses artères.

— Et Pita ?

— Il doit être au *marae*, répondit Susan, évasive.

— J'en viens : il n'y a personne.

— Alors il doit être en vadrouille. (Des rides se formèrent sur son front.) Écoutez…

— Il n'enseigne plus le *haka* ?

— Je… je ne sais pas. Pourquoi ?

— Le *marae* était désert, insista Osborne, et ça depuis un moment.

Sa voix changeait imperceptiblement.

— C'est l'été et…

— Je me fous de l'été, coupa-t-il. Il n'y a pas que les classes qui sont vides, la salle d'entraînement et la maison aussi. Où sont les danseurs ? Et Pita ?

Un voile d'inquiétude passa sur son visage vieilli.

— Je ne sais pas, balbutia Susan. Nous n'avons plus beaucoup de contacts depuis la mort de Wira…

— Et Hana ?

Son ton était plus agressif que ses pensées.

— Quoi Hana ?

— Où est-elle ?

Susan planta son outil dans la terre fraîche.

— Elle est partie, dit-elle sans le regarder.

— Partie où ?

— En Europe.

Osborne s'approcha, des billes d'acier dans les veines.

— Impossible, dit-il. J'ai vérifié les listings des vols internationaux : son nom ne figure nulle part.

Susan n'aimait pas le ton que prenait sa voix. Il lui faisait peur. La peau rougie par le soleil austral, elle rajusta son chapeau de paille.

— Écoutez, Paul, nous n'avons plus de nouvelles depuis des mois. Juste une lettre pour nous dire qu'elle partait.

— Où ?

— Je ne sais pas…

Susan regardait sa bêche comme un objet mort.

— Elle n'a rien dit de plus ?

— Si : qu'elle nous aimait.

La mère d'Hana releva la tête. Ses yeux étaient bleus, pleins d'eau.

— Vous mentez.

Osborne serrait les dents.

— Non. Partez maintenant, adjura-t-elle comme si elle avait senti le danger. Je ne sais pas où est Hana : elle a juste dit qu'elle s'en allait, elle n'a pas dit où. L'Europe sans doute ; c'est du moins l'idée qu'on s'est fait.

— Ah oui ?

Susan crut un instant qu'il allait la frapper.

— Quelque chose s'est brisé entre nous, expliqua-t-elle d'une voix tremblante : le lien, ou quelque chose comme ça. Vous savez qu'Hana ne s'est jamais très bien entendue avec son père. Il ne parle pas maori et… Enfin, ça fait longtemps sans doute, on aurait dû faire plus attention, Glenn et moi, maintenant c'est trop tard et de toute façon…

— Vous mentez !

Susan voulut se protéger mais il l'attrapa par le col de sa blouse et la tira brutalement vers lui.

— Où est-elle ? !

— Je ne sais pas…

Elle n'essayait même plus de se dégager. Les yeux d'Osborne envoyaient des éclairs mordorés : il la secoua, si fort que Susan se mit à geindre.

— Je vous en prie…

Comme elle avait peur, il la jeta à terre. Le chapeau de paille roula vers les plants de patates. Susan tomba de tout son long, lourdement. Enfin, les épaules secouées de larmes, elle ne bougea plus. Osborne tanguait au-dessus d'elle, ombre froide sous le ciel pâlot. La mère d'Hana sanglotait toujours à ses pieds, la bouche pleine de terre :

— Je vous en prie…

Les insectes bourdonnaient dans le potager. Osborne baissa la tête.

Même la terre en était toute retournée.

*

À minuit, le monde bascula.

Il bascula en arrière.

Dans un sursaut désespéré il agrippa ses mains au comptoir et, cherchant à contrebalancer l'élan de la chute, tira de toutes ses forces sur ses bras : sa tête repartit alors brusquement vers l'avant et, emportée par sa trajectoire, s'écrasa contre l'arête du comptoir. Un flot de sang jaillit de son nez : Osborne s'écroula.

Le barman rattrapa la bouteille de bourbon qui glissait sur le zinc humide.

— Complètement malade celui-là !

Sur les écrans vidéo fichés au mur, un chevelu clouté hurlait des inepties assassines à une rangée de Westies[1] qui le regardaient d'un œil morne, la pinte à la main, le poing dans l'autre. Personne ne fit attention au *pakeha* qui pissait le sang sur le sol déjà poisseux de l'établissement.

Le gros Maori qui tenait le pub de banlieue jeta un œil incendiaire derrière son comptoir : Osborne pataugeait sur le dos, dans un sale état.

— Toi, tu dégages tout de suite ! menaça-t-il.

Flageolant sous son tee-shirt « Enjoy Coca Cola », le barman fit le tour du comptoir pour mêler le geste à la parole mais Osborne se releva seul. Mêlés à l'alcool, les speeds lui donnaient des envolées vertigineuses.

— Ça va, fit-il au type qui s'apprêtait à le jeter dehors, ça va…

Un liquide tiède gouttait sur sa belle chemise blanche. Osborne lâcha la poignée de billets qui traînait dans sa poche et, à travers un voile de sang, aperçut la sortie.

Survivre exige une discipline de rat.

1. Terme péjoratif désignant les gars des quartiers ouest qui débarquent en ville.

5

Paul allait avoir dix-huit ans. Il n'en avait pas parlé à sa mère, encore moins à Thomas, mais il ne pensait plus qu'à ça : depuis des mois ça lui tournait dans la tête, maintenant qu'Hana l'avait abandonné à son sort, il fallait qu'il sache, qu'il le voie. Sans père, il se sentait infirme, bâtard, comme s'il lui manquait des bouts.

Paul n'avait jamais éprouvé de grands sentiments pour sa mère, tellement irréprochable dans son rôle d'infirmière à domicile : à force d'arrondir les angles et de refuser tout conflit, elle s'était fait à son masque, à sa carapace. Fatalement, lui aussi. Quant à son beau-père, il lui avait déjà donné son nom, c'était tout ce qu'il pouvait faire pour lui. Mais Paul serait bientôt majeur, il fallait qu'il sache : si son père était parti avant sa naissance sans laisser d'adresse, il y avait forcément un visage derrière son nom — Todd Preston.

Il en avait parlé à sa mère mais comme d'habitude elle avait évité le sujet — Mary s'était remariée, tout ça c'était de l'histoire ancienne, ça ne servait à rien de relever les fantômes. Paul savait juste que son père travaillait à l'époque comme ouvrier sur les chantiers de la ville, qu'il était grand, bel homme, mais le genre de rustre à ne pas s'embarrasser d'une femme… Dix-huit ans. Paul devait voir son père, un besoin physique — sa part de deuil.

Jusqu'à présent, ses recherches ne l'avaient mené nulle part : Todd Preston avait effectivement travaillé comme manœuvre sur différents chantiers mais, affilié à aucune agence d'intérim précise, l'homme qui l'avait conçu demeurait introuvable. Paul avait bien réussi à obtenir une adresse mais elle datait de plusieurs mois et aujourd'hui la chambre était louée à un autre chômeur d'occasion. Il avait écumé les quartiers voisins jusqu'à ce matin pluvieux de septembre où, poussant la porte d'une agence quelconque, il retrouva sa trace : Spencer Inc., une entreprise de construction qui vivotait dans ce coin de banlieue.

Preston était engagé comme maçon. Le chantier, une extension d'usine, durerait plusieurs mois.

Son cœur se mit à battre plus vite. Il était à peine midi : Paul enfourcha son vélo et fila le long des avenues. La chaussée était glissante mais il se fichait bien des papiers gras, des piétons qui ployaient d'ennui sur les trottoirs : il allait voir son père.

Le chantier en question était un bâtiment de brique rouge. Paul posa son vélo contre la grille et attendit. C'était l'heure de la pause, les premiers ouvriers sortaient, tous vêtus d'un bleu, tous sauf un. Paul reconnut son père sans l'avoir jamais vu : un grand type aux bras noueux qui jurait en compagnie d'autres costauds. Un jean fatigué, des chaussures de sécurité râpées, Todd Preston était un solide maçon aux yeux d'un bleu presque insolent.

Paul se présenta à lui et tous s'arrêtèrent.

— Qu'est-ce que tu veux, gamin ? lança Preston.

— Vous parler.

— Ah oui ? Et de quoi ?

Il semblait méfiant.

— De Mary Stenford, répondit Paul.

— Qui ça ?

— Ma mère…

Todd fronça ses sourcils noirs. D'abord surpris, le regard des autres ne tarda pas à l'irriter.

— Allez-y, les gars, je vous retrouve…

Il était mal à l'aise dans son grand corps un peu gauche. Et puis ce gamin avait des yeux bizarres… Les ouvriers le regardèrent sans comprendre, puis s'éloignèrent. Paul avait les mains dans les poches, et les poings serrés tout au fond.

— Écoute, petit. Je sais pas ce qu'elle t'a raconté, Mary, mais y a jamais eu grand-chose entre nous.

— Sauf moi.

Le maçon fit claquer sa langue dans une moue qui en disait long sur son désarroi.

— Écoute…

— On pourrait peut-être boire un verre, proposa Paul.

Todd Preston n'avait pas l'habitude de ce genre de situation.

— Pour quoi faire ?

— Parler.

— Ça sert à rien quand on a rien à se dire.

Mary, ça faisait belle lurette qu'il l'avait oubliée. Et puis les autres s'étaient arrêtés au coin de la rue, ils l'attendaient, la pause ça durait pas éternellement et il avait faim. Face à lui le gamin le dévisageait comme s'il n'avait jamais vu un ouvrier de sa vie, et ça l'agaçait, Todd Preston.

— Ça fait longtemps que je vous cherche, dit Paul.

— Fallait pas.

— Ma mère ne parle jamais de vous. Je voulais vous voir, pour être sûr que vous existiez…

— Eh bien, tu me vois, rétorqua son père.

— Oui…

Paul eut un rictus ennuyé. Son père ne lui facilitait pas la tâche.

— Vous ne voulez pas savoir ce que je deviens ?

— Bah... (Preston ne cacha pas son embarras.) Écoute... Ta mère, je l'ai à peine connue. Toi jamais. Je vois pas ce qu'on peut bâtir là-dessus.

— Je ne sais pas, acquiesça Paul. Peut-être qu'on pourrait apprendre à se connaître. Un peu...

— J'ai du travail, rétorqua Preston. J'ai pas le temps. Une autre fois peut-être.

Il fit un geste pour s'en aller.

— Vous êtes mon père, insista Paul. Je voulais juste qu'on...

— Te fatigue pas, coupa le maçon. Va bien falloir que tu te mettes ça dans le crâne : j'ai pas besoin de fils.

Ses mots étaient des couteaux.

— Désolé, mon gars...

Todd Preston lui serra la main dans un au revoir qui sentait l'adieu à plein nez, avant de filer rejoindre les copains qui attendaient un peu plus loin.

La pluie tombait sur le trottoir. Les yeux trempés, Paul ne bougeait plus.

« Qui c'était ? » il entendit depuis le coin de la rue.

« Oh ! rien... »

D'un haussement d'épaules, son père invita les autres à poursuivre leur chemin. Les ouvriers disparurent bientôt sous la bruine, abandonnant au trottoir un voile d'indifférence.

Paul resta un moment devant la grille du chantier, les mains dans les poches, à contempler le vide. Son père n'avait pas voulu lui parler, encore moins le connaître. Paul ne valait même pas un café dans un bistrot, même pas un dollar... Il ne valait rien.

Une bourrasque balaya la rue sale, comme un avant-goût de ménage dans la vie...

Paul passa l'après-midi dans les bars de la banlieue, du moins dans ceux qui voulaient bien lui servir de l'alcool, à fumer des cigarettes. La tête lui tourna très vite mais il boirait jusqu'à ce qu'il n'ait plus un dollar en poche, jusqu'à ce qu'il oublie l'existence de ce salaud et la sienne par la même occasion. Les piliers de comptoir venaient lui postillonner leurs sentiments sur sa présence ici, Paul les envoyait balader avec une méchante envie de faire mal. De se faire mal. Cela ne tarda pas à se voir sur son visage : un pakeha *laiteux qui devait friser le quintal le retint bientôt par la manche.*

— Dis donc, le morveux ! On t'a jamais filé de correction ?

— Non. Et c'est pas une bouse comme toi qui va commencer.

Paul était déjà musclé mais il ne faisait pas le poids face à ce type de brute. D'autant qu'il ne frappa pas le premier : l'homme lui décocha un direct en pleine face, qui l'envoya cogner contre le mur. Paul se releva, titubant de rage, et comme un pilier de rugby fonça dans le tas. Il se fichait des coups, ce n'est pas eux qui faisaient mal. Il voulut frapper le soûlard, qui para ses coups trop désordonnés avant de le faire chuter. Paul mordit de nouveau la poussière, sous les rires goguenards des clients. Le barman s'interposa :

— Ça va, mec ! dit-il en lui tenant les bras. Maintenant tu t'en vas.

Le barman cherchait plutôt à l'épargner mais ça non plus, Paul ne le comprenait pas. Il était soûl et triste. Il voulait se punir pour une faute qu'il n'avait pas commise mais le monde le laissait impuissant, à son sort de bâtard ignoré de tous.

La nuit tombait sur la banlieue quand on le jeta dehors. Un goût de sang à la bouche, et de détresse. Paul enfourcha son vélo volé, compagnon de misère, et maudissant la terre entière pour ne pas pleurer, regagna Red Hill. Sa machine zigzaguait sur l'asphalte. Douze bières, ça commençait à faire lourd les retrouvailles…

Paul errait sur l'avenue, la tête pleine de ressentiments, lorsqu'il vit l'attroupement qui s'était formé derrière l'arrêt de bus. Il freina à hauteur. Un peu plus loin sur le terrain vague, des jeunes du quartier encerclaient une fille, qui leur renvoyait des regards assassins : Hana. Portés par le nombre, les gars la bousculaient, la traitaient de petite pute, encouragés par un lot de filles parmi lesquelles les sœurs Douglas.

Hana se défendait mais elle semblait terrorisée. Une des sœurs lui cracha au visage.

Paul lâcha son vélo.

Visiblement on avait dévissé l'idole : Hana se traînait maintenant dans la boue, c'était la fin de l'hiver et il y en avait partout, elle se traînait comme une saloperie de ver de terre, sale et sanguinolente. Une main la saisit par l'épaule et l'envoya valdinguer sur le no man's land :

— Va t'essuyer, salope !

Les types étaient six, des gars du coin. Dooley et sa bande. Hana eut beau se protéger, une volée de cailloux s'abattit sur elle. « Va t'essuyer, salope ! » Pour ça, les filles y allaient de bon cœur. Paul se tenait au milieu de la petite foule haineuse, les oreilles bourdonnant de jurons. Hana reculait, effrayée, couverte d'immondices. Les cailloux ricochaient contre ses chaussures, d'autres faisaient mouche ou s'écrasaient dans la bouillasse : les voix grandissaient, grossissaient, formaient une meute en chasse tandis que la métisse pataugeait, maladroite, pleurant le sang qui lui dégoulinait de la tête.

— Qu'est-ce qui se passe ? balbutia-t-il à l'une des sœurs Douglas.

— Cette pute s'est envoyé mon mec ! siffla-t-elle en retour. Et aussi celui de ma sœur !

À ces mots, Paul se sentit mal ; le terrain vague tour-

billonna tout à coup, la tête lui tournait, on lui mordait le cœur, il pouvait à peine respirer, il avait une boule dans la gorge, il prenait feu, ses circuits grillaient et derrière les voix criaient, vomissaient : fous le camp !

La tête vide absolument, ou alors pleine de bulles écarlates, Paul saisit un caillou à terre et le lança de toutes ses forces : tac ! Dans la hanche !

Hana avait fait une ridicule contorsion avant de s'enfuir, toute de boue et de crachats, poursuivie par les jets de pierre qui pleuvaient sur elle bien après qu'on put l'atteindre…

Tac ! Tac !

Un poing cogna à la porte de la chambre. Allongé sur son lit, Osborne fixait le plafond. L'ombre d'Hana se terrait dans les angles.

— Paul ! criait la voix derrière la porte. Paul Osborne !

Il ne bougea pas de son nuage cotonneux. Une odeur familière s'épanchait dans la chambre, aérienne : formant une mare sur la tablette, la bouteille de rhum gisait sur le flanc. Responsable de ce génocide, assise sur la table, Globule jaugeait l'homme qui émergeait depuis le lit.

— C'est moi ! insistait la voix. Tom !

Il était dix heures du matin et, malgré les analgésiques, son nez lui faisait mal. Osborne consentit à enfiler l'un de ses pantalons noirs et ouvrit, les yeux pleins de papillons.

Culhane n'avait pas l'air beaucoup plus frais.

— Désolé pour le réveil mais… (il fronça ses sourcils orange) : dis donc, qu'est-ce qui est arrivé à ton nez ?

— Il est tombé.

— Hein ?

Tom entra timidement. Dans la pénombre, la chambre, pire que rangée, paraissait comme inhabitée : pas une affaire, pas un papier ni le moindre effet personnel qui traînait. Il n'y avait qu'une mallette fermée au pied du lit. Il vit alors le sang sur l'oreiller…

— Le lieutenant Gallaher nous a convoqués, lança-t-il au demi-jour des persiennes. Suite au rapport de l'affaire Melrose… Comme tu n'arrivais pas, je suis venu te chercher.

Osborne avait filé vers la salle de bains.

Son appendice blessé lui interdisant toute forme d'inhalation, il avala des pilules d'éphédrine. Après quoi il extirpa un interminable caillot de sang et croisa son visage défait dans le miroir. Pas joli joli ce nez…

Tom s'agenouilla pour caresser la chatte, qui s'en étira la colonne. Par l'embrasure de la porte, le rouquin aperçut les compresses tachées de sang qui débordaient de la poubelle. Osborne nettoya la coupure et posa un pansement neuf sur la bosse qui déjà virait au mauve. Les cloisons étaient probablement déplacées mais l'os avait tenu le choc. Il fourra dans sa poche ce qui traînait sur la tablette et sortit de la salle de bains.

— Allons-y, dit-il en poussant l'intrus hors de son antre.

Culhane pesait des tonnes.

— Dis, tu es sûr que ça va ton nez ?

La blessure était plus impressionnante à la lumière du jour.

— T'en fais pas pour moi.

Tobby attendait à l'arrière de la Ford, la truffe collée à la vitre embuée. Le labrador jappa tout son soûl mais le regard d'Osborne lui coupa la chique. Culhane prit le volant et bifurqua sur Queen Street. Jésus ! songea-t-il, ce qu'il empestait l'alcool !

— Le lieutenant Gallaher nous a convoqués à onze heures, annonça-t-il : avec un peu de chance, on va être à l'heure.

La circulation était fluide le long de la mer. Sur le ponton de Queen's Raff, des Japonais attendaient sagement la prochaine vedette qui les emmènerait nager avec les dauphins du large. Silencieux derrière ses lunettes noires, Osborne fumait. Tom se dit que ce n'était pas comme ça qu'il allait soigner ses sinus mais après tout il n'était pas sa mère…

— Rosemary va bien ?

Tom sursauta : derrière son masque de pansement, voilà qu'Osborne était redevenu causant.

— Rosemary ? Heu, oui… Oui, très bien. En ce moment elle cherche un boulot de prof à mi-temps…

Tom rosit légèrement. Pourquoi lui parlait-il de sa femme ? Pourquoi maintenant ? Ils s'étaient engueulés la veille au soir. En vérité, Rosemary n'allait pas bien depuis la dernière fausse couche : c'était la troisième et, à bientôt trente-neuf ans, l'espoir d'un enfant la quittait peu à peu. Tom avait beau lui dire que de nos jours les femmes avaient des enfants jusqu'à quarante-cinq ans, rien ne raisonnait son instinct maternel. Peut-être qu'au fond leur départ pour Auckland n'avait rien changé : ils avaient emporté leurs problèmes avec eux.

Mais qu'est-ce que ça pouvait lui faire à Osborne ? C'était une affaire personnelle, une affaire qui ne le regardait pas : est-ce qu'il lui en parlait, lui, de sa femme ? !

*

Il faisait une chaleur d'hôpital dans le bureau de Gallaher. Le chef du Département criminel retira l'allumette qu'il mâchouillait et eut un sourire narquois en voyant la mine défaite d'Osborne qui venait d'entrer : une sale gueule, au moins ça faisait plaisir à voir. Le nez cassé, on dirait, non ?

— Alors Osborne ? On a fait du *hongi*[1] avec ses petits copains maoris ?

Hilarant. Osborne alluma une cigarette. Culhane suivait, avec ses taches de rousseur et sa peau de kiwi élevé aux céréales.

— On ne fume pas dans mon bureau, notifia Gallaher.

— Raison de plus pour être bref.

Gallaher cracha un lambeau d'allumette sur la moquette. Il n'avait jamais pu saquer Osborne, il détestait jusqu'à sa façon de fumer.

— J'ai lu votre rapport concernant le vol de la hache chez Nick Melrose, dit-il d'un air faussement détaché : pas grand-chose de nouveau, on dirait ? Hormis bien sûr cette hypothèse que le cambrioleur ait subtilisé les clés de la maison à l'insu de la famille. D'où vous tenez ça, Osborne ?

— Le gardien de la propriété n'a rien entendu et il n'y a eu aucune effraction, répondit-il. Il a pourtant bien fallu que le voleur déjoue le système d'alarme avant de pénétrer à l'intérieur de la propriété. Il y a une palissade à l'arrière, qui donne sur le jardin : en minutant la ronde du gardien, le cambrioleur avait le temps de passer par-dessus, de traverser le parc et de couper l'alarme. Seulement pour ça, il avait besoin du trousseau de clés complet.

Gallaher ne semblait pas convaincu. En retrait, Culhane comptait les points.

— La palissade dont vous parlez donne sur le jardin des voisins, reprit le chef du Département. On n'a retrouvé aucune empreinte de pas, ni le long des rosiers qui bordent l'enceinte ni ailleurs. Sans compter qu'en suivant votre hypothèse il a bien fallu l'escalader cette

1. Signe de bienvenue consistant à se toucher le front tout en se pressant le nez.

palissade. Près de quatre mètres de haut, parfaitement lisse : impossible d'y grimper à mains nues. Quant à l'éventualité d'un grappin, on aurait décelé des marques sur l'arête de la palissade.

— Sauf si l'on sait grimper aux arbres, avança Osborne. Il y a un nikau pas très loin de la palissade. En s'introduisant chez les voisins, il suffit d'y grimper et de se laisser pendre aux branches pour atteindre le mur d'enceinte. L'opération est délicate mais pour quelqu'un d'agile, ça reste dans le domaine du possible.

Le crâne de Gallaher luisait de sueur.

— Vous oubliez que personne n'a dérobé les clés de la famille Melrose, dit-il. Ils sont formels.

— Quelqu'un peut avoir fait des doubles.

— Ils le sauraient, non ?

— Pas forcément.

— Vous pensez à quoi ?

— La même chose que vous.

Melanie Melrose.

— Ça ne tient pas debout, fit Gallaher.

— Eh bien tant pis.

— Ce n'est pas une réponse, siffla-t-il en retour. On vous a mis sur cette affaire pour vos prétendues connaissances de la question maorie. Alors ? Il y avait d'autres objets de valeur chez Melrose, parmi lesquels d'autres reliques d'origine autochtone : pourquoi n'a-t-on volé que cette hache ?

Osborne cracha la fumée vers le bureau.

— Pour sa valeur symbolique, j'imagine. La relique appartenait jadis à un chef de la tribu ngati kahungunu : quelqu'un a pu chercher à la récupérer, estimant qu'un tel objet n'avait rien à faire chez un personnage comme Melrose.

— Que voulez-vous dire ?

— Que Melrose n'est pas à proprement parler un admirateur de la culture maorie.

— Il collectionne pourtant les objets d'art.

— Comme un chasseur les trophées.

Le chef du Département criminel s'adossa contre son fauteuil.

— Ainsi, quelqu'un aurait voulu récupérer une arme ancestrale dans le seul but de l'arracher aux mains d'un collectionneur trop zélé ?

— En quelque sorte…

Mais Gallaher n'aimait pas les approximations.

— L'œuvre d'un activiste maori ou d'un désaxé ?

— Peut-être les deux, répondit Osborne.

— Vous avez une piste ?

— Des membres de la tribu ngati kahungunu, peut-être. Il y a des détails qui ne ressemblent pas encore à des indices : reste à les vérifier.

Ses yeux d'anguille le scrutèrent :

— Des détails de quel ordre ?

— Je vous le dirai quand j'aurai fait le tour de la communauté. Pour le moment je patauge.

L'odeur de Gallaher imprégnait la pièce, mélange de menthol et d'after-shave bon marché. Il pivota sur son fauteuil rotatif comme un vendeur qui baratine.

— Votre rapport est succinct, Osborne, conclut-il. Nick Melrose est furieux au sujet de vos méthodes et je ne tiens pas à ce que la réputation de mon service soit mise en cause.

— La réputation de votre service ?

— Oui, rétorqua-t-il d'un air pincé. Je sais que c'est pour vous quelque chose d'insignifiant, mais aujourd'hui c'est moi le responsable de ce foutu service et je ne me laisserai pas pourrir la vie par qui que ce soit. Vous avez été envoyé sur cette affaire pour trouver une piste et éventuellement la relique de Nick Melrose, pas pour harceler sa fille. (Il le menaça du doigt.) Que les choses soient claires : au prochain faux pas, on vous renvoie d'où vous venez, compris ? Vous n'êtes plus la vedette ici, c'est fini !

Gallaher attendait une réponse de son ennemi intime, qui ne vint pas — Osborne avait bien assez à faire avec lui-même…

*

Le port de Freemans Bay s'était considérablement agrandi après la première victoire de Peter Blake à l'America's Cup. Tout un business s'était depuis créé autour des jusqu'alors invincibles Néo-Zélandais, des pontons pour accueillir les bolides mais aussi bars, restaurants à la mode *world food* et une promenade que des groupes de jazz se chargeaient d'égayer. Au bout des quais, les hangars aux couleurs des sponsors abritaient les outsiders de la prochaine édition, les quilles bâchées…

Osborne avala un verre d'eau fraîche pour faire passer la benzodiazépine et commanda un café à la fille en minijupe qui déambulait entre les tables encore désertes. Ils venaient de prendre place à l'une des terrasses qui donnaient sur le port, en quête d'un café digne de ce nom. Le labrador couché à ses pieds, Culhane évoquait l'affaire Melrose mais Osborne n'écoutait pas. Des chevaux sauvages dans la tête, il alluma une cigarette.

— Et la noyée, dit-il au bout d'un moment : tu as des nouvelles ?

Culhane avait ouvert son carnet.

— On a retrouvé un billet d'avion chez elle, à destination de Tahiti, dit-il en tournant les pages. Le départ était prévu dimanche dernier, ce qui colle avec la date du décès : Johann Griffith a été vue pour la dernière fois le samedi soir, à un dîner chez des amis où elle parlait de son voyage. D'après eux, Johann était bonne nageuse et aimait se baigner sur la côte ouest : Piha, Karekare… Le vol pour Tahiti était prévu à sept heures du soir, poursuivit le rouquin. J'imagine qu'elle aura voulu profiter du dimanche pour se baigner avant de partir, sans se méfier des courants qui sévissaient ce jour-là. J'ai vérifié la météo : le temps était instable et les vents violents sur la côte. Quant au sang qui aurait attiré les squales, elle a pu s'écorcher sur un rocher avant d'être emportée au large…

Culhane avait mené sa petite enquête. Elle corroborait la thèse de la noyade.

— On a commencé à reconstituer son emploi du temps le jour de la noyade, continua le sergent. Il semblerait que Griffith ait pris sa voiture pour se rendre à Karekare, tôt le matin. Quand les voisins se sont réveillés le dimanche matin, vers neuf heures, la Volvo n'était plus dans l'allée. De fait, puisqu'on l'a retrouvée en bordure du camping qui longe la plage. Avec la cohue des vacances, personne n'avait remarqué son stationnement prolongé…

Osborne revenait à la vie, comme on sort de l'hiver.

— Le billet d'avion a été retrouvé chez elle ?

— Oui. Il était dans son sac à main.

— Et le sac de voyage ?

— Bouclé. Dans la chambre…

Osborne ôta ses lunettes, se massa les sinus mais une douleur inédite le remit à sa place.

— Comment tu expliques qu'après une soirée arrosée une femme qui s'apprête à partir en voyage à Tahiti se lève aux aurores pour aller se baigner à quarante kilomètres de son domicile sur une plage réputée dangereuse alors que le temps est mauvais ?

— Il ne l'était pas à l'aube, répondit Tom. Johann Griffith s'est fait surprendre, comme pas mal de surfeurs d'ailleurs : deux types ont été sauvés de justesse ce jour-là. Quant au fait qu'elle se soit levée tôt, Griffith avait sans doute besoin de se dégriser un peu avant de partir…

— Se dégriser ?

L'idée avait l'air de l'amuser. Pas Culhane.

— J'ai vérifié aussi du côté de ses proches, répliqua le rouquin. Johann Griffith était divorcée depuis huit ans, pas d'amants déclarés. Son ancien mari habite sur l'île du Sud et n'a plus de contacts avec elle depuis des années. Bref, rien ni personne qui aurait pu lui en vouloir au point de maquiller une noyade. Tous les témoignages recueillis sont unanimes : Johann Griffith était une femme discrète, travailleuse, ambi…

— Son job ? il coupa.

— Century Inc. Une boîte de travaux publics.

La plus grosse du pays.

La serveuse en minijupe passa à hauteur. Jolies fesses. Osborne commanda un autre espresso. Les drisses claquaient dans la brise et les pilules semblaient le soulever de terre.

— Qui s'occupe de l'autopsie ? demanda-t-il.

— Le coroner Moorie.

Osborne écrasa sa cigarette. Une tache de sang était apparue sous son pansement. Il réfléchit quelques secondes devant sa tasse vide, puis se leva en abandonnant un billet sur la table.

— Où tu vas ? demanda Tom.

Assis sur ses pattes de derrière, Tobby le regardait comme s'il était un caillou.

— Me recoucher, répondit Osborne.

*

Amelia Prescott serait l'une des meilleures chercheuses de son pays en matière de médecine légale : elle travaillait pour ça. Bien sûr, à vingt-cinq ans on ne la prenait pas encore au sérieux (le milieu de la médecine était aussi sexiste que les autres), mais elle prouverait à tous ces pères-la-science qu'elle ne resterait pas longtemps laborantine. Elle n'avait pas traversé les océans pour se confiner aux besognes que Moorie lui assignait : on reconnaîtrait sa rapidité d'exécution, son parfait détachement devant l'horreur d'un corps disséqué, ses qualités humaines aussi…

Jusqu'à présent, hormis Tom Culhane, tout le monde avait l'air de s'en foutre complètement. Amelia était jolie, pimpante, elle se montrait volontiers spirituelle, mais ses relations avec les hommes s'étaient toujours soldées par des échecs, certains cuisants. À qui la faute ? Elle s'était notamment entichée de son prof de biologie appliquée lors de ses études à Londres, Omar, un Syrien. Omar avait des problèmes de papiers, surtout après le 11-Septembre : le plus simple aurait été de se marier mais bon, elle était jeune, ça n'avait pas marché. Son diplôme en poche, elle avait quitté l'Angleterre sur un coup de tête (une annonce dans le *Times* qui proposait un job à Christchurch), principalement à cause du racisme. Le plus bête dans l'histoire, c'est qu'elle retrouvait la même chose ici.

Sauf qu'ici il y avait ce type, Paul Osborne. Amelia le trouvait beau, ardent, sombre, sensuel, dangereux. Tout son contraire. Et il y avait au fond de lui une boîte, une boîte de Pandore qu'elle brûlait d'ouvrir. Car ça ne trompait personne : elle était tombée amoureuse. Trois jours qu'elle se retournait dans son lit, trois jours qu'elle passait ses nerfs et ses insomnies sur des revues scientifiques qu'elle ne comprenait plus, trois jours qu'elle se traitait d'idiote, de sombre idiote. Ça leur ferait au moins un adjectif commun…

L'assistante du coroner sortait à toute vapeur du labo quand Osborne déboula dans le couloir.

— Ah ! fit-elle en ratant de peu ses bras. Paul ! Qu'est-ce que vous faites là ?

Du haut de son mètre soixante-cinq, Amelia semblait aussi à l'aise au sous-sol de l'institut médico-légal que lui dans le caniveau. Elle jeta aussitôt un œil intéressé au pansement qui trônait sur son appendice.

— Qu'avez-vous fait à votre nez ?

— Il était vilain.

Amelia en fit le tour comme si elle n'était pas convaincue.

— Ce n'était pas une raison pour l'amocher, fit-elle remarquer. Que puis-je faire pour vous ?

— La fille qu'on a retrouvée sur la plage de Karekare, dit-il, vous avez des nouvelles ?

— Le corps a été identifié, oui… Venez, nous serons mieux pour parler dans mon bureau.

Il suivit la sylphide, la tête lourde.

C'était le foutoir dans le réduit de la laborantine, une pièce carrée qui sentait l'antiseptique et le formol. Une partie d'Osborne hésita à tourner de l'œil, le reste tenait bon.

— Vous ne voulez pas un cachet avant ? lança-t-elle.

— Merci, j'ai ma dose.

Amelia fouilla dans son petit capharnaüm, en tira une fiche.

— Quand même, je vous trouvais mieux sans pansement.

— Alors ? dit-il en désignant la fiche qu'elle tenait à la main.

— Johann Griffith, soupira-t-elle. Oui, un membre de la famille est passé hier.

— Vous avez examiné le corps ?

— Brièvement. Vous savez, je ne suis qu'une des assistantes du coroner…

Il y avait une vague ironie dans le timbre de sa voix. Un peu écervelée mais confiante.

— Vous avez relevé des blessures ? demanda Osborne.

— Contusions, éraflures, morsures, quelques bouts de peau en lambeaux… Rien qui aurait pu causer la mort, si c'est ça que vous voulez savoir.

— Et le crâne ?

— Après une semaine passée dans l'eau, s'il y avait des bosses, elles se sont résorbées. Rien de plus.

— Ah oui ?

— Oui.

Mais il était sûr qu'ils pensaient à la même chose. Le silence volait sur des plumes.

— D'après vous, demanda-t-il, cette fille est morte de quoi ?

Amelia haussa les épaules.

— Elle s'est noyée, non ? Ou alors un arrêt cardiaque. Moorie vous en dira plus après l'autopsie.

Osborne semblait contrarié.

— Et le sang ? insista-t-il.

— On sait qu'au moins deux requins lui ont arraché les jambes : on a retrouvé des marques de dents à hauteur des reins. De la famille des roussettes, si ça vous intéresse…

Les émanations d'éther lui donnaient le tournis.

— Pas de blessures à la tête, dit-il comme s'il pensait tout haut : si Griffith n'est pas tombée des rochers, d'où provient le sang qui a attiré les requins ?

— Eh bien, d'ailleurs ! rétorqua Amelia avec sa logique scientifique.

C'est aussi ce qu'il se disait : la blessure provenait d'en bas. Hormis l'artère fémorale, aucune lésion susceptible de causer la mort.

— Et le sexe ? reprit Osborne. Il était comment le sexe ?

— Féminin. Vous avez de ces questions…

— Pas de blessures au pubis ?

— Non, dit-elle : les requins l'ont épargné.

Il y eut un moment de flottement dans la salle d'analyses. Amelia s'était légèrement maquillée ce matin, ce qui ne lui arrivait pas souvent, c'était d'ailleurs plutôt réussi, mais lui n'avait visiblement pas les yeux en face des trous : il la regardait sans la voir, perdu dans ses pensées, avec sa gueule d'ange défiguré… Sur le coup, Amelia avait presque mal à son nez.

— Vous pouvez faire quelque chose pour moi ? dit-il alors.

Oui, n'importe quoi.

— Ça dépend, répondit-elle : quoi ?

Osborne secoua un sachet plastifié entre le pouce et l'index.

— Une analyse, c'est possible ?

Sortant aussi vite de ses rêveries qu'elle avait plongé dans son reflet, Amelia pencha son minois sur le sachet qu'il tendait et découvrit un cheveu, blond virant châtain clair. Ses yeux s'arrondirent.

Elle lui faisait penser à Globule, en moins conne.

— D'où il sort ? fit-elle en connaissant déjà la réponse.

Amelia le revoyait sur la plage, en train de caresser la morte…

— Johann Griffith, confirma-t-il.

— Et c'est seulement maintenant que vous l'apportez ?

— J'avais oublié.

Elle le regarda de travers.

— Vous vous moquez du monde ?

— Peu importe que vous me croyiez ou non, dit-il en

lui touchant la main : vous pouvez m'en faire une analyse ?

Sa main ne brûlait plus, elle était froide comme la mort.

— Une analyse ? Je veux bien mais… il faut d'abord prévenir le coroner.

— C'est à vous que je demande ça, pas à Moorie.

Amelia hésita, décontenancée : Osborne débarquait à l'institut médico-légal pour lui apporter un cheveu de la noyée et lui demandait de l'analyser sans en avertir le boss. Elle jouait carrément sa carrière dans cette affaire.

— Vous savez ce que je risque ?

— Une place de laborantine à Auckland, répondit-il.

— Pourquoi ferais-je une chose pareille ?

— Je ne peux pas vous expliquer, pas maintenant… (Il s'impatienta.) Vous pouvez m'aider, oui ou non ?

Ses yeux malades brillaient sous les néons : une saloperie de piège doré.

Amelia glissa le sachet dans la poche de sa blouse.

— Bon, je vais voir ce que je peux faire…

6

Le docteur Beevan faisait grise mine. Au dispensaire de la police, tout le monde l'appelait Bob. En dehors, il vivait en sportswear dans une maison décorée par sa femme avec ses enfants, Michael et Patrick, deux bambins à tête de fermier dont il était très fier, et Max, le chien. Mais aujourd'hui le bonheur tranquille dont jouissait le médecin avait quelque chose d'indécent.

Jon Timu reboutonna sa chemise.

— J'ai encore combien de temps devant moi ?

Beevan haussa les épaules.

— Ça dépend… Comment vous sentez-vous ?

— Mal. Répondez à ma question.

Beevan était médecin, pas devin. La détresse du Maori lui faisait mal au cœur mais ça ne servait plus à rien de tricher.

— Deux mois, dit-il. Peut-être trois.

Timu ne broncha pas. Sans doute le savait-il déjà…

Le docteur Beevan suivait le Maori depuis son incorporation, et avec lui avait tout partagé : la mort d'Helena d'abord, une longue agonie que le médecin avait finalement accepté d'abréger. Pour être plus précis, Beevan avait aidé Timu à pratiquer l'euthanasie sur son épouse. Soûlée de morphine, la pauvre femme n'avait ni la force ni la tête pour donner son accord ; Jon avait lui-même poussé la pompe de la seringue.

Helena était partie en douceur.

De cette journée maudite, le Maori gardait l'image de son visage sur l'oreiller, étonnamment lisse, si apaisé qu'il lui rappelait leurs belles années — celles d'avant la naissance de Mark…

Six ans étaient passés depuis l'euthanasie, mais la culpabilité née de ce que le Maori considérait aux pires heures de ses insomnies comme un meurtre avait fini par le rattraper. Une catastrophe en chaîne dont le dernier maillon s'apprêtait à céder : pour lui, ce serait un cancer de la vessie. Le cancer des fumeurs, paraît-il.

Une première opération avait tenté de réduire le fléau. Simple sursis : les urines gorgées de sang, Jon ne pouvait plus aujourd'hui que serrer les dents. Une nouvelle opération équivaudrait à un autre sursis et il n'avait pas envie de finir comme Helena. Beevan garderait le secret médical, cela seul importait.

— Si je peux faire quelque chose…

Le Maori secoua la tête. Inutile. La solitude ne se partage pas, ou alors avec la mort. Il enfila sa veste.

— Tenez, dit Beevan, prenez ça. (Il glissa une boîte de comprimés dans sa grosse main.) Ça vous aidera à tenir le coup…

Le policier acquiesça, et dans un au revoir bourru quitta le dispensaire.

Dehors, le soleil brillait pour tous.

Mark…

7

Paul avait quitté Red Hill le jour de sa majorité. Une semaine à peine après l'épisode du terrain vague. On embauchait des temps-partiel au K.Mart de Newmarket : dans la foulée, Paul avait trouvé une chambre près du centre-ville, qu'on louait à la semaine. Il avait mis ses affaires dans un sac et quitté la maison familiale, sans un mot d'explication.

Mary avait bien pleuré quelques larmes mais sa fibre maternelle se tarissait vite : elle lui avait dit au revoir sans se douter qu'il s'agissait d'adieux. Thomas, plus pragmatique, s'était contenté de lui souhaiter bonne chance.

John, le petit dernier, jouait dans la rue avec des mioches du quartier quand Paul avait poussé le portail de la maison. Le gamin courut jusqu'à lui sous les réprimandes de sa mère qui-se-demandait-bien-où-il-était-encore-passé.

— Où tu vas ? il avait demandé en voyant son sac de voyage.

— Au pôle Nord, répondit Paul. Avec les ours.

Du haut de ses huit ans, John ne se prenait plus pour un gamin.

— Tu pars ?

— Oui.

— Et tu reviendras souvent ?

— Non.

John avait perdu sa bouille ronde.

— Fais pas cette tête, lâcha Paul, je pars pas à la guerre…

Ça ne le fit pas rire. Paul non plus : il était temps de partir.

— Bon. Salut, petit vieux. Et tâche de sortir de là, hein, dit-il en se tournant vers l'avenue morne qui constituait leur horizon.

John portait des culottes courtes et le regardait avec un mélange de crainte et d'admiration, comme les chiens doivent regarder les loups. Paul posa sa main sur l'épaule de son demi-frère et vida les lieux. Le pied en équilibre sur son skate, John avait suivi sa silhouette jusqu'à l'arrêt de bus, tout au bout de la rue… Le pôle Sud, c'était quand même plus près…

La rencontre avortée avec son père, Hana, le terrain vague, les crachats des sœurs Douglas, le caillou qu'il avait lancé à la seule personne qu'il ait jamais aimée, la boue qui depuis engluait sa gorge, Paul avait décidé de tout oublier. Il ne savait pas ce qui arriverait. Il avait tout perdu.

On le prit à l'essai à la caisse du K.Mart puis, comme il faisait l'affaire, on lui proposa un contrat à temps partiel. Paul avait accepté : c'était ça ou Red Hill. Et puis le centre-ville, ses belles artères, l'océan, les gens, tout était nouveau. Même le vent. Celui qui filait dans les avenues était chargé de sel, pas des émanations d'équarrissage : ici, pas de violence, pas de heurts, rien que de l'Occident en vitrines avec ses belles promesses affichées en special offer*.*

Paul se promenait le long de Queen Street, pour passer les heures qu'il avait à oublier. Avec ses horaires de supermarché (trois heures le matin et quatre le soir, lors du rush), les après-midi en ville étaient toujours trop courts — d'ailleurs, il n'y rencontrait personne. Quant aux employés du K.Mart, ceux qui occupaient des postes similaires étaient trop tétanisés par la précarité de leur emploi pour commencer à nouer des contacts, et les supérieurs hiérarchiques formatés pour un système qui les tolérait à peine.

Paul était seul mais, grâce à un hardi stratagème lui évitant la fouille systématique à la sortie du K.Mart, il volait des livres. Des tas de livres.

Au début il volait n'importe quoi, ou les livres les moins encombrants, puis il avait commencé à sélectionner, à choisir les disciplines, à fuir les best-sellers et les commandes pour se consacrer aux œuvres majeures. Peu de littérature maorie dans le lot (peut-être parce que cette culture était avant tout orale), hormis Alan Duff qui à l'époque se démarquait de ses contemporains en pleine repentance, mais ses écrits impitoyables pour la communauté étaient si controversés qu'il ne sut trop qu'en penser : les Maoris de Nouvelle-Zélande devaient-ils s'adapter à l'Occident ou continuer à végéter dans les faubourgs des villes qui finiraient par les engloutir à défaut de les assimiler socialement ? La question l'intéressait toujours. Seulement, comme du reste, il ne savait qu'en faire.

Ce petit manège dura deux ans : Paul vivait seul dans une chambre à cinquante dollars la semaine, son esprit grandissait à mesure que les murs se tapissaient de livres, Gibson, le chef du personnel, n'y voyait que du feu, et il n'avait toujours rien oublié : le caillou lui restait en travers de la gorge.

Les autres filles n'y pouvaient rien : l'image d'Hana dans la boue n'en finissait plus de le hanter, elle venait le visiter dans ses rêves, par vagues successives, une marée noire sur les ruines qu'il tentait de reconstruire, pour elle. Paul avait fui Red Hill comme la jeune Maorie l'avait fait un peu plus tôt, mais il n'avait rien oublié : ni son corps par-dessus la haie, ni l'horrible remords qui l'avait saisi à la gorge après qu'il eut réalisé ce qu'il venait de commettre. Gavé de livres, il se reconstruisait pièce par pièce, par bouts, pour le jour où il la retrouverait — car il la retrouverait... Et puis soudain c'est elle qui vint, à l'improviste, alors qu'il faisait défiler des articles manufacturés à la caisse du supermarché.

Croisant soudain l'incroyable — Hana, une brique de lait à la main —, Paul suspendit son souffle.

La métisse avait changé en deux ans. Elle ne portait plus de vêtements moulants mais un chemisier et un pantalon noir qui lui allaient sacrément bien. Son allure aussi avait changé, elle avait comme pris de la hauteur. Son visage était plus dur, plus sombre, plus beau. Rien à voir avec la pouilleuse couverte de boue abandonnée sur le terrain vague de Red Hill...

Hana ne dit pas un mot, pas même bonjour, elle posa son litre de lait sur le tapis roulant et attendit la monnaie. Ne sachant que dire, Paul se tut. La même odeur. La même attirance... Hana prit les quelques pièces qu'il lui tendait et, toujours sans un mot, s'éloigna, sa brique de lait à la main.

Le client suivant posa ses articles sur le tapis mais il n'existait pas : Hana s'était retournée vers la caisse où Paul la regardait partir. Elle sortit alors quelque chose de sa poche, qu'elle lança vers lui : un caillou roula sur le caoutchouc du tapis...

Cinq jours avaient passé. Hormis l'état de son nez, aucune évolution notable. Hana et Pita Witkaire brillaient par leur absence. Osborne avait bien réussi à joindre un membre influent de la tribu tainui qui, peu loquace, l'avait renvoyé vers un autre *hapu*[1] ; après une nouvelle série

1. Sous-tribu.

d'appels infructueux, il était tombé sur un certain Hira Te Hae qui lui signala qu'en effet Pita était bien passé chez lui le mois dernier, ils avaient pêché ensemble en se remémorant le bon temps, mais depuis il n'avait plus de nouvelles. Quant à Samuel Tukao, son nom n'inspirait personne, comme si le notaire n'avait jamais fait partie de la tribu tainui. Même ses anciens contacts dans la communauté étaient évasifs.

Les rencontres intertribales avaient pourtant lieu dans une quinzaine de jours : pourquoi Pita Witkaire s'était-il soudain évanoui ? Était-il lui aussi à la recherche de sa petite-fille ? Hana avait disparu de la circulation mais la lettre envoyée à ses parents n'était qu'un écran de fumée. Pour l'éloigner de quoi ? De lui ? Sa paranoïa maladive avait repris le dessus. Il retombait dans ses errances de Sydney, comme si tout ça n'avait servi à rien.

Fatalement, l'enquête au sujet du vol chez Nick Melrose ne l'avait pas mené très loin. Osborne avait interrogé les principaux chefs de tribu du district, notamment les Ngais Tahus, lesquels préconisaient un retour aux racines tribales, les représentants des groupuscules autochtones, la branche radicale de Ratana, force spirituelle et politique depuis peu alliée aux travaillistes, les dirigeants du parti Mana Motuhake « *mana* séparé » pour l'autodétermination, sans résultat. Osborne s'était même rendu dans le sud de l'île pour rencontrer les chefs ngatis kahungunus, mais la seule piste récoltée l'avait ramené vingt-cinq ans en arrière, aux événements de Bastion Point. Zinzan Bee faisait partie des contestataires.

Bastion Point. L'affaire datait de 1977, lorsque la tribu ngati whatua avait occupé la terre de leurs ancêtres, alors propriété de la Couronne britannique — terre sur laquelle pesait un projet immobilier. Cette occupation avait été la première d'un mouvement de revendications maories qui avait secoué le pays : si les occupants de

Bastion Point avaient été finalement expulsés par la force, le tribunal de Waitangi avait été instauré afin de recevoir leurs revendications. À travers cet épiphénomène, les Néo-Zélandais et plus précisément les *pakehas* avaient appris à voir leur passé en face : en signant un traité de Waitangi volontairement mal traduit, les Maoris avaient cru s'assurer un droit de regard sur les agissements des Blancs alors que ceux-ci s'arrogeaient le pouvoir. Par essence, les terres cédées contre des couvertures et des mousquets n'appartenaient à personne : à leur manière ils pensaient les louer tout en en gardant les droits. Les confiscations qui avaient suivi les guerres maories puis les politiques menées jusqu'en 1950 en faveur de l'installation de colons et de grands travaux sur les terres des indigènes sans que ceux-ci puissent se défendre ressemblaient non pas à ce qu'on apprenait dans les livres scolaires mais à une spoliation en bonne et due forme de leurs terres, même et surtout celles déclarées *tapus*, sacrées, taboues. Le traité n'avait pas été appliqué, selon le principe qu'« un document engageant un gouvernement européen et une peuplade primitive ne pouvait avoir aucune valeur aux yeux de la loi », et la révolte avait été réprimée dans le sang.

Mais l'époque voulant cela, on avait depuis tenté de panser les blessures : les Maoris s'estimant brimés pouvaient désormais déposer leurs plaintes, un juge maori présidait au tribunal chargé d'interpréter le fameux traité de Waitangi, ceci dans les deux versions. Les plaintes étaient prises en compte depuis l'époque coloniale. Les conclusions étaient soumises au Parlement chargé de légiférer, mais le tribunal gardait le droit d'imposer l'application de leurs recommandations. Malgré ce processus de réconciliation nationale, certains s'estimaient lésés et continuaient de revendiquer leurs terres ancestrales. Zinzan Bee faisait partie de ces gens-là.

Osborne avait mis Culhane sur le coup. On verrait bien ce qui arriverait.

*

— Allô Josie ?

— Bonjour capitaine !

Cette manie qu'elle avait de l'appeler par son grade…

— Mark va bien ? demanda Timu.

— Oh oui ! Aujourd'hui on a fait un atelier peinture : il adore ! Vous voulez que je l'appelle ? Il est en salle de télé avec les autres mais j'en ai pour deux minutes…

— Non non, ne le dérangez pas ! Dites-lui simplement que je vais passer tout à l'heure. Vers six heures.

— Pas plus tard, hein ! materna-t-elle joyeusement. On mange à sept et vous savez que Mark n'aime pas être dérangé durant les repas !

— Je serai là à six heures.

Le Maori salua l'éducatrice spécialisée et raccrocha, les dents serrées — sa vessie lui faisait mal. Il avala un des cachets du docteur Beevan et put bientôt marcher normalement.

À cinquante-trois ans, Jon Timu ne se sentait pas vieux, simplement malade. C'était ça et seulement ça, la vieillesse. Cet état latent qui en douce vous exclut de la communauté des bien portants, des bien vivants. Même si tout le monde doit mourir un jour, la maladie inventait un compte à rebours dont seuls les sursitaires pouvaient mesurer le point d'impact. Timu se sentait mitraillé. À part Beevan, personne n'était au courant du cancer qui le rongeait. Même pas Mark — surtout pas Mark. Un secret aussi jalousement gardé que les circonstances de la mort de sa femme…

Le soleil brillait sur le parking du commissariat central. C'était pourtant une belle journée. Le chef de la police regagnait sa vieille BM quand il aperçut Osborne contre la portière, les mains dans les poches de son costume noir.

— J'ai à vous parler, dit-il.

— Je suis pressé, répondit le Maori. De quoi vous voulez parler ?

— De Fitzgerald.

Osborne avait sa tête des mauvais jours. Le Maori prit un air vaguement paternaliste :

— Vous avez du mal à l'encaisser, c'est ça ?

— Ne vous foutez pas de ma gueule, Timu, lui rétorqua-t-il sans détour. Fitzgerald suspectait Zinzan Bee d'être le complice de Kirk, qui de son côté s'adonnait à des rites sanguinaires : les cadavres tirés du charnier où il exécutait ses victimes étaient partiellement désossés. Des fémurs. Ne me dites pas que vous n'êtes pas au courant. J'ai entendu un tas de conneries sur le compte de ce Zinzan Bee, maintenant j'aimerais entendre les vôtres.

Timu réprima la colère qui lui lézardait le front.

— On vous a chargé de retrouver l'auteur d'un cambriolage, répliqua-t-il, pas de déterrer les cadavres de Fitzgerald.

— Je ne crois pas à son suicide.

— C'est pourtant la vérité. C'est pour ça que vous avez accepté de réincorporer le service ? s'esclaffa le Maori. Bon Dieu, vous déconnez complètement : Fitzgerald s'est suicidé avec son arme de service à l'institut médico-légal de Devonport, on a plusieurs témoins, en plus du rapport de la balistique : c'était un acte prémédité ! Fitzgerald s'est flingué, Osborne : si pénible que ce soit pour vous de l'admettre, il va falloir vous le mettre dans le crâne !

Une brise passa sur le parking déserté.

— Dans ce cas, pourquoi avoir escamoté les cadavres ?

Timu soupira bruyamment — quelle tête de mule.

— Nous n'avons pas escamoté des cadavres, comme vous dites, mais tu certains détails particulièrement sordides qui n'auraient fait qu'alimenter la peur, répliqua le chef de la police. Je ne tiens pas à ce que les médias remuent la merde : les services de sécurité privés et les vendeurs d'alarmes font déjà assez de business comme ça…

Le Maori ouvrit la portière de la Ford mais Osborne n'en démordait pas :

— D'un côté vous prônez le principe de tolérance zéro, de l'autre vous cachez des faits essentiels à l'enquête : dans quel but ?

Ses yeux brillaient au soleil.

— Quelle enquête ? répliqua Timu.

— Fitzgerald.

Il secoua sa grosse tête :

— Vous n'y êtes pas, Osborne : pas du tout ! Il n'y a pas d'affaire Fitzgerald, il y a une affaire Kirk avec des zones d'ombre et un suspect dans la nature, Zinzan Bee. Je garde des informations sous le coude pour ne pas alerter inutilement la population au sujet d'un quelconque chaman maori sanguinaire : je plante mes graines et je regarde ce qui pousse. Vous êtes une de ces graines.

Osborne se méfiait. Le Maori avait des yeux malades.

— La hache de Melrose fait partie de vos graines ?

— Possible, répliqua Timu. Vos recherches, vous en êtes où ?

— Zinzan Bee reste introuvable. Je sais juste qu'il faisait partie des contestataires de Bastion Point, concéda Osborne.

Un groupe de policiers approchait. Timu regarda sa montre : six heures. Déjà en retard, il se jeta sur le siège de sa BM.

— Ce que je viens de vous dire est et doit rester confidentiel, dit-il d'un air entendu. Si la presse n'a pas été mise au courant de certains détails, c'est aussi parce que je ne tiens pas à ce qu'on vienne entacher la mémoire de mon prédécesseur…

Sur ces entrefaites, Timu mit le contact et partit retrouver son fils.

*

L'affaire se compliquait et Osborne pataugeait. Il prit le problème à l'envers : qui pouvait en vouloir à Melrose ? Qui d'autre que des Maoris ?

Si Osborne le connaissait surtout pour ses livres, Nick Melrose avait commencé son ascension sociale grâce à l'exportation de bois exotique — kauris principalement, dont il avait parachevé l'extinction — puis comme promoteur de kits-maisons à monter soi-même. Après quoi, il avait acheté différentes pêcheries et créé la compagnie Sealord Products, qui dix ans plus tard devait devenir la plus grosse entreprise de pêche du pays. Quand en 1993 le gouvernement racheta au nom des Maoris la moitié des parts de la compagnie en vertu de l'article 2 du traité de Waitangi stipulant que les Maoris resteraient maîtres de 10 % de tous les quotas (de nombreuses tribus plaignantes n'avaient en effet plus accès à leurs pêcheries, activités traditionnelles et base de leur alimentation), Nick Melrose avait revendu l'entreprise à un consortium japonais, en signe de protestation — vente, prime de départ et stock-options estimées à 250 millions de dollars NZ.

Melrose était à l'occasion devenu un virulent détracteur du processus de réconciliation nationale érigé par le tribunal de Waitangi et, craignant comme beaucoup de *pakehas* des dérapages incontrôlables, avait lancé une série de livres édités à compte d'auteur dont le succès depuis ne faiblissait pas. Melrose avait par ailleurs pris des parts dans différentes entreprises et autres conseils d'administration. C'est Tom qui, involontairement, l'avait mis sur la piste : si Melrose avait vendu la compagnie de pêche aux Japonais, il avait gardé son entreprise de construction. Les kits-maisons s'étaient si bien vendus que la firme avait grossi au point d'englober une demi-douzaine de concurrents. Acquisitions de manufactures, sous-traitance, construction, Melrose et son armée de gérants maîtrisaient aujourd'hui une bonne part du marché de l'immobilier. Parmi ses satellites, la première entreprise de travaux publics du pays : Century Inc.

La société où travaillait Johann Griffith, retrouvée noyée sur la plage de Karekare.

Osborne cherchait un lien entre toutes ces affaires, il était peut-être là…

Il était cinq heures de l'après-midi lorsqu'il gara la Chevrolet le long de One Tree Hill. Un vigile en uniforme apparut aussitôt derrière la grille électrique, escorté d'un bas-rouge aux crocs étincelants. Front bas, sourcils épais, Grayson était le nouveau gardien du temple :

— M. Melrose n'attend personne, lâcha-t-il derrière la herse amovible.

— Moi non plus, répliqua Osborne. Dites-lui que je suis là.

Il montra sa plaque au vigile. Le museau passé à travers les barreaux, son chien aboyait à pleine gueule.

— Tais-toi, Circo ! réprimanda Grayson avant de palabrer dans l'interphone.

Le temps était lourd, l'air plein d'eau. Osborne crevait de chaud. Il vit bientôt revenir Grayson et son bas-rouge, tous crocs dehors.

— C'est bon, dit-il sous les cris rauques du chien. M. Melrose me fait dire qu'il a pas beaucoup de temps à vous consacrer, il est très pris par son roman et…

Osborne pinça très fort la truffe qui dépassait de la grille.

— Ce ne sera pas long…

Grayson fronça les sourcils devant la soudaine passivité de son chien puis, l'œil noir, consentit à actionner le système d'ouverture. Au bout de la laisse, le bas-rouge le regarda passer en montrant les crocs mais ses oreilles étaient basses.

Le jet d'eau circulaire fonctionnait malgré l'averse de la nuit passée. Osborne longea l'allée du parc et fila vers la terrasse où Melrose écrivait, une chemisette Ralph Lauren sur ses larges épaules.

— Vous avez trouvé quelque chose ? lança-t-il sans même le saluer.

— Pas grand-chose.

Melrose releva la tête de l'ordinateur.

— J'ai un livre à finir et peu de temps à vous accorder, dit-il. Qu'est-ce que vous voulez ?

— Vous parler d'une fille retrouvée morte sur une plage de la côte ouest, répondit Osborne. Johann Griffith, vous connaissez ?

Il présenta une photo : châtain, pas très jolie, un visage austère malgré le sourire sur papier glacé. Melrose eut une moue désobligeante.

— Non, dit-il. Qui est-ce ?

— Une comptable. Employée modèle chez Century Inc.

— Je ne connais pas de Johann Griffith, déclara-t-il comme si ça tombait sous le sens.

— Elle travaillait pourtant pour vous.

— Comme des centaines d'autres employés. Vous n'imaginez tout de même pas que je connais tous les gens qui travaillent pour moi ! Quel rapport avec notre affaire ?

Osborne alluma une cigarette.

— Je pensais que vous pourriez m'aider.

L'écrivain trouva qu'il avait une sale gueule avec ses lunettes tordues et son nez amoché.

— Eh bien, c'est raté, rétorqua-t-il sèchement : je ne connais pas votre noyée mais j'enverrai des fleurs à sa famille. Ça vous va ?

En passant, l'arrosage circulaire fit crépiter les cailloux dans l'allée.

— Comment savez-vous qu'elle s'est noyée ?

— Vous avez parlé d'une plage.

Melrose haussait les épaules. Impossible de rien déceler dans son regard de pierre.

— Gestion, spéculation, immobilier, construction, vous avez beaucoup de casquettes, poursuivit Osborne, soit autant de concurrents prêts à tout pour vous enfoncer.

— Et alors ? C'est le business.

— Jolie mentalité. Pas d'ennemis déclarés ?

Melrose soupira, comme fataliste.

— Ils sont des dizaines, dit-il, voire des centaines à vouloir prendre ma place. Ça aussi c'est le business. Mais si je suis là aujourd'hui, c'est que je l'ai mérité. C'est pour me raconter ça que vous me dérangez ?

Son ton autoritaire devait faire son effet dans les conseils d'administration. Osborne transpirait sous sa chemise, les amphétamines n'arrangeaient pas les affaires.

— Zinzan Bee, dit-il sans desserrer les dents : ce nom vous dit quelque chose ?

— Non. Qui est-ce ?

— Un ancien activiste maori, répondit-il, de la tribu ngati kahungunu. Comme la hache qu'on vous a volée.

L'écrivain hocha la tête.

— Jamais entendu parler de ce personnage, dit-il avec un dédain d'aristocrate. Pourquoi, vous soupçonnez ce Zinzan Bee d'être l'auteur du vol ? Dans quel but ?

Son regard de murène s'était affûté.

— Je ne sais pas, concéda Osborne. Vos livres ne suscitent pas que de l'admiration, ajouta-t-il en désignant l'ordinateur. Vous n'avez jamais reçu de menaces ?

— Comment ça, des menaces ? s'empourpra-t-il. Vous voulez dire de la part d'une certaine communauté maorie ?

— Oui.

Melrose montra ses dents, d'une blancheur publicitaire.

— Ce que je pense de la communauté maorie ne regarde que moi, lâcha-t-il, ombrageux. Que des gens apprécient ou non mes idées m'est parfaitement égal : nous vivons en démocratie, que je sache, tout le monde a le droit de s'exprimer.

Osborne sentit la faille.

— Vos livres dénoncent les agissements du tribunal de Waitangi et du ministère chargé des négociations, dit-il pour l'asticoter : ça fait aussi beaucoup d'ennemis potentiels, en particulier chez les Maoris. Une raison pour que ce Zinzan Bee vous en veuille, lui ou ses petits camarades maoris.

Il le cherchait sur un terrain glissant. Melrose dérapa de bon gré.

— Vous voulez connaître le fond de ma pensée, eh bien, c'est très simple, commença-t-il, soudain revigoré. Écoutez bien ce que je vais vous dire, lieutenant Osborne : quand les Maoris ont débarqué en Nouvelle-Zélande, il y avait des Morioris, les premiers autochtones de l'île. Vous savez ce qu'ils leur ont fait ? Ils les ont exterminés, puis ils les ont mangés. Oui, mangés. Tous. Vous comprenez ? Ils les ont dévorés ! (Le débit de ses paroles s'accéléra.) Les Maoris sont un peuple guerrier, incapable de se fondre dans notre société, voire notre civilisation. Quand on pense aux guerres maories, on oublie souvent que les pires tueries ont été perpétrées par les

Maoris eux-mêmes, à travers des querelles intertribales sans autre fin que de se faire la guerre ; et si le mousquet s'est avéré plus efficace que la hache, c'est que nos techniques étaient déjà supérieures aux leurs. Je ne vois pas pourquoi on contesterait ce fait historique. Les Maoris étaient tellement subjugués par nos armes qu'ils ont vendu leurs terres pour en obtenir et assujettir leurs voisins, certaines tribus se sont même alliées aux Blancs pour exterminer la tribu voisine ! Chez eux, la violence est une seconde nature : ils se livraient à des massacres organisés suivis de véritables orgies cannibales et il a fallu l'avènement de la civilisation européenne pour abolir ces pratiques, interdire l'anthropophagie et tous ces rites sanguinaires. Nous avons acheté une partie de leurs terres, nous les avons assimilés, nous leur avons apporté le progrès, nos richesses, sans quoi ils seraient encore à s'entre-dévorer pour je ne sais quel prétexte ! Les Maoris ont profité de notre système pendant des dizaines d'années mais c'est fini, l'État providence : notre société a évolué, les Maoris doivent évoluer avec elle, comme les autres communautés. Le problème, c'est qu'on les a trop longtemps assistés : aujourd'hui ils préfèrent s'enivrer que travailler, ils nourrissent à peine leurs enfants au point qu'on est obligé de leur donner un verre de lait en arrivant à l'école, ils battent leurs femmes quand ce ne sont pas elles qui dilapident l'argent des allocations au casino ou dans les jeux de loterie. Ils volent, vivent de rapines et de drogues, les plus violents violent les vieilles femmes avant de les tuer, quant aux soi-disant activistes et autres défenseurs des droits maoris, ils sont tout juste bons à réclamer de l'argent via le tribunal de Waitangi. Ce tribunal absurde est pour eux un véritable filon ! Et qui paie ? Le contribuable ! Parfaitement ! s'emporta-t-il. Je dis haut et fort ce que tout le monde pense tout bas, et rien ni personne ne m'en empêchera ! Les Maoris sont des parasites, conclut-il. La preuve, ils ne produisent rien : rien !

Ses yeux brillaient d'une rage inassouvie. Osborne opina : Melrose lui rappelait le bas-rouge de l'entrée.

— Peut-être que les Maoris ont autre chose à proposer, dit-il sobrement.

L'écrivain secoua la tête comme s'ils ne parlaient pas de la même chose. C'était le moment de le provoquer.

— Vous êtes également consultant lors de conférences et différentes manifestations à caractère négationniste, dit-il, notamment en Afrique du Sud…

Cette fois-ci, Nick Melrose s'empourpra pour de bon.

— Qu'est-ce que vous cherchez ? feula-t-il. Des ennuis ? Vos méthodes ne me plaisent pas, lieutenant. Vous enquêtez sur qui, au juste ? Sur moi ou sur le vol caractérisé dont j'ai fait l'objet ?

— Celui qui a commis le vol connaissait la topographie des lieux et possédait un double des clés, esquiva Osborne. Je cherche à savoir comment il les a subtilisées à vous ou à votre fille, et si la noyée de Karekare faisait partie de votre entourage. Votre fille ne connaissait pas Johann Griffith ?

La fureur dessinait des méandres sur les tempes de Melrose.

— Ma fille ne fréquente pas de comptable, éructa-t-il. Et puisque vous abordez le sujet, je tiens à vous dire qu'à la prochaine incartade de votre part je vous poursuis pour harcèlement moral et détournement de mineure ! Je ne sais pas ce que vous avez dit ou fait à Melanie l'autre soir, mais vous ne vous en tirerez pas à si bon compte ! (Le père de famille enfonça ce qu'il croyait être un clou.) En attendant, je veux des résultats : vous êtes spécialiste de la question maorie, oui ou non ?

Pas à dire : le businessman savait parler aux hommes.

*

Quelques filles s'époumonaient au bar de l'hôtel Debrett. Osborne posa le coude au comptoir et commanda une vodka à Kieren.

— Le nez, ça va mieux ?

Le pansement ne recouvrait plus que l'arête supérieure mais il restait gonflé et virait au jaune.

— Je respire.

Osborne croqua quelques quartiers de citron et se rinça avec la moitié du verre.

C'était un vendredi, les employés de la City sortaient les cartes de crédit, les filles leur décolleté mais ça n'allait pas mieux : il se sentait fatigué, crevé, lessivé, l'enquête n'avançait pas, Hana et son grand-père avaient disparu, la communauté maorie était muette au sujet de Tukao et de Zinzan Bee, il avait réussi à se mettre tout le monde à dos, ou presque, les pilules lui démangeaient le crâne, une menace diffuse flottait dans l'air du temps et c'est toute sa vie qui, mêlée aux volutes de cigarettes, s'évaporait sous ses yeux…

— Au fait, lança le jeune barman, y a une fille qui a déposé ça pour vous. (Une enveloppe de papier kraft glissa sur le comptoir.) Petit gabarit mais jolie comme un cœur, ajouta Kieren, le sourire malin.

Osborne décacheta l'enveloppe et lut.

Cher Paul Osborne,

Comme vous le savez peut-être, je suis une jeune femme consciencieuse et prévoyante : si vous lisez ces lignes, c'est que vous n'étiez pas à votre hôtel quand je suis passée. J'aurais préféré vous parler de tout ça de vive voix mais le destin en a voulu autrement. Voilà pour la prévoyance. Pour ce qui concerne mon côté consciencieux (promis, je me soigne), je me suis occupée personnellement de vos analyses. Vous savez, le cheveu arraché à cette pauvre Mlle Griffith.

Figurez-vous que j'ai mis un temps fou à trouver ce que c'était. Je veux parler de la substance peu ordinaire contenue dans ce poil de tête. Vous connaissez le tutu, Paul ? Moi il m'a fallu une nuit entière pour en déchiffrer la composition chimique ! Pour votre gouverne, le tutu est une plante, une espèce d'arbuste qu'on trouve par chez vous, plante dont on extrait le fruit. À l'intérieur, très concentrée, une substance qui à forte dose est assimilée à un poison. Notre cheveu en était imprégné, si bien qu'on peut supposer sans trop se tromper que Mlle Griffith en a absorbé une certaine quantité, susceptible de l'avoir mise sur le flanc, voire de l'avoir tuée par empoisonnement : avant ou pendant la noyade ? Je tiens à vous signaler qu'en aucun cas l'absorption de tutu sous forme de fruit, même en grand nombre, n'aurait pu provoquer un tel taux de toxicité. C'est donc sous forme concentrée que notre trépassée en a ingurgité. J'ai également retrouvé la trace d'aliments divers (poisson, tomate, oignon) et une petite quantité d'alcool (vin blanc de vos coteaux). Pas de drogue.

Je ne vois pas bien ce que cela change à l'affaire puisque c'est désormais le lieutenant Gallaher qui s'en charge. En tout cas, je vous remercie chaleureusement de m'avoir fait veiller au-dessus de mes microscopes (j'en ai plein la maison, comme des animaux de compagnie), ça faisait longtemps que je ne les avais pas vus. Ne me remerciez pas, ce n'est pas votre genre.

Sans rancune.

C'était signé A.

Seulement Amelia.

Osborne reposa l'enveloppe de papier kraft sur le comptoir et commanda une autre vodka. Une double — maintenant c'était sûr, Johann Griffith avait été assassinée.

8

Hana l'avait retrouvé la première. Paul ne savait pas ce qu'elle cherchait à lui signifier avec son caillou, mais elle n'était pas venue au K.Mart de Newmarket par hasard. Pendant deux jours il avait retourné le problème, sans résultat.

Le midi du troisième jour, après le travail, alors que Paul récupérait les livres soutirés un peu plus tôt, le chef du personnel l'avait pris la main dans le sac. Gibson ne pouvait pas l'encadrer, ça ne faisait de mystère pour personne, aussi ne rata-t-il pas l'occasion qui lui était offerte.

— Tu es viré ! siffla-t-il en pointant son doigt vers la sortie.

Le petit chef écumait de plaisir, de ces mauvaises vagues qui vous passent à la lessiveuse. Paul haussa les épaules — pauvre garçon. En prenant le chèque de la semaine, il avait juste demandé qui l'avait découvert : Gibson était trop bête pour ça.

— Un client, répondit la responsable des embauches, laconique.

Sur ces entrefaites, Paul avait payé les livres volés et quitté le bureau administratif du K.Mart qui, depuis deux ans, le faisait travailler.

Dehors, l'orage menaçait.

Hana attendait sous les nuages, appuyée contre les

flancs d'une guimbarde au bleu passé. Paul avança vers le parking où sa robe flottait, au gré du vent…

— Tu as vieilli, dit-il en guise de préambule.

— Toi aussi tu as une sale gueule.

— Grâce à toi : je viens de perdre mon boulot.

Elle croisa les bras et s'adossa à ce qui ressemblait fort à une voiture.

— Ça te dérange ?

— Bof…

Ils s'observèrent un instant, sourds aux bruits des chariots métalliques qu'on poussait dans leurs retranchements.

— Et ton école ?

— Le kohangareo *? fit Hana. J'ai fini le cycle…*

— Et alors ?

— Alors rien.

La métisse songeait à autre chose. Paul serrait les doigts au fond de ses poches : le corps d'Hana avait pris du volume, sa poitrine remplissait sa robe d'été, il en sortait des bouquets de peau pour saluer leurs retrouvailles…

Tic…

Tic tic…

Tic tic tic tic…

Il se mit à pleuvoir, des gouttes tropicales qui en s'écrasant sur l'asphalte chassaient les retardataires vers les abris. Paul ne bougeait pas. Sa chemise était déjà trempée. Hana ouvrit la portière de la guimbarde :

— Allez, monte.

Il manquait le cache au volant de la Dodge mais le reste semblait fonctionner.

— Ça fait drôle de se voir, dit-il.

— Oui.

Ils quittèrent Auckland par le nord. La pluie s'abattait sur le pare-brise crasseux, on s'entendait à peine. Hana demanda d'un air détaché comment il allait mais Paul répondit à côté. Il dit qu'il avait quitté Red Hill à sa majorité, qu'il n'y avait pas remis les pieds, qu'il logeait dans une chambre meublée près du centre et qu'il se fichait de ce qui arriverait.

Elle accéléra sur le motorway.

— Où on va ? cria-t-il dans le vacarme.

— Vers le nord.

Hana était concentrée sur la route, insondable sous son masque de femme. Ils roulaient à tombeau ouvert sur l'asphalte détrempé. Le vent hurlait par les vitres entrouvertes, Paul grilla des cigarettes : Orewa, Waiwera, Pohuehue, les scories volaient dans le cendrier, les cheveux d'Hana dans l'habitacle, les champs s'étendaient sur les vallons, ça sentait l'herbe mouillée après l'orage et l'odeur de sa peau à pleins poumons.

Les oiseaux qui picoraient l'asphalte daignaient à peine sautiller pour les éviter ; ils dépassèrent Kaiwaka, assoupie à l'heure de la sieste. Un vent de travers secouait la guimbarde, Hana conduisait sans un mot, avec ses longs yeux de métisse qui le surveillaient en coin, comme le lait sur le feu. Leurs retrouvailles se résumeraient à une tempête en petit comité.

« Dernière station avant l'Australie », affichait la pancarte d'un routier.

Jadis peuplée de kauris, la péninsule nord s'étendait sur une centaine de kilomètres jusqu'à Cape Reinga et ses falaises fleuries qui déchiraient le Pacifique.

— Tu es déjà venu par ici ? demanda Hana.

— Non. J'ai même pas de bagnole. Et toi ?

Elle hocha la tête pour dire oui.

Ils traversèrent une forêt de pins, dépassèrent quelques motels fatigués. Ne vivaient plus dans ces contrées reculées qu'une poignée de fermiers disséminés sur des champs verdoyants et la tribu maorie te kao. Avec tous ces moutons et ces vaches affalées sous les arbres géants, ces clôtures désuètes et ces chevaux balayant l'été d'une queue désin-

volte, on se serait cru à l'arrivée du télégraphe. Il le lui dit. Hana sourit — sans plus. Quittant la portion bitumée, ils s'engagèrent sur la piste qui menait au bout de la péninsule.

Cape Reinga. En retrouvant la mer de Tasmanie, les courants du Pacifique soulevaient des vagues épaisses qui se fracassaient contre les flancs de la terre. Hors saison, les touristes étaient rares.

— Viens, dit-elle simplement.

Laissant la guimbarde à son parking, ils marchèrent jusqu'au promontoire. Un vent violent les cueillit au pied du phare. La robe d'Hana volait sur ses jambes dorées, ils pliaient sous le poids des embruns, plus vifs à l'approche du précipice. Des cormorans luttaient contre les éléments, suspendus, maladroits. Une poignée de récifs affleurait, comme des osselets jetés au pied de la falaise. Hana serra ses mains autour de ses bras, le regard perdu dans l'écume. Aspirés par le vent des hauteurs, ils s'étaient approchés de l'abîme.

D'après les mythes maoris, c'est ici que les esprits des morts se jetaient dans l'océan pour rejoindre Pô, la déesse des ténèbres…

— Haere : mou tai ata, moku tai ahiahi, *murmura-t-elle.*

— Nous partirons : toi par la marée du matin, moi par celle du soir…

Un vieux proverbe maori, appris par cœur à l'époque de Red Hill.

— J'avais oublié que tu parlais l'autochtone, dit-elle.

— Plus depuis deux ans.

Paul se pencha vers le gouffre, comme si son âme gisait au pied des rochers. Ce n'était pas le moment mais il profita du vide pour se lancer.

— Au fait, je voulais te dire…

— Quoi ?

— *Pour l'autre jour…*

— *L'autre jour ? répéta-t-elle comme si les crachats du terrain vague ne l'atteignaient plus. Te fatigue pas, va : je ne suis pas ici pour recevoir tes excuses.*

Une bourrasque le fit reculer — ses yeux lui envoyaient des cailloux.

Le vide était là, immense. Foulées par l'écume, les âmes mortes se noyaient à la pelle. Paul eut envie de disparaître, de tuer et de commencer par lui.

Hana l'attrapa par les mains.

— Ka tata te po : haere[1].

La chaleur de sa peau le ramena à la vie. Elle dévalait déjà le sentier côtier. Paul suivit sa robe sur le chemin de l'océan qui grondait sous les bourrasques. Il croyait rêver. Il rêvait.

Hormis les oiseaux, la crique en contrebas était déserte. Il marcha sur le sable. Hana attendait adossée à la paroi d'un rocher, pieds nus, essoufflée par sa course vers la mer. Le vent battait contre sa robe, moulait ses seins, dévoilait ses cuisses, et ses yeux brillaient pour lui, deux lames couleur jade. Il voulut parler mais elle se pressa contre lui.

— Taipa[2].

L'espace d'un instant, Paul mesura l'invisible : la trajectoire du caillou, le bruit de ses gestes, son odeur pardessus la haie, tout s'envolait dans la brise. Hana prit son visage et fourra sa langue dans sa bouche. Un nuage fila sans les voir. Elle murmura :

— Ki a koe[3].

Le monde bascula au pied de la falaise.

Dérangeant quelques cormorans, ils firent l'amour contre

1. « La nuit va bientôt tomber : viens. »
2. « Tais-toi. »
3. « Prends-moi. »

les rochers, debout. Les vagues tonnaient sur la crique, Hana lui tendait ses fesses comme une main qui l'aurait attrapé, aspiré : il se laissa guider par la chaleur de son ventre, arrimé au décolleté de ses seins fabuleux, et se tordit tout au fond d'elle. Enfonça les vis. Son cul au crépuscule était doux comme le sable : Paul jouit le premier et le monde, à force de basculer, s'échoua en silence. La fille à qui il jetait des cailloux était une rivière…

Le temps passa, à peine perturbé par les piaillements des oiseaux. Enfin, le souffle redevenu régulier, Hana partit se baigner, nue. Paul la regarda affronter les rouleaux, traversé d'émotions inconnues. Les flots bouillonnaient autour d'elle, amazone dans le crépuscule ; l'instant était magique, rien ne pouvait l'abîmer…

La jeune Maorie revint bientôt, ruisselante. Des gouttes perlaient de sa toison brune. Elle ne disait rien mais son regard avait changé. Hana enfila sa robe sans même se sécher, puis se mit à parler très vite : elle lui dit qu'elle non plus n'avait pas remis les pieds à Red Hill, pas depuis que les gars du quartier l'avaient attrapée un soir et jetée dans une cave où ils lui avaient fait son affaire. Elle ajouta qu'elle n'avait pas dit un mot, pas un, ni pendant ni après, qu'à l'époque une des sœurs Douglas sortait avec le chef de la meute, le lendemain à l'arrêt de bus ils avaient raconté qu'elle avait aimé ça, qu'aujourd'hui il était le seul type du quartier à ne pas l'avoir baisée, que maintenant c'était fait, et qu'elle aussi se fichait de ce qui arriverait.

Paul la regardait, abasourdi. Hana ramassa ses chaussures qui traînaient sur le sable.

— Je pars demain pour l'Europe, conclut-elle d'une voix blanche. Adieu.

Hana avait disparu, entre chien et loup, abandonnant une violente odeur de peau dans son sillage…

Flic.

Il était entré en justice comme on entre parfois en politique : par aversion…

Une lumière crépusculaire scalpait les buildings de la City. En équilibre sur le rebord de la fenêtre, Osborne fumait un mélange détonant. Son arme, un .38 Special, reposait sur la tablette voisine. Une solution radicale. Fitzgerald avait dû penser la même chose avant de se faire sauter la cervelle.

Les hypothèses les plus tragiques lui traversaient la tête. À force de pourchasser ses fantômes, il devenait comme lui : obsédé, paranoïaque, violent, désespéré. Le spectre d'Hana crevait dans les bulles d'atomes et ce n'était pas les copies d'elle qui escortaient ses nuits qui allaient l'aider à reprendre pied…

Globule, en poste devant le frigo, risqua un miaulement. La chatte avait fini par s'imposer, au hasard des portes ouvertes et des courants d'air, et il avait la flemme de la mettre dehors.

— Fous le camp, je t'ai dit.

Mais, au regard éberlué que Globule lui renvoya, il était clair qu'elle n'y comprenait rien.

La brise du soir emportait les rideaux, pas le désespoir. Sourd aux caresses que l'animal réclamait à grandes bourrades, Osborne descendit de son perchoir et ouvrit la mallette. Il en extirpa quelques pilules et une poignée de cartouches, qu'il fit rouler sur la tablette.

À ses pieds, Globule le regardait comme s'il venait d'inventer un jeu. Elle approcha timidement le museau et commença à renifler les cartouches.

— Complètement à côté de la plaque, ma pauvre fille…

Le rapport d'Amelia Prescott traînait sur le lit, Osborne n'y pensait plus. Dans le couloir, les clients de l'hôtel descendaient boire un verre. Il saisit le revolver, plus moche que fascinant, logea une balle dans le barillet et attendit, dans les vapes, un coup de pouce du destin. Une simple pression sur la détente. La Grande Sérénité. Mais rien ne venait. Il avait l'esprit embué, parasité, pris dans un brouillard opaque qui le laissait sans perspectives. Hana avait disparu. Witkaire avait disparu. Le monde était peuplé de disparus…

De guerre lasse, il se pencha vers le petit frigo de la chambre ; hormis un fond de gin (il n'aimait pas le gin), le minibar était vide. Tout foutait le camp.

Osborne aspirait les résidus de la mignonnette quand le téléphone sonna sur la table de nuit. Plusieurs fois. Il décrocha enfin de son nuage noir, de la cendre plein la bouche.

— Allô, Paul ? C'est Tom !

— …

— Dis, je t'appelle, j'ai tes renseignements.

— …

— Au sujet de Bastion Point.

— Ah…

— Mais dis-moi, heu… (Culhane hésitait.) Tu fais quelque chose ce soir ? Je veux dire, tu es libre ?

Libre ?

— Ce soir ? Pff…

Osborne souffla de dépit mais Tom était d'un naturel désarmant.

— Eh bien, viens à la maison, dit-il, c'est l'occasion. On sera plus tranquilles pour parler, et puis c'est vrai, depuis ton arrivée, on n'a même pas pensé à t'inviter. Rosemary a préparé un poulet au citron : si tu veux te joindre à nous…

Osborne regardait le mur de la chambre comme si la tapisserie était en train de se décoller : une invitation. Manquait plus que ça.

Grimpée sur la tablette, Globule faisait rouler les cartouches, du bout des pattes. Une, puis deux balles tombèrent sur la moquette…

*

La Chevrolet grimpa Mountain Road, dépassa l'université à l'architecture vaguement hispanisante et bifurqua au niveau de Rockwood Place, quartier résidentiel proche du centre-ville. Osborne écrasa sa cigarette à la cocaïne et, flottant sur un nuage chimique, marcha jusqu'au portail de bois blanc.

Tom habitait une maison de bois au jardin fleuri, fierté de sa femme, propriété achetée avec l'argent de leurs parents respectifs qui, quoique déplorant cette histoire de mutation sur l'île du Nord, avaient débloqué des fonds pour les aider à s'installer. Apprêtée dans une robe à fleurs, un peu gironde, fardée mais voulant bien faire, Rosemary Culhane attendait dans l'allée.

Tom lui avait dit qu'Osborne était « bel homme », quoiqu'un peu bizarre : elle le trouva de fait impressionnant avec ses gestes et ses yeux de fauve, mais l'espèce de sourire qu'il lui adressa en guise de bonsoir brouilla ses données.

— Rosemary, fit Tom en le présentant, voilà Paul Osborne.

Super.

Ils échangèrent une poignée de main et quelques mots de bienvenue. Trop complexée pour être jolie, Rosemary se réfugia derrière sa frange. Elle avait pourtant du style, de belles épaules, seulement quelque chose l'avait coincée dans un angle, elle se terrait dans son corps comme une bête apeurée…

Tom ouvrit la bouteille de chardonnay qui prenait le frais dans un seau à glace — pas si mal, prédisait-il. À deux pas de là, Rosemary restait comme pétrifiée sur son carré de pelouse : leur invité la dévisageait comme s'il devinait tout d'elle. La situation était extrêmement gênante — on ne regarde pas les gens comme ça ! La confusion la faisait rougir. Rosemary n'avait pas connu beaucoup d'hommes, encore moins de ce genre-là : elle se sentait déshabillée.

Tobby apparut à cet instant précis, bien décidé à sauter sur le premier venu — en l'occurrence Osborne. De fait, le labrador se jeta littéralement sur lui.

— Oh ! Tobby !

Rosemary voulut s'interposer mais Osborne l'avait déjà pris dans ses bras : d'une manœuvre parfaitement inattendue, il souleva l'animal et l'envoya valdinguer au milieu de la pelouse. Tobby fit une roulade dans l'herbe tendre avant de retrouver ses appuis.

Rosemary le regarda avec des yeux ronds.

— Il glisse bien, estima Osborne.

On sourit, gêné.

Ils prirent bientôt place à la table du jardin, déjà dressée, et goûtèrent ce fameux chardonnay. Il y avait aussi du whisky. Tournant autour d'eux telle une toupie affolée, le labrador réclamait jeu et caresses, le bout de la queue en sang à force de battre contre les meubles ; à les entendre parler de ses facéties, ce grand chiot représentait leur enfant de substitution… L'alcool les détendit un peu. Rosemary, que la timidité fuyait à mesure qu'elle buvait, dit quelques braves mensonges à propos de leur soi-disant équipe avant de les laisser à leurs petites affaires — elle allait voir le poulet qui paraît-il marinait…

Le soleil tombait doucement. Culhane reposa son verre de vin et, confortablement installé dans un fauteuil d'osier, profita de l'absence de sa femme pour ouvrir son carnet.

— J'y ai passé un temps fou mais j'ai fini par reconstituer la liste des contestataires de Bastion Point, dit-il en dépliant une feuille volante. Plus d'une centaine de Maoris, de plusieurs tribus différentes. Mais hormis Zinzan Bee, annonça-t-il, personne ne faisait partie de la tribu ngati kahungunu…

Encore une piste qui s'évaporait. Le nez dans un Lagavulin au puissant goût de tourbe, Osborne parcourut la liste dressée par le policier, constata qu'une demi-douzaine d'activistes appartenaient à la tribu tainui, mais la reposa bientôt : pas trace de Pita Witkaire ni de Sam Tukao.

— Tu cherches quoi au juste ? demanda Culhane. Un lien entre Zinzan Bee, Bastion Point et le vol de la hache ?

Une abeille bourdonnait dans son verre vide.

— Oui. Je cherche aussi Pita Witkaire, un ancien activiste de la tribu tainui. Six d'entre eux étaient présents lors de l'occupation de Bastion Point, dit-il en jetant un œil sur la liste. Il me faudrait des renseignements sur ces types, savoir ce qu'ils sont devenus… (Tom griffonnait sur son carnet.) J'aimerais aussi savoir si l'un d'eux a été en rapport avec Samuel Tukao, ajouta-t-il, un notaire qui a exercé à Mangonui.

— Tukao ?

— Un des cadavres tirés du charnier, précisa Osborne. Celui qu'a découvert Fitzgerald.

— C'était ton boss, non ?

— Disons un ami.

Tom opina gravement.

— Je comprends.

— Tu es bien le seul… Et Griffith ? Tu as des nouvelles ?

— J'ai donné mon rapport au lieutenant Gallaher, répondit Culhane.

— Tu as vu celui du coroner ?

— Oui. Pourquoi ?

Osborne manqua de noyer l'abeille en se resservant un verre.

— Griffith travaillait pour la branche immobilière du holding de Melrose, dit-il.

— Depuis plus de dix ans, confirma Tom. Century Incorporated. Une employée modèle d'après ce que j'ai pu récolter.

Une employée modèle qu'on avait jetée à la mer.

— Sur quel projet elle travaillait ces derniers temps ?

— Un chantier en construction près de Rangiputa, dans la péninsule de Karikari…

Des paysages de rêve au nord de l'île, une région désertée en raison de sa faible activité économique. Plusieurs tribus maories habitaient ces contrées sauvages, parmi lesquelles celle des Tainuis…

— En tout cas, poursuivit Culhane, la thèse de la noyade semble la plus probable.

Osborne eut un rictus déplaisant mais se tut : Rosemary revenait de la cuisine, les mains chargées de victuailles. Elle posa le tout près du barbecue, les mollets fouettés par la queue du labrador.

— Maintenant fini de parler de choses sérieuses : à table ! Oh, Tom ! s'exclama-t-elle en voyant qu'il n'avait rien fait. Tu n'as pas encore allumé le barbecue ! Mais on va manger à l'aube ? !

Les deux hommes abandonnèrent la discussion. Il y avait pourtant des choses à dire… Osborne déboucha une nouvelle bouteille, tandis que Tom affrontait un vent tourbillonnant autour du barbecue. Il fit griller la viande, détourna quelques remarques acerbes de sa femme dont, l'alcool aidant, il craignait plus que tout les dérapages, avant de se mettre à table.

Le poulet mariné était délicieux, Osborne le fit savoir à la maîtresse de maison qui lui renvoya un sourire compliqué. Ils burent. Rosemary parlait maintenant avec une certaine aisance, même les taches rouges avaient disparu de son cou. D'ordinaire irritable, elle était ce soir métamorphosée ; Tom enregistra l'information — depuis combien de temps n'avait-il pas entendu son rire ? Lui aussi avait rougi sous les feux de l'alcool et, sa femme ayant cessé de le reprendre, il se laissa aller à quelques notes d'humour. À défaut de lui envoyer de grandes claques dans le dos, Osborne fit bonne figure. Des gens charmants, si loin de lui. C'est du moins l'image qu'ils donnaient : profitant de leur agitation autour du dessert, Osborne versa un peu de poudre dans le verre de Tom, vite diluée par le chardonnay…

— Oh, je crois que je suis un peu soûle ! minauda Rosemary en posant un gâteau sur la table.

— Ça vous donne bonne mine, répliqua Osborne.

— C'est gentil.

— C'est vrai.

Pour la première fois, Rosemary aima son regard sur elle. Elle rougit quand Tom revint, un saucier à la main. Lui non plus ne marchait pas droit. Encore cinq minutes et il ne marcherait plus du tout.

— Goûtons un peu ce gâteau, proposa Osborne.

Il sourit bizarrement à Rosemary tandis qu'elle nappait sa part de crème anglaise : elle lui répondit du bout des lèvres, ravie de se sentir séduite. Avec tous ses problèmes, la femme de Tom avait oublié qu'elle pouvait plaire… Osborne resservit un verre à tout le monde. Affalé dans son fauteuil de jardin, la tête du sergent commençait à dodeliner. Rosemary sourit de le voir ainsi s'assoupir.

— Je vais préparer le café, dit-elle.

Repoussant Tobby qui l'avait suivi, Osborne partit vomir le tout dans les plates-bandes. Le goût était amer, presque venimeux. Il lui fallait un petit remontant…

Les vestiges du repas s'amoncelaient sur l'évier ; Rosemary rangeait les assiettes dans le lave-vaisselle quand, sortant des toilettes, Osborne entra dans la cuisine.

— Je peux vous aider, dit-il.

— Oh, laissez, je vais m'en occuper.

Mais il ne pensait pas à la vaisselle. Elle le sut en relevant la tête. Croisant l'expression de son visage, elle reflua aussitôt. Il avait le même sourire qu'en arrivant; il se tenait maintenant près d'elle, si près qu'elle sentit son souffle sur sa robe, cette brise chaude et caressante sur sa peau, comme une main… Et toujours ses yeux jaunes qui l'hypnotisaient.

— Paul, mais…

Elle voulut reculer mais sa hanche touchait déjà le rebord de l'évier. Acculée à ce bout de cuisine, soudain incapable du moindre mouvement, Rosemary cessa de respirer : il posa sa main sur son épaule nue, caressa quelques centimètres carrés de peau et, sans cesser de la couver du regard, descendit lentement jusqu'à son décolleté. Rosemary frémit, en proie à une sensation inconnue. Elle songea un instant à Tom, assoupi dans le jardin, resta muette, oublia tout : le sexe d'Osborne l'effleurait, elle le sentait pointer contre sa robe, elle avait chaud et le désir grimpait vite. La main de l'homme glissa sur ses hanches, ses cuisses, sous sa robe. Une main brûlante. Rosemary ne bougeait plus. Elle se sentait désirée, désirable. La main déchiffra la jungle de son pubis, puis fila sous la dentelle du string et s'immobilisa sur ses lèvres. Cette fois-ci il la tenait. Il l'avait attrapée. Il pourrait en faire ce qu'il voulait, elle consentirait parce qu'elle ne réfléchirait pas.

— Non, dit-elle. Non…

Mais elle se laissa pénétrer, en douceur. Sa respiration était lente, le fluide dans ses entrailles divin. L'interdit et la chaleur de sa queue la remplissaient d'une joie mauvaise. Il s'enfonça jusqu'à la garde, lui arrachant un gémissement. Il s'enfonça plus fort, la souleva, et l'empala avec rudesse. Rosemary lâcha sa respiration et, enfin libre, se laissa prendre contre le rebord de l'évier. Elle se mordait les lèvres pour ne pas crier, leurs hanches s'entrechoquaient, il la prenait debout, des coups de boutoir qui lui faisaient presque mal. Soudain le corps s'échappa.

Quand elle rouvrit les yeux, le sexe avait reflué, laissant un vide inquiétant au fond de son ventre.

Le temps passa sans elle. Osborne avait fui : il ne restait plus dans la cuisine que des odeurs de marinade et la désagréable impression d'avoir été possédée.

Rosemary baissa la tête, et doucement se mit à sangloter.

Une fois sur le trottoir, Osborne se sentit décoller. L'électricité grimpait dans son corps, tous ses muscles tendus, aux aguets : sombre miracle, il était de nouveau d'attaque.

Le cauchemar pouvait recommencer.

DEUXIÈME PARTIE

RECHUTES

1

On trouvait de tout dans la mallette : speed, opium, herbe, cocaïne, acides, PCP, des amphétamines dont la plupart étaient en vente légale, morphine, ecstasy, MDMA, ainsi qu'une petite quantité d'héroïne.

Osborne choisit de la poudre de MDMA. La lumière montante des lampadaires créait des ombres sur le tableau naturaliste accroché au mur de la chambre, reproduction bon marché qu'on trouvait à Parnell. Il ôta son pansement. La plaie avait fini par se résorber. Son esprit, en revanche, s'enfuyait à petites pensées décousues.

Globule apparut, en équilibre sur le rebord de la fenêtre.

— Je croyais t'avoir dit de dégager…

Ses gros yeux jaunes le fixaient, d'une innocence crasse. Il caressa l'animal et, une veste sur le dos, retrouva le comptoir du Debrett. Là, Kieren lui paya une vodka citron, puis deux…

C'était un vendredi. Avocats, employés de banque, étudiants ou chômeurs professionnels, les clients formaient une population hétéroclite et bruyante. Des enseignes criardes invitaient la population locale à consommer du vin blanc ou du champagne australien mais c'est de la bière qui moussait dans les chopes. Onze heures. Osborne commanda un dernier verre : le bar allait fermer. Seul l'imposant portier maori semblait le tenir à l'œil — celui du professionnel. Osborne quitta bientôt le bar de l'hôtel, pressé par une petite foule joyeuse et éméchée. La chaleur s'était emparée de son corps et ne le lâcherait plus.

Le Bronx, une boîte à la mode du centre-ville : il but en espérant dissiper le goût de médicament qui pataugeait dans sa bouche et tenta d'oublier le reste — Hana. Les gens étaient là, avec leurs poumons insalubres, s'épuisant à vivre pendant qu'il les observait. Des jeunes gens se trémoussaient sur la piste, mimaient des contorsions érotiques, les basses soulevaient le sol, il imaginait des formes sous les stroboscopes, jamais les mêmes : de ces sculptures vivantes il tâtait l'éphémère, le présent simple, l'instant photographique, déjà certain que sa conscience se délitait. Même le spectre d'Hana s'était volatilisé dans ses méandres. Il était de nouveau dans l'œil du cyclone.

Les sentiments les plus contradictoires s'opposaient en lui quand il crut distinguer un sourire sous les flashes. Celui d'une fille qui l'examinait, adossée à un pilier en bordure de piste. Le visage était étrangement familier. Une grande métisse qui, sur le coup, lui rappelait… Le stroboscope remballa brusquement ses flashes aveuglants : des étoiles noires plein la tête, Osborne recula contre le comptoir. La fille et son sourire avaient disparu, il ne restait plus qu'un poteau de béton et des gens qui passaient comme des pantins affolés… Il sentit alors le contact d'une main sur ses reins. La métisse de tout à l'heure lui lança un clin d'œil équivoque et s'en fut au milieu de l'allée, dans sa robe qui dansait.

À la poche arrière de son pantalon, un papier griffonné qui disait (il avait du mal à lire à l'ombre des spots) : « Viens. »

Sur la piste les gens s'agitaient toujours, frénétiques.

Saisi par d'incessantes bouffées de chaleur, Osborne suivit le chemin qui menait à la sortie.

La fille se tenait à l'entrée de la boîte, une cigarette à la bouche, vedette ignorée sous les étoiles. Plus robuste qu'Hana mais vêtue d'une robe légère qui soulignait les mêmes hanches, les mêmes jambes, elle souriait comme un chat sous la lune.

— On s'est vus l'autre soir, lança-t-elle, les pupilles dilatées. Tu étais déjà dans un sale état.

Ça avait l'air de l'amuser. Son visage était d'un brun satiné à la lueur des lampadaires. Osborne la regardait comme s'il était venu sur terre il y a très longtemps. La fille posa ses mains sur ses joues brûlantes et l'embrassa, les yeux ouverts. Une idée qui visiblement lui trottait dans la tête depuis un moment.

— Ann, dit-elle seulement. Ann Brook.

Il pouvait respirer son odeur, mélange de parfum français et de sueurs polynésiennes.

— Dans l'ascenseur, précisa-t-elle. Tu te souviens ?

La soirée à l'Observatoire.

— Oui.

Ann Brook avait à peine vingt-cinq ans mais son regard était celui d'une adulte.

— Viens par ici, toi, murmura-t-elle en l'attirant vers la ruelle voisine.

Ils fumèrent un joint à bord de sa voiture, une décapotable dernier cri.

— Qu'est-ce que c'est que cette herbe ? demanda Osborne.

— Datura. Une plante hallucinogène venue directement d'Amérique du Sud, expliqua-t-elle en crachant la fumée au cosmos.

— Connaisseuse ?

— Grande connaisseuse ! s'égaya-t-elle en insistant sur sa poitrine.

Pas une mauvaise fille. Ils entamaient le carton.

— Qu'est-ce que tu faisais à la soirée de l'Observatoire ? dit-il.

— Rien de spécial. Je regardais le visage des gens.

— Et alors ?

— Ils sont vieux et moches. Pas comme toi… (Ann lui jeta un regard goulu.) Un copain a organisé une soirée du côté de Ponsonby. J'ai promis de passer mais il est encore tôt ; on peut s'amuser un peu avant…

Le tableau de bord affichait minuit. Osborne avait ses cuisses en ligne de mire. Tombées des nues.

— O.K.

Il écrasa le joint contre la portière. Ann Brook mit le contact et la décapotable s'ébroua.

— Je suis dans la pub, dit-elle aux étoiles.

— Je m'en fous.

La jeune femme égrena un petit rire déformé par le stupéfiant. Ils filèrent par les avenues désertes.

— Tu es flic, non ? fit-elle en défiant les trottoirs.

— Non.

— Ha ha !

— Oublie pas ton volant.

Osborne rattrapa la trajectoire au moment de percuter une poubelle, qui valsa quand même. Ann rit de plus belle. Au-dessus, les astres se consumaient à petit feu. Il sourit au vide qui les unissait. Partie dans son trip, la métisse ne se posait plus de questions ; ce type lui avait plu dès le premier regard et c'était exactement le genre de choses contre lesquelles elle refusait de se battre. Ann vivait dans la société du désir à consommation rapide et, puisque les dés étaient pipés, elle avait choisi de se servir toute seule, comme une grande. Arrêtée à un feu rouge, elle demanda :

— Un parc, ça te va ?

C'était Ann Brook qui lui parlait, pas Hana.

Il répondit :

— Oui.

Le feu passa au vert.

Ils dépassèrent le *reject shop* de Queen's Street, fermé comme les autres commerces et, à l'angle de l'avenue, bifurquèrent vers Auckland Domain. La brise était douce. Le coupé stoppa devant les grilles du parc. De grands arbres se balançaient dans la nuit mauve. Plus loin, on devinait la silhouette hellénico-Troisième Reich du musée de la ville. Ann ôta ses sandales et les balança sur la banquette arrière.

— Tu vois des gens ?

Il regarda autour de lui.

— Que toi.

La réponse sembla lui convenir : elle prit sa main mais c'est la lune qui les guida à travers les ténèbres. Il n'y avait personne dans le parc, sinon quelques hiboux. Ils se dévêtirent partiellement sous les branches d'un gigantesque matai.

— *Shit !* elle pesta. C'est plein d'épines !

Osborne distingua sa petite culotte blanche à terre, son sourire à l'ombre des branches et ce corps long et caressant au bout de ses doigts, comme entouré d'un halo merveilleux, alors qu'il tenait à peine debout. Ann se pressa contre lui et caressa ses testicules. Deux billes noires lui dirent qu'il était beau, qu'elle avait terriblement envie de lui, puis elle se baissa pour suçoter son gland. Le temps passa, suspendu à des fils invisibles. Ann observa l'engin à l'air libre, souffla doucement sur sa pointe dressée et, se relevant sans plus penser aux épines qui lui picoraient les pieds, le nicha comme un ardent secret au creux de ses cuisses.

C'est du moins la vision qu'il en eut. Pour le reste, on nageait dans le flou : en trois minutes Ann venait de renverser le monde, si bien qu'il s'abandonna à cette gymnastique cosmique, oubliant tout et même le reste. S'appuyant sur l'écorce du vieux matai, ils firent l'amour avec la virulence des soirs d'oubli. Ann jouit avant lui, puis, encore tremblante, se retourna pour l'avaler en entier. Hana en flammes traversait son cerveau mais il aima tout. Ann s'aida de la main et sentit monter le plaisir dans la queue de son amant. Il éjacula entre ses lèvres. Après, plus rien : le concentré d'ecstasy, l'alcool, le datura, tout explosa en blocs monolithiques.

Une, deux, dix secondes ? Quand Osborne rouvrit les yeux, les branches du matai tanguaient dans la nuit inodore.

— Ça va ?

Ann attrapait sa petite culotte, abandonnée sur le tapis d'épines.

— Oui. Oui…

Mais Osborne chancelait sous les branches. Il venait de subir une première amnésie : ça n'avait duré que quelques secondes, il y en aurait d'autres. Encore un effort et il oublierait qu'il existait…

— Tu viens ?

Ann Brook s'était rhabillée à la vitesse de la lumière. Elle attendait sous la lune, les pupilles toujours dilatées. Retrouvant peu à peu l'équilibre, Osborne suivit sa main tiède à travers le parc. Quelques écureuils roux les regardèrent passer, assis sur leur touffe.

La berline stationnait à la sortie du parc, portières ouvertes contre le trottoir. La jeune femme remit ses sandales tandis qu'il s'écroulait sur le siège.

— Tu en veux plus ? dit-elle.

Plus de quoi, il n'en savait rien. Il dit :

— Oui.

Ann sourit en coin et mit le contact. Dès lors, tout bascula.

*

K. Road. Des enseignes clignotantes, quelques noctambules passant comme des fantômes sur les trottoirs et des odeurs de fritures asiatiques qui finissaient de s'évaporer dans l'air tiède du soir. Les clubs se succédaient, avec leurs portiers tristes et les couloirs à néons où de la musique électronique filtrait. Ann prit Osborne par la manche et l'entraîna vers la ruelle voisine. La balade en voiture les avait un peu ragaillardis, l'effet du datura commençait à s'estomper et les lumières des lampadaires dansaient dans les flaques. Il n'avait pourtant pas plu.

Ils tombèrent bientôt nez à nez avec un Maori aux bras comme des jambes, gardien herculéen d'une porte discrète d'où rien ne perçait. Le Phénix.

— Salut, Will !

Ann l'embrassa sur la joue. Le type devait mesurer près de deux mètres : sa carrure et son ventre étaient impressionnants mais, chose curieuse, sa tête était si petite qu'elle semblait appartenir à quelqu'un d'autre. Disproportionné, et pas aimable avec ça. Will Tagaloa jaugea Osborne d'un œil noir.

— Il est avec moi, tempéra la jeune femme. Pas de problème.

Le gros Maori avança le menton mais ne broncha pas. Ils passèrent sous son bras musculeux, qui venait d'ouvrir la porte.

— Il a l'air méchant comme ça mais c'est plutôt le bon bougre, commenta Ann.

Il n'y avait pas de caisse à l'entrée du club privé mais un vestiaire plongé dans la pénombre. Un simple faisceau violet éclairait le plafond et les bouts de mannequins qu'on y avait collés, des jambes de femmes peinturlurées qui semblaient jaillir du mur… Une fille apparut, en chair et en os, une blonde en maillot de bain fifties et talons aiguilles qui souriait telle une starlette sur la Riviera.

— Il est avec toi ? lança-t-elle.

Ann fit signe que oui.

— O.K., allez-y…

De lourdes tentures rouge sang séparaient le comptoir du club où un rythme électro battait la mesure. La lumière améthyste les guida dans la pièce voisine. Osborne écarquilla les yeux.

— Qu'est-ce que c'est que ça ?

Le ton était celui du type qui découvre l'Amérique. Des costumes étaient pendus aux murs, par dizaines…

— Des déguisements, répondit Ann. Il faut en choisir un et mettre un masque si on veut entrer, précisa-t-elle, visiblement amusée par la tournure que prenaient les événements.

Ann décrocha un costume de fée et l'enfila très vite. Lamé, très court, méchamment décolleté, il lui allait, il faut le dire, plutôt bien. Barbarella en goguette, elle minauda :

— Alors, comment tu me trouves ?

Ses cuisses fuselées marquaient des points.

— Pas mal.

Ça la fit rire.

— Enfile un de ces trucs et suis-moi !

Ann choisit son costume — une sorte de toge romaine qui, dans leur état, finit par leur arracher un rire nerveux. Il ne savait pas où cette fille l'entraînait et il s'en foutait complètement. Ils enfilèrent leur masque. Osborne ne distinguait plus que les yeux de sa compagne sous son loup de plumes pailletées.

Elle poussa une porte, cachée derrière la lourde tenture. Elle donnait sur le club en question. Un long comptoir serpentait sous les voûtes de ce qui ressemblait à une cave aménagée ; plus loin on apercevait une piste où des silhouettes grimées se frôlaient dans un débat d'alcôve, et les spots bleutés faisaient ressortir l'éclat des costumes qui scintillaient sous les lampions du bal new age. La musique était presque assourdissante. Il y avait aussi un salon aux fauteuils de style rococo fondus dans une décoration pour le moins ostentatoire. Tous évoluaient masqués, sans se soucier des mains qui les palpaient.

Ann Brook l'avait mené dans un club échangiste. Celui-là semblait très spécial. Les paupières d'Osborne papillonnaient devant les silhouettes des clients qui s'abordaient, incognito sous leurs masques. Ann glissa sa main sur son sexe.

— Tu viens ?

Puis elle lui prit la main et l'entraîna dans un box caché derrière un voile doré. Deux fauteuils design et une petite table de plastique transparent constituaient le mobilier.

— Une installation d'art contemporain ? fit Osborne.

— Non. Ce serait même plutôt l'inverse…

La jeune métisse dut faire un signe puisqu'un homme apparut bientôt sous le voilage d'or, portant deux écuelles qu'il déposa sur la table. Ils s'assirent sur les fauteuils, manquant de basculer en arrière. L'homme était immense, coiffé d'un masque de serpent à plumes dans un accoutrement d'Inca qui découvrait ses muscles bodybuildés : d'autorité, il leur noua une serviette autour du cou. Ann souriait toujours. Il aurait dû se méfier.

L'Inca préleva une pincée de poudre brune, qu'il bourra à l'extrémité d'un tube de bois sec. L'opération achevée, il saisit la petite pipe et leur fit signe de renverser la tête.

— Qu'est-ce que c'est ? demanda Osborne.

— Du tonnerre, répondit Ann.

Le colosse approcha d'abord de lui et, d'un coup sec,

souffla la poudre dans sa narine gauche. Osborne gémit sous l'impact mais la main de l'Inca maintenait sa tête en arrière. Une douleur intense jaillit alors, inconnue, comme si on lui martelait l'arête du nez. La poudre brûla tout sur son passage, répandant une vague de braise dans sa gorge avant de gagner les poumons. Des larmes ruisselèrent sur son visage. Incapable de respirer, Osborne se sentit partir au loin. Un liquide visqueux s'écoulait de son nez, il étouffait. Il allait mourir. Il allait retrouver le néant. Un filet d'oxygène traversa alors le grumeau de mucosités éjectées par ses sinus : à l'agonie, Osborne aspira l'air frais comme s'il renaissait, les poumons déchirés.

Un flot de morve et de glaires maculé de poudre dégorgea de ses narines, inondant son menton, son cou et la serviette. Il ne voyait plus rien : Ann, l'Inca, ils avaient tous disparu. Haut-le-cœur, vertiges, Osborne tremblait de tous ses membres. Il régurgita des bolées de bave gluante, les poumons en dentelle. L'âcreté de la poudre lui arrachait des larmes par poignées : il allait suffoquer, il suffoquait. Un nouvel afflux d'humeurs déboucha ses sinus, glaires et vomi répandus sur la serviette : la douleur se dissipa tout à coup.

En rouvrant les yeux, Osborne réalisa qu'il était toujours vivant. Les voies aériennes dégagées comme jamais, il n'avait plus mal : il ne sentait plus rien.

Le box s'était agrandi, sa vue s'affûtait, il distinguait même avec une extraordinaire clarté les objets et les personnes qui l'entouraient : Ann, l'Inca qui dénouait leur serviette, il percevait tous les détails, des détails rassurants, presque familiers.

Ann se leva la première, aidée par le colosse qui bientôt s'occupa d'Osborne. Leur cerveau titubait mais ils pouvaient marcher. Ou plutôt ils volaient. Tout en bas, le sourire de la métisse était gigantesque. Submergé par la houle, Osborne prit sa main et quitta le box : n'avaient-ils pas l'éternité pour eux ? Un voile d'or enveloppa son esprit. Libéré de son enveloppe charnelle, il faisait des incursions dans le monde supérieur de la métempsycose, des fragments dispersés de la mémoire collective se synthétisaient sans chronologie ni linéarité dans son esprit planeur, ne prenant forme qu'une fois remis côte à côte, comme par miracle.

Au bout du vertige, le club échangiste et ses néons technoïdes.

Sorti par la petite porte d'un étrange coma répétitif, Osborne frémissait encore. L'espace-temps s'était fissuré sous leurs pas. Ann ayant disparu de son champ de vision, il erra un moment sous les voûtes, à sa recherche. Il entendait les sons sans vraiment les percevoir : son esprit errait, spectateur aérien. Il était double, triple même.

Dans la tourmente, il vit un type musculeux qui enfourchait une fille à quatre pattes, sorte de Peau d'âne maigrichonne. Une poignée d'admirateurs les regardaient faire, parmi lesquels deux grands highlanders curieusement identiques, les jambes poilues et maigres sous leur jupe écossaise. La fille en levrette ahana jusqu'à ce que, dans un ultime râle, le type se retirât de ses fesses incurvées. Elle gémit sans trier la douleur du plaisir. Un nouvel étalon le suppléa sur-le-champ, et s'y enfonça comme dans du beurre. Peau d'âne ahanait de nouveau, visiblement peu affectée par le manège qui se déroulait dans son dos… Bien accroché à son trip, Osborne se dirigea vers le bar où une Wonderwoman masquée servait des coupes de champagne. Une main glissa alors sous sa toge.

— Tu es sûr que tu ne veux pas venir au salon ?

La voix déformée, sa fée d'un soir souriait derrière son loup d'argent. Ann. Ann Brook…

— Quel salon ?

On s'entendait à peine sous le vacarme des sons qui

percutaient les cloisons de la boîte. Ann le prit par la main et louvoya avec lui vers une salle au fond du club. Si la musique y était moins forte, la lumière était plus crue — un lustre à facettes traversé de lasers rouges et violets qui se reflétaient sur les masques.

Ils étaient une demi-douzaine à attendre au bord du cercle. Il n'y avait ni table ni bar mais une piste de terre glaise où deux hommes se battaient à la manière des sumotoris : Peter Pan affrontait ce soir Jason, dont le casque d'argent couvrait les yeux. S'accrochant par les épaules, ils tâchaient de se précipiter à terre et soufflaient bruyamment sous les encouragements de l'assemblée. Jason semblait à bout de souffle ; de fait, il s'affala bientôt sur la terre glaise. Soumis à la loi du plus fort, Jason ne bougea plus. Son vainqueur vint dans son dos et, encore essoufflé par l'effort qu'il avait dû livrer, le pénétra jusqu'à la garde. Enfin, la bedaine flasque sur le cul de l'autre, il s'arc-bouta et commença à limer, de plus en plus fort. Le but était visiblement de repousser le vaincu hors du cercle.

Les cris des autres allaient grandissant à mesure qu'ils approchaient du bord de la piste — ce serait bientôt leur tour. Jason glissait sur la terre humide tandis que le gros homme le chevauchait, ponctuant chaque coup de reins d'un chuintement viril qui les repoussait un peu plus loin. Maintenant l'équilibre par ses seules mains, Jason faiblissait à vue d'œil : il roula dans la boue et se vit ainsi éjecté du cercle.

Le Peter Pan se redressa, ruisselant d'une joie mauvaise, le sexe encore dur. Pas de capotes. Ceux qui attendaient leur tour applaudirent tandis que le prochain adversaire se préparait. Debout paraît-il, Osborne les regardait faire, éberlué. Le champion n'eut guère le temps de souffler puisqu'une fille entra en piste : Peau d'âne.

On siffla des insultes. Enfin le combat commença.

Chétive, la pauvre fille ne tint pas longtemps le choc : après quelques empoignades, elle se laissa choir. Le gros type se précipita aussitôt, la tint face contre terre, écarta ses fesses en s'aidant des deux mains et la pénétra si violemment qu'elle hurla. Contorsionnée de la sorte, Peau d'âne subit l'assaut. L'engin rentré de moitié dans les fesses, elle pleurait doucement.

Consternant.

Ann s'était mêlée aux prétendants, ne perdant pas une miette du spectacle. Peau d'âne glissait littéralement sur l'argile et, éjectée à grands coups saccadés, quitta le cercle en se tordant à terre. L'autre avait joui dans un ultime râle : son sexe pendait maintenant sous sa tunique vert feuille, mou.

On redoubla d'insultes lorsque Ann entra sur la piste. Adossé contre ce qui ressemblait à un mur de pierre, Osborne retint son souffle. Sa fée était magnifique sous le lustre à facettes, la toison brune dépassant à peine de son costume lamé, mais il tremblait pour elle, perdu dans son délire. Les combattants s'agrippèrent sauvagement. L'homme avait l'avantage de la force, la fée d'argent celui de l'agilité. Elle échappait à ses prises et, fuyante comme une anguille, gardait l'équilibre. Les cris redoublaient au bord de la piste, ou alors Osborne rêvait en bloc. Peter Pan faillit la faire tomber mais les cuisses d'Ann étaient puissantes : elle profita de l'attaque avortée pour l'attirer à terre. Est-ce du fait d'avoir joui qu'il manqua de force ? Emporté par son élan, l'homme s'affala sur le sol.

Le cercle s'était resserré autour de la piste — on applaudissait la Fée d'argent qui, d'un coup de baguette magique, venait de terrasser Goliath. Ann saisit alors un énorme godemiché qu'elle fixa à sa taille et, encore haletante, se pencha vers sa victime. À coups de pied, elle lui signifia de se mettre à quatre pattes, puis ajusta son terrible engin, qu'elle enfouit lentement dans l'anus. Le gros homme serrait les dents tandis qu'elle lui dilatait le sphincter. Trop large, trop long, le sexe virtuel semblait capable de tuer. Ann l'enfonça cependant profondément, puis, sadique ou vengeresse, s'échina à le perforer. C'était maintenant un Peter Pan disloqué qui avançait à quatre pattes, poussé par le phallus.

Il quitta le cercle, battu plus que vaincu.

Osborne n'entendait plus rien, il saisissait à peine le mouvement de leurs lèvres. Son esprit tournoya dans le kaléidoscope du lustre tandis qu'il quittait le salon. La nausée l'accompagna jusqu'au comptoir.

La réalité était partie au diable et il n'avait aucune envie de la rattraper.

Il se tourna une dernière fois vers la piste de terre glaise : Ann avait chuté à son tour. La jupette retroussée sur ses reins, un phallus bien vivant lui fouillait les intestins…

*

La Croix du Sud s'était plantée dans le ciel quand ils sortirent du club. L'effet du « tonnerre » se dissipait lentement : restaient des images contrastées et une forte envie de vomir. Ann souriait à l'ombre des lampadaires, les yeux mi-clos, imperturbable quoique raide. Il la revoyait sur la piste, belle et cruelle dans son habit de fée…

— Tu es une drôle de fille, dit-il.

— Bah… Faut bien s'amuser.

Entre elle et Hana, un abîme où il continuait de sombrer…

— Il y a la party chez Julian, dit-elle. Tu viens ?

Osborne haussa les épaules, en signe d'acquiescement — vu leur état, ils n'iraient pas loin. Marcher jusqu'au coupé leur prit déjà un certain temps.

— Tu peux conduire ? il demanda.

— Non. Et toi ?

— Non plus.

Ann mit le contact en riant. Puis elle alluma une cigarette et, augmentant le volume, fit demi-tour dans la rue déserte avant de prendre la direction de Ponsonby.

She's...
So...
Heavy !

Le cri électrique d'une guitare, l'horloge qui affichait trois heures et demie du matin, la tête renversée sur le siège du coupé, le nez dans les étoiles, Osborne n'était plus seul, il était mille. Ils roulaient, sublimés par la brise des avenues : les arbres chaviraient çà et là, des lumières glissaient sur le capot, chacun sur les rails d'un train lancé sans chauffeur. Au bout de la course, le silence.

Ponsonby Road. La voiture passa les grilles ouvertes et pila devant une grande bâtisse éclairée. Ils se remettaient doucement, complices de pas grand-chose, de peu importe : l'air du soir leur avait donné un coup de fouet.

— C'est ici, dit-elle.

Une musique trip-hop-jungle s'échappait des fenêtres ouvertes, il y avait aussi des cris depuis la maison. Ann ouvrit le vide-poches, trouva des buvards d'acide. Ils s'embrassèrent une dernière fois avant d'avaler le stupéfiant.

— On y va ?

La jeune métisse rattacha ses cheveux dans le rétroviseur avec une dextérité étonnante compte tenu de leur état mais, une fois sur le gravier, Osborne constata qu'elle titubait dangereusement. Il la soutint jusqu'aux marches.

— Ça va aller ?

— Ouais… T'en fais pas.

Ann avait l'air presque sereine…

Des gens gravitaient autour de la propriété, étendus sur l'herbe du jardin, partageant un joint ou quelques blagues sous la lune.

— Tu devrais soigner tes fréquentations, dit-il en la déposant sur le perron.

— Détrompe-toi, j'en ai d'excellentes…

L'espace d'une seconde il lui sembla qu'ils étaient à jeun, l'esprit clair, mais elle se mit à rire nerveusement et il laissa tomber.

La maison était gigantesque — au moins une dizaine de pièces et des plafonds si hauts qu'on aurait pu s'y pendre. Ann trouva vite une place sur un canapé, où il l'abandonna en compagnie d'ivrognes de son genre. Une foule humide buvait dans les différentes pièces, écroulée sur des sofas années soixante-dix, debout ou adossée aux murs. Stratèges du frigo, un groupe de chevelus dégoupillait des bières sans s'épancher sur la mousse qui coulait de leurs ricanements. La musique faisait frémir le plancher, les tables étaient jonchées de bouteilles, des types gesticulaient au milieu de la piste improvisée du salon sous un nuage de fumée épaisse : petits Blancs en cravate ou tee-shirt noir déchiré, quelques Européens égarés au bout du monde, on trouvait un peu de tout. Osborne attrapa un joint et partit en direction du jardin.

Le dénommé Julian était une brute joviale qui fumait de l'herbe au bord de la piscine en compagnie de deux Maoris aux visages peu amènes : tête minuscule sur un corps musculeux, l'un d'eux ressemblait à s'y méprendre au portier du club…

Ce fut à peu près sa dernière vision.

Après, le trou noir : MDMA, alcool, datura, acide, tout lui explosa au cerveau. Un vide total où, privé de conscience, il se délecterait bientôt de sublimes approximations éthyliques.

*

Osborne roulait mais l'écran de ses yeux était poisseux.

Une avenue défilait derrière le pare-brise : il voyait les lumières comme des strass et quelque chose s'était réveillé dans son corps, comme s'il sortait d'un mauvais rêve. Il regarda autour de lui et constata qu'il tenait un volant. Il avançait dans la nuit sans savoir ce qu'il faisait là, à suivre cette rue vide. Des phosphorescences d'insectes traversaient les phares. Il voulut ralentir mais il s'était déjà arrêté.

La circulation était réduite à l'écoulement du sang dans ses veines. Osborne leva la tête, égaré, n'entendant plus que le sanglot rauque de ses poumons. Le lampadaire était cassé, le suivant éclairait une portion de bitume. Un décor surréaliste où l'envers s'écroulait sur l'endroit, rebondissait sous l'impact avant de repartir se jeter à toute vitesse contre les murs. Des sueurs froides coulaient sur ses tempes, sa veste et sa chemise en étaient imprégnées. Le siège aussi collait. Il avait dû perdre des litres et des litres… Osborne ouvrit la portière et s'écroula sur l'asphalte. C'était dur et froid. Quand il dressa la tête, un filet tiède gouttait de son front.

Il lapa ses lèvres sanguinolentes, n'y trouva le goût de rien. Il chercha à se relever mais il ne tenait pas debout. Il tenta pourtant une série de pas et, butant sur quelque objet invisible, embrassa de nouveau le bitume. La lune avait chaviré tout entière.

Face contre terre il rampa sans reconnaître ses mains, n'y pensa plus car il ne pensait pas, et dans un défi absurde réussit à grimper sur ses jambes.

Le corps comme du papier, de la glace au bout des doigts, il semblait avancer à reculons. Les maisons se découpaient dans le noir, les façades s'écroulaient à mesure qu'il s'en approchait : il était devenu un produit chimique, il était devenu *noa*, rien que de très ordinaire.

Osborne continua à rebondir contre les poteaux ou les voitures stationnées sur son chemin, puis finit par s'adosser contre une porte métallique. La lune chevauchait des nuages noirs, le vent balayait la rue, ses yeux roulaient dans la pénombre, lui n'était plus que la peinture d'un tableau, une partie du décor où il s'était fondu : il erra, cherchant ses pas où il n'y en avait pas. Au bout de l'errance, il détruisit une barrière de bois mal arrimée au grillage qui délimitait un chantier.

Le terrain vague s'étendait à perte d'équilibre : emporté par son élan, il bascula dans l'obscurité et sans un cri chuta lourdement. Sa tête cogna contre les gravats, expulsant un peu de sang sur sa chemise.

Le fossé était profond, un cloaque dont l'odeur lui tordait le cœur. Sueurs, glaires, déjections gastriques, Osborne respirait à grand-peine. Corps et âme confondus en une même peur, tâtonnant la terre d'une main tremblante, il chercha une prise qui lui permettrait d'échapper à la fosse et à cette épouvantable puanteur. Nulle trace du cosmos, perdues les étoiles, abattue la lune, inventé le ciel. Jeté nu dans le chaos, coincé par les parois du trou noir dont il constituait le fond, il croupissait, prisonnier grelottant dans la boue, avec à la bouche un goût de pierre. Ses membres le liaient à la roche : il devenait minéral. Son corps ne fonctionnait plus.

Un bloc de nuages passa sur le terrain vague. Osborne déblayait les cailloux autour de lui, frénétique, et brusquement stoppa : sa main venait de toucher quelque chose. Quelque chose de mou, de poisseux… Il écarquilla les yeux et, à la lueur blafarde de la lune, découvrit le visage terrifié d'une femme.

Il perdait la tête. Ou il l'avait déjà perdue. D'une manchette, il chassa le sang qui coulait sur ses yeux. Allongée sous lui, recouverte de gravats, le visage de la fille continuait de le regarder en hurlant.

Une nausée lui serra les amygdales quand il vit son crâne déchiqueté. Leurs visages se touchaient presque : il se redressa, effrayé. Le sang s'était répandu sur sa robe, il en avait plein la chemise… Une main invisible l'empoigna. Le sang était frais, presque tiède : le tueur était ici, quelque part entre les cabanons et les tas de sable. Il l'observait, en ce moment même. Osborne pouvait sentir le danger jusque dans les pores de sa peau.

Mû par une énergie diabolique, il se dépêtra du fossé, les yeux révulsés.

Le terrain vague.

Les cabanons.

La tranchée où le cadavre hurlait.

Le souffle du tueur sur sa nuque.

D'instinct, Osborne porta la main dans son dos et trouva son arme. Il roula sur lui-même et, sans cesser de patauger, visa les ténèbres. Il tira un coup au jugé.

La détonation perça le silence. Le paysage tourna à toute vitesse. Au milieu des flashes, il crut apercevoir une silhouette dans le noir, une forme qui s'enfuyait, puis plus rien. Le terrain vague, les baraquements, tout semblait désert.

Il n'y avait plus que le fossé, le fossé et tout ce sang sur ses vêtements…

2

La brise emportait les rideaux de la chambre. Osborne se réveilla, terrorisé. Un malheur était arrivé, il le sut avant même d'ouvrir les yeux. Recroquevillé contre la porte, les jambes tordues sur le parquet, tas de peau morte, il cligna plusieurs fois des paupières avant de reprendre contact avec la réalité.

Il vit alors la chambre et retint son souffle, comme on coule. Les rideaux étaient lacérés en fines lamelles rectilignes, verticales, avec une minutie diabolique.

Il n'y avait pas que les rideaux : le dessus-de-lit, la couverture, les draps, l'oreiller, tout était littéralement mis en pièces.

Il frémit, acculé à la porte qui le soutenait : combien d'heures avait-il fallu pour réaliser un tel carnage ? Et quel dément avait pu faire une chose pareille ? Qui sinon lui ? Osborne se leva d'un bond, moribond, les yeux rougis par l'horreur et tout ce qu'il avait mis dedans. Son repaire avait été découpé en morceaux, laminé, et ses vêtements étaient couverts de sang.

Un filet de bave avait coulé de sa bouche, formant une colonne sèche sur son menton. Des coups sourds lui remontaient dans la gorge. Il avait mal à la tête, à s'en arracher des pans de cervelle : il eut beau presser les mains contre son crâne, rien n'en sortait. Pas le moindre souvenir. Juste la vision d'un trou, un trou sans fond. Combien de temps avait duré l'amnésie ? Et d'où provenait tout ce sang ?

Osborne jeta sa veste sale sur le parquet, se rattrapa aux murs et, pris d'une violente nausée, fila vers les toilettes. Vomir lui arracha des larmes vieilles d'une nuit mais toujours aucun souvenir. C'est en apercevant les poils vermeils sur le rebord de la baignoire qu'il défaillit pour de bon : Globule gisait là, le corps tailladé en milliers de coupures. Des poignées de poils et de chairs sanguinolentes collés à l'émail, la chatte montrait encore les crocs, des petits crocs blancs qui dépassaient de sa gueule, atroces. On l'avait égorgée. Massacrée.

Osborne sortit de la salle de bains, les yeux fous. La bile avait brûlé son œsophage, des hoquets lui remontaient à la gorge ; serrant les dents pour ne pas crier, il contempla le désastre de la chambre, tous ces lambeaux qui pendaient, ne voulut pas comprendre, comprit pourtant qu'il était seul, seul avec son monde en charpie... Dans le temps suspendu, des oiseaux gazouillaient par la fenêtre. Les rideaux déchiquetés ballaient mollement sous la brise. Le bruit des voitures le ramena à l'ordinaire, au bon vieux goût du réel, mais il avait une boule dans la gorge. Il s'écrasa les sinus. Bon Dieu, qu'avait-il fait de sa nuit ?! Un dernier hoquet lui fit comme un trou dans le ventre. Alors il s'agenouilla et se mit à chercher nerveusement.

Le revolver traînait à terre, sous la tablette, mais il ne trouva ni lame de rasoir ni objet tranchant susceptible de causer un tel carnage.

Des larmes froides coulaient sur ses joues quand il fit basculer le barillet : une balle manquait.

*

New Lynn, quartier est de la ville. Une ambulance et plusieurs voitures de police stationnaient, feux clignotants, devant le site. Refoulés derrière les barrières métalliques, une douzaine de journalistes guettaient la sortie des enquêteurs dans l'espoir d'une première interview.

Debout au milieu des détritus, les mains dans les poches de son pantalon de lin, le capitaine Timu évaluait le cadavre. C'est un riverain qui l'avait trouvé un peu plus tôt, gisant à l'ombre de l'entrepôt — une scierie désaffectée qui attendait d'être démolie avant la construction d'une résidence. Lancée sur la fréquence de la police, la nouvelle relayée par les médias avait déjà fait le tour de la ville.

Le Maori renifla — la climatisation de son bureau lui flanquait des rhumes chroniques. Spectacle franchement répugnant que ce corps disloqué parmi les détritus… À ses côtés, le lieutenant Gallaher s'entretenait avec le légiste. Comme eux, Moorie était tendu ; le visage de la victime faisait vraiment peine à voir. Le coroner en chef débitait ses phrases avec lenteur : d'après les premiers constats, le crime avait eu lieu dans la nuit, vers cinq heures du matin. Les causes de la mort ne faisaient pas mystère : le crâne était fracassé.

— Pour démolir une tête comme ça, il faut cogner fort et avec un objet lourd. Type barre de fer, précisa le légiste au milieu des policiers qui s'affairaient. Mais la victime n'a pas été tuée ici : il y aurait des traces de sang sur les cailloux, la terre… Regardez, il n'y a qu'une petite flaque sous sa tête. Le sang commençait à coaguler quand on l'a déposée là…

Timu opina. Sa vessie lui tirait des larmes mais il mit ça sur le compte du vent matinal. Gallaher mâchait son chewing-gum au goût éventé depuis mille ans tandis que ses hommes relevaient les indices — avec le sol argileux, on ne désespérait pas de trouver des traces…

— La télé vient d'arriver, lança un agent en uniforme.

Timu garda le silence. On avait bouclé le site mais, avec le car de la télévision et les caméras qui déjà s'apprêtaient à tourner, les badauds affluaient comme des squales après un bain de sang.

— Je vais prendre la déposition du type qui a trouvé le macchabée, fit Gallaher.

Son cou de buffle incliné vers le sol, le Maori gambergeait. Il songeait à Mark, à la maladie, à tout ce qui l'avait amené là…

— Oui, dit-il, oui : allez-y…

Immobile au milieu des planches et des bouts de ferraille, Timu indiqua qu'on pouvait emporter le corps. Près de là, Moorie frottait son duvet de barbe. Les deux hommes échangèrent un regard entendu : à lui de jouer maintenant… Le Maori soupira — il allait affronter les journalistes. Laissant les spécialistes relever d'hypothétiques empreintes, il remonta sa ceinture sur son quintal et se dirigea vers la petite foule agglutinée derrière les barrières métalliques.

Les caméras étaient prêtes, les micros ouverts. On manqua de se bousculer à son approche mais le chef de la police rétablit le calme avec autorité. Son visage dans le moniteur était grave, le ton ferme : un meurtre particulièrement barbare venait d'être commis, les enquêteurs travaillaient actuellement à établir les circonstances du drame, l'identité de la victime n'était pas encore révélée mais une conférence de presse serait donnée dès demain. La police ferait tout pour retrouver et châtier le ou les auteurs de cette atrocité. Il promettait les grands moyens. C'était fini les zones de non-droit, l'insécurité, les agressions commises en toute impunité : la ville allait être nettoyée, vidée de ses rebuts. Cette fois-ci, la guerre aux criminels était déclarée.

*

— Qu'est-ce qui se passe, Osborne ?

Fitzgerald l'avait convoqué dans le capharnaüm qui lui servait de bureau. C'était plutôt rare : d'ordinaire les deux hommes se croisaient dans les couloirs du commissariat ou alors sur le terrain, quand des affaires tordues nécessitaient son intervention.

Paul avait mis trois ans pour obtenir un premier diplôme d'État et deux de plus pour intégrer le Département criminel de Fitzgerald. Ils s'étaient plu tout de suite : même désintérêt pour les choses matérielles, même radicalité d'opinion, même tristesse. Avec le temps, Paul était devenu le lieutenant Osborne, un élément prometteur comme on disait ; mais les promesses, Fitzgerald n'y croyait pas. De fait, Paul n'était pas devenu flic pour les beaux yeux du Maori : avec l'acharnement du peuplier sur le bord de la route, il avait fini par retrouver les violeurs d'Hana. Ils étaient six. Sa patience était à la hauteur de son aversion ; il ne les lâcherait plus.

— De quoi voulez-vous parler ? répondit-il d'un ton badin au Maori qui le dévisageait.

— Te fous pas de ma gueule : on vient de retrouver un gars à moitié mort du côté de Takapuna. Bo Dooley, tu connais ? siffla Fitzgerald en lui balançant une photo à la figure.

Son style.

Paul jeta à peine un coup d'œil au Polaroïd — c'est vrai que l'ancien chef de la bande était salement amoché… Il se contenta d'une moue dubitative. Malgré l'amitié qu'il lui portait, cette histoire ne le regardait pas.

De l'autre côté du bureau, Fitzgerald ne décolérait pas.

— C'est le cinquième type qu'on retrouve dans cet état en l'espace d'un an, et le cinquième qui ne porte pas plainte, insinua-t-il. Andy Moore, Joe Tuala, Derek Flem-

ming, Peter Bishop, tu ne connais pas non plus ? Non ? Bizarre, parce qu'un de mes indicateurs m'a dit que c'était toi qui les avais tabassés.

— Ah ouais ?

— Ouais. Alors, qu'est-ce que tu as à dire ?

— Votre indicateur a trop d'imagination.

— Impossible : c'est un abruti que je tiens par les couilles. Pas le genre à prendre le risque de me raconter des bourres.

Paul ne cillait pas. Fitzgerald savait qu'il mentait. L'amitié n'avait rien à voir là-dedans. Comme son protégé continuait de se taire adroitement, il se pencha vers sa chaise et de son air mauvais lui dit :

— Je préfère te prévenir, Paul : si tu rackettes des malfrats dans le but de te remplir les poches, tu auras affaire à moi. Personnellement, il précisa.

Comme d'habitude, le Maori avait tout compris. Mais Paul ne pouvait rien lui avouer. Il ne restait plus qu'un nom sur sa liste noire : Jim Faloon, une petite frappe tombée deux ans plus tôt pour vol avec récidive et qui purgeait sa peine au pénitencier du district. Il en sortirait l'année prochaine. En attendant, les cinq autres avaient payé un peu de leur dette envers Hana ; au total, Paul avait récupéré cent quatre-vingt-quinze mille dollars NZ. Un petit pactole auquel ne manquait plus que la contribution de Faloon… Les années étaient passées, et, si Hana n'était toujours pas rentrée d'Europe, elle finirait bien par revenir : c'était son seul espoir de rédemption…

— Vous en faites pas, capitaine, avait répondu Paul. Je me fous complètement de l'argent…

Fitzgerald grognait dans son coin de bureau. Malgré les émeraudes que crachaient ses yeux, la réponse sembla le satisfaire.

— Fais gaffe à toi, dit-il pour clore l'entrevue. On a tous des comptes à régler mais je ne veux pas de mains

sales dans mon service. Si tu essaies de me doubler, si tu fais des trucs dans mon dos pour le compte de je ne sais quelle huile locale, je te jure que je te vide mon chargeur dans la gueule.

Paul avait rigolé — il avait l'air sérieux.

Drôle de type. À la fois dur et attachant. Fitzgerald ne se livrait à personne mais Osborne l'aimait bien : dans le grand foutoir de ses trente ans, c'est lui qui l'avait formé, soutenu. Ils auraient même pu devenir de vrais amis s'ils l'avaient souhaité mais ils étaient tous les deux décemment trop seuls pour jouer aux camarades. C'est sans doute ce qui les liait. Leur solitude et leur secret.

Avec le recul, sa mort paraissait inéluctable mais, à l'époque, Fitzgerald semblait indestructible…

— Ça va ? Vous avez l'air tout pâle…

Sur le tabouret voisin, un type en costard regardait Osborne comme s'il sortait de terre. Un avocat de la City sans doute.

— Fous-moi la paix.

Le type haussa les épaules et se réfugia dans son cappuccino. Le bar de l'hôtel se remplissait lentement. Ayant tout vomi, Osborne avala quelques cachets de codéine dans un verre d'eau. L'air de la rue lui parvenait par les baies ouvertes mais ça n'allait pas mieux. Il pensait aux rideaux déchiquetés de la chambre, à la mare de sang où il avait passé la nuit, à la poignée de cheveux noirs englués à ses vêtements, à la baignoire, au cadavre dépecé de Globule qu'il avait jeté avec le reste dans le sac-poubelle… Il y avait aussi cette boîte où il avait rencontré Ann, le datura fumé dans sa voiture de sport, le parc, le club échangiste, ses costumes grotesques et les mœurs très troisième millénaire qu'on y pratiquait. À partir de là, tout devenait flou. Il y avait les avenues où ils roulaient, la vision déformée des buildings, le visage d'Ann qui souriait, défoncée, la party dans une maison avec piscine du côté de Ponsonby, puis un gouffre où il avait plongé tête la première.

Ce matin, il ne restait qu'une angoisse sourde au creux du ventre et la certitude qu'il s'était passé quelque chose — quelque chose d'atroce…

La Chevrolet était là, de l'autre côté de la rue, garée en vrac près de l'arrêt de bus de Shortland Street, un PV sur le pare-brise. Il l'avait donc prise cette nuit. Avec son revolver. Aucun souvenir.

Osborne but trois cafés coup sur coup et fuma une première cigarette en priant pour que la terre explose, comme ça, sans prévenir.

*

Tom Culhane buvait l'eau chaude qu'on qualifiait de café, les yeux perdus sur l'océan qu'on apercevait depuis la fenêtre du bureau. Il repensait au barbecue de la veille, à lui qui s'était assoupi (avaient-ils bu à ce point ? !), à Rosemary qu'il avait retrouvée plus tard sur le lit de la chambre, en pleurs.

Décontenancé (il avait l'impression d'avoir passé une bonne soirée avant son coup de pompe), craignant une de ses brutales sautes d'humeur, Tom avait cherché à savoir ce qui la rendait si triste, mais sa femme n'avait rien voulu répondre ; les mots tendres n'y faisaient rien. Rosemary avait ravalé ses sanglots, puis éteint la lumière, avant de se presser contre lui. Incrédule, Tom l'avait laissée guider sa main sous sa robe. Il était bouleversé mais il n'en avait rien montré : eux qui n'avaient pas fait l'amour depuis des semaines l'avaient fait alors, en silence, éperdument.

Tom ne s'était pas lavé ce matin et c'était comme si le cul de Rosemary se frottait encore contre son ventre. Il en avait gardé l'odeur, une odeur forte, mélange de lui et d'elle, comme aux premiers jours, un parfum qui depuis ne le quittait plus…

Osborne arriva vers midi, la mine défaite. C'est à peine s'il dit bonjour. Les yeux rouges de vaisseaux éclatés, il se posa comme un oiseau malade sur son siège pivotant et alluma une cigarette à l'odeur médicamenteuse. Les fenêtres du bureau étaient ouvertes, pourtant il crevait de chaud. Tom trouva qu'il avait vraiment une sale gueule ; sur le coup, le dîner de la veille lui sembla bien lointain…

— Excuse-moi pour hier soir, dit-il. J'ai dû m'assoupir… Je ne comprends pas. Trop de travail sans doute.

Osborne lui renvoya un regard noir.

— Laisse tomber.

Il sortait à peine d'un cauchemar et les heures qui suivaient semblaient tout aussi menaçantes. Culhane l'enfonça un peu plus :

— Tu sais qu'on a retrouvé un cadavre du côté de New Lynn ? dit-il. Une fille. Morte…

Osborne se massait les tempes, l'œil vague sur celles du Pacifique.

— Ce matin, précisa le rouquin, près d'un entrepôt désaffecté. Un homicide… Le cadavre vient d'être identifié. (Tom jeta un cliché sur la table encombrée du bureau.) Ann Brook, dit-il. Une fille de vingt-cinq ans.

Elle.

Morte.

Les yeux rivés sur la photo, Osborne ravala une boue de larmes. Ann. Ann Brook… La tête éclatée au milieu de détritus.

La voix du sergent n'était plus qu'un écho sinistre. Ann était là, en papier glacé, à jamais figée, son beau visage défiguré par la mort qui l'avait frappée. L'adrénaline grimpa le long de ses jambes, des bribes de souvenirs passaient dans son crâne, des comètes…

— Ah ouais, dit-il en repoussant la photo.

Culhane le regardait de travers.

— Pour le moment on n'a pas grand-chose mais tout le service est sur le coup, dit-il. Le capitaine vient d'arriver. Il a l'air furieux. Gallaher est parti interroger les parents de la victime. L'affaire fait déjà du grabuge : on ne parle que de ça à la radio. Une équipe de télé s'est même déplacée ce matin sur les lieux du crime…

Un courant d'air chassa la photo d'Ann sur le bureau. À ses côtés, Osborne flottait dans l'éther. Tom stoppa son monologue — il le trouvait d'une blancheur alarmante.

— Dis, tu es sûr que ça va ? Tu es tout pâle…

Il releva la tête.

— Tu me lâches un peu ?

*

— Amelia ?

— Oui !

— C'est Paul. Paul Osborne.

— Je vous avais reconnu.

— Je peux vous parler ?

— Comment ça ?

— Vous êtes seule ?

— Pour le moment, oui. Je suis au labo. Vous avez reçu mon enveloppe ?

— Oui. Du bon travail.

— Merci. Dites donc, vous avez une drôle de voix : qu'est-ce qui se passe ?

— Vous avez des nouvelles de l'autopsie de Griffith ?

— C'est le coroner Moorie qui s'en est chargé.

— Vous n'avez pas participé aux analyses ?

— Non. Mais bon, j'ai l'habitude, ce n'est pas la première fois qu'on m'éjecte.

— Vous n'avez donc pas lu le rapport ?

— Non. Je sais simplement qu'il a été transmis au lieutenant Gallaher, selon la procédure.

— Il doit y avoir une copie.

— S'il y en a une, elle est dans le bureau du coroner. Ne comptez pas sur moi pour vous la procurer : j'ai fait déjà assez de folies comme ça.

— Dommage.

— Pourquoi, vous pensez à quoi ?

— Au poison. On peut voir la fille ?

— Johann Griffith ? Son corps est parti ce matin pour le crématorium.

— Déjà ?

— Vous oubliez son état de décomposition…

Ça voulait dire aussi qu'il n'y aurait pas d'autres analyses. Il y eut un bref silence au téléphone.

— On peut se voir ?

— Se voir ? Eh bien… oui. Quand ?

Le cœur d'Amelia battait plus vite.

— Dans une heure, c'est possible ? dit-il. Sur la plage de Devonport, au niveau des baraques à frites : c'est à peine à cinq minutes de l'institut.

— J'y serai.

Elle irait n'importe où.

*

Auckland clapotait de l'autre côté de la baie. Planté dans le sable tiède, Osborne fumait une de ses cigarettes chimiques, à l'écart du petit groupe de vacanciers qui s'était formé devant l'escalier. La brise balayait la plage de Devonport, ramenait les odeurs de friture depuis la cabane un peu plus loin… Il pensait à Ann, à ce qu'ils avaient vécu, au fossé qui l'avait engloutie…

— Ça va ?

Amelia Prescott portait un pantalon serré et un chemisier qui cintrait sa taille de guêpe. Osborne ne l'avait pas entendue venir ; à croire qu'elle volait sur le dos du sable…

— Vous devriez dormir un peu plus, dit-elle en voyant sa tête. Je ne sais pas d'où vous sortez mais vous faites dix ans de plus.

— Toujours ça de gagné, répondit-il.

Le sourire d'Amelia était si léger qu'il partit dans la brise.

— Vous vouliez me voir ? dit-elle en s'asseyant sur le sable.

— Oui. Toujours cette histoire de noyade… J'ai lu le résultat de vos analyses mais je n'arrive pas à recoller les morceaux.

— Quels morceaux ?

Amelia se tenait tout près de lui, comme pour s'abriter du vent.

— J'enquête au sujet d'un cambriolage commis chez Nick Melrose, dit-il, un homme d'affaires aux activités multiples. Melrose possède plusieurs entreprises, notamment Century, une boîte de travaux publics pour laquelle travaillait Johann Griffith, la noyée. Vous savez comme moi que Griffith a été empoisonnée : j'ignore comment le meurtrier s'est procuré une telle quantité de tutu mais il connaissait les habitudes et l'emploi du temps de la comptable. Le ou les meurtriers ont transporté le corps jusqu'à Karekare avant de le jeter au large. Je crois surtout qu'on l'a saignée pour attirer les squales.

— Saignée ?

— Les requins l'ont dévorée jusqu'au tronc mais

aucune plaie n'a été relevée sur le buste, dit-il. Griffith saignait pourtant : une blessure aux jambes…

— L'artère fémorale ?

— Possible.

Amelia fronça les sourcils ; à elle aussi il lui manquait des éléments.

— Vous croyez qu'on a saigné Johann Griffith pour que les squales se chargent de faire disparaître le corps ? demanda-t-elle.

— Je ne sais pas… Sans doute. J'enquête en parallèle sur l'affaire Kirk, le tueur en série abattu il y a quelque temps. Vous en avez entendu parler, non ?

— Bien sûr, répondit Amelia. Ça a même été un sacré fiasco pour les services de police. C'est d'ailleurs à la suite des restructurations internes que j'ai obtenu un poste à Auckland. Quel rapport avec Griffith ?

— Kirk désossait ses victimes, répondit Osborne. On a retrouvé un charnier avec plusieurs corps mais les fémurs ont disparu…

Amelia commençait à suivre sa logique.

— Et vous vous demandez si Griffith a pu tomber entre les mains du tueur. C'est omettre un détail : Kirk a été abattu.

— Ça voudrait dire qu'il avait des complices. Kirk bénéficiait de protections, mais il n'était pas seul dans cette affaire. Le policier qui menait l'enquête était sur la piste d'un ancien activiste maori, Zinzan Bee, mais il s'est suicidé avant d'avoir résolu toute l'affaire.

Nous y voilà…

— Vous parlez de Fitzgerald ?

— Oui, dit-il. Vous connaissiez ?

— On m'a juste dit que vous travailliez avec lui, fit-elle, évasive.

Amelia ne voulait pas s'étendre sur le sujet : Tom lui

avait dit qu'Osborne ne s'était pas remis du suicide de son ami…

— J'ai à mon tour suivi la piste de Fitzgerald, dit-il, mais Zinzan Bee a disparu de la circulation.

Amelia hocha la tête au-dessus du petit tas de sable qu'elle confectionnait d'un geste mécanique.

— Vous croyez que Zinzan Bee était le complice de Kirk et qu'il continue de désosser ses victimes, en l'occurrence Griffith, tout en bénéficiant des mêmes protections ?

— Quelque chose comme ça.

— Quel rapport avec votre histoire de cambriolage ?

— Entre autres activités, Melrose écrit des romans, des sagas historiques à caractère, disons, révisionniste, susceptibles d'attirer l'animosité d'une certaine communauté maorie. Melrose collectionne également des objets d'art premier : la hache dérobée chez lui appartenait à un vieux chef de la tribu ngati kahungunu… Zinzan Bee fait lui aussi partie de cette tribu.

— Ça fait de lui un suspect ?

— C'est ma piste. Le meurtrier de Johann Griffith connaissait ses habitudes, comme il connaissait celle de la famille Melrose.

— Peut-être, rétorqua Amelia, mais il y a forcément un mobile, une raison à tout ça ? Si le tueur en voulait à Griffith et à Melrose, pourquoi se contenter de voler une hache ? Le vieux dormait à l'étage : il aurait pu le tuer…

Osborne planta son mégot dans son tas de sable.

— En tout cas, dit-il, les corps retrouvés dans le charnier de Kirk étaient en rapport avec l'enquête que menait Fitzgerald, tous sauf un, celui de Samuel Tukao, notaire à Mangonui. Son corps vient d'être identifié : disparu deux mois avant la découverte du charnier, Tukao a été torturé à mort. Mais tout ça, j'ai l'impression d'être le seul à m'en soucier…

Amelia éjecta le mégot de cigarette de son monticule.

— Vous croyez que Griffith a été assassinée et que personne n'en parle ?

— C'est le type de question que je me pose, dit-il.

— Pourquoi ?

— C'est aussi le type de question que je me pose.

— Je ne comprends pas.

— Moi non plus.

Près de la cabane à frites, une mère et ses enfants commandaient des ice-creams. Osborne fouilla dans la poche de sa veste, en tira un sachet plastifié.

— Vous pouvez analyser ça pour moi ?

Amelia se pencha sur trois cheveux, collés les uns aux autres : noirs cette fois-ci, pris dans ce qui ressemblait à du sang coagulé…

— D'où vous sortez ça ?

— C'est ce que j'aimerais savoir.

Sous ses airs sibyllins, Osborne paraissait surtout faiblard. Elle en profita :

— En gros, vous ne savez rien des affaires que vous suivez mais vous me demandez de m'occuper de tout ?

— Rien ne vous y oblige, je vous le demande.

— C'est la même chose.

Ses yeux de chatte papillonnaient dans la brise. Osborne redressa sa carcasse :

— Pas un mot à qui que ce soit, hein…

Elle empocha le mystérieux sachet et se leva à son tour.

— Vous n'avez pas confiance en Moorie ? dit-elle en époussetant son pantalon ensablé.

— Il travaille main dans la main avec Gallaher.

— Vous ne l'aimez pas non plus…

— Non, concéda Osborne.

— Et Timu ?

— Bof.

— Bref, vous n'aimez personne.

— Si vous… je vous aime bien.

Le vent du large le poussa vers elle. Amelia avait vraiment un joli corps, et des manières si douces… Osborne eut un sourire crispé, comme s'il craignait de rouvrir ses plaies.

— À plus tard…

*

Les sales pressentiments succédant aux mauvais, Osborne fila jusqu'à Grey Lynn. Les antalgiques avaient eu raison de sa migraine mais ça n'allait pas mieux. Il s'était réveillé dans une chambre littéralement mise en pièces, la chatte déchiquetée au fond de la baignoire, du sang sur ses vêtements, une balle manquait dans le barillet de son .38, la fille avec laquelle il avait passé la nuit venait d'être retrouvée assassinée près d'un entrepôt désaffecté à l'autre bout de la ville et lui avait un trou d'environ six heures dans son emploi du temps. Il était pourtant sûr d'avoir laissé le revolver dans la chambre : où était passée la balle manquante ? S'il était rentré à l'hôtel après la party, pourquoi était-il ressorti ? Tuer Ann Brook ?

Des images fugitives lui traversaient la tête, réminiscences ou fruit de son inconscient, et dans ce tri impossible il voyait des grillages, un terrain vague, un fossé, cette chose immonde tout au fond, et cette menace, cette peur panique… Et si la peau qui suait ses toxines dans l'habitacle de la Chevrolet était celle d'un assassin ?

« Marshall & Bro. » Une enseigne passée sur la tôle couleur rouille, un grillage délimitant un terrain en friche. Au milieu, l'entrepôt désaffecté de l'ancienne scierie où on avait retrouvé le corps d'Ann Brook, lugubre malgré le soleil qui plombait l'après-midi. Osborne claqua la portière et repéra l'agent en uniforme qui gardait l'entrée du site.

Journalistes et curieux étaient repartis avec leur fait divers en poche, laissant le quartier de New Lynn à son train-train de bagnoles qui passent et de piétons assoupis. L'ancienne usine se tenait à l'écart de l'artère principale, dans une zone qui deviendrait bientôt un quartier résidentiel : début des travaux dans une semaine, d'après le panneau. Entrepreneur : Century Inc.

L'entreprise de Melrose pour laquelle travaillait Johann Griffith. Une coïncidence de plus… Le site étant bouclé jusqu'à nouvel ordre, Osborne évita l'agent en faction devant la grille et contourna l'entrepôt. Il erra un moment avant de trouver une ouverture. La ruelle était vide, hormis un chien qui fouillait une poubelle renversée. Osborne escalada le grillage, manqua d'y déchirer sa veste et, d'un saut, passa de l'autre côté.

Des herbes folles pliaient sous la brise. Le terrain, qui avait été ratissé par les différents services de police, était fantomatique avec ses rubans bicolores qui claquaient au vent. Courbant l'échine, Osborne fila jusqu'au lieu où avait été découvert le corps d'Ann Brook. Un bouquet de ronces, une terre à cailloux jonchée de détritus, bouteilles, sacs plastique, papiers gras, boîtes de conserve, canettes, on trouvait un peu de tout mais pas l'ombre d'un fossé. Il avait beau inspecter le sol, ça ne lui rappelait rien.

Rien du tout.

Ponsonby Road. Restaurants, bars, boutiques, population, ici tout résidait dans l'art de rester chic et britannique.

Ann Brook avait parlé d'un copain qui habitait le quartier. C'est là qu'ils avaient rejoint la party. Osborne se souvenait vaguement d'une piscine, et puis plus rien.

Il devait être alors aux alentours de quatre heures du matin. De Ponsonby à l'hôtel Debrett, il y avait à peine une demi-heure de marche ; en supposant qu'il soit passé prendre le revolver et les clés de la voiture, il avait pu être de retour dans le quartier de Ponsonby vers cinq heures. Pour quoi faire ?

La visite à l'entrepôt de New Lynn l'avait laissé de marbre, comme s'il n'y avait jamais mis les pieds…

Osborne tourna un moment dans le quartier avant de stopper la Chevrolet devant les grilles d'un chantier. O'Neill Street, une rue perpendiculaire à Ponsonby Road : pas un ouvrier à l'horizon — on faisait relâche le samedi. Il n'eut pas à escalader, c'était ouvert à tous les vents.

Il y avait là quelques fondations, des baraquements de préfabriqués, des bouts de ferraille, un stock de parpaings, du ciment qui s'était déversé à terre… Un sentiment étrange lui comprimait la poitrine tandis qu'il foulait le sol. Il vit d'abord les conduites d'arrivée d'eau puis la tranchée qu'on avait creusée le long des fondations : un fossé profond qui courait sur une vingtaine de mètres… Osborne étudia longuement le tracé, puis se redressa. Toujours pas la moindre trace de sang ni d'indices tendant à prouver qu'un cadavre avait pu y être jeté… C'est en longeant la tranchée qu'il découvrit ce qu'il cherchait : à terre, parmi la caillasse, une douille.

Une douille de .38.

Il n'avait pas reconnu le fossé mais la peur, elle, restait intacte.

*

La tapisserie de la chambre valait tout juste son poids de papier. Allongé sur le matelas, Osborne recollait les morceaux qui s'étaient décollés de sa tête. La nuit tombait et les questions affluaient, oppressantes. Si Ann avait bien été tuée à Ponsonby et non à New Lynn, pourquoi était-il revenu sur ses pas avec une arme ? Avait-il vu quelque chose qu'il n'aurait pas dû voir ? Et de quoi avait-il peur au juste ?

Il s'accouda à la fenêtre, fuma une cigarette. Dehors tout était calme, tellement qu'on avait peine à y croire — un de ces soirs d'été avec ses courants d'air et ses gazouillis d'oiseaux qui paradaient au-dessus des toits. Il revoyait Ann dans le parc, longue silhouette métissée sous la lune, ses yeux rieurs, ses belles jambes musclées et cet air dionysiaque qu'elle avait en lui demandant de le suivre… Il se fichait bien que d'autres la traitent en simple objet de jouissance : le double d'Hana était mort, le crâne ouvert sur un terrain vague, et lui n'était même pas capable de savoir s'il était impliqué dans ce meurtre.

D'hostile, la situation n'allait pas tarder à devenir menaçante : on allait retrouver son sperme dans l'estomac d'Ann, ses empreintes à bord du coupé et plusieurs témoins qui les avaient vus ensemble durant la nuit. Les flics feraient vite le recoupement. Il avait deux, peut-être trois jours devant lui…

Osborne jeta son mégot dans la cour intérieure et ne put retenir un frisson — Globule : on voyait encore la trace de ses coussinets sur le rebord de la fenêtre… Il fila jusqu'aux toilettes et chia, tête basse, en regardant ses genoux trembler.

3

Hana était rentrée d'Europe un vendredi. Sa bourse d'études l'avait menée à Londres mais elle gardait le contact avec les antipodes par téléphone. « Un diplôme à Cambridge, ça va t'en ouvrir des portes ! » assurait sa mère, qui n'en avait jamais poussé de semblable.

Une maîtrise d'ethnologie en poche, Hana avait préféré voyager sans éprouver le besoin de rentrer au « pays du long nuage blanc[1] *» : pas maintenant. Elle était partie pour voir le monde.*

Ses grands-parents surtout lui manquaient. Pita, bien sûr, qui l'avait initiée aux danses du haka, *mais aussi Wira, sa femme. Issue d'une tribu réputée et respectée, la* kua[2] *lui avait tout appris, tout donné : son* mana, *sa force et son prestige, lorsqu'elle était venue la trouver à dix-huit ans, souillée, humiliée. C'est elle qui l'avait reconstruite, pièce par pièce, elle qui avait chassé la violence de son corps désormais* tapu, *sacré, elle qui lui avait appris le* mauri, *le principe fondamental de la vie des êtres humains, et sa généalogie, le* wakapapa, *pour qu'enfin elle revienne parmi eux, peuple de la terre.*

Et elle avait réussi. Près de sa grand-mère, Hana avait

1. Nom donné par les premiers Maoris à la Nouvelle-Zélande.
2. Doyenne.

reconquis son équilibre, sa force : elle grandissait et le monde s'ensorcelait à mesure qu'elle se recomposait. Sa grand-mère avait eu raison des démons. Elle était partie pour l'Europe riche de ses enseignements, et son corps brisé se reconstituait comme une ontogenèse toujours en cours. Bientôt Hana serait guérie : ce n'était plus qu'une question de temps.

Le décès de Wira allait tout précipiter…

Hana rentra d'Europe un vendredi, la veille de l'enterrement, en catastrophe.

Ses parents l'attendaient dans le hall de l'aéroport, plus vieux mais les mêmes, mélange d'affection désorganisée pour l'une et de retenue ombrageuse pour l'autre. Susan avait fondu en larmes dans les bras de sa fille. Glenn, qui n'avait toujours pas retrouvé de travail depuis la privatisation des chemins de fer, restait en retrait, silencieux : la perte de sa mère finissait de l'anéantir.

Ils échangèrent quelques banalités concernant les vingt-six heures d'avion qu'Hana venait d'effectuer mais l'ambiance était morose en grimpant dans la Toyota familiale. Pour son retour au pays, on avait rêvé à d'autres retrouvailles… C'est en quittant le parking de l'aéroport qu'Hana aperçut sa vieille guimbarde, reconnaissable entre toutes avec sa peinture passée et sa portière ébréchée. Elle les suivit sur le motorway.

— Vous l'avez vendue à qui, la Dodge ?

— La Dodge ? reprit Glenn. Bah, elle était en dépôt au garage Carter… Pourquoi ?

— Non, comme ça…

Hana garda un œil sur le rétroviseur. La guimbarde roulait à distance, se perdant au hasard de la circulation pour resurgir à l'improviste. Ils parlèrent peu durant le trajet qui les ramenait à Red Hill. Le tangihanga[1] *avait lieu demain matin à dix heures au* marae *de West Coast Road.*

Si de nouvelles constructions avaient lifté le centre-ville d'Auckland, le quartier de Red Hill n'avait pas changé, hormis peut-être les marques sur les tee-shirts des adolescents. La maison de son enfance était simplement un peu plus grise, les arbustes un peu plus touffus, les souvenirs un peu plus concrets — un supermarché discount avait été bâti sur le terrain vague, derrière l'arrêt de bus où, dix ans plus tôt, Glenn l'avait retrouvée en pleurs, couverte de crachats et de boue…

Hana jeta un œil vers la rue : deux gamins roulaient leurs pauvres mécaniques sur le trottoir mais, entre chien et loup, elle ne vit pas l'ombre d'une Dodge. Étrange…

Ils dînèrent dans la cuisine, comme avant. Susan fit ce qu'elle pouvait pour égayer le repas mais le cœur n'y était pas. Glenn ne but pas une goutte à table mais il puait l'alcool à plein nez. Lasse, Hana partit se coucher tôt ; la journée de demain serait longue.

Nulle nostalgie en retrouvant sa chambre d'adolescente ; l'étagère à figurines (des danseuses hindoues), le parquet blanc où elle écrivait au crayon à papier (une écriture minuscule qui, d'une latte à l'autre et malgré le temps et les serpillières, continuait de divaguer comme un serpent le long du lit), la fenêtre où elle s'imaginait plus grande, tout lui semblait à la fois familier et suranné. Restait le souvenir de Paul Osborne, son voisin, qu'elle avait aimé en secret durant tant d'années, l'homme qui avait réveillé son corps, Paul qu'elle avait essayé de sortir de Red Hill en l'incitant à rejoindre le kohangareo, *et qui l'avait trahie…*

Hana releva les stores vénitiens qui scalpaient la brise

1. Funérailles et cérémonie de deuil.

et évalua le jardin en contrebas. Le soir s'accrochait aux antennes paraboliques, on apercevait le jacaranda et le toit des voisins, des nouveaux, paraît-il… Mal taillée, la haie cachait la lucarne d'en face.

Au fond, rien n'avait changé.

Hana se déshabilla et se laissa envahir par les draps. Le décalage horaire l'avait mise sur le flanc mais elle ne s'endormirait pas si vite. Pas comme ça : il y avait ce poids sur sa poitrine, l'esprit de sa grand-mère qui flottait autour d'elle, à la dérive… Ka aha ra koe ? Ka aha ra koe ? *Que vas-tu devenir, que vas-tu devenir ?*

Les yeux rivés sur ce plafond qui ne lui disait plus rien, Hana frôlait les abîmes quand un bruit la fit sursauter : un léger choc contre la vitre.

Les rideaux tremblaient par la fenêtre ouverte ; on n'entendait que le bruissement du vent dans les branches du jacaranda et l'écho lointain de la télévision en bas… Il y eut alors un autre bruit, plus feutré.

Elle alluma la lampe de chevet et vit le caillou qui, ayant ricoché contre la vitre ouverte, gisait sur le parquet. Quittant les draps, Hana s'agenouilla. Tenu par des élastiques, un bout de papier recouvrait la pierre. Un mot qui disait : « 11 a.m. Dimanche. Au départ des ferries. »

Elle sourit malgré elle.

Paul… Paul Osborne.

Au large passaient les pétrels. Envolés par paquets de plumes grises, les oiseaux chassaient le jour en rasant l'écume. Les rayons glacés touchaient à peine les surfaces. Cette nuit comme toutes les nuits, Hana était partie se baigner, nue.

Une heure déjà qu'elle nageait.

Le rivage à l'aube n'était plus qu'un point de sable miséreux dans son dos, comme si le seul fait de flotter pouvait taire la rage et la mélancolie qui la brisaient, prolongeaient sa mort lente, cette nuit tombée à l'aune de ses trente ans et qui ne blanchirait plus, faute d'astre à éclairer : elle était partie l'étoile, embarquée pour d'autres cosmos. Hana avait oublié le soleil et les oiseaux qui ce matin encore s'échinaient à la tirer du naufrage programmé où elle baignait, son beau corps d'airain et de chagrin parti au loin, si loin du bord…

Pas moyen d'en rire. Pas moyen d'oublier. Hana nageait comme on part en cavale, pas certaine de revenir, seule parmi ces vagues molles que les courants emportaient sans cri, à brasses coulées, elle s'effacerait bientôt du monde, comme une peinture diluée sur une palette. Son désespoir était un fruit mûr. Hana nageait à défaut de s'évanouir, de se fondre à l'écume que les rayons accrochaient, prisonnière d'une nature qui ne voulait plus d'elle. Couler, se laisser aller aux appels des grands fonds, voilà l'idée…

Le jour mordait l'horizon, couvrant la mousse d'une brume verte : Hana s'arrêta soudain de nager. Peur du vide en dessous ou simple instinct de survie ? La jeune Maorie regarda autour d'elle, ne vit d'abord que l'océan languissant à l'aurore, puis son cœur se contracta : un aileron fendait les vagues. Un aileron en forme de cimeterre qui filait droit sur elle.

Deux, puis trois nageoires caudales apparurent, à quelques mètres : des requins. Il en rôdait au large. Hana songea à ses jambes qui, battant verticalement, la maintenaient à la surface, puis chassa ses pensées stupides : ce n'était que des petits requins bleus, *a priori* inoffensifs… De fait, les squales plongèrent et après quelques cercles menaçants, la jugeant probablement trop imposante pour une proie, passèrent leur chemin.

L'aube grandissait à l'autre bout de la terre ; il était temps de rentrer.

Une petite colonie de kororas, des manchots pygmées à dos bleu, picoraient les coquillages. Hana regagna le rivage, à bout de forces.

Les vagues la poussèrent vers la plage où après une heure de lutte elle accostait enfin, titubant sous les déferlantes. Le souffle lui manquait, au point de se laisser rouler à terre. Les manchots s'ébrouèrent à sa vue, découvrant leur ventre blanc : dérangés en plein repas, ils se dandinèrent vers d'autres festins sans oublier de houspiller la brise qui n'y était pour rien.

Hana cracha ses poumons, à genoux dans l'écume, épuisée. Des gouttes salées perlaient de ses cheveux noirs, laissant sur ses lèvres un bouquet d'inachevé. Partie de nuit vers l'horizon, elle était revenue, une fois de plus… Une fois de trop ? Toute à sa lassitude, elle ne vit pas l'homme qui sortait du bois voisin.

Les muscles comme du fer, Hana récupérait à grand-peine.

L'homme hocha la tête devant son corps nu, à quatre pattes dans l'écume.

— Tu es folle d'aller si loin, dit-il.

Hana ne répondit pas. Il n'y avait pas que les poumons : le cœur aussi lui manquait…

4

— À demain, mon grand…

Jon Timu ébouriffa les cheveux de son fils. Mark eut en retour un geste d'agacement : il regardait la télévision. « *Urgences* », sa série préférée. Mark n'aimait pas qu'on le dérange pendant sa série préférée. Il le répétait pourtant toute la journée à qui voulait l'entendre : « *Urgences* », c'était sa série préférée.

Sans un regard pour son père, il dit « Salut » en tirebouchonnant le foulard bleu qui lui servait de fétiche, absorbé par l'écran de télévision.

Le sourire crispé du Maori disparut sitôt passé la porte de la chambre. Sa vessie lui tiraillait le ventre, et, malgré son âge prépubère, Mark refusait toujours de lâcher ce foulard, élimé à force d'être tripoté… Celui que portait sa mère. L'odeur s'était dissipée depuis longtemps mais il ne le quittait pas. Jon comprenait, même si ça lui faisait mal au cœur…

L'éducatrice qui suivait son fils depuis bientôt dix ans attendait dans le couloir. Josie était une petite bonne femme au nez de nasique, mais sa laideur n'avait d'égale que sa prévenance. Jon ne savait pas comment elle faisait pour toujours paraître aussi enjouée, peut-être était-ce une carapace, ou sa raison de vivre, un don de soi — vivre pour les autres, tout ce que lui et sa femme n'avaient jamais su faire, ou accepter. L'essentiel était qu'aujourd'hui Mark l'adorait : Josie était pour lui comme une seconde maman. Maigre contrepoids à un père absent…

— Quelque chose qui ne va pas, monsieur Timu ? demanda l'éducatrice. Vous avez l'air fatigué.

— Non, non, ça va, dit-il en forçant sur les zygomatiques. Et Mark ?

Comme à son habitude, Josie lui dressa un tableau presque idyllique de la situation : Mark était très sociable, toujours le premier à s'amuser et à discuter avec les autres. Bien sûr il était un peu gourmand, il fallait le surveiller, avec l'âge le petit bougre avait tendance à prendre du poids, enfin, avec de l'exercice il n'y paraîtrait plus ; à ce sujet, une sortie au bord de la mer était organisée d'ici quelques jours, il pourrait peut-être se joindre à eux ? S'il avait le temps bien sûr, on a toujours besoin d'encadrement pour les sorties, et puis Mark serait sûrement ravi d'avoir son père près de lui, n'est-ce pas ? Quant à son rapport aux pensionnaires féminines de l'institut, pas de problème, on les surveillait de près ! Josie riait de bon cœur : c'est qu'à les écouter ils feraient des enfants dans les coins !

— Enfin, conclut-elle dans un sourire à se décrocher les lèvres, ce qui est bien avec les trisomiques, c'est qu'ils sont vraiment heureux de vivre ! Pas vrai ?

— Sûr.

Timu passa les grilles de l'institut, le cœur comme du papier froissé. Il se sentait malade. Pire : bon à jeter.

5

— Je voulais te dire… pour hier…

— Quoi ?

— Eh bien…

— Eh bien quoi ?

— Comme c'était la première fois depuis…

— Depuis quoi ?

— Eh bien, notre arrivée…

— Quoi ? Tu te demandes si c'est la dernière fois, c'est ça ?

Ses yeux luisaient de haine.

— Je t'en prie, ne sois pas méchante…

— Parce que bien sûr, c'est encore moi qui suis méchante !

— Tu me fais dire ce que je n'ai pas dit… Tu sais bien qu'on ne peut pas se comprendre comme ça…

— Parce que tu crois peut-être qu'on se comprend ?

— Je ne sais pas. Je crois que tu te fais du mal.

— Pauvre fille, hein !

— Tu me fais mal aussi.

Rosemary eut un sourire féroce :

— Oh ! mon pauvre Tom…

Il ne bougeait plus, comme tétanisé. Sa femme lui jetait un de ses regards à la fois ironiques et méprisants dont elle avait le secret, un regard tragique qu'il ne supportait pas, une espèce de sauce autodestructrice où la haine le disputait à l'impuissance, un regard douloureux pour tout le monde qu'elle pouvait servir à volonté. Une défense désespérée pour elle, une vision d'horreur pour lui…

Le téléphone sonna le gong. Tom décrocha son portable qui traînait sur le guéridon du salon, encore tout retourné par la scène qu'il venait de vivre.

— Je te dérange ?

Il y avait des bruits de voix dans le combiné.

— Non non ; c'est Rosie qui regarde son émission… Rosemary, précisa-t-il sans raison.

Osborne tombait à pic : la déception était à la hauteur de l'espoir entrevu l'avant-veille, après le barbecue, quand ils avaient fait l'amour…

— Tu as des informations sur Ann Brook ? demanda-t-il.

Culhane mit un certain temps avant de reprendre ses esprits.

— Ann Brook ? Eh bien… Oui… Oui. Pourquoi ?

— Ann Brook était présente à la soirée de l'Observatoire. Melrose aussi. Alors ?

— C'est le capitaine Timu qui chapeaute l'affaire, enfin, j'ai glané quelques trucs. Attends, je vais chercher mon carnet… (Tom revint presque aussitôt.) Ann Brook était mannequin, dit-il. Elle avait paraît-il le vent en poupe chez Kiwi Advertising, l'agence publicitaire. Brook travaillait essentiellement pour eux, une sorte d'égérie avec contrat d'exclusivité d'après ce que j'ai compris. Célibataire. A priori pas d'amants attitrés mais ça reste à confirmer.

À l'autre bout du fil, Osborne paraissait tendu.

— On connaît son emploi du temps la nuit du meurtre ?

— Pour le moment on sait juste qu'elle était de sortie,

répondit Culhane. Après avoir traîné dans des bars du centre, Brook serait passée vers deux heures du matin chez Julian Lung, propriétaire d'une maison où l'on donnait une party, du côté de Ponsonby. Lung va nous fournir une liste de gens présents lors de la soirée, peut-être que ça nous aidera…

Osborne souffla dans le combiné — pour le moment personne ne l'avait identifié.

— Un lien de parenté avec Michael Lung ?

Le conseiller en communication du maire d'Auckland.

— Julian est son fils, répondit Culhane, et aussi un bon ami d'Ann Brook. D'après lui, Ann serait restée quelque temps à la fête mais il ne l'a pas vue repartir.

— Et il fait quoi dans la vie, ce Julian ?

— Pas grand-chose, on dirait. Kiwi Advertising, la boîte de pub pour laquelle travaillait Ann Brook, appartient à son père Michael. Grosse fortune, comme tu peux t'en douter. D'après Lung junior, sa copine Ann était seule en arrivant à la soirée. Il dit aussi qu'il y avait beaucoup de monde, qu'il était tard, raison pour laquelle lui non plus ne l'a pas vue quitter la maison. On cherche toujours sa voiture, un coupé Mercedes…

— L'entrepôt de New Lynn où on a retrouvé son corps appartient à Century, une des filiales de l'empire Melrose, ajouta Osborne.

— Comme la moitié des terrains à bâtir de la ville…

— Des précisions sur les circonstances de la mort ?

— D'après les premiers constats, soupira Culhane, on lui a défoncé le crâne à coups de barre de fer. On sait aussi qu'Ann Brook n'a pas été tuée près de l'entrepôt de New Lynn : il y avait peu de traces de sang près du cadavre. On pense qu'elle a été tuée ailleurs, avant d'être jetée en bordure de l'usine désaffectée…

Voilà qui corroborait sa thèse.

— Et la fouille du domicile ? enchaîna Osborne.

— C'est Gallaher qui s'en occupe. Une autopsie est en cours. Je ne sais pas si tu as regardé le journal du soir, renchérit Culhane, mais les médias sont montés au créneau : télés, radios, journaux, tout le monde en parle. La mort d'un mannequin, tu imagines, pour eux c'est du pain bénit ! s'esclaffa-t-il. Timu donne une conférence de presse demain matin : ça va peut-être les calmer un moment. En attendant, toutes les équipes sont sur le pont…

Osborne se taisait à l'autre bout du fil.

— Pourquoi ? Tu crois qu'Ann Brook a quelque chose à voir avec le vol chez Melrose ? relança Culhane.

— J'en sais rien.

— Et Zinzan Bee ?

— Idem. Tu as des nouvelles des activistes tainuis présents à Bastion Point ?

— Sur les six, j'ai réussi à en contacter deux, répondit Culhane. Deux retraités qui ne se souviennent ni de Zinzan Bee ni du reste. Je cherche encore à joindre les autres…

Tom était mal à l'aise. Il sentait le regard de sa femme dans son dos, la télé déblatérait en sourdine et la voix de son équipier au téléphone était caverneuse, distante. Les deux hommes raccrochèrent, après un informel bonsoir.

— Tu fais des heures sup maintenant ? s'étonna Rosemary depuis le canapé.

Le fiel lui remontait à la gorge.

— C'était Osborne, se contenta de répondre Tom.

Sa femme tenta de maîtriser son émotion mais des taches rouges apparurent dans son cou.

— Qu'est-ce qu'il voulait ? lâcha-t-elle comme un juron.

— Des informations sur une enquête…

— Ah oui ? ! s'exclama-t-elle dans un petit rire sardonique. Eh bien, tu n'as qu'à l'inviter à dîner !

Les taches avaient gagné le décolleté de son peignoir. Tom était triste.

— Pourquoi dis-tu ça ?

— Pourquoi ? répéta Rosemary. Eh bien, tu n'as qu'à lui demander !

Il fronça ses sourcils roux, décontenancé. Elle le foudroyait du regard.

— Je ne comprends pas, fit-il en s'approchant du canapé.

— Évidemment, railla Rosemary : tu ne comprends jamais rien.

Tom baissa la tête, dans un long soupir. Pour elle il avait tout accepté, pour elle il s'était mis dans une merde noire, il y était jusqu'au cou et ne savait plus comment s'en sortir. La batterie de tests engagée depuis leur arrivée à Auckland n'avait fait qu'aggraver la situation : leur couple était dorénavant pieds et poings liés à la médecine. Tom se disait qu'ils auraient mieux fait de laisser tomber plutôt que de s'obstiner : ce n'était pas un enfant que sa femme attendait, mais un miracle…

6

Deux itinéraires traversaient le Northland. Osborne opta pour le plus court : remonter jusqu'à Whangarei puis filer tout droit vers Whangaroa, sur la côte orientale, soit quatre heures de route lente et fastidieuse avant d'atteindre la péninsule de Karikari, heureusement entièrement bitumée.

Century Inc. y construisait un nouveau chantier d'envergure, une sorte de riviera d'après les informations glanées par Culhane. Johann Griffith travaillait comme comptable sur ce projet. Il ne savait pas pourquoi on l'avait empoisonnée avant de la jeter en pâture aux requins, pourquoi Moorie et Gallaher n'avaient pas révélé l'existence du poison, mais ça valait le coup de jeter un œil sur le site en question.

Osborne partit à l'aube. Les paysages se succédèrent, d'abord verdoyants avec des armées de pongas le long de la nationale, puis il longea Whangaroa Bay et ses petites stations balnéaires, lieux de villégiature de plus en plus prisés par les habitants d'Auckland en mal de nature sauvage (une impressionnante série de résidences cossues s'étaient construites depuis un an). Après quoi les habitations devinrent plus rares : passé Mangonui, la péninsule de Karikari n'abritait plus qu'une poignée de campings mal entretenus et des fermes isolées où les propriétaires des domaines se déplaçaient encore à cheval.

À quelques kilomètres du site en construction, Osborne aperçut un golf aménagé près du rivage, et quelques 4 × 4 qui paressaient devant des bâtiments flambant neufs… Il quitta la portion d'asphalte et suivit la piste qui s'enfonçait dans les sous-bois. Il croisa encore un camion à benne rempli de caillasses qui, klaxonnant à tout-va, l'obligea à faire un écart sur le bas-côté. La piste serpentait entre les pins et les bouleaux : soudain le ciel s'éclaircit. Le bord de mer avait été déboisé, offrant un vaste chantier à ses yeux brûlants de fatigue.

Une crique de sable blanc longeait l'océan, cernée par des collines qui donnaient un arrière-goût de paradis terrestre — hommes, camions et autres bulldozers y tournoyaient désormais comme des mouches, charriant des monstres de terre et de pierres qui s'amoncelaient au pied de la colline.

Osborne parqua la Chevrolet près des cabanons de préfabriqué. Un 4 × 4 couvert de poussière était garé devant le baraquement principal. Il s'étira dans le champ de boue qui bordait les premières fondations, les reins rompus par le voyage. Des ouvriers revenaient vers les cabanons, portant pelles, pioches et caisses de bois. Plus loin, près de la colline verdoyante qui dominait le site, des experts coiffés de casques de chantier donnaient des directives à d'autres types à l'écoute…

Osborne frappa au bureau principal, une sorte de chalet qui rappelait les kits-maisons de Melrose.

— Qu'est-ce que c'est encore ?!

Ça sentait la sueur et le tabac froid à l'intérieur. Un type au faciès plat se tenait au-dessus du bureau, cliquant sur un ordinateur crasseux. La quarantaine, une barre de sourcils sur des yeux méchants, Greg Wheaton leva à peine les yeux du clavier. Osborne aurait détesté travailler sous ses ordres.

— C'est vous le chef de chantier ?

— Qu'est-ce que vous voulez ? Le site est interdit au public, dit-il en le détaillant de haut en bas.

Le bureau pliait sous les paperasses. Contre le mur, un calendrier servait de prétexte à un lot de bonnes femmes à poil.

— Lieutenant Osborne, fit-il sans tendre une main que l'autre n'aurait de toute façon pas serrée. J'enquête au sujet d'une fille retrouvée morte sur une plage.

— Ah ouais.

— Ouais.

Wheaton se méfiait : ce type n'avait pas la gueule d'un flic.

— On construit quoi sur ce site ?

— Une riviera, grogna-t-il. Qu'est-ce que ça peut vous faire ?

Osborne alluma une cigarette. C'était ça ou lui faire avaler son calendrier.

— Vous connaissiez Johann Griffith ?

Wheaton éventa l'écran de fumée qui lui piquait les yeux.

— J'ai déjà dit que non à la police, quand la pauvre fille s'est noyée, répondit-il. Elle bossait à la comptabilité, on se croisait de temps en temps, rarement à vrai dire, on s'est surtout vus au début du projet, après elle avait plus rien à faire ici, et de toute façon je n'ai rien de plus à vous dire. Débarrassez le plancher, j'ai du boulot.

— Moi aussi. Samuel Tukoa, ça vous dit quelque chose ?

— Non.

— Un notaire qui exerçait à Mangonui, précisa Osborne. Mort lui aussi. Vous ne l'avez jamais vu traîner dans les parages ?

— J'en sais rien, moi ! dit-il en envoyant paître ses grosses mains. J'ai pas que ça à faire !

— Une riviera, ça veut dire quoi ? Une station balnéaire ?

— Ouais. Une station balnéaire.

— Combien de surface ?

— Un tas d'hectares, ça vous va ?

Des paires de baffes traversaient leur imaginaire.

— Une petite ville à construire, ça fait beaucoup de liquide à froisser, insinua Osborne.

— Quoi le liquide ?

— Arrêtez vos conneries, vous savez très bien de quoi je parle : vous voyez passer des valises, non ?

— Vous croyez quand même pas que je vais répondre à ce genre de truc !

Wheaton tordait ses gros doigts comme s'ils se remontaient. Osborne lui jeta la fumée de sa cigarette à la figure.

— Ce chantier, il est en construction depuis combien de temps ?

— On fume pas dans mon bureau, se renfrogna Wheaton.

— J'aimerais voir ça. Répondez à ma question.

— Trois mois environ. Et alors ?

La colère lui donnait des couleurs.

— J'ai vu à l'entrée du site que l'État finance la moitié du projet : soixante-dix millions de dollars, ça fait beaucoup de fric.

— C'est pas mon problème, rétorqua Wheaton, excédé. Moi je m'occupe des délais à respecter, c'est tout.

Osborne se pencha vers le bureau.

— Il appartenait à qui ce terrain ?

— J'en sais rien, moi !

— Qui s'est occupé des transactions ? insista-t-il.

— Bon Dieu, vous êtes sourd ou quoi ? Qu'est-ce que vous cherchez au juste ?

Le chef de chantier commençait à s'énerver. Ils étaient deux.

— Johann Griffith a été assassinée, lâcha Osborne. Elle travaillait sur ce projet : vous avez encore assez de neurones pour voir où je veux en venir ?

Wheaton serra les dents.

Une détonation retentit alors. Le sol de préfabriqué trembla un bref instant.

— Qu'est-ce que c'est que ça ?

— De la dynamite, répondit le chef de chantier. Le schiste c'est trop costaud pour les bulldozers...

Un nuage noir passa dans la tête d'Osborne.

— Vous voulez dire que vous faites sauter les collines ?

— Ouais, répondit Wheaton. Ça dégage de la place.

Ça avait l'air de l'émouvoir.

— Montrez-moi les plans du chantier.

— Rien ne m'y oblige.

— Je vous le conseille presque amicalement, renvoya Osborne d'un air doucereux qui lui allait mal.

— Vous savez ce que vous pouvez en faire, de vos conseils ? Maintenant la porte ! lança Wheaton, l'index boudiné dans une alliance.

Il y avait une table à dessin à la droite du bureau, et un tas de paperasse étalé dessus. Osborne fit un pas vers les gribouillis d'architecte mais Wheaton, plus rapide que prévu, s'interposa avec véhémence.

— J'vous ai dit que je savais rien. Foutez le camp !

Osborne pivota et lui planta un uppercut au foie qui laissa l'autre sans voix. Il en profita pour jeter un œil aux plans : hôtel de luxe, restaurants, casino, bungalows sur la plage, club d'équitation, tennis, piscine alambiquée, promenade avec palmiers longeant un petit port de plaisance, thermes, on prévoyait même une extension pour un secteur d'activités tertiaires. Il comprit mieux la proximité du golf entrevu tout à l'heure le long de la route… Plié contre le bureau, Wheaton grimaçait ; le souffle revenait péniblement. Osborne quitta le baraquement.

Un nuage de poussière âcre grossissait au-dessus de la colline. L'explosion de tout à l'heure avait laissé un cratère impressionnant. Les ouvriers affluaient maintenant contre ses flancs éventrés. Bulldozers, pelleteuses et camions à benne les suivaient de près. En retrait, les experts en démolition constataient les dégâts. Visiblement satisfaits, ils ôtaient leurs casques blancs et inspectaient leurs plans.

C'était une colline aux crêtes tapissées d'une herbe d'un vert cru. Le cœur d'Osborne battit plus vite lorsqu'il vit les terrassements : des anciens *pas* maoris.

Ils faisaient sauter à la dynamite des anciens villages maoris…

*

Trois heures de l'après-midi. Osborne atteignit enfin Russell, petite ville planquée dans la Bay of Islands.

Située face à Paihia, de l'autre côté de la baie miraculeuse, Russell, ancienne fortification maorie, s'étendait sur toute la vallée. Les chefs autochtones s'étaient jadis ligués pour abattre l'arrogant drapeau britannique qui flottait sur le site ancestral et ils avaient contraint les soldats anglais à se replier sur les navires baignant dans la rade. Ordre fut alors donné de tirer sur le village, qui se vit presque entièrement rasé.

Russell jouissait aujourd'hui d'une tranquillité à peine troublée par les vacanciers qui flânaient dans les rues de la cité coloniale. Osborne trouva la veuve de Samuel

Tukoa à la terrasse d'une vieille maison de *kauri* située au sommet de Flagstaff Hill. Le panorama sur la baie des îles était magnifique. La maison à colonnades, en revanche, commençait à dater, tout comme sa propriétaire, Martha Tukao, une *pakeha* trop maquillée alanguie dans une robe à fleurs d'un kitsch épique.

Osborne refusa le thé qu'elle buvait et l'interrogea dans un style qui ressemblait de plus en plus à celui de Fitzgerald.

— Écoutez, inspecteur, soupira bientôt la sexagénaire : je ne suis pas sûre de vouloir ressasser cette affaire. Mon pauvre mari est mort dans des circonstances abominables et son évocation suffit à me mettre extrêmement mal à l'aise…

Martha Tukao trempa ses lèvres dans une tasse de porcelaine assortie à sa robe.

— Trois mois, rétorqua Osborne, ça ne suffit pas pour faire le deuil d'un coureur de jupons ?

— Que voulez-vous dire ? s'empourpra la veuve.

— Votre mari avait une ou plusieurs maîtresses ?

— Mais enfin, je ne vous permets pas !

— On ne vous demande rien, feula-t-il. Alors ?

Martha avait les cheveux laqués et bouffants, un trait de rouge au-dessus de la lèvre et une paire de lunettes fumées pour tout regard.

— Je n'en sais rien, dit-elle sèchement, et je n'aime pas vos manières, monsieur.

— Soit. Johann Griffith, ce nom ne vous dit rien ?

— Non.

— Griffith travaillait pour Century Inc., insista Osborne, une entreprise de bâtiment.

— Je ne suis au courant de rien.

Martha se renfrognait dans sa dînette. Elle était seule dans la maison et ne se sentait plus en sécurité sous ses verres fumés.

— Johann Griffith n'était pas la maîtresse de votre mari ?

— Certainement pas !

— Qu'est-ce qui vous permet de l'affirmer ?

— Sam... Sam fumait beaucoup, se froissa-t-elle. Il... il avait des problèmes de circulation sanguine et... enfin, s'agaça-t-elle, vous voyez ce que je veux dire...

— Non, répondit Osborne. Vous insinuez qu'il ne bandait plus, c'est ça ?

La main de Martha tremblait sur la porcelaine de sa tasse.

— Oui, enfin... plus beaucoup... Mais c'est notre intimité ! s'écria-t-elle, excédée.

— Vous en avez parlé à la police de Mangonui ?

— Oui ! Enfin, non ! Sur le coup, je n'y ai pas pensé. J'étais trop choquée ! C'est après que j'en ai fait part aux inspecteurs qui menaient l'enquête. De toute façon, la disparition de Sam était suspecte, je le savais, depuis le début !

Ses yeux s'étaient embués.

— Bon, votre mari ne pouvait pas avoir de maîtresse, concéda-t-il. Comment ont réagi les policiers de Mangonui quand vous leur avez parlé de ses petits problèmes de circulation ?

— Ils m'ont dit qu'ils avertiraient la police d'Auckland, répondit la veuve.

— Et alors ?

— C'est ce qu'ils ont fait. Je vous l'ai dit au téléphone, insista-t-elle : deux inspecteurs sont venus tout spécialement d'Auckland pour m'interroger.

— Le corps venait d'être identifié, c'est ça ?

Martha fit trembler la laque de ses cheveux.

— Oui.

— Près de deux mois avant de réagir, renchérit Osborne : vous ne trouvez pas ça un peu long ?

— Si, bien sûr ! s'écria la femme du notaire. Mais que vouliez-vous que j'y fasse ! Je ne suis pas inspecteur de police !

Osborne changea l'angle d'attaque.

— Sam avait pris sa retraite depuis peu : c'était quoi ses dernières affaires ?

— Ça je n'en sais rien, affirma Martha. Je n'y comprends rien à tout ça et, de toute façon, mon mari ne m'en parlait jamais. Nous avions nos tâches respectives : les miennes consistaient à m'occuper de la maison, des enfants et des dépenses…

— Pas de grosses rentrées ces derniers temps ?

La dame haussa les épaules :

— Pas spécialement.

— Hum… Votre mari était d'origine maorie, n'est-ce pas ? De la tribu tainui.

Osborne s'était vaguement radouci.

— Effectivement, répondit Martha en remuant son jus de bergamote. Du côté de sa mère, précisa-t-elle. Mais Sam ne parlait pas le dialecte. À vrai dire, il n'avait aucun lien avec les membres d'aucune tribu…

Elle avait dit ça comme s'il s'agissait d'une maladie honteuse. Osborne écrasa sa cigarette dans une des coupelles du service à thé.

— Vous savez à quoi travaillait votre mari quand il a été tué ?

— Pas le moins du monde, répondit-elle, une moue indignée pour sa vaisselle.

Le soleil miroitait sur la baie en contrebas. Martha Tukao était décontenancée : ce policier ne lui inspirait pas confiance.

— Et vous, relança Osborne, vous exerciez un métier ?

— Eh bien… heu, non. Mon mari avait une agence qui marchait bien, un salaire suffisait pour vivre et j'ai élevé nos deux fils toute seule. C'est du travail, vous savez ! Et puis je suis issue d'une famille modeste, s'enorgueillit Martha, tout comme mon mari : ce que nous avons, nous l'avons gagné et bien mérité !

Voilà qu'elle s'emballait.

— Ils sont où aujourd'hui, vos fils ?

— En Australie, tous les deux, répondit-elle avec fierté. Ils ont monté une ferme et un élevage dans le New South Wales.

— Des gars courageux. Et c'est vous qui avez payé les terrains de la ferme ?

— Oui… Pourquoi ?

Elle ne voyait pas du tout où il voulait en venir.

— Aucun de vos deux fils n'a repris l'agence de notariat, fit remarquer Osborne : pourquoi ? Normalement c'est ce qui arrive, surtout si elle marche…

— Je ne sais pas, répliqua-t-elle d'un air pincé. Ça les regarde.

Martha ne voyait pas ses yeux sous ses lunettes noires mais la tension était palpable — Osborne avait trouvé la faille.

— Cette maison, dit-il en désignant les colonnades, vous l'avez depuis quand ?

— Deux ans environ. Mon mari l'avait acquise en vue de prendre sa retraite.

— Le site est coté, nota Osborne. Une grande maison comme la vôtre nécessite un ou deux domestiques, un jardinier, au moins à temps partiel, et elle doit bien valoir dans les trois cent mille dollars…

Elle haussa les épaules, de plus en plus rouge sous son maquillage.

— Et alors ? Où est le mal ?

— Avec les terres, la ferme et le bétail dans le New South Wales, ça commence à faire beaucoup d'argent, insinua-t-il, surtout pour des gens sans patrimoine familial. D'où vous sortez tout ce fric ?

— Enfin monsieur ! protesta la veuve Tukao. Je ne sais pas ce que vous insinuez mais je vous trouve extrêmement désagréable. Je vous prie de partir.

Osborne eut un sourire glacé. Il l'attrapa d'un coup, par le poignet, et l'arracha brutalement de son pliant.

— Montrez-moi le coffre.

— Aïe !

— Votre mari a forcément installé un coffre, dit-il en la secouant un peu. Montrez-le-moi.

La pauvre en avait le tournis.

— Je vais appeler la police !

Osborne lui souffla au visage son haleine pleine de tabac.

— Je *suis* la police, connasse. Allez !

Il lui fit traverser la maison au pas de course.

— Vous me faites mal ! criait Martha, martelant le sol de ses talons.

— Je vous ferai encore plus mal si vous n'ouvrez pas ce putain de coffre ! gronda Osborne, soudain échaudé. Alors il est où ? !

Ce n'était plus une question mais une menace. La veuve tremblait de tout son corps, comme s'il allait la frapper au visage ; elle eut un geste pathétique en direction de la chambre. Osborne la traîna jusque-là. La pièce était claire, avec un lit à baldaquin, une moustiquaire et un mur de bois verni qui devait abriter le coffre.

— Ouvrez-moi ce truc, ordonna-t-il : tout de suite !

Terrorisée, Martha obéit. Le coffre était en effet caché derrière une cloison de bois. Elle composa la combinaison avant de s'affaler sur le lit à baldaquin. Osborne commença à fouiller parmi la paperasse réunie dans le coffre. Il y avait trois liasses de billets de cent dollars, dont une entamée, soit cinquante mille dollars au bas mot, et même un lingot d'or. Tss… Il chercha parmi les documents notariés, en balança la moitié sur la moquette et trouva bientôt ce qu'il cherchait : l'acte de vente du terrain de Karikari Bay.

Enfin : il était là, le lien.

— Ce gros tas de billets, dit-il d'une voix blanche, il est arrivé quand dans le coffre ?

— Deux… trois mois.

Martha tremblait comme une feuille. Ça correspondait à l'acte de vente. Des dessous-de-table.

Osborne parcourut le document, n'y comprit pas grand-chose, et fila directement à la dernière page. Plusieurs personnes avaient signé l'acte de vente du terrain, au départ un lot de plusieurs parcelles qu'on avait regroupées pour englober la totalité du site. Parmi les signataires, un représentant de l'État : Steve O'Brian.

Le père de Phil, aujourd'hui maire d'Auckland.

Martha sanglotait sur le dessus-de-lit à dentelle. Osborne empocha le document et adressa un dernier regard à la veuve.

— Vous me dégoûtez.

*

Comme chaque été, les médias faisaient leurs choux gras des records météorologiques enregistrés ces derniers temps, invitant les experts à se prononcer sur l'effet de serre, le trou dans la couche d'ozone, la prolifération des gaz ou encore les essais atomiques réalisés dans le Pacifique, tous susceptibles de perturber le climat tropical de ce pays où d'ordinaire rien ne se passe : mais depuis qu'on avait retrouvé le corps violé d'un jeune mannequin sur un terrain vague de banlieue, on oubliait la chaleur estivale pour consacrer les éditions spéciales à la violence urbaine — encore quarante-six jours à tuer avant le début de l'America's Cup.

Timu avait donné une conférence de presse le matin

même, informant les journalistes des avancées de l'enquête. De son côté, le maire de la ville assurait que tout serait entrepris pour attraper et punir les criminels : ces mesures exceptionnelles ne seraient pas seulement appliquées pour cette affaire mais pour toute la durée de son mandat, à savoir celui qui se profilait. Les médias relayaient l'information.

À sa manière, Ann Brook était devenue une star : on dressait ainsi le portrait d'une jeune métisse issue des bas quartiers d'Auckland et qui, à force de travail, était devenue l'égérie de Kiwi Advertising, la fameuse agence de Michael Lung — mannequinat, publicité, communication, ses réseaux embrassaient tous les domaines concernés. Modèle en vue, Ann Brook n'avait pas pour autant renié son milieu d'origine puisqu'elle s'occupait de sa pauvre mère, qui l'avait élevée seule et vivait toujours en banlieue : ce modèle d'acculturation avait probablement attisé la haine et la jalousie de petits malfrats de son milieu d'origine puisque les outrages que la malheureuse avait subis avaient les traits d'une vengeance aussi aveugle que sauvage…

Osborne coupa la radio. Après quatre heures de route et une pluie battante, il retrouvait Auckland et ses relents de bitume.

L'arrêt à Whangarei pour un café et la lecture détaillée de l'acte de vente du site en construction avait fini de lui donner la nausée ; le charabia du notaire restait pour lui du charabia de notaire et, à moins de demander l'aide d'un spécialiste, le montage des parcelles était à peu près incompréhensible. Il avait secoué la veuve Tukao avant de partir : si l'éplorée ne semblait pas au courant des malversations de son mari, elle avait fini par avouer que les deux flics venus d'Auckland soupçonnaient Sam d'être lié à une grosse affaire et elle avait intérêt à la boucler avant qu'on en sache plus long, dans l'intérêt de tous…

Il arrivait enfin.

La nuit tombait sur Khober Pass Road quand il gara la voiture. Une avenue de banlieue morne, quelques enseignes modestes, bazars ou épiceries fermés à cette heure et des graffitis gribouillés sur les affiches publicitaires : Osborne marcha jusqu'à la petite maison au coin de la rue.

Gallaher et sa clique avaient dû longuement interroger la mère d'Ann Brook : Amanda (d'après la fiche de Culhane c'était son prénom) devait être maintenant un peu plus libre… Une petite berline était garée dans l'allée, dernier modèle de chez Ford. Le jardinet n'avait qu'une poignée de géraniums mais on avait repeint les volets en vert. Un halo de lumière filtrait des rideaux. Osborne frappa à la porte — la sonnette ne marchait plus.

La mère d'Ann apparut bientôt, solide Maorie vêtue d'un peignoir élimé. La nuisette qu'elle portait dessous était en revanche très chic.

— Désolé de vous déranger, dit-il sobrement : j'aimerais vous poser quelques questions au sujet d'Ann. Ce ne sera pas long.

Des papillons de nuit se télescopaient sous l'ampoule mouchetée pendue à l'entrée. Amanda jaugea l'homme en noir qui attendait au pied des marches.

— Vous êtes un policier ?

— Oui.

Osborne fit un pas vers la lumière : les traits fatigués de la Maorie se radoucirent un peu.

— J'ai déjà raconté ce que je savais, dit-elle sans le faire entrer. Ça fait depuis hier qu'ils mettent la maison sens dessus dessous. Vous croyez pas que j'en ai assez vu ?

Il n'y avait pas de rancœur dans sa voix, juste de la fatigue et une chape de tristesse qui alourdissait ses beaux yeux bruns.

— Je connaissais un peu Ann, dit-il. Ça vous dérange si je rentre deux minutes ?

Osborne passa un œil par-dessus son épaule. La Maorie resserra les pans de son peignoir et, la mine contrite, l'invita à la suivre. L'intérieur de la maison était des plus simples : un canapé râpé, deux fauteuils aux motifs surannés, une table en Formica sur laquelle trônait un vase vide. Amanda lui proposa un café qu'il accepta. Si la tapisserie aussi datait du siècle précédent, la télé était flambant neuve, écran plat avec DVD et tout le bordel satellite qui allait avec.

— Un cadeau d'Ann ? fit-il en direction du matériel.

La pauvre femme en avait les larmes aux yeux. Elle fit un signe affirmatif et alla chercher le café. Amanda tirait le diable par la queue et faisait des ménages chez les mieux lotis des quartiers voisins : il était clair qu'outre la télé et la Ford garée dehors, la cuisine intégrée et la nuisette étaient des cadeaux de sa fille.

— Ann vous gâtait à ce que je vois, fit-il remarquer.

Amanda acquiesça : ce n'est pas avec son salaire de misère et les aides de l'État qu'elle aurait pu s'acheter toutes ces choses. Elles avaient vécu toutes les deux dans cette maison et, comme le quartier n'offrait pas beaucoup d'avenir, Amanda avait économisé sur ses maigres subsides pour payer des études à sa fille. Qu'au moins elle s'en sorte.

— Et le père ? demanda Osborne.

— Pff ! lâcha-t-elle dans un coup de vent. Parti à la naissance de la petite.

Ça leur faisait toujours un point commun.

— Ann venait souvent vous voir ? poursuivit-il.

— Au moins une fois par mois, répondit-elle. Toujours avec un beau cadeau. Pour ça elle était généreuse, la petite ! ajouta-t-elle. Si je me suis sacrifiée pour elle, on peut dire qu'elle m'a tout rendu au centuple…

De la buée réapparut dans ses yeux.

— Vous connaissez les gens qu'elle fréquentait ? dit-il doucement.

— Oh ! pas du tout, répliqua Amanda sans faire de manières. Mais certainement pas des gens comme moi, ou ceux du quartier : la publicité, c'est quand même d'un autre standing…

La pauvre n'y connaissait rien.

— Une idée de ce qu'Ann gagnait ?

Amanda leva les yeux au ciel.

— Pas loin de deux mille dollars la semaine. Elle commençait à se faire un nom, la petite. Je crois me souvenir qu'elle avait aussi des primes…

Du baratin : la cuisine intégrée, la bagnole dehors, la télé, il y en avait au bas mot pour soixante mille dollars, sans parler du coupé et des virées nocturnes…

— Ann vous parlait de ses amants ? demanda-t-il en acceptant une tasse de café.

— Mon Dieu non.

— Ses amis ?

— À vrai dire, Ann me parlait surtout de son travail. C'est un monde tellement différent pour moi…

La détresse de la Maorie faisait vraiment peine à voir. Osborne se sentait mal à l'aise. Amanda conta quelques anecdotes quand Ann était petite (à l'entendre, elle l'était restée), des histoires d'enfant qui n'avaient malheureusement pas de place ici. Amanda prenait sa fille pour un ange, ce n'était pas complètement faux, mais elle était loin de la réalité : ses accointances avec la jet-set locale, ses virées nocturnes, le club à la con où elle traînait ses amants, la Maorie n'en savait rien et au fond ne voulait pas le savoir.

Osborne prit congé. Il était tard, il n'avait rien mangé de la journée, le café, les amphétamines et le visage défait de cette femme lui tordaient le ventre.

Avant de partir, la Maorie l'attrapa par la manche.

— Dites, monsieur, vous savez qui a pu lui faire du mal à ma petite ?

Pathétique.

— Non…, dit-il. Non.

Osborne attendit qu'elle ferme la porte pour vomir sa bile dans les géraniums.

*

York Street, 36, Parnell. La maison d'Ann donnait sur le port de commerce, dont on devinait les trapèzes métalliques au bout de la nuit. L'équipe de Gallaher avait passé le domicile au peigne fin mais Osborne ne désespérait pas de trouver quelque chose, un indice, n'importe quoi qui étaierait ses doutes.

Il abandonna la Chevrolet à l'ombre des lampadaires et marcha jusqu'au jardin. C'était une petite maison de couleur jaune pâle avec garage et volets clos. Une glycine de fleurs mauves pendait à l'entrée, de la vigne vierge grimpait au mur mais il ne repéra aucun système d'alarme : Osborne força sans mal la porte vitrée du salon et se glissa à l'intérieur. Les voisins dormaient à cette heure avancée. Il alluma sa torche.

Ann Brook vivait seule dans un joli trois-pièces. Les murs étaient couverts d'objets rapportés de voyages (Fidji, Tahiti), d'affiches publicitaires vieilles d'un demi-siècle, il y avait tout un tas de babioles sur les étagères ; outre les stigmates d'une fille de son époque (beaucoup de fringues mais pas beaucoup de livres), Osborne trouva un frigo vide et un coffre rempli de chaussures dans la chambre. Rien que de très banal. Il inspecta le bureau, longuement, mais la jeune femme ne semblait entretenir aucune relation épistolaire, même pas de cartes postales de ses amis…

Le réveil de la table de nuit affichait minuit. Osborne s'assit sur le lit, respira le parfum de l'oreiller, qu'il ne reconnut pas. D'Ann, il ne gardait qu'un goût de baiser chimique et une puissante odeur de sexe… Il remarqua alors une curieuse boîte chinoise posée sur la commode. Il s'agissait d'un casse-tête, qu'il manipula.

Le coffret de bois possédait plusieurs compartiments à système d'ouverture multiple. Si les deux premiers tiroirs étaient faciles d'accès, il y en avait un autre à l'arrière de la boîte. Osborne connaissait le mécanisme — sa mère adorait les chinoiseries. Il l'ouvrit en moins d'une minute.

Coincé entre un sachet d'herbe et un autre de cocaïne, il découvrit alors un bijou.

Ce n'était pas de la pacotille mais une bague en or sertie de diamants. Pas d'inscription à l'intérieur : juste un poinçon. Bizarre. Qu'est-ce qu'une fille comme Ann pouvait avoir à faire d'un bijou pareil ?

Osborne prit la bague, l'herbe (au nez, du datura) mais laissa la cocaïne (un long sniff sur la commode confirma la mauvaise qualité du produit).

Les grillons s'énervaient dans le jardin quand Osborne regagna la voiture. L'air était chargé d'humidité, lui de poudre. Il revoyait Ann dans son habit de fée délurée, le fantôme d'Hana qui dansait autour, et lui déguisé en guignol qui tentait de les attraper… Non, il ne pouvait pas avoir tué cette fille, même défoncé : il était au contraire retourné à Ponsonby avec une arme parce qu'il avait senti qu'Ann courait un danger. Il avait vu quelque chose cette nuit-là : quelque chose qu'il n'aurait pas dû voir.

Les tueurs.

7

Les choses commençaient à se mettre en place : d'un côté un notaire qui, via un généreux dessous-de-table et avec l'assentiment de Steve O'Brian, avait vendu un ancien site maori à la compagnie immobilière de Nick Melrose, Century Inc., dont la comptable avait été empoisonnée et jetée au large. De l'autre Ann Brook, mannequin vedette employée par la boîte de pub de Michael Lung, le conseiller en communication chargé de promouvoir le principe de tolérance zéro cher à Phil O'Brian.

Steve, le père de l'actuel maire d'Auckland, avait durant les années quatre-vingt intégré le groupe limité mais influent de hauts fonctionnaires, intellectuels et politiciens réunis autour de Rob Allen, le travailliste qui allait provoquer la chute du gouvernement Muldoon, conservateur paradoxalement accroché au mythe de l'économie keynésienne néo-zélandaise. Allen élu en 1984, Steve O'Brian était devenu son ministre des Finances et le stratège des réformes qui allaient bouleverser le pays : démantèlement du vieux système d'État providence, privatisations en masse — télécommunications, chemins de fer, banques, assurances, compagnies aériennes, même les forêts avaient été vendues aux firmes étrangères. Après quoi l'équipe d'O'Brian avait abandonné la politique monétaire au contrôle exclusif de la Banque centrale et quitté le gouvernement en 1989, peu avant la débâcle de l'économie — et accessoirement du parti.

Steve O'Brian finissait aujourd'hui sa carrière politique au Directoire de l'aménagement du territoire et c'est à ce titre qu'il avait donné son aval au montage financier de Nick Melrose afin de construire un vaste complexe touristique à Karikari Bay, et ainsi dynamiser une région peu productive. O'Brian prenait sa retraite l'année prochaine mais, en bon père, usait de sa notoriété pour soutenir la carrière politique de son fils…

Osborne consultait l'ordinateur du central, perplexe.

Il avait dormi une poignée d'heures, plutôt mal. Jusqu'à présent il n'avait rien sous la main, que des fantômes. Quant à l'éventualité d'interroger Steve O'Brian au sujet des terrains de Karikari Bay ou de fouiller son compte en banque en vue de dénicher quelques virements douteux, l'opération n'était envisageable qu'avec le concours de Timu et du procureur ; or, excepté un document volé dans le coffre de la veuve Tukao, il n'existait rien qui pût justifier la réouverture d'une enquête…

Culhane entra dans le bureau enfumé, un tee-shirt à l'effigie de Pater Blake sur ses épaules de wincher.

— Dis donc, tu es bien matinal ! tenta-t-il de plaisanter.

Osborne grogna un bonjour si amène que le rouquin s'assit sans un mot.

La complicité née de la « soirée barbecue » avait fait long feu. Tom n'avait jamais eu d'autres amis que Rosemary, à peine quelques copains de collège. Il se sentait tiraillé. Ses problèmes d'ordre privé accaparaient l'essentiel de ses pensées, aux yeux de leurs parents il était inconcevable qu'un couple marié pût vivre sans enfants, sans compter qu'ils n'étaient pas les seuls à penser ça : il sentait le regard des autres sur leur couple, ce couple d'anormaux. Et c'était comme si ce regard les écrasait, tuait à petit feu jusqu'à ses spermatozoïdes (le docteur Boorman avait d'ailleurs engagé une nouvelle batterie d'examens qu'ils iraient chercher demain), et Tom n'avait personne à qui parler…

Il alla chercher deux cafés fumants à la machine dans le couloir. Osborne, pas coiffé, pianotait toujours sur son ordinateur. Il posa les gobelets sur un coin du bureau.

— Qu'est-ce que tu cherches ?

— Un lien entre Zinzan Bee et Pita Witkaire, répondit Osborne. Witkaire n'exerce plus et je n'arrive pas à mettre la main dessus…

— Peut-être qu'il a pris sa retraite ? hasarda Tom.

— Peut-être.

Osborne but une gorgée du café-machine et jeta le reste dans la poubelle.

— Et toi, dit-il, tu as du nouveau sur les Tainuis présents à Bastion Point ?

Le sergent opina en ouvrant son calepin.

— Pour le moment, je n'ai eu que trois contacts, dit-il. Benny Shapple et Rob Tafonea, les deux retraités dont je t'ai parlé, visiblement sans histoires : l'un vit à Moerewa, l'autre à Te Tii, un village de la Bay of Islands. Ils ne militent plus depuis longtemps et n'ont gardé aucun contact avec les anciens contestataires. J'ai eu l'un d'eux au téléphone, Tana Marchall, aujourd'hui ébéniste. Lui non plus ne côtoie plus les activistes d'aujourd'hui mais il se souvient de Zinzan Bee. (Tom se baissa vers son carnet.) « Un enragé » d'après lui. C'est tout ce que j'ai pu en tirer. Quant aux trois autres Tainuis, l'un d'eux est décédé : Mike Neri, un accident de voiture, en 95…

Aucun de ces hommes n'avait le profil de tueur engagé auprès de Zinzan Bee. Bastion Point était peut-être une fausse piste…

— Et les deux autres ?

— Jeremy Taffu, répondit Culhane, résidant à Waiare. J'ai eu sa femme au téléphone mais lui est absent jusqu'à la fin de la semaine. Il est parti à la chasse… L'autre, Nepia, son téléphone ne répond pas.

Une brise légère passa dans le bureau, enfumé malgré les fenêtres ouvertes. Osborne se massa les sinus.

— Et l'autopsie d'Ann Brook ? relança-t-il.

Culhane replongea dans son carnet.

— On aura les premiers résultats demain. En attendant, Julian Lung a donné la liste des gens présents à la soirée. Plus d'une cinquantaine. Gallaher a commencé à les interroger… Lung est au-dessus de tout soupçon et se porte garant de la plupart de ses invités : même si certaines brebis galeuses ont pu s'incruster dans la soirée, les agresseurs ont plutôt dû sauter sur Ann dans la rue, ou même sur la route qui la ramenait chez elle.

— Pourquoi donc ? se renfrogna Osborne.

— On vient de retrouver sa voiture le long de Blockhouse Bay Road. C'est-à-dire pas très loin de New Lynn et de l'entrepôt désaffecté. Un coupé Mercedes…

Forcément plein de ses empreintes. Osborne consulta le listing de l'ordinateur : parmi les dizaines d'invités répertoriés, il ne vit pas un seul nom maori.

Il imprima la page. Culhane le regardait faire, intrigué.

— Où tu vas ? demanda-t-il en le voyant enfiler sa veste.

— Interroger Tobby.

*

Julian Lung habitait une maison cossue à l'écart de l'agitation de Ponsonby Road. Des frangipaniers en fleur dépassaient des grilles. Osborne ne reconnut ni leur parfum ni le reste. Il se souvenait juste de la piscine.

Il n'y avait pas de caméra de surveillance à l'entrée, ni gardien, mais une grille amovible, fermée. Osborne venait de se garer contre le trottoir quand une berline gris métallisé sortit en trombe de la propriété. Il ne reconnut pas le chauffeur mais l'homme installé à l'arrière : Michael Lung, le conseiller en communication du maire. Sans doute venait-il de rendre une petite visite à son bon à rien de fils et l'entretenir des avancées de l'enquête… Osborne profita de l'ouverture de la grille pour se glisser dans le jardin.

Les abeilles butinaient le long de l'allée. Il crut reconnaître la façade de la maison et laissa tomber : deux filles en bikini s'affairaient autour de la piscine.

Julian Lung se tenait torse nu à l'ombre d'une terrasse de bois exotique, plié dans un fauteuil de jardin aux dimensions particulièrement exagérées. Un cocktail à portée de main, il lisait sans trop de concentration le dernier Harry Potter. Son œil hagard se transforma à la vue de l'homme qui traversait la pelouse.

— Qui êtes-vous ? dit-il en se redressant.

La trentaine, Julian Lung était roux, trapu, les épaules couvertes de taches de rousseur. À ces yeux vitreux, Osborne nota qu'il était défoncé. Pour le moment tout allait bien : il ne le reconnaissait pas.

— J'ai quelques questions à vous poser, dit-il en lui montrant sa plaque.

— Au sujet de quoi ? J'ai tout raconté cent fois à vos collègues…

Julian avait une voix aussi fluette que les oiseaux pépiant çà et là.

— Ce ne sera pas long, répondit Osborne.

Comme il souriait bizarrement, Julian consentit à reposer son livre mais pas son verre. Dans son dos, les filles en bikini observaient la scène ; elles se dirent quelque chose à l'oreille, ricanèrent un instant avant de plonger dans l'eau turquoise. Osborne lorgna les immenses baies vitrées qui donnaient sur le salon. Aucun souvenir.

— Il vient de partir, le paternel ? demanda-t-il.

— C'est lui ou c'est moi que vous voulez voir ?

— Il en pense quoi, de la mort d'Ann Brook ?

— Vous n'avez qu'à lui demander.

Julian n'avait rien à dire à ce type. Son père avait été ferme tout à l'heure. Cette histoire de meurtre était assez sordide comme ça.

— Votre père est plus difficile d'accès que vous, fit remarquer Osborne. Il connaissait Ann ?

— C'était son patron, répondit son fils, d'un haussement d'épaules. Mais dans les grosses boîtes, vous savez comment ça se passe…

— Non.

— Alors tant pis.

Julian Lung sirota un peu de son cocktail, qu'il reposa sur l'accoudoir du fauteuil. Osborne lui colla le listing sous le nez.

— C'est vous qui avez rempli ça ?

— Bah, oui…

— Et les deux Maoris, ils sont où ?

Le jeune homme fronça ses sourcils, d'un roux de forêt.

— Quels Maoris ?

— Ceux qui étaient présents ici même la nuit où Ann Brook a été assassinée, dit-il d'une voix blanche.

— Je ne vois pas de quoi vous voulez parler.

Osborne bluffait : les deux Maoris entrevus ce soir-là près de la piscine pouvaient très bien avoir des noms britanniques mais cet imbécile n'était pas de taille à lui mentir longtemps.

— Ne fais pas le malin avec moi, Julian, ça pourrait te coûter cher, dit-il en changeant de ton. Il y avait deux Maoris tatoués chez toi l'autre nuit et ils ne figurent pas sur ton listing : pourquoi ?

L'ombre d'Osborne approcha. Le rouquin leva des petits yeux paranoïaques.

— Je… Qu'est-ce qui vous fait dire ça ?

— Tu ne les as pas inscrits sur ta liste parce qu'ils te fournissent en dope, c'est ça ? siffla-t-il. Toi et ta copine Ann ?

Il lâcha la pochette de datura sur la table de jardin.

Julian Lung rougit comme un gamin pris en faute. Il savait qu'il était raide, que ça se voyait comme le nez au milieu de la figure, qu'il n'avait jamais su mentir, c'était peut-être pour ça qu'il n'était bon à rien, et maintenant ce flic venait le harceler, visiblement très au courant de ses petites affaires…

— Dure, douce, les deux ? insista Osborne.

— Hein ?

— La dope qu'ils vous fournissent.

— Mais…

— Je m'en fous, coupa-t-il sèchement : je ne suis pas venu pour te parler de ça. Tu peux continuer à te défoncer si ça te chante, dis-moi simplement ce que tu sais sur ces types.

Osborne n'était pas d'humeur patiente. Sorties de la piscine, les filles miaulaient en se frottant les cheveux dans une serviette. La plus longue fila sous un palmier.

— Tu accouches ou tu veux que j'y mette les mains ?

Ils avaient à peine cinq ans de différence mais pas du tout la même vision du temps qu'il leur restait à vivre. Osborne serra un poing.

— Cannabis surtout, avoua Julian. Leur coke est pourrie…

— Datura ?

Le jeune homme acquiesça.

— Depuis quand ils vous refourguent leur camelote ?

— Trois mois environ.

Les Maoris les fournissaient donc tous les deux.

— Ils étaient là à la fête, dit Osborne : pourquoi ?

Il faisait de plus en plus chaud sur la terrasse.

— J'avais passé une commande…

— Ann était dans le coup ?

— J'en sais rien.

— Tu viens de me dire le contraire, connard. Ann était défoncée au datura le soir de la fête : c'est eux qui la fournissaient ?

Osborne le prenait de court, posait des questions dont il connaissait les réponses.

— Ou… oui.

— Comment tu les as rencontrés ?

— Une soirée, prétendit Julian, qui semblait plus petit dans son siège. J'avais plus de fournisseurs à l'époque, ils m'ont fait goûter de la bonne herbe, j'en ai pris, voilà…

— C'était chez qui cette soirée ? Qui les avait invités ?

— J'en sais rien ! L'ami chez qui avait lieu la fête ne les connaissait pas, ça devait être des copains de copains, y avait plein de monde et…

— Le nom de cet ami ?

Le jeune rentier perdait pied. Il saisit son cocktail coloré pour faire diversion.

— Je ne sais plus, juré : c'était il y a longtemps et… aïe !

D'un coup de pied vite ajusté, Osborne venait de faire gicler son cocktail des mains. Le verre se brisa sous l'impact, lui déchirant la paume avant de s'éparpiller sur la terrasse. Acculé à son trône, Julian regarda l'entaille dans un rictus qui se voulait douloureux.

— Fini de rigoler, mon vieux, gronda Osborne : Ann Brook a été assassinée et j'ai de bonnes raisons de penser que tes dealers sont dans le coup. Tu vois dans quel merdier tu t'es mis. Maintenant tu me dis ce que tu sais avant que je t'embarque par la peau du cul pour une garde à vue dont tu me diras des nouvelles. Je veux le nom des deux tatoués et leur contact.

Lung étouffait sous le soleil.

— Je ne connais que leurs prénoms, dit-il en serrant sa main blessée. Jesse et Steven.

— Décris-les-moi, ordonna-t-il.

— Ben… (Julian fit semblant de faire des efforts.) Je crois qu'ils sont frères, ils se ressemblent pas mal : deux grands costauds avec une petite tête et des petits yeux aussi…

Osborne avait un souvenir vaguement équivalent. Deux Maoris dont le signalement lui rappelait le portier du Phénix, le club privé.

— Comment tu les joignais ? demanda-t-il sans le quitter des yeux.

— Ce n'est pas moi qui les joignais mais Ann…

Même raide, Julian Lung avait l'air de bonne foi. C'était bien la première fois. Osborne grogna — le club échangiste : fallait-il qu'il soit défoncé pour ne pas avoir fait le rapprochement…

— Comment ils vous contactaient ? insista-t-il en réprimant sa rage. Par le biais du Phénix ? Si tu me dis que tu ne connais pas, je te noie dans la piscine.

Julian secoua la tête :

— Je crois que c'est ça, oui…

— Tu allais avec elle au club ?

— Non, sursauta-t-il. Se faire tripoter dans les coins, c'est pas trop mon truc. Je vous jure.

— Ah ouais ? (Osborne avait envie de lui cogner dessus.) Et Ann, elle avait un amant attitré ?

Un papillon passa dans le jardin, tous coloris dehors. Julian eut un geste d'impuissance.

— Je ne sais pas. Elle aimait les mecs, c'est tout.

— Oui, mais tu mens.

— Non. Pourquoi ?

— On a retrouvé ça chez elle, fit-il en exhibant le bijou caché dans le casse-tête chinois : une babiole qui doit faire dans les dix ou vingt mille dollars. Pas du tout le genre d'Ann, estima Osborne. Qui le lui a offert ?

— Je n'en sais rien !

Mais il s'empourprait comme une adolescente.

— Tu connaissais bien Ann, poursuivit Osborne. Comment tu expliques qu'une fille comme elle, issue des bas quartiers, se soit retrouvée parmi le gratin de la ville ?

— Elle commençait sa carrière de mannequin…

— Et alors ? Tu couchais avec ?

— Non, on était juste copains.

— Elle couchait avec ton père ?

— Non !

Julian avait beau se terrer au fond du fauteuil, on y voyait le jour.

— Même pour des oisifs comme vous, un diamant de ce calibre, ça fait beaucoup de fric pour une simple passade, insinua Osborne. Sans compter qu'Ann préférait acheter du matériel à sa mère plutôt que dépenser son argent en luxe inutile. Et puis un bijou, c'est plutôt un cadeau de vieux. Alors ?

Il serrait les deux poings.

— Je ne sais pas, répondit Julian.

Plus de papillons dans le jardin, plus de filles en bikini sous les palmiers : ne restaient que son visage rouge de confusion et l'impression de flancher.

— C'est ton père, hein ? répéta Osborne d'un air mauvais. C'est aussi lui qui a acheté le coupé d'Ann ? Il est venu te dire de la boucler au sujet de leur relation pendant qu'il gérait l'affaire avec les flics : car tu étais au courant de leur relation, n'est-ce pas ? Et maman Lung, non… Protéger son père, c'est beau ça, ironisa-t-il. Complice d'un père criminel, dis-moi, Julian, tu fais dans le drame grec…

Cramoisi, le fils prodigue continuait de se taire maladroitement. Osborne n'avait pas besoin de ses aveux. Il quitta la propriété sans un regard pour les filles qui se ventilaient sous le palmier.

*

Le Phénix n'ouvrait pas avant onze heures. Il était moins le quart. Osborne marcha vers l'entrée, passablement énervé. Seul renseignement glané de cette journée pourrie, Sam Tukao n'était pas membre à part entière de la tribu tainui mais il appartenait à un *hapu*, une sous-tribu…

Osborne reconnut la ruelle, le couloir biscornu qui menait au club, et pas du tout le portier qui ce soir obstruait l'entrée : un nez de boxeur battu, des bras comme des troncs engoncés sous un costard sombre, le type s'interposa avec une grâce bodybuildée.

— C'est privé, bougonna-t-il.

Le portier n'était pas maori mais tongien.

— Il est où Will ?

— En congé. (Le type jeta un œil suspicieux au *pakeha* qui le dévisageait.) Qu'est-ce que tu lui veux ?

— Le voir, répondit Osborne en lui présentant sa plaque.

Le type n'avait pas l'air impressionné.

— C'est un club privé ici, dit-il.

— Je m'en fous.

Osborne lui planta son calibre .38 dans le nez. Cassé trois fois, le canon s'y enfonça comme dans du beurre.

— Ouvre cette porte…

Doug faisait des extra : il n'avait jamais rencontré le patron de la boîte, à peine le gérant, on le payait pour ses talents de physionomiste, pas pour arrêter les balles : il obéit. Osborne poussa le Tongien vers le comptoir et referma la porte du club. La pin-up entrevue l'autre nuit préparait les costumes derrière le comptoir, une blonde qui fit un entrechat de surprise en le voyant — ce type accompagnait Ann Brook la nuit où…

— Will n'est pas là ?

— Non, bredouilla-t-elle, impressionnée par son arme. Il est en congé…

La fille du vestiaire n'avait pas encore revêtu son attirail de pin-up fifties mais elle avait le visage d'une Marilyn shootée aux médocs.

— Depuis quand ? renchérit Osborne.

— Eh bien… Vendredi.

Juste après la mort d'Ann Brook.

Si Doug se tenait tranquille, les mains de la blonde tremblaient.

— Il reprend quand son job, Will ?

— Lundi.

Dans cinq jours. S'il revenait…

— Bon, il habite où ?

— Je ne sais pas, dit-elle, nerveuse. Faudrait voir sur les feuilles d'embauche…

— Et elles sont où, ces feuilles d'embauche ?

— De… derrière le bureau.

Osborne lui fit signe de s'y coller. La blonde obéit sous l'œil morne du portier.

« Will Tagaloa », disait le papier administratif. Osborne empocha la feuille d'embauche et se tourna vers la fille, toujours pétrifiée derrière son comptoir.

— La police vous a interrogée au sujet du meurtre d'Ann Brook ?

— Non, répondit-elle.

— Ah ouais ? (Osborne sourit de manière malsaine.) Maintenant attention, la prévint-il : tu me mens une seule fois, une seule, je te démolis le portrait. Ann Brook venait souvent ici ?

La jeune femme eut envie d'uriner.

— Eh bien… Elle venait de temps en temps… Le vendredi surtout.

— Pourquoi le vendredi ?

— Je ne sais pas.

— Elle y retrouvait de vieilles connaissances ?

— Je… je ne sais pas.

D'un coup de crosse, Osborne lui cassa le nez.

Le portier fit un geste mais le canon du .38 lui visait le ventre.

— Toi, dégage !

Doug obtempéra. La fille du vestiaire pleurait à chaudes larmes, accroupie au pied du comptoir, les mains crispées sur son appendice blessé.

— Je t'avais prévenu, ma conne, siffla Osborne. Maintenant tu me réponds avant que je m'attaque à tes dents.

La pin-up se plia en deux, du sang comme des rides sur ses doigts.

— Si la police ne vous a pas interrogés, c'est qu'il y a une bonne raison, reprit Osborne. Et cette raison, c'est que des personnalités très respectables se rendent ici, en toute discrétion. Avec Ann Brook ?

— Non ! elle implorait.

— Mais elle les connaissait ? dit-il en l'empoignant. Attention à ta gueule !

La jeune femme se tordit un peu plus sur la moquette.

— Oui, murmura-t-elle.

— Qui ? !

Il criait presque. Elle secoua la tête :

— Plein de gens !

Acculée au pied du comptoir, la jeune femme ne savait plus quoi répondre. Osborne l'aida un peu.

— Qui vient ici ? Michael Lung ?

— Oui !

Le conseiller du maire. Osborne sentit tout de suite le mauvais coup.

— Qui d'autre ?

— Je ne sais plus, balbutia la blonde. Je ne sais plus…

Ses mains couvraient son visage comme s'il allait tomber en morceaux.

— Sam Tukao ?

— Non !

— Melrose ?

— Je ne connais pas ce nom, glapit-elle, je vous le jure !

La fille se laissa glisser à terre, manquant de rouler sous les tentures. Osborne essuya sa semelle sur sa robe. Elle se tortilla sur le sol du vestiaire.

— O'Brian ? feula-t-il. Lui aussi c'est un habitué ?

Elle gémissait.

— Oui…

— Le père ou le fils ?

— Les fils !

La blonde fondit en larmes.

Osborne retint son souffle. Un flash lui traversait la tête : il se revoyait dans le club avec Ann, il visionnait une fois encore la scène où deux longs gringalets mataient « Peau d'âne » pendant qu'on la chevauchait… Même taille, même morphologie : les jumeaux O'Brian.

Ce n'était pas le maire d'Auckland ni son père qui se rendaient au club échangiste, mais les deux gamins…

*

Minuit. Osborne gara la Chevrolet dans la ruelle perpendiculaire à l'hôtel Debrett, perdu dans ses pensées. De nouveau, tout se mélangeait. Ann Brook était présente à l'Observatoire quand le maire avait lancé sa campagne de réélection sur le thème de la tolérance zéro. Elle était l'amie de Julian Lung, l'égérie et la maîtresse de son père Michael, qu'elle retrouvait au Phénix ;

Ann connaissait les jumeaux O'Brian, qui eux aussi allaient se payer du bon temps dans le club le plus privé de la ville… Timu et Gallaher n'avaient pas poussé l'interrogatoire au Phénix pour couvrir Lung et les fils du maire, lequel ne pouvait essuyer un tel scandale en pleine période électorale. Ça n'expliquait pas pourquoi on avait tué Ann, ni la disparition de Will Tagaloa, le portier…

Il marchait tête basse quand soudain l'équilibre se rompit. Osborne se sentit décoller de terre : un choc violent contre son crâne l'envoya rouler sur le trottoir.

Le sol était dur, froid. Une douleur abominable au cuir chevelu, il rattrapa ses esprits égarés dans le caniveau avant qu'ils ne s'échappent définitivement. Le liquide tiède qui coulait sur son front inonda ses yeux, il distinguait à peine les silhouettes de ses agresseurs au-dessus de lui : ils étaient deux, cagoulés. Non, trois : surgissant dans son dos, une main puissante le saisit par les cheveux. Sous la pression, la plaie de son crâne s'ouvrit un peu plus. Une seconde plus tard, son visage s'écrasa contre le bitume.

Du front, Osborne sauva de peu son nez. La douleur remonta dans sa cervelle : tout était trouble mais il serrait toujours le poing. Au-dessus de lui, une voix disait :

— Achève-le !

Baignant dans son sang, Osborne releva la tête et repéra ses agresseurs au moment où, revenu en trombe, le poing américain allait lui fracturer la tempe : d'une esquive, Osborne glissa sur le pavé. L'arme érafla son oreille avant de percuter le sol. L'homme cagoulé étouffa un cri. Osborne serrait toujours ses clés de voiture : la tige d'acier calée entre les phalanges, il frappa l'œil, de toutes ses forces. Touché de plein fouet, le type cria entre ses dents et reflua, la main collée sur l'orbite. Son complice se précipita aussitôt, une barre de fer à la main. Osborne le cueillit d'un coup de talon au genou, qui sembla céder sous l'impact. Le type partit en vrille tandis qu'Osborne se relevait en prenant appui contre le mur, des étoiles dans la tête. La cocaïne remonta tout à coup, il avait la gorge sèche et amère, les jambes molles, le sang ruisselait sur sa chemise blanche et la ruelle tanguait dangereusement.

Ses pupilles se fixèrent sur le plus grand de la bande, une silhouette élancée qui le menaçait d'une arme : un Beretta à balles expansives. Leurs regards se croisèrent une fraction de seconde. Il allait l'abattre comme un chien. Les pneus d'une voiture crissèrent alors à l'angle de la rue. Une tête apparut par la vitre ouverte, une tête blonde qui à une vingtaine de mètres s'écria :

— Paul !

Amelia Prescott.

L'homme au Beretta hésita : la fille se précipitait hors de la Honda et les coups de feu pouvaient attirer du monde. Il ne tirerait pas, à moins d'abattre aussi la fille. D'autres noctambules s'étaient arrêtés un peu plus loin. L'homme pesta, fit volte-face et, soutenant ses deux acolytes, disparut au coin de la ruelle.

Amelia accourait.

— Mon Dieu, fit-elle en le voyant.

Osborne chancela contre le mur : il ne voyait plus que des ombres sur le trottoir et ce sang chaud qui gouttait de sa tête…

— Paul ! Paul, ça va ?

À travers l'opacité, il distinguait le son de sa voix. Amelia cala son épaule sous son aisselle.

— Viens, dit-elle, ne restons pas là…

La terre tournait à toute vitesse et la douleur allait empirant. Osborne s'accrocha à son épaule, si frêle qu'elle manqua de s'affaler. Mais Amelia tiendrait bon. Semant des petits cailloux écarlates sur le trottoir, ils titubèrent jusqu'à la Honda. Le couple de noctambules qui s'était arrêté demanda s'ils avaient un problème mais l'assistante du coroner se chargea de les éloigner. Osborne n'entendait plus rien, sinon les bruits de son cœur qui cognait contre ses tempes. Il roula sur la banquette arrière, la tête en feu. Amelia grimpa à bord, mit le contact et s'engagea sur Queen Street.

— Ça va aller ? souffla-t-elle depuis son volant.

Glissé à l'arrière, Osborne n'émit qu'un son rauque. Son cerveau bourdonnait, commençait à donner des signes de faiblesse. Des petites billes rouges phosphorescentes filaient devant le pare-brise, il voyait double, ou triple.

À l'avant, Amelia parlait d'hôpital, des types qui l'avaient tabassé, du sang qui dégringolait de sa tête... Ses yeux papillonnaient, quittaient leur chrysalide. Il balbutia :

— Pas d'hôpital.

La douleur était là, intense : Osborne ne pensait pas à l'agression qu'il venait de subir, juste à y survivre.

8

C'était une journée d'octobre où le vent balayait les collines. Les animaux se réfugiaient sous les arbres et, malgré le bleu du ciel, rien n'annonçait le printemps. Après une longue attente, le karanga[1] *retentit dans le* marae, *invitant les Maoris à venir se lamenter.*

Le cercueil de la grand-mère était là, ridiculement petit. Hana ne l'avait pas vue depuis des années : Wira s'était-elle rabougrie à ce point ? Les gens se pressaient maintenant dans le whare nui[2], *la famille au premier rang, soutenue par la haie silencieuse des membres de la tribu.*

Entourée des siens, Hana écouta les prières et les chants sacrés, les karakia, *qu'elle connaissait sans les avoir jamais entonnés. Elle le ferait bientôt, quand tout le monde se serait soudé autour de la doyenne. Hana ne savait pas comment interpréter la mort de Wira, elle n'y voyait ni signe ni ligne de fuite.*

— A Ngakau… A Ngakau[3]…

La gorge nouée, elle posa sa main sur le cercueil. À ses côtés, son père fermait les poings pour retenir ses tremblements, sans bien réaliser que des larmes coulaient sur ses

1. Appel destiné à rassembler les gens.
2. Grande maison où ont lieu les réunions du *marae*.
3. « Ô mon amour, ô mon cœur. »

joues : Glenn le Maori de la tribu tainui tout ratatiné de chagrin devant la dépouille de sa mère, A Ngakau ! A Ngakau…

Glenn n'avait pas dit un mot lors du trajet qui les avait amenés jusqu'au marae *de West Coast Road. En négligeant de participer aux* haka *et de représenter la tribu tainui lors de l'Aoteraoa Maori Performing Art Festival, la compétition culturelle intertribale qui avait lieu à la fin de chaque été, Glenn avait fini de se brouiller avec son père : Pita avait trop d'honneur à défendre pour accepter sans douleur la désaffection de son fils, et Glenn globalement trop de faiblesse pour échapper à la routine d'un quotidien qui, à la longue, le menait plus souvent au bar du coin qu'à l'agence d'intérim censée l'embaucher.*

*Seule Hana avait assumé la filiation. Mais si elle les aimait tous les deux et de manière différente, elle n'avait rien fait pour les rapprocher ; on n'était pas maori par atavisme ou par habitude, on l'était dans le sang. En perdant aujourd'hui sa mère, Glenn perdait aussi son dernier lien avec la communauté, l'*iwi, *la tribu, et le* hapu, *la sous-tribu, qui ensemble formaient l'unité, le* tahi, *une part de l'âme maorie…*

Des bras puissants soulevèrent le cercueil de merisier. Pita mena le cortège vers le petit cimetière voisin, Hana dans son sillage, brisée mais collée à la dépouille comme si elle pouvait tomber.

Fuyant le regard de son père, Glenn emboîta le pas à sa fille.

Nul nuage à l'horizon : juste un vent humide qui traversait le bleu du ciel déformé sous le prisme des larmes. Hana marchait en silence, obéissant au malheur qui la précédait de quelques pas.

Ça sentait le jasmin dans le petit cimetière aménagé pour l'occasion, une odeur presque enivrante. Hana tanguait près du tertre, perdue dans ses pensées : pourquoi l'enterrait-on là, dans le lopin de terre situé derrière le marae, *plutôt qu'au nord de la péninsule où la tribu avait ses terres ? Pour qu'elle reste près de son mari ?*

Pita lui présenta alors un pendentif, reconnaissable entre mille : le tiki *de sa femme.*

Hana sortit de ses pensées ; tous les membres de la tribu s'étaient tournés vers eux. Le grand-père déposa le pendentif au creux de sa main.

— Tiens, dit-il. C'est petit mais c'est du jade.

Le Maori sourit, un pauvre sourire qui s'évanouit sur ses lèvres. Hana retint ses larmes.

— Merci, grand-père…

Pita Witkaire recula d'un pas pour la contempler. C'est Hana qui désormais garderait le mana *de la vieille femme, elle qui porterait le souvenir de son âme…*

— Tihe mauriora[1], *dit-il d'une voix plus ferme.*

Répétant le geste sacré de ses ancêtres, il planta le tiri *au bout du tertre funéraire, la tige qui permettrait à l'âme de se séparer du corps pour rejoindre Papa la terre ou Ranginui le ciel, selon son choix… Hana serrait le pendentif dans sa main, parcourue de frissons.*

— Que voulez-vous que je fasse ? murmura-t-elle.

Le vieil homme parla au nom de la tribu tainui, dont l'emblème et la fierté venait de disparaître.

— C'est la fin, dit-il, la fin ou le commencement. À toi de choisir la route. Car elle est désormais liée à la mémoire de la tribu. C'est toi que ta grand-mère a choisie. C'est toi qui désormais portes l'honneur de la tribu, c'est toi qui portes le savoir. Fais-en bon usage… (Il leva les yeux au ciel, puis serra sa main crispée sur le tiki *de jade.)* Kia koa koe[2]…

Pita se tourna alors une dernière fois vers le tombeau

1. « Je salue le souffle de la vie qui est en toi. »
2. « Je te souhaite toute la joie possible… »

où reposait la kuia. *Le vent faisait onduler ses cheveux gris, sa voix n'était plus qu'un souffle.*

— E taku hine, e taku hine[1]...

Glenn grimaçait dans son dos : on mit le cercueil en terre. Hana se tenait droite, prisonnière de sa douleur, les yeux secs comme de la glace.

Le cimetière des éléphants n'existe pas : pour mourir, la bête fatiguée vient se jeter sur les défenses des plus jeunes. C'est seulement après l'agonie qu'ils pleurent, en rond, tous ensemble...

— Comment tu as su que j'étais là ?

Hana avait sa tête des mauvais jours.

Pliant l'échine, Pita s'assit sur le sable, à ses côtés. Il avait fini par trouver sa petite-fille sur la plage de Rangiwhakaea Bay, assise à l'ombre d'un pohutuwaka en fleur. Le contraste avec son visage était saisissant ; ses cheveux étaient pleins de sel, ses yeux aussi avaient perdu de leur éclat... La beauté l'aurait-elle fuie, elle, la splendeur, la fierté de la tribu tainui ?

— Ça fait des semaines que je te cherche, répondit le vieil homme. Des semaines...

Hana serra une poignée de sable dans sa main, qu'elle égrena, tête basse.

— Si je suis ici, c'est pour que personne ne me retrouve, dit-elle sèchement.

Hana fuyait son regard humide, comme s'il l'avait prise en faute. Le Maori soupira... La route avait été longue et il sentait le poids des années sur lui. Il posa sa main sur l'épaule de sa petite-fille.

— Pourquoi tu ne reviens pas au *marae* ? dit-il doucement. C'est là qu'est ta place, près des tiens. Pas ici...

1. « Ô ma femme, ô ma femme... »

La jeune femme se renfrogna un peu plus. À son cou pendait toujours le *tiki* de Wira, figurine de jade qu'elle malaxait maintenant entre ses doigts. Quelque chose avait changé dans le fond de ses yeux. Ils semblaient vides. Affreusement vides.

— Qu'est-ce que tu fais ici ?

— J'attends, dit-elle.

— Quoi ?

Pita ne voulait pas la brusquer : il sentait bien qu'elle était fragile, vulnérable, un verre fissuré qui ne demandait qu'à se briser, à lui entailler la main…

— Rien, répondit Hana. Je n'attends plus rien.

Sa voix se voulait louve mais elle chevrotait dans sa gorge. Hana était émue par la venue de son grand-père, il avait dû en faire du chemin pour la retrouver, et son air malheureux lui cassait le cœur. Mais elle tiendrait le coup.

Sentant sa nervosité, le Maori serra un peu plus son bras autour de ses épaules. Elles étaient robustes et douces mais frémissaient sous la brise tiède. Pita était malheureux pour elle, pour Wira, pour lui.

— Viens avec moi, murmura-t-il. Ça ne sert à rien de ressasser tout ça.

— Je ne ressasse rien, je vis.

— Mal.

— Comme nous tous.

De l'océan montaient des vagues blanches. Il fallait la sortir de là.

— Hana, dit-il. C'est toi qui portes le *mana* de la tribu. Sans toi, nous ne sommes plus rien. Des bouts éparpillés… Reviens. Il faut…

— Je ne porte plus rien, le coupa-t-elle.

— Tu te trompes. Si ta grand-mère t'a choisie, c'est pour propager le savoir de ton peuple, pas pour le garder prisonnier : les Tainuis ont besoin de toi.

Elle ricana. Ses yeux avaient la couleur du jade mais la colère y était noire :

— Va-t'en.

— Hana…

— Non, siffla-t-elle. C'est trop tard. Trop tard pour tout.

Hana repoussa sa main qui, telle une branche morte, retomba sur le sable. Le désespoir l'avait défigurée. Le vieil homme esquissa un geste mais elle se leva tout à coup.

— Va-t'en, elle répéta. Laisse-moi.

Sa robe flottait dans la brise. Ses lèvres aussi tremblaient. Hana tourna les talons avant de craquer et disparut sous les arbres en fleurs, sans un mot d'adieu.

Sur la plage, la brume de chaleur s'inventait des mirages. Pita Witkaire resta longtemps assis sous le pohutuwaka, à contempler le néant.

Sa femme était morte : l'ange gardien de sa mémoire aussi…

9

Osborne roula sur le sofa. L'acier du poing américain lui avait déchiré le sommet du crâne. Le plus dur restait de se déshabiller…

— Ne bouge pas.

Assise à son chevet, Amelia l'aida à ôter sa veste poisseuse, puis cala un oreiller sur l'accoudoir du sofa. Elle disparut un moment de son champ de vision — il crut reconnaître une toile de Rothko sur le mur du salon — et grimpa l'escalier en colimaçon qui menait à la salle de bains. Un loft. Amelia revint bientôt, le tiroir à pharmacie dans les mains, et s'assit sur le bord du canapé où il gisait.

— Qu'est-ce…

— Tais-toi.

Fouillant dans le bazar, elle tira un cachet qu'elle lui colla entre les lèvres.

— Sulfate de morphine, dit-elle. Tu vas être un peu plus dans le coton mais ça va t'aider à tenir le coup.

D'un œil inquisiteur, elle commença à inspecter les plaies de son crâne. L'une d'elles était profonde : une bosse poussait sous ses cheveux, une coupure nette. Le sang avait fini par coaguler mais il avait dû perdre près d'un litre. Il y avait aussi un œdème au sommet du front, une blessure en forme d'étoile…

— Eh bien, on peut dire que tu ne t'es pas raté... (Amelia posa le tiroir de la pharmacie au pied du canapé.) Tu peux parler ?

— Hum...

Il la regardait, tout cabossé.

— Qu'est-ce qui s'est passé ?

Osborne fit un geste de dépit qui ne voulait rien dire du tout. Quelle tête de mule... Amelia déballa compresses, cotons, antiseptique, ainsi que du fil et une aiguille. Elle nettoya les plaies, fit des petits tas de cotons écarlates sur la table.

— La morphine fait effet ?

Cloîtré dans sa douleur, Osborne errait dans des zones d'ombre, la tête éclatée.

— Bon, je vais te recoudre le crâne, dit-elle d'une voix neutre. On va pas laisser un trou pareil dans ta belle tête de mule.

Sur ces entrefaites, la biologiste enfila un fil noir dans le chas de l'aiguille et se pencha sur ses croûtes.

— Pas folichon tout ça... Allons-y.

Il se laissa faire, sans un regard pour le décolleté de sa chemise qu'elle lui collait pourtant sous le nez. L'aiguille, en s'enfonçant, fit de nouveau saigner la plaie.

— Je te fais mal ? (Amelia épongeait tant bien que mal.) Faut bien que je te rafistole...

— Laisse tomber, il murmura.

L'odeur d'antiseptique lui donnait la nausée. L'assistante du coroner fit deux ou trois réflexions quant à la résistance de son scalp, énuméra une série de conseils qu'il ne suivrait pas tout en achevant son ouvrage. Rondement menée, l'opération ne dura pas trois minutes.

— Qui t'a fait ça ? dit-elle en rangeant ses ustensiles.

Osborne eut une moue évasive. Seule certitude, les types qui l'avaient tabassé étaient venus pour tuer...

— Tu as vu leur visage ? insista Amelia. Tu as reconnu leur voix ?

Il posa sa main ensanglantée sur la sienne, pour la faire taire. Il y eut un bref silence, lissé par le bruit des vagues. Gênée par ce qu'on pouvait deviner d'elle, Amelia préféra inspecter les sutures et les points.

— Je ne suis pas ta mère, dit-elle, mais tu devrais arrêter de traîner la nuit. Tu vas finir en morceaux si tu continues…

Osborne sourit vaguement sur le sofa, soûlé de morphine. Il eut une dernière vision avant de sombrer : celle d'une main diaphane qui caressait la sienne, et la lune par la fenêtre du salon, qui se balançait sous les branches…

*

Paul attendait sur l'embarcadère. Le rendez-vous était fixé à onze heures, il était onze heures une et d'Hana pas l'ombre d'un cil. Avait-elle reçu son caillou ? Sur la passerelle, le type à casquette s'impatientait — l'heure c'est l'heure.

— Alors, qu'est-ce que vous faites ? lança-t-il. On va partir…

Paul écrasa sa cigarette sur le ponton.

— Vous pouvez attendre deux minutes.

Loin des quais bondés de Queen's Raff, le port de commerce était pour ainsi dire désert. Quelques navires croupissaient dans l'eau verte, sentinelles assoupies de cuves à essence, pipelines et autres réserves d'énergie de la ville. Une poignée de touristes avaient grimpé sur le pont, commandaient des sodas. On allait relever la passerelle quand enfin elle arriva.

Sa démarche était souple, aérienne, ses reins cambrés, la poitrine opulente sous son chemisier violet.

— Tu as mis le temps, dit-il en la voyant.

— Neuf ans.

Hana s'était réfugiée derrière des lunettes noires. Il présenta les tickets au type en short.

— Allez, grimpe.

— Où on va ?

— En face.

Ticket jaune : destination Great Barrier. Un voyage de trois heures à travers le golfe agité d'Auraki, à cinquante miles d'Auckland. Deux allers-retours par jour pour l'île habitée la plus sauvage de Nouvelle-Zélande.

Le manque d'infrastructures sur place ayant fini par rebuter les touristes, la compagnie chargée de convoyer les passagers ne faisait plus la navette, préférant doubler sa capacité vers Whaiheke, toute proche. Pour rejoindre « Barrier », on pouvait se rabattre sur deux compagnies aériennes locales ou le petit cargo à coque noire qui ravitaillait l'île en marchandises… Un nuage nauséabond les escorta jusqu'au pont supérieur tandis qu'ils quittaient le quai.

Hana avait beaucoup changé en neuf ans. Lui aussi sans doute. À force d'attendre son retour, il faisait plus que sa trentaine.

— Comment tu as su que je revenais ? demanda-t-elle.

— J'ai lu l'avis de décès dans le journal.

— Non, merci.

Hana refusa la cigarette qu'il lui présentait.

— Je ne t'ai pas vu à l'enterrement…

— Je n'étais pas invité.

— Tu t'es toujours invité tout seul, non ?

— J'ai surtout jamais rien compris à la façon dont on m'invitait…

L'allusion au wero *de West Coast Road datait. Hana ne releva pas. À l'abri du golfe, l'eau était d'un bleu tropical. La Maorie allongea le bras par-dessus la rambarde. Paul se tut un moment — elle attrapait des embruns.*

Accoudés au bastingage, deux petits Chinois jetaient leur bâton d'ice-cream dans le bouillon des hélices sous le regard attendri des parents, qui en profitèrent pour prendre des photos. Hana parlait sans le regarder :

— Tu ne me demandes pas pourquoi je suis venue à ton rendez-vous ?

— Non.

— Tu fais bien.

Impossible de savoir ce qu'elle tramait derrière ses lunettes de soleil. La brise qui malmenait son chemisier fit alors sauter un bouton.

— Pas pour un truc cochon au moins ? dit-elle.

Il secoua la tête.

— Non plus.

— Dommage… (Elle se reboutonna.) La dernière fois, c'était plutôt bien, non ?

— Pas mal, ouais…

Cape Reinga. Il en aurait dégueulé.

Une volée de mouettes passa dans l'azur. Le Pacifique rayonnait, avec sa multitude de petits récifs comme autant de réserves naturelles, mais c'est lui qui s'échouait à ses pieds. Hana semblait d'un bloc ; la mort de la grand-mère l'avait visiblement retournée…

La houle monta du large. Pressés à la proue du cargo, les gamins hurlaient à chaque éclaboussure qui balayait le pont.

— Qu'est-ce que tu as fait pendant tout ce temps ?

— J'ai vu des choses, répondit-elle, évasive. Et toi ? J'ai appris que tu étais devenu flic. Une sorte de spécialiste de la question maorie, d'après ce qu'on m'a dit…

Nulle ironie dans sa voix.

— Le type qui dirige le service est d'origine maorie, dit-il pour noyer le poisson. Il m'a un peu sensibilisé au problème.

— Fitzgerald est un vendu, déclara Hana.

— C'est surtout un bon flic.

— Les Maoris ont mieux à faire que de coopérer avec les autorités pakehas.

— Tu es partie il y a longtemps, dit-il. Le pays a changé.

— Ah oui ?

Peinée ou non, Hana retrouvait vite sa hargne.

— On en a fini avec la repentance, reprit Paul d'une voix qui se voulait neutre. Les autorités se sont excusées pour les spoliations, ils ont payé, maintenant on est quittes et chacun pour soi. Ils disent qu'il va falloir s'adapter. Personne n'a plus le choix. Avec la politique actuelle, les pauvres sont considérés au mieux comme des assistés, au pire comme des rebuts. Et tu sais comme moi que les Maoris ont toujours eu du mal à se formater au système…

— Le vôtre.

— Oui, le nôtre, concéda Paul. C'est pour ça que les Maoris sont aujourd'hui si nombreux en prison.

Hana le jaugea de son mètre soixante-quinze.

— Et tu es devenu flic pour apprendre aux Maoris à marcher droit ?

— Non : pour leur éviter de marcher là où il ne faut pas.

— Tu n'as jamais su où te situer.

— On fait ce qu'on peut.

— C'est beau ce que tu dis.

— Non, c'est triste.

— C'est pareil…

Ses cheveux noirs flottaient sur ses épaules, tout emmêlés d'embruns. Hana esquissa un sourire mais la mélancolie l'emporta pour le noyer au large. Ils se turent.

Le cargo longea Cape Colville, salua les mouettes de Port Jackson et fendit les vagues plus virulentes du Channel. Flirtant avec l'écume, une colonie de sternes les doubla. Paul et Hana restèrent un moment contre la rambarde.

Secoués par la houle, les petits Chinois avaient fini par regagner le banc où leurs parents, verdâtres, rangeaient les appareils photo.

— Et toi ? reprit-il. Pourquoi tu es partie si longtemps ?

— Pour apprendre.

— Apprendre quoi ? L'ethnologie ? C'est ici que les Maoris vivent, pas en Europe.

— Je voulais connaître le monde des pakehas *avant de revenir, dit-elle, apprendre leur* mauri[1] *afin de mieux défendre le nôtre.*

— Le défendre contre quoi ?

Hana lui jeta un de ses regards incendiaires.

— Vous croyez peut-être, vous les Occidentaux, que les peuples primitifs sont broyés par la culture dominante, c'est-à-dire la vôtre, mais nous n'avons pas disparu : non seulement nous continuons à penser sans vous, mais nous continuons à penser sur *vous. Je suis partie en Europe pour décrocher vos diplômes et tenter de modifier votre approche de l'homme, vos fameuses sciences humaines, pour forcer la discipline à changer, transformer vos regards dominateurs et vous obliger à parler de nous en partenaires des temps modernes, et non pas pour me conformer à vos canons civilisateurs… Civilisateurs ! s'emporta-t-elle. Combien de fois faudra-t-il vous le dire ? Vous avez conquis les peuples premiers comme on mate un animal sauvage : vos explorateurs, vos grands découvreurs, vos soi-disant héros ont pillé non seulement nos ressources économiques mais aussi notre art, notre culture même ! Vos musées sont pleins de nos biens les plus sacrés, vous avez volé notre histoire, nos langues, nos coutumes, pour imposer votre mode de vie, vos cultes, votre culture, vos clowneries d'adolescents attardés, ce que vous appelez*

1. Principe de vie.

vos valeurs. Ah ! (La colère l'irradiait.) Parlons-en de vos valeurs ! Le droit d'exploiter tout et tout le temps, quitte à vider la terre de sa substance, de sa vie, le droit de réduire en esclavage ce qui n'est pas conforme à vos fameux critères. Combien de fois faudra-t-il vous le dire ? (De grosses larmes perlaient sous ses lunettes noires, sa voix n'était plus qu'un murmure.) Vous ne comprenez que la violence… Que la violence… Combien de fois… Dans quelle langue…

Paul frissonna sous sa veste. Hana sanglotait doucement à ses côtés, pliée sur la rambarde du cargo, et il n'osait pas la prendre dans ses bras, de peur de tout casser. Était-ce le décès de la grand-mère qui l'avait mise dans cet état ?

— Qu'est-ce que tu vas faire maintenant ?

— Je ne sais pas, répondit-elle. Ça dépend de beaucoup de choses… De toi aussi.

Elle avait vite séché ses larmes. Paul tremblait à ses côtés, pourtant immobile.

— La sécession est imminente, dit-elle alors.

— Quelle sécession ?

— Entre pakehas *et Maoris.*

— Il n'est pas question de sécession mais de vivre ensemble, dit-il.

— Ensemble ? releva Hana. Tu penses en Blanc, Paul… Si vous ne voulez pas de nous autrement qu'aliénés à votre système, vous pouvez vous le garder. Nous n'en voulons plus : ni de votre société ni de vos lois. Le monde crève à petit feu mais nous ne mourrons pas comme ça. Non, pas comme ça…

Hana ne serrait plus les dents ; elle semblait rêver à des fins heureuses… Paul se tut, traversé de doutes.

Un avion de tourisme survola le cargo ; il les salua de l'aile mais, avec la houle du large, même les Chinois n'avaient plus le cœur de lui répondre.

Ils vomirent tandis qu'ils dépassaient la péninsule de Coromandel. Au loin, Great Barrier pointait son nez dans la brume de chaleur…

Plus vaste que Bali pour une population à peine supérieure à mille habitants, l'île de Great Barrier était un curieux compromis entre la nature et la civilisation.

Fort de ses idées écologiques, le gouvernement avait proposé d'aider les paysans à s'installer sur cette terre déchiquetée. Des émigrants avaient ainsi tenté de cultiver les pentes caillouteuses qui se jetaient à corps perdu dans la mer, ils avaient rasé le bush et semé, sans succès : les pentes étaient si abruptes que seules les racines les plus teigneuses pouvaient s'y accrocher. Les paysans étaient repartis, laissant la place à une population souvent marginale, rarement malheureuse, et l'unique plante à daigner pousser sur cette terre, outre le chienlit, était le cannabis. Le reste de la population se composait de chefs d'entreprise ou de commerçants blasés par l'économie de marché ou/et leur femme, qui venaient se ressourcer le week-end autour d'une partie de pêche et une caisse de bières. Concentrés sur quelques sites aménagés près du port de Tryphena, ils laissaient derrière eux des terres vierges, à peine sillonnées par des chemins de randonnée. Au-delà, plus rien que le bush, à peu près inextricable, des falaises dégringolant dans la mer et quelques plages de sable blanc prisées par les surfeurs…

— Tu ne m'as toujours pas dit ce qu'on faisait là, fit remarquer Hana.

— Non.

Le cargo venait d'amarrer sa lourde carcasse dans la baie.

— Toujours aussi mystérieux…

— C'est toi qui disparais à tout bout de champ, rétorqua-t-il, pas moi.

Hana sourit légèrement. Le capitaine avertissait les passagers de regagner leur véhicule.

— Allons-y.

Découpé dans des vallons verdoyants, le petit port de Tryphena baignait ses eaux claires. Les petits Chinois aussi avaient repris des couleurs. Sur le ponton où ils venaient d'accoster, une demi-douzaine d'autochtones attendaient un parent, un ami ou quelques denrées rares. Des gosses au tee-shirt crasseux chahutaient plus loin, leurs pieds sans chaussures en éventail. Paul et Hana montèrent à bord de la vieille Dodge qu'il avait embarquée.

— Pourquoi tu as acheté cette guimbarde ? demanda-t-elle.

— À cause du volant.

Sans cache, il était effectivement ridicule. Ils suivirent la portion de route bitumée jusqu'au village de Claris, dernier bastion de civilisation avant la forêt escarpée. Puis ils dépassèrent un lodge, quelques fermes le long d'une piste poussiéreuse, et s'enfoncèrent dans le bush.

Paul zigzaguait pour éviter les racines. La végétation gagnait sur la route, compacte, brocolis géants rivés à la terre. Bientôt la nature les enveloppa dans ses tiges. Ils roulèrent encore, soulevant un nuage de fumée et d'insectes que des piwakawakas bleus gobaient au passage, atteignirent un premier sommet où l'on apercevait une baie turquoise et filèrent plein nord, en direction de Rangiwhakaea Bay.

Hana n'était jamais venue à Great Barrier. Elle observait le panorama dantesque qui défilait derrière le pare-brise moucheté d'immondices — des plages désertes et la forêt qui se perdait dans la montagne. Ils ne croisèrent bientôt plus que des oiseaux.

Enfin, la vieille guimbarde ralentit à l'orée d'un bois. Hana se tourna vers l'océan, qu'on distinguait derrière une rangée de pohutuwakas, ces grands arbres aux fleurs rouge sang…

— Tu m'as fait venir ici pour prendre un bain de mer ?

— Avance plutôt que de dire des conneries, dit-il en ouvrant la portière.

Filant sous la voûte des grands arbres, ils atteignirent la plage de sable blanc où se prélassait une colonie de manchots.

— Par ici, dit-il en l'entraînant sur un lit de coquillages.

À peine visible depuis la plage, un chemin abrupt grimpait au flanc d'une petite falaise. Des marches avaient été taillées à même la roche, renforcées par des pierres et des planches mal ajustées. Paul ouvrit le passage, repoussant les fleurs sauvages. Hana le suivit jusqu'au sommet. Le jardin qui dominait la baie était en friche mais les fleurs autour de la maison commençaient à s'ouvrir.

Des orchidées blanches, ça lui plairait, non ?

— Qu'est-ce que c'est que ça ? dit-elle.

— Une maison.

Paul avait trouvé le terrain deux ans plus tôt. L'argent extorqué aux six crapules avait couvert l'achat de la parcelle et le bois de construction. Paul avait bâti la maison avec le concours d'un charpentier du coin : montée sur pilotis, la bicoque ne payait pas de mine mais le groupe électrogène fonctionnait. Un conteneur à l'arrière constituait la réserve d'eau douce, il y avait aussi une cheminée et du bois de chauffage alentour. On voyait la mer depuis la terrasse et, hormis le tui noir qui nichait au sommet du kowhai, le premier voisin était à des kilomètres…

Hana se tourna vers Paul, qui la regardait avec ses beaux yeux de cinglé.

— Qu'est-ce que ça veut dire ?

— J'ai retrouvé les types de Red Hill, répondit-il. Dooley et ceux qui à l'époque faisaient partie de sa bande… Ce

n'est pas grand-chose mais ils ont payé un peu de leur dette… C'est à toi si tu veux. À nous…

On n'entendait plus que le bruit des vagues en contrebas. L'exil, le temps, tout ça n'avait servi à rien.

— Je m'en fous de ta maison, dit-elle en soupirant. Tu n'y es pas, Paul, pas du tout. Je me fous de ces types, je les ai oubliés depuis longtemps. Tu continues à penser en Blanc : de l'argent sale, c'est tout ce que tu as à me proposer ?

Il ravala sa salive, le cœur dans la gorge.

— Tu es pathétique, mon pauvre ami… Ce n'est pas ça le utu[1]. *Je m'en fous de ta maison : complètement… Ramène-moi à Claris. Je prendrai l'avion.*

Paul s'en déchirait l'intérieur de la bouche. Le sang afflua mais Hana s'enfuyait déjà vers le sentier, chemisier violet mordant la brise…

Il avait donné sa démission le lendemain, sans explication.

— Qu'est-ce qui te prend, Paul ? Tu as vu trop de cadavres ?

Penché au-dessus de son bureau, Fitzgerald était furieux.

— Laisse tomber, Jack. Je ne te demande pas d'accepter ma démission, je te la donne.

Mais le Maori n'était pas du genre à abdiquer si facilement — avec cette tête de pioche, il perdait son meilleur lieutenant et le seul type en qui il avait vraiment confiance.

— Je n'en veux pas, de ta démission, répliqua Fitzgerald. J'ai besoin de toi.

— Tu es bien le seul, ironisa-t-il. Adieu.

Paul était devenu flic pour retrouver les crapules qui

1. Principe de vengeance.

avaient violé Hana et s'acheter une rédemption : l'amitié qu'il portait à Fitzgerald n'avait rien à voir là-dedans.

— Écoute, s'adoucit Fitzgerald : je ne sais pas ce qui t'arrive mais fous le camp où ça te chante, le temps de te remettre. J'en prends la responsabilité. On reparlera de tout ça après tes vacances.

— Je ne pars pas en vacances, Jack : je pars…

Paul lui avait tendu la main comme on rend la monnaie. Le Maori ne l'avait pas serrée : il avait déchiré sa lettre de démission.

— Tu déconnes complètement, dit-il en guise d'épitaphe.

Le sommeil comateux qui s'était emparé de lui ne le lâcha qu'au petit matin, comme un sac qu'on jette.

Osborne avait dormi une poignée d'heures et se réveillait maintenant, la tête comme désarticulée. Balbutiant des pensées sur l'oreiller ensanglanté, il fouilla dans ses yeux et n'y trouva qu'une longue plainte. La drogue l'avait fichu dans un sale état.

Sur la table du bar américain, le réveil affichait huit heures. Il dut se pencher par la fenêtre du salon pour savoir que c'était le matin. La maison d'Amelia lui sembla désertée jusqu'à ce qu'il entende un bruit d'eau dans les conduites : elle devait prendre une douche à l'étage… Osborne se redressa, fit quelques pas sur le parquet peint du salon et croisa son visage livide dans un miroir. La blessure au cuir chevelu était profonde mais elle avait cessé de saigner. Restaient des croûtes collées aux mèches et des points de suture… Il chancela jusqu'à l'évier de la cuisine. L'eau fraîche coula longtemps sur sa tête cassée.

Amelia descendait l'escalier du loft.

— Qu'est-ce que tu fais là ? fit-elle en le voyant penché sur l'évier.

— Je me rafraîchis les idées.

Mais, en se redressant, l'air avait comme des élans de centrifugeuse. Osborne se posa sur le tabouret du bar.

— Tu ferais bien de te reposer, dit-elle.

Amelia avait planté tout un tas de barrettes multicolores dans ses cheveux, ils étaient courts et d'une teinture poil de carotte flambant neuve qu'il n'avait pas remarquée.

— Ça va mieux ?

— Bof.

Il se sentait comme un nénuphar au milieu de la vase. Amelia évaluait son scalp.

— Toujours aucune idée de qui t'a fait ça ?

— Non.

— Les types portaient des cagoules, reprit-elle. C'est à toi qu'ils en voulaient, à toi personnellement…

Osborne tira une cigarette de son paquet.

— J'ai dû mettre le nez où il ne fallait pas, répondit-il en l'allumant.

— Vu ta gueule, ça a l'air d'être une spécialité…

Il haussa les épaules, résigné. Trop mal pour réfléchir. Plongé sur son visage fiévreux, Amelia avait des sentiments partagés.

— Ces types ont failli te tuer, insista-t-elle. Tu vas quand même porter plainte.

— Ne dis pas de bêtises, rétorqua-t-il depuis son perchoir.

L'assistante du coroner hocha la tête comme si tous les hommes du monde étaient à mettre dans le même sac.

— Je ne sais pas ce que tu as dans la tête, dit-elle, mais je n'aimerais pas être à ta place… En tout cas, tu peux rester ici aussi longtemps qu'il te plaira.

Osborne ne réagit pas. Elle empoigna son sac à main.

— Bon, je file au boulot. J'ai pris du retard avec tes analyses…

Il la regarda comme un amnésique la photo d'un autre.

— Celles des cheveux que tu m'as rapportés l'autre jour, précisa la biologiste. Je passais te les déposer à l'hôtel hier soir quand je t'ai aperçu dans la ruelle avec ces types qui te tapaient dessus…

Amelia tira une enveloppe et un sachet plastifié où trois cheveux noirs s'enchevêtraient.

— Ce sont ceux d'Ann Brook, n'est-ce pas ? dit-elle.

Une lueur de félicitation passa dans ses yeux troubles. Amelia garda son sang-froid — ainsi c'était donc ça…

— On peut savoir de quoi il retourne ?

— Ça ne t'attirerait que des ennuis, répondit-il.

— Pas à toi ?

— J'en ai déjà.

— Arrête de jouer à cache-cache avec moi, tu veux ? Des ennuis, j'en ai aussi des tas, grâce à toi. Maintenant je veux bien risquer ma place pour tes beaux yeux à la con, mais il va falloir m'en dire plus : comment tu t'es procuré ces cheveux ?

Osborne se réfugia derrière un nuage de fumée bleue :

— Par hasard.

— La noyée, c'était aussi un hasard ?

— Je t'expliquerai tout quand j'aurai recollé les morceaux…

— C'est pas demain la veille.

— Je t'en prie, continue à être gentille…

Osborne tendait la main vers l'enveloppe, un sourire blême sur son visage. Capitulant, Amelia lui jeta le rapport d'analyses comme un os à un chien.

— Tu es chiant, dit-elle.

Il ne contesta pas.

— Passe-moi au moins un coup de fil pour me dire que ça va mieux, fit-elle en prenant son sac.

Il acquiesça, écrasa sa cigarette.

— Et surtout ne me remercie pas, conclut-elle, tu vas rouvrir tes plaies…

Elle était marrante… Osborne attendit qu'elle claque la porte de la maison pour examiner le rapport.

Les examens des cheveux révélaient les traces d'alcool (gin), de soda (Schweppes), de LSD (acide), d'herbe (datura), mais également une substance proche du yopo sud-américain, encore non identifiée (probablement ce qu'Ann appelait du « tonnerre »), ainsi que du GHBR, un désinhibant hospitalier.

Gama Hydro Butate Rohypnol. Bizarre : ils avaient pris de tout sauf de ça…

Comme la douleur revenait, lancinante, Osborne avala un nouveau cachet de morphine et se rallongea sur le sofa, la tête dans le formol. Les morts se télescopaient aux vivants. Assommé de médicaments, il s'endormit pour de bon.

10

Six heures du soir. Tom Culhane n'avait pas mangé de la journée et c'était le genre de détail qui altérait son humeur. Sortant d'une réunion interminable avec le capitaine Timu et son équipe, il arrivait seulement maintenant à l'hôpital, en retard d'une bonne demi-heure. Sa femme était pendue au bras du docteur Boorman, le médecin qui la suivait depuis leur arrivée à Auckland, un spécialiste pour lequel ils avaient déjà déboursé plus de douze mille dollars hors assurances. Une fortune qu'ils ne possédaient pas…

Tom accourait dans le couloir de l'hôpital mais il suffit de voir les yeux désolés de Rosemary sortant du cabinet pour comprendre que les examens étaient mauvais — la fécondation in vitro serait donc leur dernière chance.

Sa femme lui jeta un regard assassin, salua le médecin et fila dans le dédale de l'hôpital. Tom bafouilla deux mots au grand spécialiste qui, appelé sur son portable, lui tourna aussitôt le dos pour prendre la ligne — Mme Smith faiblissait du col…

— Attends-moi ! s'écria Tom. Rosie !

Mais ses petits pas à elle ne faiblissaient pas. La situation était terriblement embarrassante, il n'osait pas crier avec tous ces gens qui les observaient.

Il la rattrapa dans le hall d'accueil.

— Rosie…

— Tu étais où ? lâcha-t-elle sans le regarder.

— Une réunion avec le capitaine qui s'est éternisée, s'empressa-t-il de préciser. Désolé, je n'ai pas pu faire autrement.

— Tu ne peux jamais faire autrement.

— Écoute, Rosie…

Ils passaient les portes battantes.

— Je t'en prie, ne te justifie pas. Tu n'as qu'à retourner à ton travail : je n'ai pas besoin de toi pour rentrer.

Rosemary s'était arrêtée au sommet de l'escalier. Elle rajusta son foulard, méprisante et blessée. Des taches rouges étaient apparues sur son cou.

— On peut déjeuner ensemble, dit-il. Il y a un petit restaurant pas loin…

Dans le parc qui bordait l'hôpital, une mère portait son nourrisson comme s'il était cassé. Rosemary détourna la tête. Le cellulaire émit alors son air de samba métallique. Tom hésita une seconde (sa femme était à deux doigts de pleurer), pesta dans sa barbe et décrocha.

— Tom ?

Ce n'était pas Timu mais Osborne. D'instinct, il se tourna vers Rosie — elle était en train de partir — et plaqua l'écouteur contre sa veste.

— Rosie ! Attends !

Mais sa femme lui échappait : sa petite silhouette ronde dévalait les marches de l'hôpital, sourde à ses appels. Il pesta : si elle savait tout ce qu'il faisait pour elle…

— Oui ? dit-il, encore confus. Excuse-moi, qu'est-ce que tu disais ?

À l'autre bout du fil, la voix d'Osborne avait comme de la corne :

— Des nouvelles de l'autopsie d'Ann Brook ?

Le policier reprit vite ses esprits.

— Tous les services ont reçu une copie du rapport du

coroner. De la dynamite, ajouta-t-il. Ann Brook a été violée avant d'être assassinée : on a retrouvé du sperme dans son vagin. Pour être plus précis, trois spermes différents.

— Trois ?

— Oui, confirma Culhane. C'est pour ça que son corps a été déplacé : la fille a été violée quelque part avant d'être tuée et jetée près de l'usine. On ne sait pas encore qui a fait le coup mais les types qui ont commis ces atrocités ne sont pas des petits malins. Avec un peu de chance, leur empreinte génétique figure sur nos fichiers. Reste à les comparer avec celle des suspects…

Osborne était bien placé pour savoir qu'on retrouverait son ADN dans le corps d'Ann, mais le sperme de trois types…

— On a également retrouvé des cheveux sur ses vêtements, poursuivit Culhane. Eux aussi sont partis au labo. Une liste des repris de justice, criminels et autres psychopathes libérés ces derniers temps a été dressée.

— Des suspects ?

— Des témoignages mais, s'il y a un suspect, Gallaher le garde bien au chaud.

Pas un mot du sperme dans son estomac. Constatant le viol, Moorie avait dû se concentrer sur le vagin de la petite.

— Tu as vu le corps d'Ann Brook ? demanda Osborne.

— C'est Gallaher et Timu qui s'occupent de l'affaire, rétorqua le sergent. L'autopsie est terminée et la mère d'Ann fait des pieds et des mains pour que l'inhumation ait lieu au plus vite : la pauvre a sans doute besoin d'une cérémonie pour faire le deuil de sa fille.

— Il a lieu quand, l'enterrement ?

— Demain, je crois… Pourquoi, tu as trouvé quelque chose ?

— Peut-être.

— Dis, tu as une drôle de voix, s'inquiéta Tom. Ça va ? Tu as besoin d'un coup de main ?

Mais Osborne avait raccroché.

*

La lune faisait des ronds dans l'eau. De l'autre côté de la baie, les quais d'Auckland répandaient ses lucioles artificielles.

Sortant de ses brumes, Osborne avait fini par se lever. Une bosse énorme pointait sur son crâne mais les sutures semblaient tenir le choc. Délaissant les poches de glace et le canapé du salon, il avait fait quelques pas dans le jardin d'Amelia, jusqu'à la rambarde de bois qui donnait sur la mer. Il fumait, perdu dans ses pensées.

Des questions comme autant de bulles vides. La hache du vieux chef ngati kahungunu avait été dérobée chez Melrose suite au carnage occasionné par l'arrestation de Kirk et la découverte du charnier : Fitzgerald s'était suicidé dans la foulée, sans donner d'explications, et Zinzan Bee, complice présumé de Kirk, avait disparu. Seul Sam Tukao avait été torturé avant d'être exécuté : pourquoi ? Parce qu'il avait signé l'acte de vente des terres maories ? Où étaient passés les fémurs ?

De leur côté, les jumeaux du maire et son conseiller en communication traînaient avec Ann Brook au club échangiste le plus chic de la ville : pourquoi l'avait-on assassinée ? Parce qu'elle était, entre autres, la maîtresse de Lung ? Anna avait-elle appris quelque chose qu'elle ne devait pas savoir ? Et Will Tagaloa, le portier du Phénix, pourquoi était-il précisément en congé maintenant ? Pas pour échapper aux interrogatoires de la police : il n'y en avait pas eu…

Osborne ralluma une cigarette, l'écrasa (la tête lui tournait). Les événements repassaient en boucle dans son esprit fatigué. Karikari Bay abritait d'anciens *pas* maoris. Melrose s'était emparé du projet avec l'aide du père O'Brian et la complicité de Tukao, Griffith gérait l'argent du chantier, mais Ann Brook ? Qu'est-ce qu'une jeune mannequin venait faire dans cette histoire ? Osborne avait dû la lâcher vers quatre heures du matin. Le décès était évalué autour de cinq : ça laissait peu de temps aux tueurs pour l'embarquer, la violer et jeter sa dépouille près de l'entrepôt… À moins d'être présents à la party de Julian Lung…

Le soir tombait sur la baie quand la Honda d'Amelia Prescott se gara sous les kamashis en fleur. Repérant bientôt la silhouette d'Osborne près des rochers, la jeune femme marcha jusqu'à la rambarde.

Suspendu à des fils que rien ne tenait, il caressait de loin le monde et ses lumières.

— Qu'est-ce que tu regardes ?

— Rien, dit-il. Je suis fatigué.

Un oiseau pépiait dans l'arbre voisin. Amelia s'accouda à la rambarde, près de lui. Elle avait travaillé comme une acharnée pour rattraper le boulot en retard, elle aussi était fatiguée mais ses yeux bleus souriaient sous les étoiles.

— Tu devrais peut-être passer une radio à l'hôpital, dit-elle au hasard.

— Il ne s'agit pas de ça…

Une chape de mélancolie lui était tombée dessus. Il pesait des tonnes. Elle vit son visage pâle à la lune montante, ses pupilles luisantes de fièvre… Un moment de faiblesse. Elle en profita :

— C'est à cause de Fitzgerald que tu es comme ça ?

— Quoi, comme ça ?

— C'est pour le venger que tu es rentré en Nouvelle-Zélande ?

— On l'a tué, dit-il entre les dents.

— Non, Paul : il s'est suicidé… J'ai vérifié à l'institut médico-légal. Ça ne fait aucun doute. Personne ne l'a tué…

— Alors c'est quelque chose qui l'a tué, répondit-il.

La légiste soupira. Autant essayer de rendre la raison à un arbre. Des langueurs salées montaient de l'océan. En proie à de nouveaux vertiges, Osborne se rattrapa à la rambarde. Amelia sentit son corps tout près du sien et cette espèce d'attraction qui les poussait l'un vers l'autre. Alors, sans plus penser à rien, elle enroula sa main autour de sa taille et posa la tête contre son épaule. Ils restèrent là un moment, devant la mer, immobiles. À travers sa chemise, Osborne était brûlant de fièvre. Amelia se serra plus fort contre lui.

Une poignée d'écume s'échoua sur le rivage et personne n'avait envie de la sauver.

Amelia releva la tête avec une envie folle de l'embrasser, mais l'homme qu'elle aimait tenait à peine debout.

— Il me faut de la dope, dit-il.

TROISIÈME PARTIE

LE GARDIEN DES OS

1

Jon Timu roulait sur Tamaki Drive, la route de bord de mer qui menait à la banlieue chic de Mission Bay, sorte de Santa Monica local. Des criques se succédaient à l'abri des rochers. Depuis le sommet de la colline, la vue sur le golfe d'Auraki était spectaculaire.

Le chef de la police passa les grilles de l'institut spécialisé et gara sa vieille BM dans le parking visiteurs. Problème d'injection. Le garagiste lui avait répété qu'il faudrait songer à la changer — les pièces détachées coûtaient les yeux de la tête — mais le Maori avait chaque fois rétorqué qu'il y penserait. Changer de voiture : autant se mettre au footing…

La démarche traînante, Timu grimpa l'escalier du grand hall. Tête connue, la fille de l'accueil lui renvoya un sourire de circonstance.

— Bonjour, capitaine ! Vous venez voir Mark ? Il est à la piscine !

Timu bougonna un remerciement — à croire qu'il ne serait jamais qu'un flic aux yeux du personnel spécialisé, et pas un père… Il se soulagea la vessie dans les toilettes du rez-de-chaussée, serra les dents en voyant le liquide saumâtre qui sortait de l'urètre, puis suivit les couloirs jusqu'à la piscine couverte.

Une odeur de Javel emplit ses narines. Le sol était

glissant. Le maître nageur surveillait le plongeoir d'où les gamins sautaient bruyamment. Mark s'ébattait parmi ses petits camarades qui, comme lui, s'en donnaient à cœur joie. Ils avaient tous un handicap mais dans l'eau ils redevenaient tous égaux, comme par magie.

Josie, fidèle et dévouée à sa tâche, y allait de ses encouragements, revêtue d'un maillot de bain une pièce qui faisait rebondir ses gros seins. L'éducatrice n'était pas belle, avec son nez de singe et sa peau boutonneuse, mais il y avait d'autres façons de l'être. C'est elle qui prendrait le relais, bientôt, de manière définitive... Ravalant ses larmes, Timu s'approcha.

Mark éclaboussait un petit copain quand soudain il vit son père. Branle-bas de combat à la surface de l'eau. Il pataugea, l'imbécile, à s'en noyer le corps, et arriva exténué au niveau du plongeoir où le maître-nageur, croyant à la panique, hésitait à sauter.

Mais Jon s'était déjà précipité ; le malade arrivait, hilare, les yeux rouges de chlore, dans un élan de joie qui donna à son père envie de chialer.

Bon Dieu, il était un homme, oui ou merde ! Le Maori attrapa son fils par les épaules, il pesait lourd le cochon, et le hissa hors de la piscine où tout le monde l'avait déjà oublié, tellement ça rigolait.

— Papa ! s'écria Mark.

Ses yeux bridés riaient comme s'il ouvrait un paquet-cadeau. Timu serra son fils dans ses bras, fort. Tout trempé qu'il était, Mark ne sentit pas les larmes qui dégringolaient sur ses épaules...

2

Au prix d'un bel effort, Osborne s'extirpa de la Honda. Il avait dormi d'un sommeil de plomb sur le sofa d'Amelia, il émergeait à peine et les pilules de codéine lui vrillaient la tête. L'assistante du coroner avait insisté pour qu'ils partagent un petit déjeuner consistant ; le bacon et les beans expédiés, elle le déposait devant l'hôtel Debrett avant de regagner son travail. En attendant, il avançait au radar.

— Ça va aller ?

— Oui, dit-il en se débarrassant de la portière. Encore merci pour le rafistolage…

— Pas de quoi.

Par la vitre ouverte de la Honda, Amelia lui jeta un dernier regard.

— Qu'est-ce que tu vas faire maintenant ? dit-elle. Casser la gueule au monde entier ?

— Il n'en vaut pas la peine…

Osborne posa sa main sur celle d'Amelia. Elle était chaude et douce comme sont les mains des femmes.

— À plus tard, dit-il.

Laissant la fille qui lui avait sauvé la vie à son bout de trottoir, il marcha jusqu'à l'hôtel Debrett.

Là, le barman lui adressa un signe de bienvenue depuis les vitres ouvertes, auquel il ne répondit pas. L'esprit encore vaporeux, il grimpa jusqu'à sa chambre d'hôtel et trouva la mallette au pied du lit. Il l'ouvrit, sniffa un peu de cocaïne pour contrebalancer les effets de la codéine, puis but deux grands verres d'eau avant de regagner la rue.

Dehors les humains vivaient comme si de rien n'était. Étrange de se retrouver parmi eux… Osborne contourna le bâtiment, protégeant ses yeux du soleil. La Chevrolet était toujours parquée dans la ruelle voisine. Il jeta le PV le long du caniveau et la mallette sur la banquette.

Ça sentait l'herbe et le tabac froid dans l'habitacle. Il fila vitres ouvertes vers le motorway, des mirages plein la tête…

Onehunga Road, succession de bicoques érigées à la va-vite : d'après la feuille d'embauche du Phénix, Will Tagaloa habitait au numéro 124, en plein South Auckland, le quartier le plus misérable de la ville. Trois frères : Will, Jesse et Steven Tagaloa, qui vivaient toujours chez leur père Mike. Aucun n'était fiché.

Sur le trottoir jonché de papiers gras, des effluves de friture s'éparpillaient dans la moiteur de l'été. Osborne gara la Chevrolet devant le numéro 124 et s'envoya une nouvelle ligne, pour tenir le coup.

Mike Tagaloa travaillait la nuit comme manutentionnaire à l'usine frigorifique d'Endeson. Un vieux Ford break était garé à l'ombre d'un pêcher efflanqué qui faisait office d'arbre fruitier. Osborne sonna deux fois avant qu'une voix mal réveillée ne l'incite à rester sur le perron.

La bedaine dépassant de moitié, tee-shirt Nike et jean délavé, des pognes à casser des pierres, Mike Tagaloa détestait qu'on le réveille pendant la sieste.

— Vous êtes quoi, vous ? Flic ? Si c'est pour que je

vous parle des gars, vous pouvez sortir tout de suite ! grogna le Maori, mêlant le geste aux postillons.

Osborne se fit une brève idée de l'ambiance qui régnait dans la maison.

— Je cherche vos fils, dit-il, plus particulièrement Will. Il est où ?

— J'sais pas.

— Ah oui ?

— Je les ai pas vus depuis des semaines, rétorqua Mike.

— Ils n'habitent plus ici ?

— Je vous l'ai dit : pas depuis des semaines !

— C'est pas la peine de me postillonner dans la gueule : ils sont où ?

— J'en sais rien où ils traînent, moi ! Allez de bar en bar, vous finirez peut-être par les trouver…

Excédé, le Maori laissa retomber son double menton sur son tee-shirt crasseux.

— Et Will ? insista Osborne depuis le seuil de la baraque. Il est en congé depuis le week-end dernier. Il n'est pas passé vous voir ?

Mike Tagaloa partit d'un rire tonitruant.

— Will, en congé ? Elle est bien bonne ! Je l'ai jamais vu travailler, alors prendre des congés, pour ça, sûr, il s'y connaît !

Depuis ses dix-huit ans, l'aîné n'en faisait qu'à sa tête : le portrait craché de son père. Forcément, les deux autres avaient fini par l'imiter…

— Will travaille pourtant dans un club privé, reprit Osborne, le Phénix, sur K. Road.

— Première nouvelle ! s'emporta le patriarche.

Des fantômes. Il courait après des fantômes.

— Et les autres ? poursuivit Osborne. Jesse et Steven, ils ont quel âge ?

— Vingt et dix-huit.

— Ils ne vont plus à l'école ?

— Plus depuis longtemps.

— Du travail ?

— Bah…, lâcha-t-il, comme si c'était la fatalité. Quelques petits boulots de temps en temps mais je les ai plus souvent vus au bar du coin qu'à l'agence d'intérim.

Sous ses airs bougons, Mike Tagaloa semblait un peu dépassé par les événements.

— Vous voulez dire que vous ne voyez plus vos fils et que vous ne savez pas où ils sont ?

— C'est ça, répondit le Maori.

— Et la mère ?

— Cette salope m'a laissé les trois gars et s'est tirée avec une espèce de connard qui…

— O.K., coupa Osborne. Et les garçons, aucune idée de l'endroit où ils habitent ?

— Dans un squat, j'imagine, grommela leur père. De toute façon, y sont majeurs maintenant, y font ce qu'ils veulent.

Ça n'expliquait pas pourquoi ils avaient disparu de la circulation au même moment, ni la fausse adresse laissée par l'aîné…

— Ils ont quel lien tous les trois ? relança Osborne.

— Pas mauvais.

— C'est-à-dire ?

— Y se cherchent pas de noises.

— Will jouait au grand frère ?

— Normal, c'est lui le plus vieux.

— Y en a là-dedans. Alors ?

— Ouais. C'était un peu lui le meneur.

— Et leurs tatouages ?

— Quels tatouages ? fit Mike d'un air bourru.

— La dernière fois que je les ai vus, leurs bras et leur cou en étaient recouverts.

— Pas au courant, répliqua le Maori. Et puis si ça les amuse de se barioler, j'y vois pas d'inconvénient…

Osborne soupira : il aurait parlé à un mur avec la même emphase.

— Une idée de la raison pour laquelle ils ne rentrent pas ? dit-il.

— Comment voulez-vous que je le sache ? !

— Aux dernières nouvelles vous êtes encore leur père.

— Ouais.

Ça n'avait pas l'air de l'emballer.

— Dans quel bar ils traînent ?

— J'en sais rien, moi. Au Beverly, de temps en temps, concéda le Maori. C'est dans le quartier…

— Bon… (Osborne commençait à en avoir marre des réponses évasives.) Vous avez une photo d'eux, que je voie leur bonne tête…

— Non.

Ils avaient la même taille mais pas du tout le même gabarit. Mike Tagaloa, qui croyait se tenir fermement sur ses deux jambes, se sentit soudain décoller de terre : Osborne l'avait attrapé par le col et jeté au bas des marches avec une telle rapidité qu'il démolit l'espèce d'arbuste qui constituait son jardinet avant de rouler dans la terre sèche. Le Maori se releva, furieux, et, l'esprit tout à sa vengeance, grimpa les marches du perron.

Il trouva l'intrus dans la chambre de Will, penché sur le bureau. Deux mots le coupèrent dans son élan :

— Et ça ?

Osborne tenait dans sa main un petit sachet. De l'herbe — Mike en avait déjà fumé avec les copains. Le Maori hocha la tête, dépité.

— Je suis au courant de rien.

Osborne remballa le sachet de datura soutiré chez Ann Brook. L'effort de tout à l'heure lui faisait de nouveau tourner la tête. Il commença la fouille de la chambre sous les yeux dépités du paternel. Désertée depuis des lustres, il ne trouva qu'un sac de linge sale, quelques babioles et une guitare sèche aux cordes tirebouchonnées. Mike Tagaloa attendait toujours dans l'embrasure de la porte.

— Vous ne trouvez pas ça bizarre qu'ils disparaissent du jour au lendemain, vos gamins ? fit remarquer Osborne.

— Non.

Tout foutait le camp.

Osborne arracha la seule photo accrochée au mur, celle de Will, en compagnie de ses deux frangins, et vida les lieux sans un regard pour le père de famille — il y a belle lurette qu'il avait fait une croix sur la famille…

Il rejoignait la Chevrolet quand la radio branchée sur la fréquence de la police crépita : on demandait des renforts sur Massey Road, Otahuhu, quartier sud de la ville. Trois hommes s'étaient barricadés dans une maison individuelle après un contrôle d'identité qui avait mal tourné. Deux patrouilles étaient déjà sur place. Pas d'intervention sans l'accord du lieutenant Gallaher, qui arrivait sur les lieux : les trois hommes étaient armés.

*

Réfugié derrière le capot d'un véhicule de police, Peter Gallaher évaluait le pavillon où les truands s'étaient réfugiés. Aucune chance d'en sortir. Il y avait des hommes partout prêts à intervenir, deux policiers en civil accroupis derrière le muret du jardinet, en première ligne, et une rangée de tireurs pour les couvrir. Ne restait plus qu'à déloger ces crapules…

Gallaher se tourna vers les unités d'élite qui attendaient dans son dos, harnachées.

— Dites à vos hommes situés à l'arrière du pavillon de se tenir prêts à intervenir dans… (il regarda sa montre) exactement deux minutes.

Le gradé opina. Un agent lui présenta un gilet pare-balles mais Gallaher le repoussa.

— Je n'en aurai pas besoin.

Le soleil était au zénith. Retranchés dans le pavillon, les truands guettaient l'attaque. Gallaher jaillit du capot. Il traversa la rue vide en opérant quelques zigzags et atteignit les deux flics recroquevillés derrière le muret du jardin.

— C'est quoi ce bordel ?

Deux jeunes flics de son équipe se tenaient à couvert.

— Il y a deux tireurs aux fenêtres du rez-de-chaussée et un autre à l'étage, lâcha Percy. Qu'est-ce qu'on fait ?

— On intervient.

Encore une minute. Un bruit de pas se précipita alors dans leur dos.

Réputé pour ses nerfs, le lieutenant Gallaher sentit saillir deux veines bleues le long de ses tempes : Osborne. Il ne savait pas qui l'avait laissé passer le cordon de sécurité mais il les avait rejoints derrière le muret, la tête pleine de croûtes, un .38 à la main.

— Qu'est-ce que vous foutez là ? feula Gallaher, visiblement prêt à en découdre avec ses sutures.

— Je traînais dans le coin quand j'ai entendu l'appel radio.

— Je n'ai pas besoin de vous.

— Moi non plus. Allons-y.

Pas le temps de discuter avec cet abruti : Gallaher arma son revolver, enfila le masque à gaz qu'on lui tendait et ordonna à ses hommes de se tenir prêts — encore quinze secondes. Souhaitant qu'une balle perdue renvoie Osborne en Australie par avion sanitaire, il donna le signal.

On lança deux grenades à travers les fenêtres qui, en explosant, expulsèrent une fumée épaisse. Gallaher bondit le premier, suivi par les deux jeunes flics : du pied, ils firent voler la porte en éclats. On n'y voyait rien au milieu du brouillard artificiel, juste des silhouettes qui se déplaçaient rapidement ; le Maori terré derrière la fenêtre amorça un mouvement de fuite mais Gallaher lui décocha une balle dans le ventre. Le projectile de gros calibre perfora l'estomac avant de briser net la colonne vertébrale. Le truand roula sur une table de jardin : une seconde balle le projeta contre le mur.

À l'arrière de la maison, les hommes de l'unité spéciale défonçaient les vitres. Progressant à croupetons parmi les fumigènes et les débris de verre pilé, Gallaher contourna le tireur de l'étage qui dévalait l'escalier. Affolé par les fumigènes, il hurlait des mots incompréhensibles en agitant un pistolet mitrailleur : Gallaher l'ajusta d'une balle en pleine poitrine. Le corps se vrilla sous le choc hydrostatique, s'affala contre la cloison et, laissant une giclée de sang pour empreinte, glissa au pied des marches.

Le chef du Département criminel se redressait, arme au poing, quand un coup lui brisa la clavicule. Gallaher courba l'échine dans un cri étouffé.

L'homme tapi contre l'armoire n'avait pas plus de vingt ans : il tenait une barre de fer, les yeux mouillés de larmes, et tremblait de tout son corps. Osborne surgit alors que l'unité spéciale faisait irruption dans le pavillon. Il tira deux coups de feu : le premier dans l'épaule droite du jeune Maori, qui, sous l'impact, lâcha son arme, le second dans le genou de Gallaher.

*

Le vent frissonnait dans les arbres du cimetière. Amanda Brook resserra son châle sur ses épaules.

Une poignée de fidèles étaient réunis devant le cercueil d'Ann. Le visage rongé de larmes, Amanda reniflait sa peine dans un mouchoir déjà copieusement imbibé. Ceux qui la soutenaient ne valaient guère mieux, concentré de chagrin recroquevillé sous les arbres centenaires. On déposait la petite au fond du trou.

La mère d'Ann vacilla un instant mais ils furent une douzaine à la rattraper. Le vertige du trou l'attirait. Amanda aurait voulu la rejoindre, partir avec elle, ou même prendre sa place, elle ne savait plus du tout ; la scène qu'elle vivait semblait si irréelle, sans parler des journalistes qui attendaient dehors… On jeta quelques poignées de terre sur son costume de bois, des cendres aux cendres psalmodiait le prêtre de service, solennel sous la toge, mais, malgré les gerbes qui fleurissaient la tombe, ça ne consolait pas sa détresse : elle était morte, la petite, violée à mort et achevée à coups de barre de fer avant d'être jetée parmi les détritus d'un terrain vague, comme un rebut humain…

Osborne suivait la scène, en retrait.

La mère d'Ann avait désiré que sa fille soit inhumée dans la plus stricte intimité et pour ça avait obtenu l'aide des autorités ; les journalistes des *Sunday Papers* locaux avaient ainsi été sommés de s'éloigner du cimetière mais c'est surtout la jet-set d'Auckland qui brillait par son absence. Aucun d'eux n'avait fait le déplacement. La peur des photographes ? Si les questions qu'il avait posées à Amanda ne l'avaient pas mené loin (leurs mondes étaient cloisonnés et Ann ne lui avait rien dit de ses *excellentes* fréquentations — il se souvenait de ses propres mots, échangés sur le perron de Julian), Osborne aurait pourtant aimé dire deux mots à Michael Lung…

Il balança sa cigarette, dépité, et quitta le cimetière. Un peu plus tôt, profitant des fumigènes et de la confusion qui avait suivi l'intervention de Gallaher dans le pavillon,

Osborne s'était porté au chevet du Maori blessé : c'était un jeune type aux pupilles vitreuses, sans doute camé, avec un tatouage grossier sur le biceps. Bref, rien à voir avec ceux que portaient les frères Tagaloa.

Il grimpa à bord de la Chevrolet et fila vers South Auckland.

*

Un panneau Steinlager battait mollement dans la brise du soir. Osborne jeta sa cigarette dans le caniveau et se dirigea vers l'enseigne du bar maori, le « Backstreet », sorte de hangar aménagé où d'ordinaire les gnons s'échangeaient contre une tournée générale.

D'après leur père, les frères Tagaloa traînaient au Beverly, un rade de South Auckland. Osborne était allé voir, sans grand succès : les frangins ne venaient plus ici depuis des semaines et personne ne savait ce qu'ils avaient pu devenir. De bars pourris en boîtes minables, des mines au chômage lui avaient suggéré de changer de trottoir. Celui du Backstreet valait les autres : chewing-gums écrasés, mégots rognés jusqu'au filtre, papier de fish and chips, il y avait aussi deux Polynésiennes aux seins lourds qui achevaient leurs sandales devant la vitrine crasseuse.

— Salut, beauté, dit-il à la plus enveloppée.

— Doux Jésus ! singea-t-elle. Ça fait longtemps qu'on m'a pas fait un compliment ! Dis donc, mon joli, tu m'as l'air nouveau dans le quartier, non ? (Elle épousseta son tee-shirt à paillettes mauves ; son corps avait disparu sous la graisse mais elle avait de jolies mains.) J'm'appelle Pamela, annonça-t-elle.

— Chapeau.

Pamela s'esclaffa, bientôt imitée par sa congénère, Cindy paraît-il, une autre fille des îles à qui il valait mieux ne pas parler d'amour sous les cocotiers. Des types à face de bouledogue sortaient du Backstreet. Sur le trottoir, Osborne évaluait l'ampleur des dégâts — Pamela.

— Tu connais les types qui fréquentent le bar ? fit-il en glissant un billet de cent dollars dans son corsage.

— Ouah ! fit-elle en empochant le magot. Eh ben, je les vois entrer et sortir, si tu vois ce que je veux dire…

— Je cherche les frères Tagaloa, dit-il en présentant la photo de famille.

La Polynésienne perdit instantanément son courageux sourire.

— Pourquoi tu demandes ça ? Tu es flic ?

— Oui et non, répondit Osborne. Tu les connais, hein ?

Pamela mâchait son chewing-gum comme s'il était très fort.

— Si c'est des ennuis que tu cherches, tu vas en trouver, se rembrunit-elle. Maintenant sois gentil, darling, va-t'en. Ou c'est moi qui vais avoir des ennuis si je continue à te parler…

Le visage de la prostituée s'était affaissé, découvrant soudain ses années. On devinait des silhouettes épaisses derrière la vitrine à nicotine : la musique débordait jusque dans la rue, électrique. Osborne adressa un signe à Pamela qui lui répondit par un regard circonspect.

De fait, Osborne sentit une nette appréhension en entrant dans le débit de boissons.

Le bar maori était plein à craquer à l'heure du concert et les esprits s'échauffaient. La musique était assourdissante ; sur la scène enfumée, de grosses Ray Ban noires lui mangeant la moitié du visage, une vieille rockeuse s'époumonait, un Stetson à boucles d'argent enfoncé sur sa petite tête fripée d'alcool. Osborne se fraya un chemin jusqu'au comptoir. Là, un barman gras comme un rot lui demanda en criant ce qu'il voulait, une bière, et le servit sous un tonnerre de décibels.

— Je cherche les frères Tagaloa, hurla Osborne en retour. On m'a dit qu'ils traînaient par ici.

Le barman ne répondit même pas. Il n'était pas huit heures mais la plupart des clients avaient déjà bu une bonne demi-douzaine de pintes. Les regards convergeaient dans son dos, Osborne pouvait sentir les picotements le long de ses omoplates. L'endroit semblait idéal pour se faire démolir le portrait. Il paya sa Steinlager et s'assit à l'écart.

Depuis la scène, la vedette du soir dit qu'elle était contente d'être là, qu'elle allait mettre le feu, c'était pas bien compliqué, il suffisait de s'éclater avec elle, après quoi la mamie aux santiags envoya une mimique entendue à son *guitar hero*, un certain Jacky Beelight, demanda si on aimait le rock'n'roll en agitant ses colifichets et entama un standard de country, le pied sur le retour.

On l'encourageait, l'œil torve.

Osborne cherchait parmi la foule houblonnée un des visages qui figuraient sur la photo mais, sous les spots, il ne vit pas l'ombre d'un des frères. La musique lui cassait les oreilles. La vieille rockeuse exhortait la foule en agitant son lasso imaginaire : « Yahou ! » Déchaînée, elle commença à passer entre les tables en remuant du croupion et envoyait des œillades goulues aux gros bras agglutinés là. Osborne écrasa sa cigarette dans le cendrier en plastique. Manquait plus qu'elle lui dédie un morceau…

Il achevait son verre mais le reposa sans l'avoir fini : assis seul à une table voisine, la poitrine compressée sous un pompe-sueur, un Maori à face de récif l'observait comme une chèvre attachée à un piquet. Son cou, impressionnant, était couvert de tatouages. Des motifs d'une grande finesse. D'après ses souvenirs, le portier du Phénix avait les mêmes… Osborne emporta son verre jusqu'à sa table et s'installa en face de lui.

— Qu'est-ce tu veux ? fit le colosse par-dessus le vacarme.

Deux petits yeux marron le fixaient, triangulaires. Osborne se pencha sur la table :

— Je cherche les frères Tagaloa.

Le type avait un léger strabisme divergent qui accentuait le malaise.

— Y a pas de Tagaloa ici, répondit-il en s'aidant de la main. Dégage.

Il y eut un break dans le solo du *guitar hero* : on tapait dans ses mains. *Yahou…*

— Les frangins ont les mêmes tatouages que toi, fit Osborne. Tu pourrais me renseigner.

— Y a pas de Tagaloa ici : t'as des oreilles, non ? (Sa phalange craqua sous son gros poing.) Tu ferais mieux de déguerpir, *pakeha*. Tu vois pas que t'as pas ta place ici ?

Un sourire à deux têtes rampa sur ses lèvres. Le Maori trinqua dans le vide de sa bière aux trois quarts vide et, sûr de sa victoire, chassa le petit Blanc d'une seule gorgée. Depuis la scène, Jacky Beelight remettait la gomme, soutenu par la rockeuse au chapeau de cow-boy. Le colosse tatoué souriait de ses dents jaunes quand une balle de .38 lui démolit le pied.

Osborne avait vissé le silencieux sous la table : deux coups de feu tirés au jugé.

Le Maori lâcha un cri qui se perdit dans le solo du *guitar hero*. Une odeur de poudre grimpa jusqu'à eux.

— La prochaine dans la gueule, gronda Osborne. Au moins deux des frères Tagaloa étaient à la soirée de Julian Lung la nuit où Ann Brook a été assassinée : toi aussi ?

Mais il ne reçut qu'un rictus sanguinaire pour toute réponse. Déjà les clients les plus proches s'éparpillaient autour de la table, le sang coulait sur le sol et le barman faisait signe au régisseur de couper la sono.

— Vous fournissez la jet-set en dope, poursuivit Osborne en surveillant les angles morts. Ann Brook aussi. C'est vous qui l'avez liquidée, comme vous avez liquidé Tukao et Griffith ? Pourquoi ?

— Va te faire foutre.

— Et ces *mokos*, qui te les a faits ? Hein ? Ils signifient quoi ? C'est la marque d'un nouveau gang ?

Une menace se profilait sur la gauche mais, plus vif, Osborne braqua le revolver à quelques centimètres du ventre qui se précipitait. Le type s'arrêta net. On coupa alors le son, laissant la rockeuse orpheline. Trop tard pour arracher des aveux : le Maori n'avait pas peur et, malgré la douleur, semblait le narguer. Osborne braqua l'appareil numérique qu'il tenait dans sa poche et prit une photo. Les hommes faisaient masse dans son dos, le barman menaçait d'envoyer les flics, un portier accourait, il était temps de déguerpir. Osborne repoussa la table et, du canon, se fraya un passage parmi les mines hostiles. Les Maoris grondaient, maintenant soudés, il sentait leur souffle houblonné dans son cou et le danger, bien réel. Un crachat atterrit sur sa veste noire, puis deux. Il passa les portes du Backstreet comme aspiré par le dehors.

Sur le trottoir, même sa copine Pamela avait disparu. Osborne resta un instant hébété. Le goudron semblait collé à ses semelles, la nuit tombait sur la banlieue et devant la vitrine crasseuse, ses mains tremblaient comme des feuilles… Oui, une frousse inexplicable.

*

Recoller les morceaux. Depuis qu'on avait tenté de lui éclater la tête, Osborne ne pensait plus qu'à ça. Il y avait un lien entre toutes ses affaires et le puzzle se reconstituait lentement. D'un côté la jet-set de la capitale économique, O'Brian, Lung, Melrose, Timu, de l'autre les cadavres tirés du charnier, des Maoris hostiles et une armée de disparus parmi lesquels son principal suspect, Zinzan Bee. Tukao était le lien mais Ann Brook ? Avait-elle été elle aussi désossée ?

Minuit sonnait quelque part, loin des lauriers argentés qui miroitaient faiblement sous la lune. La Chevrolet se parqua le long du mur du cimetière.

Le vent emportait le murmure des feuilles vers les lumières de la ville qu'on apercevait en contrebas. Osborne évalua l'obscurité du mont Roskill et, ne relevant aucune présence humaine, ouvrit le coffre. Il empoigna le matériel et grimpa sur le toit de la voiture. Au-delà du mur, les croix se détachaient dans l'obscurité. Il jeta le sac à outils et passa par-dessus le mur d'enceinte.

Toute cette gymnastique lui donnait le tournis. Remis d'aplomb, Osborne ramassa le sac à terre. Présents en partie pour leur feuillage persistant, des macrocarpas ornaient les allées du cimetière. Se repérant aux gerbes les plus récentes, il dénicha le tombeau d'Ann Brook. L'heure n'était pas au recueillement : il débarrassa la stèle des bouquets les plus encombrants, ouvrit le sac, cala le pied-de-biche contre la dalle et fit levier. Le marbre pesait son poids de mort mais la plaque racla le socle dans un bruit sinistre.

En force, Osborne dégagea un espace suffisant. Sous lui, le trou était noir. Il saisit la pelle, jeta le sac et se laissa glisser à l'intérieur du tombeau.

Il faisait étrangement frais dans la fosse. La terre était meuble. Il fit passer quelques pilules avec l'eau minérale qu'il gardait dans le sac et commença à creuser. Une opération éreintante qui, à défaut de soigner sa tête, lui débourra les muscles. Soufflant au rythme des pelletées qu'il dégageait, Osborne s'enfonça dans les entrailles de la terre.

« *Keria*[1] *!* » Il s'encourageait, les joues brûlantes. « *Keria !* » La sueur inondait sa chemise, les nausées revenaient en comètes extatiques… Enfin, la pelle buta contre un objet dur : le cercueil.

Les bras tétanisés par l'effort, ne pensant à rien, Osborne déblaya la terre qui recouvrait la boîte de merisier et, toujours armé de son pied-de-biche, força l'ouverture du cercueil. Le bois craqua, puis céda d'un bloc.

Osborne repoussa le couvercle ; une odeur pestilentielle lui sauta aussitôt au visage. Il porta un mouchoir à son nez et dirigea la lampe torche vers le cadavre. Les productions de gaz mono-éthylamine et de liquide putride provoquèrent un haut-le-cœur qu'il réprima en découvrant le visage de la morte.

Ann.

Ann Brook…

Il ne la reconnut pas tout de suite : la tête avait souffert et les traits de son visage s'étaient affreusement creusés. La peau curieusement diaphane dans une robe sombre, la jeune femme reposait au milieu d'effets personnels, retenant un sourire assez abominable sous le feu de la torche… Osborne tremblait en enfilant une paire de gants plastifiés. Il posa alors la main sur le crâne cassé de son amante, caressa ses cheveux, cherchant à se remémorer quelque chose — il pensait au fossé, à cette chose poisseuse tout au fond de lui… Le temps passa, en apnée. Il releva la jupe de la métisse et, comme pour être sûr, tâta ses cuisses. Osborne frémit malgré lui : Ann Brook avait toujours ses fémurs, là, bien en place.

1. « Creuse ! »

3

Sous son masque de policier impassible, le capitaine Timu était furibond : son meilleur élément était réduit à l'inactivité à l'hôpital de Park Road, le genou fracturé et opéré d'urgence après qu'une balle de .38 l'eut à moitié démoli, « malencontreusement et pour sauver la vie du lieutenant Gallaher » selon le rapport exprès de l'intéressé…

Le Maori roula son cigarillo entre ses gros doigts, les paupières lourdes de reproches. Visiblement, la balle perdue lui restait en travers de la gorge.

— Vous dites que vous n'êtes pas très bon tireur, qu'il y avait de la fumée, que le lieutenant Gallaher était sérieusement menacé et les jeunes à cran… Les jeunes ? répéta-t-il en ranimant son engin de mort. Vos « jeunes », comme vous dites, sont des tueurs sans scrupules qui gangrènent la ville, des criminels sans foi ni loi dont les citoyens de cette ville n'ont nul besoin !

La colère cinglait son visage. Les tueurs étaient des Maoris, comme lui.

Osborne oublia le bout de ses chaussures — il y avait encore du sang sur le bord des semelles.

— Sans doute, dit-il en guise d'assentiment.

Malaxé entre les gros doigts du capitaine, le cigarillo partait en charpie.

— Je ne sais pas ce qu'il vous faut ! pesta-t-il derrière un écran de fumée. Une fille violée et assassinée à coups de barre de fer, les médias qui nous mettent sur le gril, sans parler du lieutenant Gallaher estropié !

Osborne alluma une cigarette.

— Vous n'aurez qu'à lui donner une médaille…

Le chef de la police en broya son cigarillo.

— Je ne sais pas à quoi vous jouez, Osborne, mais votre insolence va vous coûter cher.

Toujours pas de réaction. Pris d'une subite quinte de toux, Timu ouvrit le col de sa chemise, manqua de s'étrangler :

— Et puis d'abord, qu'est-ce que vous faisiez dans le quartier ?

— J'ai entendu l'appel radio sur la fréquence, répondit Osborne en balançant sa cendre d'une chiquenaude. Comme je traînais dans le coin, je me suis dit qu'on aurait peut-être besoin de moi.

— La police n'a pas besoin de gens comme vous ! rétorqua Timu, cramoisi. Qui vous a autorisé à intervenir ?

— Les types retranchés dans le pavillon étaient maoris. Gallaher a sa méthode, il pouvait avoir besoin de la mienne.

— Parlons-en !

— Sans moi ils seraient tous morts, riposta Osborne. Gallaher était venu là pour tuer.

— Le lieutenant Gallaher sait ce qu'il fait, c'est pour ça qu'il est le chef du Département criminel ! s'emporta Timu. Vous n'aviez pas à intervenir ! Et vous n'avez pas répondu à ma question : que faisiez-vous en banlieue sud ?

Osborne écrasa sa cigarette parmi les épluchures de tabac qui jonchaient le cendrier.

— Je cherchais des Maoris. Trois frères. Je les suspecte d'avoir participé au vol chez Melrose. Il pouvait s'agir des mêmes personnes. J'étais sur leur piste quand j'ai entendu l'appel radio.

— Comment saviez-vous que les hommes retranchés dans le pavillon étaient maoris ?

— Culhane me l'a dit.

L'abruti. Ou alors Osborne mentait, ce qui en gros revenait au même : Gallaher était hors course.

— Qui sont les hommes dont vous parlez ? ! s'énerva le chef de la police.

— Je n'en sais rien. Ils ne sont pas fichés par les services. Je suis passé à leur dernière adresse connue, chez leur père, mais il prétend ne pas les avoir vus depuis des semaines.

— Et alors ?

— Je le crois.

Le Maori étira son cou, un tronc.

— Vous vous foutez de moi ? Qui sont ces hommes ? !

— Trois frères, répéta Osborne. L'un d'eux travaillait dans une boîte de nuit. Je l'ai interrogé mais il m'a filé entre les doigts.

Timu toussa de nouveau, serra les dents à cause de sa vessie.

— Leur nom !

— Dooley. Mick, Bruce et Joe Dooley. Trois frères, aujourd'hui disparus de la circulation.

Les deux hommes s'observaient, sur la défensive.

— Et Zinzan Bee ? lâcha Timu. Où en sont vos recherches ?

— Au point mort.

Le visage d'Osborne était aussi fiévreux qu'impassible mais il mentait.

— Je veux un rapport sur cette affaire, ordonna le chef de la police. Un rapport détaillé. Sur-le-champ ! Et je vous conseille de vous appliquer : ce sera votre principale défense pour la commission de discipline !

Osborne ne broncha pas. C'est à peine s'il adressa un signe d'assentiment. Comme il allait quitter le bureau, Timu lui lança d'un air mauvais :

— Faites attention, Osborne : je vous tiens pour un emmerdeur, un alcoolique notoire mais aussi pour un excellent tireur…

Sous ses paupières empâtées et ses manières un peu médiévales, le Maori n'était pas un imbécile.

L'étau se resserrait.

*

Culhane mastiquait un snapper, les yeux rivés sur l'écran de l'ordinateur. Des cadavres de frites gisaient dans le papier journal. Il releva la tête en voyant Osborne, qui revenait de son entrevue avec le capitaine.

— Alors ? demanda-t-il.

— Il me trouve super.

Deux énormes bosses pointaient sous ses cheveux sombres. Son regard aussi paraissait mal en point. Tom avait demandé ce qui lui était arrivé mais il s'était fait envoyer sur les roses.

— Du nouveau sur les types du pavillon ? demanda Osborne en s'accoudant à la fenêtre ouverte.

Culhane se pencha vers l'ordinateur allumé.

— Des repris de justice, tous les trois, à peine sortis de prison… (Tom fit défiler des visages sur le tableau cristallin et s'arrêta sur le visage renfrogné d'un adolescent.) Joey Umaga, annonça-t-il. Vingt et un ans. Arrêté à seize ans pour deal de marijuana, condamné à six mois de prison pour coups et blessures avec mise à l'épreuve. Rien depuis l'année dernière et un vol de voiture pour se payer ses doses. A replongé pour un an avec son compère Wallace : vingt-trois ans, fiché de longue date, condamné une première fois pour braquage, trois ans fermes, sorti après seulement un an et demi, avant de suivre Umaga dans ses trafics de voitures. Écopant des mêmes peines, ils sont sortis tous les deux la semaine dernière… Les petits salauds n'ont pas perdu de temps, commenta-t-il. Le troisième larron s'appelle Jim Murray. Trente-deux ans : le plus âgé de la bande. Le plus dangereux aussi : condamné pour viol en 95, Murray venait lui aussi de sortir de prison. Probablement le leader de la bande…

Osborne le fixait toujours depuis la fenêtre, sa gueule d'ange mort en contre-jour.

— Quel lien entre Murray et les autres ?

— Lui et Umaga ont séjourné dans le même centre de détention. C'est là qu'ils se sont connus…

Osborne resta perplexe.

— Une idée de la manière dont ils se sont procuré des armes ?

— Non, mais le pavillon où on les a dénichés leur servait de planque. On a retrouvé des armes automatiques, des barres de fer, des pieds-de-biche et aussi de la dope : cannabis, héroïne, et un antidépresseur très puissant, du GHBR, un euphorisant qui, à forte dose, peut provoquer des amnésies. Très en vogue dans le milieu porno, snuff movies…

GHBR. Les analyses des cheveux d'Ann Brook révélaient la même substance… Osborne abandonna la fenêtre et s'approcha de l'ordinateur.

— Les tueurs d'Ann Brook ?

Culhane haussa les épaules.

— En tout cas il y a des présomptions : on a retrouvé trois spermes différents dans le corps d'Ann, les types étaient trois dans le pavillon, l'un d'eux connu des services comme un violeur patenté… Je ne sais pas ce qu'en dira Moorie, si les analyses d'ADN concordent, mais ces crapules sont bien le genre à sauter sur l'occasion de se payer du bon temps avec un mannequin de la haute... La pauvre gamine a pu croiser leur route.

Par-dessus son épaule, Osborne comparait les photos du fichier électronique aux clichés pris lors de l'arrestation : le moins qu'on puisse dire, c'est que les trois Maoris avaient pris un sacré coup de vieux.

— Et le rescapé, demanda-t-il, il s'en sort ?

— Umaga ? Bah, il respirait encore quand on l'a transféré à l'hôpital de Park Road. D'après les médecins, on devrait pouvoir l'interroger à partir de demain. Ses complices, par contre, sont morts avant l'arrivée de l'ambulance...

C'était l'autre méthode — celle de Gallaher.

— Umaga, il a de la famille ?

— Une mère : Tania Umaga. 52, Khober Pass Road. C'est à South Auckland. Une équipe est partie l'interroger.

Tom fit un geste de ventilation : la fumée de sa cigarette lui grimpait dessus.

— Quel lien avec le cambriolage chez Melrose ? relança-t-il. Ils étaient tous les trois en prison lors des faits.

Osborne avala un des cachets d'Amelia.

— Eux oui, mais pas Zinzan Bee.

*

Gallaher cloué au lit, Osborne avait les mains libres. Cette situation ne durerait pas ; il fila vers la banlieue sud.

Il ne connaissait pas les nouveaux gangs. Au rythme où les types se retrouvaient en prison, leurs chefs changeaient tous les six mois. Mais quelque chose ne collait pas dans cette histoire. Les trois Maoris s'étaient fait cueillir comme des bleus, à peine sortis de prison, et le visage affolé d'Umaga lors de l'assaut du pavillon lui laissait un goût amer. Comment, en une semaine, avaient-ils pu se procurer des armes, de la dope et une planque ? Ils avaient forcément des complices...

52, Khober Pass Road. La maison d'Umaga se tenait de l'autre côté du trottoir, semblable à toutes les autres, modeste, frileuse, récupérée au Kärcher à chaque changement de locataires. Osborne vérifia qu'aucun véhicule de police ne traînait dans les environs et sonna à la porte du logement social.

Tania Umaga ouvrit presque aussitôt. La quarantaine, robuste, pas vilaine malgré ses traits creusés, la Maorie était revêtue d'une robe à fleurs qui mettait en valeur sa poitrine. Elle buvait une bière à demi entamée et ne semblait pas très surprise par le destin de son fils.

— J'en ai deux, expliqua-t-elle. Joey et Kenny. Joey passe son temps à traîner dans les rues quand il n'est pas en prison, Kenny, le cadet, est encore au collège. Pour le moment je le tiens. Tous mes espoirs reposent sur lui. Joey, fit-elle en levant les yeux au ciel, ça fait longtemps que j'ai abandonné...

Ses dents étaient partiellement pourries, tribut payé à la malnutrition.

— On peut voir le petit prodige ? demanda Osborne.

— Kenny ? Il est chez sa tante, dit-elle. La police l'a interrogé à la sortie de l'école. Le pauvre va pas en dormir de la nuit. Faut pas le mêler à cette affaire, monsieur, s'adoucit-elle, il a que treize ans...

— Et Joey ?

Tania soupira, entre désarroi et désespoir. La vie de son aîné était d'une affligeante banalité : une jeunesse passée à se chercher, quelques mauvais coups, une première incarcération qui en conditionne d'autres et une fin en queue-de-poisson, dans un squat de banlieue. La dernière fois qu'elle l'avait vu, c'était peu de temps avant son arrestation pour vol de voiture : Joey était passé à l'improviste, il n'avait rien dit de son avenir, se contentant de la traiter de grosse mollasse, sa propre mère, avant de repartir avec ses bières et sa colère de tous les jours. Depuis, Tania vivait dans un silence synonyme d'oubli qu'elle faisait passer à petites goulées.

— Pourtant pas un mauvais garçon, conclut-elle en rajustant son décolleté. Il a toujours aidé les plus petits. Mais ça fait longtemps qu'il m'écoute plus…

Osborne crevait de chaud sous le soleil au zénith.

— Vous n'êtes pas allée le voir lors de son dernier séjour en prison ?

— Le parloir, à la longue, c'est déprimant. (Tania posa son épaule contre l'embrasure de la porte.) Et puis, comme il dit, je suis tout juste bonne à faire la morale…

Il n'y avait pas de rancœur dans sa voix, juste de la fatigue.

— Joey n'est donc pas passé vous voir à sa sortie de prison, la semaine dernière, relança Osborne.

— Non, dit-elle, résignée à son destin d'oubliée. De toute façon, j'étais même pas au courant qu'il avait bénéficié d'une remise de peine…

— Comment ça, pas au courant ?

— C'est comme je vous dis.

Bizarre… Il sortit la photo du Maori croisé au Backstreet fraîchement tirée de son appareil numérique. On y voyait le visage grimaçant du colosse et les *mokos* qui ornaient son cou.

— Vous avez déjà vu cet homme ?

La Maorie se pencha sur la photo.

— Non. Heureusement.

— Et ces tatouages ?

— Non plus.

— Joey côtoyait les gangs du quartier ?

— J'en sais rien, répondit Tania. On m'en a jamais parlé. Je me tiens éloignée de ces gens-là.

Elle avala une gorgée de bière tiède. Osborne gambergeait sur le seuil de la maison. Si, comme il le croyait, les *mokos* en question étaient la marque d'un nouveau gang, Umaga et sa bande ne semblaient pas dans le coup…

— Et le père, poursuivit-il, on le trouve où ?

— Oh ! Ça fait des années qu'on se voit plus ! répondit la Maorie. Il passe de temps en temps pour voir Kenny mais, comme il me verse pas de pension alimentaire, on peut pas dire qu'il profite de son droit de visite…

Un classique du genre masculin.

— Et Joey, dit Osborne, il le voyait ?

— Pouah ! Il est pas allé une seule fois le voir en prison !

Tania replia ses belles lèvres brunes sur le goulot. Osborne reluquait son décolleté mais ça ne la gênait pas.

— Joey, il se droguait ?

— Pas que je sache. (Elle haussa les épaules.) En tout cas je l'ai jamais remarqué.

— Il dealait ?

— Pareil.

— Et son copain Wallace, vous connaissiez ?

— Non.

— Joey, il traînait dans les quartiers du centre-ville ?

— Joey ? Pas le genre. C'est à peine s'il sait lire les panneaux.

Marrant. Mais Osborne n'avait pas du tout envie de rigoler : il se sentait fiévreux et si la douleur s'estompait sous l'effet des cachets, l'apparition de ces trois repris de justice compliquait un peu plus ses affaires…

— Joey ne vous a jamais parlé d'une fille, hasarda-t–il, Ann Brook ?

— La fille qu'on a retrouvée morte ? Ah non... Évidemment.

— Bon, et on peut voir sa chambre à Joey ?

— Si vous voulez, répliqua la Maorie d'un air détaché, mais vos collègues ont déjà tout passé au peigne fin sans résultat ; je vous l'ai dit, Joey ça fait longtemps qu'il met plus les pieds ici...

Osborne opina lentement, perdu dans ses pensées.

Tania sentit qu'il allait partir : elle se lova contre la porte d'entrée.

— Je vous offre une bière ?

*

— C'est pas les bons tatoueurs qui manquent dans le quartier, répondit l'artisan. Ici on fait pas ce genre de modèle. Faut prendre l'avenue sur la droite : là-bas, y a un tas de types assez bons pour graver le nom de ta mère, si tu la connais...

Quelques rires gras fusèrent dans l'échoppe. Osborne calma les tremblements de ses mains. Il écumait depuis des heures les boutiques de tatouages de South Auckland et personne ne semblait disposé à lui dire qui avait pu faire les *mokos* du colosse maori croisé au Backstreet. De boutiques en échoppes miteuses, on lui avait conseillé d'aller se faire foutre. Une poignée de dollars l'invita toujours à aller se faire foutre, mais du côté de Papakura, un quartier reculé en bordure d'aéroport, tout au fond de la banlieue.

C'est là qu'il se trouvait, avec son appareil et sa photo numérique. Les *mokos* du colosse étaient l'œuvre d'un artiste, sentiment confirmé par le tatoueur samoan qui, planté derrière son comptoir, ricanait benoîtement. Deux abrutis dans son genre buvaient du thé vert sur les coussins, les yeux rouges. Au plafond, des insectes se jetaient tête baissée contre le néon. *Poc poc*, on les entendait se cogner à la mort.

Osborne évalua le visage du Maori qui figurait sur la photo.

— Ce type-là, tu es sûr que tu ne le connais pas ?

— Ouais : sûr !

Le tatoueur jeta un air amusé à ses cousins, avachis à deux pas.

— Il a les mêmes tatouages que les frères Tagaloa, dit Osborne.

— Qui ça ?

— Trois frères, il insista. Tous très jeunes.

— J'vous dis que j'les connais pas ces frangins.

Assoupis sous des paupières obèses, les yeux du Samoan étaient curieusement dissymétriques. Difficile de faire la part entre le mensonge et l'abrutissement général.

— Ces *mokos*, continua Osborne, ils ont une signification…

Prenant appui sur le rebord du comptoir, le Samoan plia sa masse sur la photo.

— Ouais…

— Laquelle ?

Le tatoueur regarda de nouveau.

— J'sais pas, dit-il. C'est des tatouages maoris…

— Tu en connais un rayon, dis donc, singea Osborne. (Sa voix changea.) Quoi d'autre ?

— J'sais pas, répondit l'artisan d'une voix traînante. Hey man ! C'est pas le tout mais j'ai du boulot, moi…

Les types gloussaient sur les banquettes déformées, une cannette à la bouche. Osborne saisit le poignet du Samoan et, d'une brutale flexion, manqua de lui démettre l'épaule. Le type lâcha un cri, tenta une rebuffade, si douloureuse qu'il plia sur le comptoir. Dans la foulée, le canon du .38 percuta sa bouche, cassant net une incisive.

Les autres n'avaient pas même bougé des coussins.

Dans la voix d'Osborne, il y avait comme des bouts de verre.

— Des *mokos* de cette qualité, vous n'êtes pas cent mille à pouvoir en réaliser : c'est même un honneur réservé à une élite. Un nom. Donne-moi un nom ou je te casse ce qui te reste de dents avant de foutre le feu à ta putain de boutique !

Des petits os craquaient dans sa bouche.

— Nepia, balbutia le type.

Osborne ôta le canon de son arme, plein de bave.

— Nepia, répéta le Samoan en se tenant les lèvres, un vieux tatoueur. Un spécialiste. Dans le temps, il avait une boutique à l'angle de Waihoehoe Road…

Osborne eut un rictus. Sous le néon, les papillons voltigeaient, incohérents.

*

Nepia.

Il avait lu le nom de Nepia parmi les contestataires tainuis qui avaient occupé le terrain de Bastion Point vingt-cinq ans plus tôt. Osborne venait de vérifier sur la liste établie par Culhane. Prénom : Joseph. Nepia avait-il connu Zinzan Bee à Bastion Point ? Était-ce lui, l'auteur des *mokos* des frères Tagaloa et du colosse croisé au Backstreet ?

En bordure d'autoroute, le quartier de Papatoetoe étendait ses antennes paraboliques à perte de vue. Les logements sociaux tombaient en ruine et on laissait faire car c'était l'idéologie du moment. Waihoehoe Road : Osborne trouva bien la boutique d'un tatoueur, mais si Nepia exerçait encore, il lui suffit de passer un œil par la vitre crasseuse pour constater que l'atelier était déserté depuis des lustres. Le Samoan s'était-il fichu de lui ?

Osborne traversa la rue et marcha jusqu'au seul commerce encore ouvert à cette heure, une épicerie mal achalandée où une grosse Polynésienne lui annonça qu'elle n'avait pas vu « le vieux Nepia » depuis des mois.

— P't'être qu'il a pris sa retraite ! ajouta-t-elle dans un anglais édenté.

— P't'être.

La télé beuglait au-dessus du comptoir. Osborne quitta le dairy en maugréant.

Un vent frais balayait la rue vide. Avec l'orage qui pointait, l'air était comme coupé à l'eau. Osborne eut une impression étrange en inspectant la devanture de l'atelier. La peinture de la porte était complètement écaillée mais il y avait des petits résidus verts sur le sol, comme si on avait forcé l'ouverture… Il se redressa, dubitatif, se colla de nouveau à la vitrine mais ne vit rien derrière la crasse. Alors il appuya sur la clenche : c'était ouvert. D'un bref coup d'épaule, il poussa la porte de l'atelier.

Osborne dégaina son .38. Sa bouche était pâteuse en pénétrant dans la pièce mais une odeur de renfermé l'incita à la boucler. L'interrupteur ne fonctionnait pas : il devina d'abord un comptoir poussiéreux puis sentit une menace dans son dos. Un vent de mort : le tranchant de la massue ripa sur son omoplate gauche, il eut à peine le temps de l'esquiver. Un visage tatoué apparut brièvement à la lumière de la rue. Osborne tira dans la main du Maori, qui vola sous l'impact. Le *patu* qu'il serrait tomba à terre dans un bruit mat, laissant une profonde estafilade sur le plat de sa main. Will Tagaloa ne broncha pas. Surnommé « l'Anaconda », le Maori avait beau être gros, il était vif comme un rat : il se jeta sur Osborne avec une telle rapidité que le second coup de feu se perdit dans le mur. Ils roulèrent sur le sol poussiéreux. Trop tard pour lui briser le genou, trop tard pour les sommations, trop tard pour tout : plus puissant, plus lourd,

Tagaloa le cloua à terre et l'empoigna sauvagement. Osborne vit deux mains énormes se précipiter sur sa gorge et les traits hideux de celui qui allait tuer au-dessus de lui : il tenta de se dégager de l'étreinte mais Tagaloa était beaucoup plus fort. L'étau de ses mains lui serrait le cou, il suffoquait déjà. Les muscles tendus, un rictus d'effort enragé sur son visage couvert de *mokos*, le Maori compressa sa glotte. La douleur était aiguë, violente. Osborne voulut le prévenir, le sommer de reculer, tout de suite, mais il n'émit qu'un bref haut-le-cœur : l'air s'était tari. Ses poumons étaient vides.

Le poignet tordu, l'index toujours crispé sur la queue de détente, Osborne avait le canon de son .38 planté dans le foie du Maori : à bout de souffle, il tira.

Les mains qui l'étranglaient se relâchèrent aussitôt. Will Tagaloa eut une expression de surprise mais il ne fit aucun geste. Comprimé sous le poids, Osborne avala une goulée d'air qui sembla lui déchirer la poitrine. Il expulsa un relent de café et de bile sur le sol poussiéreux. Des larmes coulaient, il cracha encore, l'œsophage brûlant.

Touché au foie, le Maori se tenait toujours au-dessus de lui, les yeux grands ouverts mais son corps ne pesait plus le même poids. Un filet de sang suintait de son ventre, un flux régulier qui inondait sa chemise. Osborne déglutit, une odeur de poudre pour seule compagne. Enfin il fit basculer le poids mort qui s'affaissa sur le sol.

Il se releva, les jambes molles. Le Maori reposait à terre, inerte dans la semi-obscurité de l'atelier. Osborne n'avait jamais tué d'homme : celui-là n'avait pas vingt ans.

4

L'aube pointait, pâle comme un linge pendu au-dessus de l'océan. Comme toutes les nuits, Hana était partie nager au large, avec les requins. Les lâches, plutôt que d'en croquer, l'avaient escortée dans la houle sombre avant de disparaître, en quête d'autres restes…

Elle en revenait, une fois de plus. Le courage lui avait manqué : cette nuit encore, la Maorie avait ressenti un choc dans son cortex au moment de se laisser happer par les grands fonds, un appel irrésistible qui l'avait poussée à regagner le rivage. Elle arrivait enfin, exténuée. L'écume venait lécher ses jambes tétanisées par l'effort, puis repartait dans un bruit de coquillages. Envie de tout vomir ici, naufragée sur cette plage battue par la brise. Mais elle ne pouvait pas se résoudre à mourir. Pas encore.

Ses cuisses étaient de bois lorsqu'elle se redressa. La terre versait des larmes de sel, la brume fumait au-dessus des flots, des volutes qui s'évaporaient à la rosée du jour et racolaient le soleil sur la ligne d'horizon. Les manchots fuirent à son approche. Des coquillages écrasés sous les pieds, Hana marcha vers les pohutukawas qui bordaient la plage. Le vent séchait son corps à défaut du reste. Une odeur d'algues décomposées montait du sable où roulaient les vagues, elle marchait nue sur ces étendues désertes et le vent du matin lui faisait comme des écorchures sur la peau.

L'aurore était muette. Hana serra le *tiki* de jade de sa grand-mère : *Ka aha ra koe?* elle répétait, que vas-tu devenir ? Les âmes mortes flottaient autour d'elle, toute cette détresse qui lui pourrissait le cœur… Elle croisa un *korora* sur le chemin de la maison, visiblement égaré puisque l'oiseau fit à peine un écart pour l'éviter. C'était un manchot pygmée qui n'avait pas plus d'un an — un duvet brun couvrait encore son dos. Ses doux yeux noirs la regardaient, inquiets.

— Alors, petit, toi aussi tu as perdu ton chemin ?

L'animal dressa le bec pour toute réponse et partit en se dandinant.

La Maorie grimpa l'escalier de planches bancales, fit rouler quelques cailloux avant d'atteindre le sommet de la falaise. La maison apparut à l'ombre du grand kowhai en fleur. Dérangé en plein festin, le tui qui picorait son nectar manifesta son mécontentement. Hana trouva la bicoque ouverte à tous les vents ; un bouquet de fleurs jaunes trônait sur la table de la cuisine. La jeune femme enfila la robe qui traînait sur le lit et sortit par la porte du jardin.

Les orchidées blanches étaient étouffées par les mauvaises herbes, les fougères aussi avaient investi les lieux, ne laissant qu'un bout de friche à l'arrière de la maison. L'atelier apparut bientôt à l'ombre du sous-bois, caché sous un éventail de ponga. Hana approcha timidement.

— Je peux entrer ? dit-elle en voyant la porte entrebâillée.

Le Maori releva la tête de son ouvrage et la gratifia d'un sourire sans âge.

— Bien sûr, dit-il, entre… J'ai presque fini.

Il lui présenta un tabouret.

Puis, le pouce et l'index comme une pince écartant la

peau, il enfonça le ciseau dans la joue de l'homme : un liquide noir s'incrusta dans la chair, déborda de la plaie, inondant le visage immobile de Zinzan Bee.

Concentré sur sa tâche, le tatoueur essuya le surplus avec un coton et arrondit la courbe jusqu'à la commissure des yeux.

Hana le regardait faire, impressionnée. Le trait était sûr, fidèle, les dessins d'une symétrie parfaite. Il nettoya le visage avec application et se redressa, satisfait. Le *moko* était achevé.

Il régnait une atmosphère étrange dans l'atelier. Hana ne put retenir un frisson devant l'œuvre accomplie.

— Tu aimes ? demanda-t-il.

Elle fit signe que oui.

Le tatoueur passa la main sur ses fesses, constata qu'elle était nue sous sa robe d'été. Le sel avait séché sur sa peau, elle était douce comme la lumière de la bougie.

— Et moi, tu m'aimes ? dit-il doucement.

— Oui… (Hana oublia un instant le visage fraîchement tatoué.) Oui, elle répéta, bien sûr…

Ses yeux étaient verts comme le jade mais il n'y vit que du feu.

Enfin, l'homme se tourna vers le visage tatoué de Zinzan Bee : ne restait plus maintenant qu'à lui coudre les lèvres…

5

Les bandes blanches défilaient sous ses yeux secs. Osborne avait pris le Southern Motorway. Son épaule lui faisait mal mais il pouvait encore l'articuler. Il roulait dans la nuit, chassant ce qui ressemblait trop à des remords, en garda la colère. Un piège : on lui avait tendu un piège... La sensation était étrange, très désagréable. On se bousculait dans les tiroirs de sa nécropole : Fitzgerald, Griffith, Ann Brook, Tagaloa, eux et qui encore ? Il avait mis le doigt dans l'engrenage, celui qui avait happé Fitzgerald, et les tueurs avaient une longueur d'avance : on l'attendait dans la ruelle, la boutique du vieux tatoueur, on le suivait, pire on le précédait, comme s'*ils* devinaient ses pensées...

Quittant le motorway désert, Osborne engagea la Chevrolet sur une petite route côtière. Dans ses phares, les habitations se faisaient rares. Il ralentit bientôt, déchiffra des pancartes, effraya un oiseau de nuit, manqua un croisement, consulta sa carte dépliée sur le siège. Te Atatu : normalement, il était tout près... Il suivit la route, une succession de courbes caillouteuses, et tomba enfin sur la maison, la seule du voisinage, en partie cachée par des kamashis à la blancheur spectrale sous la lune.

L'orage passé, on distinguait la mer qui bouillonnait en contrebas. Il était environ minuit et aucune lumière ne filtrait depuis la maison. Osborne ouvrit la portière et tira le corps qui gisait sur la banquette. Il était lourd et déjà presque froid. Il le hissa à grand-peine sur son épaule droite, serra les dents pour avancer. Le bruit des grillons couvrit celui de ses pas jusqu'au perron. Il sonna. Deux fois. Enfin il entendit des bruits de pas qui approchaient de la porte, timides…

— Qui est-ce ?

— C'est moi, Paul.

Amelia retint un cri en ouvrant la porte : la cause de ses insomnies se tenait sur le seuil de sa maison, au beau milieu de la nuit, un fardeau à l'épaule. Osborne sortit de la pénombre : un mort.

Il portait un mort.

— Je peux entrer ?

Il était d'une pâleur cireuse.

— Oui, bredouilla-t-elle dans un rêve.

Son costume noir ne valait plus tripette et une auréole écarlate avait taché sa chemise blanche. Son œil, en revanche, brillait violemment. Un moment incrédule, Amelia passa la main sur son visage endormi avant de reculer pour le laisser entrer. Elle était pieds nus, vêtue d'un peignoir blanc qu'elle serra autour de son cou.

— Tu te promènes avec des cadavres maintenant ? demanda-t-elle.

Soutenant son mort à grand-peine, Osborne traversa le salon et fit basculer le corps sur le canapé. Un Maori. Il y avait un méchant trou dans son ventre. Amelia frissonna sous son peignoir.

— Qui est-ce ?

— Un des frères Tagaloa, répondit Osborne.

Le jeune homme semblait dormir… Encore passablement ahurie par l'intrusion du policier, Amelia ne savait pas comment formuler sa phrase.

— Et… qu'est-ce que tu fais là ?

Il se tourna vers le macchabée.

— Tu es légiste, non ?

Elle le regarda avec des yeux ronds.

— Tu plaisantes ?

Osborne la surplombait d'une tête, cabossée, pleine d'ecchymoses.

— Il y a un labo à la cave, non ?

— Un labo ? Mais je ne dissèque que des papillons et des crapauds ici ! protesta-t-elle. Ça n'a rien à voir et puis de toute fa…

Il prit ses mains dans les siennes :

— Amelia, dit-il doucement, écoute-moi. On a trouvé un homme dans le charnier où Kirk désossait ses victimes : Sam Tukao, un homme qu'on a torturé à mort. Tukao est le notaire qui a signé l'acte de vente d'un chantier en cours du côté de Karikari Bay et je sais qu'il a touché des dessous-de-table pour cette opération : une des filiales de Melrose s'est approprié le terrain en question avec l'assentiment de Steve O'Brian, le père du maire. Ces terres abritent encore d'anciens *pas* maoris, qu'on fait actuellement sauter à la dynamite pour y créer une sorte de riviera. Johann Griffith travaillait comme comptable sur ce projet. Tu sais comme moi qu'elle aussi a été assassinée. Il y a forcément une raison à tout ça…

Amelia l'écoutait, assez éberluée. Cette discussion, ce cadavre au beau milieu de la nuit, tout cela était surréaliste. Et il n'avait pas lâché ses mains.

— Ann Brook ? dit-elle.

— Elle traînait avec la jet-set locale, côtoyait notamment les fils du maire et celui de Michael Lung, le pubard qui organise justement la campagne d'O'Brian. J'ai fouiné du côté du club échangiste où la plupart d'entre eux se rendaient mais trois types m'ont tabassé en sortant, avec l'intention de tuer. Je ne sais pas encore qui, mais j'ai de bonnes raisons de croire qu'Ann Brook était la maîtresse de Michael Lung.

— D'où sors-tu ces informations ? le coupa-t-elle.

— De Julian Lung, son fils… Je l'ai cuisiné un peu.

Amelia eut un rictus déplaisant devant l'auréole de sang sur sa chemise.

— Et alors ?

— Le meurtre d'Ann Brook est médiatisé, poursuivit Osborne, la police sur les dents : il faut des coupables. On déniche alors trois Maoris tout frais sortis de prison qui répondent au portrait qu'on se fait des crapules. Or, je suis allé voir la mère du seul survivant de la fusillade : elle n'était pas au courant de sa remise de peine, et encore moins de sa sortie…

Amelia enregistrait les données à toute vitesse.

— Tu veux dire que ce n'est pas eux, les tueurs d'Ann Brook ?

— Ça m'étonnerait, fit-il en desserrant la pression de ses mains. Les types trouvés dans le pavillon avaient beau être défoncés et armés jusqu'aux dents, ils avaient une trouille bleue…

Le vent soufflait contre les persiennes. La biologiste se sentait un peu dépassée par les événements.

— Je ne comprends pas, chuchota-t-elle, comme si le cadavre sur le sofa pouvait l'entendre. Quel rapport entre le meurtre d'Ann Brook et ton histoire de terrains et de collines maoris ?

— En suivant la piste du portier du club échangiste, j'ai trouvé un Maori qui portait les mêmes tatouages, dans un bar pourri de South Auckland. Je cherchais à savoir qui avait fait ces fameux *mokos* quand je suis tombé sur lui…

Osborne se tourna vers le canapé où reposait le corps du jeune Maori. Il lâcha alors les mains d'Amelia, qui retombèrent le long de son corps. Elle semblait un peu perdue dans son peignoir : des morts, est-ce là tout ce qu'il pouvait lui apporter ?

Elle frissonna. Orphelins de ses mains, ses doigts étaient tout froids…

— Qui c'est ce type ? dit-elle enfin. Un des tueurs d'Ann Brook ?

— Je ne sais pas… Je ne sais pas si les frères Tagaloa sont impliqués dans les meurtres, s'ils forment un gang, mais j'ai besoin d'indices, une piste, n'importe quoi.

— Et tu me demandes de faire une autopsie ? Ici ?

— Des analyses sanguines, des résidus végétaux ou minéraux dans les tissus, le maximum d'éléments sur le lieu où il a résidé ces derniers temps, tout ce que tu pourras trouver, en particulier sur la façon dont il s'est fait ses tatouages : substances, types d'instruments utilisés…

Amelia avait l'impression de parler avec la voix d'une autre :

— Mais… et la police ? Pourquoi tu ne racontes pas tout ça à la police ?

— Gallaher a enterré l'affaire Griffith avec la complicité du coroner Moorie. Cette fille ne s'est pas noyée, tu le sais. Je n'ai confiance en personne. Qu'en toi.

Osborne la regardait avec sa maudite gueule d'ange, une technique terrible qui lui avait déjà valu trois nuits d'insomnie… Un mort à autopsier. Seule. L'idée était tentante pour l'apprentie légiste — la femme, elle, avait abdiqué depuis un moment…

— C'est bien joli ton histoire, renchérit Amelia, mais je ne vais pas débarquer à l'institut médico-légal avec un cadavre sous le bras !

— Il faut faire les prélèvements ici. Tu feras les analyses à l'institut… Ah ! Putain ! lâcha-t-il soudain. Qu'est-ce que c'est que ça ?!

Depuis le sofa, une odeur assez épouvantable flottait jusqu'à eux.

— Les muscles qui se relâchent, répondit-elle. Le corps se vide… Bon (elle s'agita tout à coup). On ne va pas le laisser là. Il faut le laver.

Les yeux d'Osborne s'illuminèrent un court instant : elle acceptait de l'aider.

— Où il est ton labo ?

— À la cave, répondit-elle. Prends une couverture pour le transporter : y en a dans le placard du vestibule. Moi je vais m'habiller…

Amelia fila dans un coup de vent et grimpa l'escalier qui menait à sa chambre.

Osborne commença par fouiller le corps : un treillis délavé, pas de papiers d'identité mais une carte de l'île du Nord, sans indications, quelques centaines de dollars en liquide, un canif aiguisé, du papier à cigarettes et, coincé dans sa ceinture, un petit sachet d'herbe… Du datura, à l'odeur. Il en avait fumé avec Ann Brook. Les frères Tagaloa étaient bien les dealers de la jeunesse dorée d'Auckland. L'avaient-ils tuée pour autant ? Il se concentra sur les tatouages du Maori, plus particulièrement sur les *mokos* qui couvraient son visage. Le dessin, assez obscur, était d'une grande finesse. Si les courbes du menton dataient (ils étaient d'une teinte bleuâtre), les cercles autour du nez et des yeux étaient récents : on voyait encore les petites cicatrices sur sa peau traumatisée et les traits plus sombres… La marque du gang ?

Osborne trouva une couverture dans le placard du vestibule, qu'il disposa sur le parquet avant d'y rouler le cadavre. L'odeur de merde lui soulevait le cœur. Depuis la chambre du loft, Amelia parlait toute seule : elle disait qu'elle n'avait pas tout le matériel adéquat, énumérait la liste des produits manquants, augurait des résultats médiocres pour un risque maximal… Elle redescendit, vêtue d'un jean et d'un pull, maintenant complètement réveillée.

— Amène-le à la cave, dit-elle, on va l'installer…

Osborne empoigna la couverture et fit glisser la dépouille jusqu'au petit escalier. La tête du Maori cogna sur les marches. Il faisait frais au sous-sol. L'atmosphère était chargée d'aldéhyde formique, de formol, une lumière crue tombait du plafond. Une table d'acier inoxydable montée sur tréteaux, une rigole qui courait tout du long pour se perdre dans un tube alimentant le tout-à-l'égout, plusieurs scies électriques sur une étagère, scalpels, seringues, pinces à os, plus loin des casiers réfrigérés, un congélateur, un évier, un robinet : l'assistante du coroner s'était aménagé un véritable petit laboratoire.

Osborne gémit en disposant le cadavre sur la table d'autopsie — les muscles de son épaule avaient refroidi, il pouvait à peine la remuer. Amelia rassemblait son matériel chirurgical, silencieuse. Il remarqua trois caisses de bois poussées dans un coin : le labo servait aussi de cave à vin…

— Tu as Internet ? demanda-t-il.

— Dans ma chambre.

La biologiste avait enfilé une blouse et une paire de gants plastifiés. Elle se pencha sur la boîte crânienne, examina les tatouages, déjà ailleurs…

— Ça va aller ? dit-il.

Amelia fit signe que oui, deux billes bleues sous les néons.

Il remonta.

La maison était silencieuse, à peine troublée par le bruit des vagues contre les rochers. Osborne commença par nettoyer les traces d'excréments sur le sofa, le sang de sa chemise, puis fila vers le jardin. Il ouvrit le coffre de la Chevrolet, laissa le *patu* traditionnel utilisé par

Tagaloa, attrapa la mallette et effectua le chemin inverse jusqu'à la cave.

À l'aide d'une seringue, Amelia perçait un trou dans l'œil du Maori afin de prélever quelques centimètres cubes d'humeur vitreuse. Elle vit Osborne au pied de l'escalier mais ne relâcha pas son attention.

— J'en ai pour toute la nuit, dit-elle en évaluant le liquide.

Osborne s'approcha de la table d'autopsie improvisée, oublia qu'il voyait là son premier mort bien à lui, et sortit l'appareil numérique de la mallette. Puis il cadra le visage tatoué qui reposait sur l'inox et prit trois clichés. Des gros plans.

— Qu'est-ce que tu vas faire ?

Amelia versait la substance dans un tube.

— Chercher d'où sortent ces *mokos*, répondit Osborne.

Leurs regards se croisèrent. Malgré la situation, Amelia ne lui en voulait pas. Elle aimait ce type, et si effrayant que cela pût paraître, elle le suivrait dans ce qui ressemblait trop aux délires paranoïaques d'un homme seul, abandonné, au bout du rouleau. Mais son romantisme avait quand même des limites :

— Ça ne me dit toujours pas comment tu t'es procuré les cheveux d'Ann Brook, fit-elle.

Osborne fourra l'appareil dans la mallette.

— Dans son cercueil, répondit-il.

— Ah… C'est là où tu traînes la nuit ?

— Ça ne m'amuse pas, dit-il pour couper court. À tout à l'heure…

Amelia le laissa filer — c'est ça, à tout à l'heure…

L'escalier en colimaçon menait à une chambre mansardée. Un lit deux fois plus grand que sa dormeuse se prélassait sous le Velux ; par terre des bouquins en piles, revues techniques, romans, essais… Osborne alluma le

Mac posé sur le secrétaire, profita de la mise en marche pour évaluer son omoplate dans la salle d'eau voisine. Le coup de massue avait laissé un hématome impressionnant. Il tira un sachet de poudre blanche de la mallette, sniffa un long rail sur la tablette et regagna la chambre en apesanteur. Là il se brancha sur Internet, jeta un œil fiévreux à sa montre — deux heures du matin — et tapa le nom de Nepia, le vieux tatoueur maori.

Peu d'informations disponibles sur les différents moteurs de recherche mais il finit par trouver sa trace sur un site consacré aux tatouages : activiste à l'époque de l'occupation de Bastion Point, Joseph Nepia s'était depuis consacré à l'art du *moko*. Pas de photos, sinon celles de ses compositions. Tatoueur jadis réputé de la banlieue sud d'Auckland, Nepia s'était retiré depuis des années. Aucune adresse disponible. Il faudrait voir dans les fichiers de la police mais Joseph Nepia semblait s'être lui aussi volatilisé dans la nature…

La lune exhibait ses cratères par le Velux de la chambre. Les tatouages de Tagaloa avaient forcément une signification. Selon la tradition, les *mokos* étaient même un honneur réservé aux *rangatiras*, les chefs ou aristocrates, par opposition aux *tutuas*, les gens du commun — et à plus forte raison aux *taurekarekas*, les esclaves. Un *moko* était comme une signature, une armoirie désignant les mérites de la personne qui les portait. La profondeur et l'épaisseur du trait indiquaient le rang, la dignité. Il fallait parfois des mois, voire des années avant de « compléter » le tatouage d'un chef… Osborne examinait les photos numériques : d'après ceux qui ornaient le visage de Will Tagaloa, le jeune Maori venait d'accéder à un rang élevé.

Il continua à éplucher un à un les nombreux sites disponibles, enfumant la chambre à coucher. Après une lente et fastidieuse recherche parmi les documents consacrés à l'art du tatouage, Osborne tomba enfin sur une gravure datant du XVIIIe siècle, le portrait d'un chef maori arborant les mêmes *mokos*. Exactement les mêmes. Ceux d'Hauhau, le visionnaire fanatique devenu le prophète Te Ua, dont les adeptes réutilisaient les descriptions apocalyptiques de la Bible pour stimuler les ardeurs guerrières des Maoris…

Car ces *mokos*, si raffinés fussent-ils, étaient des tatouages de guerre.

*

Asexuée sous sa combinaison blanche, Amelia papillonnait autour du cadavre. Étrange vision que cette petite libellule s'agitant à la lueur blafarde de la cave…

— J'ai fait une première série de prélèvements, dit-elle en voyant Osborne au pied des marches, notamment pour tout ce qui concerne les tatouages. Je me débrouillerai pour avoir les premiers résultats demain soir. On ne fait pas trop attention à moi au labo en ce moment…

Osborne opina, les yeux dans le vague. Le corps du Maori avait gonflé, distendu par les gaz qui imprégnaient les tissus, des petites bulles d'écume blanche suintaient du nez. La calotte crânienne était ouverte et la vision de toutes ces substances gélatineuses était assez écœurante. Ça n'expliquait pas ce qui avait pu motiver le portier d'un club échangiste à rejoindre les adeptes d'Hauhau : toutes ces histoires dataient de l'arrivée des colons…

— Tu as trouvé quelque chose ? demanda Amelia.

— Ces tatouages sont ceux d'une ancienne secte, répondit-il. Des adeptes d'un vieux culte antibritannique.

Amelia fixa la boîte crânienne sur son socle.

— Quel rapport avec notre histoire ?

— Je ne sais pas… En tout cas, avec sa gueule tatouée, ça m'étonnerait que Tagaloa ait jamais songé à reprendre son job de portier… Bizarre, marmonna Osborne, parce que d'après la fille du vestiaire Tagaloa devait reprendre le job lundi.

— Ce qui signifie ?

— Qu'il va se passer quelque chose d'ici là.

— Quoi ?

— Je n'en sais rien.

Deux jours. Ils avaient encore deux jours. Amelia bâilla malgré elle. Le manque de sommeil s'accumulait et, aux cernes qui soulignaient ses yeux, il était clair qu'elle ne tenait plus debout. Il était cinq heures du matin.

— Et lui, qu'est-ce qu'on en fait ? demanda la biologiste en désignant la dépouille sur la table d'inox. Si tu veux une autopsie complète, il va falloir encore le garder au frais un moment…

— Il te faut combien de temps ?

— Six ou sept heures, au bas mot. Sans doute plus… Ça dépend aussi de ce que je trouve après la première série de prélèvements… (Amelia jeta un œil à sa montre, un truc en forme de tulipe.) Impossible de finir maintenant, dit-elle. À moins de prétexter une maladie et de m'y coller toute la journée, mais ça ne nous avancera pas plus : il va bien falloir que je passe à l'institut médico-légal pour faire les premières analyses…

Amelia avait raison : on ne pouvait pas laisser le corps comme ça, à l'air libre. L'odeur allait attirer les mouches, quelqu'un pouvait débarquer à l'improviste, tomber sur le macchabée…

— Tu n'as pas de chambre froide ? demanda Osborne.

— Ce n'est pas une boucherie ici, rétorqua-t-elle sans relever l'euphémisme. Je te rappelle que d'ordinaire je ne dissèque là que les chouettes et les mulots : pas les humains.

Elle ôta ses gants de chirurgie. Osborne grogna en silence. Il y avait bien le congélateur mais le cadavre était trop imposant pour s'y glisser, sans compter que ses muscles allaient bientôt se raidir et qu'il faudrait attendre une douzaine d'heures avant qu'ils ne se relâchent… Devinant ses pensées, c'est elle qui lui donna la solution, la seule.

— Il faut le découper.

Osborne eut comme un goût de verre pilé dans la bouche.

— Le découper ?

— Oui : lui scier les jambes et disposer le tronc dans le congélateur. Normalement il devrait passer.

La voix d'Amelia était soudain de glace. Elle muait. Une mue à l'envers : le papillon retournait dans sa chrysalide, à l'état de larve. Osborne ne dit rien mais ils étaient maintenant aussi pâles l'un que l'autre. Le scier… Il évalua le congélateur, le corps sur la table, le visage las de la biologiste et la peur qui s'y terrait. Lui aussi avait peur. Il avait tué un homme, la sensation était encore diffuse, mais il n'en avait pas encore fini… Le scier.

— Tu n'auras qu'à le mettre là-dedans, dit-elle en sortant deux bâches de plastique noir d'un tiroir coulissant. Il y a plusieurs scies électriques sur l'étagère : prends la plus costaud. Moi j'ai eu ma dose pour cette nuit… (Elle déposa une combinaison blanche sur la table d'inox.) Tiens, ajouta-t-elle, je te conseille de prendre ça…

Fuyant son regard doré sous le néon, Amelia partit se coucher, le laissant seul à la cave avec son grand bout de mort…

Un spectre passa dans le silence du réduit. Osborne aspira le fond de cocaïne qui traînait dans sa poche, ravala l'amertume et, évitant le visage écorché du cadavre, entama son horrible travail de force.

Au début, ce fut plutôt facile : on rentrait dans la chair comme dans du beurre, mais très vite ça devenait un cauchemar, un cauchemar bien réel. La scie bourdonnait, des particules d'os ripaient sous la lame, il en mettait partout, sur la table d'acier et par terre, sur le carrelage ; en crevant l'artère fémorale le sang lui gicla au visage si bien qu'il en fut bientôt recouvert ; c'était tiède. Il serra les dents et les doigts sur la machine qui n'en finissait plus de découper le gamin, ce gamin qu'il avait tué d'une balle à bout portant et qu'il démembrait maintenant, qu'il sciait en deux, comme s'il fallait payer sa dette envers la mort qu'il venait de colporter, messager de mauvais augure, les bras tétanisés par l'effort et le dégoût.

La première cuisse se détacha enfin, soulageant un moment le moteur de la scie, beaucoup trop petite ; restait l'autre jambe. Osborne voulut crier mais ça ne servirait à rien. Il devint alors comme fou : ne sentant plus la douleur de son crâne ni même son épaule meurtrie, il découpa la seconde cuisse en forçant de tout son poids sur la machine qui bientôt atteignit l'os. La lame patinait, le sang lui sautait au visage, le baiser de la mort, la morsure du serpent, il n'était plus qu'une bête sauvage aux babines retroussées sur l'horreur qu'il perpétuait là, sous ses yeux révulsés ; la dope, les traînées écarlates hourdées sur la combinaison, les nerfs sectionnés, les siens à vif, les tendons, il vécut une succession de drames en croyant que cela arrivait à un autre.

La seconde cuisse céda. Osborne lâcha le tout, en transe hallucinatoire. Les lumières crues du néon lui brûlaient les yeux, il transpirait à grosses gouttes, Tagaloa n'avait plus de jambes, il était coupé en deux, son tronc avait quelque chose d'obscène et ils paradaient, les insectes nécrophiles, ils voltigeaient autour de lui, les anges amputés… Il se débarrassa de la combinaison ensanglantée comme si elle le démangeait et se passa la tête sous le robinet d'eau froide. Cette histoire allait le rendre cinglé. Il se sentait déjà partir, il était passé de l'autre côté. Mais il fallait agir vite : Osborne empaqueta le tronc du Maori dans la première bâche et précipita le tout dans le congélateur. Même réduit de moitié, il prenait presque toute la place. Un mauvais rêve. Il attrapa les jambes coupées, à pleines mains, comme s'il s'agissait de parapluies, oui c'est ça, de dégoûtants parapluies, il les fourra dans l'autre bâche plastifiée que lui avait donnée Amelia, puis il nettoya la cave et, toujours sans réfléchir, courut jusqu'à la voiture.

Elle était là, sous l'arbre en fleur où poussait la lune. Osborne jeta la bâche dans le coffre, prit le volant et roula, les yeux grands ouverts, jusqu'à ce que le vent de la nuit le ramène à la raison. Peine perdue.

*

Une décharge en plein air.

Des étoiles à vous crever le ciel.

Nulle âme qui vive sur le bord de route, que les astres.

Osborne claqua la portière du coffre. Le sac plastique paraissait léger dans ses bras mais la sensation était si désagréable qu'il se mit à dévaler la pente, à toute vitesse, comme si le reste du cadavre le poursuivait dans la nuit. L'horreur et la dope le faisaient dérailler. Ou il avait déjà déraillé. En attendant, ses semelles glissaient sur les boîtes de conserve : il manqua de perdre l'équilibre, se rétablit en prenant appui sur un pneu, puis stoppa sa course au pied de la butte, haletant.

La décharge publique s'étendait à perte d'obscurité, monceaux de ferrailles désarticulés sous la lune. Un rat fila entre les machines à laver éventrées. Osborne fureta un moment entre les détritus et les rebuts qui s'amoncelaient, puis s'arrêta. Là c'était bien… Il empoigna la pelle qui la veille avait servi à déterrer le corps d'Ann et commença à fouiller les entrailles de la terre. La pelle cognait contre les boîtes de conserve. Osborne s'enfonça, livide, dans la fange des autres. L'odeur était répugnante, sa tête en feu malgré les sueurs froides qui gouttaient de son front. Il jeta des regards inquiets vers la crête qui se découpait dans la nuit mais aucune voiture ne passait depuis la route. La peur d'être découvert chassa les douleurs de son corps. Il creusa, creusa encore, enseveli sous plusieurs couches d'horreur. Enfin, les muscles tétanisés, Osborne évalua le trou qu'il venait de faire.

Il jeta la bâche plastifiée et, à la hâte, la recouvrit de terre et de déchets. La lune le regardait, blême. Osborne ne pensait à rien : la forme des jambes sous la bâche suffisait.

La sépulture était maintenant achevée. Il crut entendre le bruit d'un véhicule, mais ce n'était que le vent dans le champ de carcasses… Osborne slaloma entre les rebuts, remonta la pente en trébuchant et courut jusqu'à la voiture. Le sang battait contre ses tempes quand il mit le contact : mort, mutilation, meurtre, on évoluait en petit comité.

*

Les lumières d'Auckland faisaient des pointillés de l'autre côté de la baie. Osborne gara la Chevrolet sous le kamashi en fleur.

À l'aube naissante, les mouettes cendrées se disputaient le bruit des vagues. Il fit quelques pas dans le jardin d'Amelia, erra le long des rochers ; après ce qu'il venait de vivre, le ronronnement du ressac avait un étrange pouvoir d'apaisement… Le vent de la mer ameutait les fantômes ; à la lune montante, on les voyait luire sur les surfaces.

L'effet de la cocaïne s'était dissipé. Osborne se sentait soudain vidé, anéanti par ce qu'il venait de faire. Son omoplate blessée lui tira des grimaces, enfin il réussit à se déshabiller. Abandonnant ses vêtements puants sur les rochers, il se glissa dans l'eau. Elle était froide et noire ; lui, brûlant de fièvre, la tête cassée, et des morts qui s'échappaient des fissures… Alors il lâcha prise et se laissa guider par le courant. Son corps suivait le guide, il flotterait jusqu'au spectre d'Hana qui l'attendait au large…

En vain.

Les premières lueurs du jour pointaient quand Osborne remonta vers la maison, nu. La mer avait dissipé les traces de sang sur sa peau, l'odeur de cadavre qu'il colportait, mais pas la fatigue. Il poussa la porte d'entrée, restée entrouverte. Son cœur se raidit : il avait le souvenir d'avoir refermé la porte.

Osborne posa ses affaires sales sur le seuil et attrapa son revolver. Enfin, il poussa la porte. Le loft était plongé dans le noir, on ne distinguait qu'une faible lueur à l'étage. Il écouta les bruits de la nuit, n'entendit que son souffle. Rodé à l'obscurité, il avança vers l'escalier en colimaçon qui menait à la chambre. Son pas grinça légèrement sur les marches. Il vit la chambre plongée dans la pénombre, puis la bougie qui pleurait à chaudes larmes sur le secrétaire… Son cœur battit plus vite : sous le Velux, le lit était vide.

— Amelia ?

Osborne approcha, le doigt sur la détente. Soudain, trahie par le frémissement de la flamme, il sentit une présence dans son dos. Sa respiration se bloqua alors complètement : un doigt passa sur sa joue.

La peur de trouver Amelia morte ne l'avait pas quitté mais Osborne ne dit rien — le bout de ses doigts était très lisse…

6

Une fine pellicule d'aube s'échappait du Velux. Un moustique circulait dans la chambre, tous feux éteints. Couché près d'elle paraît-il endormie, Osborne n'osait plus rien toucher. Oh ! l'animal n'était pas fragile, simplement comme toutes les petites bêtes, elle redoutait les mauvaises surprises…

Sans but précis, incapable de dormir, il regardait Amelia, étendue sur le lit défait. Elle était là, à ses côtés, inerte mais vivante, le ventre couvert de sperme. On le voyait luire faiblement sous la lune, tumulus de ses mauvais sangs morts sur sa peau…

Ah ! spermatique Amelia qui ne prenait pas la pilule mais s'en barbouillait, jouait avec, faisait patauger ses doigts dans la flaque translucide comme avant elle sautait pieds joints dans le caniveau débordant ! Professionnelle Amelia qui avec un grand soin esthétique étalait le précieux lait d'orgasme sur sa peau solaire, s'en parait, s'en passait sur le corps comme une crème de lui, sans oublier le moindre recoin, comme s'il fallait aller jusque-là pour seulement commencer à la pénétrer, comme s'il fallait aller jusque-là pour l'avoir dans tous les pores…

À genoux, le sexe groggy, il l'avait regardée faire, hébété après tout cet amour déversé sur son abdomen.

Loin de le dégoûter, cette application à s'enduire de ses fibres l'avait bouleversé.

L'émotion était là, banale, surnaturelle. Achevant de peaufiner son étrange toilettage, Amelia lui avait dit que maintenant elle l'avait dans la peau, que maintenant ils étaient tous les deux dans le même drap… Son œil brillait au ballet des étoiles finissantes. De quoi parlait-elle : de l'affaire ? d'eux ? Après ce message sibyllin, Amelia avait tourné sa tête sur l'oreiller avant de s'endormir, sans un mot. Lui n'avait rien demandé ; le moment était unique, mieux valait rester sur cet inquiétant chef-d'œuvre…

Il la regardait dormir, un bras replié sous l'oreiller. Son ventre diaphane formait un creux jusqu'aux draps qui, de son sexe, ne laissaient apparaître qu'un pubis châtain et une odeur particulière. Elle poussait parfois de petits cris étranges, comme ceux des animaux qui rêvent… Parcouru de sentiments prodigieux, il observait ses petits seins à l'étale, ses hanches douces, ses cuisses, sa peau…

Il la caressa sans la toucher et, de loin, attendit l'aube.

À la lumière blafarde de la lune, le ventre d'Amelia s'inventait des cadavres ; répandu sur ses vingt-cinq ans, Osborne avait de beaux restes…

7

Jon Timu passa les grilles de l'institut spécialisé, ses gros poings enfoncés dans les poches. Son fils venait de partir avec Josie pour une promenade en bord de mer, il n'avait une fois de plus pas pu les accompagner, le sourire ébahi et confiant que Mark lui avait adressé en le quittant n'en finissait pas de lui trouer le ventre, sa vessie hurlait : c'était comme s'ils ne se verraient plus.

Un mois, peut-être deux, avait dit le docteur Beevan. Ce cruel compte à rebours lui faisait perdre la tête : bien sûr qu'ils se reverraient ! Il organiserait même une grande fête à l'institut, en l'honneur de Mark : son anniversaire était dans six mois mais il trouverait un autre prétexte, Josie l'aiderait, il ferait une sorte d'adieu à son fils, Mark n'y verrait que du feu, c'est sûr, ils seraient tout simplement heureux, oui, il ferait ça, la semaine prochaine ou la suivante : il verrait ça avec Josie et la directrice, ensemble ils lui feraient une fête inoubliable, à lui et aux autres gosses aussi…

Timu traînait sa peine. Quand il se sentait trop seul, il poussait jusqu'aux bars de Saint Heliers Bay où il allait boire deux ou trois cafés chez Vicente, un Italien avec lequel, à défaut de se confier, il discutait le coup autour d'un croissant. Le Maori avait tout misé sur sa carrière : en retour, il avait reçu un chromosome 21, celui qui avait investi le cerveau de leur fils. Helena en était morte. Elle était morte comme on se retire du jeu, et si c'est Beevan qui lui avait donné l'arme du crime, c'est lui qui l'avait tuée, de sang-froid…

Pour une somme de raisons mises bout à bout, abandonner Mark à son sort était depuis longtemps son obsession. Orphelin, qu'allait-il devenir ? Jon avait accepté de monter l'opération pour lui. Au moins assurer son avenir, à défaut du présent : l'institut spécialisé était le meilleur de la ville, quinze mille dollars l'année il pouvait, Jon économisait sur son salaire depuis des années mais la « prime » à elle seule lui assurait dix années de tranquillité. Timu avait pris des dispositions pour ça. L'idée que Mark pût finir sa vie au foyer lui était insupportable : il lui fallait sa chambre, sa télévision, « *Urgences* » et tous ces trucs qui le passionnaient, mais aussi Josie, la piscine, ses copains de barbotage, et bientôt ses premières copines de l'institut…

En attendant, il pissait du sang. Les médicaments du docteur Beevan ne le soulageraient plus longtemps : il faudrait se suicider. Sans doute. Deux mois il avait dit, peut-être trois…

Fumant son cigarillo à volutes serrées, Jon Timu buvait un cappuccino à la terrasse de Vicente, tout à ses viennoiseries, quand une femme s'attabla. Elle portait une chemise épaisse et un colis qu'elle déposa sur la chaise voisine : une Maorie comme lui, ou plutôt une métisse, très brune, les cheveux courts, deux yeux de jade qui le transperçaient.

— Il faut que je vous parle, dit-elle.

Une très jolie femme. Mais son instinct de flic prit vite le dessus — il n'aimait pas sa façon de le dévisager.

— Qui êtes-vous ?

— Peu importe, répondit-elle. Vous avez des nouvelles de votre fils ?

Timu retira le cigarillo humide de sa bouche, oublia aussitôt Vicente, le cappuccino, ses yeux de jade…

— Qu'est-ce que vous lui voulez ?

La métisse déposa un foulard sur la table : un bleu. Celui d'Helena. Le fétiche que Mark ne quittait jamais. Il l'avait encore ce matin. Son sang ne fit qu'un tour.

— D'où vous sortez ça ? s'empourpra-t-il. Que lui est-il arrivé ?

Il fit un geste menaçant mais la fille ne broncha pas.

— Du calme, capitaine, dit-elle : Mark se porte bien, du moins pour le moment. L'éducatrice qui l'accompagnait, en revanche, est un peu fatiguée… (Elle eut une moue plus cruelle qu'ironique.) Mais ne vous inquiétez pas, ajouta-t-elle, il ne leur arrivera rien si vous vous montrez coopératif.

Timu fulminait. Le policier avait disparu sous le père.

— Qu'est-ce que vous lui avez fait ? gronda-t-il. Répondez !

— Parlez moins fort, dit-elle doucement. J'ai un marché à vous proposer.

Enlevé. Mark avait été enlevé. Timu lui attrapa le poignet et le serra jusqu'à ce qu'il craque.

— Où est-il ? siffla-t-il.

— Ne faites pas l'imbécile, vous avez très bien compris la situation.

— Où est-il !

— Lâchez-moi, ordonna-t-elle. Tout de suite.

Ses yeux de jade étaient d'un calme inquiétant. Lui bouillait.

— J'ai un marché à vous proposer, répéta la jeune femme. Lâchez-moi.

Le chef de la police desserra le poing mais pas les dents. Ils paieraient pour ça.

Elle saisit le colis posé sur la chaise voisine et le posa sur la table.

— Voilà comment nous allons procéder…

8

Tom Culhane mâchait un chewing-gum, le troisième depuis ce matin. C'est aujourd'hui qu'ils allaient tenter la fécondation in vitro. L'amour sous verre, qu'au moins il ne jaunisse pas… Tom en était malade. L'enfant qu'ils n'auraient pas de manière naturelle avait dressé entre eux un mur que plus rien ne semblait en mesure d'abattre. Il avait cru que leur libido survivrait à la « soirée barbecue » (comme il disait), sur le coup ça paraissait plausible (ils avaient fait le premier pas, le plus dur d'après les sexologues) et il espérait qu'en renouant le contact physique le reste suivrait, mais il se trompait : Rosemary avait repris sa place sur le canapé devant des séries idiotes, des histoires d'hôpital, d'amour et de meurtres qui n'étaient pas les leurs.

La veille au soir, maladroit, il avait envisagé l'adoption. Le coup du nombre de petits malheureux dans le monde avait fait long feu et c'est le mépris entre les dents qu'elle l'avait envoyé paître, lui et ses belles idées humanitaires, à l'autre bout du lit. Au piquet.

Rosemary devenait méchante. La mère avait chassé la femme, elle l'avait rongée, et de leur amour ne restait que l'os…

Tom risqua un œil par la porte de la chambre. Sortant à peine du lit où elle passait désormais le plus clair de son temps, comme si elle était malade, Rosemary s'apprêtait pour le rendez-vous à la clinique. Elle avait enfilé sa robe et s'excitait maintenant sur la fermeture Éclair.

— Tu veux que je t'aide ?

— Quelle plaie cette robe !

Tom s'approcha. Elle lui allait bien mais ce n'était pas la peine de le lui dire.

— Non, laisse, c'est bon. (Elle força sur le zip.) On est en retard ?

— Non, non, prends ton temps…

Le zip ne cédait pas. Ça l'énervait. Tom hésitait à y mettre les mains, seulement la tension qui émanait de sa femme le repoussait presque physiquement. Sans compter qu'ils allaient finir par être en retard…

Tobby attendait au milieu de la pelouse quand ils quittèrent la maison. Lui aussi avait dû sentir la tension puisque, au lieu de japper tout son soûl en battant leurs mollets de sa queue, l'animal les regarda passer dans l'allée. Dérogeant à ses habitudes, il n'essaya même pas de grimper sur la banquette de la voiture : il fila au contraire vers la niche où il n'allait jamais, la queue basse. Drôle de bête. Tom prit place au volant.

— Je crois que j'ai oublié de fermer à clé, dit-il.

— Tant pis. Allons-y.

Ils arrivèrent en retard à la clinique, à peine dix minutes mais cela suffit à exaspérer Rosemary. Elle marchait devant lui et ses petits pas résonnaient dans les couloirs aseptisés. Tom était nerveux, blessé, et aussi un peu honteux — comme si sa virilité était en jeu. Fécondation en laboratoire : on était loin de l'amour… Premier étage, droite. Le docteur Boorman sortait de son bureau lorsqu'il vit le couple et leurs têtes défaites avancer vers lui comme des bestiaux à l'abattoir. D'ordinaire si sûr de lui, le médecin semblait lui aussi perturbé…

— Écoutez, leur dit-il tout de go, je ne sais pas ce qui

se passe, mais venez. (Il ouvrit une porte.) Entrez dans le bureau, nous serons mieux pour parler…

Tom adressa un regard plein de circonspection à Rosemary, qui avait déjà les larmes aux yeux. Il serra la main de sa femme, solidaire, quoi qu'il arrive…

*

Était-ce ce bout de nuit passé avec Amelia, ce jus de lui versé sur son ventre blanc et les soupirs hypnotiques qu'elle lui avait rendus ? Quand Osborne ouvrit les yeux, le soleil était haut dans le ciel.

Il s'ébroua, les paupières lourdes. Le lit était vide, pas même tiède.

Sur la table de nuit, le réveil électronique affichait midi trente. Il pesta. Amelia était partie au travail avec ses échantillons, aussi silencieuse dans la fuite qu'elle était menue dans ses bras… Il faisait chaud dans la maison. Osborne descendit nu l'escalier en colimaçon, trouva du café au chaud dans une thermos et un mot d'elle sur le bar de la cuisine.

> Cher Paul,
>
> Le moins qu'on puisse dire, c'est que j'ai, grâce à toi, passé une nuit inoubliable. Du cauchemar au rêve il n'y a qu'un pas, qu'on franchit avec toi allégrement. Comme quoi tout arrive à qui sait attendre — le meilleur comme le pire. Tu dormais à poings fermés quand je suis partie (vers huit heures, j'en bâille encore), mais pour une fois que tes yeux de cinglé étaient clos j'ai préféré les laisser en l'état. Quel spectacle tu fais quand tu dors ! On dirait une locomotive écrasée au fond d'un ravin, et qui tourne encore… Marrant. Je ne sais pas à quoi tu carbures mais j'en veux bien encore. (Quel mot charmant, n'est-ce pas ?) Je ne dirais pas la même chose de la situation dans laquelle tu me mets… Bon, je file avant que l'envie de te casser la gueule ou de remonter l'escalier me prenne (je connais deux trois trucs pour réveiller les locomo-

tives écrasées au fond des ravins, qu'elles tournent encore ou non).

Pour ce qui concerne les analyses, c'est l'effervescence à l'institut médico-légal en ce moment : je pense pouvoir faire des heures sup sans attirer l'attention. De retour dans la soirée. Tard sans doute — avec les premiers résultats, du moins je l'espère…

Ne t'amoche pas trop. Toute cette histoire me fout la trouille…

P.-S. 1 : Ne cherche pas les clés de la maison, je laisse ouvert.

P.-S. 2 : Tes affaires sont dans la sécheuse.

P.-S. 3 : Merci pour le mort : c'était mon premier (j'en suis encore toute retournée).

P.-S. 4 : Merci surtout pour l'amour (idem).

A.

Elle était marrante… Sans doute beaucoup plus. Osborne ne savait plus. Il avait adoré son corps, ses gestes, ses mots pour jouir. Il avait aimé jusqu'à ses petits seins, et son sourire malin tandis qu'elle s'enduisait de lui… Ça lui faisait déjà mal au cœur de l'oublier — car il fallait oublier…

Il trouva ses affaires dans la buanderie, propres. Son épaule lui faisait un mal de chien mais il réussit à les enfiler. Depuis les fenêtres du salon, on entendait les vagues et les mouettes qui se les partageaient. Il but un café, mal réveillé, puis un autre, toujours vaporeux. Son paquet de cigarettes traînait sur le bar avec ses clés de voiture, les papiers qu'il trimbalait, son canif, quelques chewing-gums, son portable… Osborne alluma une cigarette, détesta la première bouffée, vit qu'il avait reçu un message.

Il l'écouta en achevant son café, puis se contracta. La voisine de Pita Witkaire avait laissé un message ce matin, à dix heures trente-deux : son mari avait aperçu le Maori au *marae*, « pas plus tard que tout à l'heure », alors qu'il relevait ses pièges à opossums…

*

341, West Coast Road.

À l'ombre grêlée d'un miro multicentenaire, le grand-père d'Hana arrachait les mauvaises herbes qui avaient envahi le petit cimetière derrière le *marae*. En un mois, la végétation avait gagné sur le lopin de terre : une fourche caudine à la main, le vieil homme s'échinait à réparer les dégâts d'une absence prolongée. Osborne le trouva là, penché sur la tombe de sa femme.

— *Tena koe*[1], dit-il.

Le front large et ridé, des cheveux d'un noir bleuté parsemé de gris, de petits yeux farouches dont Osborne connaissait déjà l'expression, Pita Witkaire dévisagea l'intrus. Lui aussi avait beaucoup changé.

— Qu'est-ce que vous voulez ? fit-il en anglais.

Une manière de garder ses distances. C'était fini le *wero*, les *hakas*…

— Je vous cherche depuis des semaines, répliqua Osborne. Vous étiez où ?

Le Maori continuait de le sonder, sur ses gardes.

— En vacances, répondit-il.

— Ah oui ? C'est bizarre parce que personne n'était au courant.

Il ne le croyait pas. Pita se concentra sur ses mauvaises herbes.

— Je ne tiens pas les gens au courant de mes allées et venues, se défendit-il sans relever la tête. Qu'est-ce que vous me voulez ?

1. « Bonjour. »

— Sam Tukao, vous connaissez ?

— Non.

— Un notaire qui exerçait à Mangonui, précisa Osborne. Retrouvé mort dans un charnier de Waikoukou Valley parmi les victimes de Kirk, le tueur en série. Tukao était membre de votre tribu.

Witkaire reprit son sarclage.

— Et alors ?

— Vous êtes une des principales figures tainuies, je me disais que vous pourriez me renseigner…

Il alluma une cigarette. Witkaire avait pris bien des rides, il en courait aux coins de son visage, et il paraissait plus petit…

— Je ne connais pas tous les membres de la tribu, rétorqua-t-il, encore moins votre notaire…

— On l'a torturé à mort avant de l'assassiner. J'ai vu sa veuve du côté de Russell : Tukao a touché une belle enveloppe pour la vente de terres situées à Karikari Bay. Ça non plus ça ne vous dit rien ?

Pita Witkaire secoua la tête d'un air indifférent, toujours penché sur les mauvaises herbes. Osborne se tourna vers le *marae* désert.

— La rencontre intertribale a lieu dans quinze jours : vous avez abandonné vos activités culturelles ?

— J'ai pris ma retraite.

— Depuis quand ?

— La mort de ma femme.

Les branches du pin se balançaient au-dessus du tombeau, une plaque de marbre toute simple avec le nom de Wira gravé dans la pierre. Sous ses airs de patriarche, le vieil activiste semblait surtout triste.

— Et l'école maorie, poursuivit Osborne, les *hakas* : où sont vos danseurs ?

— Je vous dis que je me suis retiré des affaires, grogna-t-il : toutes ces histoires ne me concernent plus.

Ça sentait l'herbe fraîchement coupée et le mensonge à plein nez. Osborne s'approcha du tombeau.

— Et Hana ? dit-il. Elle aussi était danseuse : où est-elle ?

Pita traversa son regard — celui d'un homme aux abois.

— Je ne sais pas.

— Impossible. C'est votre petite-fille. Vous savez forcément où elle est.

— Je vous ai dit que non.

— Vous mentez : vous aussi vous la cherchiez.

Osborne écrasa sa cigarette sur la plaque de marbre, le cœur serré. Sentant le danger, le vieil homme se redressa : le flic se tenait juste au-dessus de lui et ses doigts tremblaient au bout de ses mains.

— Où est-elle ? gronda Osborne. Répondez !

Mais Witkaire n'avait pas peur. Il était devenu comme du fer.

— Hana est malade, dit-il froidement. Elle est malade depuis longtemps… Vous habitiez la même cité, vous êtes au courant, non ?

Il parlait du viol dans la cave. Osborne acquiesça sans desserrer les mâchoires.

— En arrivant parmi nous après le drame, Hana était… *ngakaukawa*. Un cœur amer, poursuivit le Maori. Son *mana* était en danger mais ma femme a réussi à la soigner, à la reconstruire… C'est grâce à elle qu'Hana a pu partir en Europe et poursuivre des études : l'argent que nous lui avons donné ne compte pas dans cette affaire, vous comprenez ? Hana voulait connaître le monde des *pakehas* afin de mieux défendre le nôtre. C'est ce qu'elle disait. Et elle avait raison… Malheureusement, la mort de sa grand-mère a précipité les choses… (Un voile humide tamisa les yeux du vieil homme.) J'ai essayé de la soigner à mon tour, ajouta-t-il, mais je n'ai pas les compétences de ma femme…

Une ombre passa sur le *marae* désert : Osborne revoyait Hana sur le cargo après l'enterrement de la grand-mère, la tristesse et la rage qui flottaient dans ses yeux. Wira était décédée à la suite d'une longue maladie mais Hana ne lui avait jamais dit laquelle : or, cette lueur sauvage dans ses pupilles, elle venait forcément de quelque part…

— De quoi est morte votre femme ?

Pita Witkaire ne répondit rien : deux balles traçantes filaient dans ses yeux. Enfin, il respira profondément et se tourna vers la stèle.

— Pour le Maori, dit-il en substance, la terre est comme un livre. Un livre sur lequel sont inscrits les noms des lacs, des rivières, des montagnes, le réceptacle du bien le plus précieux : ce qui fait le *mana*, la force et le prestige… Le Maori privé de *mana* n'a plus d'existence, plus de repères, plus de *turangawaewae*, c'est-à-dire plus de lieu où il peut se tenir droit… C'est la terre qui assure la cohésion tribale : en perdant la terre qui est son lieu pour se tenir droit, le Maori perd aussi sa propre estime, son orgueil, et son identité. Il perd son *mana*, et aussi sa principale ressource économique…

D'une voix soudain claire, il ajouta :

— L'argent avec lequel on dédommage les tribus maories ne correspond à rien, vous comprenez ? À rien.

Vibrant plaidoyer pour une culture autonome. Osborne n'avait rien à redire là-dessus : le monde courait à sa perte mais il s'en foutait — il n'était plus de ce monde. Seulement Witkaire biaisait.

— C'est pour ça que votre femme est morte ? lâcha-t-il. Parce qu'elle n'avait plus de terre ?

Pita répondit sans ciller :

— Oui. En perdant son lieu de vie, ma femme a perdu son *mana*.

— Tout comme Hana à sa mort, renchérit Osborne. Car c'est le *mana* de sa grand-mère qui la tenait droite : pas la terre. Hana n'y a jamais vécu.

Filtrant des branches épaisses, un rayon de soleil inonda la tombe. Une bouffée de chaleur lui monta au visage — il venait de comprendre.

— Les terres de Karikari Bay appartenaient à votre tribu, n'est-ce pas ? fit Osborne. Wira était une aristocrate, la doyenne de la tribu, la gardienne du savoir et des lieux ancestraux : quand elle a appris qu'on avait vendu les terres des ancêtres pour y construire un complexe touristique, le chagrin a été si fort qu'elle en est morte, c'est ça ?

Witkaire ne bronchait pas, les mâchoires scellées comme la stèle à ses pieds. Deux larmes perlaient pourtant à ses paupières. Osborne eut un sourire mauvais — sa vie défilait devant ses yeux, pleine de cailloux…

— C'est pour ça qu'on a tué Tukao, dit-il : parce qu'il s'est occupé des transactions concernant les parcelles de Karikari Bay. Le site abrite d'anciens *pas* maoris : vous le savez forcément. Le notaire était membre de votre tribu mais personne n'a pu me renseigner sur son compte. Pourquoi ? Parce qu'il est un *kupapa*, c'est ça ? Un traître !

Il tremblait.

— Tukao n'était pas un véritable Tainui, répondit Witkaire. Il faisait partie d'un *hapu,* une sous-tribu…

— Arrêtez vos conneries, s'emporta Osborne : Tukao a été torturé à mort avant d'être désossé ! Des Maoris sont dans le coup, des Maoris tatoués comme les anciens adeptes du culte d'Hauhau !

Pour la première fois, Witkaire sembla surpris.

— Ces pratiques n'ont plus lieu de nos jours, affirma-t-il.

— C'est aussi ce que je croyais mais j'ai trouvé un

type, Tagaloa, qui portait des *mokos* semblables à ceux que portaient les adeptes de la secte. Le terrain de Karikari Bay abrite d'anciens *pas* maoris qu'on fait actuellement sauter à la dynamite : on a assassiné non seulement le notaire qui a monté le projet immobilier, mais aussi la comptable de l'entreprise de construction. Vous le savez, n'est-ce pas ?

Une lueur brilla dans les yeux du vieil homme.

— Non, dit-il. Je ne suis au courant de rien. Mais certaines parcelles du terrain dont vous parlez appartenaient effectivement à ma femme…

Osborne serra les dents. Voilà pourquoi tout le monde se taisait : Tukao était une brebis galeuse, il s'était débrouillé pour vendre les terres qui appartenaient à la tribu depuis des siècles, il avait profité de vides juridiques, de la naïveté de certains et de la cupidité d'autres pour acheter les parcelles et les réunir autour d'un site historique : sa mort n'a chagriné personne et l'*omerta* était de rigueur…

— Qui l'a tué ? demanda-t-il. Zinzan Bee ?

— Je n'en sais rien, répondit Witkaire. C'est la vérité. Et je ne veux pas le savoir.

Fraternité des barbelés. Les Maoris étaient prisonniers d'un monde qui ne leur appartenait plus mais ils restaient solidaires. Osborne n'entendait plus le gazouillis des oiseaux ni les insectes du bush alentour.

— Qu'est-ce que vous savez de Zinzan Bee ?

— La même chose que vous, répondit-il : un ancien activiste, comme moi, mais qui, lui, a viré dans l'indigénisme…

Le rejet de toute forme d'occidentalisation comme réaction face à la globalisation. Une autre forme de racisme. Cette fois-ci, Witkaire ne se cachait plus.

— Adepte d'Hauhau ?

— Peut-être, acquiesça-t-il. Je vous l'ai dit, je ne suis pas au courant de ces pratiques.

— Et vous savez où il est ?

— Zinzan Bee ? Bien sûr que non.

— Pourquoi « bien sûr » ?

— Vous n'êtes pas le seul à le chercher.

— Qui d'autre ?

— Des policiers.

Timu. C'est lui qui l'avait mis sur la piste.

— Kirk faisait partie de la secte, fit Osborne, comme Zinzan Bee. C'est Nepia qui est à leur tête ?

— Je ne sais pas.

Osborne eut envie de lui arracher la tête mais le Maori passa la main sur la mousse accrochée à la stèle de sa femme.

— Hana est avec eux ? demanda Osborne.

Le Maori reprit sa posture de chef.

— De quoi voulez-vous parler ?

— *Whakautua mai tenei patai aku*[1].

Mais le vieil homme s'était définitivement fermé.

— *E noho ra, tama*[2]...

1. « Répondez à ma question. »
2. « Adieu, fils. »

9

L'os perfora la peau de ses lèvres, puis traça une saignée vers la commissure droite de sa bouche. Pour supporter la douleur, Hana se récitait des poèmes, une technique qu'elle avait lue dans des récits de suppliciés. Elle songeait aussi à sa révolte, à toute cette tristesse qui l'avait menée là, à l'enterrement de Wira et aux membres de la tribu qui s'étaient regroupés dans le *marae* : c'est là qu'elle avait appris par la bouche d'un oncle éméché la vente d'un domaine ayant appartenu à la tribu, au nord de la péninsule : personne n'en parlait mais tout le monde avait été témoin de l'agonie de la *kuia*, la maladie c'était bon pour garder l'unité du groupe mais la vérité, c'est qu'en apprenant la vente de la terre de ses ancêtres sa grand-mère était morte de chagrin…

L'os lui déchirait la peau. Ça faisait mal — très mal. Des larmes coulaient sur ses joues, se mêlant au liquide noir qui laisserait une marque indélébile sur son visage. Le ciseau trancha la chair et dériva sur son menton. Elle pensait à Paul aussi, le seul homme qui aurait pu mais n'avait pu, et aux raisons qui l'avaient poussée dans les bras de Nepia, le nouveau *tohunga* de la tribu : tatoueur émérite, expert théologique, érudit, chaman, homme-médecine d'un rang élevé, Nepia était en vérité un sombre illuminé qui l'avait suivie dans son *utu* : Nepia s'était fait l'adepte d'Hauhau, jadis visionnaire fanatique devenu prophète qui utilisait les descriptions apocalyptiques de la Bible pour endoctriner ses disciples. Ils étaient en tout une cinquantaine, tous très jeunes, influençables et corvéables à merci, paumés le plus souvent, abandonnés par les leurs, exclus d'une société qui n'avait plus besoin d'eux, génération sacrifiée sur l'autel du néolibéralisme, des hommes sans projet et sans avenir. Nepia leur en avait proposé un : se venger des *pakehas* qui depuis trop longtemps bafouaient leur honneur.

Son aura avait fait le reste. Ses recrues lui vouaient aujourd'hui un véritable culte et les *mokos* qui ornaient dorénavant leurs visages leur donnaient un sentiment de puissance identitaire qu'ils n'avaient jamais imaginé : ils étaient désormais *tapus,* sacrés.

Hana se fichait bien de leurs motifs, de leur société secrète, de leur foi et même de leur chef. Nepia se prenait pour un demi-dieu et ce n'est pas l'assujettissement aveugle de ses hommes qui allait le ramener sur terre. Hana était venue à lui comme une chienne blessée quémandant une caresse : elle avait flatté sa vanité, son orgueil monstrueux et sa fierté de chef, entrant dans la secte avec un projet bien précis qu'elle lui avait soumis sur l'oreiller, patiente, et l'infatué avait fini par croire que sa vengeance serait la sienne… L'imbécile. C'est elle en réalité qui l'avait manipulé. Depuis le début. Son corps avait fait le reste. Pour une fois qu'il servirait à quelque chose…

Les larmes jaillissaient en cascade. Ses ongles s'étaient plantés dans ses paumes, jusqu'au sang, mais ce n'est pas simplement la douleur qui la faisait pleurer. Sa vengeance assouvie, qu'allait-elle devenir ? Nager peut-être, partir au large et cette fois-ci ne plus revenir. Les requins se chargeraient du reste. Son désespoir était sans fond. Même Pita n'avait rien pu pour elle. Le pauvre lui avait fait de la peine…

— Voilà, dit Nepia. C'est fini…

Le tatoueur s'était redressé. Hana tremblait toujours sur le fauteuil de l'atelier. La douleur était trop forte pour qu'elle puisse encore bouger. Le Maori eut un dernier regard pour son œuvre et, visiblement satisfait, reposa ses ustensiles de torture. Puis il épongea le liquide sombre qui suintait des plaies avant de lui tendre un miroir.

Hana frémit en voyant son visage. Une ligne noire filait désormais le long de sa lèvre supérieure. Au menton, la marque de la tribu tainui.

Les larmes poissaient ses joues. Des larmes de sang.

10

La jambe inclinée sur le lit d'hôpital, Peter Gallaher ruminait, le visage d'une pâleur presque synthétique. Si l'extraction de la balle s'était déroulée sans complication, il ne pourrait pas marcher avant une rééducation sérieuse qui pouvait durer des mois — s'il remarchait un jour. Les fleurs, les cadeaux, les mots compatissants des collègues, la médaille du mérite qu'on lui promettait, tout ça n'y changerait rien : Gallaher était à peu près sûr qu'Osborne lui avait sciemment tiré dans le genou et ce n'est pas une décoration qui allait atténuer sa haine du genre humain.

Face à lui, le chef de la police d'Auckland mâchouillait son cigarillo éteint.

— Vous avez eu le rapport d'Osborne ?

— Non, répondit Timu.

— Comment ça ?

— Il n'y aura pas de rapport Osborne : il n'a plus donné de nouvelles depuis deux jours et n'a toujours pas regagné son hôtel.

Gallaher remua sur son lit d'hôpital.

— Et Culhane ? grimaça-t-il.

— Il dit qu'il ne sait rien.

Le chef du Département criminel tordit sa bouche comme s'il voulait lui faire mal.

— Vous croyez qu'Osborne a découvert quelque chose ?

— Sans doute. Ça n'a de toute façon plus beaucoup d'importance... (Timu attrapa le colis posé sur la chaise voisine.) J'ai reçu ça ce matin, dit-il. Par la poste.

C'était un colis volumineux, tout en longueur. L'épaule bandée, Gallaher ouvrit le carton d'emballage et ne put retenir un frisson : un fémur. On lui avait envoyé un fémur par la poste.

— Ce matin, répéta le capitaine. À mon domicile.

Les petits yeux noirs de Gallaher restaient collés à l'os : il était d'une teinte rougeâtre, avec encore quelques lambeaux de chair accrochés...

— Un os humain ?

Timu inclina la tête, affirmatif. Il lui tombait des cernes. La machine neurologique de Gallaher fit l'enquête à rebours.

— Un fémur d'homme ?

Le Maori secoua la tête, exsangue.

— Non : de femme.

Johann Griffith. On l'avait désossée avant de jeter son cadavre aux requins. Un fémur, comme les autres... L'adrénaline grimpa le col de ses artères.

— Il faut prévenir tout le monde, lança Gallaher.

— C'est déjà fait.

Timu avait les mâchoires plombées. L'idée d'envoyer Osborne chez Melrose était une idée de Gallaher. Une affaire sans trop de risques, d'après lui, d'autant qu'on pouvait le surveiller de près, voire, le cas échéant, le manipuler. En guise de manipulation, Gallaher s'était fait rouler dans la farine et se retrouvait aujourd'hui immobilisé à l'hôpital de la ville pour une durée indéterminée... Timu prit le colis des mains du convalescent et lui jeta un regard plein de certitude :

— Vous êtes un con, Gallaher.

Le chef de la police quitta la chambre, les dents serrées.

Adossés au couloir de l'hôpital, les agents Dowd et Maerthens attendaient comme deux oiseaux mazoutés.

11

En dotant la société maorie de dieux multiples, les ancêtres avaient apporté un agencement du monde adapté à un mode de vie. Ils relataient l'opposition primordiale entre le ciel et la terre, la vie et la mort, l'ici et l'au-delà, le *noa* et le *tapu*, l'ordinaire et le sacré. Ainsi les Maoris définissaient la place de l'homme dans un environnement hostile les condamnant à un âpre combat, une logique d'affrontement continu et inévitable entre les êtres humains. Ce principe du conflit était généré par le recours inévitable au *utu*, la vengeance, comme seule solution à l'avanie : l'affrontement était en quelque sorte validé par les ancêtres-dieux.

Osborne avait compris le message de Pita Witkaire : perdre leur terre était la pire chose qui puisse arriver aux Maoris. Celles de Karikari Bay en l'occurrence. Le *utu* serait à la hauteur du préjudice encouru. Hana et ses complices appliqueraient à la lettre cette puissante règle de réciprocité : positive ou négative, la compensation découlait aussi bien de l'obligation de rendre la pareille que de répondre à l'insulte par l'insulte, à la violence par la violence, afin de recouvrer le *mana* perdu. Selon la tradition, une agression, individuelle ou collective, ne pouvait rester sans suite. Une tribu qui ne se vengeait pas perdait tout crédit. Une idée délirante. À l'image de leur chef, probablement.

Seulement Hana était avec eux. Elle les avait rejoints pour venger la mort de sa grand-mère…

Osborne eut soudain l'impression de basculer : il se rattrapa à une branche de sommeil et s'éveilla à cet instant précis, les yeux rivés sur la route : la Chevrolet roulait sur la file de droite.

Il rétablit l'équilibre *in extremis*, le cœur battant. Combien de temps avait-il dormi ? Une poignée de secondes, tout au plus. La nuit était tombée, les bandes défilaient sur l'asphalte gris, il commençait à perdre l'esprit, à dérailler, à voir des morts partout ; la campagne était pourtant vide, perdue dans ses rêves de chevaux sauvages.

Osborne avait passé le reste de la journée à chercher la trace de Nepia, s'enfonçant loin dans les terres désertées du nord de l'île, mais les personnes qu'il avait interrogées, ancien contact, chef de tribu ou simples membres de la communauté, n'avaient pu le renseigner : le vieux tatoueur de South Auckland avait lui aussi disparu de la circulation. Seule information confirmant ses hypothèses, Nepia serait devenu un *tohunga*, une sorte de sorcier, à la fois chaman et homme-médecine. Ses allusions au culte d'Hauhau avaient cependant laissé ses interlocuteurs de marbre : ces vieilles pratiques guerrières n'avaient *a priori* plus lieu de nos jours…

Une chouette passa dans les phares. Osborne se frotta le visage. Contrecoup de la fatigue accumulée ces derniers jours ou excès d'amphétamines, ses yeux le démangeaient. Il roulait dans la nuit, seul, pied au plancher. Hana était là, quelque part sur ces terres isolées, mais où ?

*

Était-ce sa passion morbide pour les cadavres qui l'avait poussée dans les bras de cet homme ? Ses beaux yeux de cinglé ? Amelia Prescott sifflotait un air qu'elle venait d'inventer, les mains dans la vaisselle du petit déjeuner restée dans l'évier, comme si elle aimait ça la vaisselle… Paul. Paul Osborne. C'était presque une phrase dans sa bouche. Elle se le répétait pour se l'entendre dire, pensait à la nuit passée avec un délice mêlé d'effroi, elle pensait à lui qui dansait sur elle quand, au bout de la course, leurs nerfs s'étaient relâchés, quand il s'était abandonné, elle sentait l'odeur de sa peau, ses mains si douces sur son corps, la sensation du sperme chaud déversé sur son ventre… Amelia n'avait pas fait l'amour depuis des mois, elle voulait recommencer le plus tôt possible, avec lui. Elle dirait oui à tout — elle était prête à tout. Car, au-delà des risques qu'elle prenait pour lui, il s'était passé quelque chose cette nuit, elle le savait : lui non plus n'était pas sorti indemne de son lit…

Minuit sonna quelque part. L'assistante du coroner rentrait de l'institut médico-légal où elle avait fait les premières analyses des *mokos.* Elle s'apprêtait à poursuivre l'autopsie à la cave, en attendant, les restes d'un chili mijotaient dans la casserole et elle se demandait où Paul était encore fourré. Il devrait au moins repasser pour voir les résultats de ses travaux… On sonna alors à l'entrée. Elle n'avait même pas entendu arriver la voiture. Amelia abandonna son éponge dans le reste de mousse et courut jusqu'à la porte.

Son sourire se figea lorsqu'elle vit les deux hommes sur le perron. Le premier était gras, avec des lèvres de guenon, et brandissait une plaque de police.

— Agent Dowd, dit-il. Et voici l'agent Maerthens…

Dans son dos, un grand efflanqué souriait comme un mannequin de cire. Son œil droit était salement amoché, et les vaisseaux explosés lui donnaient un aspect sinistre.

Ils portaient le même complet démodé, chemise blanche et cravate mal assortie.

— Qu'est-ce que vous voulez ? dit-elle.

— Osborne.

Merde.

— Quoi Osborne ?

D'une main, Dowd la poussa à l'intérieur de la maison. Amelia recula, d'abord furieuse, mais se tut : celui qui se tenait en retrait ferma la porte dans son dos, à clé. Dowd la contournait, boitant légèrement. Des yeux, elle chercha une issue de secours.

— N'aggravez pas votre cas, dit le plus gros.

Son œil porcin semblait la déshabiller. S'ils voulaient lui faire peur, c'était réussi. Maerthens croisa ses mains sur son entrejambe, dans la position de celui qui attend que ça se passe. Un numéro bien huilé.

— Vous n'avez pas le droit d'entrer chez moi comme ça, fit-elle sans se démonter. Montrez-moi votre mandat ! Et puis d'abord qui vous envoie ?

L'agent spécial la saisit par les poignets et, forçant à peine, lui broya l'articulation.

— Pas de ça avec nous, ma petite. Nous cherchons Osborne et tu vas me dire où il est.

— Vous me faites mal.

Il n'y avait rien dans les yeux du gros flic, qu'un vide sidéral.

— C'est moi qui parle. Toi tu réponds : où est Osborne ?

— Je n'en sais rien, couina Amelia. Mais lâchez-moi ! s'énerva-t-elle. Vous me faites mal !

Dowd lui tordait le poignet, si fort qu'elle dut mettre genou à terre. Maerthens, qui connaissait la méthode, observait le mobilier. Son acolyte avait fléchi sa bedaine sans relâcher son étreinte.

— Osborne est un petit copain à toi, non ?

— Vous êtes fou !

— Il n'est pas rentré à son hôtel, siffla Dowd. Tu l'as hébergé ?

— Non !

— Tu l'as hébergé parce qu'il te baise ? C'est ça ?

Son haleine rappelait les salles d'autopsie.

— Pauvre type, fit-elle entre ses dents.

Dowd pinça ses petites lèvres et vissa son poignet. Amelia hurla en se contorsionnant sur le parquet.

— C'est ça, il te baise ! Et parce qu'il te baise, tu te crois au-dessus de la loi ! Petite pute !

Il postillonnait. Elle gémit.

— Lâchez-moi…

Dowd la jeta sur le parquet du salon. Amelia glissa jusqu'aux pieds de Maerthens, qui lui planta le genou dans la colonne vertébrale. Elle se tordit de douleur. L'autre lui passa une paire de menottes, serra les bracelets dans son dos.

— Aïe !

Amelia fit un geste pour se réfugier contre le mur quand son visage se figea : un canif luisait sous son nez. Au-dessus, le visage adipeux de l'agent Dowd suait à grosses gouttes. Il y avait autre chose que de la colère dans ces yeux.

— Tu vas parler, petite pute, dit-il, fais-moi confiance…

Amelia ne bougeait plus, tétanisée par la peur. D'un geste brutal, Dowd arracha sa robe, jeta les lambeaux sur le parquet peint et plongea le canif vers son sexe. Amelia lâcha un cri en serrant les cuisses : l'élastique de sa culotte sauta sous la pression de la lame.

— Petite cochonne…

Amelia se recroquevilla au milieu du salon.

— Ça vous coûtera cher, maudit-elle.

Le gros flic ricana avant d'adresser un signe à son

compère, qui la tira par la racine des cheveux. Amelia tenait à peine debout : Dowd lui planta son poing dans le ventre. Amelia s'inclina, le souffle coupé. Un bloc de terre obstruait ses vaisseaux, elle respirait à peine, happant l'oxygène comme un poisson sur le pont. Maerthens l'empoigna de nouveau par le scalp et releva sa tête tandis que l'autre rajustait sa ceinture, l'air satisfait.

— Alors ? Il est où Osborne ?

Amelia ne pouvait pas parler. L'estomac dans la gorge.

Dowd renifla bruyamment, sortit un gant de plastique de la poche de sa veste et l'enfila. Maerthens la tint par les aisselles et la souleva du sol : Dowd en profita pour enfouir sa main gantée sous ses fesses et, forçant le passage de ses gros doigts boudinés, trouva les deux orifices. Il s'enfonça méchamment. Amelia eut une dernière torsion. L'homme aux yeux porcins fouillait en elle, les narines haletantes.

— Alors ? s'écria-t-il. Je vais t'arracher le cul, salope !

Elle fondit en larmes.

Soudain les lumières s'éteignirent. Le compteur avait disjoncté, plongeant la maison dans le noir. L'espace d'une seconde, on n'y vit plus rien.

— Dowd !

Une silhouette s'était glissée dans la pièce, Maerthens venait de l'apercevoir depuis le vestibule. Alerté, Dowd retira vite sa main gantée et fit volte-face quand un *patu* maori lui brisa le crâne.

L'agent spécial bascula en arrière et, trébuchant sur le corps d'Amelia, s'affala sur le sol. Maerthens avait dégainé son Magnum 57 : il cherchait une cible mouvante dans les ténèbres, crut en déceler une, pressa la queue de détente. La balle fit voler en éclats la lampe perchée sur la table. Il tira de nouveau mais une pluie de plâtre se répandit sur le canapé. Une menace à gauche, fugitive :

Maerthens pivota. Le revolver lui gicla littéralement des mains. Il esquissa un geste pour ramasser le calibre mais la massue le percuta en plein visage. Le nez emporté dans un bruit d'osselets, Maerthens chancela un instant sur le parquet.

Osborne serra plus fort le *patu* de Tagaloa. Il avait tué un homme, c'était trop ou pas assez : alors il frappa, de toutes ses forces. L'épaule de Maerthens s'affaissa. La brute chuintait mais ne tombait pas : un flot de sang giclait de son nez, il titubait à la recherche de son arme, encore debout. Osborne frappa de nouveau. La mâchoire de Maerthens se brisa net, emportant quelques dents. Conséquence sans importance : le coup suivant lui fissura la tempe gauche.

Alors il s'écroula d'un bloc.

Un silence lourd de vagues emplit la pièce.

Osborne lâcha la massue, qui tomba à son tour sur le sol. Ses mains tremblaient mais sa tête était vide. Rodé à l'obscurité, il vit trois corps sur le parquet : deux immobiles, baignant dans leur sang, l'autre contre le sofa, recroquevillé dans la position du fœtus… Osborne chassa son ombre dans le miroir. Du pied, il s'assura que les types ne bougeraient plus et remit le disjoncteur.

La lumière du salon l'aveugla un court instant. Amelia n'avait pas bougé. Nue, menottée, elle pleurait doucement. Osborne s'agenouilla près des cadavres, fouilla leurs poches. Une plaque de police : « Agent spécial Maerthens ». L'autre s'appelait Dowd : un gros type au faciès répugnant, le crâne ouvert… Il y avait aussi une blessure plus ancienne, à la paupière droite : la marque laissée par sa clé de voiture… C'était donc eux, les deux flics qui avaient tenté de lui régler son compte, l'autre nuit, derrière l'hôtel. Manquait le troisième homme cagoulé, celui qui tenait le Beretta : il devait actuellement cuver sa haine dans une chambre d'hôpital, estropié à vie — Gallaher…

Osborne se redressa, le cœur chiffonné. Il trouva les clés des menottes dans les poches de Maerthens et libéra les poignets meurtris de la jeune femme. Amelia se tassa un peu plus contre le sofa, comme si elle voulait s'y terrer. Osborne passa sa main poisseuse sur ses cheveux.

— Ils t'ont fait mal ?

Elle ne répondit pas. De grosses larmes perlaient sur ses joues pâles.

— Je les tuerai, murmura-t-il à la lune. Je les tuerai tous…

Une vague s'écroula en contrebas. Amelia soutint son regard :

— Contente-toi de me laisser vivre.

*

Les mains cramponnées au volant de la Chevrolet, Osborne roulait. Au loin, les lumières d'Auckland brillaient comme des cierges. Il revenait de la décharge où il avait enfoui les corps des deux flics — pas à dire : un beau charnier qu'il constituait là… Qu'importe, ce n'était pas le moment de s'interroger sur son destin de tueur. Il avait vérifié les derniers numéros appelés depuis les portables de Dowd et Maerthens : celui de Timu.

C'est donc le chef de la police qui les avait envoyés chez Amelia, à sa recherche… Étaient-ils au courant de leur relation ? Et pourquoi cette violence ?

Il atteignait maintenant les faubourgs de la ville endormie. Le coup était risqué mais il ne pouvait pas laisser Amelia dans cette situation : Osborne déposa les plaques des deux agents spéciaux, le club maori de Tagaloa et l'adresse de la boutique de Nepia devant la porte du domicile du coroner Moorie, dans le quartier chic de

Devonport, un paquet à l'attention du chef de la police. Ça devrait faire son effet et brouiller les pistes : le légiste était de mèche avec Gallaher et Timu, les plaques des deux flics et la massue laisseraient supposer qu'ils avaient été tués, et la piste les enverrait à South Auckland, c'est-à-dire loin d'Amelia. Elle nierait avoir reçu leur visite. D'ici à ce qu'ils l'interrogent, l'assistante du coroner aurait le temps de finir l'autopsie de Tagaloa : car traumatisée ou pas par ce qu'elle venait de vivre, la petite Anglaise avait insisté pour achever son travail de fourmi. Osborne ne savait pas si c'était la haine qui lui donnait du courage, ou l'amour.

Il s'était passé quelque chose la nuit dernière, dans son lit. Il n'arrivait pas à l'oublier : cette application à s'enduire de ses fibres l'avait ému jusqu'aux os… Que venait faire Amelia dans leur histoire ? Jusqu'à présent, depuis toujours, Hana était sa seule obsession. C'est elle qu'il aimait, elle qui le dévorait du sol au plafond. Il avait cherché sa trace dans le corps des autres femmes, il s'était créé des sosies épisodiques, aussi sûr que sans elle il vivait sans horizon : il n'avait jamais songé qu'il pouvait exister une porte de sortie.

Deux femmes. C'était une de trop.

*

Il était quatre heures du matin lorsque James et Andrew O'Brian sortirent du Phénix.

Comme tous les vendredis, les jumeaux s'étaient rendus au club échangiste le plus huppé de la ville. Les fils du maire se contentaient de mater les couples qui s'exhibaient sous les lumières feutrées, et plus particulièrement celle qui, comme ce soir, les accompagnait dans leurs virées nocturnes : Melanie Melrose.

« Peau d'âne. »

Avec le masque qu'elle portait cette nuit-là Osborne ne l'avait pas reconnue, mais c'était elle la fille rachitique qui se faisait chevaucher au bord de la piste. Il ne savait pas ce qui poussait la fille de Melrose à s'humilier de la sorte mais il avait sa petite idée sur la question.

Osborne guettait leur sortie au volant de la Chevrolet. D'après Julian Lung, Ann Brook se rendait au Phénix tous les vendredis : Melanie et les jumeaux O'Brian l'accompagnaient et, en dépit du meurtre de leur petite camarade, les gamins ne dérogeaient pas à leurs habitudes... Osborne s'apprêtait à les intercepter mais les jeunes gens, plutôt que de regagner leurs véhicules, filèrent dans la direction opposée, à savoir l'hôtel qui faisait clignoter son enseigne au bout de la rue. Ils y disparurent aussitôt.

Osborne attendit un moment avant de les suivre. C'était un hôtel haut de gamme, avec une caméra de surveillance à l'entrée. Il sonna. Le veilleur de nuit arriva bientôt, un type au visage spongieux ravagé d'acné. Osborne lui colla son .38 et sa plaque sous le nez avant de le pousser à l'intérieur.

— Aucun danger si tu obéis en fermant ta gueule.

L'homme recula jusqu'au comptoir. Le hall de l'hôtel était désert.

— Tu es seul ici ?

L'autre fit signe que oui. Osborne arracha les fils du téléphone.

— Les trois jeunes, ils viennent souvent ?

— De temps en temps, répondit le veilleur de nuit, peu rassuré.

— Quelle chambre ?

— 122, dit-il. Une suite...

— Il est où le passe ?

— Là, bredouilla l'employé : sur le tableau...

Osborne attrapa la clé en question.

— Ferme l'hôtel, colle-toi derrière ton comptoir et ne bouge plus avant que je redescende, ordonna-t-il.

Le veilleur de nuit opina et obéit sans un mot. Osborne grimpa à l'étage. Une lumière tamisait le couloir. Papier peint dégueulasse. Arrivé devant la 122, il plaqua son oreille. Silence. Pas de lumière sous la porte. Il glissa le passe dans la serrure et, sans bruit, s'introduisit à l'intérieur. La suite était plongée dans le noir mais on devinait des faisceaux lumineux qui couraient par l'embrasure de la porte voisine. Il avança à pas de loup vers le petit salon adjacent. Enfin il les vit : les jumeaux se tenaient debout face à une table de bois verni, surplombant Melanie qu'ils avaient attachée sur le dos, bras et jambes écartés.

La fille de Nick Melrose était nue, un foulard serré autour de la bouche. Les fils O'Brian dirigeaient le faisceau lumineux sur son corps qui se tortillait sur la table : « Salope, pute, chienne », ils marmonnaient devant le spectacle de ses lèvres offertes tout en se masturbant avec la frénésie de leurs vingt ans.

Melanie mimait l'orgasme malgré son bâillon et ses petits seins blancs gigotaient sous le feu des torches. Les jumeaux l'inspectaient par tous les trous, s'empoignaient de plus belle, manifestement très excités par ses gémissements étouffés… Osborne les laissa faire. Les gringalets jouirent presque en même temps, sur le visage de Melanie. À leurs râles, ça avait l'air épatant.

Il alluma alors la lumière en grand.

Les garçons se retournèrent, passablement ahuris. Osborne se tenait dans l'embrasure de la porte avec un sourire mauvais, une arme à la main. Écartelée sur la table, couverte de leurs humeurs, Melanie eut un pauvre regard, de ceux dont on se détache vite : les deux maigrichons balbutiaient on ne sait quoi mais il les coupa vite :

— La ferme !

Melanie cherchait, dans un geste de pudeur impossible, à se cacher de lui, en vain : les liens étaient solides. Les jumeaux restèrent un moment sans voix, le pantalon sur les chevilles. Osborne vissa son silencieux.

— Écoutez, je…

— La ferme !

Il passa une paire de menottes à la conduite de gaz qui courait au-dessus de la fenêtre aux rideaux clos et, les menaçant du revolver, leur fit signe de s'y attacher.

— Une main chacun, précisa-t-il sans desserrer les dents. On se dépêche.

Les fils du maire voulurent remonter leurs pantalons mais d'un claquement de la langue, Osborne les en dispensa. Se hissant sur la pointe des pieds, les jumeaux s'emprisonnèrent à la conduite. Un bras levé, l'autre tentant en vain d'atteindre le pantalon, leurs jambes poilues tremblaient de peur. Pauvres types. Toujours bâillonnée sur la table, Melanie Melrose essayait de croiser les cuisses mais on était loin du compte.

Osborne dénoua le foulard.

— Maintenant tu vas me dire tout ce que tu sais, dit-il d'une voix blanche. Un mensonge, un seul, et j'appelle ton père.

Les joues rouges de honte, Melanie retint son souffle : tout mais pas son père.

Nick Melrose n'avait qu'une fille mais à sa manière l'aimait pour deux. De loin, les uns y voyaient volontiers la patine victorienne d'une éducation paternaliste sévère mais juste. De près, les autres n'y voyaient que du feu : Melanie était son trésor, son bien. Il avait un droit sur elle, celui de la juger, d'en disposer, et aussi de lui montrer le droit chemin. Elle lui en serait un jour reconnaissante. En attendant et en dehors de lui, personne ne la toucherait. Melanie avait juste le droit de sortir avec les fils du maire, deux jeunes gens du même standing qu'il estimait sérieux et corrects. À terme, qu'elle se mariât un jour avec l'un d'eux n'était pas pour lui déplaire — d'ailleurs Phil O'Brian, lui aussi, ne voyait pas cette relation d'un mauvais œil, ils n'en avaient bien sûr jamais parlé mais on s'était compris… Une belle bande d'hypocrites, et complètement à côté de la plaque.

— C'est pour emmerder ton père que tu t'humilies comme ça ?

Melanie le regardait avec des yeux affolés, encore incapable de parler. Osborne se pencha sur elle :

— Je te cause !

— Oui, répondit-elle enfin.

Il opina d'un air entendu. Pendant que Melanie Melrose réglait ses comptes avec son père, Will Tagaloa avait tout loisir de fouiller ses affaires laissées au vestiaire, de faire un double des clés et à la première occasion de cambrioler la maison, seul ou avec des complices… Osborne s'assit sur le rebord de la table et fixa la gamine.

— Je sais à peu près tout sur vos relations, dit-il. Toi, les deux débiles ici présents, Ann Brook, ce qui lie vos parents et leurs employés respectifs. Maintenant cesse de trembler comme une vierge effarouchée et réponds par oui ou par non. Attention c'est parti : Ann Brook était la maîtresse de Michael Lung ?

Melanie inclina la tête, les larmes aux yeux.

— Réponds ou je réveille ton connard de père !

— Oui.

Sa voix n'était qu'un souffle.

— Ann t'a parlé de sa relation avec Lung ?

— Oui !

Elle était déjà à bout de nerfs.

— Michael Lung avait de quoi se payer un petit mannequin sans faire de vagues, poursuivit Osborne : hormis quelques babioles, ce n'est pas Ann qui allait lui réclamer un enfant. Seulement elle avait un gros défaut, elle parlait trop. Et c'est pour ça qu'on l'a tuée ?

Melanie fondit en larmes.

— On l'a tuée parce qu'elle était au courant des magouilles ? Et toi, tu étais au courant ? Ces magouilles ont à voir avec la campagne du maire, forcément : Ann t'en a parlé aussi ?

La jeune fille balbutiait mais ses yeux étaient un livre ouvert.

— Ton père finance la campagne de réélection d'O'Brian via l'obtention du terrain de Karikari Bay, continua Osborne : un marché de plusieurs dizaines de millions de dollars qui doit bien générer quelques valises d'argent liquide, c'est ça ?

Melanie secoua la tête.

— Je… je ne sais pas comment il s'y prend…

Intérêt, communauté de pensée, tolérance zéro, Melrose et O'Brian avaient tout à faire ensemble. Mais, l'époque voulant cela, on durcissait le ton : sécurité, répression, criminalisation, les forts contre les faibles, les riches contre les pauvres, ceux qui fabriquent les couleuvres et ceux qui les avalent, le même phénomène apparaissait dans tout l'Occident. La société néo-zélandaise n'y échapperait pas.

Melanie tirait toujours sur ses liens, ce qui était stupide.

— Pourquoi le Phénix est-il sous surveillance ? insista Osborne. Parce que les huiles viennent y fricoter de temps en temps ?

— Je ne sais pas !

Elle se mit à gémir en se tortillant sur la table. À l'autre bout de la pièce, les jumeaux serraient les fesses.

— Vous alliez au Phénix : vous et qui d'autre ? !

— Peu de gens sont au courant, marmonna la gamine.

Michael allait au club avec Ann mais pas très souvent. Elle venait plutôt avec nous.

— Pourquoi ?

— On s'est connus par le biais de Julian Lung et on ne se mélange pas trop aux vieux. Mon père n'est pas au courant, le leur non plus, fit-elle en se tournant vers ses deux acolytes.

— Tu as vu Ann le soir où elle a été assassinée.

Ce n'était pas une question.

— Oui, fit Melanie. Au club. J'ai eu peur qu'on m'interroge mais il ne s'est rien passé…

L'adolescente avait l'air sincère mais elle se trompait lourdement. Le club échangiste était sous surveillance. Timu et Gallaher travaillaient main dans la main avec le maire. O'Brian savait donc que son conseiller en communication fréquentait Ann Brook et une boîte échangiste. Ann parlait trop, et Lung aussi. Elle risquait de tout foutre en l'air.

— Tu sais qui a tué Ann ? demanda Osborne.

Melanie secoua la tête pour dire non mais elle se mordait les lèvres. Elle aussi avait de sérieux doutes. Il eut un rictus amer — tous ces gens lui donnaient envie de vomir.

— Je vous en prie, gémit-elle, détachez-moi…

Il regarda un instant cette pauvre fille, le visage encore couvert de sperme, puis les crétins menottés. La jeunesse dorée d'Auckland…

Sa montre indiquait quatre heures trente. Osborne prit son portable et composa le numéro de Nick Melrose.

Le businessman dormait mais, à force d'insistance, il finit par se réveiller. Un réveil brutal :

— J'ai trouvé ce que je cherchais, lâcha Osborne. Hôtel Empire, Nelson Street, près de K. Road. Chambre 122. Je vous y attends.

— Quoi ? grogna Melrose à l'autre bout du fil.

— Je vous conseille de vous dépêcher.

Il raccrocha, sous le regard ahuri des gamins.

— Mais…, murmura Melanie. Vous aviez promis…

— La ferme, dit-il en la bâillonnant.

Laissant la gamine écartelée sur la table, Osborne vida les lieux.

Son *utu* à lui.

12

Amelia était penchée sur le morceau de cadavre. Les viscères étaient à l'air et il flottait dans le réduit comme une atmosphère chimique. Aussi pâle que sa combinaison, l'assistante du coroner ne disait rien mais le souvenir de l'agression avait laissé des traces sur son visage. Le bonheur avec Osborne était de courte durée. Le voilà justement qui revenait, la mine sombre.

— Tu as trouvé quelque chose ? dit-il en la trouvant dans son antre.

— Sur l'étagère, répondit-elle du bout du nez.

Ses yeux aussi s'étaient ternis. Osborne attrapa l'enveloppe posée sur l'étagère et lut le premier rapport d'autopsie.

Amelia avait analysé les tissus du visage de Tagaloa et plus particulièrement les cicatrices causées par le *moko*. Comme il le pensait, les incisions n'avaient pas plus de quarante-huit heures. En revanche, les tatouages n'avaient pas été exécutés avec de l'encre mais de manière plus traditionnelle : du charbon de bois. Amelia avait également trouvé du pollen dans les tissus du jeune Maori. Du pohutukawa, un arbre qui fleurissait l'été sur l'île du Nord, et plus particulièrement en bord de mer. Mais le plus surprenant venait de l'ustensile utilisé pour les *mokos* : ce n'était pas une aiguille qui avait provoqué les incisions, ni aucun objet d'acier, mais un ciseau très aiguisé, probablement en os…

Un *uhi*, songea Osborne, le ciseau traditionnel utilisé pour les tatouages, jadis taillé dans l'os des baleines ou… des humains.

Les fémurs.

Voilà pourquoi on ne les avait pas retrouvés dans le charnier de Waikoukou Valley : Nepia et Zinzan Bee en avaient besoin pour tailler des *uhis* et, comme leurs ancêtres adeptes du culte d'Hauhau, tatouer les guerriers avant le combat… Les informations se télescopèrent dans son esprit fatigué : Nepia utilisait du charbon de pohutukawa pour ses *mokos*, un arbre de bord de mer.

Hana était avec eux.

Great Barrier.

La maison qu'il lui avait achetée.

Le sang cognait dans ses veines. C'était comme un flash aveuglant au travers de la tête.

Amelia, le scalpel à la main, venait d'ouvrir la cage thoracique. Osborne se tourna vers elle, livide :

— Tu en as encore pour longtemps ?

— Au moins trois ou quatre heures, répondit-elle sans relâcher son attention.

— Tu ne peux pas rester avec ce type sur les bras, dit-il. Il va falloir s'en débarrasser.

— Pas avant d'avoir fini l'autopsie.

— Trop dangereux. J'ai envoyé Timu et ses acolytes sur une fausse piste mais ils vont bien finir par t'interroger.

— Occupe-toi de tes affaires, je m'occupe des miennes, rétorqua-t-elle sèchement. Qu'ils viennent. De toute façon, je donne ma démission sitôt cette histoire terminée. Mais pas question d'abandonner. Pas maintenant. Je peux trouver d'autres indices.

Osborne maugréa : ça ne lui plaisait pas de la laisser avec le cadavre sur les bras. Pas du tout.

— Je connais un endroit où le cacher, renchérit-elle, pas loin de la maison. En attendant que tu m'en débarrasses…

Il hocha la tête mais son regard avait changé.

— Pourquoi ? relança Amelia. Tu t'en vas ?

— Oui.

— Où ?

— À Great Barrier. Je crois qu'ils sont là-bas.

— Qui ça *ils* ?

Elle.

— Les tueurs, répondit Osborne. Il y a un premier vol à huit heures…

Amelia ne broncha pas : il partait et c'était comme s'ils n'allaient jamais se revoir. Comme si cette nuit n'avait servi à rien, comme si leur amour n'était qu'un échantillon, une émotion jetable… Elle regarda sa montre.

— Il est six heures et demie : tu devrais te dépêcher.

Osborne ne vit pas les larmes qui stagnaient dans ses pupilles : il embrassa sa nuque et, abandonnant un long frisson à la femme qui l'aimait, disparut sans un mot.

*

Les côtes déchiquetées de Great Barrier apparurent depuis le hublot du bimoteur. Ils étaient six à bord, en plus du pilote, un jeune type en manches de chemise qui commentait le vol sous les gloussements des autres passagers, des touristes ; le coucou faisait un boucan de tous les diables, Osborne se tenait penché sur le hublot, trop fatigué pour dormir.

En proie à la confusion et au doute, il revisitait sa vie, celle d'Hana, leurs rendez-vous manqués… Il avait bâti pour elle une maison avec l'argent de ses violeurs et l'espoir de gagner sa rédemption, de se faire pardonner le caillou qu'il lui avait jeté sur le terrain vague de leur enfance, il avait construit une maison pour vivre ensemble mais elle lui avait renvoyé son caillou à la gueule. Au diable. Ce n'était pas d'un mari qu'elle avait besoin mais d'un allié : car Hana connaissait les raisons de la mort de Wira quand elle l'avait rejoint au port de commerce. Sa grand-mère morte de chagrin à l'idée de ne pouvoir être enterrée sur les terres ancestrales, c'était comme si tous ses efforts s'anéantissaient, d'un bloc.

Hana savait déjà qu'elle allait se venger en grimpant sur le cargo : elle l'avait suivi jusqu'à Great Barrier pour le tester, lui le flic « spécialiste de la question maorie », sur le terrain de son *utu*. Accepterait-il de l'aider ? Et lui n'avait rien compris : rien. Il lui avait proposé la paix mais c'est la guerre qu'elle voulait. Alors, de dépit ou de rage, Hana s'était tournée vers Nepia et sa secte d'illuminés pour assouvir sa vengeance… Était-il possible de se comprendre aussi mal ?

Aujourd'hui, lui seul pouvait deviner qu'ils se cacheraient à Great Barrier, dans la maison qu'il avait construite pour elle : était-ce un signe qu'Hana lui envoyait ? Un appel au secours ? Son grand-père n'avait pas réussi à la sortir de là, mais lui le ferait : il la sauverait.

Le bimoteur contourna les pins en bordure d'océan et atterrit sur la piste bosselée. L'aérodrome de Claris se résumait à une cabane plantée au milieu d'un champ. Le Cessna vint se garer devant le baraquement, ventilant les palmiers tranquilles qui s'époumonaient là. Osborne tira sa carcasse de la carlingue tandis que le pilote saluait les passagers, hilares.

Il était à peine dix heures du matin et un soleil mou plafonnait au-dessus des nuages. Odeur de pin, de mer et de kérosène. Il passa la barrière de bois qui délimitait le terrain d'aviation et se dirigea vers le loueur de voitures. La cahute semblait sortir tout droit d'un film de Davy Crockett mais le type avait la tête bien sur les épaules : cent cinquante dollars la journée.

Osborne signa les papiers et prit les clés du véhicule qu'il avait réservé depuis Auckland.

Le 4 × 4 puait le poisson et la cendre froide. Il ouvrit les vitres en grand et quitta le parking improvisé. Claris était constitué d'une vingtaine de maisonnettes éparpillées dans les bois. La montagne se dressait au loin, ravines et bush inextricable accrochés à ses flancs. La portion bitumée s'arrêtait à la sortie du village. Soulevant un nuage de poussière rouge, Osborne suivit la piste et s'enfonça dans la jungle. Rangiwhakaea Bay : la maison se situait à une vingtaine de kilomètres…

Une nuée d'insectes venait percuter le pare-brise déjà crasseux, les cailloux cognaient contre le bas de caisse ; il roula à travers la végétation luxuriante qui bordait la piste et, imperméable à l'odeur de poisson qui empestait l'habitacle, atteignit bientôt Rangiwhakaea Bay. Il stoppa la Chevrolet au sommet de la colline qui dominait le site. Cachées derrière le bush, les criques se succédaient jusqu'à Aiguilles Island. La maison était quelque part en contrebas, invisible depuis la route. On n'apercevait que la baie et les déferlantes sur la plage.

La piste passait non loin du rivage mais un sentier forestier coupait à travers le bush. Osborne écrasa sa cigarette, but un peu d'eau dans la bouteille plastique, vérifia le chargement de son arme — il lui restait cinq balles — et, laissant le 4 × 4 puant à son parking naturel, emprunta le sentier qui sous les pongas géants s'enfonçait dans la jungle.

Les insectes bourdonnaient. Lianes, écorces, branches mortes, c'est toute une armée d'épineux qui l'accompagna à travers la végétation. Il avança prudemment. Les ronces s'accrochaient à sa veste, il avait disparu sous les fougères et c'est à peine si l'on distinguait le soleil au-dessus. Son pied buta contre une racine. Osborne sentit une présence sur sa droite : un pigeon coloré, qui s'envola à son approche… Il chassa la peur qui le ralentissait et se fraya un passage à l'ombre des fougères arborescentes dont les frondes noires défiaient le ciel. Il faisait de plus en plus sombre dans le bush. D'après sa carte, la maison ne devrait plus être très loin… Il approcha, à l'écoute. L'air était étouffant sans la brise du large ; il aperçut alors le toit d'un cabanon, en partie caché par les frondes d'un ponga. Cette cahute n'existait pas l'année dernière, quand il était venu avec Hana… Pas un bruit, rien qui révélât une quelconque activité humaine : Osborne se glissa jusqu'à la cabane isolée et passa un œil par la vitre poussiéreuse : personne à l'intérieur.

Il poussa la porte de bois. Une odeur de tannerie l'assaillit aussitôt, assez repoussante. Sur une table fatiguée trônait une lampe couverte de chiures de mouche, des pots d'encre noire, des compresses et une série de ciseaux à la pointe effilée. Des ciseaux de tatoueur. Osborne en choisit un au hasard, qu'il examina attentivement : de l'os…

L'atelier de Nepia.

Le sang afflua à ses tempes. Il faisait sombre dans le réduit, tout était impeccablement rangé mais il flottait ici comme une odeur de peau. Il vit l'étagère près du fauteuil incliné, et le drap de lin qui la recouvrait. Osborne tira un pan du drap : la vision qu'il eut le fit aussitôt reculer. Une tête coupée : il venait de tomber nez à nez avec une tête coupée.

Une tête d'homme.

La gorge sèche, Osborne se força à regarder la tête décapitée ; des *mokos* partaient en spirale depuis le nez, des courbes fines et compliquées qui recouvraient presque la totalité du visage. Les orbites des yeux étaient vides, affreusement vides, et le nez sectionné. On avait aussi cousu les lèvres, selon la vieille coutume… Malgré la grimace hideuse qui déformait sa bouche et les deux trous béants, il reconnut Zinzan Bee.

Un frisson glacé lui parcourut l'échine. *Mokomokai* : cette tête avait un nom.

Osborne tira alors le drap en entier : il y avait six têtes, soigneusement alignées sur l'étagère, préparées selon les rites. Six Maoris au visage monstrueux — les complices de l'ancien activiste…

Zinzan Bee n'avait pas échappé à Fitzgerald : il l'avait bien abattu dans la forêt. Mais si on n'avait jamais retrouvé son cadavre ni celui de ses complices, c'est parce que Nepia et ses hommes les avaient escamotés pour en prélever les têtes. Comme avant l'arrivée des colons. Les *mokomokais* étaient une vieille pratique guerrière : à l'instar d'autres peuplades indigènes, posséder la tête d'un chef ennemi ou garder celle de son propre aïeul était une marque de pouvoir, de respect, un objet de culte rehaussant le *mana*. Ainsi tatouées et préparées (orbites vidées, nez coupé et lèvres cousues), le *mokomokai* devenait *tapu*, sacré, traitement dont ne bénéficiaient pas les esclaves. Avec l'arrivée des Européens, le commerce de têtes avait fleuri (les marins et aussi les musées du Vieux Monde en réclamaient) jusqu'à ce que le gouvernement britannique interdise cette pratique barbare. Nepia la remettait au goût du jour…

Il y eut alors un bruit de pas à l'extérieur. Un jeune Maori fit irruption dans l'atelier au moment où Osborne faisait volte-face. Aussi surpris l'un que l'autre de se trouver face à face, les deux hommes se dévisagèrent une fraction de seconde. Mains nues, le Maori fut le plus prompt à réagir : il se rua sur la table, saisit l'un des ciseaux d'os et plongea sur Osborne qui attrapa son poignet au vol. Leurs souffles se mêlèrent en une étreinte furieuse. Le Maori chercha à planter le ciseau dans sa glotte, il était très jeune mais déjà puissant comme un taureau : les deux hommes roulèrent sur la table, dispersant les objets rangés là et, dans le même mouvement, tombèrent à terre. Osborne se dégagea très vite : il tira son arme, braqua le canon mais se ravisa.

Assis sur la terre battue de l'atelier, l'autre ne bougeait plus : il observait le filet de sang qui s'écoulait de son ventre, méthodique, comme s'il ne comprenait pas ce qui lui arrivait. En chutant, il s'était planté le ciseau dans l'abdomen : le Maori le tenait encore à la main, enfoncé de moitié, incrédule. Un gamin à la peau claire, les bras couverts de tatouages, toujours les mêmes, avec un voile de douleur sur ses beaux yeux verts. Il voulut ôter le ciseau de ses entrailles mais la force lui manquait. Ses paupières papillonnèrent un instant : il ne vit rien défiler dans sa tête, ne pensa à rien de précis, hormis le fait assez étrange de prendre conscience qu'il perdait conscience, à jamais…

Osborne observa l'agonie. Le dos calé contre la table, le Maori avait les yeux encore mi-clos : son corps glissa lentement sur la terre battue.

Osborne s'ébroua — le bruit allait alerter les autres. Il sortit du cabanon, l'arme à la main. Déjà les sons de plusieurs voix résonnaient depuis le sous-bois, des voix qui venaient vers l'atelier. Il se réfugia sous les frondes des fougères et, à couvert, épia les mouvements le long du sentier. Un groupe d'une demi-douzaine d'hommes approchait, portant des cantines vides. Tatoués pour la plupart. Parmi eux, il reconnut les frères Tagaloa. Englué sous un amas de verdure, Osborne distinguait leurs voix rauques mais il ne saisissait que des bribes… « temps d'y aller… les autres… bientôt… rendez-vous… nuit tombée… ». Des hommes jeunes, tous d'origine maorie, mais d'Hana, pas l'ombre d'un cil.

Le groupe stoppa devant la cahute. Ceux qui portaient les cantines les déposèrent sur le tapis d'épines, l'un d'eux entra dans l'atelier : il en ressortit presque aussitôt et, éructant quelques mots brefs, lança des regards hostiles alentour. Des armes de gros calibre jaillirent des tuniques. Avec ses cinq balles dans le barillet, Osborne n'avait pas une chance : il recula à couvert et se fondit dans la nature. Les images se télescopaient dans sa tête, celles des têtes aux lèvres cousues sur l'étagère et qui semblaient le poursuivre jusque dans les sous-bois, celle de l'adolescent aux yeux ouverts qu'il venait de tuer et le spectre d'Hana, introuvable… Il effectua un large arc de cercle autour de la maison. La main toujours crispée sur la crosse du revolver, il attendit derrière des buissons, à croupetons, le souffle court. Il s'était éloigné du rivage, un kilomètre, peut-être moins. Osborne craignait une battue, une chasse à l'homme blanc, mais rien ne venait. […] Une minute passa, puis deux. N'observant d'autre mouvement que celui des insectes tourbillonnant dans le bush, il revint sur ses pas. Lui tendaient-ils un piège ? Il n'avait vu aucun véhicule le long de la piste, ni entendu le moindre bruit de moteur : les Maoris avaient pourtant un moyen de locomotion.

Osborne atteignit les premières criques disséminées au pied de la falaise. Il aperçut alors le mouillage en contrebas : un bateau à moteur, qui baignait dans l'eau turquoise. Le groupe de Maoris entrevu tout à l'heure avait grimpé à bord et, poussant les cantines au fond du canot, s'apprêtait à lever l'ancre. Un corps gisait près de la cabine — celui du gamin éventré. Les Maoris levèrent l'ancre et partirent sans tarder, à grand renfort d'hélices, vers le large…

Agenouillé sous les tiges géantes qui bordaient la

falaise, Osborne avait compté sept hommes à bord. Aucune femme.

Le canot n'était plus qu'un point blanc sur la mer. Ils filaient plein nord…

Étrange. Pour ne pas dire incompréhensible.

Osborne se dirigea vers la maison, l'arme au poing. Craignant qu'ils aient laissé un homme pour assurer leurs arrières, il passa par la porte de derrière, celle qui donnait sur les bois. Précaution inutile : la maison était vide. Ou plutôt vidée : il n'y avait là plus le moindre vêtement, ni d'effets personnels d'aucune sorte.

Idem pour le cabanon : les ustensiles du tatoueur avaient disparu. Même les têtes avaient été embarquées. Les Maoris avaient levé le camp…

Pour aller où ?

Le soleil était au zénith quand Osborne retrouva la piste. Il pensait à cette histoire de *mokomokai*, à Fitzgerald, aux Maoris qui venaient de lui filer entre les doigts en emportant leurs précieuses têtes. Le cerveau pris dans un étau, les poumons comme des rasoirs, il remonta à grands pas vers la voiture garée plus haut. Un bruit de moteur suppléa les bourdonnements de sa tête : soulevant un nuage de poussière âcre, une camionnette descendait la colline.

Des planches de surf dépassaient du pick-up qui, le voyant ahaner au milieu de la piste, s'arrêta à hauteur. La tête d'un chevelu se pencha par la vitre ouverte.

— Ça va ? lança-t-il depuis la portière. Vous êtes tout pâle…

Osborne ne répondit pas. La peur et les drogues lui avaient rongé le visage.

13

Greg Wheaton épongea son cou à l'aide d'un mouchoir. Il était cinq heures de l'après-midi et les ouvriers venaient de quitter le chantier. C'est lui qui avait les clés du baraquement sud, un bloc d'acier amovible spécialement aménagé pour stocker les explosifs. Deux ingénieurs en sortaient. Davis et Mathews, deux gaillards en chemise à carreaux qui auraient fait de bons seconds rôles dans les westerns de John Ford. Ils venaient de faire les repérages pour le prochain minage, prévu dans deux jours — demain était férié. Ils avaient donc tout laissé en plan, les machines et les pelleteuses, les outils, les blocs de parpaing et les premières fondations, pour aller célébrer en famille la fête nationale.

Au pied de la colline éventrée, les tas de terre et de cailloux s'amoncelaient comme si des taupes géantes y séjournaient. Wheaton était fier de son œuvre. Jamais il n'avait dirigé un tel chantier.

Le transporteur attendait devant le baraquement : hormis quelques bâtons de dynamite, les explosifs les plus dangereux étaient systématiquement rapportés à l'usine. Burke, le chauffeur du camion, avait hâte de charger le stock. La route était longue jusqu'à Wangharei, il ne serait pas rentré chez lui avant vingt heures et il voulait profiter de la soirée pour préparer la journée de chasse du lendemain avec les copains.

— C'est bon ? lança-t-il aux ingénieurs qui discutaient devant le baraquement.

— Oui oui ! Vous pouvez y aller…

Burke baissa le haillon du truck. Fichu métier que de trimbaler des produits dangereux. Même avec les primes de risque, il avait à peine de quoi payer la maison et le reste. Les deux ingénieurs se serrèrent la main en se souhaitant un bon week-end tandis qu'il commençait le chargement.

— Ouais, à lundi, répondit l'autre. Mes amitiés à ta femme !

— De même !

Les deux hommes saluèrent Wheaton, qui bougonnait dans son coin — sa femme était partie avec un autre et, même s'il ne s'était jamais vraiment soucié de cette garce, ça le mettait en rogne rien que d'y penser. Heureusement ça ne lui arrivait pas souvent… Le chef du chantier de Karikari Bay songeait comme tout le monde au week-end à venir lorsque, sortant brusquement du bois voisin, il aperçut deux hommes cagoulés : deux grands types vêtus de noir qui couraient dans leur direction. Il fit un bref panoramique et en vit trois autres, sur la gauche, jaillissant à l'angle du baraquement. Wheaton réalisa alors qu'ils tenaient des armes.

— Putain de merde… Qu'est-ce que c'est que ça ?

En une poignée de secondes, le chef de chantier, les deux ingénieurs et le conducteur du camion se trouvèrent encerclés par un groupe de huit hommes, fusil-mitrailleur au poing. Aucun d'eux ne parlait sous les cagoules noires mais leur carrure était impressionnante.

— Hey ! s'insurgea Mathews en opposant les mains. Du calme ! Qu'est-ce que vous voulez ?!

Le canon d'un revolver se posa sur sa tempe.

— Tu vas sortir ton portable et téléphoner à ta femme, dit la voix du leader. Tu vas lui dire qu'il y a un problème sur le chantier, que tu en as pour la nuit, que tu es désolé mais que tu ne peux pas faire autrement. Tu raccroches très vite, sans faire d'histoires, et tout se passera bien. Dans le cas contraire, vous êtes morts. Vous tous.

Mathews en resta bouche bée. On lui colla son portable à l'oreille.

— Exécution !

Les fusils-mitrailleurs braquaient les autres, qui des yeux l'imploraient d'obéir.

La première partie du plan se déroula comme prévu : les femmes protestèrent, grognèrent, puis obtempérèrent. Rien qui laissât imaginer ce qui arriverait. Après quoi, on donna des ordres par talkie-walkie.

La seconde partie du plan était plus technique puisqu'elle requérait le concours des deux ingénieurs. Chlore, ammoniac, perchlorate d'ammonium, composants de base du propergol, un propulseur de fusées : ce n'est pas la colline qu'ils allaient faire sauter à la dynamite, mais tout le chantier.

*

Un crépuscule maussade tombait au-delà des pins. Hana conduisait vite le long de la piste. Ils étaient partis depuis deux heures et les médicaments n'avaient visiblement aucun effet sur le gamin.

— Où on va ?

— Voir ton père, je te l'ai déjà dit.

— Il est pas là mon père.

— Non, c'est pour ça qu'on y va.

— Où ça ?

— Voir ton père.

— Il est où ?

— Là où on va.
— C'est où ?
— Par là.
— Et Josie, elle est où ?
— Avec ton père.
— Je veux les voir.
— Moi aussi. C'est pour ça qu'on y va.
— Tu les connais ?
— Bien sûr.
— Moi aussi je les connais. Et Josie, tu la connais ?
— C'est ma meilleure copine.
— C'est pas vrai.
— Et pourquoi donc ?
— Elle s'occupe de moi.
— Moi aussi je m'occupe de toi.
— Mais elle c'est ma copine.
— Alors moi aussi je suis ta copine.
— T'es pas Josie.
— Non, mais je la connais.
— T'es pas mon père non plus !

Et Mark se mit à rigoler. Du coup Hana aussi. Jaune — ils arrivaient sur le site.

*

C'était une journée poisseuse, avec un brouillard qui ne se lève que le soir, un brouillard noctambule qui errait à flanc de collines. Jon Timu regarda sa montre, anxieux.

Le rendez-vous était fixé à neuf heures trente, il était presque vingt et il était toujours seul dans la villa de Long Bay — un endroit tranquille près du parc national, loin des mouchards électroniques où ils s'étaient déjà rencontrés deux fois : la première un an plus tôt, quand il avait fallu accorder les intérêts divergents, la seconde fois le mois dernier, pour finaliser les détails de l'opération.

Si au départ tout s'était déroulé selon les plans préétablis, les grains de sable s'étaient accumulés dans l'engrenage ; la disparition du notaire, le vol de la hache chez Nick Melrose, le corps de la comptable rejeté par la mer, puis la confirmation que Tukao faisait partie du charnier de Waikoukou Valley. Leur belle machine de guerre avait d'abord hoqueté avant de se gripper. Ils se réunissaient ce soir pour remédier au problème, statuer de la stratégie à suivre. Timu avait insisté : ils n'avaient pas le choix. Et le temps pressait.

Neuf heures vingt-trois : Phil et Steve O'Brian furent les premiers au rendez-vous. Une berline noire les déposa devant la propriété avant de se garer un peu plus loin, sur le parking de gravier. Outre le chauffeur qui resta près de la voiture, leur garde du corps portait une arme : Mitchell, leur homme de confiance.

— Où sont les autres ? demanda Steve O'Brian.

— Ils ne vont pas tarder, répondit le chef de la police.

Sous ses airs de patriarche qui en a vu d'autres, les gestes de Steve O'Brian trahissaient de la nervosité. À ses côtés, son fils restait silencieux. Michael Lung arrivait à son tour, à bord d'un coupé BMW gris métallisé soudain trop voyant. Ils se saluèrent à peine. Malgré son bronzage et son costume italien, le conseiller en communication lui non plus n'en menait pas large.

— Attendons plutôt à l'intérieur, lança Timu.

Les quatre hommes s'installèrent dans le luxueux salon de la propriété. Michael Lung s'assit sur l'accoudoir d'un club de cuir anglais, dit quelques banalités sans tenir en place, et se dirigea bientôt vers le bar où il se servit un whisky. Dans l'attente, Phil O'Brian refusa le verre qu'on lui proposait. Son visage était sévère et il se grattait la paume des mains, comme pris d'eczéma. Michael Lung se resservit un verre.

Depuis la mort d'Ann Brook, il n'y allait pas de main morte. Un moyen comme un autre de tenir le coup. S'il avait su ce qui arriverait. Tout ça pour une chatte… Michael avait rencontré Ann deux ans plus tôt, une escort girl qu'on lui avait mise dans les pattes après un dîner d'affaires, en guise de dessert, et elle lui avait tellement plu qu'il en avait fait le mannequin en vogue de son agence de pub. Aujourd'hui morte et enterrée… Pauvre fille.

Neuf heures trente : Nick Melrose arriva à son tour, ponctuel, seul. Le businessman n'avait pas peur et tenait à le montrer — vêtu d'un pantalon sportswear et d'un débardeur, la poche de sa veste était alourdie d'un calibre .32. Melrose achevait son prochain best-seller avec l'énergie de ses soixante ans tout en préparant l'expansion du site de Karikari Bay — jonction avec le golf voisin et construction d'une route digne de ce nom — et l'idée de se retrouver tous ici ne l'enchantait pas.

— J'espère que vous avez de bonnes raisons de nous réunir ici, dit-il sans ménager l'autorité du chef de la police.

— Effectivement.

Ils n'attendaient plus que Ruppert Murdell, le magnat de la presse qui, outre chaînes de télé à péage et droits de compétitions sportives, maîtrisait par le jeu d'alliances croisées l'essentiel de la presse néo-zélandaise. Il arriva ce soir-là en limousine, escorté par trois gardes du corps aux regards glacés semblant tout droit sortis de séries américaines.

— Alors ? lança-t-il en guise de bonjour. Qu'est-ce qui se passe ?!

— On va vous l'expliquer, répondit Timu. Asseyez-vous…

Murdell avait des sourcils en bataille et une horloge dans la tête.

— J'ai une heure à vous accorder, annonça-t-il. Pas une minute de plus : je repars pour Sydney par le vol de nuit.

— Asseyez-vous…

Les gardes du corps avaient pris leur poste à l'entrée de la propriété et dans le parc. Mitchell gardait le hall. Ils étaient maintenant tous là, Steve et Phil O'Brian, son conseiller en communication Michael Lung, Nick Melrose, leur principal bailleur de fonds via le projet immobilier de Karikari Bay et quelques pirouettes juridiques, Jon Timu, le chef de la police chargé de la répression, et enfin Ruppert Murdell, venu expressément d'on ne sait où, et qui par presse et télés interposées alimentait la peur, discours sécuritaire à l'appui.

Étranger aux petites affaires de ce pays, Murdell mesurait encore mal l'enjeu de cette réunion. En contrepartie de sa coopération, il avait obtenu le canal hertzien laissé vacant après la faillite d'Aotearoa Television, la chaîne maorie (de mauvais placements, disait-on), et il monterait bientôt sa fameuse chaîne réservée à l'information. Le reste ne l'intéressait pas.

— J'espère que vous ne m'avez pas fait venir jusqu'ici pour un simple problème d'intendance, fit-il remarquer en s'installant.

Le chef de la police se tenait debout au milieu du salon. S'assurant que la porte vitrée était close, il ouvrit alors le paquet qui reposait sur la table basse. Murdell, seul homme ici présent à ne pas connaître la teneur du colis, eut en retour un rictus dégoûté.

— Qu'est-ce que c'est que ça ?

— Le fémur d'une petite comptable, répondit le policier. Je l'ai reçu hier par la poste.

— Une comptable !

— Johann Griffith, assassinée il y a une dizaine de jours. Elle travaillait sur le projet de Karikari Bay.

Si les autres se taisaient, engoncés dans leur colère, Ruppert Murdell voulait être sûr de comprendre.

— Ce qui veut dire ?

— Que celui ou plutôt ceux qui ont assassiné le notaire continuent leur petit jeu de massacre : non seulement ils connaissent nos agissements, mais en plus ils nous narguent.

Le magnat de la presse détacha ses yeux du colis entrouvert.

— La presse indépendante est au courant ?

— Non, répondit Timu. Mais ils nous tiennent.

Une ombre passa sur le visage du maire. Il regrettait toute cette histoire. Son père prit les devants : il se tourna vers Timu, instigateur de cette escapade nocturne.

— J'imagine que si vous nous avez réunis ici ce soir, c'est que vous avez quelque chose à proposer…

— Oui, renchérit Melrose. Cette situation ne peut plus durer : alors ?

Timu alluma un cigarillo. La sueur coulait le long de son cou. Une chouette hulula depuis le parc. La nuit était tombée sur la maison isolée mais il n'y avait pas de chouette dans le parc — pas plus que de hibou. Deux coups de feu retentirent au loin. Ils provenaient de l'entrée du parc. D'un bond, les cinq hommes furent debout.

— Qu'est-ce que c'est que ça ?

Un vent de panique traversa l'assemblée.

— Asseyez-vous, ordonna Timu.

Il tenait un revolver à la main.

— Mais…

— Ne m'obligez pas à tirer, lâcha-t-il d'une voix forte. Je vous ai dit de vous asseoir.

Les hommes s'agitèrent. Le chef de la police les menaçait d'une arme et Mitchell n'en revenait pas. Melrose fut le premier à réagir : il se précipita vers la porte vitrée du salon, qui aussitôt vola en éclats.

— La prochaine ne ratera pas sa cible, prévint Timu.

Melrose s'immobilisa sur le parquet lustré, furieux.

— Jetez votre arme à terre. Tout de suite !

— Si c'est une plaisanterie, commenta Ruppert Murdell, je…

— Ce n'est pas une plaisanterie, gronda le Maori. Jetez votre arme, Melrose, je ne le répéterai pas !

Le businessman s'exécuta à contrecœur.

— Vous êtes fou, dit-il en prenant place sur le canapé.

Aucun d'eux n'était armé, les autres ne s'étaient pour ainsi dire jamais battus de leur vie : même à cinq, comment s'échapper ? Et que faisaient leurs gardes du corps ?

Depuis le fauteuil de cuir où Timu le consignait, le maire reprenait des couleurs.

— Comment osez-vous ? ragea-t-il. Comment vous, qui me devez tout, pouvez-vous nous trahir ?

Le Maori ne répondit pas. Le chef de la police d'Auckland ne se faisait aucune illusion sur sa carrière — elle était déjà terminée. Sa vie suivrait. En attendant, il sauverait Mark.

Murdell fulminait. On l'avait attiré dans un traquenard. Dans la tourmente, seul Michael Lung semblait garder son sang-froid; depuis qu'Ann Brook avait été éliminée, il s'était préparé à tout. Au pire, mais sûrement pas à ça : surgissant de toutes parts, un groupe d'une dizaine d'hommes investit le salon.

Combinaisons sombres, cagoules, arme automatique au poing, les membres du commando les regroupèrent avant de désarmer le policier qui, tête basse, donna son arme de service. De nouveaux coups de feu déchiraient la nuit. Un homme de forte corpulence planta alors son pistolet-mitrailleur dans les reins du maire.

— Dites à vos gardes du corps de cesser le tir : tout de suite.

Un coup de crosse le poussa vers le hall. Phil O'Brian boita jusqu'au seuil de la propriété, un cri dans les reins. Il vit Mitchell et un homme de Murdell revenir en courant vers le perron, un revolver à la main, visiblement paniqués : ils stoppèrent en apercevant le maire et le fusil-mitrailleur planté sous sa glotte.

— Baissez vos armes, dit-il, inutile de résister.

Les gardes du corps hésitèrent un instant, puis obtempérèrent. Quand O'Brian rejoignit le salon, les autres n'avaient pas bougé d'un pouce. L'atmosphère était à la suspicion et les regards louchaient vers Timu, qui avait vieilli de dix ans.

— J'espère que vous savez ce que vous faites, glapit Melrose à ses côtés.

Un Maori de taille plus modeste apparut entre les têtes : Joseph Nepia. Ses longs cheveux gris tressés pour l'occasion, un air de triomphe irradiait son visage découvert.

Jon Timu s'était imaginé un vieil illuminé à la peau fripée de *mokos* mal bleuis par l'épreuve du temps ; l'homme qui se posta devant eux avait des traits étonnamment lisses, réguliers, un visage sans âge qui semblait resurgir du passé.

Zinzan Bee avait été son premier disciple, un disciple un peu trop zélé, imprudent de nature et beaucoup trop pressé d'en finir avec les *pakehas* — à tel point qu'obnubilé par sa vengeance il avait failli tout faire rater : Fitzgerald leur était tombé dessus, créant un véritable carnage. Nepia avait heureusement récupéré le corps du disciple et surtout sa tête, dans la forêt où il l'initiait aux rites…

— Qui êtes-vous ? demanda le premier Melrose.

— Peu importe… Nous sommes tous déjà morts…

On le regarda sans mot dire, stupéfait, méfiant. Le vieil homme jaugeait l'assemblée. Il prit un air contrit, presque fataliste.

— Malentendus, escroqueries, ventes frauduleuses, acquisitions par la force, guerres, traités partiaux… De tout temps vos gouvernements n'ont rien respecté. Aujourd'hui notre peuple agonise sur les ruines de son histoire. Votre monde ne nous tolère plus. Nous n'en avons plus pour longtemps mais nous ne quitterons pas Papatuanuku[1] sans combattre…

Tout à sa vengeance, la face du *tohunga* s'éclaircit brièvement. Sa voix était douce, ses yeux presque mélancoliques… Difficile de dire si cet homme était fou ou s'il représentait le dernier rempart des peuples opprimés.

— Qu'est-ce que c'est que cette mascarade ?! aboya Murdell.

Une rafale claqua dans le jardin. Timu s'interposa à son tour.

— Où est mon fils ?

Nepia eut un sourire médiocre.

— Ne vous en faites pas, répondit-il d'une voix parfaitement calme : il est entre de bonnes mains…

— Nous avons conclu un accord ! protesta le Maori.

— Que vous retrouviez votre fils, oui… Allez, s'agaça-t-il soudain, ne perdons pas de temps !

Les hommes cagoulés leur firent signe d'avancer. Melrose voulut savoir où on les menait mais de violents coups de crosse s'abattirent sur lui : l'écrivain avait beau se protéger la tête, son oreille et son arcade étaient déjà en sang.

1. La Terre.

— Pas de questions ! hurla Nepia.

Les six hommes quittèrent le salon, abasourdis, et sous bonne escorte marchèrent jusqu'au van qui attendait dehors. Leurs poils se hérissèrent lorsqu'ils virent les corps étendus sur la pelouse, criblés de balles : Mitchell, tous les autres, abattus d'une rafale… D'un coup de hache, on leur coupa la tête.

Jon Timu comprit alors qu'on ne lui rendrait pas son fils. Nepia était un fou.

Un fou dangereux.

14

En traquant Kirk, Fitzgerald avait croisé la route de Zinzan Bee. Complice ou pygmalion du jeune tueur polynésien, l'ancien activiste maori vivait sous la férule de Nepia — c'est lui qui les avait initiés au culte d'Hauhau. Découvrant le charnier où ils exécutaient leurs victimes, Fitzgerald avait éliminé Kirk mais aussi Zinzan Bee, comme il l'avait prétendu lors de son dernier contact radio. Seulement Nepia avait escamoté le cadavre afin de réaliser ses fameux *mokomokais*. Fitzgerald connaissait-il l'existence du vieux tatoueur ? L'avait-il fait chanter ? Osborne n'en savait rien. Le suicide de son ami restait un mystère mais la question aujourd'hui n'était plus d'actualité : car si Nepia avait pris le risque de passer derrière Fitzgerald pour récupérer les corps des guerriers morts au combat, cela signifiait aussi qu'il chercherait à récupérer celui de Tagaloa.

Amelia.

Elle était seule avec le cadavre.

Osborne sortit en coup de vent de l'aéroport. Il avait perdu de précieuses heures à attendre le prochain vol pour Auckland, le portable de la biologiste ne répondait pas et il voyait des morts partout.

Il se jeta sur le siège encore tiède de la Chevrolet, vida la bouteille d'eau achetée à la boutique de l'aéroport et quitta le parking en trombe. Il lui restait quelques cachets mais rien pour faire passer l'angoisse. Il alluma une cigarette, serra les dents et ses mains sur le volant. Peu de voitures à circuler sur le motorway.

C'était aujourd'hui la fête nationale, le jour où fut signé le traité de Waitangi, cédant l'essentiel du pays des Maoris à la reine d'Angleterre. Voilà pourquoi Nepia et sa clique avaient quitté leur repaire de Great Barrier précipitamment : ils agiraient aujourd'hui, sur le continent. Un acte symbolique susceptible de sensibiliser l'opinion à la condition autochtone, de réveiller la résistance, quitte à sacrifier la nation maorie dans un suicide collectif.

Les buildings d'Auckland se profilaient à l'horizon vaporeux. Osborne écrasa sa cigarette en fuyant son visage dans le rétroviseur. L'air de la mer par la vitre lui donna un coup de frais, comme un avant-goût de caveau.

*

Te Atatu.

Les fleurs blanches des kamahis dansaient dans la brise du soir. La Honda d'Amelia était garée sous les bouleaux, à la même place que ce matin. Osborne marcha jusqu'à la maison et entra sans sonner. Il fit un pas dans la pièce et, d'instinct, sa main se colla à son arme. Il vit d'abord la traînée de sang sur le parquet peint, puis les jambes qui dépassaient du bar. Il se précipita.

Amelia était allongée là, désarticulée, baignant dans une mare de sang. Sans tête, c'est comme si son corps n'avait pas de sens.

Osborne chancela. Le spectacle de ce buste décapité lui soulevait le cœur. Il manqua de vomir, incapable de détacher ses yeux du cadavre.

Aucun son dans la pièce. Il la regardait étendue sur le sol mais Amelia n'était pas complètement là : il en manquait un bout. Il manquait le plus important. Osborne tomba à terre sans même s'en rendre compte, se pencha sur elle comme pour l'embrasser mais il n'y avait plus de bouche, plus rien. Qu'une mare de sang. Il se sentit soudain gauche et maladroit avec ce bout de femme raccourci : il ne savait plus comment s'y prendre, il ne savait plus par quel bout la prendre. Asphyxié par la vision d'épouvante, Osborne la saisit à bras-le-corps, en serrant contre lui ce monstre qui n'y pouvait rien, le berça longuement…

Ils n'avaient pas simplement partagé un bain de sperme l'autre nuit : Amelia lui avait offert sa vie. Elle l'avait dans la peau, c'est ce qu'elle lui avait dit… La mort : voilà comment il la remerciait.

Osborne gémissait doucement en berçant son amour, il pataugeait dans son sang, il y en avait partout, sur le rebord de la cuisinière, sur les murs, ses mains, sa chemise, il en avait aussi sur son cou et Amelia semblait bien vivante contre lui, encore chaude, si bien qu'un instant il ne sut plus qui tremblait, qui serrait qui, ni pourquoi.

Des larmes coulaient mais ça ne servait à rien : il relâcha soudain son étreinte et le corps décapité retomba sur le sol, dans sa flaque.

Le monstre.

Osborne sortit de la maison, hagard. Ses pas ne se comprenaient plus, ils se déliaient un à un sous les bouleaux, sans ressort. Le crépuscule tombait sur l'océan, l'écume avançait à petites foulées sur les rochers, et tout était de sa faute.

Le monstre.

Il mit un certain temps avant de se calmer les nerfs. Les bruits lui revinrent au compte-gouttes, celui de la mer, des oiseaux. Enfin, il se résigna à retourner vers la maison.

Son instinct de flic reprit le dessus, le temps de comprendre ce qui s'était passé. Amelia avait été tuée ici, entre la porte qui menait à la cave et la cuisine. L'entrée du vestibule avait été forcée : sans doute l'avait-on surprise alors qu'elle remontait du labo. Le sang avait commencé à coaguler sur le parquet. Décès estimé à plusieurs heures. Le cou avait été tranché nettement. Artères et tendons sectionnés au même niveau. Décapitée à la hache, probablement… Osborne retint la boule de graisse fichée dans sa gorge et descendit à la cave.

Le cadavre de Tagaloa avait disparu de la table d'autopsie : on était venu chercher sa tête.

Sa faute.

Tout était de sa faute.

*

Les trottoirs du quartier résidentiel étaient vides, le ciel comme du charbon. Osborne roulait dans un état de confusion proche de l'hébétude. Arrivé à l'angle de Castel Drive, il gara la Chevrolet et marcha d'un pas traînant jusqu'au portail de bois blanc ; la maison de Tom Culhane se situait au fond du cul-de-sac.

Il était à peine dix heures mais aucune lumière ne filtrait des fenêtres ouvertes. Seules les persiennes de l'étage étaient fermées — la chambre à coucher. Quelques moustiques vrombissaient au gré du jardin. Osborne évalua la façade, puis força sans mal la porte coulissante de la terrasse. Le sentant venir de loin, le labrador avait déjà bondi du canapé où il dormait.

— Du calme…

La queue de Tobby avait déjà balayé le guéridon du hall, le napperon et son vase à dix cents. Il fit sortir le jeune chien, referma la baie vitrée sous le regard éploré de l'animal et, la salive mêlée de sang, grimpa à l'étage.

Tom Culhane venait de s'endormir, en proie à des

rêves délicieux. C'était la première fois depuis des années qu'il s'endormait ainsi, et pour cause : contre toute attente, alors que l'espoir s'était réduit à une peau de chagrin, sa femme venait de tomber enceinte. Le docteur Boorman non plus ne comprenait pas : un miracle. Les analyses étaient pourtant mauvaises, mais ce que femme veut... Ils avaient fêté la nouvelle au champagne. Tom avait insisté pour qu'elle boive au moins un verre, Rosemary était tellement contente que dans la confusion elle s'était déjà mise au régime sec, ils avaient dîné aux chandelles, comme avant, puis ils avaient fait l'amour dans la chambre — bien sûr que non ça n'allait pas abîmer l'embryon —, avant de s'endormir, vidés, heureux.

Tom rêvait sans doute à l'enfant qu'ils auraient quand une main se posa sur sa bouche ; il eut un geste brusque en voyant le visage d'Osborne au-dessus de lui, l'index sur les lèvres, qui très vite lui fit signe de sortir.

Le rouquin se tourna vers Rosemary; loin de se réveiller, sa femme dormait à poings fermés. Tom se ressaisit. Il se glissa hors du lit et, prenant soin de ne pas déranger sa femme, suivit l'ombre sur le palier.

— Paul, mais qu'est-ce que tu fais là ? !

Osborne se tut et l'entraîna vers le jardin, où attendait Tobby. La pelouse était humide et le visage d'Osborne bien pâle sous la lune.

— Qu'est-ce qui se passe ? chuchota Culhane.

— On a interrogé Umaga ?

Le type qu'il avait sorti des griffes de Gallaher.

— Tu n'es pas au courant ? s'étonna Tom. Il s'est suicidé. À peine sorti de son anesthésie. Il a apparemment réussi à subtiliser une seringue. On ne sait pas ce qu'Umaga avait à cacher mais il s'est injecté une bulle d'air. Mort avant la visite de l'infirmière de service... C'est pour ça que tu me réveilles en pleine nuit ?

Osborne grimaçait dans la pénombre du jardin. Ça n'avait de toute façon plus d'importance.

— J'ai besoin de ton aide, dit-il.

Tom secoua la tête — c'était bien la première fois qu'il avait besoin de lui.

— Ça ne peut pas attendre demain ? dit-il tout bas. Rosemary vient d'apprendre qu'elle est enceinte, elle risque de s'inquiéter si je…

— Non, ça ne peut pas attendre demain. Ce n'est pas Zinzan Bee qu'il fallait chercher mais Nepia, un vieux tatoueur de South Auckland. Je t'expliquerai tout dans la voiture : pour le moment, habille-toi.

Tom frissonna dans son pyjama à rayures. Tirés du lit, ses pieds étaient pleins d'aube.

— Pour aller où ?

— Je t'expliquerai.

— Mais…

— Il me faut aussi des balles. Des balles de .38. Je n'en ai plus.

Culhane tergiversa sur son coin de pelouse. Tout allait trop vite et il n'avait aucune envie d'abandonner Rosemary. Encore moins maintenant qu'elle portait leur enfant.

Ombre froide sous la lune, Osborne le regardait avec ses yeux de cinglé. Bizarrement, il lui parut plus grand que nature…

— Bon, acquiesça Tom.

Sur la pelouse, Tobby secouait la tête comme s'il courait : Osborne retint le labrador tandis que son maître partait se changer.

Culhane revint bientôt, vêtu d'un jean et d'un pull léger, une boîte de cartouches dans les mains. Il avait aussi son arme de service, un .38 Special. Osborne fourra la moitié des balles dans ses poches. Tom le regardait faire, quelque peu éberlué par son intrusion. Ce n'était pas le moment mais ce ne serait jamais le moment.

— Tu cherches quoi au juste dans cette affaire ?

— Ma femme, répondit Osborne.

— Ta femme ?

— Elle est avec les tueurs, dit-il sans ciller. Il faut que je la sorte de là.

Tom avait l'air embêté dans son pull trop petit. Il se pinça la lèvre.

— Paul, j'ai fait des recherches… Tu n'as pas de femme. Tu n'as même jamais été marié…

Osborne avait fini de charger son arme.

— Qu'est-ce que ça peut foutre ?

Il fila vers le portail.

Culhane soupira.

Tobby, lui, se roulait dans l'herbe.

*

Ils prirent la Ford, plus rapide. Culhane conduisait. Quittant la ville, Osborne lui dit ce qu'il savait. Les hommes de Nepia avaient quitté Great Barrier par bateau : plein nord, c'était leur cap. C'était aussi la direction de Karikari Bay, où Nick Melrose faisait construire le plus vaste chantier hôtelier de la péninsule. Les collines qu'on faisait sauter à la dynamite pour monter le projet immobilier abritaient d'anciens *pas* maoris. Des contestataires menés par un ancien tatoueur reconverti dans le culte antibritannique d'Hauhau cherchaient à bloquer le processus par un acte d'envergure qui aurait lieu aujourd'hui, jour de fête nationale censé honorer les accords de Waitangi. Le lieu et la date ayant une teneur symbolique, Nepia frapperait pour révéler aux consciences endormies la condition des peuples indigènes. À sa manière : celle d'un fanatique.

Ils filaient plein pot sur le motorway désert. Tom posait peu de questions — Osborne avait réponse à tout. Samuel Tukao, Johann Griffith, l'ablation des fémurs pour tatouer les adeptes selon les anciennes traditions, le policier écoutait, les mains crispées sur le volant de la Ford. La hache de Melrose avait été dérobée avec le concours involontaire de sa fille Melanie, qui avec Ann Brook retrouvait la jet-set locale au Phénix, un club échangiste sous protection policière. Ironie du sort, Timu protégeait un lieu dont le portier était lui-même adepte de la secte. C'est Tagaloa qui avait fait le double des clés de la maison. Quant à la hache du vieux chef de guerre, elle servirait à couper des têtes. Celle d'Amelia Prescott était déjà tombée et ils ne s'arrêteraient pas en chemin.

Tom avait dégluti, à court de mots : Amelia, morte. Il eut à peine le temps de gamberger. Osborne poursuivit son exposé, tout en pierre. Ann Brook n'avait pas été assassinée par des repris de justice issus de la communauté maorie, comme on voulait le leur faire croire : la mère de l'un d'eux n'était même pas au courant des remises de peine et les rapports d'autopsie du coroner étaient faux, ou plutôt truqués. Ann avait consommé plusieurs substances qui ne figuraient pas dans les analyses le soir du meurtre, on avait retrouvé trois spermes différents dans son corps mais il en manquait un : le sien. Il était avec elle avant la party chez Julian Lung. Ils s'étaient rendus au club échangiste ensemble, mais l'information n'avait pas transpiré. On n'avait interrogé personne car le Phénix était fréquenté par les huiles locales — Lung, les fils O'Brian. Les médias pouvaient relayer la campagne du maire sur le thème de la tolérance zéro mais pas fourrer leur nez dans les affaires de ceux qui la mettaient en place.

Melrose finançait la campagne de réélection via les valises tirées du chantier en construction, Lung s'occupait de la communication et les médias du reste de la propagande. Le meurtre odieux d'Ann Brook tombait à pic. Tout était programmé, parfaitement organisé : Phil O'Brian annonçait qu'il partait en guerre contre une population jugée menaçante, quelques jours plus tard on retrouvait le corps d'un jeune mannequin sauvagement violé et assassiné, une fille d'origine maorie qui essayait justement de s'en sortir, un beau symbole d'acculturation, bien dans l'esprit des commanditaires de l'opération. Dès lors, on avait sorti trois pauvres types de prison, des Maoris pure souche qu'on avait drogués et tenus au secret pendant quelques jours, le temps de créer des indices concordants, avant de les jeter dans la fosse aux lions.

Gallaher était chargé de les abattre mais, en intervenant, Osborne avait réussi à en sauver un, Umaga, un pauvre gars complètement paniqué qui n'avait pas eu le temps de parler. Gallaher et Timu étaient de mèche avec le maire, son conseiller en communication et leur principal bailleur de fonds, Nick Melrose. Les policiers se chargeaient du terrain, les autres des médias, de l'opinion publique et de l'argent. Le climat de terreur et d'insécurité mis en place, ne restait plus qu'à récolter les votes, soit dit en passant parfaitement démocratiques.

Culhane était de plus en plus nerveux à mesure qu'ils s'enfonçaient dans la campagne. Osborne fumait cigarette sur cigarette, cadavérique dans la pénombre de l'habitacle. Il poursuivit son récit. On avait donc choisi Ann Brook comme victime. Elle était la maîtresse de Michael Lung mais l'écervelée parlait trop. Par le biais du publicitaire, de Melanie Melrose ou des jumeaux O'Brian, Ann avait eu vent de choses qu'elle n'aurait jamais dû savoir. Le jeune mannequin devenait dangereux, en même temps qu'une cible idéale : en l'éliminant, on horrifiait une population déjà ébranlée par une série d'événements sanglants et on s'ôtait une sérieuse épine du pied.

Osborne ne savait pas qui avait eu une idée si tordue, si Lung avait eu son mot à dire dans l'affaire, toujours est-il qu'on avait monté le coup de toutes pièces. Ann Brook n'avait pas été victime d'un meurtre crapuleux mais d'un groupe d'intérêt politico-économique dont la famille O'Brian, Melrose et Timu étaient les têtes pensantes. Au bout du compte, chacun y trouvait son compte : O'Brian en étant réélu, Melrose en développant son business tout en assouvissant sa haine des faibles, en particulier des Maoris dont en bon colonialiste il collectionnait les œuvres et les reliques comme autant de trophées arrachés à l'ennemi, Lung en devenant le leader incontesté du marché publicité-communication. Quant à Timu et Gallaher, en plus d'un joli plan de carrière, leur compte en banque devait avoir sérieusement gonflé…

Tom écoutait toujours, le cœur tirebouchonné sur le siège de la Ford. Osborne n'avait pas tout dit. De fait, il alluma une cigarette avant d'en finir.

Tout aurait pu se dérouler comme prévu s'il n'était pas tombé sur Ann Brook le soir du meurtre. Seulement il était là, il avait traîné avec elle une bonne partie de la nuit, jusqu'à ce fossé où il avait sombré corps et âme. Ce qui s'était passé exactement, il ne pouvait le dire. Ce qui est sûr, c'est qu'Ann n'avait pas été tuée dans le pavillon où squattaient les trois repris de justice, mais sur un terrain vague du quartier de Ponsonby, après la fête de Julian. Les tueurs la suivaient probablement depuis le club privé où ils savaient qu'elle irait, attendant le moment propice. Seulement Osborne avait débarqué à l'improviste sur le chantier ; les tueurs étaient encore présents sur les lieux du crime, Ann Brook aussi. Ils auraient pu lui régler son compte mais il était armé et on avait besoin de lui — il était alors sur une piste encore inexplorée, celle de Pita Witkaire. On l'avait donc épargné, non sans saccager sa chambre d'hôtel et semer la confusion dans son esprit déjà tourmenté, un coup de folie censé l'éloigner de l'affaire Brook où, Osborne le savait en connaissance de cause, il pouvait devenir un suspect en puissance…

Il avait fait exactement l'inverse de ce que l'on attendait de lui : plutôt que de faire profil bas et de se concentrer sur ses affaires, il avait cherché à savoir ce qui s'était réellement déroulé cette nuit-là. Approchant dangereusement de la famille Lung et du club échangiste, n'obtenant pas de résultats concrets quant à l'enquête pour laquelle on l'avait embauché, ou cachant ses découvertes, on avait finalement choisi de l'éliminer. Mais il avait échappé à Gallaher et à ses sbires, puis trouvé en Amelia une alliée. La seule.

Il cracha la fumée de sa cigarette à son visage.

— Car c'est toi, Tom, dit-il : c'est toi qui es venu ce soir-là saccager ma chambre d'hôtel. Toi qui as tordu le cou et dépecé la chatte dans la baignoire. Il n'y a pas de veilleur de nuit à l'hôtel Debrett, tu le savais et tu connaissais le code d'accès. Tu étais censé m'aider dans mes recherches, tu étais surtout là pour me surveiller et rapporter mes faits et gestes à Gallaher. Tu étais avec lui et les autres sur le terrain vague la nuit où Ann Brook a été tuée, n'est-ce pas ? Et c'est toi qu'on a chargé de la petite mise en scène…

Tom avait les mains moites mais à cent trente à l'heure sur la route déserte, que pouvait-il faire ? Sur le siège voisin, Osborne avait son calibre à la main et le regardait d'un œil sinistre. Inutile de nier, il savait tout.

— J'ai fait ça pour Rosemary, expliqua-t-il, la gorge soudain sèche. Elle ne pouvait pas avoir d'enfant et avec les assurances maladie, les traites de la maison, on n'aurait pas pu se payer le meilleur spécialiste du pays. Je… (Sa voix tremblait.) Je suis désolé…

Désolé. Tom le débonnaire était désolé.

Une voix crachota alors dans la radio reliée au central. La standardiste de l'équipe de nuit informait les patrouilles que le capitaine Timu avait disparu et, selon un code visiblement préétabli, on pressait les équipes de rejoindre Long Bay, une propriété près du parc national. Si un plan avait été dressé, il avait manifestement raté…

Osborne et Culhane arrivaient du côté de Whangaroa, à une soixantaine de kilomètres de la péninsule. Loin, très loin de Long Bay.

La nuit était noire, ils avaient couvert une bonne partie du chemin. Osborne braqua son revolver sur la tempe du rouquin.

— Arrête-toi, dit-il.

Culhane tressaillit au contact de l'acier.

— Qu… quoi ?

— Arrête-toi, je te dis.

Les mains du sergent palpitaient sur le volant. Il ralentit l'allure mais ne stoppa pas.

— Non, dit-il en secouant la tête, exsangue. Rosemary va avoir un enfant : tu ne peux quand même pas… Paul…

Sa voix ne pesait pas lourd dans l'habitacle. Osborne ricana malgré lui. Ils roulaient maintenant au ralenti. Pauvre Tom.

— T'en fais pas, mon gros, siffla-t-il d'un air mauvais : je ne vais pas t'abattre comme un chien sur le bord de la route. Arrête, je te dis !

Culhane pila. La Ford fit une brève embardée avant de s'arrêter sur le bas-côté. Rase campagne. Dehors tout était calme, presque trop.

— Pose ton calibre sur le vide-poches, fit Osborne. Avec deux doigts, tout doucement…

Le sergent obéit, des nœuds dans le ventre. Osborne le braquait de son arme, deux lueurs glacées au fond de ses foutus yeux jaunes. Le moteur tournait encore. Tom attendit, les mains sur le volant, comme on attend un jugement.

— Karikari Bay n'est plus très loin maintenant, proféra Osborne. Je suis à peu près sûr que Nepia et sa clique sont là-bas. Sans doute nombreux et armés. Tu as ton portable : le temps de rameuter les unités spéciales, vous pouvez m'y rejoindre d'ici deux ou trois heures. Laisse ton portable ouvert, j'enverrai un message pour confirmation… (Il marqua une pause.) Maintenant fous le camp.

Tom expulsa l'air qui lui comprimait la poitrine : il lui laissait la vie sauve.

Le sergent ouvrit la portière de la Ford et s'extirpa du siège où la peur l'avait collé. Il ne pensait pas au gang de Maoris, à Karikari Bay, juste à sauver sa peau.

Dehors le vent soufflait par bourrasques. Il recula sur la route déserte tandis qu'Osborne prenait place au volant. Un lapin traversa l'asphalte, inconscient. Culhane attendait qu'il parte, les jambes en coton au milieu de la nationale. Osborne lui jeta un dernier regard, comme un caillou.

— J'ai couché avec ta Rosemary l'autre soir, dit-il soudain, dans la cuisine. Pendant que tu dormais… L'enfant qu'elle attend n'est pas de toi, mais de moi.

— Hein ?

— Tu pourras t'en rendre compte dans neuf mois, si tout va bien, dit-il en enclenchant la première. Un petit souvenir de notre collaboration, connard !

15

Des oiseaux de nuit sautillaient sur le golfe de Karikari Bay. Quelques véhicules de standing erraient devant le lounge et le restaurant qui jouxtaient les pelouses impeccables du très select complexe sportif. Minuit passé : Osborne se massa les nerfs de la tête. Il avait déplié une carte d'état-major sur le vide-poches de la Ford et, les reins rompus par le voyage, évaluait la distance qui le séparait des *pas* maoris.

Les hommes de Nepia devaient contrôler la piste menant au chantier, seul accès au site, mais en longeant la côte il était à peine à une demi-heure de marche… Il vérifia le bon fonctionnement de ses armes, deux .38 Special, et laissa la Ford à son parking. Un chemin serpentait entre les greens. Des crampes d'estomac l'accompagnèrent jusqu'à la mer.

Osborne marcha un moment le long de la plage, réveillant des oiseaux assoupis et quelques vieilles douleurs. Il pensait à Amelia, à sa tête qu'il ramènerait au monstre, ce bout d'elle qui lui manquait… Des nuages anthracite émiettaient la lune, fébrile sous les nuages intermittents. Avec la nuit le vent s'était levé, soulevant ses odeurs d'algues et de sel. Il enjamba les obstacles dressés sur sa route, on y voyait à peine dans l'obscurité. Les vagues frappaient la côte, en revenaient toutes blanches. Il n'avait plus d'amphétamines mais des montées d'endorphine lui inventaient d'autres vertiges. La topographie des lieux changea brusquement : le bush avait rogné la plage et tombait maintenant à flanc de colline. Osborne dut escalader des rochers, toujours plein nord, se mêla aux lianes et aux branches qui lui cinglaient le visage. S'accrochant à sa veste, les ronces faisaient tinter les balles au fond de ses poches. Il avançait péniblement parmi les épineux, en ressortait griffé, couvert d'échardes. Il était devenu l'écume du bush. La côte était pourtant là, toute proche, on entendait le bruit du ressac et les oiseaux noctambules qui battaient de l'aile à son approche… Un murmure stoppa net son avancée.

Il se tint immobile : le vent lui ramenait les sons… Des voix, au loin, vite doublées par le fracas des vagues sur la plage…

Un nuage noir dissipa la lune. À croupetons, prenant soin d'éviter les branches mortes comme des mines sous ses pieds, Osborne se glissa vers le rivage. Les voix se firent plus distinctes : il atteignait enfin le site.

Relevant la tête, il aperçut bientôt les cabanons du chantier, et le groupe d'hommes agglutinés au pied de la colline. Une masse opaque se découpait dans le ciel en colère. Éclairés par des torches, ils étaient au moins une vingtaine, des Maoris aux visages tatoués. Ceux qui portaient des uniformes sombres se tenaient en retrait, les autres, torse nu, formaient un cercle autour d'un homme. Caché par les dos musculeux, celui qui semblait être le maître de cérémonie parlait d'une voix monocorde. Du dialecte maori. Des mots immémoriaux qu'Osborne ne saisissait pas bien, des mots d'une autre époque, rituel ancien où l'on appelait les esprits favorables avant le combat.

La cérémonie du *pure*…

Ils étaient là, les adeptes d'Hauhau… Osborne envoya

un message de confirmation à Culhane et avança jusqu'à l'orée du bush. Il cessa alors de penser : autour de lui, même les grillons s'étaient tus. Il crut sentir une présence dans son dos ; il se retourna mais ne vit rien que les ténèbres. La peur. Il serra son arme dans sa paume : elle était maintenant sèche comme du bois. Il se glissa à l'ombre de la lune.

Les Maoris s'étaient regroupés au pied de la colline. Un pan entier avait déjà été dévasté par la dynamite. En vue de la prochaine destruction, les ouvriers avaient creusé une galerie qui s'enfonçait au cœur des anciens *pas*. Osborne stoppa à environ cent mètres, séparé de la troupe par les baraquements de préfabriqué et les premières fondations du complexe hôtelier. Il distinguait la mer à sa gauche, la forêt à droite, îlot noir dans les ténèbres… Le cercle des Maoris s'écarta tout à coup : six hommes apparurent à la lueur des flambeaux. Malgré ses épaules voûtées, Osborne reconnut la tignasse argentée du maire. Melrose suivait, une méchante blessure à la tête… Lung, O'Brian, Timu, ils étaient tous là, les mains liées dans le dos, terrorisés.

On les jeta au milieu du cercle. Les hommes tatoués attendaient sous le crépitement des torches. Nepia entonna alors une sombre mélopée, bientôt reprise par les disciples. Le chaman tenait une écuelle à la main, qu'il présenta aux élus : les initiés s'agenouillèrent et, la tête en arrière, attendirent qu'on leur souffle la poudre brune dans les narines. Timu et les autres observaient la cérémonie, atterrés. Pris de convulsions, les Maoris aux torses huilés vomirent sur le sol. Un murmure grandit depuis la petite foule lorsque Nepia s'injecta à son tour la poudre hallucinatoire. On releva les six initiés, qui s'inclinèrent devant le *tohunga*. Au plus fort de la transe collective, Nepia était le prophète réincarné.

— Venez et assemblez-vous au grand souper de Dieu !

La voix de Nepia tonnait dans la nuit. Des phrases tirées de l'Apocalypse, que les adeptes psalmodiaient à sa suite. Les prisonniers se tenaient les uns contre les autres au centre du cercle qui, avec la transe, allait s'élargissant. Osborne vit alors les têtes disposées autour d'eux, des têtes humaines qui, plantées sur des pics à hauteur d'homme, semblaient narguer les malheureux. Il y avait là les *mokomokais* de Zinzan Bee et des guerriers abattus par Fitzgerald, ces figures hideuses aux lèvres cousues qu'il avait dénichées dans l'atelier de Great Barrier, il y avait aussi des têtes fraîchement coupées : celles des hommes qui travaillaient sur le chantier, des gardes du corps, la tête de Josie, l'éducatrice, et, plus petite, celle d'Amelia… Osborne serra les dents depuis les épineux, deux calibres 38 dans les mains.

Au pied de la colline, Nepia en appelait au divin, aux esprits qui peuplaient son imaginaire délirant. Une clameur ponctua son chant de mort. Épouvantés par les yeux révulsés des Maoris, les prisonniers ne formaient plus qu'une masse compacte. Ils se recroquevillaient sur le sable, comme les sujets d'une expérience qu'on taquinait du scalpel. L'un d'eux implorait, d'autres gémissaient. Seul Timu restait debout, le regard fixe sous les torches. Enfin, le chaman brandit son arme vers le ciel sans étoiles : *Tu-Nui-a-Ranga*, la hache de guerre des ancêtres.

— Voici la robe teinte de sang ! La robe où le Verbe de Dieu, en sortant de ma bouche, frappera les nations ! Avec une verge de fer ! Car nous ne mourrons pas ! Du moins pas seuls ! Venez ! Venez et assemblez-vous pour être au grand souper de Dieu ! Car nous ne mourrons pas, du moins pas seuls !

Les guerriers exultèrent. Ils n'allaient pas demander

une vaste rançon compensatoire en échange de leurs prisonniers : ils allaient les exécuter…

Chassant le visage exsangue d'Amelia au bout de la lance, Osborne balaya le site. Il avait beau chercher sous les torches, Hana ne figurait pas parmi les Maoris. Elle était pourtant ici, quelque part. Il vit un lot de palettes empilées sur les fondations, puis les baraquements des ouvriers en enfilade le long de la plage : l'un d'eux était faiblement éclairé. Gardant la porte, un homme en combinaison noire épiait la côte comme si un quelconque danger pouvait venir de la mer, un pistolet-mitrailleur à l'épaule.

Osborne vissa le silencieux au canon du revolver et rampa sur le sable frais…

Un excellent tireur, avait dit Timu : cessant de respirer, il se tint en position et logea une balle entre les deux omoplates. La sentinelle tomba aussitôt sur le sable, les genoux à terre. Le second projectile lui perfora le cœur.

*

Mark tournait en rond, de plus en plus nerveux à mesure que la nuit tombait. La cabane des ouvriers était exiguë, ça sentait la terre remuée et la sueur froide, le gamin était fatigué, il suffisait de voir sa tête, mais les tranquillisants n'avaient toujours aucun effet sur lui.

— Il est où mon père ? demanda-t-il pour la centième fois. Je veux le voir ! insista-t-il. Et Josie aussi ! J'en ai marre moi, hein ! J'en ai marre !

La colère lui abîmait les yeux. Hana fouilla nerveusement les poches de sa veste : où avait-elle fourré ces maudits cachets… Mark n'avait peut-être pas toutes ses facultés mais il avait compris depuis longtemps que quelque chose n'allait pas ; la virée à la mer avec Josie n'avait, il est vrai, pas duré longtemps, il ne l'avait d'ailleurs plus revue et sa nouvelle éducatrice lui faisait peur. Le pauvre gosse était loin de se douter qu'il lui devait la vie et que sans son insistance on l'aurait décapité, comme les autres. Un simple sursis. Car Nepia l'éliminerait lui aussi, une fois que toutes les têtes ennemies seraient plantées au sommet de la colline sacrée, exhibées aux yeux du monde.

Le cauchemar touchait à sa fin. Seulement Mark n'avait rien à voir là-dedans : fils de *kupapa* ou pas, tout ce qui l'intéressait, c'était ses putains de séries télé.

Hana se demandait comment elle allait se débrouiller pour l'emmener quand elle entendit une sorte de sifflement dehors, suivi d'un bruit de chute… La Maorie oublia un instant l'adolescent en colère et, lui intimant de la boucler, ouvrit la porte du cabanon. Un corps jonchait le sable, parfaitement immobile. Hana se pencha et vit le dos de l'homme, troué par deux balles de gros calibre. La sentinelle.

Le contact froid d'une arme se posa alors contre sa tempe.

— Un cri et tu es morte.

Osborne saisit Hana à la gorge et, d'un jet, l'envoya valser à l'intérieur du cabanon.

Elle retint son souffle. Paul. Paul Osborne : de la peur jusqu'à l'os, un .38 à silencieux à la main et deux boules de feu dans les yeux.

— On m'a dit que tu étais rentré, dit-elle sans amertume : j'aurais dû me méfier.

Le réduit était faiblement éclairé, il ne voyait qu'elle, elle et les tatouages encore noirs qui ornaient ses belles lèvres. Mais il manquait de temps.

— Fitzgerald : il lui est arrivé quoi ?

— Rien, répondit Hana. Il s'est tué tout seul.

— Pourquoi ?

— J'en sais rien.

Osborne avait la gorge sèche :

— Et l'assistante du coroner ?

— Je ne sais pas de qui tu parles et je m'en fous.

— Pas moi.

— J'en ai marre ! lança alors une voix bizarre.

Merde : il y avait un gamin à l'ombre de la lampe à pétrole, un trisomique d'une douzaine d'années qui fronçait les sourcils comme s'il venait d'ailleurs. Osborne maugréa — ce n'était pas du tout prévu dans ses plans.

— Qui c'est celui-là ?

— Le fils de Timu.

— Qu'est-ce qu'il fout là ?

— C'est moi qui m'en occupe, expliqua Hana.

Chose curieuse, la présence d'Osborne sembla rassurer le gosse puisqu'il se réfugia près de lui.

— Y me font peur ces cons-là ! glapit-il d'une voix précipitée. J'en ai marre, hein ! Je veux voir Josie ! Et mon père aussi, hein ! J'en ai marre.

Manquait plus que ça.

— T'en fais pas, mon gars, dit-il, on va filer d'ici en vitesse. (Il se tourna vers Hana.) Toi aussi tu viens avec nous.

La Maorie portait un pantalon et une veste sombre mais aucune arme : Osborne braqua son .38 sur sa belle gueule de sauvage.

— Tu viens avec nous : *tout de suite.*

— Pas avant d'avoir rasé le chantier, dit-elle d'une voix calme. Tout est prêt : il n'y a plus qu'à appuyer sur le détonateur. Les ingénieurs ont miné les fondations. Le détonateur est relié à un branchement en série. Il n'y a que deux gardes. Aide-moi. Après on fera ce que tu veux…

Hana parlait doucement pour ne pas effrayer le gamin qui, à deux pas de là, observait la joute d'un air très concentré. Osborne hésita un instant. Elle dut sentir le flottement.

— La terre ne nous appartient pas, c'est nous qui lui appartenons, enchaîna-t-elle. Je croyais que tu avais compris, Paul… La terre est *tapu*, sacrée. C'est notre équilibre, notre *mana*.

Ses beaux yeux brillaient à la lueur de la lampe à pétrole.

— C'est pas ça qui te rendra ta grand-mère, dit-il.

Hana grimaça de rage. Elle voulut le gifler mais il souriait, avec ses maudits yeux jaunes… Elle le gifla.

Mark eut un geste de recul mais resta dans l'ombre d'Osborne, impassible. Avec ce poids mort, ils avaient encore moins de chances de sortir vivants de ce piège à rats : sans l'aide d'Hana, ils n'en avaient aucune.

Osborne posa le canon du .38 sur sa jolie tête dénaturée.

— Je n'ai pas fait tout ce chemin pour repartir sans toi, dit-il d'une voix blanche.

— Tout ce que je veux, c'est faire sauter ce putain de site.

Hana n'en démordait pas. Plus le temps de tergiverser.

— Ils sont combien dehors ?

— Une trentaine à surveiller le site, rétorqua la Maorie, autant pour la cérémonie.

— J'en ai marre moi, hein !

Mark tremblait comme une feuille. Soudain la porte du cabanon vola en éclats. Osborne envoya valdinguer le gosse, qui s'écroula de tout son long. Deux hommes jaillirent dans le réduit, arrosant les murs et ce qui se trouvait devant. Hana fut projetée contre la table. Celui qui venait de tirer mourut une fraction de seconde plus tard, le visage emporté par le choc hydrostatique. Osborne s'était jeté contre le banc, l'arme à la main. Une nouvelle rafale perfora les étagères métalliques, pulvérisant la lampe à pétrole et les étagères, avant qu'il ne l'ajuste : deux balles tirées coup sur coup, en pleine poitrine. Le Maori recula sous l'impact et, dans une giclée de sang, s'écroula sur le plancher.

— J'en ai marre moi, hein ! J'en ai marre !

Mark était toujours vivant.

Osborne se dressa d'un bond. Une balle lui avait rogné l'épaule mais il ne sentait plus rien. Il faisait noir dans le réduit, ça sentait la poudre et son cœur cognait à tout rompre. Il aida le gamin à se relever. Terrifié par la vision des deux hommes abattus sous ses yeux, le pauvre bégayait des mots incompréhensibles. Osborne repéra alors la silhouette qui, profitant de la pénombre, venait de se glisser au-dehors : Hana.

Il agrippa Mark par la peau du cou.

— Viens avec moi, toi !

L'adolescent fixait toujours les corps à terre : la main d'Osborne le projeta à l'air libre. Mark manqua de buter sur le mort qui gisait à l'entrée, rétablit son équilibre *in extremis*. Osborne guetta les alentours — pas trace d'Hana. Il se tourna vers le trisomique et le prit par les épaules :

— Maintenant tu files jusqu'à la plage, tu t'assois au bord de l'eau et tu attends sans bouger, compris ? (Il le serra fort.) Compris ? !

Comme Mark ne réagissait pas, il l'agrippa par le col de sa chemisette et le poussa de toutes ses forces :

— Allez dégage, merde !

Emporté par l'élan, le gamin trébucha et courut droit devant lui.

La fusillade avait alerté les Maoris. Il en accourait depuis la colline. Osborne se réfugia derrière un tas de briques, chercha Hana dans le clair-obscur du chantier, ne la trouva pas. Putain, où était-elle encore fourrée ? ! Il l'avait vue s'écrouler mais elle était toujours vivante :

elle tenterait de rejoindre le stock d'explosifs. Quel cabanon ? Il y en avait au moins une dizaine, disséminés sur le site. Depuis l'angle où il se tenait terré, Osborne balayait le site lorsque des coups de feu retentirent au loin.

Ils venaient de la piste.

Culhane.

Les forces spéciales.

Tout basculait.

Il contourna la baraque de chantier, évita les deux types en armes qui se précipitaient et repéra enfin la silhouette d'Hana : elle allait vacillante entre les cahutes et les palettes, et se tenait le ventre comme s'il allait s'enfuir. Elle était blessée.

Impression d'irréel sur le chantier en bord de mer : des rafales d'armes automatiques sifflaient depuis la forêt, des torches brûlaient au pied de la colline, les membres de la garde s'étaient éparpillés mais les hommes aux torses nus poursuivaient la cérémonie sous les incantations hallucinées de Nepia. On traînait le *kupapa*, Timu-le-traître qui avait mangé dans la main des puissants et qui maintenant flageolait telle une marionnette au pied du *tohunga,* avant de le plaquer contre le billot. Les autres grelottaient de peur devant les têtes coupées. Il fallait faire vite. On tira Melrose vers le billot. De l'autre côté du site, un véhicule arrivait à toute bombe : des silhouettes armées traversaient les fondations et prenaient position à l'orée de la forêt. Les forces spéciales avançaient mais on organisait la défense.

Profitant de la confusion, Hana s'était traînée jusqu'au chalet de Wheaton et exhortait les gardes à quitter leur poste. Dans la panique, les Maoris hésitaient : devaient-ils se porter en renfort ou continuer à surveiller le stock d'explosifs ? Hana entra d'autorité à l'intérieur du baraquement. La balle avait traversé le ventre sans toucher la colonne mais elle avait soif et du mal à respirer.

Les deux gardes tergiversaient, cherchant une cible dans la nuit sans savoir que c'était eux qu'on visait : Osborne abattit le premier d'une balle au poumon, l'autre à bout portant, à l'abdomen, alors qu'il jaillissait de l'obscurité.

Du pied, il expulsa la porte et fit irruption dans le cabanon. Hana était assise à même le sol, recroquevillée par la douleur. C'est à peine si elle lui adressa un regard : ses mains ensanglantées cherchaient à brancher les fils du détonateur, celui qui ferait sauter le site. Mais elles tremblaient trop. Osborne arracha les fils de ses mains pathétiques et souleva sa tunique : la blessure était moche à voir mais elle pouvait encore s'en sortir.

— Tu peux avancer ? dit-il.

— Oui.

Dehors les coups de feu redoublaient. Osborne empocha le détonateur, prit Hana dans ses bras et la tint debout. La jeune femme grimaçait, les yeux injectés, mais elle avait toujours la même odeur, les mêmes yeux de jade qui lui brisaient le cœur. Elle voulut dire quelque chose mais c'est lui qui l'en empêcha :

— Défile l'enrouleur : je te couvre.

Le visage de la Maorie s'illumina un court instant : il l'aidait. Enfin.

Osborne rechargea ses deux .38, un œil anxieux passé par l'embrasure de la porte. Les rafales continuaient de siffler au-dehors. Hana gémit en faisant un premier pas vers la sortie. Plaqué contre la porte, Osborne lui fit signe d'avancer.

— Le gosse attend sur la plage, dit-il en la tenant contre lui. La voie est libre : maintenant file !

Hana serra les dents et le rouleau de fil électrique qui reliait le détonateur au terrain miné et, sans penser aux balles perdues qui pleuvaient dehors, dégringola vers la plage.

Les unités spéciales livraient une véritable bataille rangée avec les hommes de Nepia qui, regroupés à l'orée de la forêt, tenaient le choc : au pied de la colline, le cercle d'initiés achevait sa cérémonie sanguinaire.

Sourde aux déchirements de son abdomen, Hana clopinait vers la mer, déroulant le précieux fil. Osborne couvrait ses arrières mais, pliant sous le feu de l'ennemi, les Maoris refluaient vers les fondations. Une rafale fit voler le sable à leurs trousses. Hana trébucha, se releva avec peine. Dans un état second, Osborne abattit un homme d'une balle dans le dos, un autre alors qu'il rechargeait son fusil à pompe à l'angle d'un cabanon. Deux balles dans la tête. Il en tuerait d'autres. Il les tuerait tous. La mer écumait un peu plus loin, dans le noir même la lune s'était voilée, Hana psalmodiait de douleur devant lui, ses pieds peinaient sur le sable meuble mais elle ne lâchait pas l'enrouleur.

Mark attendait près du rivage ; dans l'eau, ils avaient peut-être une chance d'échapper au souffle qui allait emporter le site… Osborne rattrapa Hana, crut déceler une présence derrière la bétonnière, se ravisa, fonça droit devant. Encore vingt mètres et ils atteindraient les flots. Soudain une rafale siffla sur l'air de la plage.

Ils tombèrent ensemble.

Osborne roula sur le sable, fit volte-face dans le même mouvement et vida ses deux chargeurs au jugé. Une silhouette s'écroula à l'ombre des baraquements. La douleur jaillit alors, fulgurante. Il enfouit sa main sous sa veste, la ressortit poisseuse.

Étendue à quelques pas de là, Hana bougeait encore. Il rampa jusqu'à elle, une brûlure au fond du ventre. Hana aussi était touchée, aux jambes. Elle grimaçait mais l'artère fémorale était sauve.

— Tu peux te lever ? dit-il.

— Non.

Dans la chute, le détonateur lui avait échappé et reposait un peu plus loin, hors de portée.

Osborne braqua alors son arme en direction de la mer. Venue du rivage, une silhouette maladroite ahanait sur le sable : Mark.

Il les avait vus tomber et arrivait maintenant, ruisselant de peur. Le gamin voulut parler mais Osborne se dressa et le plaqua durement contre le sol : une clameur venait de retentir au pied de la colline. Mark s'effondra sur le sable. À la lueur des torches, une tête fraîchement décapitée trônait au bout d'une lance : celle de son père.

Osborne pesta entre ses dents : la mer n'était qu'à une vingtaine de mètres mais ils ne pourraient jamais l'atteindre. Couchée à ses côtés, Hana tentait de retenir le sang qui coulait de son ventre. Ses pupilles luisaient de douleur mais sa main cherchait désespérément à atteindre l'enrouleur…

— Toujours maorie, hein ?

— Toujours vivante…

Plus pour longtemps : les doigts poisseux, Osborne brancha les fils au détonateur.

Plus haut, les forces de police avaient investi le chantier ; on se tirait dessus entre les baraquements, presque à bout portant, les hommes de Nepia tombaient un à un mais, vu leur défense acharnée, ils se battraient jusqu'au bout. Le branchement était prêt, la charge énorme. Osborne hésita. L'explosion allait souffler les cabanons, le chantier, le site tout entier… Peut-être une chance sur cent d'en réchapper.

Pressé contre lui, le corps d'Hana était brûlant.

— Vas-y, souffla-t-elle.

Le gamin voulut relever la tête mais Osborne le maintint face contre terre.

— J'en ai marre ! balbutia Mark, la bouche pleine de sable.

— Moi aussi, rumina Osborne.

Les yeux d'Hana brillaient sous la lune, mais plus pour lui : il appuya sur le détonateur.

Bibliographie

FRANCINE TOLRON, *Nouvelle-Zélande : du duel au duo ?* Presses universitaires du Mirail.

G. G. LE CAM, *Mythe et stratégie identitaire chez les Maoris de Nouvelle-Zélande*, L'Harmattan.

« Nouvelle-Zélande, laboratoire du néo-libéralisme », *Monde diplomatique*, mai 1997.

S. CROSSMAN ET J.-P. BAROU, *Enquête sur les savoirs indigènes*, Calmann-Lévy.

JEAN DE MAILLARD, *Un monde sans loi*, Stock.

H. G. ROBLEY, *Moko*.

WIRA GARDINER, *Haka, a Living Tradition*.

D. M. STAFFORD, *Tangata whenua*.

JEAN JO SCEMLA, *Le voyage en Polynésie*, Laffont, « Bouquins ».

KERI HULME, *The Bone People*, Flammarion.

REMERCIEMENTS

Ce livre a bénéficié de la bourse Stendhal décernée par le ministère des Affaires Étrangères. Je tiens aussi à remercier l'Alliance française d'Auckland et Pita Shapples, pour son *wero* au *marae* de West Coast Road... Remerciements appuyés à mes courageux lecteurs, notamment Olivier Mau et Jean-Jacques Reboux, riches d'encouragements et de conseils avisés, ainsi que Sophie Couronne pour l'ultime caillasse d'un édifice jusqu'alors bien chancelant.

DU MÊME AUTEUR

Aux Éditions Gallimard

Dans la collection Série Noire

MAPUCHE, 2012, Folio Policier n° 708.

ZULU, 2008, Folio Policier n° 584.

UTU, 2004, n° 2715 et Folio Policier n° 500.

PLUTÔT CREVER, n° 2644, 2002 et Folio Policier n° 423.

Dans la collection Folio Policier

LA JAMBE GAUCHE DE JOE STRUMMER, 2007, n° 467.

SAGA MAORIE, 2011, n° 634.

Dans la collection Folio 2 €

PETIT ÉLOGE DE L'EXCÈS, 2006, n° 4483.

Aux Éditions Baleine

HAKA, 1998, Folio Policier n° 286.

Dans la collection Le Poulpe

D'AMOUR ET DOPE FRAÎCHE, 2009, coécrit avec Sophie Couronne, Folio Policier n°681.

Chez d'autres éditeurs

COMMENT DEVENIR ÉCRIVAIN QUAND ON VIENT DE LA GRANDE PLOUQUERIE INTERNATIONALE, Le Seuil, 2013.

NOUVEAU MONDE INC, La Tengo éditions, 2011.

QUEUE DU BONHEUR, Édité par le MAC/VAL, 2008, d'après l'œuvre du plasticien Claude Clotsky.

RACLÉE DE VERTS, Éditions La Branche, collection Suite noire, 2007.

Aux Éditions Pocket Jeunesse

KROTOKUS Ier, ROI DES ANIMAUX, illustré par Christian Heinrich, 2010.

Aux Éditions Thierry Magnier

MA LANGUE DE FER, littérature jeunesse, collection Petite poche, 2007.

JOUR DE COLÈRE, littérature jeunesse, collection Petite poche, 2003.

Aux Éditions Syros

ALICE AU MAROC, littérature jeunesse, collection Souris noire, 2009.

LA DERNIÈRE DANSE DES MAORIS, littérature jeunesse, collection Souris noire, 2007.

LA CAGE AUX LIONNES, littérature jeunesse, collection Souris noire, 2006.

COLLECTION FOLIO POLICIER

Dernières parutions

503. Olen Steinhauer	*Niet camarade*
504. Christine Adamo	*Noir austral*
505. Arkadi & Gueorgui Vaïner	*La corde et la pierre*
506. Marcus Malte	*Carnage, constellation*
507. Joe R. Lansdale	*Sur la ligne noire*
508. Matilde Asensi	*Le dernier Caton*
509. Gunnar Staalesen	*Anges déchus*
510. Yasmina Khadra	*Le quatuor algérien*
511. Hervé Claude	*Riches, cruels et fardés*
512. Lalie Walker	*La stratégie du fou*
513. Leif Davidsen	*L'ennemi dans le miroir*
514. James Hadley Chase	*Pochette surprise*
515. Ned Crabb	*La bouffe est chouette à Fatchakulla*
516. Larry Brown	*L'usine à lapins*
517. James Hadley Chase	*Une manche et la belle*
518. Graham Hurley	*Les quais de la blanche*
519. Marcus Malte	*La part des chiens*
520. Abasse Ndione	*Ramata*
521. Chantal Pelletier	*More is less*
522. Carlene Thompson	*Le crime des roses*
523. Ken Bruen	*Le martyre des Magdalènes*
525. James Hadley Chase	*Vipère au sein*
526. James Hadley Chase	*Alerte aux croque-morts*
527. Jo Nesbø	*L'étoile du diable*
528. Thierry Bourcy	*L'arme secrète de Louis Renault*
529. Béatrice Joyaud	*Plaisir en bouche*
531. Patrick Pécherot	*Boulevard des Branques*
532. Larry Brown	*Fay*

533. Thomas H. Cook — *Les rues de feu*
534. Carlene Thompson — *Six de Cœur*
535. Carlene Thompson — *Noir comme le souvenir*
536. Olen Steinhauer — *36, boulevard Yalta*
537. Raymond Chandler — *Un tueur sous la pluie*
538. Charlie Williams — *Les allongés*
539. DOA — *Citoyens clandestins*
540. Thierry Bourcy — *Le château d'Amberville*
541. Jonathan Trigell — *Jeux d'enfants*
542. Bernhard Schlink — *La fin de Selb*
543. Jean-Bernard Pouy — *La clef des mensonges*
544. A.D.G. — *Kangouroad Movie*
545. Chris Petit — *Le Tueur aux Psaumes*
546. Keith Ablow — *L'Architecte*
547. Antoine Chainas — *Versus*
548. Joe R. Lansdale — *Le mambo des deux ours*
549. Bernard Mathieu — *Carmelita*
550. Joe Gores — *Hammett*
551. Marcus Malte — *Le doigt d'Horace*
552. Jo Nesbø — *Le sauveur*
553. Patrick Pécherot — *Soleil noir*
554. Carlene Thompson — *Perdues de vue*
555. Harry Crews — *Le Chanteur de Gospel*
556. Georges Simenon — *La maison du juge*
557. Georges Simenon — *Cécile est morte*
558. Georges Simenon — *Le clan des Ostendais*
559. Georges Simenon — *Monsieur La Souris*
560. Joe R. Lansdale — *Tape-cul*
561. William Lashner — *L'homme marqué*
562. Adrian McKinty — *Le Fils de la Mort*
563. Ken Bruen — *Le Dramaturge*
564. Marcus Malte — *Le lac des singes*
565. Chuck Palahniuk — *Journal intime*
566. Leif Davidsen — *La photo de Lime*
567. James Sallis — *Bois mort*
568. Thomas H. Cook — *Les ombres du passé*

569.	Mark Henshaw & John Clanchy	*L'ombre de la chute*
570.	Olen Steinhauer	*La variante Istanbul*
571.	Thierry Bourcy	*Les traîtres*
572.	Joe R. Lansdale	*Du sang dans la sciure*
573.	Joachim Sebastiano Valdez	*Puma qui sommeille*
574.	Joolz Denby	*Stone Baby*
575.	Jo Nesbø	*Le bonhomme de neige*
576.	René Reouven	*Histoires secrètes de Sherlock Holmes*
577.	Leif Davidsen	*Le dernier espion*
578.	Guy-Philippe Goldstein	*Babel Minute Zéro*
579.	Nick Stone	*Tonton Clarinette*
580.	Thierry Jonquet	*Romans noirs*
581.	Patrick Pécherot	*Tranchecaille*
582.	Antoine Chainas	*Aime-moi, Casanova*
583.	Gabriel Trujillo Muñoz	*Tijuana City Blues*
584.	Caryl Férey	*Zulu*
585.	James Sallis	*Cripple Creek*
586.	Didier Daeninckx	*Éthique en toc*
587.	John le Carré	*L'espion qui venait du froid*
588.	Jeffrey Ford	*La fille dans le verre*
589.	Marcus Malte	*Garden of love*
590.	Georges Simenon	*Les caves du Majestic*
591.	Georges Simenon	*Signé Picpus*
592.	Carlene Thompson	*Mortel secret*
593.	Thomas H. Cook	*Les feuilles mortes*
594.	Didier Daeninckx	*Mémoire noire*
595.	Graham Hurley	*Du sang et du miel*
596.	Marek Krajewski	*Les fantômes de Breslau*
597.	François Boulay	*Traces*
598.	Gunnar Staalesen	*Fleurs amères*
599.	James Sallis	*Le faucheux*
600.	Nicolas Jaillet	*Sansalina*
601.	Jean-Bernard Pouy	*Le rouge et le vert*
602.	William Lashner	*Le baiser du tueur*
603.	Joseph Bialot	*La nuit du souvenir*
604.	Georges Simenon	*L'outlaw*

605. Kent Harrington — *Le serment*
606. Thierry Bourcy — *Le gendarme scalpé*
607. Gunnar Staalesen — *Les chiens enterrés ne mordent pas*
608. Jo Nesbø — *Chasseurs de têtes*
609. Dashiell Hammett — *Sang maudit*
610. Joe R. Lansdale — *Vierge de cuir*
611. Dominique Manotti — *Bien connu des services de police*
612. Åsa Larsson — *Horreur boréale*
613. Saskia Noort — *Petits meurtres entre voisins*
614. Pavel Kohout — *L'heure étoilée du meurtrier*
615. Boileau-Narcejac — *La vie en miettes*
616. Boileau-Narcejac — *Les veufs*
617. Gabriel Trujillo Muñoz — *Loverboy*
618. Antoine Chainas — *Anaisthêsia*
619. Thomas H. Cook — *Les liens du sang*
620. Tom Piccirilli — *La rédemption du Marchand de sable*
621. Francis Zamponi — *Le Boucher de Guelma*
622. James Sallis — *Papillon de nuit*
623. Kem Nunn — *Le Sabot du Diable*
624. Graham Hurley — *Sur la mauvaise pente*
625. Georges Simenon — *Bergelon*
626. Georges Simenon — *Félicie est là*
627. Ken Bruen — *La main droite du diable*
628. William Muir — *Le Sixième Commandement*
629. Kirk Mitchell — *Dans la vallée de l'ombre de la mort*
630. Jean-François Vilar — *Djemila*
631. Dashiell Hammett — *Moisson rouge*
632. Will Christopher Baer — *Embrasse-moi, Judas*
633. Gene Kerrigan — *À la petite semaine*
634. Caryl Férey — *Saga maorie*
635. James Sallis — *Le frelon noir*
636. Gabriel Trujillo Muñoz — *Mexicali City Blues*
637. Heinrich Steinfest — *Requins d'eau douce*
638. Simon Lelic — *Rupture*
639. Jenny Siler — *Flashback*

640.	Joachim Sebastiano Valdez	*Les larmes des innocentes*
641.	Kjell Ola Dahl	*L'homme dans la vitrine*
642.	Ingrid Astier	*Quai des enfers*
643.	Kent Harrington	*Jungle rouge*
644.	Dashiell Hammett	*Le faucon maltais*
645.	Dashiell Hammett	*L'introuvable*
646.	DOA	*Le serpent aux mille coupures*
647.	Larry Beinhart	*L'évangile du billet vert*
648.	William Gay	*La mort au crépuscule*
649.	Gabriel Trujillo Muñoz	*Mezquite Road*
650.	Boileau-Narcejac	*L'âge bête*
651.	Anthony Bourdain	*La surprise du chef*
652.	Stefán Máni	*Noir Océan*
653.	***	*Los Angeles Noir*
654.	***	*Londres Noir*
655.	***	*Paris Noir*
656.	Elsa Marpeau	*Les yeux des morts*
657.	François Boulay	*Suite rouge*
658.	James Sallis	*L'œil du criquet*
659.	Jo Nesbø	*Le léopard*
660.	Joe R. Lansdale	*Vanilla Ride*
661.	Georges Flipo	*La commissaire n'aime point les vers*
662.	Stephen Hunter	*Shooter*
663.	Pierre Magnan	*Élégie pour Laviolette*
664.	James Hadley Chase	*Tu me suivras dans la tombe* et autres romans
665.	Georges Simenon	*Long cours*
666.	Thomas H. Cook	*La preuve de sang*
667.	Gene Kerrigan	*Le chœur des paumés*
668.	Serge Quadruppani	*Saturne*
669.	Gunnar Staalesen	*L'écriture sur le mur*
670.	Georges Simenon	*Chez Krull*
671.	Georges Simenon	*L'inspecteur Cadavre*
672.	Kjetil Try	*Noël sanglant*
673.	Graham Hurley	*L'autre côté de l'ombre*
674.	John Maddox Roberts	*Les fantômes de Saigon*
675.	Marek Krajewski	*La peste à Breslau*
676.	James Sallis	*Bluebottle*

677.	Philipp Meyer	*Un arrière-goût de rouille*
678.	Marcus Malte	*Les harmoniques*
679.	Georges Simenon	*Les nouvelles enquêtes de Maigret*
680.	Dashiell Hammett	*La clé de verre*
681.	Caryl Férey & Sophie Couronne	*D'amour et dope fraîche*
682.	Marin Ledun	*La guerre des vanités*
683.	Nick Stone	*Voodoo Land*
684.	Frederick Busch	*Filles*
685.	Paul Colize	*Back up*
686.	Saskia Noort	*Retour vers la côte*
687.	Attica Locke	*Marée noire*
688.	Manotti – DOA	*L'honorable société*
689.	Carlene Thompson	*Les ombres qui attendent*
690.	Claude d'Abzac	*Opération Cyclope*
691.	Joe R. Lansdale	*Tsunami mexicain*
692.	F. G. Haghenbeck	*Martini Shoot*
693.	***	*Rome Noir*
694.	***	*Mexico Noir*
695	James Preston Girard	*Le Veilleur*
696.	James Sallis	*Bête à bon dieu*
697.	Georges Flipo	*La commissaire n'a point l'esprit club*
698.	Stephen Hunter	*Le 47e samouraï*
699.	Kent Anderson	*Sympathy for the Devil*
700.	Heinrich Steinfest	*Le grand nez de Lilli Steinbeck*
701.	Serge Quadruppani	*La disparition soudaine des ouvrières*
702.	Anthony Bourdain	*Pizza créole*
703.	Frederick Busch	*Nord*
704.	Gunnar Staalesen	*Comme dans un miroir*
705.	Jack Ketchum	*Une fille comme les autres*
706.	John le Carré	*Chandelles noires*
707.	Jérôme Leroy	*Le Bloc*
708.	Julius Horwitz	*Natural Enemies*
709.	Carlene Thompson	*Ceux qui se cachent*

710.	Fredrik Ekelund	*Le garçon dans le chêne*
711.	James Sallis	*Salt River*
712.	Georges Simenon	*Cour d'assises*
713.	Antoine Chainas	*Une histoire d'amour radioactive*
714.	Matthew Stokoe	*La belle vie*
715.	Frederick Forsyth	*Le dossier Odessa*
716.	Caryl Férey	*Mapuche*
717.	Frank Bill	*Chiennes de vies*
718.	Kjell Ola Dahl	*Faux-semblants*
719.	Thierry Bourcy	*Célestin Louise, flic et soldat dans la guerre de 14-18*
720.	Doug Allyn	*Cœur de glace*
721.	Kent Anderson	*Chiens de la nuit*
722.	Raphaël Confiant	*Citoyens au-dessus de tout soupçon...*
723.	Serge Quadruppani	*Madame Courage*
724.	Boileau-Narcejac	*Les magiciennes*
725.	Boileau-Narcejac	*L'ingénieur aimait trop les chiffres*
726.	Inger Wolf	*Nid de guêpes*
727.	Seishi Yokomizo	*Le village aux Huit Tombes*
728.	Paul Colize	*Un long moment de silence*
729.	F. G. Haghenbeck	*L'Affaire tequila*
730.	Pekka Hiltunen	*Sans visage*
731.	Graham Hurley	*Une si jolie mort*
732.	Georges Simenon	*Le bilan Malétras*
733.	Peter Duncan	*Je suis un sournois*
734.	Stephen Hunter	*Le sniper*
735.	James Sallis	*La mort aura tes yeux*
736.	Elsa Marpeau	*L'expatriée*
737.	Jô Soares	*Les yeux plus grand que le ventre*
738.	Thierry Bourcy	*Le crime de l'Albatros*
739.	Raymond Chandler	*The Long Goodbye*
740.	Matthew F. Jones	*Une semaine en enfer*
741.	Jo Nesbø	*Fantôme*
742.	Alix Deniger	*I cursini*

Composition: Interligne
Impression Novoprint
le 7 avril 2015
Dépôt légal: avril 2015
1er dépôt légal dans la même collection: octobre 2011

ISBN 978-2-07-044285-0/Imprimé en Espagne.

289827